KARL MAY

Karl May, am 25. Februar 1842 in Hohenstein-Ernstthal geboren und in ärmlichsten Verhältnissen aufgewachsen, gilt seit einem halben Jahrhundert als einer der bedeutendsten deutschen Volksschriftsteller. Nach trauriger Kindheit und Jugend wandte er sich dem Lehrerberuf zu. Als Redakteur verschiedener Zeitschriften begann er später die Schriftstellerlaufbahn, zunächst mit kleineren Humoresken und Erzählungen. Bald jedoch kam sein einzigartiges Talent voll zur Entfaltung. Er begann „Reiseerzählungen" zu schreiben. Damit begründete er seinen Weltruhm und schuf sich eine nach Millionen zählende Lesergemeinde. Die spannungsreiche Form seiner Erzählkunst, ein hohes Maß an fachlichem Wissen und eine überzeugend vertretene Weltanschauung verbanden sich überaus glücklich in seinen Schriften. Auch heute begeistern die blühende Phantasie und der liebenswürdige Humor des Schriftstellers in unverändertem Maß seine jungen und alten Leser. Karl Mays Werke wurden in mehr als zwanzig Kultursprachen übersetzt. Allein von der deutschen Originalausgabe sind bisher über sechsundvierzig Millionen Bände gedruckt worden. Karl May starb am 30. März 1912 in Radebeul bei Dresden.

KARL MAY

DIE JUWELENINSEL

UNGEKÜRZTE AUSGABE

KARL MAY TASCHENBÜCHER
IM
VERLAG CARL UEBERREUTER
WIEN-HEIDELBERG

INHALT

✳

Herausgegeben von Dr. E. A. Schmid

✳

Diese Ausgabe erscheint in enger Zusammenarbeit mit dem Karl-May-Verlag, Bamberg
© 1952 Joachim Schmid (Karl-May-Verlag), Bamberg / Alle Rechte vorbehalten
Die Verwendung der Umschlagbilder erfolgt mit Bewilligung des Karl-May-Verlages
Karl May Taschenbücher dürfen in Leihbüchereien nicht eingestellt werden

✳

Gesamtherstellung: Salzer - Ueberreuter, Wien
Printed in Austria

1. Der ‚tolle Graf'

Die Bucht, an der das wegen seines Seebads berühmte Städtchen Fallum liegt, wird zur Rechten von der weit vortretenden, aus schroffen Felsen zusammengesetzten Küste, zur Linken aber von einer Landzunge eingefaßt, die in Form eines scharf gebogenen Horns in die See hinausragt und bis an die äußerste Spitze einen dichten Eichen- und Buchenwald trägt. Durch diesen führen nur wenige schmale Pfade, die es den Badegästen ermöglichen, sich aus dem Geräusch des Ortes in die Stille der Natur zurückzuziehen.

Die Landzunge hält die hohen Wogen und der Wald die Winde von der Bucht ab, ein Umstand, der sehr zum regen Besuch Fallums beiträgt und es selbst zaghaften Gemütern gestattet, sich badend oder im Boot den sonst gefürchteten Wellen anzuvertrauen.

Es war an einem schönen Julitag, als drei Damen auf einem der erwähnten Waldwege dahinschlenderten. Sie bildeten eine auffällige Gruppe. Abgesehen von ihren gelben Sommerhüten war die eine in Blau, die andere in Grün und die dritte in Purpurrot gekleidet. Die Blaue, sehr lang und hager gebaut, trug ein dreifarbiges Zyperkätzchen, die Grüne, klein und schmächtig, ein Meerschweinchen, und die Purpurrote, von kurzer, sehr dicker Gestalt, ein Eichhörnchen auf dem Arm, das außerdem mittels eines Halsbandes und einer goldenen Kette an den Nacken seiner Trägerin gefesselt war.

Niemand hätte geahnt, daß diese von der Natur so verschieden begabten Spaziergängerinnen Schwestern seien.

„Ja, meine gute Wanka" seufzte die Blaue, „unser Bruder Emil ist gegen fremde Damen und sogar gegen seine abscheulichen Hunde rücksichtsvoller als gegen uns. Diese Männer sind und bleiben Barbaren, die man auch mit der größten Nachgiebigkeit nicht anders machen kann!"

„Nie wollen sie begreifen, liebe Freya, daß wir unendlich zarter besaitet sind als sie", fiel die Grüne ein. „Und darum ist es keinem Mädchen zu verargen, wenn es sich nicht entschließen kann, eine lebenslange Verbindung mit diesem Geschlecht der Vandalen einzugehen."

„Ja", flötete die Purpurne mit fetter Stimme, „wir haben den guten Teil erwählt, und der soll nicht von uns genommen werden, obwohl es besonders mir leicht sein würde, eine glänzende Heirat abzuschließen."

„Besonders dir?" fragte die Trägerin des Kätzchens schnippisch. „Hörst du, Wanka, dieses ‚besonders' klingt wie eine Beleidigung gegen uns beide. Schwester Zilla meint, weil sie die jüngste von uns ist, bieten sich ihr mehr Heiratsmöglichkeiten als uns. Aber Damen können überhaupt niemals alt werden. Meine vierunddreißig Jahre sind —"

„Entschuldige, Freya“, widersprach die Dicke, „neununddreißig bist du im November gewesen!“

„Neununddreißig? Ah, du scheinst dich mehr um das Alter andrer als um das deinige zu kümmern.“

„O nein, aber ich kann mir das deinige so leicht merken, weil wir grad zehn Jahre auseinander sind — du bist neununddreißig und ich neunundzwanzig.“

„Meinetwegen. Aber streiten wir uns nicht um solche Nebensachen! Die Hauptsache bei der ehelichen Verbindung bleibt nächst den geistigen Vorzügen doch jedenfalls die körperliche Erscheinung, und in dieser Beziehung müßt ihr gestehen, daß ich euch überrage und imstande bin, jedem Mann zu gefallen.“

„Es gibt genug Herren, die eine zarte Gestalt mehr schätzen als große Länge“, brüstete sich Wanka.

„Ebenso wie ich in der Lage bin, die Erfahrung zu machen, daß glückliche Wohlbeleibtheit von der Mehrzahl der Herren immer reizend gefunden wird“, fügte Zilla bei. „Das hat mir sogar Leutnant von Wolff gesagt, den ich, wie ihr wißt, zu meinen neuesten Eroberungen zählen darf.“

„Du?“ rief die Lange. „Er hat mir erst vorgestern gestanden, daß er von mir geträumt habe.“

„Und ich“, warf die Kleine ein, „habe vorhin mit ihm eine Partie Sechsundsechzig gespielt, die er verlor, weil ihn, wie er sich entschuldigte, meine entzückende Nähe verwirrt. Er ist sehr liebenswürdig, dieser Herr Leutnant von Wolff!“

„Ja, sehr!“ stimmte die Lange mit einem gewissen Hohn bei. „Nur meine ich, daß — ei, seht doch einmal; dieses allerliebste Bildchen!“

„Wo denn?“

„Gleich hier am Wasser. Aber mein Gott, das ist ja unser Magdalenchen!“

„Wahrhaftig unser Kindchen!“ stimmten die andern bei und eilten rasch vorwärts.

Der Weg, dem sie folgten, endete an einem schmalen, auf drei Seiten von dichten Büschen umgebenen Einschnitt des Wassers. Dort lag ein Boot angebunden, dessen Segelstange niedergelegt war. Hinten saß ein Knabe in einem grauleinenen Seemannsanzug und einem Südwester, unter dem eine Fülle blonder Locken hervorquoll. Er mochte ungefähr vierzehn Jahre zählen und hatte seine Aufmerksamkeit einem etwa zehnjährigen Mädchen zugewendet, das auf der vorderen Bank Platz genommen hatte und mit Angeln beschäftigt war. Es war ein allerliebstes, reizendes Geschöpf. Aber die Beweglichkeit, mit der es seiner Beschäftigung oblag, diente jedenfalls nicht dazu, einen großen Fang zu machen.

„Also wie heißt du?“ fragte die Kleine.

„Gerd.“

„Gerd, du gefällst mir. Du hast Kraft und Gewandtheit, fast soviel wie mein Papa.“

„Wer ist denn dein Papa?“

„Mein Papa? Das ist der Major Helbig, der jüngst ganz Süderland erobert hat. Da kannst du dir nun wohl denken, daß er sehr stark sein muß."

„Ja, aber kann er auch ein Boot lenken?"

„Natürlich. Ich habe es zwar noch nicht gesehen, aber er kann alles."

„Und segeln?"

„Sicherlich! Aber am besten können das meine Tanten!"

„Deine Tanten? Müssen bei euch auch die Tanten segeln lernen?"

„Allerdings, denn der Papa sagt sehr oft, wenn sie spazierengehen: ‚Gott sei Lob und Dank, da segeln sie hin!' Sie müssen also das Segeln verstehen. Hast du sie schon einmal betrachtet?"

„Das weiß ich nicht, denn ich kenne sie nicht."

„Oh, sie sind sehr leicht zu erkennen: die eine ist lang und trägt eine Katze, die andere ist klein und dünn und trägt ein Meerschweinchen, und die dritte ist dick und trägt ein Eichkätzchen."

„Ah, das also sind deine Tanten! Die sind ja im ganzen Ort bekannt. Heißen sie auch Helbig, wie dein Papa?"

„Freilich, denn sie sind ja seine Schwestern. Außerdem heißen sie noch Freya, Wanka und Zilla. Aber der Kunz sagt statt dessen Schreia, Zanka und Brülla."

„Wer ist dieser Kunz?"

„Das ist der Leibdiener, den ich sehr lieb habe und Papa auch. Aber die Tanten zanken sich immer mit ihm, und dann wird er wütend und geht auf sie los und — reißt wieder aus."

„Ah, dann hat er wohl keinen rechten Mut?"

„Mut? Ganz gewiß soviel wie Papa selbst, aber er darf sich ja doch nicht an den Schwestern seines Herrn vergreifen. Nur darum reißt er aus. Hast du auch einen Papa, drei Tanten und einen Leibdiener?"

„Eine Mutter habe ich und einen Stiefvater, dann vier Schwestern, und der Diener bin ich selber."

„Du? Warum?"

„Weil ich alles machen muß. Und dennoch bekomme ich sehr viel Schläge und dazu weniger zu essen als die anderen."

„Schläge? Du?" fragte das Mädchen halb verwundert und halb verächtlich.

„Ja. Ich muß die Netze legen und Herrschaften rudern, und wenn ich zu wenig gefangen oder zu wenig verdient habe, so erhalte ich Schläge."

„Du Armer! Wieviel denn?"

„Sie tun weh, aber ich zähle sie nicht", antwortete er stolz. „Wenn ich nach Haus komme, ist der Vater stets betrunken. Ich könnte mich wehren, oder ich könnte auch fortgehen, aber dann würde die Mutter weinen, und das soll sie doch nicht. Eigentlich verdiene ich Schläge, denn ich gebe dem Vater nicht alles, was ich einnehme, sondern ich behalte etwas für die Mutter zurück, sonst müßte sie hungern —"

„Mein Gott, liebe Wanka, hörst du es? Ist das nicht ein Rabenvater?"

Dieser Ruf erscholl hinter den nächsten Sträuchern, wo die drei Schwestern den letzten Teil des kindlichen Gesprächs belauscht hatten.

„Ja, ein wahrer Rabenvater, meine gute Freya", bestätigte die Gefragte.

„Nein", fiel die Purpurrote ein, „nicht bloß ein Rabenvater, sondern sogar ein Stiefrabenvater! — Aber, meine süße Magda, wie kommst du hierher an diesen Ort?"

„Gerd hat mich hergefahren, Tantchen."

„Über die ganze Bucht?"

„Ja. Wir wollen angeln."

„Ach, Kind, wenn es nun ein Unglück gegeben hätte! Du kannst naß werden; du kannst dich erkälten; du kannst umkippen; du kannst ertrinken!"

„O nein, Tantchen, von alledem tu ich nichts, denn Gerd fährt mich ja. Er versprach mir, daß ich unbesorgt sein kann."

„Gerd heißt er also?"

Die drei Schwestern blickten mit sichtlichem Wohlgefallen auf seine kräftige Gestalt und in sein offenes wettergebräuntes Gesicht.

„Verstehst du es wirklich, ein Boot sicher zu führen?" forschte die Blaue.

„Sie brauchen keine Angst zu haben, mein gnädiges Fräulein. Wollen Sie es einmal versuchen? Ich habe Platz genug."

„Ja, ich möchte wohl, denn ich gondle gern. Aber die Schwestern fürchten sich, und mein Kätzchen kann das Wasser nicht vertragen. Wenn es mir seekrank würde!"

„Ein Kätzchen wird niemals seekrank, mein Fräulein", lächelte der Knabe, und zu gleicher Zeit nahm Zilla das Wort:

„Wir uns fürchten? Weißt du, Freya, daß dies eine Verleumdung ist? Ich habe doch eine Einladung des Herrn Leutnant von Wolff zu einer Segelfahrt angenommen."

„Ich auch!" erklärte Wanka.

„Und ich auch!" bekräftigte Freya. „Wir wollen einsteigen."

Dieses Einsteigen war allerdings für die umständlichen Damen mit einiger Schwierigkeit verknüpft, ging aber mit Gerds Hilfe gut vonstatten. Der Knabe zeigte überhaupt eine Sicherheit, die den Damen Vertrauen einflößte.

„Wohin?" fragte er, als das Boot in Bewegung war. „Nach der Stadt oder ein wenig hinaus?"

„Hinaus, aber ja nur ein wenig", entschied Freya.

„So können wir das Segel aufnehmen."

Er richteten den Mast auf und zog die Leinwand empor. Eine linde Brise legte sich ein, und das Boot strich, etwas zur Seite geneigt, ruhig über die Bucht dahin. Die drei Schwestern verrieten anfänglich die gewöhnliche Ängstlichkeit vor dem Wasser. Doch unter der guten Führung und dem sicheren Gang des Fahrzeugs verlor sich nach und nach ihre Besorgnis, und es kam zwischen ihnen und dem Knaben eine Unterhaltung zustande, die ihnen lebhafte Teilnahme für den kleinen Schiffer einflößte, der so offen und ehrlich in die Welt hineinblickte und so verständig und höflich zu antworten wußte.

Die Schönheit des Wetters hatte zahlreiche andre Boote herausgelockt, so daß ein reges Leben auf den schimmernden Wellen herrschte. Eins dieser Fahrzeuge zog durch sein absonderliches Gebaren die allgemeine Aufmerksamkeit auf sich. Es war von zwei Herren besetzt, die sich die Aufgabe gestellt zu haben schienen, die anderen Segler soviel wie möglich zu belästigen.

„Wem gehört dieses Boot?" fragte Wanka.

„Es gehört einem der Badegäste", erwiderte Gerd. „Ich kenne seinen Namen nicht, aber es muß ein vornehmer Mann sein, da er stets solchen Unfug machen darf, ohne daß es ihm die Polizei verbietet. So oft er auf das Wasser kommt, treibt er es wie jetzt. Er rudert quer durch den Kurs der andern, um sie zu erschrecken. Er spritzt sie voll Wasser, wenn es Damen sind. Er wirft faules Obst nach ihnen, und es ist sogar vorgekommen, daß er kleinere Boote umgestoßen hat. Ich hasse ihn."

Sein jugendliches Gesicht nahm bei den letzten Worten einen feindseligen Ausdruck an.

„Hat er dir etwas zuleid getan?"

„Ja. Ich kam mit der Mutter vom Strand, und er begegnete uns. Wir hatten einen großen schweren Wasserkübel mit Fischen zu tragen und sollten ihm damit ausweichen, obgleich dort Platz für zwanzig Menschen war. Wir kamen mit unsrer Last nicht schnell genug zur Seite, und da schlug er die Mutter zweimal mit seinem Stock. Ich wollte ihn fassen, aber die Mutter hielt mich zurück. Wenn er mir etwas Ähnliches wieder tut, so hindert mich nichts, ihn zu verhauen."

Sie kreuzten in einem weiten Bogen und kamen auf diese Weise in das Innere der Bucht. Da schlug das erwähnte Boot einen Bogen und kam auf sie zu. Freya hielt die Hand über die Augen, um diese gegen das Sonnenlicht zu schützen, und rief:

„Jetzt weiß ich, wer es ist!"

„Nun?" fragte Wanka.

„Der Graf von Hohenegg."

„Ist's möglich! Der ‚tolle Graf'? Und er kommt auf uns zu! Kleiner, weiche ihm aus! Er wird uns sonst einen Schabernack spielen."

„Er wird doch Ihnen nichts tun!" schüttelte der Knabe den Kopf.

„Und doch! Paß auf, Junge! Sie rudern gerade gegen uns. Sie haben etwas Schlimmes vor."

Wirklich kam der Graf in einer Weise herbei, die diesen Verdacht begründete. Als er die Damen erkannte, hörte man ein häßliches Lachen und den Ruf:

„Hallo, wer ist denn das? Die drei Papageien, hahahaha!"

Dann raunte er seinem Gefährten einige Worte zu, und darauf hielten sie dergestalt auf Gerds Fahrtlinie zu, daß man sah, sie wollten mit seinem Boot zusammenstoßen. Die Damen ließen einen lauten Hilferuf ertönen.

„Halten Sie sich an Ihren Sitzen fest!" rief Gerd. „Ausweichen kann ich nicht, wenn sie es auf uns absehen; aber das kann ich bewirken, daß der Stoß nur leicht wird."

Seine dunklen Augen blitzten den Widersachern zornig entgegen.

„Fallt rechts ab!“ gebot er ihnen.

„Fall du ab nach links, dummer Junge!“ lachte der Graf.

In wenigen Augenblicken mußte sein Boot grad auf die Mitte von Gerds Fahrzeug treffen. Da riß dieser mit all seiner Kraft das Steuer herum und ließ die Leine los, so daß das Segel klappte und den Wind fahren ließ. Sein Boot gehorchte; es stoppte, hob sich vorn in die Höhe und drehte den Bug. Dadurch fuhr der Kahn des Grafen statt in einem rechten, in einem sehr spitzen Winkel in das Vorderteil des Bootes. Dennoch aber war die Erschütterung bedeutend für die nicht seegewohnten Frauen. Am meisten wurde Magda davon betroffen, weil sie vorn auf der Schnabelspitze Platz genommen hatte. Sie suchte sich vergeblich zu halten, verlor das Gleichgewicht und stürzte über Bord ins Wasser.

„Holla, das Kücklein schwimmt. Fischt es heraus!“ rief der Graf lachend und ruderte weiter.

Die drei Schwestern saßen wie gelähmt von dem Schreck. Auf den anderen Fahrzeugen hatte man den Vorgang mit angesehen und kam in größter Eile herbei, um zu helfen. Glücklicherweise war dies nicht mehr nötig. Gerd war dem Mädchen sofort nachgesprungen, faßte es mit der Rechten und hob es, während er mit der Linken den Rand des Bootes erfaßte, in dieses hinein. In einer Minute waren sie von sämtlichen vorhandenen Fahrzeugen umgeben, und ringsum waren Beweise des Bedauerns und der tiefsten Entrüstung zu vernehmen.

Gerd allein hatte seine Ruhe behalten.

„Nachbar Klassen, Ihr habt Platz“, rief er. „Nehmt doch einmal die Damen in Euer Boot und bringt sie nach Haus!“

Mehrere Hände griffen zu, und trotz der Ängstlichkeit der Damen wurden sie glücklich in das andre Boot gebracht. Sodann nahm Gerd den Wind wieder in das Segel und griff zum Steuer.

„Holla, wirst doch nicht, Junge?“

„Ja, ja, werde doch, Nachbar Klassen!“

„Braver Kerl! So steh nur fest!“

Das Boot des Grafen hatte nach dem Ausgang der Bucht zu gehalten. Gerd tat dasselbe. Er beobachtete das Segel, prüfte den durch die Landzunge gedämpften Wogenschlag und hielt dann sein Auge scharf auf den Gegner gerichtet. Der mutige Knabe hatte jetzt den Wind auf seiner Seite. Er kannte sein Boot und wußte, daß ihm die Bestrafung seines Feindes gelingen werde. Daß dieser ein Graf und er selbst ein armer Fischerjunge war, danach fragte er nicht.

Der Graf war zu Wasser zu wenig erfahren, um gleich von vornherein die Absicht des Knaben zu merken. Nach und nach aber erkannte er die ihm drohende Gefahr. Doch tat er nichts, ihr zu entgehen. Es schien ihm ein Ding der Unmöglichkeit zu sein, daß dieser Knabe es wagen könne, einen solchen Plan gegen ihn auszuführen. Sie hielten jetzt gleichlaufend miteinander nach der felsigen Küste zu, die die Bucht zur rechten Seite einfaßte. Hier gab es mehrere Untiefen und Bänke, von denen der Graf nichts wußte, die Gerd aber genau kannte.

„Hallo, habt acht!" rief der Junge und richtete den Bug seines Fahrzeugs herum.

„Hallo, Bube, halt an!" klang es ihm entgegen.

„Kann nicht, fahre sonst auf die Klippen."

„Alle Wetter, so laß das Segel fallen!"

„Ist unmöglich. Komme dann nicht von den Riffen ab."

Der schlaue Knabe hatte sich wirklich in eine Lage gebracht, die es ihm unmöglich machte, zu stoppen oder einen anderen Kurs zu legen. Sein Boot war größer und segelte, das des Grafen war leichter und hatte zwei Ruderer, die keine Knaben waren. Es war also das Fahrzeug, das auszuweichen hatte. Der Graf versuchte dies endlich, doch es war bereits zu spät — das Schifferboot kam unter voller Segelkraft wie ein Sperber herbeigestoßen.

„Hoi, fallt ab nach Back!" rief Gerd.

Dies geschah mit voller Berechnung. Er hatte bereits gesehen, daß die beiden nach Steuerbord abfallen wollten; die Befolgung seines Rufs mußte ihm also das feindliche Boot in seiner ganzen Breite vor den Schnabel bringen.

„Hoi, zuwenig, viel zuwenig! Haltet euch an, Jungens!"

Noch diesen letzten Ruf stieß er aus, dann ließ er das Segel los, um nicht durch volle Benutzung des Windes sein eigenes Boot zu zerschmettern oder zum Kentern zu bringen. Der jetzige Zusammenstoß war ein ganz anderer als der vorherige. Er geschah mit unwiderstehlicher Kraft auf die Mitte des gräflichen Fahrzeugs. Seine Planken krachten; es wurde umgestürzt, mit dem Kiel nach oben. Das Vorderteil des Fischerbootes ritt einige Augenblicke auf dem fremden Kahn, dann glitt es wieder herab.

Der Graf hatte mit seinem Begleiter einen Schrei ausgestoßen, und beide waren weit in das Wasser hinausgeschleudert worden. Da sie jedoch leidliche Schwimmer waren, hielten sie sich oben, bemerkten die Klippen in der Nähe und schwammen auf diese zu, weil ihnen das umgestürzte Boot nichts helfen konnte.

Auch Gerd war ins Wasser geworfen worden und hatte geschrien, aber nur zum Schein. Ein aufmerksamer Beobachter hätte bemerken können, daß sein Schrei ein Ruf des Jubels sei und daß der Sprung in die Fluten ein ganz freiwilliger war. Er besaß trotz seiner Jugend Scharfsinn genug, sich alles zu überlegen. Für den Fall, daß ihn der Graf zur Anzeige brachte, mußte er sich verteidigen können. Darum ruderte er solange als möglich im Wasser umher und kletterte erst dann wieder in sein Boot, als die anderen auf der Klippe standen, bis zur Hüfte von den Wogen umspült.

„Halt, Junge, hole uns weg!" gebot der Graf in strengem Ton.

„Unmöglich, Mann! Mein Fahrzeug geht zu tief. Ich komme nicht hinan. Wäret Ihr ausgewichen, so säßet Ihr nicht in der Patsche."

„So holst du wenigstens mein Boot herbei!"

„Hat keinen Zweck. Die Planken sind durch. Übrigens könnte ich es allein gar nicht wenden, und Ihr seht ja, daß es bereits sinkt. Da, jetzt ist's hinunter!"

Wirklich entstand unter dem Fahrzeug ein Trichterstrudel, der es unter Wasser zog. Gerd hatte seinen Südwester aufgefischt und griff zum Steuer.

„Halt, warte!" befahl Hohenegg. „Wir werden zu dir hinüberkommen."

„Auch das geht nicht", lachte der Knabe. „Mein Boot ist vorn leck geworden; es schluckt Wasser, und ich darf es nicht wagen, noch zwei Mann aufzunehmen. Aber denen da hinten am Strand werde ich es sagen, daß sie euch holen sollen, vielleicht findet sich einer und bietet sein Boot einem Mann, der so vornehm sein will und doch Fahrzeuge umstürzt, Damen vollspritzt und Kinder ins Wasser wirft. Solche Streiche darf hier kein Bube wagen, sonst erhält er von seinem Schulmeister Prügel. Wohl bekomme das Bad!"

Er segelte davon und bemerkte mit Freuden, daß sämtliche Fahrzeuge den Strand aufgesucht hatten, um ihm seinen Scherz nicht zu verderben. Als er dort ankam, forderte er die Anwesenden auf, den Grafen abzuholen.

„Fällt uns nicht ein, Junge!" antwortete ein alter Seebär, der ihm die Rechte bieder entgegenstreckte. „Bist ein tüchtiger Kerl, und wir werden dafür sorgen, daß dir nichts geschieht, wenn dich der da draußen fassen sollte. Aber ihn holen, nein! Die Flut beginnt bereits; sie wird schnell steigen, und er mag ein wenig Wasser kosten, ehe man ihn ins Schlepptau nimmt. Gar zu zart wird das nicht geschehen. Wir haben keine Verpflichtung, ihm das Bad zu verwehren. Das Wachtboot ist weit draußen außer Sicht, und die Rettungsmannen sind alle auf Fang hinaus; denn Alarm kann es nicht geben, weil frei Wetter ist. Er mag zappeln!" — — —

In einer der schönsten Straßen des Badestädtchens stand, rings von wohlgepflegten Bäumen und duftenden Blumenanlagen umgeben, eine reizende Villa, die im Sommer an Badegäste vermietet wurde. Sie wurde gegenwärtig von dem norländischen Major Emil Helbig und seiner Familie bewohnt.

Helbig war ein sehr verdienter, aber bürgerlicher Offizier, bei seinem Herzog in wohlerworbener Gunst und daher auch von beträchtlichem Einfluß bei Hof. Dennoch erschien er dort nicht allzugern. Sein kerniges Wesen gab ihm ein Gefühl des Unbehagens in jenen Kreisen, in denen die Umgangsformen am höchsten zugespitzt erscheinen. Er fühlte sich am wohlsten bei seinesgleichen und hatte auch dafür gesorgt, daß seine nächste Umgebung aus Leuten bestand, die ihm ähnlich waren. Seine Dienerschaft zählte nur langgediente Soldaten, und besonders sein Leibdiener Kunz war ein Eisenfresser, der ohne seinen Herrn, wie auch dieser ohne ihn, nicht leben konnte. Sie hatten sich in früherer Zeit auf dem Schlachtfeld kennengelernt und waren einander bis auf den heutigen Tag in Kriegs- und Friedensjahren treu geblieben. Kunz kannte jede Eigentümlichkeit seines Herrn, hatte gelernt, sich ihr anzupassen, und war infolgedessen ein kleines Spiegelbild des Offiziers geworden, bei dem er sich aus diesem Grund mehr erlauben konnte als andere.

Der Major saß in seiner Stube, die von einem dichten Tabaksrauch erfüllt war. Auf der Diele, dem Sofa und den leeren Stühlen lagen elf Hunde von verschiedener Rasse und Größe, die sich in diesem Qualm sehr wohl zu befinden schienen. Vor ihm lag ein Werk von General Clausewitz, in dem er eifrig studierte. Da ging die Tür auf, und mit kräftigem Schritt trat ein Mann ein, den man beinahe mit ihm verwechseln konnte. Beide trugen den gleichen grauen, militärisch zugeschnittenen Anzug, nur war der des Majors aus einem feineren Stoff gefertigt. Beide hatten das gleiche Alter, die gleiche Größe, das gleiche kurzgeschnittene Haar, den gleichen kriegerischen Schnurrbart, aber der Angekommene hatte bloß noch das rechte Auge, das linke war ihm infolge eines Pistolenschusses verlorengegangen. Er klappte die Absätze laut zusammen, richtete sich stramm empor, legte die Mittelfinger an die Hosennähte und wartete.

„Was willst du, Kunz?“

„Herr Major haben befohlen, jetzt anzufragen, ob wir spazierengehen wollen; verstanden?“

„Ach so! Ich bin gerade über einem höchst spannenden Buch. Kennst du es?“

„Was ist es, Herr Major?“

„Der Clausewitz.“

„Ist ausgezeichnet, habe ihn aber nicht gelesen.“

„Woher weißt du dann, daß er so ausgezeichnet ist?“

„Weil Herr Major ihn sonst nicht lesen würde, verstanden?“

„Schön! Wo ist Magda?“

„Auf Erkundigung.“

„Wie meinst du das?“

„Sie wollte einmal sehen, wie es da drüben im Wald zugeht. Verstanden?“

„Ich habe dir doch geboten, sie niemals an solche Orte allein gehen zu lassen, Kunz!“

„Halten zu Gnaden, Herr Major, wir müssen das kleine Fräulein so erziehen, daß sie keine Furcht hat! Im Wald hier gibt es keine Tiger und Klapperschlangen. Verstanden?“

„Hm! Wo sind meine Schwestern?“

„Werden wohl das Hauptquartier verlassen haben, um auf Junggesellen Jagd zu machen.“

„Pst, Kunz, das geht dich nichts an!“

„Halten zu Gnaden, Herr Major, das geht mich wohl etwas an! Die Schreia spricht, sie heiratet nie; die Zanka spricht, sie mag keinen Mann, und die Brülla spricht, sie wird als alte Jungfer sterben. Dennoch aber suchen sie stets nach Schnurrbartspitzen, und wenn sie nichts erwischen, so kommen sie nach Hause, ziehen Sturmmarschgesichter und schreien, zanken und brüllen mit jedermann, vor allen Dingen aber mit mir. Ich bekomme den Ärger aus erster Hand, und deshalb geht es mich gar wohl etwas an, wenn sie auf die Suche gehen. Verstanden?“

Helbig lachte. Er selbst hatte nicht wenig unter den Eigentümlichkeiten seiner Schwestern zu leiden, und deshalb war es ihm zuweilen lieb, daß er in Kunz einen mutigen Verbündeten besaß.

„Wo ist Hektor?“ fragte er weiter. „Es sind nur elf Hunde hier.“

„Herr Major, das ist wieder so ein Streich von der rot-grün-blauen Dreieinigkeit! Ich merkte, daß der Hektor fehlte und suchte ihn. Als ich an den Damengemächern vorüberging, hörte ich von drinnen ein fürchterliches Husten, Pusten, Winseln und Niesen. Ich rief den Hund, und der Lärm wurde größer. Er war es, aber die Türen hatte man verschlossen. Jetzt zwang ich die Kammerjungfer zu öffnen, und was sah ich?“

„Nun?“

„Der Hund steckte im Reisekorb. Die Bibi, die Lili und die Mimi hatten mit ihm spielen wollen, und er kann doch nur das Eichkätzchen leiden; die andern beiden Geschöpfe aber haßt er. Da hat er die Bibi und die Lili ein wenig gezwickt, und dafür haben ihm die gnädigen Damen eine Tüte Schnupftabak auf die Nase gebunden und ihn in den Korb gesperrt.“

„Alle Wetter, solche Backfischstreiche werde ich mir verbitten!“

„Ich auch, Herr Major! Soll ich den Damen ebenfalls Schnupftabak aufbinden? Sie müssen sehen, wie es einem Viehzeug dabei zumute ist.“

„Wo ist der Hund?“

„Als ich ihn aus dem Korb und von dem Schnupftabak befreit hatte, sprang er davon. Er wird sich draußen in der Luft erholen wollen; verstanden?“

„Er kommt von selbst wieder. — In einer Stunde gehen wir spazieren. Halte dich bereit! Kehrt marsch!“

Kunz machte kehrt und stampfte hinaus. Draußen blieb er kurze Zeit stehen und schien nachzudenken. Dann eilte er die Treppe hinab nach dem Garten. Dort war der Gärtner bei den Beeten beschäftigt.

„Heinrich, hast du Zeit?“

„Wozu?“

„Ich brauche Frösche und Kröten.‘

„Frösche und Kröten?“ forschte der Gärntner erstaunt. „Wozu denn?“

„Für unsere Damen; verstanden?“

„Ah, schön, prächtig! Da laufe ich gleich.“

„Dauert es lang?“

„In einer Viertelstunde habe ich einen ganzen Sack voll. Diese Sorte von Fleisch ist hier schnell zu haben. Soll ich auch einige Krabben und Meerspinnen mitbringen?“

„Soviel du erwischen kannst.“

„Gut. Ich eile!“

Höchst befriedigt kehrte Kunz ins Haus zurück und sorgte dafür, daß keine Störung eintreten konnte. Der Gärntner brachte eine ganze Menge der bestellten Tiere. Beide schlichen sich zu dem Zimmer, in dem Hektor gefangen gewesen war, schütteten den Sack in den Reisekorb und entfernten sich dann unbemerkt. Wenn es galt, den Schwestern einen Schabernack zu spielen, so schloß sich gewiß keiner von den Leuten aus.

Der Major hatte unterdessen bei seinem Clausewitz gesessen. Da ertönten draußen eilige Schritte. Die Tür wurde aufgerissen, und die lange Freya, auf dem Arm die unvermeidliche Katze, trat in höchster Eile und mit einem Gesicht ein, das Zeugnis von einer sehr großen Aufregung gab.

„Emil — Bruder!"

„Alle Wetter, was ist denn los?"

„Was los ist? Wer anders als der Teufel, oder wer ganz derselbe ist, der ‚tolle Graf'!"

„Ach, der! Wieder einmal?"

„Wieder! Mein Gott, was für ein Mensch ist das! Wäre ich ein Offizier, ein Kavalier, ich forderte ihn, und so wahr ich —"

Sie erhob bei diesen Worten die geballte Faust, und schlug damit als Zeichen der Beteuerung vor sich auf das Sofa nieder, auf dem sie Platz genommen hatte, traf aber unglücklicherweise die Katze, die neben ihr lag und einer solchen Behandlung ungewohnt, mit einem schrillen Kreischen auffuhr, über das Zimmer schoß und zum geöffneten Fenster hinausflog. Freya sprang auf und an das Fenster.

„Weg! Bruder! Herrgott, siehst du nicht, daß die Bibi nun auch tot ist? Nur wegen dieses schrecklichen Grafen!"

„Auch tot, sagst du? Wer ist denn noch tot?"

„Mein Gott, das weißt du noch nicht? Er stürzte sie in das Wasser, und da —"

Wieder wurde die Tür aufgerissen, und die kleine Wanka erschien.

„Da bist du schon, Freya! Ja, deine Beine sind länger als die meinigen. Oh, ich vergehe, ich löse mich auf! Mach Platz!"

Sie sank auf das Sofa und schloß die Augen. Dem Major wurde es angst.

„So sprecht doch nur! Wer ist tot?"

„Tot nicht", rief Wanka, „sondern nur in das Wasser —"

„O ja, tot, vollständig tot, meine süße Bibi!" rief Freya. „Bei einem solchen Sturz kann sie doch unmöglich lebendig unten ankommen!"

„Zum Donnerwetter!" schalt der Major, „wer ist ins Wasser gestürzt worden, das will ich wissen! Heraus damit!"

In diesem Augenblick stöhnte es draußen, als ob ein Ungetüm angeschnauft komme, und die Tür wurde zum drittenmal aufgemacht. Die dicke Zilla trat ein. Sie hatte keinen Atem mehr, und ihr Gesicht zeigte eine zinnoberrote Farbe.

„Ah — ih — uh — uuuh! Oh, ooh!"

Während dieser verzweifelten Rufe rannen ihr dicke Tropfen von der Stirn über die Wangen herab. Sie wollte sie entfernen, machte sich aber in ihrer Aufregung einer sehr merkwürdigen Verwechslung schuldig: sie drückte nämlich das Taschentuch an ihren nach Luft ringenden Busen und wischte sich mit Mimi, dem Eichhörnchen, den Schweiß vom Gesicht. Das Tierchen wehrte sich nach Kräften dagegen und dies gab seiner Herrin den verlorenen Odem wieder.

„Emil — du weißt es bereits?"

„Ich? Kein Wort! Was ist denn eigentlich geschehen?"

„Da — da kommt sie selbst!"

Wirklich trat jetzt Magda ein. Sie eilte auf den Vater zu und umarmte ihn.

„Nicht wahr, Papa, du bist mir nicht böse?“

„Worüber sollte ich dir böse sein?“

„Nun, weil mich der ‚tolle Graf‘ ins Wasser geworfen hat.“

„Dich? Ist’s möglich! Doch nur aus Versehen!“

„Nein, mit Absicht. Aber du darfst nicht zanken, denn ich bin noch vor den Tanten nach Hause gelaufen und habe mich gleich umgekleidet. Es hat mir gar nichts geschadet.“

„Welch ein Glück! Erzählt einmal!“

Diesem Gebot wurde von vier Stimmen zugleich Folge geleistet; die Schwestern entwickelten dabei eine Sprachfertigkeit, die den Major in Verzweiflung bringen konnte. Aber er wußte recht gut, daß er den rauschenden Strom ihrer Rede nicht unterbrechen dürfe, und so wartete er in Geduld, bis der Bericht beendet war.

„Wo ist der Graf hin?“ fragte er dann.

„Wir wissen es nicht. Er ruderte weiter.“

„Dem Lande zu?“

„Nein.“

„Also noch nicht zu Haus? Und wie hieß dieser brave, mutige Knabe?“

„Gerd. Er hat einen Stiefvater“, versetzte Freya.

„Oder vielmehr einen Stiefrabenvater, der ihn täglich schlägt und mißhandelt“, fügte Zilla hinzu. „Wenn er sich nicht so geschickt betragen hätte, wären wir alle ertrunken.“

„Das ist wahr“, bestätigte Wanka. „Wir müssen ihm eine Dankbarkeit erweisen.“

„Das werde ich sofort besorgen“, entschied der Major. „Ihr könnt gehen.“

Sie entfernten sich nach ihren Gemächern. Dort fiel ihnen zunächst der Reisekorb in die Augen.

„Ah, den Hund haben wir ganz vergessen!“ erinnerte sich Freya. „Wollen wir öffnen?“

„Ja, er ist genug bestraft worden, und Bruder Emil könnte ihn vermissen.“

Sie hoben den Deckel empor, und im selben Augenblick erscholl von ihren Lippen ein dreifacher Schrei des Entsetzens. Ihre Blicke waren auf den krabbelnden und huschenden Inhalt gefallen. Sie wollten fliehen, aber das blaue Kleid Freyas blieb an den Korb hängen; dieser wurde umgerissen und entleerte seine Versammlung von Fröschen, Kröten und Molchen aus dem nahen Teich, nebst Meerspinnen, Krabben, großen, langbeinigen Käfern und allerhand ungemütlichen Geschöpfen, wie sie von der Flut täglich an Land gespült werden und die Kinder fangen, um sie an die Fremden zu verkaufen. Es zappelte und krabbelte im Zimmer herum, so daß man keinen Fuß sicher zur Erde setzen konnte. Die Blaue warf sich auf das Sofa, die Grüne sprang auf den Tisch, auf den sie sogar die Beine zu retten suchte.

Während dieses Vorgangs schritt draußen der Major mit Magda vorüber. Beide wollten zunächst den Schifferknaben aufsuchen. Ihnen folgte, wie bei allen Ausgängen Helbigs, Kunz, der Diener. Die beiden ersteren nahmen keine Notiz von dem Lärm in den Damengemächern, da sie ihn für eine Fortsetzung des bei dem Major stattgefundenen Gesprächs hielten. Der letztere aber öffnete unbemerkt die Tür und warf einen schnellen Blick auf das komische Bild. Mit einer Miene der innigsten Befriedigung zog er die Tür leise wieder zu, drehte den Schlüssel um und steckte ihn zu sich. Dann stürmte er seinen Herrschaften nach.

Der Major begab sich zunächst zum Strand. Dort war das Wachtboot soeben um die Landzunge gebogen, hatte den Grafen mit seinem Begleiter gesichtet und beeilte sich, ihn an Bord zu nehmen. Es brachte beide, die vollständig durchnäßt waren, an Land. Der Graf bot jetzt nicht den Anblick eines Helden, der eine rühmenswerte Tat vollbracht hat, und mit sichtbarer Schadenfreude ruhten die Augen aller Umstehenden auf ihm. Der erste, der ihm entgegentrat, war der Major.

„Herr Graf!“

„Herr Major!“

„Sie machten sich das Vergnügen, das Boot meiner Schwestern anzugreifen?“

„Pah! Es wurde von einem Knaben falsch gesteuert.“

„Dieser Knabe versteht besser zu steuern als mancher Mann. Wollen Sie etwa behaupten, daß der Zusammenstoß nicht von Ihnen beabsichtigt wurde?“

„Nein!“

„Sie sind ein Elender!“

„Wohl! Das ist eine Meinung, für die Sie sich mit mir zu schlagen haben.“

„Fällt mir nicht ein! Ein ehrenhafter Offizier befleckt seinen Degen nicht durch die Berührung mit einem Menschen, der keine Spur von Bildung und Ehre besitzt und bereits als Schurke gekennzeichnet wurde.“

„Mensch!“ donnerte der Graf.

„Pah! Können Sie den Faustschlag verleugnen, den Ihnen einst der Kapitän von Falkenau versetzte, weil Sie eine ehrbare Dame überfielen, und dessen unvertilgbare Spuren noch heute in Ihrem Gesicht zu sehen sind? Ein Ehrenmann kann sich mit Ihnen, ohne sich selbst zu entehren, niemals schlagen.

Und dennoch werde ich von Ihnen Genugtuung fordern, aber nicht mit der Waffe, sondern vor den Schranken des Gerichts. Was Sie taten, ist ein Verbrechen, ein Überfall friedlicher Menschen, die leicht das Opfer Ihrer Roheit werden konnten. Man wird auch einem Grafen zeigen können, unter welch strengen Bestimmungen des Gesetzbuchs dieses Vergehen zu stellen ist.“

Der Graf hatte ihn unterbrechen wollen, war aber nicht dazu ge·kommen. Jetzt aber antwortete er mit drohender Miene:

„Mensch, Sie sprechen aus Altersschwäche oder aus Verrücktheit in dieser Weise mit mir! Ich werde Sie schon zu zwingen wissen, sich mit mir zu schlagen. Und was Ihre Gesetze betrifft, so habe gerade ich das Recht, ihre Hilfe in Anspruch zu nehmen. — Halten Sie Ihre

Frauen und deren Bootsführer fest: ich könnte auf den Gedanken kommen, sie einsperren zu lassen!"

Er ging und nur finstere Blicke folgten ihm. Da trat einer der Schiffer, den Südwester verlegen zwischen den Händen drehend, zu Helbig. Es war Nachbar Klassen.

„Nicht wahr, Sie sind der Herr Major, und dieses kleine, schöne Mädchen da ist Ihr Fräulein Töchterchen?"

„Ja. — Was wünschen Sie?"

„Ich bitte für diesen wackeren Jungen, — den Gerd!"

„Ah, Gerd?"

„Ja. Er hat dem gnädigen Fräulein aus dem Wasser geholfen, und da könnten Sie ihm auch einen Gefallen tun."

„Welchen?"

„Hm! Er hatte schon lang einen Pik auf den Grafen, weil dieser seine Mutter beleidigt hat, und heute ist nun Abrechnung gewesen. Der Graf wollte nämlich Ihre Damen überfahren, und das ist ihm nicht gelungen, weil Gerd sein Handwerk vortrefflich versteht. Dann aber hat der Junge auf den Grafen Jagd gemacht und ihm sein Fahrzeug in den Grund gebohrt, so daß die Insassen da draußen im Wasser stehen und warten mußten, bis sie herausgefischt wurden. Nun wird er den Jungen zur Anzeige bringen. Sie haben es ja selbst gehört, und da wäre es gut, wenn der Gerd einen hohen Herrn fände, der sich seiner ein wenig annähme. Er verdient's, das kann jeder versichern."

„Wirklich? — Wo wohnen seine Eltern?"

„Dort in der vorletzten Hütte. Die Frau ist ein Muster, aber der Mann ein Spieler und Trinker, der niemals eine Hand regt. Der Junge muß alles verdienen und die ganze Familie ernähren. — Prügel genug bekommt er dafür, desto weniger zu essen. Die Mutter stammt von weit her und scheint ein schönes Mädchen gewesen zu sein. Sie war mit einem Steuermann verlobt, der in fremden Meeren Schiffbruch erlitten haben muß, denn er kam nicht wieder. Die Mutter wollte nicht heiraten, sie wurde gezwungen, und kam darauf mit ihrem Mann hierher. Einen bessern als den Gerd gibt es nicht, darauf können Sie sich verlassen. Er verdient es, daß er gegen den Grafen in Schutz genommen wird. Auch wir alle werden das unsrige tun, wenn er angezeigt werden sollte."

Der Major reichte dem Mann die Hand.

„Der Knabe hat meiner Tochter das Leben gerettet, und es versteht sich von selbst, daß ich ihm dafür dankbar bin. Auch Ihnen danke ich. Sie handeln wie ein braver Nachbar. Also, dieser Gerd hat sofort am Grafen Vergeltung geübt?"

„Ja, und zwar so schlau und regelrecht, wie es keiner von uns befahrenen Schiffern besser fertiggebracht hätte."

„Das freut mich von ihm!"

„Aber sagen darf man es nicht. Vor Gericht ist natürlich der Graf an dem Zusammenstoß schuld. Der Junge ist so geschickt zu Werk gegangen, daß es jedem Sachverständigen leicht wird, dies zu beweisen."

„Also der Knabe besitzt nicht nur Mut und Geistesgegenwart, sondern auch Überlegung und Klugheit?"

„So viel, als er braucht! Er hat das Rettungsboot nicht nur einmal geführt und liegt in jeder freien Stunde über den Büchern, die er sich zusammenborgt. Er ist ein Prachtkerl! Unter uns sind viele weitgereiste Seeleute, die die Schiffahrt von Grund auf verstehen und fremde Sprachen und anderes dazu. Bei ihnen lernt er, aber heimlich, um keine Strafe zu bekommen, denn sein Stiefvater leidet das nicht."

„Schön, werde mich darnach richten! Ist der Mann hier, der meine Schwestern ans Land gebracht hat?"

„Der bin ich selbst."

„Es ist vergessen worden, Sie zu bezahlen, hier haben Sie!"

Nachbar Klassen bedankte sich für das reiche Geschenk, das ihm zuteil wurde, und dann ging der Major mit Magda auf die Wohnung Gerds zu.

Dort konnte er keines Menschen ansichtig werden; aber aus dem Innern drang ein unterdrücktes Weinen. Er trat ein und wäre beinahe zurückgefahren bei dem Anblick der sich ihm bot.

An der Wand hing Gerd. Seine beiden Hände waren mit einem Riemen zusammengebunden und mittels einer Schlinge an einen starken Nagel in der Weise befestigt, daß der Knabe den Fußboden kaum mehr mit den Fußspitzen erreichen konnte. Darauf war ihm der Oberkörper entblößt und auf eine so unbarmherzige Art behandelt worden, daß man das rohe, blutige Fleisch erblickte und die Diele von Blut rot gefärbt worden war. In dieser Stellung hing er noch jetzt, ohne einen Laut von sich zu geben. Seine Augen waren rot geschwollen, und vor seinen zusammengepreßten Lippen stand großblasiger Schaum. Daneben lagen die Stöcke, mit denen die Züchtigung vorgenommen worden war.

In der hintersten Ecke saß seine Mutter mit verbundenem Kopf. Sie hatte mehrere Hiebe darüber erhalten und schien nicht ungefährlich verwundet worden zu sein. In ihrer Nähe lagen vier kleinere Kinder am Boden, die leise weinten, und auf einer alten Pritsche saß der Mann, der diese Grausamkeiten verübt hatte. Seine knochige Gestalt und seine rohen Züge machten einen abstoßenden Eindruck. Man sah es ihm auf den ersten Blick an, daß er sich im Zustand der Betrunkenheit befand. Er achtete nicht auf die Eintretenden.

Als Magda den Knaben erblickte, der ihr so rasch lieb geworden war, stieß sie einen Ruf des Schmerzes aus und eilte auf ihn zu.

„Ach Gott, Papa, das ist er! Hilf ihm, Papa, schnell, schnell!"

Der Major trat näher und streckte die Hand nach dem Knaben aus. Da aber erhob sich der Trunkene und faßte ihn am Arm.

„Halt! Was wollt Ihr hier?"

„Zunächst den Knaben befreien, Mensch!"

„Dies Haus ist mein und der Knabe auch. Packt Euch fort!"

„Nur langsam! Wir werden gehen, aber nicht ohne vorher unsere Pflicht zu tun."

„Hinaus mit Euch! Ihr habt hier nichts zu befehlen; ich leide es nicht!"

Er faßte den Major beim Arm; der aber stieß ihn von sich.

„Kerl, wage es, noch einmal mich anzurühren, so sollst du sehen, was geschieht! Ist das euer Vater?"

Eines der Kleinen nickte.

„Und dies eure Mutter?"

„Ja."

„Kunz, nimm den Knaben herab!"

„Versucht es einmal!" drohte der Schiffer, indem er zum Stock griff. Der Diener erhielt einen Wink, den er sofort verstand. Er eilte hinaus und kam bald mit Polizei und einigen Schiffern zurück, mit deren Hilfe der Mann trotz heftigen Sträubens gebunden wurde. Dann konnte man Gerd ungestört aus seiner Lage befreien. Er war derartig geschlagen worden, daß er kaum noch die nötige Besinnung besaß, die Umstehenden zu erkennen. Er hatte sich, um den Schmerz zu beherrschen und nicht zu schreien, in die Lippen und die Zunge gebissen. Auch die Mutter war von den Streichen, die ihren Kopf getroffen hatten, beinahe betäubt und konnte nur in kurzen abgerissenen Worten Auskunft erteilen. Der Knabe war ohne Geld nach Hause gekommen, und als sein Vater dazu gehört hatte, wie Gerd mit dem Grafen umgesprungen war, hatte er seine Wut nicht zügeln können und war über Mutter und Sohn in der unmenschlichsten Weise hergefallen. Die Polizei führte ihn ab.

Die Wunden der beiden wurden von den teilnehmenden Nachbarn mit Essig behandelt und dann verbunden. Gerd konnte sich wieder ankleiden.

„Armer Junge!" meinte der Major. „Willst du fort aus diesem Haus?"

„Nein. Ich bleibe bei meiner Mutter."

„Ah, brav! Aber wenn sie nun auch fortgeht?"

„So gehe ich mit, gnädiger Herr. Aber wohin sollen wir?"

„Zu mir. Ich werde für euch sorgen. Jetzt muß ich nach Haus. Könntest du mich begleiten, oder sind die Schmerzen zu groß dazu?"

Der Knabe lächelte, schien sich aber dennoch zugleich zu schämen.

„Ich habe oft so ausgesehen und doch gleich wieder arbeiten müssen."

„So komm!"

Er legte der Mutter, die noch immer wie gelähmt an ihrem Platz saß, seine Börse in den Schoß und verließ das Haus. Magda ergriff die Hand des Knaben.

„Amer Gerd! Du bist so mutig, hast mich aus dem Wasser gezogen und mußt dich dafür so sehr schlagen lassen! Tut es noch recht weh?"

Sein jugendliches Gesicht erhellte sich. „Nun gar nicht mehr."

Das kleine Mädchen ahnte nicht, welchen Eindruck ein einziges gutes Wort hervorbringen kann. Sie ließ den Knaben nicht los, bis sie die Wohnung des Majors erreichten.

Dort bot sich ihnen ein sonderbarer Anblick dar. Auf dem Gang stand sämtliches Dienstpersonal und sprach durch die verschlossene Tür mit drei weiblichen Stimmen, die man im Innern jammern und wehklagen hörte.

„Was gibt es?" fragte der Major.

Alle wollten zu gleicher Zeit antworten, aber die schrille Stimme der Zofe errang zuletzt den Sieg.

„Was es gibt, Herr Major? Ein Unglück, ein fürchterliches, ungeheures Unglück!"

„Macht auf!"

„Wir können nicht. Der Schlüssel ist fort."

„So wartet!" Er trat zur Tür und klopfte. „Wer ist drin?"

„Wir!" antworteten kreischend die drei schwesterlichen Stimmen.

„Ihr habt euch eingeschlossen?"

„Nein!" klang es vereint.

„Was ist geschehen?"

„Macht auf und bringt Hilfe! Das Zimmer wimmelt von —"

„Ungeheuern —" rief ein zweite Stimme.

„Schlangen —" die dritte.

„Molchen und Drachen —" die erste wieder.

Und dann kreischte es im fürchterlichen Durcheinander:

„Lindwürmer, Madenwürmer, Bandwürmer, Chamäleons; o kommt, ich falle vom Tisch, ich vom Stuhl, ich vom Sofa, Hilfe, Hilfe, Hilfe!"

Da gab Kunz dem Gärtner, der auch mit anwesend war, einen Wink, und dieser blickte nieder.

„Ah", meinte er, „da habt ihr vergebens gesucht, denn hier liegt der Schlüssel am Boden!"

„Her damit!" gebot der Major.

Er öffnete, und nun bot sich ein Anblick, der alle zum lauten Lachen zwang.

„So! Wo sind die Tiere hergekommen?" fragte der Herr.

„Hier aus dem Korb", berichtete Freya.

„Hm!" machte der Major und streifte dabei seinen Leibdiener mit einem raschen Blick. „Da hat sich Hektor in diese Tiere verwandelt. Wunderbar! Macht, daß ihr sie aus dem Haus bringt!"

Er ging.

„Fort damit, greift zu!" gebot Freya, und ihre Schwestern stimmten bei.

Der Gärtner schüttelte recht bedenklich den Kopf.

„Der Hektor in diese Tiere verwandelt? Hm, gefährlich! Mein Dienst ist nicht hier, sondern im Garten!"

Er ging. Auch Kunz zog ein eigentümliches Gesicht.

„Der Hektor? Hm, ist stets ein boshaftes Viehzeug gewesen, das den Teufel im Leib hatte. Aber ich habe nicht die Damen, sondern den Herrn Major zu bedienen."

Auch er verließ das Zimmer. Weder Magda noch eine der Dienerinnen getrauten sich, eines dieser häßlichen Tiere zu erfassen. Da erschien endlich Gerd in der Tür. Er hatte sich bisher aus Bescheidenheit zurückgehalten. Die Schwestern sahen ihn und jubelten.

„Da kommt ein Retter! Gerd, lieber Gerd, schaffe dieses Gewürm fort!"

Er sah den offenen Korb und sperrte alle die schrecklichen Geschöpfe, die er mit der größten Schnelligkeit fing, darin ein.

„So, meine gnädigen Fräuleins, nun können Sie ihn fortbringen lassen."

Die Damen verließen ihre Festungen, auf denen sie bisher so arg belagert worden waren.

„Wir danken dir, Junge!" rief Zilla. „Du darfst gar nicht wieder fort von uns."

„Nein, du bleibst hier bei uns!" stimmte Wanka bei.

„Natürlich!" bestätigte Freya. „Er bleibt hier, da er ja vor allen Dingen meine arme Bibi suchen muß, die sich wegen dieses Grafen aus dem Fenster stürzte. Und dann muß er herausbekommen, wer uns diesen Streich gespielt hat, denn wir werden Rache nehmen." — — —

2. Ein sauberes Kleeblatt

Die Maschine stieß einige gellende Pfiffe aus, die Räder kreischten unter dem Druck der angezogenen Bremsen, und der Personenzug fuhr in den Bahnhof ein. Als er zum Halten gekommen war, wurden einige Abteile geöffnet.

„Hochberg. Fünf Minuten Aufenthalt!" ertönte der Ruf des Schaffners.

„Ihr Aufenthalt wird wohl etwas länger dauern", meinte ein Reisender, der mit noch einem andern in einem Einzelabteil dritter Klasse gesessen hatte, in strengem Ton. Er trug den Dienstanzug eines Amtswachtmeisters, und seine ganze Haltung ließ auf den langjährigen Soldaten schließen.

„Geht niemanden was an", antwortete grob der andre. „Es hat sich hier mancher, der erst aufgeblasen tat, für längere Zeit vor Anker gelegt. Ich glaube gar, es sind auch schon Wachtmeister hiergeblieben; merken Sie sich das!"

Der Sprecher war eine rohe, untersetzte Gestalt, in ein sehr abgenütztes Gewand gekleidet. Darunter trug er ein rauhmaschiges Hemd. Sein Gesicht war gewaschen und sein Haar gekämmt, aber diese Reinlichkeit wollte zu dem Mann nicht passen. Es hatte den Anschein, als ob sie ihm aufgedrungen worden sei. Was aber am meisten auffiel, war, daß er ‚geschlossen‘ war. Seine Hände waren in einer eisernen ‚Brezel‘ vereinigt, die man zur größeren Sicherheit in einen starken, um den Leib geschlungenen Riemen befestigt hatte. Der Mann war ein Gefangener.

„Schon gut! Jetzt aussteigen!" entgegnete der Wachtmeister.

„Nur sachte! Ich steige aus, wenn es mir beliebt!" klang es zurück.

„Meinetwegen. Aber schnell!"

Der Wachtmeister schob ihn aus dem Wagen. Der Gefangene blickte sich um, sah das ihn umwogende Gedränge und glaubte, Rettung darin finden zu können. Mit einem schnellen Sprung stand er mitten zwischen den ausgestiegenen Reisenden und versuchte, sich durch sie hindurchzudrängen.

„Haltet ihn auf!" schrie der Wachtmeister.

Dieser Ruf war eigentlich überflüssig. Man hatte in dem Mann sofort einen flüchtigen Gefangenen erkannt und ihn umringt und festgehalten.

„Hier ist er. Nehmen Sie ihn!“

„Danke, meine Herren! Das war ein unbegreiflich alberner Versuch, mir zu entkommen.“

Ein auf dem Bahnhof Dienst tuender Schutzmann trat herbei.

„Soll ich Ihnen bei dem Schub helfen, Herr Amtswachtmeister?“ fragte er.

„Danke bestens! Er ist mir sicher genug; werde ihn nun aber noch fester nehmen.“

Er zog eine Leine aus der Tasche, band sie dem Gefangenen um den Arm und führte ihn in strammer Haltung fort. Sein Weg führte zum höchsten Teil der Stadt, wo hinter ungewöhnlich hohen Mauern die Türme und Gebäude eines schloßähnliches Baues hervorragten. Das war Burg Hochberg, die seit langer Zeit viele Hunderte von denen in ihren Mauern barg, die sich gegen die Gesetze vergangen hatten und dies durch Entziehung ihrer Freiheit büßten. Hochberg war das Zuchthaus für Norland.

Die Straße endete vor einem finsteren, wuchtig mit Eisen beschlagenen Tor, an dem ein mächtiger Klopfer befestigt war. Der Wachtmeister ergriff ihn und ließ ihn erschallen. Wie mußte dieser Klang jeden fühlenden Menschen berühren, der hier mit dem bisher zurückgelegten Teil seines Lebens abzuschließen gezwungen war!

Ein kleiner Schieber öffnete sich. Ein bärtiges Gesicht erschien.

„Wer da?“

„Schutzmann mit Zuwachs.“

„Herein.“

Das Tor sprang auf. Die beiden Ankömmlinge traten in einen finsteren, tunnelförmigen Mauerflur. Der militärische Posten, der geöffnet hatte, schloß wieder und entriegelte dann eine andre Tür, die in einen kleinen Hof führte.

„Gerade aus!“

Der Schutzmann nickte. Er war mit den Räumlichkeiten dieses Hauses bereits vertraut, wenigstens soweit es ihm gestattet war, sie zu betreten. Er führte seinen Gefangenen über den Hof in ein kleines Stübchen, dessen einziges Fenster mit starken, eisernen Kreuzstäben versehen war. Hier saß der Aufseher der Torwache, der das Höfchen überblicken und den geringsten Verkehr genau beobachten konnte. Er hatte jeden Ein- und Ausgehenden in das Durchgangsbuch zu verzeichnen.

„Guten Morgen!“ grüßte der Ankommende.

„Guten Morgen, Herr Amtswachtmeister. Wieder einen?“

„Wie Sie sehen, ja.“

Der Wachtmeister vermerkte seinen Namen in dem Buch und fragte dann:

„Der Herr Regierungsrat selber da?“

„Ja. Werde klingeln.“

Der Aufseher bewegte einen Glockenzug. Eine Klingel ertönte in der Ferne, worauf ein zweiter Aufseher erschien.

„Zuwachs!" meldete der Wachthabende.

„Kommen Sie!" forderte der andere den Wachtmeister auf. „Der Gefangene bleibt hier."

Er führte ihn aus dem Zimmer durch einen langen Gang bis zu einer Tür, hinter der er verschwand, um ihn anzumelden. Nach einigen Augenblicken kam er wieder zum Vorschein.

„Herein!"

Der Wachtmeister trat ein, zog die Tür hinter sich zu und nahm eine stramme, militärische Haltung an, ohne zu grüßen. Er wußte, daß er erst auf die Anrede des Direktors zu sprechen hatte. Dieser war ein stark gebauter Mann. Er trug die Uniform höherer Anstaltsbeamter und einen langen Stoßdegen. Der dichte Schnurrbart stand ihm zu beiden Seiten weit ab, und sein ganzes Äußeres zeigte, daß mit ihm wohl nicht zu scherzen sei. Er blickte den Eingetretenen nicht an, bis er nach einiger Zeit die Feder weglegte und in kurzem Ton fragte:

„Wer?"

„Amtswachtmeister Haller aus Fallum, Herr Regierungsrat."

„Was bringen Sie?"

„Männlichen Zuwachs, einen."

„Namen!"

„Heinrich Hartmann aus Fallum."

„Stand?"

„Fischer oder Schiffer."

„Einlieferungsakten!"

Der Wachtmeister überreichte ihm das Aktenheft, das er schon bereitgehalten hatte.

„Schön, haben Sie persönliche Bemerkungen?"

„Hartmann war angeklagt, seine Frau und seinen Stiefsohn unmenschlich und fortgesetzt mißhandelt zu haben. Er kam unter strenge Bewachung, machte einen Fluchtversuch und verletzte dabei einen Wächter lebensgefährlich. Er ist ein Trinker, ein bösartiger, gefühlloser und auch frecher Geselle, der sogar während der heutigen Reise Widerstand leistete. Er meinte unter anderem, daß auch bereits schon Amtswachtmeister im Zuchthaus gewesen seien, und versuchte noch auf dem Bahnhof zu entspringen, wurde aber von der Menge sofort ergriffen."

„Werde ihn zu fassen wissen. Erhält dritte Disziplinarklasse und zwanzig Tage Kostentziehung gleich als Willkommen. Hier, Ihre Empfangsbescheinigung, Herr Wachtmeister! Guten Tag!"

Während der Direktor nun Einblick in die Einlieferungsakten des neuen Häftlings nahm, kehrte der Wachtmeister in das Stübchen der Torwache zurück, um die dort abgelegte Kopfbedeckung zu holen. Der Sträfling saß auf einer Pritsche und starrte mißmutig vor sich hin.

„Hartmann", meinte der Wachtmeister, sich zum Gehen anschickend, „haben Sie etwas an Ihre Frau und Ihre Kinder auszurichten? Es ist zum letztenmal, daß dies auf solche Weise geschehen kann."

„Packen Sie sich fort!" lautete die dankbare Antwort.

Jener ging. Der Gefangene war von diesem Augenblick an keine Person, sondern nur ein Gegenstand: er besaß keine Selbstbestimmung, keinen freien Willen mehr. Nach einiger Zeit trat abermals ein Aufseher ein.

„Komm!" meinte dieser, nachdem er Hartmann mit einem kurzen Blick überflogen hatte.

„Oho! Hier geht's wohl auf ‚du'?"

Der Torwächter, der bisher schweigsam dagesessen hatte, wandte sich jetzt zu seinem Amtsgenossen:

„Ein ganz und gar unverschämter Bengel! Muß scharf gehalten werden!"

„Wird es schon spüren. Vorwärts!"

Er faßte den Sträfling und schob ihn zur Tür hinaus. Er ging denselben Gang hinunter, den vorhin der Wachtmeister durchschritten hatte, dann rechts ab bis an eine eiserne Tür. Als zwei große Vorlegeschlösser entfernt und drei starke Riegel zurückgeschoben worden waren, zeigte sich hinter dieser Tür ein schmaler, kurzer Gang, der keine Fenster besaß und deshalb von einer Lampe beleuchtet wurde. Zu beiden Seiten befanden sich je acht ähnlich verschlossene eiserne Türen, deren jede einen sieben Fuß hohen, vier Fuß breiten und fünf Fuß tiefen Raum verschloß, in dem nichts zu sehen war als ein Heizungsrohr für den Winter, ein Wasserkrug, ein niedriger Schemel zum Sitzen und eine eiserne, tief in die Mauer eingefügte Kette. Die nur anderthalb Fuß im Geviert haltenden Fensterchen waren innen mit einer durchlöcherten Eisenplatte und von außen mit einem starken Doppelgitter versehen. Von hier hätte sich kein Löwe Austritt verschaffen können.

Dies waren die Zu- und Abgangszellen des Zuchthauses von Hochberg, die schlimmsten der ganzen Anstalt. Es ist notwendig, dem eingelieferten Verbrecher seine Lage sofort in ihrer häßlichsten Gestalt zu zeigen und den, der seine Strafzeit überstanden hat, von dem Rückfall abzuschrecken. Jeder Sträfling verlebte den ersten und den letzten Tag seiner Haftzeit in einer dieser fürchterlichen Zellen.

Der Aufseher öffnete eine. „Hier herein!"

„Was, hier? Gibt es keine bessere?"

„Nein."

„Da waren sie doch in Fallum hübscher!"

„Im Hotel de Saxe sind sie noch hübscher, kosten aber auch zehn bis zwanzig Mark pro Tag. Zeige deine Taschen!"

„Donnerwetter, ich lasse mich nicht ‚du' heißen!"

„Wirst es schon leiden. Zeige deine Taschen!" klang es jetzt barscher als vorher.

„Ich habe nichts drin!"

„Davon will ich mich eben überzeugen. Na, oder soll ich nachhelfen?"

Die Fesseln hatte der Wachtmeister mit sich genommen. Der Gefangene konnte also die Arme wieder bewegen. Von dem strengen Ton des Aufsehers eingeschüchtert, wandte er alle seine Taschen um. Dann durchsuchte ihn der Beamte noch von Kopf bis Fuß.

„Wie hast du geheißen?“

„Hartmann.“

„Was warst du?“

„Schiffer.“

„Was hast du begangen?“

„Müssen Sie das wissen?“

„Das lese ich später auch selbst; du brauchst es mir also nicht zu sagen. Doch will ich dich im guten darauf aufmerksam machen, daß es besser für dich ist, wenn du hier gegen deine Vorgesetzten zuvorkommend bist. Du weilst noch keine halbe Stunde da und hast bereits eine Strafe von zwanzig Tagen Kostentziehung erhalten.“

„Ich? Möchte wissen, wofür!“

„Weil du gegen den Amtswachtmeister grob gewesen bist. Hier in der Anstalt wird der geringste Fehler streng bestraft. Ihr seid bei uns zur Strafe und zur Besserung. Wer willig und arbeitsam ist, kann nicht klagen, wer aber widerstrebt, dem geht es nicht gut. Merke dir das! Also wie lange Strafzeit hast du?“

„Zehn Jahre.“

„Weshalb?“

„Weil ich meine Frau und meinen Stiefjungen geschlagen und bei einem Fluchtversuch den Wächter gestochen haben soll.“

„Haben soll? Sage doch gleich: geschlagen und gestochen habe, denn du hast es doch getan. Kannst du lesen?“

„Ein bißchen, wenn es groß gedruckt ist.“

„Hier an der Tür klebt ein Zettel, worauf steht, wie ihr euch im allgemeinen zu verhalten habt. Licht kommt wohl genug zum Fenster herein. Lies alles genau durch, bis ich wiederkomme, und beherzige es!“

Er verließ die Zelle. Die Schlösser klirrten, und die Riegel rasselten, dann war es still. Die fürchterliche Umgebung verfehlte ihren Eindruck nicht auf den Gefangenen. Es war ihm, als hätte ihm jemand vor den Kopf geschlagen. Er ließ sich auf dem alten, hölzernen Schemel nieder und legte das Gesicht in beide Hände. So saß er lange Zeit, bis die Schlösser wieder klirrten und die Riegel abermals rasselten. Der Aufseher öffnete zum zweitenmal.

„Komm!“

Er folgte willig aus der Zelle heraus und durch mehrere Gänge bis in einen größeren von Wasserdunst erfüllten Raum, der durch niedrige, dünne Holzwände in mehrere Abteilungen geschieden war. In jeder derselben stand eine Badewanne und ein Schemel dabei. Auf einem dieser Schemel lagen Kleidungsstücke, und daneben stand ein schmächtiger Mann, der Schere und Kamm in der Hand hielt. Er trug eine Jacke und Hose von braunem Tuch und hatte harte rindlederne Schuhe an den Füßen. Die Haare waren ihm kurz geschoren, dennoch aber sah man es ihm an, daß er früher gute Tage gesehen haben mußte.

„Nummer Zwei, hier kommt Zuwachs!“ meinte der Aufseher. „Kleide ihn ein! Ich habe jetzt anderweitig zu tun! Aber macht mir keine Dummheiten! In einer halben Stunde bin ich wieder hier.“

Er ging und schloß hinter sich ab. Die beiden befanden sich allein in dem Raum.

„Vierundsiebzig, setze dich!“

„Wer?“

„Du! Du hast jetzt keinen Namen mehr, sondern die Nummer vierundsiebzig. Nur bei dieser wirst du genannt.“

„Donnerwetter, das ist hübsch!“

„Fluche nicht!“ flüsterte der Mann. Dann fügte er lauter hinzu: „Setzen sollst du dich, habe ich gesagt! Oder hörst du schwer?“

Hartmann ließ sich auf dem Schemel nieder. Der andre griff zu Kamm und Schere.

„Was soll denn das werden, he?“ fragte der Schiffer.

„Die Haare müssen herunter. Dann badest du dich und ziehst die Anstaltskleidung an. Die deinige kommt in diesen Sack, der deine Nummer hat, und wird aufgehoben, bis du wieder entlassen wirst!“

„Na, denn zu, wenn es nicht anders möglich ist!“

Das Schneiden des Haares begann. Dabei flüsterte der ‚Nummer Zwei‘ Genannte:

„Bewege die Lippen nicht, wenn du sprichst. Wir werden durch die kleinen Löcher über den Badewannen scharf beobachtet. Was bist du?“

„Schiffer.“

„Woher?“

„Aus Fallum.“

„Ah, aus dem Seebad Fallum?“

„Ja. Kennst du es?“

„War öfters dort. Weißt du nicht, ob Graf Hohenegg in diesem Sommer das Bad besucht hat?“

„Vor drei Monaten war er da. Seit dieser Zeit bin ich gefangen. Kennst du ihn?“

„Sehr gut.“

„Wer bist du denn?“

„Das ist Nebensache!“ Dennoch aber siegte die den meisten Menschen innewohnende Eitelkeit, so daß er hinzusetzte: „Ich war nichts Gewöhnliches. Der Graf war mein Freund.“

„Ah!“ machte Hartmann verwundert. „Ich bin wegen des ‚tollen Grafen‘ hier.“

„Wieso?“

Hartmann flüsterte zwischen den etwas geöffneten Lippen hindurch: „Er fuhr auf dem Boot und stürzte die Tochter des Majors Helbig ins Wasser. Mein Junge warf dann den Grafen hinein, und ich züchtigte den Buben ein wenig zu derb. Darüber wurde ich angezeigt und eingesteckt. Ich wollte ausreißen und stieß dabei einen Wärter mit dem Messer nieder. Dafür habe ich zehn Jahre bekommen.“

„Und der Junge?“

„Nichts. Der Graf hat sogar die Kosten bezahlen müssen.“

„Ja, das sind die jetzigen Zustände. Früher unter der alten Regierung war es besser. Aber jetzt bin ich fertig. Nun zieh dich aus und steige in die Wanne! Deine Kleider habe ich wegzunehmen.“

„Was bist du hier eigentlich?“

„Badewärter.“

„Und was bekommst du dafür?“

„Sechs Pfennige täglich.“

„Alle Wetter, ist das viel!“

„Ja, das ist auch viel. Du bekommst volle drei Monate nichts, dann aber täglich drei Pfennige, aber auch nur dann, wenn du dein Tagewerk vollständig fertigbringst.“

„Was heißt Tagewerk?“

„Die Zahl, wieviel du täglich zu arbeiten hast. Bringst du das nicht, so wirst du bestraft, mit Haft, mit Kostentziehung oder gar mit Prügeln. Und weil du dritte Disziplinarklasse hast, so wird dir von deinen drei Pfennigen zur Strafe täglich einer abgezogen. Du bekommst dann also bloß zwei.“

„Was ist das mit der Klasse?“

„Wer schlecht eingeliefert oder hier bestraft wird, bekommt dritte, wer gut eingeliefert wird, zweite, und wer sich sehr lange Zeit ausgezeichnet beträgt, erste Klasse. Die erste Klasse trägt blanke, die zweite trägt gelbe und die dritte schwarze Knöpfe.“

„So hast du also erste Klasse?“

„Ja; aber nicht, weil ich mich lange Zeit gut geführt habe, denn ich bin noch nicht lange hier, sondern der Direktor berücksichtigt mich, weil ich draußen etwas Vornehmes gewesen bin. Das Amt eines Badewärters ist auch ein Vorzug. Es ist ein Vertrauensposten, weil ich da mit jedem Sträfling zu sprechen habe. Ich kann also den Gefangenen sehr viel nützen. Willst du mir den Gefallen tun, einem anderen Gefangenen ein paar Zeilen zu geben? Ich habe sie schon fertig für den Fall, daß ich einen finde, der bereit ist, sie mir zu besorgen. Du kommst nämlich gleich von hier weg zum Anstaltsarzt. Bei ihm sitzt ein Gefangener, der seinen Schreiber macht. An ihn hast du das Blatt zu geben. Er kennt mein Zeichen und sieht jeden aufmerksam an. Wenn du die Jacke ausziehst, so niesest du und wischst dir dann mit der linken Hand das rechte und mit der rechten das linke Auge! Er wird sofort hinkommen und dich mit entkleiden helfen. Dabei nimmt er das Papier an sich, das ich dir nachher unter das Halstuch binden werde. Es wird dir nützlich sein. Wer Kaffee oder sonst etwas Außergewöhnliches haben will, muß den Arzt bitten; dieser gibt dem Schreiber seine Entscheidung, und was der schreibt, das gilt. Da kann es vorkommen, daß er einem etwas zubilligt, der um gar nichts gebeten hat. Bekommst du also einmal etwas, so sage nur zum Aufseher, du hättest den Arzt darum ersucht!“

Unterdessen war das Bad des Neulings beendet, und das Einkleiden begann. Der Badewärter war ihm dabei behilflich und legte ihm auch das Halstuch um.

„Du hast den Brief vergessen!“ flüsterte Hartmann.

„Sorge dich nicht! Er ist an seiner Stelle. Ich wäre sehr ungeschickt, wenn du es bemerkt hättest, denn dann hätte es der Aufseher draußen auch entdeckt.“

„Er belauscht uns also wirklich?“

„Ja. Du wirst sehen, daß er hereinkommt, sobald wir fertig sind. Diese Leute halten sich allein für klug, und sind doch dümmer als dumm.“

Wirklich hatte Hartmann kaum die Arme in die Ärmel seiner Jacke gesteckt, so trat der Aufseher herein.

„Wieder einmal fleißig geschwatzt?"

„Kein Wort! Oder glauben Sie, daß unsereiner das Bedürfnis hat, sich solchen Leuten mitzuteilen?"

„Hoffe es auch nicht. Also vorwärts wieder!"

Hartmann wurde in ein anderes Gebäude geführt, wo ihn der Aufseher in ein Zimmer schob, in dem ein Herr in Zivil an einem Schreibtisch saß. An der andern Seite befand sich ein dicker Mann in Sträflingskleidung und schrieb, ohne von dem Papier aufzublicken. Der erstere war der Anstaltsoberarzt. Er musterte den Angekommenen einen Augenblick. Dann fragte er in dem kurzen Ton dieser Beamten:

„Einmal krank gewesen?"

„Nein."

„Fehlt dir jetzt etwas?"

„Nein, aber Hunger habe ich immer."

„Ach so!" lachte der Arzt. „Die Herren Gefangenen haben während der Untersuchungshaft auf schmaler Kost gesessen und wollen sich nun hier herausfüttern lassen. Zieh dich aus!"

Er bog sich auf seine Schreiberei zurück. Hartmann fuhr langsam aus der Jacke und nieste; dann wischte er sich die Augen in der angegebenen Weise. Sofort erhob sich der dicke Schreiber und trat zu ihm.

„Na, das hat ja noch keine Spur von Geschick! Wie lange soll da der Herr Oberarzt warten, he? Herunter damit!"

Er band ihm das Halstuch ab, warf es zur Erde, und half auch beim Ablegen der übrigen Kleidungsstücke. Als dies geschehen war, erhob sich der Arzt und untersuchte Hartmann genau. Er hatte Zeit, denn es war kein zweiter Gefangener eingeliefert worden. Währenddessen bemerkte Hartmann, daß der Schreiber hinter dem Tisch einen kleinen Zettel las und schnell einen zweiten schrieb. Als die ärztliche Untersuchung beendet war, trat er wieder zu Hartmann und half ihm beim Anlegen der Kleider. Dabei steckte er ihm den zweiten Zettel abermals unter das Halstuch und flüsterte:

„Beim Arbeitsinspektor wieder niesen!"

Hartmann wurde entlassen. Draußen empfing ihn der Aufseher wieder, der ihn in seine Zelle zurückbrachte und dann verließ. Während dieser Pause wagte es der Gefangene, den Zettel zu öffnen, obgleich es möglich war, daß man ihn beobachtete. Er war in einer fremden Sprache geschrieben. Sein Verfasser und derjenige, an den er gerichtet war, konnten keine gewöhnlichen Leute sein.

Jetzt dauerte es einige Stunden, ehe der Aufseher wieder erschien. Er brachte Wasser und Brot.

„Hast du beim Arzt um doppelte Menge Brot gebeten?"

„Ja. Ein Seemann hat stets Hunger."

„Der Herr Oberarzt muß heute bei sehr guter Laune gewesen sein. Jetzt komm!"

Das Versprechen des Badewärters war also bereits in Erfüllung gegangen. Der dicke Krankenschreiber hatte aus eigener Machtvollkommenheit zwei Pfund Brot vermerkt.

Wieder ging es über mehrere Höfe bis vor eine Tür.

„Den Herrn da drinnen hast du ‚Herr Arbeitsinspektor‘ zu nennen!‘ bedeutete der Aufseher und schob den Gefangenen in das Zimmer.

Der Beamte war noch jung und hatte ein wohlwollendes Gesicht Die stramme Uniform stand ihm gut. Ihm diente gleichfalls ein Gefangener als Schreibhilfe. Auch hier wartete der Aufseher vor der Tür.

„Was bist du?“ forschte der Inspektor.

„Schiffer.“

„Schiffer, also kräftig.“ Er blätterte dabei in den Papieren herum. „Hier finde ich, daß du vom Arzt zwei Pfund Brot erhalten hast; da mußt du auch arbeiten können. Hast du außer deinem Beruf ein Handwerk betrieben?“

„Nein“, antwortete er niesend und sich dann die Augen wischend.

„Aber im Winter, wo der Fischfang und die Schiffahrt feiern, was hast du da getan?“

„Hm“, räusperte sich der Gefangene verlegen.

„Ach so, ich verstehe! Nichts hast du gemacht! Gespielt, was?“

„Bloß abends“, entschuldigte sich Hartmann.

„Und am Tag?“

„Geschlafen.“

„Schön! Das heißt also, du hast vom Abend bis an den Morgen gespielt und dann den Tag verschlafen. Hast du Weib und Kinder?“

„Ja.“

„Also Familie, und ein so liederliches Leben! Scheinst mir ein sauberer Kerl zu sein! Ich werde dir eine Beschäftigung geben, bei der du mir nicht so leicht einschlafen sollst. Die Arbeit ist schwer, bringst du sie aber nicht fertig, so gebe ich dir Kostentziehung.“

Der Inspektor war in Wut gekommen. Das gleiche schien mit dem Schreiber der Fall zu sein. Er erhob sich und trat näher.

„Auch unordentlich ist er“, meinte er, der seinen Vorgesetzten sehr gut kennen mußte, um diese Teilnahme am Gespräch zu wagen. „Dieser Knopf ist auf, und das Halstuch guckt hinten über den Kragen in die Höhe. Die Herren Aufseher schauen nicht drauf. Ich habe nur immer nachzubessern, damit die Leute anständig vor dem Herrn Inspektor erscheinen.“

Dabei knöpfte er ihm die aufgesprungene Jacke zu und nestelte emsig an dem Halstuch herum. Dann trat er wieder zurück und setzte sich mit zufriedener Miene nieder.

„Richtig ist es“, meinte der Inspektor. „Also, was geben wir dir für Arbeit? — Vermerken Sie ihn unter die Schmiede, und besorgen Sie das übrige! Ich habe mich zu beeilen, damit ich den Zug nicht versäume. Du aber kannst jetzt gehen!“

Hartmann verließ das Gemach und wurde von seinem Aufseher in seine Zelle zurückgeführt. Er blieb dort nicht lange allein, denn bald wurde wieder geöffnet, und der Wärter trat in Begleitung des Anstaltskochs herein.

„Also dies ist der Mann?“ sagte der letztere, den Gefangenen musternd.

„Ja, er hat Glück", entgegnete der Aufseher. „Wird mit zwanzig
Tagen Kostentziehung eingeliefert und bekommt doppeltes Brot und
Beschäftigung in der Küche, während andre sich jahrelang zu einem
solchen Posten melden und immer wieder abgewiesen werden. Ich bin
neugierig, wie der Herr Direktor die Kostentziehung mit der Küchen-
arbeit und der Brotmenge zusammenreimen wird."

„Das ist nicht unsere Sache", meinte der Koch. „Es liegt hier jedenfalls ein Versehen vor. Ich aber habe mich nach der Anweisung des
Herrn Arbeitsinspektors zu richten und diesem hier zu sagen, daß er
morgen früh in der Küche antreten wird. Besorgen Sie ihm eine weiße
Schürze und eine Küchenmütze!"

Unterdessen stand der Schreiber des Arbeitsinspektors an seinem
Fenster und blickte hinaus auf den Hof. Er war allein, denn sein
Vorgesetzter hatte die Anstalt verlassen, um seiner vorhin getanen
Äußerung nach eine Reise zu unternehmen. Der Schreiber schien von
einer peinigenden Unruhe erfüllt zu sein, und immer wieder zog er
den Zettel hervor, den er unter dem Halstuch Hartmanns herausge-
nommen hatte. Dieser war in französischer Sprache verfaßt und lautete
zu deutsch:

„Endlich ist es Zeit, wie mich Natter benachrichtigt. Warte in deiner
Amtsstube auf uns!"

Da kam ein einzelner Häftling ohne Begleitung eines Aufsehers
über den Hof. Es war der Schreiber des Oberarztes. Er trat ein. Beide
kannten einander. Der eine war Direktor und der andere Oberarzt
einer Irrenanstalt gewesen und hatten sich derartiger Vergehen schuldig gemacht, daß sie sich jetzt für lebenslang im Zuchthaus befanden[1].

„Der Inspektor fort?" fragte der frühere Irrenhausdirektor Breiding.

„Ja", entgegnete sein ehemaliger Untergebener Schramm. „Woher
weißt du, daß er verreisen will?"

„Er war am Vormittag beim Doktor und sagte es diesem. Bist du
bereit?"

„Ich wage das Leben, wenn es sein muß. Aber wie?"

„Weiß es selbst noch nicht. Natter schrieb mir heute, daß ich um
die jetzige Zeit bei dir sein sollte."

„Er kommt also auch?"

„Jedenfalls."

„Wie gut, daß die zur ersten Disziplinarklasse Gehörigen die Erlaubnis haben, ohne Beaufsichtigung ihrer Arbeit nachgehen zu können. Wenn man mich hier bei dir sieht, können wir sagen, daß wir
uns über irgendeine Schreiberei zu besprechen haben. Doch schau, da
kommt Natter!"

Der Häftling Nummer Zwei ging über den Hof herüber und in
das Zimmer.

„Gut, daß Sie schon beisammen sind! Sie haben meine Mitteilung
erhalten?"

„Ja. Welche Vorbereitungen haben Sie getroffen?"

„Ich noch keine; aber wir werden draußen erwartet."

„Von wem?"

[1] Siehe Karl Mays Gesammelte Werke Band 4. „Zepter und Hammer"

„Das möchte ich jetzt noch verschweigen. Im Gasthof des nächsten Dorfes hat ein Kutscher Wohnung genommen, der sein Pferd stets angeschirrt bereithält. Eine Minute nach unserem Eintreffen dort, kann es fortgehen.“

„Aber wie kommen wir aus der Anstalt?“

„Als Aufseher verkleidet. Da hält uns der Posten nicht an.“

„Alle Teufel, das ist verwegen! Am lichten Tag gemütlich hinauszuspazieren! Doch die Kleider?“

„Bekommen wir beim Wachthabenden. Freiwillig gibt er sie natürlich nicht her. Wir nehmen sie ihm. Jeder Aufseher, der von zu Haus kommt und die Anstalt betritt, hat bekanntlich Mütze und Überrock beim Wachthabenden abzulegen. Diese Sachen werden in die Kleiderkammer gehängt, die sich neben der Wachstube befindet. Das ist genug für uns; denn wir brauchen ja nur Mantel und Mütze, um für Aufseher gehalten zu werden.“

„Wir sind aber rasiert, und sämtliche Aufseher tragen Bärte.“

„Ich habe mich vorgesehen. Bei meiner Arbeit kommen mir viele Haare in die Hände, die ich zu falschen Bärten verarbeitet habe. Hier, versuchen Sie einmal!“

Er zog ein Papierpaket hervor und öffnete es. Die drei Bärte, die es enthielt, paßten genau.

„Das ist vortrefflich!“ meinte der einstige Direktor. „Allein wir können unsere Hosen und Schuhe nicht verbergen.“

„Unter dem Tor ist es finster.“

„Aber wenn man uns auf dem Hof begegnet? Selbst wenn wir vollständige Uniformen trügen, würde jeder Aufseher wegen unserer fremden Gesichter aufmerksam werden.“

„Ich werde dafür sorgen, daß uns niemand begegnet. Sie wissen, daß ich oft Befehle des Direktors an andere Beamte zu überbringen habe. Ich werde eine augenblickliche Zusammenkunft im Speisesaal anmelden. Wenn ich diesen Befehl nur den beiden Oberaufsehern mitteile, so sind in fünf Minuten alle Wärter, außer die diensttuenden, die nicht von ihren Leuten fortkönnen, im Speisesaal versammelt. Ich gehe jetzt. Zwei Minuten, nachdem Sie mich wieder vorüberlaufen sehen, kommen Sie zum Wachthabenden, aber einzeln, damit es nicht auffällt!“

Er entfernte sich.

„Ein verwegener Kerl!“ meinte der Arbeitsschreiber. „Ich möchte wissen, warum er gerade uns beide mit frei sehen möchte.“

„Weil er glaubt, daß unsere Anhänglichkeit ihm später von Nutzen sein wird. Es versteht sich von selbst, daß unsere Flucht ein ungeheures Aufsehen erregen und man alles aufbieten wird, uns wieder zu ergreifen.“

„Wenn ihnen das gelänge, würde ich mich töten.“

„Ich mich auch. Ehe man mich fängt, müssen erst einige dran glauben. Ich habe aus dem Besteck des Arztes mehrere Messer zu mir gesteckt. mit denen man sich verteidigen kann. Willst du eins?“

„Ja, gib her!“

Jetzt schritten einige Aufseher eilig vorüber.

„Schau, seine Finte beginnt bereits zu wirken. Die gehen in den Speisesaal."

Einige Augenblicke später schritt der Badewärter langsam über den Hof und begab sich in die Wachtstube, wo sich der Wachthabende allein befand.

„Herr Aufseher!"

„Was willst du?"

„Der Herr Aufseher Wendler ist bei mir im Bad. Er hat die Seife vergessen, die in der Tasche seines Überrocks steckt. Sie sollten so freundlich sein und sie ihm schicken."

„Gleich. Warte hier!"

Er trat in den nebenan befindlichen Kleiderraum und suchte. Nach kurzer Zeit meinte er:

„Es steckt keine Seife drin. Komm heraus und suche selber einmal nach!"

Der Badewärter warf einen raschen Blick durch das Fenster und sah den Arbeitsschreiber bereits kommen. Sonst war niemand weiter zu erblicken. Es war Zeit. Er trat zu dem Aufseher, faßte ihn von hinten bei der Kehle und drückte diese zusammen, daß der Überfallene keinen Laut von sich geben konnte.

In diesem Augenblick trat Schramm ein und eilte herbei.

„Stecken Sie ihm sein Taschentuch in den Mund!" gebot Natter.

Der Schreiber gehorchte, mußte aber mit seinem Messer die Zähne des Aufsehers auseinanderbrechen.

„Nehmen Sie die Schnur aus meiner Tasche und binden Sie ihm die Hände auf den Rücken und die Füße zusammen!"

Dies geschah, und hier konnte auch der Krankenschreiber mithelfen, der unterdessen hinzugekommen war. Dann wurde der gefesselte und geknebelte Mann in den Winkel geschleppt.

„Dort hängt sein Degen", meinte Natter. „Ich werde ihn umschnallen, da ich unter uns wohl der bin, der am besten mit dieser Waffe umzugehen versteht. Nun schnell die Überröcke an und die Mützen auf! Dann — fort!"

Die Flüchtlinge verließen so vorbereitet das Zimmer. Der Badewärter verschloß es und steckte den Schlüssel zu sich.

„Nun stracks über den Hof, und zwar in militärischer Haltung!"

Sie gelangten unangefochten an das Innentor des Einganges und klopften.

„Wer da?" ließ sich im Torgewölbe die Stimme des Postens vernehmen.

„Drei Aufseher zum Ausgehen", antwortete Natter fest.

„Können durch!"

Er öffnete zuerst das innere und dann auch das äußere Tor, und Natter selbst zog dieses zu, damit es dem Posten nicht einfallen solle, ihnen nachzublicken.

„Gott sei Dank, es scheint zu gelingen! Nun schnell die Mauer entlang und ins Freie. Den betretenen Weg müssen wir vermeiden."

Mit möglichster Schnelligkeit gingen sie längs der Mauer hin und gelangten auf das offene Feld. Hier sahen sie einen schmalen Fußpfad, der zum nächsten Dorf führte und jetzt nicht begangen war. Ihn schlugen sie ein.

„Nun können Sie uns wohl sagen, auf welche Weise Sie in Verbindung mit der Außenwelt gelangten", meinte der frühere Irrenhausinspektor Breiding zu Natter.

„Das war nicht so schwierig, als ich vorher meinte", erwiderte dieser. „Als Badewärter hatte ich des heißen Wassers wegen oft in der Küche zu tun. Der Fleischer, der das wenige Fleisch zu liefern hat, das in das Anstaltsessen geschnitten wird, kommt täglich des Morgens zu einer bestimmten Stunde. Er gehört zu jenen nichtamtlichen Personen, denen der Zutritt ohne vorherige Anmeldung gestattet ist. Als ich ihn zum erstenmal sah, erkannte ich in ihm sofort einen Mann, mit dem ich früher einmal in ‚Geschäften‘ zu tun hatte. Auch er erkannte mich, ließ sich aber weiter nichts anmerken. Aus einigen Worten, die er scheinbar an den Koch richtete, hörte ich, daß er mich wiedersehen wolle, und so wußte ich es einzurichten, daß ich am nächsten Tag zu derselben Stunde wieder in die Küche mußte. Er ließ ein zusammengewickeltes Papierchen fallen, auf das ich den Fuß setzte, um es dann aufzuheben. Er fragte mich darin, ob er etwas für mich tun könne. Ich hielt mich mit ihm in fortwährendem Verkehr und ließ durch ihn einen Brief an den Grafen Hohenegg gehen."

„An den ‚tollen Grafen‘?"

„Ja. Dieser antwortete mir, daß er nach Kräften für mich sorgen werde und schickte mir einen Vertrauten, der mich mit einem Wagen erwartet, um mich über die Grenze und dann in einen sicheren Zufluchtsort zu bringen."

„Und Sie können sich auf ihn verlassen?"

„Ich bin seiner sicher. Sie wissen vielleicht noch nicht, daß ihn der Herzog damals, da man ihm eine unmittelbare Teilnahme an der Verschwörung nicht nachweisen konnte, nur außer Landes verwies mit der Einschränkung, daß er sich jedes Jahr auf ein paar Monate in Norland aufhalten darf. Würde ich indes verraten, was ich weiß, so müßte er sich hüten, jemals wieder über die Grenze zu kommen. Es wäre um seine Freiheit geschehen. Das weiß auch er, und darum darf er mich nicht fallen lassen."

„Die Reise im Wagen ist nicht geheuer; wir beide haben dies zur Genüge erfahren. Die Bahn können wir freilich auch nicht benützen. Man wird bei der Nachricht von unserer Flucht sofort die Pässe besetzen, so daß ein Wagen nicht hinüber kann, ohne durchsucht zu werden."

„Hm, das ist richtig! Es wäre wohl vorteilhafter, wenn wir den Weg zu Fuß machten. Ich möchte mich beinahe dafür entscheiden. Was sagen Sie dazu?"

„Ich rate es sehr."

„Gut, laufen wir. Aber heute und morgen kommen wir noch nicht in die Berge. Da nehmen wir den Wagen. — Dort ist das Dorf. Kommt uns nicht ein Mann entgegen?"

„Ein Spaziergänger."

„Es scheint so, denn er schlendert dahin, als ob er ein wenig ausgehen wolle. Er hat eine Peitsche in der Hand und scheint wirklich unser Mann zu sein. Es ist nämlich ausgemacht, daß er dieses Erkennungszeichen mit sich führen und sich soviel als möglich bei der Anstalt aufhalten soll. Sehen Sie, auch er hat uns bemerkt und bleibt stehen! Er ist es jedenfalls."

Sie kamen näher. Er zog die Mütze und grüßte höflich. Natter dankte und fragte:

„Sagen Sie einmal lieber Mann, was tun Sie hier?"

„Ich warte."

„Ah, richtig! Sie sind aus Burg Himmelstein und wohl ein Bedienter des Grafen?"

„Der Schloßvogt selbst. Welcher von den Herren ist es, den ich fahren soll?"

„Ich bin der, für den Sie bestimmt sind. Mein Name ist Natter. Die Herren hier sind meine Freunde, die ich Seiner Erlaucht zu empfehlen habe. Wie lange benötigen Sie, um uns aufnehmen zu können?"

„Nicht volle zehn Minuten von jetzt an. Ich brauche nur die Pferde, die bereits eingeschirrt sind, aus dem Stall zu ziehen und an den Wagen zu spannen."

„So kommen Sie!"

„In das Dorf? Nein, meine Herren! Gehen Sie lieber rechts um das Dorf herum und in der Nähe der Straße weiter! Ich eile sofort nach, und dann können Sie einsteigen."

„Sind Sie mit allem Nötigen versehen?

„Mit Kleidungsstücken für Sie allein. Doch sind solche Dinge in jedem Laden leicht zu bekommen, nur müssen wir diese Gegend erst hinter uns haben."

„Und Geld?"

„So viel, wie Sie bis Burg Himmelstein kaum verbrauchen können. Der Graf hat mir diese Börse und diese Brieftasche gegeben, um beides Ihnen zu überreichen."

„Danke! Also spannen Sie schleunigst an, damit wir nicht auf Sie warten müssen!"

Der Schloßvogt eilte zum Dorf zurück, und die drei Flüchtlinge wandten sich um dieses herum. Sie gelangten auf die Straße, und da sie dort niemanden bemerkten, schritten sie langsam vorwärts. Sie sollten bald erkennen, was für eine große Unvorsichtigkeit sie damit begingen. Als sie an eine Biegung des Wegs kamen, wo ihnen die Fortsetzung der Straße durch ein Gebüsch verdeckt gewesen war, zuckte Natter vor Schreck zusammen.

„Alle Teufel, ein Landjäger!"

„Wahrhaftig!" rief auch der Krankenschreiber. „Was tun wir?"

„Fliehen", meinte der frühere Oberarzt Schramm. „Dort seitwärts in die Büsche hinein!"

„Nein, das geht nicht. Er hat uns bereits gesehen. Vorwärts, wir wandern gerade auf ihn zu!" entschied Natter.

„Aber er hat einen Karabiner!"

„Und wir sechs Hände. Fürchten Sie sich?"

Der Landjäger kam langsam näher, die Schußwaffe über die Schulter gehängt. Er hielt sie für Strafanstaltsbeamte und hob schon die Hand zum Gruß zur Mütze empor, ließ sie aber überrascht wieder sinken. Er war aufmerksam geworden.

„Guten Tag, meine Herren! Wohin?"

„Spazieren", erwiderte Natter.

„Sie haben frei?"

„Ja, Nachtdienst gehabt. Da gibt es stets einen offenen Tag."

„Habe Sie bisher niemals gesehen und kenne doch die Kameraden alle. Sie sind wohl noch nicht lang angestellt?"

„Schon seit geraumer Zeit; allerdings sind wir erst vor kurzem hierher versetzt worden."

„Es scheint, Sie haben sich noch nicht vollständig eingekleidet? Oder trugen Sie an Ihrem früheren Dienstort Schuhe und Hosen von Sträflingstuch?"

„Jawohl."

„Auch ein Sträflingshalstuch anstatt der Binde? Ah, mein Lieber, machen Sie den Mund zu, sonst fällt Ihnen der Schnurrbart hinein! Meine Herren, Sie haben wohl die Güte, mit mir nach dem Dorf zurückzukehren!"

„Warum?"

„Sie kommen mir verdächtig vor."

„Verdächtig? Anstaltsaufseher? Das ist doch spaßhaft!"

„Nicht so spaßhaft wie Ihre Vermutung. Bitte, machen Sie kehrt; Sie begleiten mich! — Ah, was ist das?"

Ein dumpfer, weithin dröhnender Ton war von der Stadt her erklungen. Der Sicherheitsbeamte blieb horchend stehen und ließ den Karabiner von der Schulter gleiten.

„Ein Kanonenschuß — — noch einer — — — und jetzt ein dritter! Holla, es sind drei Häftlinge entsprungen, und die seid ihr! Vorwärts marsch, zurück!"

„Herzlich gern, Herr Wachtmeister!" entgegnete Natter.

Er hatte seinen Wagen kommen sehen, der mit zwei ausgezeichneten Braunen bespannt war. Der Schloßvogt saß auf dem Bock. Er bemerkte den Landjäger, der die drei geführt brachte, und ließ die Pferde sofort halten. Absteigen, den einen Wagenschlag öffnen und wieder aufspringen war bei ihm das Werk eines Augenblicks. Er wußte, daß jetzt alles auf ihn ankam.

„Herr Wachtmeister", rief er, als dieser mit seiner Begleitung herangekommen war, „haben Sie die Schüsse gehört? Es sind drei Sträflinge entsprungen."

„Habe sie bereits erwischt. Hier sind sie!"

„Donnerwetter! Dachte mir gleich so etwas, als ich Sie sah. Aber besser ist besser; ich habe schon aufgemacht; wollen Sie nicht meinen Wagen nehmen? Da haben Sie die Halunken sicherer."

„Ich nehme Ihr Anerbieten an."

„Wo lade ich ab?"

„Vor dem Anstaltstor. Lenken Sie um!"

„Ist auch Zeit, wenn Sie drinnen sind. Man darf solche Schlingel nicht so lange auf der Straße stehen lassen."

„Gut! Vorwärts!"

Der Vogt hielt die Peitsche hiebgerecht, nahm die Pferde hoch in die Zügel und wartete auf den entscheidenden Augenblick. Erst stiegen die beiden Schreiber ein, dann folgte Natter. Jetzt legte der Landjäger die Hand an den Schlag.

„Herr Wachtmeister!" rief der Kutscher.

„Was?"

„Sie haben am Ende doch die Unrechten! Sind das nicht Sträflinge, die dort über die Wiese gesprungen kommen?"

„Wo?"

„Rechts da drüben!"

Die Kutsche stand zwischen dem Sicherheitsbeamten und der Gegend, nach der der Schloßvogt zeigte. Darum nahm der Beamte die Hand vom Schlag und trat nach hinten, um besser sehen zu können. Da sauste die Peitsche auf die Pferde nieder. Diese stiegen in die Höhe und zogen mit einem schnellen Ruck an.

„Leben Sie wohl, Herr Wachtmeister; es sind doch die Richtigen!" klang es lachend vom Bock hernieder.

Der Geprellte faßte sich schnell. Er hob den Karabiner in die Höhe und rief:

„Halt oder ich schieße!"

Das Gebot wurde nicht beachtet. Der Schuß krachte und noch einer — die Kugeln schlugen in den Wagen ein; dieser jedoch flog in rasendem Galopp weiter. Die Vögel waren entwischt. — —

3. Gerds Meisterstück

Am späten Nachmittag des folgenden Tages ritten auf der Gebirgsstraße ein Knabe und ein Mädchen auf kleinen schottischen Ponies dahin. Der Knabe mochte etwas über vierzehn und das Mädchen ungefähr zehn Jahre zählen, doch war es im Reiten sichtlich bewanderter als jener.

„Das ist eigentlich sonderbar bei dir", meinte das Mädchen. „Du hast drei Väter."

„Wieso, Magda?"

„Nun, du hast einen Vater, den hast du gar niemals gesehen, dann hast du einen Vater, der ist dein Stiefvater, und endlich hast du noch einen Vater, der ist auch mein Papa."

„Ja, ich muß Papa zu ihm sagen, aber hat er mich auch wirklich so lieb, wie ein Vater gewöhnlich seine Kinder liebt?"

„Der Papa? Der hat dich sehr lieb, das kannst du mir glauben. Ich war dabei, als er mit Herrn Meinhart von dir sprach."

„Was hat er da gesagt?"

„Ja, das darf ich dir eigentlich gar nicht verraten, Gerd, denn sonst wirst du am Ende stolz, und du weißt doch, daß ich das niemals leiden mag."

„Ich verspreche dir, daß ich nicht stolz werde."

„Er sagte nämlich so", dabei setzte sich das hübsche Kind auf
seinem Pony sehr würdevoll zurecht, um die Haltung und Miene nachzuahmen, die ihr Vater bei den betreffenden Worten gezeigt hatte.
„‚Mein lieber Herr Meinhart. Sie sind der Erzieher meiner Tochter,
und ich freue mich, Ihnen sagen zu können, daß ich mit Ihnen zufrieden bin. Ich habe Ihnen jetzt auch meinen Pflegesohn zu übergeben. Er ist ein armer Schifferknabe und hat nur einen Unterricht
genossen, wie er in einer Volksschule erteilt wird. Aber er besitzt
ausgezeichnete Anlagen und Lust zum Lernen, die ihm helfen werden,
auch größere Schwierigkeiten zu überwinden. Er hat ein sehr gutes
Herz, ist offen und ehrlich. Man muß ihm wirklich gut sein, und ich
wünsche, daß auch Sie ihm Ihre Liebe widmen. Er soll Marineoffizier
werden. Haben Sie die Güte, Ihren Unterricht nach diesem Plan
einzurichten!‘ Siehst du, so hat Papa gesagt."

„Das freut mich sehr. Das hätte meine Mutter hören sollen, die wäre
glücklich darüber gewesen. Sie hat mir nämlich geboten, alles zu tun,
um die Zufriedenheit deines Papas zu erlangen."

„Ich habe es ihr bereits erzählt. Aber, Gerd, du sollst nicht sagen
‚deines‘ Papas; er ist ja auch dein Vater, und ich bin also deine
Schwester. Ich freue mich, daß ich einen Bruder habe, denn das ist
viel besser als vorher. Auch die Tanten haben dich sehr gern. Sie
gewinnen nicht gleich jemanden lieb. Aber weißt du, wodurch du ihre
Zuneigung sogleich erobert hast?"

„Nun?"

„Dadurch, daß du so mutig und klug gegen den tollen Grafen
gewesen bist, und dann besonders damit, daß du damals die Frösche
und Krebse entfernt hast. Auch unser alter prächtiger Kunz ist dir gut.
Wenn er von dir spricht, so wirst du gar nicht anders als ‚unser Junge‘
genannt."

„Ja, wir haben es gegen früher wie im Himmel bei euch, und das
gönne ich meiner armen guten Mutter von ganzem Herzen. Sie grämt
sich gar sehr darüber, daß mein Stiefvater jetzt in das — das — —"

„Sage nur das Wort, lieber Gerd; du bist doch nicht schuld daran!"

„In das — Zuchthaus gekommen ist, wollte ich sagen."

„Oh, wie schrecklich muß es dort sein! Man kann sich nicht wundern, wenn einmal einer zu fliehen versucht, wie der Kutscher mir
gestern erzählte. Wie war das eigentlich? Du bist mit dabeigewesen."

„Nun, ich mußte den Papa und Kunz, als sie abreisten, mit zur
Haltestelle begleiten, und da trafen wir im Wartesaal einen Herrn
in Uniform. Der war, wie er Papa erzählte, Arbeitsinspektor im
Zuchthaus und mit dem letzten Zug gekommen, um mit einem Ge-
schäftsmann zu verhandeln, der in der Strafanstalt viel arbeiten läßt.
Während dieser Mitteilung hörten wir, daß die Bahnbeamten sich
etwas zuriefen. Es war soeben eine Drahtnachricht gekommen, die an
alle Haltestellen des Landes gerichtet war. Sie lautete, daß drei bös-
artige Gefangene entsprungen seien, nämlich ein gefährlicher Ver-
schwörer mit Namen Natter und zwei Ärzte, von denen der eine
Direktor und der andere Oberarzt in einem Irrenhaus gewesen sind.
Du kannst dir denken, wie der Arbeitsinspektor erschrocken ist. Der

frühere Oberarzt war sein Schreiber im Zuchthaus; er gab die beabsichtigte Besprechung auf und kehrte gleich mit dem nächsten Zug, den auch Papa benutzte, in die Anstalt zurück.“

„Ich wollte, sie würden wieder erwischt und ins Zuchthaus zurückgeschafft.“

„Man wird sie schon ertappen. Die ganze Polizei ist auf den Beinen, und alle Straßen sind besetzt, um sie abzufangen. Die Eilbotschaft lautete nämlich, daß sie in einem Wagen, der mit zwei Braunen bespannt ist, die Straße nach dem Gebirge zu eingeschlagen haben.“

„Schrecklich! Wenn wir ihnen hier begegneten!“

„Oh, die sollten uns nur etwas tun! Ich habe mich vor dem tollen Grafen nicht gefürchtet, und nun vor ihnen erst recht nicht. Ich könnte sie nicht aufhalten, denn ich bin zu klein dazu; aber dir sollten sie kein böses Auge machen; das wollte ich mir verbitten!“

„Oder wenn sie nach Helbigsdorf kämen! Der Papa ist mit Kunz verreist, die Tanten sind auf Besuch hinüber zu Barons und kommen erst morgen wieder, und unser Herr Meinhart ist auf Urlaub.“

„Schadet nichts! Papa hat in seinem Waffenschrank eine Menge von Degen und Pistolen. Ich würde alle drei —“

„Ich habe dennoch Angst. Aber schau, wer sitzt dort unter dem Baum? Ich fürchte mich. Komm herüber auf die andere Seite!“

Die Straße führte durch den Wald. An seinem Saum lehnte unter einer knorrigen Fichte eine ältliche Frau. Sie war barfuß, trug einen einzigen Rock von grellroter Farbe, um die Schulter einen gelben beschmutzten Überwurf und hatte ein blaues Tuch turbanartig um den Kopf geschlungen. Ihre Gesichtsfarbe war dunkelbraun. Mit ihren tiefliegenden schwarzen Augen musterte sie aufmerksam die von ihrem Spazierritt heimkehrenden Kinder. Als diese herangekommen waren, streckte sie die Rechte bittend aus und trat unter dem Baum hervor.

„Gebt einer armen Zigeunerin etwas, ihr blanken Kinder!“

Magda wollte ängstlich weiterreiten, aber Gerd hielt ihr Pferd und das seinige an.

„Eine Zigeunerin bist du? Die habe ich mir ganz anders vorgestellt.“

Sein offenes Gesicht und seine ehrlichen freundlichen Augen mochten der Alten gefallen.

„So sieh mich nur genau an!“ meinte sie lächelnd.

„Du bist heute wohl schon sehr weit gegangen?“ fragte nun auch Magda.

„Nein; aber ich bin alt, und da wird man leichter müde als in der Jugend.“

„Und wohl auch hungrig und durstig?“

„Beides ein wenig.“

„Da bist du ja recht schlimm dran. Gerd, ich habe meinen Geldbeutel vergessen. Bitte, gib ihr auch für mich etwas, damit sie zu essen und trinken kaufen kann!“

„Ja“, erwiderte dieser verlegen. „ich habe auch kein Geld mit Was tun wir da?“

Das Mädchen blickte sinnend vor sich nieder. Die Zigeunerin nickte freundlich:

„Ihr seid gute Kinder. Gott segne euch!"

Magda hob entschlossen das Köpfchen.

„Nein, du mußt etwas von uns haben! Aber sag mir vorher, ob es wahr ist, daß die Zigeuner so schlimme Leute sind! Die Tanten behaupten, daß sie sogar Kinder stehlen."

„Nein, das ist nicht wahr. Die Zigeuner sind so arm, daß sie froh sind, wenn sie gar keine Kinder haben. Und falls ja einmal einer etwas Böses tut, so sind die anderen doch nicht schuld daran."

„Ja, das will ich gern glauben. Du siehst gar so mild und gut aus mit deinen großen Augen und kannst sicherlich nur Gutes tun. Ich möchte gern, daß du zu uns essen und trinken kommst und dich recht schön ausruhen kannst. Willst du mit uns kommen?"

„Wohin?"

„Nach Helbigsdorf. Wir haben nur noch eine Viertelstunde dahin."

„Es gehört doch dem Major Helbig?"

„Das ist unser Papa. Willst du mit? Du kannst bei uns essen und trinken, so viel du willst, und auch in einem schönen Bett schlafen."

Die Alte nickte zustimmend und kam über den Straßengraben herüber.

„Ja, ich gehe mit euch, ihr guten Kinder."

Gerd sah ihren Bewegungen mit einigen Bedenken zu. „Du bist sehr müde und wirst mit unsern Pferden nicht fortkommen."

„So reitet ihr voraus oder ein wenig langsamer."

„Das geht nicht. Die Ponies laufen nicht langsam, und zurücklassen wollen wir dich auch nicht. Wenn du dich doch auf mein Pferdchen setzen könntest. Ich würde gern absteigen und es so führen, daß du nicht fällst. Willst du es versuchen?"

„Ja, wenn du es mir erlaubst."

„So komm!"

Er stieg ab und wollte ihr behilflich sein. Aber schon schwang sie sich mit erstaunlicher Gewandtheit auf das Pony.

„Ah! Das sieht ja aus, als ob du schon viel geritten seist."

„Das ist auch der Fall, mein Kind."

Sie nahm ihm die Zügel aus der Hand, und es ging im raschen Schritt vorwärts. Die Zigeunerin ergriff zuerst das Wort:

„Also ihr seid die Kinder des Herrn Majors Helbig? Ich dachte, er hätte nur eine Tochter."

„Das ist auch eigentlich richtig", antwortete Magda zutraulich. „Ich habe Gerd erst kürzlich zum Bruder erhalten."

„Wieso?"

„Wir waren im Seebad Fallum. Da haben wir ihn kennengelernt und ihn mit nach Helbigsdorf genommen, ihn und seine Mutter. Er hat mir das Leben gerettet und den ‚tollen Grafen' mitsamt seinem Kahn umgefahren. Darum ist er nun mein Bruder geworden. — Ist es wahr, daß die Zigeuner weissagen können?"

„Es gibt welche unter ihnen, denen die Gabe verliehen ist, von der du redest."

„Oh, dann hast du sie wohl auch?"

„Ja", erwiderte die Alte einfach.

„Ach bitte, weissage mir doch einmal!"

„Dazu bist du noch zu jung, mein Kind. Die Züge deines Gesichtchens und die Linien deiner Hand sind noch nicht genug entwickelt und ausgebildet. Später werde ich dich in die Zukunft blicken lassen."

„Kannst du mir nicht wenigstens etwas sagen?"

„Vielleicht", lächelte die Zigeunerin. „Wie heißt dein Brüderchen?"

„Gerd."

„Nun gut: Gerd ist jetzt nur dein Bruder, aber einst wird er dein Mann sein."

Magda schlug fröhlich die Hände zusammen: „Das ist prächtig! Ich möchte auch keinen andern zum Mann haben!"

„Aber er heißt doch wohl nicht Gerd allein, sondern es muß auch noch einen andern Namen besitzen! Lebt sein Vater noch?"

Magda antwortete auch jetzt an des Knaben Statt:

„Ja, das ist etwas, wo du zeigen könntest, daß du mehr weißt als andere Leute. Er hat seinen Vater niemals gesehen. Dieser war nämlich Steuermann und ist mit seinem Schiff in alle Welt gefahren, aber nicht wiedergekommen. Dann hat seine Mutter einen bösen Stiefvater heiraten müssen, der stets betrunken gewesen ist und jetzt nun gar im Zuchthaus steckt. Sein richtiger Vater hat Schubert geheißen."

„Steuermann war er und Schubert hieß er?" fragte die Zigeunerin nachdenklich. „Balduin Schubert vielleicht?"

„Ja, Balduin!" rief Gerd schnell. „Oh, du kennst seinen Namen?"

„Was weißt du noch von ihm?"

„Nichts, als daß er einen Bruder hatte, der Thomas hieß und Geselle in einer Hofschmiede war. Das hat mir meine Mutter erzählt."

„Ich kann euch beweisen, daß ich mehr weiß, als andere Leute. Ich werde deiner Mutter von deinem Vater erzählen, den ich kenne. Er ist jetzt Obersteuermann auf dem berühmten Kriegsschiff ‚Tiger'. Ich habe einen Bruder, der auf demselben Schiff Hochbootsmann ist."

„Oh, welch ein Glück; wie wird sich Mutter freuen! Komm, wir wollen schneller reiten!"

„Die Zigeuner sind wirklich klüger als wir", meinte Magda nachdenklich. „Wie heißt du denn? Du mußt doch auch einen Namen haben."

„Ich heiße Lilga."

„Lilga!" rief das Mädchen erstaunt. „Papa hat uns viel erzählt von einer Zigeunerkönigin, die so heißt. Sie ist die Freundin unsers Herzogs Max. Sie muß eine große Macht besitzen. Bist du etwa diese Lilga?"

„Ich bin es."

„Wirklich? Oh, wie gut, daß wir dich zu uns geladen haben, und wie schade, daß Papa nicht zu Hause ist! Aber du sollst dennoch so aufgenommen werden, als ob er da wäre."

„Ja, meine Mutter ist nämlich Wirtschafterin auf Helbigsdorf", meinte Gerd altklug, „und da kannst du dir denken, daß du gut empfangen wirst."

Nach kurzer Zeit erreichten sie ein größeres Dorf, an dessen Ende
sich die stattlichen Gebäude eines Herrensitzes zeigten. Während sie
zwischen den reinlich aussehenden Häusern dahinschritten, sahen die
Bewohner sie verwundert an. Die alte Reiterin kam ihnen gar sonderbar vor.

Am Tor empfing sie der Verwalter, um ihnen die Pferde abzunehmen. Er warf einen erstaunten, mißmutigen Blick auf die Fremde.

„Was ist denn das für eine Gesellschaft? Eine Zigeunerin! Das sollte
der Herr wissen!"

„Warum?" fragte Magda.

„Weil dies keine Begleitung für Sie ist, gnädiges Fräulein."

Die kleine zehnjährige Majorstochter blitzte ihn mit zornigen Augen
an.

„Welche Begleitung passend für mich ist, muß ich selbst wissen,
Herr Verwalter! Führen Sie die Pferde in den Stall! Komm, Lilga!"

Sie nahm die Zigeunerin bei der Hand und geleitete sie nach dem
Eingang des Wohnhauses. Gerd folgte ihnen. Der Verwalter blickte
ihnen erschrocken nach.

„Lilga? Alle Wetter, da habe ich einen gewaltigen Bock geschossen! Das also ist die berühmte Vajdzina[1] aller Zigeuner von Nor-
und Süderland! Wer konnte das denken! Sie verkehrt mit Grafen und
Herzögen und kommt hierher barfuß und in Lumpen. Da muß ich
schleunigst meinen Fehler wiedergutmachen."

Währenddessen erschien von der andern Seite her ein Mann im
Dorf, der im Gasthof einkehrte und sich ein Glas Bier geben ließ.

„Nicht wahr, dieser Ort heißt Helpigsdorf?" fragte er den Wirt.

„Ja."

„Und der Pesitzer des Schlosses da open ist der Herr Major Helpig?"

„Ja."

„Er ist nicht zu Haus?"

„Nein, er ist verreist."

„Aper seine drei Damen sind da?"

„Auch nicht. Sie sind auf Besuch in der Nachbarschaft."

„So. Wer ist denn da anzutreffen?"

„Der Verwalter und die neue Wirtschafterin."

„Die Wirtschafterin? Was ist das für eine Madame? Wie heißt sie?"

„Ihr Name ist Hartmann."

„Hartmann? Hm. Sie ist wohl noch nicht lang in Helpigsdorf?"

„Erst seit kurzer Zeit. Der Herr Major hat sie mit ihrem Sohn
aus dem Seebad mitgebracht, wo er beide kennengelernt hat."

„Aus dem Seepad? Das stimmt. Ich pin also im richtigen Ort angekommen."

Er bezahlte sein Bier und ging zum Schloß. — — —

Die Sonne war im Scheiden begriffen. Sie vergoldete die Giebel,
Zinnen und Fenster des Schlosses und hüllte den gegenüberliegenden
Waldesrand bereits in halbe Schatten. Dort standen drei Männer und
betrachteten die vor ihnen liegende Gegend.

[1] Führerin, Königin

42

„Dem Wegweiser nach muß dies Helbigsdorf sein, eine Besitzung des Majors Helbig. Im Wald schlafe ich nicht. Leider kennt mich Helbig. Wir müssen also weiter, aber es fragt sich, welche Richtung wir einschlagen."

Der Sprecher schien der Tonangebende von den dreien zu sein. Der zweite, ein sehr dicker Mann, meinte:

„Ich habe auch keine Lust, im Wald zu übernachten und mir vielleicht Gliederreißen zuzuziehen. Aber ebensowenig habe ich Lust, weiterzugehen. Seit wir den Wagen verlassen haben, bin ich ermüdet zum Umfallen."

„Ich auch", stimmte der dritte bei. „Diese Waldwege sind überaus anstrengend."

„Hm", machte der erste Sprecher. „Helbig hat oft in Fürstenberg zu tun. Warum soll er gerade heute anwesend sein? Könnte ich erfahren, daß er nicht hier ist, so würde ich mich entschließen, auf dem Schloß zu bleiben. Ein Gasthof ist mir zu gefährlich."

„Das werden wir gleich hören. Dort den Hohlweg schreitet ein Briefträger herauf. Diese Leute wissen gewöhnlich alles. Er hat sicher auf dem Schloß zu tun gehabt."

„Er kommt hierher. Treten Sie zurück, daß er Sie nicht bemerkt! Ich werde mich so stellen, als ob ich allein ihm begegne, und ihn fragen."

Die beiden anderen traten hinter das Strauchwerk, er aber schritt in den Wald hinein und kehrte dann wieder um. Er richtete dies so ein, daß er gerade am Saum des Holzes auf den Briefboten traf, der ihn höflich grüßte.

„Guten Abend!" antwortete er. „Ist dies dort Schloß Helbigsdorf?"
„Ja."
„Es gehört dem Major Helbig?"
„Jawohl."
„Wissen Sie, ob er anwesend ist?"
„Er ist nach der Hauptstadt verreist."
„Sind seine Schwestern hier?"
„Eigentlich ja. Aber sie sind auch fort, auf Besuch bis morgen."
„Wer ist denn da zu treffen?"
„Der Verwalter und die Wirtschafterin, wenn man das kleine zehnjährige Fräulein nicht rechnet."
„Ich danke Ihnen."

Der Briefträger verfolgte seinen Weg weiter; der andere suchte seine Genossen auf.

Diese drei Männer waren die entsprungenen Häftlinge, deren Äußeres sich allerdings bedeutend verändert hatte. Sie trugen feine Wanderanzüge, und jeder hatte eine grüne Trommel zum Pflanzensammeln über die Achsel gehängt.

„Wir sind sicher", meinte Natter. „Der Major ist nicht anwesend und seine Schwestern ebensowenig. Ich werde mir das Vergnügen machen, hier zu übernachten, und dann später dem Major zu schreiben, daß ich auf meiner Flucht seine Gastfreundschaft in Anspruch genommen habe. Er wird außer sich geraten vor Ärger. Kommen Sie, wir umgehen das Dorf! Wir sind Naturwissenschaftler, die sich auf einem Ausflug verlaufen haben. Da kann es nicht auffallen, wenn wir über die Felder kommen."

Sie schritten dem Schloß zu, dessen Fenster bereits im Dämmerlicht lagen.

Dort war die Zigeunerin von der Wirtschafterin sehr freundlich aufgenommen worden. Die beiden Kinder konnten das, was sie erfahren hatten, nicht verschweigen.

„Wissen Sie, wen wir Ihnen gebracht haben, meine gute Frau Hartmann?" fragte Magda.

„Nun?"

„Das ist die berühmte Lilga, von der Papa uns so viel erzählt hat. Sie kann weissagen und ist allwissend. Sie hat bereits prophezeit, daß Gerd mein Mann wird. Aber nun kommt die Hauptsache für Sie: Lilga kennt nämlich Ihren Bräutigam und weiß, wo er sich befindet."

„Meinen Bräutigam? Ich habe keinen. Wen meinst du, mein Kind?"

„Gerds Vater."

„Ist es möglich? Nein, der ist tot, sonst wäre er gekommen."

„Im Gegenteil, er lebt! Nicht wahr, Lilga?"

„Ja, er lebt, und ich habe mit ihm gesprochen."

Die Wirtschafterin erbleichte in freudigem Schreck. „Mein Gott, wenn dies wahr wäre! Schnell, sprechen Sie!"

„Sagen Sie mir erst alles, was Sie von ihm wissen!" bat die Zigeunerin.

„Er hieß Balduin Schubert und war Steuermann auf einem Kauffahrer, als ich ihn kennenlernte. An Verwandten hatte er nur einen Bruder namens Thomas, von dem er mir erzählte, daß er beim Hofschmied Brandauer zu Fürstenberg in der Lehre sei. Dann ging Balduin in See und ließ nichts wieder von sich hören. Oder er ist gekommen und hat mich nicht gefunden; denn ich wurde gezwungen, einen andern zu heiraten, und mußte mit diesem die Heimat verlassen."

„Haben Sie sich nie an seinen Bruder gewendet?"

„Ich wollte ihm einmal schreiben, obgleich ich nicht wußte, ob er noch bei Brandauer sei, aber mein Mann kam dazu und las den Brief. Er behandelte mich darauf in einer Weise, daß ich es nie wieder wagte, ein Schreiben zu verfassen. Er mochte meinen, Gerd zu verlieren, der uns fast allein ernähren mußte. Also Balduin lebt?"

„Ja. Er ist jetzt Obersteuermann auf dem ‚Tiger', den der jetzige Geschwaderführer Artur von Falkenau befehligt. Dieser ist mehr sein Freund als sein Vorgesetzter, und ich kann versichern, daß es ihm gut geht."

„Wo haben Sie mit ihm gesprochen?"

„Droben in den Bergen, während des letzten Krieges. — Aber wer kommt da über den Hof?"

Sie traten ans Fenster und sahen den Mann, der sich im Gasthof so genau erkundigt hatte. Über die Züge der Zigeunerin ging ein leises Lächeln. Sie mußte ihn erkennen. Die Wirtschafterin bemerkte es und forschte:

„Wer ist es?"

„Sie werden es gleich von ihm selbst erfahren. Ich werde mich einstweilen verbergen.“

Sie trat hinter den Kamin. Kaum hatte sie sich versteckt, so ging die Tür auf. Der Eintretende grüßte und wandte sich an die Wirtschafterin.

„Entschuldigen Sie, liepe Frau! Werden Sie pei den Namen Hartmann gerufen?“

„Ja.“

„So sind Sie die Dame, mit der ich zu reden hape. Ich pin nämlich der Gastwirt und Schmiedemeister Schupert aus Fürstenperg.“

„Schubert? Ah! Wir haben soeben von Ihnen gesprochen. Seien Sie mir herzlich willkommen!“

„Freut mich sehr! Wenn Sie soepen von mir gesprochen hapen, da muß ich Ihnen doch pereits ein pißchen pekannt sein.“

„Oh, ich kenne Ihren Namen schon über fünfzehn Jahre.“

„Wohl von meinem Pruder Palduin?“

„Ja. Aber bitte setzen Sie sich!“

„Ja, ich will Platz nehmen, denn wir werden wohl viel zu sprechen hapen.“

„Darf ich fragen, wie Sie meinen Aufenthaltsort ermittelten?“

„Durch Herrn Major Helpig. Sie müssen nämlich wissen: der Hofschmied Prandauer, mein früherer Meister, gipt sein Geschäft auf, und der Herzog will mich zum Hofschmied machen. Die peiden Gesellen, nämlich der Heinrich und der Kasimir, werden da pei mir arpeiten, opgleich ich ihnen unsre Gastwirtin und Kartoffelhändlerin Parpara Seidenmüller weggefischt hape, die nun meine Frau ist. Alle hohen Herrschaften, die pei dem Meister arpeiten ließen, kommen nun zu mir, und auch der Herr Major Helpig erschien gestern mit dem Herzog Max. Wir hapen von Ihnen und meinem Pruder gesprochen. Ich erfuhr, daß der alte Schwede einen Sohn hat, und hape mich sofort aufgemacht, um Sie und ihn aufzusuchen. Kann ich den Jungen einmal zu sehen pekommen?“

„Hier ist er!“

„Dieser da? Sapperlot, ist das ein Prachtkerl! Junge, ich pin dein Onkel, und du pist mein Neffe! Willst du Schmied werden? Ich nehme dich in die Lehre, und du sollst es pei mir gut hapen!“

„Das geht nicht, Onkel, denn ich soll Marineoffizier werden.“

„Was? Marineoffizier? Das ist verteufelt hoch hinaus. Aper ich hape nichts dagegen, opgleich ich dir sagen muß, daß es nach Offizier nichts Pesseres gipt, als ein tüchtiger Schmied zu sein. — Was wird sich meine Parpara freuen, wenn sie erfährt, daß sie einen so schmucken Neffen hat! Junge, du mußt mit mir zur Hauptstadt, damit sie dich zu sehen pekommt.“

„Ich gehe mit, denn ich habe Ferien, weil unser Hauslehrer verreist ist; nicht wahr, Mutter?“

„Ich weiß nicht, ob es der Herr Major erlauben wird.“

„Op der! Natürlich erlaupt er es; das versteht sich ja von selper!“

„Ja, Papa erlaubt es“, stimmte Magda bei. „Ich fahre auch mit.“

„Du? Wer pist denn du, du kleines Mamsellchen?“

„Ich bin die Tochter des Majors.“

„Des Majors? Alle Wetter, da pist du ja in ein ganz vornehmes Fräulein! Na, das wird meine Parpara pei der Ehre jucken, wenn so ein Prinzeßlein mitkommt. Macht euch fertig, ihr kleines Volk; wenn wir uns peeilen, kommen wir noch mit dem Nachtzug fort.“

„Nein, so schnell geht’s nicht“, lachte die Wirtschafterin. „Heute bleiben Sie hier bei uns. Die Kinder tummeln sich jetzt im Park. Sie werden mir inzwischen sehr viel von Ihrem Bruder zu erzählen haben.“

„Von Palduin? Da werde ich nicht viel erzählen können, denn ich hape lange Jahre selper nicht viel von ihm erfahren.“

„Aber jetzt wissen Sie doch von ihm.“

„Allerdings. Er hat mir auch von Ihnen erzählt. Aper daß er einen Jungen hat, das weiß er nicht. Er hat Sie sehr liep gehapt und pis heute noch nicht vergessen. Der Kauffahrer, auf dem er damals gewesen ist, verunglückte in der Südsee, und Palduin hat auf einem Walfischfänger Aufnahme gefunden, auf dem er drei volle Jahre gewesen ist. Er konnte also nicht zurück, und als er wiederkehrte, hörte er, daß Sie Ihre Stellung als Hausmädchen aufgegepen hapen.“

„Ich wurde zur Heirat gezwungen und verließ die Heimat.“

„Davon erfuhr er nichts. Er ging sofort wieder in See und ist pis vor kurzer Zeit in der Fremde gepliepen. Jetzt ist er wieder fort, und zwar auf dem perühmten ‚Tiger‘, der früher ein Seeräuperschiff gewesen ist und das peste Fahrzeug in allen Meeren sein soll.“

„Wann kommt er wieder?“

„Das weiß ich nicht, da er mir noch nicht geschriepen hat; aper wenn sein Prief kommt, werde ich es erfahren, und da wird auch der Ort genannt sein, wohin wir unser Schreipen zu richten hapen. Er hat versprochen, mich sofort zu pesuchen, sopald er zurückkehrt, und dann wird er seinen Freund, den Hochpootsmann Karavey, mitpringen. Raten Sie einmal, wer das ist!“

„Der Bruder von Lilga, der Zigeunerkönigin.“

„Wahrhaftig, Sie wissen es! Kennen Sie denn diese verteufelte Lilga auch?“

„Ja.“

„Wo hapen Sie diese kennengelernt?“

„Hier. Sie war einmal auf Schloß Helbigsdorf.“

„Ah! Was wollte sie hier?“

„Sie wollte mir sagen, daß Ihr Bruder noch am Leben ist.“

„Ah! Sie ist allwissend. Wie hat Sie Ihnen gefallen?“

„Gut, sehr gut.“

„Mir auch. Ich hape sie zuerst für eine alte Hexe gehalten, die dem Teufel ihre Seele verschriepen hat. Später aper hape ich eingesehen, daß sie ein tüchtiges Frauenzimmer ist, vor der man alle Achtung hapen muß. Ich pin pegierig, op ich sie noch einmal zu sehen pekommen werde.“

„Das kann sogleich geschehen!“ ertönte eine Stimme hinter dem Kamin hervor.

Thomas drehte sich um und erblickte die, von der er soeben gesprochen hatte.

„Da ist sie, wahrhaftig; wie sie leipt und lept! Das schlechte Weip-
sen hat sich versteckt, weil sich mich pelauschen wollte. Wo kommst
du denn her, Lilga?“

„Ich komme von überall.“

„Hast du einen Prief von deinem Pruder Karavey erhalten?“

„Nein. Der ‚Tiger‘ ist wahrscheinlich nach Amerika hinüber. Da
wird noch keine Nachricht von ihm gekommen sein.“

„Sein Prief kann dich doch auch gar nicht treffen, wenn du üperall
weilst.“

„Es ist dafür gesorgt, daß ich alles bekomme, was für mich bestimmt
ist.“

„Heute pleipst du hier?“

„Ja.“

„Das ist gut! Da können wir schön peisammensitzen und erzählen,
was wir auf dem Herzen hapen. Hier, liepe Frau Hartmann, hapen
Sie meinen Hut und meinen Regenschirm. Hepen Sie mir die Sachen
auf!“

„Wir bleiben nicht hier, sondern gehen hinauf in meine Stube“,
meinte die Wirtschafterin. „Wir nehmen dort das Abendbrot ein, und
später weise ich Ihnen dann Ihre Zimmer an.“

Sie gingen nach einem Seitenflügel des Herrenhauses, wo Frau Hartmann ihre Wohnung hatte. Eben waren sie daran, es sich bequem zu
machen, als der Verwalter erschien.

„Frau Hartmann, kommen Sie schnell herüber! Es ist Besuch für
den Herrn Major da: drei vornehme Herrn, die sich auf der Reise
befinden und mit Herrn Major sprechen wollten.“

Er führte die Wirtschafterin in das Empfangszimmer, wo Ambrosius
Natter mit seinen zwei Gefährten auf sie wartete.

„Ihre Dienerin, meine Herren! Wer gibt mir die Ehre —?“

Natter ergriff das Wort:

„Mein Name ist von Hellmann. Ich bin Oberstleutnant bei den Husa-
ren und ein Freund des Majors Helbig. Diese beiden Herren sind Verwandte von mir — hier der Herr Präsident und hier der Herr Kanz-
leirat von Hellmann. Wir sind auf einem Ausflug begriffen, kamen in
diese Gegend und beschlossen, unseren Freund zu besuchen. Leider ist
er nicht anwesend, wie wir hören?“

„Er befindet sich in der Hauptstadt.“

„Aber die drei gnädigen Fräulein Schwestern?“

„Sind zu Besuch in der Nachbarschaft.“

Die Wirtschafterin antwortete so kurz, weil diese drei Herren etwas
in sich zu haben schienen, was ihr nicht gefiel. Was es eigentlich war,
das konnte sie sich nicht sagen; aber sie fühlte, daß sie kein Vertrauen zu diesen Männern fassen könnte.

„Das ist wirklich unangenehm“, fuhr Natter fort. „Wollen Sie uns
bitte den Herrschaften bei deren Rückkehr empfehlen?“

„Gewiß! Es wird ihnen sicher sehr leid tun, daß es ihnen nicht
vergönnt war, Sie zu empfangen.“

„So erlauben Sie uns, bevor wir gehen, eine Erkundigung! Es ist
bereits spät, und wir sind zu ermüdet, als daß wir unsere Fußwande-

rung noch weiter fortsetzen möchten. Gibt es hier im Dorf einen Gasthof, in dem man findet, was man zu beanspruchen gewöhnt ist?"

Jetzt sah sich die Wirtschafterin veranlaßt, an ihre Verpflichtung zu denken.

„Einen Gasthof gibt es zwar hier, doch werden Ihnen die gewohnten Bequemlichkeiten dort nicht geboten. Es ist aber meine Pflicht, Sie an Stelle des Herrn Majors darauf aufmerksam zu machen, daß Ihnen unsere Zimmer gern zur Verfügung stehen. Ich sprach dies nur noch nicht aus, weil ich glaubte, daß Sie Ihren Wagen in der Nähe und sich ein weiteres Reiseziel gesteckt hätten. Darf ich erwarten, daß Sie meine Bitte nicht zurückweisen?"

„Gut, wir nehmen an. Aber ich bemerke ausdrücklich, daß wir keinerlei Ansprüche machen. Wir sind auf einer Wanderung. Ein kleines Abendbrot und ein einfaches Bett zum Ausruhen, das ist alles, um was wir Sie ersuchen."

„Ich werde Ihren Anordnungen nachkommen."

„Erlauben Sie, Ihnen den Herrn Verwalter zu empfehlen! Es wird ihm eine Ehre sein, zu Ihren Diensten stehen zu dürfen."

Sie erteilte in der Küche ihre Befehle und kehrte dann zu Thomas und Lilga zurück.

Die beiden Kinder kamen jetzt aus dem Park, und Magda meinte neugierig:

„Frau Hartmann, ich habe unseren Besuch im Garten gesehen. Wer ist es?"

„Es sind gute Bekannte des Herrn Majors, die ihn begrüßen wollten und hier über Nacht bleiben werden. Der jüngere ist der Herr Oberstleutnant von Hellmann. Die anderen sind Verwandte von ihm."

„Von Hellmann?" rief Magda erstaunt. „Nein. Dieser Herr muß anders heißen. Den Herrn Oberstleutnant von Hellmann kenne ich genau. Er ist ein kleiner, hagerer Mann mit einem gewaltigen Vollbart."

„Du irrst dich, mein Kind. Sieh ihn dir noch einmal genau an! Da kommen sie eben über den Hof."

„Ich sehe es ja; es ist nicht der Oberstleutnant von Hellmann."

Auch Thomas war aufgestanden und an das Fenster getreten. Er fuhr erschrocken einige Schritte zurück.

„Alle Teufel! Nein, das ist der Hellmann nicht. Das ist — hm! Lilga, komm einmal herüper an das Fenster und sieh dir den grauen Kerl an, der soeben in den Stall guckt!"

Sie folgte seiner Aufforderung.

„Natter!" meinte sie überrascht.

„Ja, Natter, den ich damals mit gefangen hape."

„Mein Gott, ist das möglich!" rief die erschrockene Wirtschafterin. „Er soll aus dem Zuchthaus entsprungen sein."

„Das ist er auch, meine liepe Frau Hartmann, und diese peiden anderen Vagapunden mit ihm. Sie werden verfolgt und können nicht gut in einem Gasthof pleipen. Darum sind sie zu Ihnen gekommen."

„Was tun wir?"

„Natürlich unsere Pflicht. Wir fangen sie. — Hapen Sie den Schlingels schon ihre Zimmer und Schlafstupen angewiesen?"

„Noch nicht. Das werde ich erst dann tun, wenn sie gegessen haben.“

„Gut. Dann suchen Sie es so einzurichten, daß sie sich nicht zu Hilfe kommen können.“

„Ich werde weit auseinanderliegende Zimmer wählen.“

„Ja. Und wenn sie dort sind, dann spiele ich den Hausknecht oder den Zimmerkellner und nehme sie pei dieser Gelegenheit gefangen.“

Magda war bei dem Gehörten sehr erschrocken und hatte sich ängstlich in eine Ecke des Zimmers versteckt. Gerd aber hatte aufmerksam zugehört und schlich jetzt zur Tür hinaus nach seinem Stübchen. Dort hatte er seine beiden Pistolen, die er beim Schießunterricht zu gebrauchen pflegte. Er lud sie und steckte sie zu sich. Dann ging er in den Hof hinunter. Auf der Treppe begegnete ihm der Verwalter mit den beiden einstigen Irrenärzten. Natter war zurückgeblieben, um den Pferdestall einer Besichtigung zu unterwerfen. Gerd trat zu ihm.

„Wie gefallen Ihnen unsere Ponies?“ meinte er treuherzig.

„Sie sind ausgezeichnet, mein Junge“, antwortete Natter.

„Und der Rappenhengst da?“

„Ein sehr edles Pferd.“

„Ja, es wird auch höchst aufmerksam gepflegt. Sind Sie auch ein Freund von guten Hunden, Herr Oberstleutnant?“

„Natürlich!“

„Hat Ihnen der Verwalter unseren Hundezwinger gezeigt?“

„Nein.“

„Bitte, den müssen Sie sehen! Wollen Sie mitkommen?“

„Gern.“

Gerd führte ihn zu einer Tür, hinter der bei ihrer Annäherung ein freudiges Gewinsel zu hören war.

„Nur still da drin. Ich komme!“

Er öffnete und war augenblicklich von einer Menge von Tieren umringt, von denen jedes einzelne ein Muster seiner Rasse war. Natter trat tiefer in den Stall.

„Bitte, nicht zu weit nach hinten, Herr Oberstleutnant! Das ist gefährlich. Da hinten liegt einer, der ist so schlimm wie ein Tiger.“

„Ah, ein Wolfshund!“

„Das wäre weiter nichts; es ist aber ein sibirischer. Wollen Sie ihn genau sehen?“

„Wenn es ohne Gefahr möglich ist.“

„So treten Sie an die Seite!“

Gerd ging in den hintersten Winkel.

„Wjuga, steh auf!“

Auf diesen Ruf erhob sich ein mächtiges weißzottiges Geschöpf, das einem Eisbären ähnlicher war als einem Hund. Gerd kettete ihn los und führte ihn bis vor die Tür. Natter stand im Innern des Stalles.

„Sehen Sie, Herr Oberstleutnant, diese Fänge! Ein Kampf mit ihm ist unmöglich. Ich brauche nichts zu sagen, sondern nur mit der Zunge zu schnalzen und mit dem Finger auf Sie zu zeigen, so liegen Sie auf der Erde. Wollen Sie dann wenigstens Ihr Leben retten, so dürfen Sie sich nicht im mindesten bewegen und nur leise sprechen. Ein einziges überlautes Wort, und er würde Sie zerfleischen.“

„Das traue ich ihm allerdings zu."

„Nicht wahr! Ich werde es Ihnen zeigen. Passen Sie auf, jetzt schnalze ich mit der Zunge! Sehen Sie, da steht er schon vor Ihnen, weil Sie der einzige sind, auf den sich dieses Zeichen beziehen kann. Erhebe ich den Finger, so liegen Sie augenblicklich auf der Erde. Soll ich?"

„Das wollte ich mir allerdings verbitten," antwortete Natter. Das Gebaren des Knaben kam ihm nicht geheuer vor.

„Und dennoch werde ich es tun, sobald Sie von jetzt an lauter sprechen, als ich es wünsche!"

„Warum? Ich befehle die Unterbrechung dieses gefährlichen Scherzes!"

„Es ist kein Scherz, sondern mein Ernst. Ich gebe Ihnen nochmals meine Versicherung, daß Sie beim ersten überlauten Wort niedergerissen werden."

„Aber warum?"

„Weil ich Sie dahin senden werde, wohin Sie gehören. Zurück ins Zuchthaus, Herr — Natter!"

„Alle Teu — —!"

Das Wort blieb ihm in der Kehle stecken. Sein Ton war ein zorniger gewesen, und sofort fletschte der Eishund die fürchterlichen Zähne und machte Miene, sich auf ihn zu stürzen.

„Sehen Sie, mein Herr, daß Wjuga nicht mit sich spaßen läßt? Sie sind unser Gefangener. Ich werde jetzt die Tür verschließen und Sie unter der Obhut der Hunde lassen. Da sind Sie sicher. Wenn ich zurückkomme, so stehen Sie entweder noch genau so wie jetzt, oder Ihr Körper liegt in Stücken hier am Boden."

„Mensch — Junge — Kerl, du bist verrückt, du bist wahnsinnig!"

Gerd antwortete nicht. Er trat aus dem Zwinger und ging zum Empfangszimmer, wo er die beiden anderen Entsprungenen mit dem Verwalter fand.

„Meine Herren, Mutter läßt Sie ersuchen, doch einmal zu ihr zu kommen."

„Wer ist das?"

„Die Frau Wirtschafterin", erklärte der Verwalter.

„Schön, mein Junge, führe uns zu ihr!"

„Kommen Sie! Der Herr Verwalter wird euch folgen."

Er ging voran nach dem Zimmer seiner Mutter und ließ dort die beiden zuerst eintreten. Der Verwalter folgte ihnen, und dann zog Gerd die Tür hinter sich zu.

Die Überraschung der zwei Männer war unbeschreiblich. Sie erkannten Lilga und wollten sich umwenden. Da aber stand Gerd mit einer gespannten Pistole. Er blitzte sie mit seinen schwarzen Augen an und meinte:

„Meine Herren, wenn Sie nur ein Glied bewegen, so erschieße ich Sie! Onkel, binde sie."

Der dicke Direktor schwitzte plötzlich vor ungeheurem Schreck.

„Aber meine Damen und Herren, was wollen Sie? Sie irren sich!"

„Nein", sprach Lilga. „Wir irren uns nicht. Ihr seid die entsprungenen Verbrecher, die man jetzt im ganzen Land verfolgt. Ich habe in eurer Höhle gesteckt, wo ihr mich wahnsinnig machen wolltet, und ich kenne euch genau. Versucht keinen Widerstand, denn er ist umsonst."

„Aber ich versichere, daß Sie uns wirklich verkennen. Unser Vetter, der Herr Oberstleutnant, wird dies bestätigen."

„Ihr Vetter, der Herr Natter, ist bereits mein Gefangener."

„Was!" rief Thomas. „Wo denn?"

„Im Hundezwinger."

„Er kann doch fliehen."

„Das ist unmöglich. Der Eishund würde ihn in Stücke reißen."

„Gut. Also her mit den Händen, meine liepen Spitzpupen! Werde euch so pinden, daß Ihr mit mir zufrieden sein könnt."

Sie sahen sich gezwungen, sich in ihr Schicksal zu ergeben. Kurz vor dem Antritt ihrer Flucht hatten beide erklärt, daß sie lieber sterben als sich fangen lassen möchten. Es kam aber weder zum Sterben noch zu einer Verteidigung.

Die beiden Verbrecher wurden gefesselt und in Gewahrsam gebracht. Dann begab man sich zum Hundezwinger. Als dieser geöffnet wurde, stand Natter noch gerade so, wie vorhin. Er mußte eine fürchterliche Angst ausgestanden haben, erbleichte aber noch tiefer, als er Thomas und Lilga erblickte. Aus der Gerichtsverhandlung, die ihn ins Zuchthaus geführt hatte, waren ihm die zwei unvergeßlich im Gedächtnis eingeprägt.

„Ah, guten Tag, Herr Operstleutnant!" grüßte der Schmied. „Wir pegegnen uns da in der Sommerfrische. Wie pekommt Ihnen die frische Luft?"

Natter knirschte mit den Zähnen, antwortete aber kein Wort. Auch Lilga sprach nicht. Sie begnügte sich damit, den Vorgang einfach zu beobachten.

„Er erkennt uns und redet nicht, weil er einsieht, daß aller Widerstand vergeplich ist. Gerd, läßt mich der Hund hinan?"

„Ja. Binde den Mann!"

Natter wurde gefesselt und zu den beiden anderen gebracht, die man in ein sicheres Gewölbe eingeschlossen und so angebunden hatte, daß Flucht unmöglich war. —

Die Gefangenen wurden wieder nach Hochberg eingeliefert und die an ihrer Festnahme Beteiligten, vorab Gerd, ernteten großes Lob. Von einem zweiten Fluchtversuch wurde nichts mehr gehört. Eines Morgens fand man den Direktor der Irrenanstalt tot. Er hatte sich an einem Strick, den er sich zu verschaffen wußte, aufgehängt. Oberarzt Schramm starb bald darauf. Von Natter munkelte man, er sei nicht lange in Hochberg geblieben. Eine auswärtige Macht habe um seine Auslieferung gebeten, und man habe sie ihr nicht verweigert. Inwiefern er sich auch gegen diese Macht vergangen hatte, wußte kein Mensch zu sagen. Ebensowenig, welches Gefängnis er für Hochberg eintauschte. In gewissen Kreisen sprach man noch einige Zeit von ihm, dann erlosch die Erinnerung vor anderen wichtigeren Tagesereignissen, und Natters Name wurde nicht mehr genannt.

4. Ein seltsamer Fund

Zehn Jahre mochten nach den im vorigen Abschnitt geschilderten Ereignissen vergangen sein.

Südlich der Nikobaren, ungefähr auf dem fünften Grad nördlicher Breite, wurde ein von zwei Männern bedientes Boot in der Richtung auf die Küste von Sumatra gerudert. Es war einer jener Einbäume, wie sie auf den Andamanen üblich sind. Die Insassen des Fahrzeuges waren nur mit einem Hemd bekleidet, das bis auf die Knöchel reichte und Hals und Arme unbedeckt ließ, die von der Sonne tief gebräunt waren. Der Ältere hatte ausgesprochen malaiische Züge, während die Gesichtslinien des Jüngeren, der eine schmächtige, aber sehnige Gestalt besaß, auf europäische Abkunft schließen ließen. Doch wäre es schwer zu sagen gewesen, welchem Volk er angehörte.

Die beiden schienen fürchterliche Strapazen hinter sich zu haben. Der Jüngere saß am Steuer, aber es war ihm anzusehen, daß er nur mit Anstrengung die Augen offen hielt, und der Ältere handhabte das Ruder in einer Weise, daß der Einbaum nur langsam gegen die Brise, die fühlbar aus Süden wehte, aufkam.

Das Boot führte kein Segel, was eigentlich hier, so weit vom Lande, auffallend war. Doch war es mit Lebensmitteln gut versehen, denn unter der Steuerbank war ein großer Haufen Kürbisse, Brotfrüchte und Kokosnüsse, wie sie auf den Andamanen im Überfluß vorkommen, verstaut.

Die beiden hatten stundenlang nebeneinander gesessen, ohne eine Silbe zu sprechen, was ebenfalls ihrer Übermüdung zuzuschreiben war. Aber jetzt zog der Ruderer mit einem Fluch beide Riemen ein und wandte sich an seinen Kameraden am Steuer.

„Bei Wischnu und seiner Gattin Lakschmi, wie lange willst du mich noch zum Narren haben? Ich bin der ewigen Plackerei müde."

Der Angesprochene öffnete die halbgeschlossenen Lider und warf ihm einen verächtlichen Blick zu.

„Wenn dir die Freiheit weniger gilt als das bißchen Rudern, so hättest du besser auf der Viperinsel bleiben sollen. Ich habe dich nicht gezwungen, mir zu folgen."

Der Malaie duckte sich unter diesen mit Schärfe gesprochenen Worten förmlich zusammen. „Es wäre aber nicht notwendig gewesen, diese Richtung einzuschlagen. Hätten wir den kürzesten Weg gewählt, so wären wir längst in Sicherheit."

„Du bist ein Dummkopf! Muß ich dir zum hundertsten Mal auseinandersetzen, daß wir längst wieder eingefangen wären, wenn wir den Kurs nach der Küste von Birma, die uns am nächsten lag, gewählt hätten? Du kannst dir doch denken, daß wir verfolgt werden. Und zwar nimmt man als wahrscheinlich an, daß wir die Richtung nach Osten einschlugen. Dorthin mußte sich also die Aufmerksamkeit der Verfolger richten. So weit im Süden sucht uns aber kein Mensch."

„Sahib, du magst damit recht haben. Aber wir hätten wenigstens die Nikobaren anlaufen können, um auszuruhen und neue Kräfte zu sammeln."

Der andere lachte höhnisch. „Ja, und die Eingeborenen hätten uns mit dem nächsten Schiff, das die Inselgruppe anlief, wieder in unseren Kerker zurückgeschickt, um den hohen Lohn zu verdienen, der auf die Wiederergreifung von Gefangenen gesetzt ist! Gib dich zufrieden! Nur noch einen Tag, dann hat alle Anstrengung ein Ende, falls wir nicht etwa Sturm bekommen. Das ist aber nicht zu befürchten. Wir haben acht Tage lang Glück gehabt, und das bißchen Wind von Mittag kann man doch nicht als Unglück bezeichnen.“

„Das bißchen Wind? Sahib? Du kannst leicht reden. Säßest du nur am Ruder! Mir ist bei jedem Schlag, als würde mir jede einzelne Muskelfaser auseinandergerissen.“

Das Gesicht des mit ‚Sahib‘ Angeredeten färbte sich rot vor Zorn, und ein böser Blick streifte den Sprecher.

„Habe ich mich vielleicht weniger plagen müssen als du, Narr? Und werde ich nicht heute die ganze Nacht hindurch an der Ruderbank sitzen, während du dich dem Schlaf überlassen kannst? Rede nicht dummes Zeug, sondern lege dich lieber wieder ins Ruder, daß wir vorwärts kommen!“

Der Malaie gehorchte ohne ein Wort der Erwiderung und nahm die Riemen von neuem zur Hand. Die Rast, so kurz sie war, hatte ihn gekräftigt, und das Boot schnitt leicht und rasch die Wellen.

Es hatte sich zwischen den beiden in den wenigen Tagen, da sie sich auf der Flucht befanden, ein merkwürdiges Verhältnis herausgebildet. Sie hatten jahrelang miteinander das Los der Gefangenschaft auf der Viperinsel, auf der Englands gefährlichste Verbrecher untergebracht sind, getragen. Der eine hatte vor dem anderen nicht den geringsten Vorteil vorausgehabt. Sie waren nichts als zwei Nummern, als die sie in der Verbrecherliste geführt wurden. Aber seit sie sich auf der Fahrt befanden, hatte sich das Verhältnis der Gleichordnung geändert. Der Malaie fühlte die geistige Überlegenheit seines Gefährten und konnte sich ihrem Eindruck nicht entziehen. So war es wie von selbst gekommen, daß er ihn ‚Sahib‘ nannte und sich seinen Anordnungen willig fügte. Sein wildes Blut hatte sich zwar manchmal gegen die Anweisungen seines Gefährten aufgebäumt, aber schließlich hatte er doch immer das getan, was der andre wollte.

Eine Zeitlang herrschte Stillschweigen, das durch nichts unterbrochen wurde als durch das Geräusch des Kielwassers, das sich am Bug brach. Dann und wann warf der Malaie einen neugierigen Blick auf sein Gegenüber, der halb schlafend das Steuer führte. Nach einer Weile brach er das Schweigen.

„Sahib, wir sind jetzt schon lange beisammen, und du hast mir noch nicht gesagt, wer du bist. Du könntest doch Vertrauen zu mir haben.“

Der andre zog die Augenbrauen zusammen. „Ich hege kein Mißtrauen gegen dich, aber es hat keinen Zweck, von der Vergangenheit zu sprechen.“

„Aber du könntest mir wenigstens erzählen, wie du in die Gewalt dieser Engländer gekommen bist, die so tun, als ob sie der ganzen Welt zu gebieten hätten.“

Jener lachte hart. „Wie ich in ihre Gewalt gekommen bin? Auf eine
ganz dumme Weise. Kennst du Norland? Nicht? Nun, das hat ja
auch nichts auf sich. Ich hatte mich gegen die Gesetze dieses Landes
vergangen — wie, das kann dir gleichgültig sein — und kam hinter
Schloß und Riegel. Mit noch zwei anderen Gefangenen machte ich
einen Fluchtversuch, unter viel günstigeren Verhältnissen als diesmal.
Trotzdem liefen wir der Polizei wieder ins Garn, allerdings nur infolge
unserer Unvorsichtigkeit. Wir waren schon nahe an der Grenze und
glaubten uns bereits in völliger Sicherheit, da wurden wir durch einen
kleinen Jungen von vierzehn Jahren übertölpelt. Ich könnte mich noch
heute deswegen ohrfeigen.“

Der Malaie machte große Augen. „Durch einen kleinen Jungen?“

„Ja, durch einen kleinen Jungen“, lachte der andere grimmig. „Du
kannst dir denken, daß wir von jetzt an in eine noch liebevollere Obhut genommen wurden, so daß ein zweiter Fluchtversuch nicht möglich war.“

„Wie kommst du aber auf die Viperinsel?“

„Auf eine ganz einfache Weise. Die Engländer, die von früher her
noch ein Hühnchen mit mir zu rupfen hatten, verlangten meine Auslieferung, und die Norländer waren so menschenfreundlich und taten
es — der Teufel soll sie holen! Und die Engländer schickten mich
schleunigst auf die Viperinsel, um die Welt von einem räudigen Glied
der menschlichen Gesellschaft zu befreien. Zum Glück für mich und
für dich ist ihre Absicht noch nicht ganz in Erfüllung gegangen, und
der lose Vogel entschlüpfte ihnen durch ein Hintertürchen. Das ist
alles. Mehr brauchst du nicht zu wissen. Lassen wir die Vergangenheit
ruhen! Die Gegenwart und die nächste Zukunft wird uns genug in
Anspruch nehmen.“

Hierauf schwieg er und ließ seinen Blick düster in die Ferne schweifen. Auf einem Punkt am Gesichtskreis blieb er haften. Er beschattete
seine Augen mit der Hand und blickte schärfer hin. Dann wandte er
sich an seinen Kameraden.

„Dort im Süden muß was los sein, ein Fahrzeug oder so etwas. Du
hast schärfere Augen als ich. Schau mal hin und sage mir deine Meinung! Gerade jetzt, so weit von der nächsten Küste, möchte ich einer
Begegnung aus dem Weg gehen.“

Der Malaie zog die Ruder ein und drehte sich um. Einen kurzen
Augenblick betrachtete er den fraglichen Gegenstand, dann meinte er
sorglos:

„Ein Boot, und wie es scheint, leer.“

„Ein leeres Boot mitten auf der See? Unmöglich!“

„Warum, Sahib? Es kann sich irgendwo an der Küste losgerissen
haben. Bei dem beständigen Wind und der ruhigen See vermag es
beträchtliche Strecken zurückzulegen.“

„Hm, der Südwind, der seit Tagen weht, stimmt nicht zu dieser
Rechnung. Ein Fahrzeug, das sich an der Küste von Sumatra losgerissen hat, konnte nur bei einem Südost in diese Breite treiben.“

„Wo soll es aber sonst hergekommen sein?“

„Ich weiß es nicht. Vielleicht stammt es von einem gestrandeten und untergegangenen Schiff. Aber streiten wir uns nicht! Wenn wir unsern jetzigen Kurs einhalten, kommen wir ohnehin in seine Nähe und können die Sache untersuchen."

Die Fahrt wurde wieder aufgenommen und der fragliche Gegenstand kam in größere Sicht. An seinem Stern wehte ein Fetzen, der in Form eines Treibersegels an einem Stecken befestigt war und sich im Wind blähte. Ein lebendes Wesen war nicht zu bemerken. Das Fahrzeug machte tatsächlich den Eindruck eines Rettungsbootes, dessen Bemannung ertrunken war und das nun planlos vor dem Wind nach Norden getrieben wurde. Aber als die beiden Flüchtlinge näher an das einsame Boot herankamen, bemerkten sie, daß es kein Rettungsboot sein konnte. Seine Wand zeigte nämlich keine Bemalung mit Ölfarbe, sondern sie war mit einem Stoff, den sie nicht kannten, gebeizt worden, und die Fugen schienen mit Pech gedichtet zu sein.

Die Neugier der beiden war auf dem Höhepunkt angelangt, als sie das treibende Fahrzeug erreicht hatten. Sie wendeten, um an seiner Längsseite anzulegen. Noch einige Ruderschläge, und sie waren Bord an Bord mit dem Gegenstand ihrer Spannung. Wie auf ein Zeichen richteten sich beide halb auf und beugten sich hinüber, fuhren aber mit einem Ruf der Überraschung zurück.

Im Boot lag, mit dem Gesicht nach oben, ein Mann ausgestreckt, der allem Anschein nach nicht lange tot war, denn es machte sich nicht der geringste Verwesungsgeruch bemerkbar. Er mochte fünfundvierzig Jahre zählen. Er war fürchterlich abgemagert; die Haut, die die Farbe des Leders hatte, legte sich prall um die Knochen des Gesichts, das in erschreckender Weise einem Totenkopf glich. Die Augen lagen tief in den Höhlen, und die Backenknochen traten messerscharf hervor. Der Eindruck des Skelettartigen wurde indes gemildert durch den langen, silbrig schimmernden Bart, der dem Toten bis auf die Brust herabreichte, und durch das lange Haar, das sich mähnenartig um Haupt und Hals legte. Die fleischlosen Hände hielten einen Gegenstand fest umklammmert, der einem Notizbuch nicht unähnlich war, und die nackten Füße waren infolge des Todeskampfes hoch hinaufgezogen. Die Leiche war nur mit einem Hemd und einer Matrosenhose bekleidet, die Jacke wehte am Hinterteil des Bootes und sollte wohl die Stelle des Treibsegels vertreten.

Welchem entsetzlichen Verhängnis war der Mann zum Opfer gefallen? Die beiden flüchtigen Verbrecher hatten es schon längst verlernt, weichere Regungen zu verspüren, aber diesmal war es doch eine Art von Scheu, mit der sie dem Toten in die weit geöffneten, glanzlosen Augen blickten. Der Malaie war der erste, der das Schweigen brach.

„Sahib, wer wird wohl der Tote sein? Wahrscheinlich ein Matrose eines untergegangenen Schiffes?"

„Der Mann schaut mir nicht wie ein Matrose aus. Eher wie ein vornehmer Herr, der sich durch irgendwelche Gründe veranlaßt sah, seine Glieder in Matrosenkleider zu stecken. Freilich paßt sein ungepflegtes Haupt- und Barthaar nicht zu dieser Vermutung. Es muß hier ein Geheimnis obwalten."

„Woran ist er wohl gestorben?"

„Woran soll er wohl gestorben sein? Natürlich an Hunger. Siehst du nicht, daß er nicht die geringsten Lebensmittel an Bord hat?"

„Das sehe ich wohl. Aber es wundert mich, daß er sich ohne genügende Lebensmittel auf die See wagte."

„Wissen wir denn, ob er Zeit hatte, die nötigen Vorbereitungen zu treffen? Wer sagt uns übrigens, daß er keine Vorräte besaß? Vielleicht sind sie ihm bei einem Sturm über Bord gespült worden. Schau einmal das Boot genauer an! Siehst du ein Ruder oder einen Mastbaum? Und doch muß ein solches vorhanden gewesen sein, denn dort am Kielboden liegen einige Splitter, die nur von einem Mast herrühren können. Und betrachte einmal das Steuerruder! Es ist aus einem Brett notdürftig hergestellt. Ich habe keinen Zweifel, daß der Besitzer des Bootes durch einen Sturm in diese gräßliche Lage gekommen ist."

„Was sollen wir mit dem Toten und dem Fahrzeug anfangen?"

Der Angeredete warf einen prüfenden Blick auf den Bau des Bootes und meinte dann:

„Es ist ein ganz neues, und, wie mich dünkt, ausgezeichnetes Boot. Allerdings scheint es der Erbauer mehr auf Seetüchtigkeit als auf Glanz abgesehen zu haben. Das schadet indes nichts. Auch ist es bequemer als das unsrige. Ich bin der Ansicht, wir betrachten es als gute Beute und tauschen es gegen das unsrige um. Zuvor wollen wir aber den Toten untersuchen. Vielleicht finden wir etwas, was für uns brauchbar ist."

Sie befestigten das Boot des toten Mannes längsseits an dem ihrigen und stiegen hinüber. Dann leerten sie dem Toten die Taschen. Sie enthielten nichts als einen Kompaß und einen ziemlich großen Beutel. Als sie diesen öffneten, stießen sie einen Ruf des Entzückens aus. Er war bis oben angefüllt mit — Perlen. Und zwar war es eine sehr große Art und von jenem weißen Wasser, wie sie in Europa besonders geschätzt wird.

Der Europäer wog den Beutel in der Hand und machte ein Gesicht, als ob er träumte. Dann stieß er einen Jubelruf aus und faßte den Malaien an der Schulter.

„Mensch, weißt du, daß es ein Reichtum ist, ja ein förmlicher Schatz, den wir erbeutet haben? Wenn wir damit die Küste glücklich erreichen, dann sind wir für die nächsten Jahre aller Sorge ledig. Ein größeres Glück hätte es für uns gar nicht geben können."

Der Malaie warf einen begehrlichen Blick auf das Geschmeide in der Hand seines Gefährten:

„Wem soll dieser Beutel gehören? Doch auch mir? Ich hoffe, daß du redlich mit mir teilen wirst."

Der Kleine lachte. „Wie du nur so reden kannst! Natürlich ist er auch dein Eigentum. Du magst denken von mir, was du willst, aber du hast, wie ich glaube, bis jetzt noch keinen Grund gehabt anzunehmen, daß ich dir gegenüber als Betrüger handle."

„So habe ich es auch nicht gemeint. Ich weiß, daß ich ohne dich nicht losgekommen wäre und vertraue dir. Doch woher mag der Tote diesen Reichtum haben?"

„Ich habe keine Ahnung. Die Sache wird immer rätselhafter. Ein Mann, der den Eindruck erweckt, als ob er lange Zeit nicht mit Menschen zusammengekommen wäre, und doch ein solcher Reichtum! Ich weiß nicht, wie ich das zusammenreimen soll. Aber suchen wir weiter. Er scheint ein Heft oder so etwas in den Händen zu haben. Vielleicht gibt es uns den gewünschten Aufschluß.“

Es war nicht ganz leicht, das Notitzbuch — denn ein solches war es — aus den erstarrten Fingern des Toten zu nehmen. Sie mußten Gewalt anwenden. Dem Malaien gelang es schließlich, mit dem Heft seines Messers die Finger des Toten soweit zu lockern, daß er des Büchleins habhaft wurde. Er öffnete es, gab es aber im nächsten Augenblick mit einem Laut der Enttäuschung seinem Gefährten.

„Es sind fremde Schriftzeichen, die ich nicht lesen kann. Vielleicht kannst du es, Sahib.“

Jener nahm das Buch in die Hand und betrachtete es von allen Seiten. Es war ein dickes Notizbuch, das fast bis auf die letzte Seite eng beschrieben war, und zwar mit Bleistift. Die einzelnen Buchstaben waren nicht im mindesten verwischt, ein Zeichen, daß es vor nicht zu langer Zeit beschrieben worden war und daß der Besitzer es mit großer Sorgfalt behandelt hatte.

Der Kleine las die erste Seite und blätterte dann weiter. Ein Ausdruck von Spannung trat auf sein Gesicht, während er die Seiten überflog Der Malaie sah seinem Gefährten neugierig zu und fragte endlich:

„Verstehst du die Sprache, Sahib, in der das Buch geschrieben ist?“

„Ja, es ist Deutsch.“

„Und was enthält es?“

„Das kann ich dir jetzt noch nicht sagen. Aber der Inhalt scheint sehr wichtig zu sein. Ich brauche einige Zeit um darüber ins reine zu kommen. Dazu ist es jedoch nicht notwendig, daß wir an dieser Stelle halten bleiben. Wir haben erfahren, was wir wollten, und es ist an der Zeit, daß wir die unterbrochene Fahrt fortsetzen. Schaffe den Inhalt des Bootes herüber und dann fort von hier!“

„Was sollen wir mit dem Toten anfangen?“

Der Europäer überlegte eine Weile. Dann schien er zu einem Entschluß gekommen zu sein.

„Wir könnten die Leiche ins Meer versenken, aber ich meine, wir wollen es einstweilen nicht tun. Die Hitze hat sie so ausgetrocknet, daß von einem Leichengeruch nichts zu verspüren ist und sie uns also nicht belästigen kann. Es ist früh genug, uns ihrer zu entledigen, wenn wir ihre Kleider brauchen.“

„Ihre Kleider? Wieso?“

„Nun, du kannst dir doch denken, daß wir uns in diesem Aufzug nicht sehen lassen dürfen. Die Hemden sind von einem Schnitt, der uns verraten muß. Da kommt uns nun der Matrosenanzug des Toten sehr zustatten. Wenn wir die Küste erreichen, muß ihn einer von uns anlegen, um die nötigen Einkäufe zu machen, während sich der andere unterdessen versteckt.“

„Aber könnten wir der Leiche nicht gleich jetzt die Kleider ausziehen? Ich habe keine Lust, mit einem Toten zu fahren.“

Da lachte der andere spöttisch: „Du fürchtest dich wohl vor ihm? Nun, ich habe nichts dagegen, wenn du ihn gleich jetzt ins Wasser wirfst. Aber verlange nicht von mir, daß ich dem Toten die Kleider ausziehen soll. Ich habe jetzt keine Zeit dazu, denn ich muß seine Aufzeichnungen lesen."

Der Malaie brummte etwas vor sich hin, machte sich aber dann daran, die Sachen aus dem Andamanenboot herüberzuschaffen. Offenbar scheute er sich, abergläubisch, wie sein Volk ist, in nähere Berührung mit dem Toten zu kommen.

Der Kleine zog die Leiche in den hinteren Teil des Bootes und machte es sich dann auf der Steuerbank bequem, während sein Gefährte in den Einbaum hinüberstieg und dessen Inhalt herüberwarf. Als diese Arbeit geschehen war, löste er die Ruder aus den Zapfen und schaffte auch sie herüber. Dann stieg er selber nach und machte das Boot vom andern los. Noch einige Minuten, und das erbeutete Fahrzeug nahm seinen Weg nach der Küste von Sumatra wieder auf, während das herrenlose Andamanenboot in der Wasserwüste zurückblieb.

Der Mann auf der Steuerbank merkte nichts davon, daß sich das Boot in Bewegung setzte, so sehr war er in das Buch vertieft. Nicht ein einziges Mal hob er den Blick, während er Blatt um Blatt des mit kleinen, aber gut leserlichen Schriftzeichen beschriebenen Heftes durchflog.

5. Das Tagebuch des Verschollenen

Erster Teil

Wer bin ich? Und wie ist mein Name? Fast weiß ich es selber nimmer, so lange Zeit ist nicht mehr der Ton einer menschlichen Stimme an mein Ohr gedrungen und hat mich bei meinem Namen gerufen. Gibt es außer mir überhaupt noch ein menschliches Wesen auf Erden? Wenn ich mich in der Nacht schlaflos auf meinem Lager wälze und die Brandung an der Küste ihr tosendes Lied singt, dann muß meine einsame Seele mit dem Gedanken ringen, daß ich nicht der einzige Mann bin, auf den die Sterne des Südens aus unirdisch weiter Ferne ihr mitleidiges Licht ergießen, auf mich, den einzigen Menschen in dieser Unendlichkeit.

Kann es ein Wesen geben, das sich so einsam und verlassen fühlt wie ich? Ich glaube kaum. Ich habe als Knabe den Robinson gelesen und mich von der unbeschreiblichen Romantik des Buches bezaubern lassen. Das namenlose Weh aber, das zwischen den Zeilen geschrieben stand, übersah ich in meinem kindlichen Unverstand. Und doch war sein Los ungleich glücklicher als das meine. Er fand seinen Gefährten Freitag, als er an eine Besserung seines Geschicks nicht mehr zu hoffen wagte und sich mit seiner Vereinsamung abgefunden hatte; ich habe den meinigen verloren, meine Rabbadah, mein unsäglich geliebtes Weib, das mir die ersten acht Jahre auf meiner weltvergessenen Insel zum Himmel gemacht hat. Drüben habe ich sie begraben, im verfallenen Siwatempel, in einem unterirdischen Gemach, zugleich mit dem Schatz des Maharadscha, dessen Anblick mir zum Ekel geworden ist.

Das Schicksal hat ein merkwürdiges Spiel mit mir getrieben. Ich habe ein Weib mein eigen genannt, für das ich alle Schätze der Erde hingegeben und um dessen Besitz ich mit der ganzen Welt gekämpft hätte, wenn es von mir verlangt worden wäre. Aber es ist niemandem eingefallen, mir seinen Besitz streitig zu machen, und ich habe seine Liebe besessen, obgleich ich nicht weiß, womit ich sie verdient habe. Und ich bin im Besitz eines Schatzes, dessen Anblick manchen wahnsinnig machen würde, wahnsinnig vor Gier, aber er besitzt für mich keinen Wert, und ich bin schlechter daran als der ärmste Betteljunge, der noch einige Groschen in seiner Tasche trägt. Er kann sich dafür wenigstens einen Bissen Brot kaufen, um seinen Hunger zu stillen, während ich mit meinem Schatz nicht weiß, was anfangen. Die Edelsteine und Diamanten, aus denen er besteht, und die goldenen Gefäße und Götzenbilder haben für mich keinen größeren Wert als die flachen Kieselsteine und die Muschelschalen, mit denen die Wellen am Strand ihr loses Spiel treiben. Ich gäbe sie mit Freuden dem, den das Schicksal an meine einsame Insel treiben würde, um ihn zum Gefährten meiner Einsamkeit zu machen, ich gäbe sie her, alle. Das wird aber niemals geschehen, nie. Fünfzehn Jahre habe ich gewartet auf den Tag, der ein Schiff in die Nähe meiner Insel bringen würde, tagelang habe ich am Ufer gestanden und habe gespäht nach einem Segel: ich wäre zufrieden und glücklich gewesen, selbst wenn es einem Piratenschiff gehört hätte, aber kein einziges Mal ist auch nur der Fetzen eines Segels in meinen Gesichtskreis gekommen, und ich habe endlich das Warten aufgegeben und mich ins Unvermeidliche gefügt.

Freilich hat es einen harten Kampf gekostet, bis ich die Wünsche meines Herzens bezwang. Hundertmal war ich versucht, einen Strick zu nehmen und den gleichen Tod zu suchen, den schon vor mir ein Mann der fürchterlichen Einsamkeit auf dieser Insel vorgezogen hat, und tausendmal bin ich halb wahnsinnig vor Schmerz am Strand auf und ab gerannt und habe mir den Kopf an den Klippen blutig gestoßen. Ich habe gekämpft mit den Geistern des Wahnsinns und habe unzählige Male zu Gott gefleht, er möge mich endlich hinwegnehmen, wenn ich auf meinem Lager vom Fieber geschüttelt wurde. Er hat mein Flehen nicht erhört, jedesmal habe ich mich wieder vom Krankenlager erholt, obgleich mir nicht die geringste Pflege zuteil ward.

Kann man vom langen Warten müde werden? Ich habe längst aufgehört zu hoffen, aber auch zu fürchten, ich bin wie eine lebende Maschine geworden, die in der Frühe angetrieben und am Abend angehalten wird. Und es wundert mich sogar, daß ich mich entschlossen habe, den Werdegang meines Lebens aufzuzeichnen in dem einzigen Notizbuch, das ich vom Schiffbruch gerettet habe. Ist es die Langeweile, die mich zu diesem Entschluß brachte? Oder eine unbestimmte Ahnung, als könnten meine Worte einmal Nutzen stiften? Vielleicht gar in die Hände derjenigen gelangen, die mir die Teuersten sind auf

Erden und die mich wahrscheinlich längst als tot beklagen werden? Ich weiß es nicht. Ich weiß nur, daß mir der Gedanke zugeflogen ist, als ich gestern meine Rabbadah besuchte und die Schätze sah, die ich zu ihren Füßen niedergelegt habe und die dort besser aufgehoben sind als in meiner Hütte.

So will ich es versuchen, meine Gedanken zurückzuführen in jene Zeit, in der ich noch nicht der arme reiche Mann war, der ich heute bin. Es wird mir wohl schwer werden, Dinge ins Gedächtnis zurückzurufen, die mir scheinen, als lägen sie Jahrhunderte vor dem heutigen Tag zurück und gehörten einer andern Welt an. Aber ich habe ja Zeit! Es drängt mich ja niemand, meine Arbeit zu vollenden, und ob ich ein Jahr oder mehr zu meinen Aufzeichnungen verwende, was liegt daran? Ich werde früh genug damit fertig werden, um sie neben mein Haupt zu legen, wenn ich einmal den Tod nahen fühle. Vielleicht wird dann nach vielen, vielen Jahren der Insasse irgendeines verschlagenen Bootes oder eines gestrandeten Schiffes neben meinen Gebeinen diese Blätter finden, die ihn, wenn sie nicht unterdessen vergilbt oder verfault sind, erzählen werden von Hugo von Gollwitz, der einstens der glücklichste Mann unter der Sonne war, von Rabbadah, seinem herrlichen, geliebten Weib, und vom — Schatz des Maharadscha.

Die Regenzeit ist vorüber und meine kleine Insel ist ein wahres Paradies. Rein und balsamisch umhaucht die Luft die Stirne und trägt mir die betäubenden Düfte von Millionen Blumen und Blüten entgegen. Tausende und aber Tausende von fruchtbaren Keimen sind dem Boden entsprossen, die sich zu den seltsamsten Pflanzenformen entwickelt haben, und über diesem Gewimmel der wunderbarsten Gewächse ragen die unvergleichlichen Kronen der Arekapalmen und des Pandanusbaumes hoch empor. Und draußen vor den Korallenbänken schleudert die See ihre bald kristallenen, bald dunkel drohenden und mit weißem Gischt gekrönten Wogenmassen gegen die scharfen Dämme, und die von blitzenden Spiegelbildern durchschossenen Fluten heben und senken sich, als blickten Tausende von Wasserjungfrauen herüber, um zu erfahren, was der einsam am Strand sitzende Mann so Wichtiges zu tun habe, daß er gar kein Auge für diese Schönheit zu haben scheint.

Ja, schön bist du, du meine Juweleninsel, die du wie eine grünschillernde, duftende Fee in den saphirglänzenden Fluten daliegst, aber tausendmal schöner ist doch mein Heimatland mit seinen Seen und Wäldern, mit seinen Flüssen und Gebirgen. Mit allen deinen Reizen bist du doch nur eine grausame Circe, die mich mit unlösbaren Fesseln an sich gekettet hat. Gib mich frei, du schöne Zauberin, laß mich meine Heimat wiedersehen, und ich will alles vergessen, was ich die Jahre hier in deinem Kerker erduldet habe, und meine Seele wird nur noch Gedanken und Worte der Dankbarkeit finden für die Gastfreundschaft, die du mir, dem vom Schicksal in dein Reich Verschlagenen, gewährt hast! — — —

Als ich vor fünfundzwanzig Jahren die Heimat verließ, zählten meine Brüder dreizehn und sieben Jahre. Noch sehe ich sie vor mir, Theodor, mit den blonden Locken und den schwärmerischen Augen, und den kleinen Fred, der im Gegensatz zu seinem träumerisch und still veranlagten Bruder keck und froh mit seinen blauen Augen in die Welt hinausblickte und von uns dreien der einzige war, der Leben in unseren Familienkreis brachte, manchmal sogar etwas mehr, als sich mit den Sorgen vereinbaren ließ, an denen Vater und Mutter und ich als der älteste Sohn schwer zu tragen hatten.

Das Geschlecht der Gollwitz ist eins der ältesten von Süderland und — eins der ärmsten. Die Jahrhunderte und eine wenig auf die Zukunft und auf Erhaltung unserer Güter bedachte Verwaltung unserer Vorfahren hatten den Familienbesitz der Gollwitz mit Schulden überlastet, und es wäre eine schwierige, wenn nicht unmögliche Rechenaufgabe gewesen, aus dem verarmten Besitz so viel herauszuholen, daß die drei Söhne — Töchter waren nicht vorhanden — dadurch in den Stand gesetzt worden wären, sich eine angemessene Lebensstellung zu verschaffen.

Diese Verhältnisse gewöhnten mich frühzeitig daran, an die Verbesserung unserer Lage zu denken. Ein Zug ins Weite liegt von jeher im Blut der Gollwitz, und so beschäftigten sich meine Gedanken sehr bald schon mit der Ferne, da mir das Vaterland keine Zukunft bot. Weder Süderland noch ein anderer der nordischen Staaten hat Kolonialbesitz, sonst würde ich meine Dienste dem Vaterland zur Verfügung gestellt haben, so aber trat ich in die Englisch-Ostindische Kolonialtruppe ein, die mir für meine Zukunftspläne die meisten Aussichten zu bieten schien. Mein zwanzigster Geburtstag sah mich bereits unterwegs.

In Kalkutta beginnt das, was ich den Roman meines Lebens nennen möchte. Ich lernte bald nach meiner Ankunft einen jungen vornehmen Hindu kennen, der dorthin gekommen war, um Studien zu machen. In der ersten Zeit schwieg er hartnäckig über seine Heimat und seinen Namen, ging aber dann allmählich aus sich heraus. Wie staunte ich, als er mir eines Tages die Mitteilung machte, daß er kein geringerer als der Maharadscha Madpur Singh von Augh sei. Zugleich nahm er mir aber das Ehrenwort ab, sein Inkognito zu wahren und jedem Menschen gegenüber seinen Rang zu verschweigen. Ich ersah keinen Grund, ihm mein Ehrenwort zu verweigern und gab es ihm. Madpur Singh erzählte mir, daß sein Vater gestorben sei. Leider habe dieser sein Land durch seine Prunksucht bis an den Rand des Abgrunds gebracht, und sein Bestreben müsse es nun sein, es durch weise Sparsamkeit wieder zu heben. Deshalb sei er nach Kalkutta gekommen, um von den Engländern zu lernen. Er war ein edel denkender junger Mann, und ich fühlte mich glücklich, ihn meinen Freund nennen zu dürfen. Wir verkehrten einige Monate lang fast täglich miteinander, und als er schied, hatten wir beide das Gefühl, daß wir Freunde fürs Leben geworden seinen.

Der Verkehr mit dem jungen Fürsten hatte mir über das erste Heimweh hinweggeholfen. Jetzt kehrte es in verdoppeltem Maß zurück, wozu der Umstand gerade nicht mildernd beitrug, daß ich bei meinem

Vorgesetzten und meinen Kameraden nicht das geringste freundschaft-
liche Entgegenkommen fand. Mein General, Lord Haftley, war ein
kaltschnauziger Engländer, der es für unter seiner Würde hielt, ein
wärmeres Gefühl aufkommen zu lassen. Er war stets bis an die Ohren
zugeknöpft, und wenn er je einmal sich dazu verstand, seinen Mund
zu einer Bemerkung zu öffnen, so kam ganz gewiß nur ein ‚Yes‘ aus
dem Gehege seiner Zähne, das ebenso kalt anmutete wie der ganze
Mann, dessen Selbstdünkel einen frieren machen konnte. Wegen seiner
Gewohnheit, nur mit einem kurzen ‚Yes‘ sich an der Unterhaltung zu
beteiligen, hieß er bei allen seinen Untergebenen der ‚General Yes‘.

Während die übrigen Offiziere meines Regiments mir mehr oder
weniger gleichgültig waren, gab es noch einen Mann, gegen den ich
vom ersten Augenblick ein Gefühl der Abneigung empfand. Rittmeister
Méricourt war ein Pariser, mochte früher vielleicht ein Handlungs-
reisender oder etwas Ähnliches gewesen sein und war nach Indien
gekommen, weil er es daheim zu nichts bringen konnte. Ich war überzeugt, daß er seinen Rang nur seiner Schlauheit verdankte. Im übrigen
hielt ich ihn für einen Feigling und hatte auch bald genug Gelegenheit, ihn als gemeinen Charakter kennenzulernen.

Einige Zeit nach der Abreise des indischen Fürsten lernte ich in
einer Gesellschaft die Majorin Wilson kennen, und ich erhielt von
da an öfters eine Einladung in ihr Haus. Die Majorin sah mich gern
bei sich, weil unsere Unterhaltung ihr Gelegenheit gab, sich im Deutschen zu vervollkommnen. Sie war eine Schönheit, aber eine Dame
von strengsten Sitten. Es ist zwischen uns nie ein Wort gefallen, das
ihr Gemahl nicht hätte hören dürfen. Auch der Rittmeister Méricourt
kam. Er fand die Majorin reizend und suchte sich ihr zu nähern. Sie
behandelte ihn aber zurückhaltend. Er wurde eifersüchtig auf mich und
benahm sich, wie es bei einem Mann von seiner Art zu erwarten war.
Eines Tages fragte mich der Major nach der Ursache meines herz-
lichen Verkehrs mit seiner Gattin. Ich war erstaunt. Es kam zum
Wortwechsel, und er forderte mich. Mich bangte nicht um den Hieb,
den ich empfangen konnte, mich bangte nur um die Ehre seines braven,
treuen Weibes. Ich suchte ihn also zu beruhigen und von ihrer Unschuld zu überzeugen; es half nichts, ich mußte mich mit ihm schlagen.
Er stach mir ein Loch in den Rockärmel, und ich zeichnete ihm einen
Zirkumflex ins Gesicht. Dann mied ich sein Haus. Auch der Rittmeister durfte sich dort nicht mehr sehen lassen. Ich habe keine Beweise, aber durch einen Zufall erfuhr ich, daß er es war, der mich
beim Major verdächtigt hatte. Und ich hoffte im stillen, daß einmal
die Stunde schlagen werde, in der ich ihn vor meine Pistole bekommen würde. Dann wollte ich ihm seine Schurkerei mit einer wohlge-
zielten Kugel heimzahlen. Ich ahnte damals nicht, wie bald schon ein
Höherer die Vergeltung in die Hand nehmen würde.

Im Haus des Majors hatte ich mich fast heimisch zu fühlen be-
gonnen, so daß mir die darauffolgende Vereinsamung doppelt drük-
kend erschien. Zum Glück gab es bald ein Ereignis, das meine Gedanken in andere Bahnen lenkte. England, das seinen Einfluß weit
über Allahabad hinaus ausgedehnt hatte, streckte nunmehr seine Füh-

ler nach dem benachbarten Augh aus, das mit seinem gesunden Klima und dem äußerst fruchtbaren Boden schon längst seine begehrlichen Augen auf sich gezogen hatte. Es sollte eine Gesandtschaft abgeschickt werden, die die durch den Tod des alten Radscha unterbrochenen Beziehungen zu dem reichen Land wieder anknüpfen sollte. General ‚Yes‘ und einige Offiziere, darunter auch ich, wurden mit diesem scheinbar äußerst friedlichen Unternehmen beauftragt. Ich war zwar noch jung und in Sachen Politik unerfahren, aber ich hatte doch während meines kurzen Aufenthalts in Kalkutta zu viel Einblick in die englische Staatskunst genommen, als daß ich an die Arglosigkeit der Gesandtschaft geglaubt hätte. Ich kannte das Verhalten Englands in ähnlichen Fällen. Die Gesandtschaft hatte möglichst hohe Forderungen zu stellen, die in ihrer Gesamtheit unmöglich angenommen werden konnten, damit dann England einen Grund habe, das Land mit Krieg zu überziehen und seiner Herrschaft einzuverleiben. Zwar konnte ich in diesem besonderen Fall nichts Bestimmtes behaupten, weil mir die Forderungen Englands unbekannt waren, aber ich beschloß, meine Augen offenzuhalten und Madpur Singh zu warnen, falls eine Verräterei geplant war. Es konnte mir nicht einfallen, auf Kosten meines Gewissens die Vorteile eines Landes zu vertreten, mit dem mich kein anderes Band verknüpfte, als mein auf ein paar Jahre abgeschlossener Dienstvertrag.

Wir fuhren mit der Bahn nach Benares, und von da ging es mit zwei von je vierzehn Kulis geruderten Booten den Ganges hinauf, dessen Wasser bei den Hindus für so heilig gilt, daß sie es weithin versenden und sogar den Glauben hegen, derjenige, der in den Fluten des berühmten Stroms den Tod sucht oder sich von den darin befindlichen Krokodilen auffressen läßt, werde sofort von Brahma in den herrlichsten seiner Himmel aufgenommen. General ‚Yes‘ fuhr mit seinem indischen Diener im ersten Boot, während wir übrigen Offiziere, unter denen sich auch der Rittmeister Méricourt befand, im zweiten Platz gefunden hatten.

Die nächsten acht Tage waren für mich wie eine Reise durch ein Märchenland. Schon in Benares, wo wir einen Tag verweilten, kam ich aus dem Staunen nicht heraus. Nirgends zeigte sich so sehr wie hier, daß Indien das Land der größten Gegensätze ist. Da türmen sich vor uns am linken Gangesufer, auf einer fast senkrecht abfallenden Felsenmasse, die alte, ehrwürdige Stadt mit ihren unzähligen Tempeln, Moscheen und Palästen. Die prunkvollen Wohnstätten der Großen des Landes wechseln ab mit heiligen Denkmälern und traumhaft schönen Tempeln. Im Glanz des Sonnenlichts erstrahlen die malerischen Zinnen und Kuppeln, glitzern die Türme und Minaretts. Die Sonne Indiens vergoldet alles, sie vergoldet selbst den — Schmutz, den freilich nur das Auge und die Nase des Europäers wahrzunehmen scheint, in dem sich aber die Eingeborenen äußerst wohl fühlen. Benares ist der Hauptsitz des Brahmaismus. Hier wurde die reinere und versöhnlichere Anbetung Buddhas so lange verfolgt, bis sie von den Dienern Brahmas und Wischnus glücklich aus ganz Indien, mit Ausnahme der Südspitze und Ceylons, vertrieben worden war. Dafür herrschte jetzt in Benares wieder unumschränkt Brahma und seine heiligen Rinder, deren sichtbare Spuren die Stadt auf Schritt und Tritt zieren. Alle Straßen und alle Tempel sind erfüllt von diesen heiligen Kühen, die sich träge zwischen den Tausenden ihnen hingestellten Leckerbissen bewegen, und unter ihren Füßen winden sich die gläubigen Pilger und küssen den Rindern die besudelten Hufe. Reich und arm, Mann und Weib, alle bringen den Göttern in ihren Tempeln begeisterte Huldigungen, und es wäre sicher um den geschehen, der an der göttlichen Natur eines dieser Rinder zweifeln würde. Ein junges, verschleiertes, aber reich geschmücktes Weib wirft sich schwärmerisch vor einer Kuh in den Schmutz, um die Hufe des Tieres aus silberner Schale zu salben, und flüstert dabei inbrünstige Gebete. Und Tausende von Pilgern, Lahme, Kranke, Aussätzige und Verpestete steigen die Ghat[1], die vom Kai zum Ganges hinunterführen, hinab in den Fluß, dessen Wellen unter diesem Aufgebot von Schmutz und Krankheitsstoffen sich in einen schlammigen Pfuhl verwandeln, und trinken begierig das mit hohler Hand aus der gelben Brühe geschöpfte ,heilige Wasser'. Daß Pest und Cholera unter diesen Umständen in Benares nicht aussterben und von den davonziehenden Pilgern immer aufs neue über die Halbinsel getragen werden, ist kein Wunder.

Der Ganges ist aber nicht nur das Bad, sondern auch der Friedhof des ganzen Reiches. Reiche und Arme kommen dahin, um ihre Sünden abzuwaschen und in ihm ihre Toten beizusetzen. Mit den Priestern wird umständlich gefeilscht um den Preis für das Holz zum Scheiterhaufen, dann lodern die überall sichtbaren Flammen knatternd um den nackten Leichnam, und endlich wird die Asche in den Strom gestreut, auf dem allenthalben die Kadaver der Kühe und die Leichen armer Parias hinabtreiben, für die der Scheiterhaufen zu teuer war.

Einen besonders abstoßenden Eindruck machen die Krüppel, Fakire und Bettler, die sich in allen erdenklichen Zuständen der Selbstkasteiung und Selbstverstümmelung darstellen. Zum großen Teil rechnen sie geschickt und erfolgreich mit den Nerven ihrer Mitmenschen, wie eine gewisse Bettlerklasse in den europäischen Großstädten. Auf den Stufen der Perlenmoschee sah ich einen sterbenden Hindu, der sich in den entsetzlichsten Krämpfen wand. Schaudernd kehrte ich mich von diesem Schauspiel ab. Aber mein indischer Führer lächelte und bemerkte gleichgültig: „Ich kenne den Mann seit Jahren und habe ihn hundertmal sterben sehen; er verdient viel Geld damit."

Eine ganze Welt nie erlebter Eindrücke stürmte auf mich ein, als wir in unsern Booten an Städten und Dörfern, an Palästen und Hütten vorüber den heiligen Strom hinaufglitten. Meine Begleiter, die alle schon längst in Indien waren, zeigten sich diesen Eindrücken gegenüber kühler als ich, und General ,Yes' ließ seine lange, hagere Gestalt überhaupt während der ganzen Fahrt nie außerhalb des Zeltes sehen, das ihm zum Schutz vor der glühenden Sonne Indiens diente, sondern lag all die Zeit schlafend und rauchend auf seinem rotsamtenen Diwan. Was war Benares, was war der Ganges, was war über-

---

[1] Ufertreppen

haupt ganz Indien gegen einen einzigen veritablen Englishman oder gar gegen ihn, Lord Haftley!

Es war am achten Tag um die Mittagszeit, als Augh in Sicht kam. Der heilige Strom erglänzte im Licht der strahlenden Sonne wie feuerflüssiges Silber. Zahlreiche Boote durchkreuzten seine Fluten, und dazwischen bewegten sich die schwimmenden Fischer, nach indischer Sitte auf zwei miteinander verbundenen irdenen Töpfen liegend, während sie mit den Händen die Netze handhabten.

Am Landungsplatz hielt ein Zug Sepoys[1] zu Roß, die auf dem Landweg vorausgeschickt worden waren. Einer von ihnen führte ein köstlich aufgeschirrtes Pferd, das für einen Fürsten bestimmt zu sein schien, während hinter ihnen einige ledige Tiere für uns bereitgehalten wurden. Der General verließ, während zwei Kulis einen breiten Sonnenschirm über ihn hielten, sein Boot. Kaum berührte sein Fuß den Boden, so ertönten von der Stadt her Flintensalven und Kanonenschüsse, und sämtliche anwesende Inder beugten sich demütig zur Erde. Dann stiegen auch wir aus.

Ein reichbewaffneter Inder, in dem ich zu meinem Staunen Madpur Singh, meinen indischen Freund erkannte, trat auf den General zu.

„Sahib, mein Herr, der Radscha Madpur Singh, dem alles gehört, was dieses Land bedeckt, hat mir befohlen, dich willkommen zu heißen."

„*Yes.*"

Er begrüßte mit einer leichten Handbewegung die ihn erwartenden Inder und ließ sich von den Kulis auf das Pferd heben. Auch wir stiegen auf. Der Inder hatte mich wohl bemerkt, aber sein Auge glitt rasch über mich hinweg, als ob er von mir nicht beachtet zu werden wünsche. Er bestieg ebenfalls sein Pferd. Dann setzte sich der kleine Zug in Bewegung. Der General ritt mit dem Inder voran, der sich auf seiner linken Seite hielt. Die Augenbrauen des Lords hatten sich zusammengezogen. Er schien nicht sehr guter Laune zu sein.

„Rittmeister Méricourt!"

Der Gerufene drängte sein Tier an die rechte Seite des Generals.

„General!"

„Ihr seid ein Franzose?"

„Zu dienen."

„Die Franzosen sind das höflichste Volk der Erde."

„Wie man sagt."

„Ihr wißt also, was höflich ist?"

„Ich denke es zu wissen."

„Ist dieser Empfang von seiten des Radscha höflich?"

„Es scheint mir nicht so!"

„*Yes.*"

„Er schickt seinen Hausmeister und eine Handvoll Soldaten, um den Vertreter und Gesandten des allmächtigen Albion zu empfangen. Das ist alles!"

„*Yes.*"

[1] Eingeborene englische Soldaten

„Man möchte sich fast wundern, daß man die Güte gehabt hat, uns in dem Palast des Radscha aufzunehmen."

„Yes."

„Ihr werdet, Exzellenz, während der Verhandlungen dieselbe Höflichkeit zeigen müssen, die man Euch jetzt entgegenbringt."

„Yes."

„Und streng auf die Erfüllung unserer Forderungen dringen, General."

„Yes."

Die beiden hatten so laut gesprochen, daß die hinter ihm Reitenden jede Silbe verstanden. Auch dem Inder war kein Wort dieser Unterhaltung entgangen, da er das Englische vollkommen beherrschte. Er tat indes gar nicht so, sondern erhob seinen Blick kaum von dem Kopf seines Pferdes. Mir war die Taktlosigkeit des Generals begreiflicherweise nicht ganz gleichgültig, ich regte mich aber nicht darüber auf. Der General mochte selber seine Augen aufmachen, um sich vor Verlegenheit zu schützen.

Der kleine Zug hielt vor dem Haupttor des Schlosses. Die Wachen, die hier standen, warfen sich zur Erde nieder. Der General lächelte verächtlich; er glaubte, diese Ehrenbezeugung gelte ihm.

„Erlaube, daß ich dich in das Zimmer des Radscha bringe", meinte der Inder in der Sprache seines Landes.

„Mich und mein Gefolge."

„Er wünscht dich allein bei sich zu sehen."

„Ich bin kein Paria, der allein gehen muß. Warum empfängt mich dein Herr wie einen Teppichhändler?"

„Und wenn die Königin deines Landes, wenn alle Könige der Erde kämen, er würde sie nicht anders empfangen. Er ist in euren Ländern gewesen und hat sich gar nicht empfangen lassen. Komm allein zu ihm!"

„Ich komme mit meinem Gefolge oder gar nicht. Melde es ihm!"

„Er hat diesen Wunsch nur um deinetwillen ausgesprochen. Doch, da dein Wille nicht anders ist, so kommt!"

Er führte uns durch mehrere prachtvolle Höfe nach einer breiten Granittreppe, die zu einer Säulenhalle von der Bauart führte, wie sie vor zwei Jahrtausenden in Indien zu finden war. Die zahlreichen Personen, denen wir begegneten, warfen sich alle schweigend zu Boden und blieben liegen, bis wir vorüber waren.

„Hat ihnen dein Gebieter befohlen, sich vor uns auf die Erde zu legen?"

„Das würde er ihnen nie befehlen. Sie fallen nieder aus Ehrfurcht für ihn."

Der Engländer schien nicht begreifen zu können, daß diese Ehrenbeweise aber auch in der Abwesenheit des Fürsten vorgenommen würden. Er lächelte abermals verächtlich.

Die Säulenhalle war mit kostbaren Teppichen belegt. In ihrem Hintergrund stand ein aus Elfenbein gefertigter Thron, der einen liegenden Elefanten vorstellte. Zu seinen beiden Seiten standen vier Sklaven, die aus Pfauenfedern gefertigte und mit Perlen besetzte Wedel trugen, um dem Fürsten Kühlung zuzufächeln.

„Wie, wünscht dein Gebieter, sollen wir uns stellen?"

„Stellt euch, wie ihr wollt, und tut nach den Sitten eures Landes!"

„Sag ihm, daß wir nicht vor ihm niederfallen werden, wie seine Sklaven."

„Das fordert er auch nicht von euch. Wie wollt ihr mit ihm reden, in seiner oder in eurer Sprache?"

„Spricht er englisch?"

„Er spricht englisch und französisch."

„So wird er aus Höflichkeit gegen seine Gäste englisch mit uns sprechen."

„Ebenso könntet ihr aus Höflichkeit gegen ihn in seiner Sprache mit ihm reden. Doch wird er sich freuen, höflicher sein zu dürfen als ihr. Ihr könnt beginnen!"

„Wie? Beginnen? Er ist ja noch nicht da."

„Er ist schon längst da und wird seinen Platz jetzt einnehmen."

Der Sprecher bestieg den Thron und ließ sich darauf nieder. Die Engländer waren einigermaßen überrascht darüber. Der General sowohl als auch der Rittmeister erkannten jetzt, weshalb der Radscha den ersteren allein hatte empfangen wollen. Da er jedes Wort verstanden hatte, wollte er anscheinend dem General eine Demütigung ersparen.

Der gegenwärtige Empfang war nur der allgemeinen Begrüßung gewidmet und nahm nicht lange Zeit in Anspruch. Die eigentlichen Verhandlungen sollten später gepflogen werden. Schon erhob sich der General von dem Diwan, auf dem er gesessen hatte, um anzudeuten, daß er nichts mehr zu sagen habe, als ihm der Radscha winkte.

„Ich werde noch eine Frage an dich richten. Darf ich einen Offizier begrüßen, den ich kenne und der bei dir ist?"

„Ich erlaube es ihm, mit dir zu sprechen."

„Ah! Bin ich ein Gefangener, oder ist er dein Gefangener, daß er erst deiner Erlaubnis bedarf, wenn Madpur Singh, der König von Augh, mit ihm reden will?"

Der General sah ein, welche Beleidigung er ausgesprochen hatte.

„Du verstehst mich falsch. Den Sinn, den du unterstellst, haben meine Worte nicht gehabt. Welcher ist es, mit dem du sprechen willst?"

„Du sagst, ich habe deine Worte nicht verstanden; du meinst also, daß ich deine Sprache nicht verstehe. Ich werde versuchen, sie besser zu lernen, und bitte dich, mir den, den ich sprechen will, zum Lehrmeister zu geben. Es ist der Leutnant Hugo von Gollwitz."

„Von Gollwitz!" rief der General überrascht. Und dann gebot er mit scharfer, beinah drohender Stimme: „Tretet vor!"

Ich gehorchte und näherte mich dem Radschah, der mir freundlich die Hand reichte.

„Wir haben uns in Kalkutta gesehen; ich liebe dich und habe dich nicht vergessen. Du sollst in meinen Gemächern wohnen und prüfen, ob ich eure Sprache rede oder nicht. Erlaubst du dies?" fragte er, zum General gewendet.

„Ich erlaube es!"

„So kannst du jetzt mit deinen Leuten gehen. Eure Wohnungen sind bereit. Meine Diener werden euch führen."

Er stieg vom Thron, ergriff mich bei der Hand und verschwand mit mir hinter einem Vorhang. — —

Gestern konnte ich die halbe Nacht nicht schlafen. Die Erinnerung an die Vergangenheit hatte mich aufgeregt und hielt meine Lider offen. Und als sie mir endlich zufielen, träumte ich wirres Zeug. Ich sah meine Brüder, aber nicht als Knaben, sondern als erwachsene Männer. Theodor hatte ein eingefallenes bleiches Antlitz und streckte mir mit einem unsagbar flehenden Blick seine Arme entgegen, an denen ich Fesseln bemerkte. Ich wollte mich ihm nähern, da verwischte sich das Bild, und ich befand mich auf einer weiten grasbewachsenen Fläche; ich war noch nie in Amerika gewesen, aber so, genau so hatte ich mir in meinen Gedanken die Prärien des Westens vorgestellt. Am Gesichtskreis erschien ein Reiter und näherte sich mir rasch. Als er vor mir hielt, blickte er mich maßlos erstaunt an. Und auch ich starrte ihm sprachlos ins Gesicht. Es war mein jüngerer Bruder. Aber in seinem Trapperanzug und den männlich-ernsten Zügen hatte er nichts von dem heiteren, lebenslustigen Knaben mehr an sich, als den ich ihn gekannt hatte. „Fred!" wollte ich rufen, aber in diesem Augenblick zerfloß die Gestalt vor meinen Augen, als ob sie der Nebel verschlungen hätte. Dann war ich wieder in Indien. Ich befand mich als Angeklagter vor dem Kriegsgericht. Man hatte mir die Hände auf den Rücken gebunden, und Méricourt stand mit einem riesigen Schwert vor mir. Er warf einen Blick teuflischer Schadenfreude auf mich, während er den General fragte:

„General sind doch auch der Ansicht, daß sich Leutnant von Gollwitz des Hochverrats schuldig gemacht hat?"

„Yes."

„Und Ihr sprecht ihm das Todesurteil?"

„Yes."

„Wann soll es vollzogen werden? Jetzt? Sofort?"

„Yes."

Da hob Méricourt das Schwert und holte zu einem gewaltigen Hieb aus, und — — — ich erwachte in Schweiß gebadet. Ich war nicht in Indien, sondern lag in meiner Hütte auf meiner weltvergessenen Insel. War der aufregende Traum das Anzeichen eines nahenden Fiebers? Oder war er die Folge der seelischen Eindrücke von gestern? War es überhaupt gut für mich und hatte es einen vernünftigen Zweck, die Schatten der Vergangenheit wieder heraufzubeschwören und in meinem Notizbuch festzubannen? Aber ich hatte nun einmal mit den Aufzeichnungen angefangen und war entschlossen, sie zu vollenden. Ich bereitete mir ein Frühstück, dann nahm ich ein Chininpulver zu mir, um einem möglichen Fieber zu begegnen, und nun will ich in meiner Erzählung fortfahren. — — —

Noch am Abend des Tages, an dem wir in Augh angekommen waren, wurde ich zum General befohlen. Ich erriet, worum es sich handelt, und benachrichtigte den Radscha davon, daß mich der General zu sprechen wünsche. Madpur Singh ließ mir sagen, daß er begierig sei, das Ergebnis unserer Unterredung zu erfahren, und daß er nach ihr im Garten an der Bank unter den Drachenbäumen zu treffen sei. Er hatte am Nachmittag mit mir einen Spaziergang im Park gemacht, daher wußte ich gar wohl, wo ich den Radscha zu suchen hatte. Ich konnte die bezeichnete Bank selbst bei eingebrochener Dunkelheit nicht verfehlen.

Als ich beim General eintrat, saß er bei seiner Hukah[1], und neben ihm stand der Rittmeister Méricourt. Der General gab dem Rittmeister einen Wink, worauf dieser begann:

„Herr Leutnant, Ihr kanntet den Radscha?“

„Ja.“

„Wo lerntet Ihr ihn kennen?“

„In Kalkutta. Ich glaube, daß er dies in Eurer Gegenwart bemerkte.“

„Wie oft verkehrtet Ihr mit ihm?“

„Einige Monate fast täglich.“

„Ihr spracht aber doch nicht von dieser für uns so wichtigen Bekanntschaft.“

„Madpur Singh war nach Kalkutta gekommen, um Studien zu machen. Er hielt sich deshalb unerkannt auf und ich mußte ihm mein Ehrenwort geben, das nicht zu verraten.“

„Aber dann, als Euch das Ziel unserer Reise bekannt wurde, erforderte es Eure Pflicht, den Schleier zu lüften.“

„Wie Ihr es mit Eurer Pflicht haltet, das ist Eure Sache; meine Pflicht aber gebietet mir, niemals ein gegebenes Ehrenwort zu brechen.“

„Herr Leutnant!“

„Herr Rittmeister!“

„Ihr steht vor Eurem Vorgesetzten!“

„Allerdings, und dieser Vorgesetzte sitzt vor mir. Ihr aber seid es nicht!“

„Was soll das heißen?“

„Das soll heißen, daß ich mit dem Herrn General, nicht aber mit Euch zu sprechen wünsche.“

„Der Herr General haben mich beauftragt, das Gespräch zu führen. Ist dies nicht so, Exzellenz?“

„Yes!“ antwortete der Gefragte mit einem finsteren Blick auf mich.

„Ihr hört es!“

„Ich höre es. Da aber der Herr General sicherlich nicht unter Aufsicht gestellt sind, und auch jeder Untergebene das Recht besitzt, unmittelbar mit seinem Vorgesetzten zu verkehren, falls dieser anwesend ist, so werde ich jetzt sprechen und antworten, nur um den allgemeinen Pflichten der Höflichkeit zu genügen, nicht aber, weil ich von dienstlichen Erfordernissen dazu gezwungen bin.“

„Alle Teufel, sprecht Ihr kühn! Eine solche Rede verdient Züchtigung. Nicht wahr, Herr General?“

„Yes.“

„Züchtigung? Wie meint Ihr das? Wer wird gezüchtigt? Sagt das!“

[1] Persische Wasserpfeife

„Wer es verdient hat!“

„So bin von uns beiden ich dies jedenfalls nicht; dieser Gedanke beruhigt mich.“

„Herr Leutnant!“

„Herr Rittmeister!“

„Der Herr General hat Euch rufen lassen, um Euch darüber zur Rechenschaft zu ziehen, daß Ihr Eure Bekanntschaft mit dem Radscha verschwiegen habt. Ihr tragt Schuld, daß uns ein so demütigender Empfang geworden ist!“

„Ich? Ich habe keinem Menschen geboten, eine Unterhaltung in Gegenwart eines Mannes zu führen, der jedes Wort verstand.“

„Mäßigt Euch! Ihr hattet zu melden, wer der Mann sei, der uns empfing.“

„Ich kann meine Verpflichtung zu dieser Meldung nicht ersehen und bitte, die gegenwärtige Unterredung möglichst abzukürzen. Ich wurde für die jetzige Zeit zu dem Radscha gewünscht, dem ich leider den schwierigen Beweis zu liefern habe, daß er nicht englisch sprechen kann.“

„Ihr habt zuvörderst zu bedenken, daß jetzt wir es sind, bei denen Ihr gebraucht werdet! Nicht wahr, Herr General?“

„*Yes.*“

„Eure Verschwiegenheit ist ein Vergehen von solcher Tragweite, daß wir noch gar nicht imstande sind, die Strafe zu bemessen, die damit übereinstimmt. Wir befinden uns jetzt sozusagen nicht im Dienst, weshalb wir euch gegenwärtig noch nicht bestrafen können, müssen uns aber doch Eueren Degen ausbitten, Herr Leutnant. Nicht wahr, Herr General?“

„*Yes.*“

Ich fuhr wirklich mit der Hand nach dem Degen, nicht aber um ihn abzugeben, sondern um den Beleidiger damit zu züchtigen, um meinen Zorn niederzukämpfen.

„Seid Ihr fertig mit dem, was Ihr mir zu sagen hattet, Herr Rittmeister?“

„Ja.“

„So werde auch ich gleich fertig sein! Ich soll Euch meinen Degen abgeben, weil ich mein Ehrenwort nicht brach. Ein solches Urteil kann nur die Ehrlosigkeit selbst fällen.“

„Leutnant!“

„Pah! Spielen wir nicht Komödie! Ihr könnt wohl andere in einen Zweikampf verwickeln, besitzt aber nicht den Mut, Euch selbst zu schlagen. Ihr verlangt meinen Degen. Wohlan, Ihr sollt ihn haben, doch nicht so, wie Ihr ihn wünscht, sondern wie ich Euch diesen geben will, nämlich mit dem Griff in das Gesicht!“

„Das ist eine Beleidigung, die bestraft werden muß, nicht wahr, Herr General?“

„*Yes.*“

„Bestraft? Ihr verwechselt die Begriffe. Ein Vergehen wird bestraft, eine Beleidigung aber wird geahndet, mein Herr. Eure Feigheit allerdings brächte es zustande, meinen Worten den Stempel eines dienstlichen Vergehens zu erteilen, um nur nicht in die Lage zu kommen, Euch mir bewaffnet entgegenstellen zu müssen. Doch das kann Euch leider nicht gelingen, da Ihr soeben selbst gesagt habt, daß wir uns hier nicht im Dienst befinden. Ihr betragt Euch nicht nur rücksichtslos, ungerecht und feig, sondern auch unklug. Der Herr General ist mit Vollmachten versehen, gewisse schwierige Verhandlungen mit dem Maharadscha anzuknüpfen; der Herr General weiß, daß der Rittmeister Méricourt den Radscha heute beleidigt hat; der Herr General hat gehört, daß der Radscha zu mir gesagt hat: ‚Ich liebe dich!‘ Der Herr General bestraft aber den Leutnant wegen dieser Liebe. Der Herr General mag nachdenken, wie ein solches Verfahren genannt werden muß und welches die geeignete Person wäre, den Radscha seinen Plänen geneigt zu machen. Ich habe gesagt, was ich zu sagen hatte, und bitte mich zu verabschieden.“

„Ihr sollt einstweilen gehen, müßt aber Euern Degen zurücklassen! Nicht wahr, Herr General?“

„*Yes.*“

„Gut, meine Herren. Dieser Degen ist mein Privateigentum, das ich nur dann von mir gebe, wenn ich es verkaufe oder verschenke. Ich bin Euch, Herr General, als Freiwilliger beigegeben, und bitte, mich zu entlassen. Ich ersuche ferner um meinen Abschied!“

„Den bekommt Ihr nicht!“ hohnlachte Méricourt.

„So nehme ich ihn mir.“

„Beachtet, daß dies Verhalten Fahnenflucht genannt wird; nicht wahr, Herr General?“

„*Yes.*“

„Wohlan, so lasse ich mich lieber als Flüchtling erschießen, als daß ich mich für einen Wortbruch belohnen lasse. Ich erkläre, daß Euch meine Person in keiner Beziehung mehr zur Verfügung steht. Gute Nacht!“

Ich ging; aber ich suchte zunächst nicht den Park, sondern mein Zimmer auf. Die Unterredung mit meinem bisherigen Vorgesetzten hatte mich mehr aufgeregt, als ich mir vor den beiden merken lassen wollte, und ich mußte mich erst beruhigen, bevor ich dem Radscha unter die Augen trat.

Außerdem gab mir das Verhalten des Generals zu denken. Er wußte, daß mich der Radscha liebte, und hätte eigentlich der Sache wegen, der er diente, gegen mich entgegenkommend sein müssen. Daß er das nicht war, überzeugte mich, daß ihm an der Meinung des Herrschers, an den er abgeschickt worden war, nicht das geringste lag, und folgerichtig auch der Regierung nicht, die er zu vertreten hatte. Und meine Ahnung wurde fast zur Gewißheit, daß seine Sendung nicht den friedlichen Charakter trug, den sie nach außen zu haben schien. Wenn dem aber so war, so war Gefahr im Verzug, und ich hatte den Radscha zu warnen. Ich würde das auch in dem Fall getan haben, wenn unsere Unterredung einen weniger unfreundlichen Ausgang genommen hätte. Eine Verpflichtung gegen den General hatte ich jetzt nicht mehr, da ich meine Verbindungen mit England als gelöst betrachtete.

Eigentlich hätte ich über meine Person in Sorge sein müssen. Ich stand aller Hilfsmittel entblößt, allein mitten in einem fremden Land, dessen Verhältnisse ich nicht kannte. Aber es fiel mir nicht ein, mir darüber Gedanken zu machen. Ich hatte ja einen Freund, den Radscha, dessen Person mir wertvoller war als die glänzendsten Aussichten, die sich mir geboten hätten, wenn ich in englischen Diensten geblieben wäre. Darum war ich guten Mutes, als ich mich auf den Weg nach dem Park machte, wo mich der Radscha erwartete.

Es zeigte sich, daß ich gut daran getan hatte, zuerst auf mein Zimmer und nicht sofort in den Garten zu gehen. Ich hatte den Palast noch nicht verlassen. Meine Schritte waren auf den Decken zwischen den Säulen unhörbar. Eben wollte ich meinen Fuß hinter der letzten Säule hervorsetzen, als ich einen Mann bemerkte, der aus dem Garten kam. Es war der Minister Tamu. Zwischen den Muskatbäumen vor der Säule tauchte eine zweite Gestalt auf, in der ich den Rittmeister Méricourt erkannte. Es schien, als ob sich beide zusammen bestellt hätten. Aber was hatte der Minister von Augh im geheimen mit dem fremden Sendling zu verhandeln? Ich brauchte nicht lange auf die Beantwortung dieser Frage zu warten, denn der Rittmeister begann:

„Nun, hast du mit dem Radscha gesprochen?“

„Ja“, antwortete der Minister.

„Was sagt er?“

„Er ist unzufrieden mit mir.“

„Warum?“

„Weil er ahnt, daß ich zu England neige.“

„Und das macht dir wahrscheinlich Sorge?“

„Nein. Ich habe seinem Vater gedient, denn er wußte meine Treue zu belohnen; dieser aber mästet seine Untertanen und läßt seine Minister hungern. Verdoppele die Summe, die du mir geboten hast, und das Königreich Augh ist euer.“

„Nun, darüber läßt sich noch reden.“

Mehr konnte ich nicht hören, den sie entfernten sich in der Richtung nach dem Inneren des Palastes. Ich ließ sie an mir vorüber und folgte ihnen, ohne daß sie mich bemerkten. Sie gingen durch den Palast und durch den Garten des Ministers nach dessen Wohnung. Ich blieb eine Zeitlang stehen, aber als der Rittmeister nicht zurückkehrte, ging ich in den Park, da ich den Radscha nicht länger warten lassen durfte.

Der Park dehnte sich hinter dem Palast bis an den Ganges aus. Er war in zwei ungleiche Hälften geteilt, deren größere für den Radscha und deren kleinere für die Frauen des königlichen Harems bestimmt war. Es fiel mir nicht schwer, in der Dunkelheit die dichte Gruppe der Drachenbäume zu finden, die mir am Nachmittag aufgefallen waren, und in deren Schatten eine Bank stand. Als ich hinter den letzten Ingwer- und Pfeffersträuchern hervortrat, erhob sich ein Mann von der Bank. Es war der Radscha.

„Gollwitz!“

„Sahib!“

„Du kommst spät. Setze dich!“

„Ich komme spät, weil ich zwei Schlangen beobachtete, die ihr Gift nach deinem Glück spritzen wollten."

„Wer ist es?"

„Die eine Schlange ist der Rittmeister Méricourt, und die andere ist — — — doch Sahib, du wirst es mir nicht glauben wollen, wenn ich dir ihren Namen nenne."

„Sage ihn getrost, ich weiß, daß du mich nicht belügst."

„Laß mich lieber gleich mit meiner Geschichte beginnen! Entscheide dann selber, ob du nicht von Verrätern umgeben bist!"

Und nun erzählte ich dem Radscha, was ich soeben im Palast erlauscht hatte. Der Fürst unterbrach mich mit keinem Wort. Aber sein Atem ging hörbar, ein Zeichen, daß er sich in nicht geringer Erregung befand. Als ich fertig war, blieb er eine Zeitlang still, als ob er das Gehörte erst innerlich verarbeiten müsse. Dann begann er in vollständig ruhigem Ton:

„Der Rittmeister ist ein Franzose, wie sein Name sagt?"

„Ja."

„Und dennoch stellst du dich auf meine Seite, anstatt auf die seinige?"

„Dich liebe ich, ihn aber verachte ich. Er ist wie das Gewürm, das man zertritt, ohne es anzugreifen."

„Er muß dich sehr beleidigt haben."

„Ich würde ihn verachten auch ohne diese Beleidigung. Er hat einst ein edles Weib gekränkt, die meine mütterliche Freundin war. Ich habe sie an ihm zu rächen."

„Vielleicht will er auch dich verderben."

„Das hat er längst gewollt. Heute aber hat er mir offen den Fehdehandschuh hingeworfen; ich habe ihn aufgehoben und will diesen Menschen unschädlich machen."

„Er war wohl beim General zugegen, als du gerufen wurdest?"

„Ja. Er empfing mich an Stelle des Generals."

„Was wollte er von dir?"

„Er forderte Rechenschaft von mir, weil ich deine Anwesenheit in Kalkutta nicht verraten hatte. Er forderte mir ferner den Degen ab und versprach mir nach unserer Rückkehr strenge Bestrafung meiner Verschwiegenheit."

„Du trägst deinen Degen noch, gabst ihn also nicht ab?"

„Meinen Degen gebe ich nur mit meinem Leben von mir."

„Aber der Rittmeister verlangte ihn von dir! Was hast du ihm geantwortet?"

„Ich sagte ihm, daß er den Degen bekommen solle, jedoch nur mit dem Griff ins Gesicht. Statt sofort blankzuziehen, wie jeder wackere Mann getan hätte, überhörte er meine Worte. Er ist ein Feigling."

„Und das Ergebnis eurer Unterhaltung?"

„Ich habe um meinen Abschied gebeten."

„Und ihn auch erhalten?"

„Nein; sie verweigerten ihn mir. Da erklärte ich nachdrücklich, daß ich ihn mir selbst geben werde, wenn ich ihn nicht erhalte."

„Dann wärst du in ihren Augen ein Fahnenflüchtling."

„Pah, ich fürchte nichts. Die beiden Memmen verwehrten es mir nicht, sie zu verlassen."

„Und was wirst du nun beginnen?"

„Ich werde beide fordern. Sie sind Offiziere und können mir die Genugtuung nicht verweigern."

„Und dann, wenn du sie besiegt hast, was tust du dann?"

„Ich gehe nach Batavia in holländische Dienste."

„Warum willst du nicht in Indien bleiben?"

„Wo fände ich einen Fürsten, der mir eine Zukunft böte?"

„Hier in Augh. Du bleibst bei mir. Deine Anwesenheit wird mir von großem Nutzen sein. Was ist deine Waffe?"

„Meine Lieblingswaffe ist die Artillerie."

„Das ist mir lieb. Du wirst in meine Dienste treten, mir Kanonen besorgen und meine Artillerie nach abendländischer Weise einrichten. Du sollst mein Kriegsminister, sollst mein Bruder sein. Sage ja!"

„Wohlan, so nimm mich hin, und ich schwöre dir, daß von diesem Augenblick an mein Blut, mein Leben und alle meine Kräfte dir gehören werden, denn ich weiß, daß du nicht zu jenen Tyrannen gehörst, die um einer Laune willen ihre treuesten Diener von sich werfen."

„Ich werde deine Kräfte gleich morgen in Anspruch nehmen; denn ich werde Tamu, meinen Minister, entfernen. Du sollst an seiner Stelle für mich mit den Engländern unterhandeln."

„Sahib, das wirst du mir nicht gebieten!"

„Warum nicht? Willst du mein Vertrauen dadurch verdienen, daß du mir gleich bei dem ersten Auftrag den Gehorsam verweigerst?"

„Ja. Schau, Sahib, für einen Mann mit niedriger Gesinnung würde es die größte Genugtuung sein, wenn er vor den General hintreten und sagen könnte: ‚Ihr habt mich gestern zum Verbrecher gemacht und mir meinen Degen abgefordert, und heute bin ich Kriegsminister des Maharadscha von Augh und stehe als sein Bevollmächtigter vor Euch, um Euch die Bedingungen vorzuschreiben, unter denen er bereit ist, Eure Vorschläge anzuhören'."

„Diese Genugtuung will ich dir ja geben!"

„Aber sie würde dein Verderben sein. Man würde sagen, daß man mit einem ehrlosen Überläufer nicht verhandeln könne; man würde dein Verfahren für eine Verletzung des Völkerrechtes erklären und diese Beleidigung durch eine sofortige Kriegserklärung rächen. Du siehst, daß ich nur an dich und an das Wohl deines Landes denke."

„Ich danke dir. Ich werde die Verhandlung einem anderen übergeben, aber sie soll in meiner Wohnung geführt werden, wo wir beide jedes Wort hören können. Hast du erfahren, welche Vorschläge mir die Engländer zu machen haben?"

„Nein. Nur der General kennt sie, und vielleicht der Rittmeister, wenn jener ihm einiges davon mitgeteilt haben sollte."

„Er wird ihm alles gesagt haben, denn der Rittmeister ist seine rechte Hand."

„Du irrst. Der Rittmeister gilt weniger bei ihm als jeder andere. Der General weiß, daß Méricourt ein Abenteurer und ein hinterlistiger

Feigling ist. Er tut, als ob er sich von ihm lenken lasse und benutzt ihn doch nur wie das Wasser, das das Rad zu treiben hat und dann weiterfließen muß."

Der Radscha hatte sich während meiner letzten Worte erhoben.

„So handeln die Engländer", meinte er. „Sie werfen ihre Werkzeuge undankbar von sich, wenn sie diese ausgenutzt haben. Und ganz dieselbe Undankbarkeit zeigen sie auch gegen uns. Dieser Lord Haftley kommt zu mir und sagt, daß er das Wohl meines Landes im Auge habe, aber er trägt die Falschheit und den Verrat in seiner Hand. Er will den Engländern mein Land öffnen, und dann, wenn ich ihnen dies gestattet habe, werden sie es mir nehmen."

„Was wirst du ihm antworten?"

„Ich kenne die Engländer. Sie haben vieles, was wir gebrauchen können, und wir haben gar manches, was ihnen unentbehrlich ist. Ein Handel mit ihnen wird beiden Teilen Nutzen bringen. Ich habe also nichts dagegen, daß sie zu mir, und meine Untertanen zu ihnen kommen, um ihre Waren auszutauschen. Aber ich werde meine Bedingungen so stellen, daß mir kein Schaden daraus erwachsen kann."

„Welches sind diese Bedingungen, Radscha?"

„Darf bei euch ein Staat ohne Erlaubnis der anderen Völker ein Land erwerben?"

„Nein. Er muß sich erst ihre Zustimmung versichern."

„Nun gut! Ich werde den Engländern mein Land öffnen, wenn sie mir nachweisen, daß die Franzosen und Italiener, die Deutschen, Russen, Spanier und Portugiesen ihnen die Erlaubnis geben. Und diese Völker müssen mir versprechen, mich zu verteidigen, falls die Ingli mir mein Land nehmen wollen."

„Auf diese Bedingungen werden die Engländer nicht eingehen."

„So mögen sie von Augh fortbleiben und wieder dahin zurückkehren, woher sie gekommen sind."

„Sie werden abrücken, aber mit ihrer bewaffneten Macht wiederkommen, um dich zu zwingen."

„Dann werde ich kämpfen. Ich habe dich ja zu meinem Bruder gemacht, damit du mit helfen sollst, sie gerüstet zu empfangen. Doch jetzt laß uns die Ruhe suchen! Morgen ist ein Tag, der uns wach und kräftig finden muß. Die Inglis sind ein mächtiges Volk. Ich muß ihre Gesandten würdig behandeln und werde ihnen morgen ein Schauspiel geben."

„Welches?"

„Einen Kampf zwischen Elefant, Bär und Panther. Ich habe einen wilden Bären vom Himalaja, der größer ist als alle, die ich bisher gesehen habe. Den Panther erhielt ich vom Maharadscha von Sigha zum Geschenk. Er ist dem Bären gewachsen. Doch jetzt komm!"

Wir verließen den Ort und schritten dem Palast zu. Der Radscha begab sich in seine Gemächer, und ich zog mich auf mein Zimmer zurück, wo ich mich angekleidet auf mein Lager warf, um über das Erlebte nachzudenken. Was für einen Umschwung in meinem Leben hatte doch dieser Tag angerichtet! Ich hatte eine Stellung verloren, die mir eine wenn nicht glänzende, so doch immerhin zukunftsreiche

Laufbahn versprochen hatte, und ich hatte dafür die Stelle eines Ministers bei einem indischen Fürsten eingetauscht, die mich, ohne daß
ich mich dabei übertriebenen Hoffnungen hinzugeben brauchte, mit
einem Schlag zum reichen Mann machte und in den Stand setzte, das
verblichene Gold des Familienwappens der Gollwitz mit neuem Glanz
zu versehen. Es wäre mir unmöglich gewesen, jetzt zur Ruhe zu gehen, und darum verließ ich mein Zimmer und den Palast, um in der
nächtlichen Stille des Parks Ruhe für meine aufgeregten Nerven zu
suchen. Es zog mich nach dem Platz, an dem mein Leben eine so
bedeutungsvolle Wendung genommen hatte. In tiefes Sinnen versunken ging ich durch den Garten. Erst als ich an dem vorhin verlassenen
Platz anlangte, erhob ich den Blick und gewahrte zu meiner Bestürzung, daß ich mich vor einer weiblichen Gestalt befand, die sich
erschrocken von ihrem Sitz erhob.

Ich kannte die strenge Sitte des Landes; ich wußte vor allem, daß
es hier im Garten des Radscha bei Strafe verboten war, die Begegnung mit irgendeinem Weib aufzusuchen. Aber ich befand mich doch
in dem Teil des Gartens, der von den Männern betreten werden durfte,
und das gab mir die Kraft, meiner Bestürzung Herr zu werden.

Auch sie war erschrocken; sie hüllte sich fester in ihr Gewand,
machte aber keine Bewegung, sich zu entfernen.

„Verzeih!" bat ich nach einer kurzen Pause. „Ich dachte nicht, jemanden hier zu finden." Damit wandte ich mich zur Rückkehr.

„Bleib!" gebot sie.

„Was befiehlst du?" fragte ich.

„Setz dich!"

Ich ließ mich nieder, und sie nahm in einer kleinen Entfernung
neben mir Platz.

„Wie ist dein Name?" begann sie.

„Hugo von Gollwitz."

„Du gehörst zu den Inglis?"

„Ich gehörte bis heute zu jenen, jetzt aber nicht mehr."

„Weshalb nicht mehr?"

Ich zögerte mit der Antwort. „Wer bist du?" erkundigte ich mich
dann.

„Mein Name ist Rabbadah. Hast du noch nicht von mir gehört?"

Ich machte eine Bewegung der Überraschung.

„Rabbadah, die Begum[1], die Schwester des Maharadscha, die Blume
von Augh, die Königin der Schönheiten Indiens? Oh, ich habe von
deiner Herrlichkeit und von der Güte deines Herzens sehr viel gehört, noch bevor ich dieses Land betrat."

„Ja, ich bin die Begum, und du kannst mir also sagen, warum du
nicht mehr zu den Inglis gehörst."

„Weil ich ein Diener deines Bruders. des Maharadschas von Augh,
geworden bin."

„Auf welche Weise dienst du ihm?"

„Er hat mir die Neuordnung seiner Truppen übergeben."

„So muß er ein großes Vertrauen zu dir haben."

---

[1] Königin oder Prinzessin

„Ich liebe ihn!“

„Ich danke dir, denn auch ich liebe ihn. Aber laß deine Liebe nicht sein wie diese Blume, die nur kurze Zeit duftet und dann stirbt!“ Dabei pflückte sie eine nahe stehende Rose ab.

„Meine Liebe und Treue gleicht dem Eisenholzbaum, der sich von keinem Winter fällen läßt.“

„Dann segne ich den Tag, der dich zu meinem Bruder führte.“

Sie reichte mir die Rose dar; ich nahm sie und berührte dabei ihr zartes, warmes Händchen.

„Ich danke dir, Sahiba[1]! Diese Rose wird noch bei mir sein, wenn ich einst sterbe!“

„Ich kannte dich und deinen Namen, noch ehe du nach Augh kamst. Mein Bruder hat mir von dir erzählt. Ich bin seine Vertraute, der er alles mitteilt, was sein Herz bewegt. Du sollst seine Sorgen teilen! Darf auch ich deine Vertraute sein?“

Bei dieser Frage bemächtigte sich meiner ein nie gekanntes Gefühl. Über uns breitete sich der tiefdunkle Himmel des Südens mit seinen strahlenden Sternbildern aus, um uns her duftete die tropisch üppige Natur, und der reiche Pflanzenwuchs wiegte sich leise im Zephir, der durch die Wipfel der Palmen strich. Und neben mir stand das herrlichste Weib der Erde.

„Oh, wenn dies möglich wäre, Sahiba!“ entgegnete ich.

„Es ist möglich, und ich bitte dich darum“, erklärte sie. „Es gibt manches, was ein Diener aus Liebe seinem Herrn verschweigt, um ihm keine Sorgen zu machen, und dies alles sollst du mir anvertrauen. Willst du?“

„Ich will es.“

Sie reichte mir ihre Hand; ich nahm diese in die meinige, und es war mir dabei, als ob mein Herz von einem Strom durchdrungen werde, der aus der Seligkeit der Götter herabflutet. Ich vergaß, die Hand wieder freizugeben, und sie vergaß, sie wieder an sich zu ziehen. In jenen tropischen Ländern tritt jedes Naturereignis mit größerer Schnelligkeit ein als bei uns, und auch die Gefühle des Menschen erobern sein Leben, Denken und Handeln, ohne erst den kühlen berechnenden Verstand um die Erlaubnis zu befragen. Ich flüsterte mit zitternder Stimme:

„Ich will dir dienen und gehorchen, bis Gott mein Leben von mir fordert! Aber es ist doch verboten, mit Frauen zu verkehren.“

„Ich bin die Begum, und ich darf gebieten. Die Gesetze werden von den Königen gemacht, und die Könige haben also auch das Recht, die Gesetze wieder aufzuheben oder zu verändern. Und wer soll es erfahren, daß wir miteinander sprechen? Mein Bruder, der Radscha, nicht, und ein anderer noch viel weniger.“

„Und wo können wir sprechen, ohne daß es jemand erfährt?“

„Komm; ich werde es dir zeigen!“

Wir hielten uns noch immer bei der Hand und erhoben uns. Sie führte mich vorsichtig nach der Frauenabteilung des Gartens.

Bei einem in arabischem Stil erbauten Gartenhäuschen, das ein aus

[1] Herrin

dem Ganges abgeleiteter Kanal von drei Seiten umfloß, blieb sie stehen.

„Verstehst du die Laute nachzuahmen, die der Bülbül[1] ausstößt, wenn er träumt?"

„Ich verstehe es."

„Wenn du mit mir sprechen willst, so komm hierher, ohne dich von jemandem erblicken zu lassen, und stoße diese Laute aus! Es wird stets vom Einbruch des Abends an eine treue Sklavin auf dich warten, bis ich selbst erscheine. Sie führt dich in das Innere des Häuschens und wird dich dort bis zu meiner Ankunft verbergen. Bin ich selbst da, so hörst du von mir das Girren einer Turteltaube und kannst sogleich eintreten, hörst du aber diesen Ton nicht und komme ich auch nicht, so ist das ein Zeichen, daß mein Bruder bei mir weilt. Dann mußt du dich verbergen, bis er geht."

„Ich werde kommen, Sahiba!" Das war alles, was ich zu sagen vermochte.

„Und du wirst mir nie etwas verheimlichen?"

„Nie."

„Nichts von eurer Politik und euren Kriegsgeschäften und auch nichts von — — von — — von dir selbst?"

„Auch nichts von mir selbst!" gelobte ich.

„Ich glaube dir. Jetzt geh! Gute Nacht!"

„Gute Nacht!" antwortete ich.

Ich ergriff nochmals ihre Händchen und zog sie an meine Lippen. Ich fühlte dabei das Beben ihres Armes und den Hauch ihres Atems.

Dann wandte sie sich dem Kiosk zu, und ich begab mich zum Palast zurück. Ich befand mich wie in einem Traum und konnte doch keine Ruhe finden, bis endlich erst mit Anbruch des Tages der Schlaf sich über mich neigte und die Gestalten verscheuchte, die die gefällige Phantasie herbeigezaubert und mit den glühendsten Farben ausgestattet hate. — —

So oft ich, wie auch heute wieder, von meiner Rabbadah zurückkehre, muß ich meine Gedanken förmlich mit Gewalt auf die rauhe Wirklichkeit hinlenken. Was ist überhaupt in meinem Leben Wahrheit? Gehört der Liebesfrühling, von dem ich in der Nähe meines toten Weibes träume, der Wirklichkeit an, oder bin ich nie etwas andres gewesen als der struppige, wildbärtige Einsiedler, den mir neulich das Spiegelbild im Bach zeigte, der an meiner Hütte vorbeifließt? Bin ich erst so geworden, seitdem der milde, veredelnde Einfluß des Weibes fehlt? Oder war ich schon immer der häßliche Höhlenbewohner der Urzeit, als der ich mir jetzt vorkomme? Ich habe einmal in einem Buch gelesen, daß ein Mann, der zur Strafe für irgendein Verbrechen auf einer einsamen, im übrigen aber recht wohnlichen Insel ausgesetzt wurde, allmählich in einen Zustand tierischer Wildheit verfiel. Damals habe ich ungläubig die Einbildungskraft des Schriftstellers belächelt, heute kann ich ihm nicht mehr so ganz unrecht geben. O Rabbadah, warum bist du von mir gegangen, zurück

[1] Nachtigall

in jene lichten Gegenden, aus denen du zu mir herniedergestiegen bist, um mich zum glücklichsten aller Sterblichen zu machen! Kehre wieder zurück zu mir, oder gib meiner Sehnsucht Flügel, daß sie mich meinem Kerker entführen und dorthin tragen, wo deine sonnige Gegenwart mich beglücken und der Hauch deines Mundes mich umwehen kann! — —

Wie waren wir doch damals, als uns das Schiff an die Küste dieser Insel warf, so glücklich in unserem Elend! Die ganze Schiffsbesatzung war tot — ermordet von Schurken, die nach dem Schatz des Maharadscha trachteten. Wir beide waren die einzigen Überlebenden des furchtbaren Trauerspiels, in dem die andern das Leben lassen mußten. Wohl hatten wir die Heimat und alle Möglichkeit, dorthin zurückzukehren verloren. Aber was schadete dies? Wir besaßen ja uns beide — und wir hatten uns lieb! — Ich kann nicht viel erzählen von Robinsonischem Erfindungsgeist. Alles, was wir zu einem Leben brauchten, das ich fast angenehm hätte nennen können, war auf dem Schiff reichlich vorhanden, und ich hatte das Glück, das alles auf die Insel zu retten, ehe die letzte Schiffsplanke in den Wellen versank. Es galt nur, uns eine Hütte zu bauen, und dazu war Holz übergenug vorrätig. Freilich war es eine harte Zumutung für meine an Arbeit nicht gewohnten Hände, Säge und Axt zu führen, mit denen ich jene Stämme der Arekapalme fällte, die am schönsten gewachsen waren, und meine Hände bedeckten sich rasch mit Schwielen und Blasen. Aber ich vergaß allen Schmerz und alle Müdigkeit, wenn mein Auge auf die liebliche Gestalt fiel, die einer lichten Elfe gleich am Strand dahinschwebte oder Kränze windend zu meinen Füßen saß, selber die schönste und duftigste aller Blumen.

Als die Hütte fertig war, war ich nicht wenig stolz auf mein Werk. Zwar war sie kein Palast, und ich zweifle, ob ein Landsmann meiner Heimat darin hätte wohnen mögen, aber mir erschien sie schöner als Dornröschens Märchenschloß. Der Raum, den man durch die Tür betrat, war gerade groß genug, um als Küche und Wohnzimmer dienen zu können, und die kleine Schlafkabine, die an die Rückwand stieß, faßte nur die zwei Bettstellen, die ich aus dem Schiff herübergerettet hatte. In einem einfachen Bretterverschlag außerhalb waren die Mundvorräte untergebracht. Das ganze hätte in den Augen eines verwöhnten Europäers einen recht dürftigen Eindruck gemacht. Ich mußte indes staunen, wie rasch sich mein Dornröschen, das bis jetzt von einer geradezu märchenhaften orientalischen Pracht umgeben gewesen war, in die veränderte Lebenslage schickte. Umgeben von einem Heer von Dienerinnen, die ihren leisesten Wunsch erfüllten, hatte sie nie eine eigentliche Arbeit kennengelernt. Jetzt waren keine vier Wochen vergangen, so schaltete sie in und an der kleinen Hütte gleich einer Hausfrau, als ob dies von jeher ihre Bestimmung gewesen wäre. Am liebsten hätte ich freilich alle Arbeit aus ihren rosigen Fingern genommen, aber durfte ich das? Die Notwendigkeit war vorhanden, sich mit der Gegenwart abzufinden und uns auf einige Jahre unfreiwilliger Einsamkeit gefaßt zu machen. Da war es geboten, alle übertriebenen Erwartungen, die wir noch an unser Leben stellen konnten, auf ein Mindestmaß zurückzuschrauben. Und Rabbadah kam mir in diesem Bestreben mit feinem weiblichem Empfinden entgegen. Ich zweifle sehr, ob es ihr recht gewesen wäre, zu einem arbeitslosen Leben bestimmt zu sein, selbst wenn die Möglichkeit bestanden hätte. Sie warf sich mit Feuereifer auf alle Arten von weiblichen Arbeiten, die es in unserer Einsiedelei zu verrichten gab. Und was sie nicht wußte, das erriet sie mit dem Gefühl des Weibes. O Rabbadah, süßer Engel, wie hast du es verstanden, unseren Kerker zu einem Himmel zu verwandeln! Wenn der Segen eines armen verbitterten Mannes bei Gott etwas gilt, so wird der Allgütige dir in seinem Paradies alles tausend- und millionenfach vergelten, was du an mir, dem Heimatlosen, getan, seit ich dich zum erstenmal auf der Bank unter den Drachenbäumen im Palast deines Bruders sah! — — —

Doch es wird Zeit, daß ich in meiner Geschichte fortfahre. Es ist eine Unruhe in mir, die mir all die Jahre hindurch fremd war. Ist es die Vergangenheit mit ihren Gestalten, die an dieser merkwürdigen Unrast schuld ist, oder liegt etwas andres Unwägbares in der Luft, das ich nicht bestimmen kann, und das vielleicht wie eine Vorahnung von etwas Kommenden ist, wodurch mein Schicksal eine andere Wendung erhält? Ich weiß es nicht. Die Zukunft wird es zeigen, ob es für mich noch eine Besserung der Verhältnisse gibt. Ich überlasse alles dem Allmächtigen und seiner weisen Vorsehung. Fünfzehn Jahre Einsamkeit haben mich gelehrt, mich zu bescheiden und meine Hoffnung von dieser vergessenen Insel hinauf zu richten über die Sterne, wo ein gütiger Vater wohnt, der auch mich, sein einsames, verlassenes Kind, nicht vergessen wird. — — —

Ich habe bereits erzählt, daß nach dem ersten Zusammentreffen mit Rabbadah der Schlaf lange von meinen aufgeregten Nerven verscheucht wurde. Als endlich die Natur ihr Recht verlangte, und ich in einen kurzen, aber tiefen Schlummer fiel, herrschte auf dem weiten Hof des Palastes ein reges nächtliches Leben. Man war beschäftigt, Bauten zu errichten, die sich rings an der Mauer herumzogen und deren Beschaffenheit man bei dem unzulänglichen Fackellicht nur schwer zu erkennen vermochte. Erst als der Morgen graute und die Lichter ausgelöscht wurden, erkannte man eine kreisrunde Arena, um die breite Zuschauerräume errichtet waren.

Gerade über dem Hofeingang erhob sich eine Laube, die für den König von Augh bestimmt war. Ihr gegenüber, so daß man von dem Palast aus Zutritt zu ihr nehmen konnte, war eine zweite zu erblicken, deren hölzernes Gitterwerk vermuten ließ, daß sie die Damen des Maharadscha aufnehmen werde. Dann war noch zu beiden Seiten des Hofes je eine Nische angebracht, jedenfalls die eine für die Engländer und die andere für die Großen des Reiches Augh.

Seitwärts befand sich ein doppelter, aus starken Eisenholzbohlen gefertigter Käfig, dessen Seiten so mit Matten verhängt waren, daß man seine Insassen nicht wahrnehmen konnte. Er bildete wohl den Aufenthaltsort des Panthers und des Bären aus dem Himalaja.

Ich hatte nicht lange geschlafen. Da der Morgen noch nicht heiß war, beschloß ich, einen Spaziergang in die Umgebung der Stadt zu machen. Den Teil der Umgebung, der an den Fluß stieß, kannte ich bereits und wandte mich daher der anderen Seite zu.

Nachdem ich die Grenze der Stadt überschritten hatte, gelangte ich zwischen ausgedehnten Reis-, Maniok- und Pisangpflanzungen in einen Palmenwald, der nach einiger Zeit in einen dichten Teakforst überging. Aus Scheu vor wilden Tieren war ich eben zur Umkehr bereit, als es neben mir in den Büschen raschelte. Ich zog meinen Degen, kam aber nicht zum Streich, denn noch bevor ich irgendein menschliches Wesen erblickt hatte, sauste mir ein lederner Riemen um den Leib, und zog mir die Arme zusammen; dann wurde ich in fürchterlicher Eile durch die Büsche gerissen, so daß ich die Besinnung verlor.

Als ich erwachte, befand ich mich auf einer engen Lichtung, die rings von dichten baumhohen Farnen umgeben war. Ich lag noch immer gebunden am Boden, und um mich herum hockten einige zwanzig wilde Gestalten, deren verwegenes Aussehen mich nichts Gutes vermuten ließ. Sie waren bis an die Zähne bewaffnet. Sie trugen teils gekrümmte, absonderlich gestaltete Messer, teils seidene Schlingen im Gürtel und lauschten auf die Worte eines Mannes, der auf einem Stein einen etwas erhöhten Standpunkt eingenommen hatte und in grausiger Begeisterung zu den anderen redete.

Mich schauderte. Die Schlingen, die sie trugen, belehrten mich, daß ich einer Bande jener berüchtigten Thags in die Hände gefallen sei, bei denen der Mord zur Religion geworden ist und die den Satzungen ihres Geheimbundes mit entsetzlichem Eifer huldigten. Diese Thags sind durch ganz Indien verbreitet; sie setzen sich aus allen Kasten und Ständen zusammen, von dem verachteten Paria bis hinauf zum weißgekleideten Priester und Brahmanen.

Der Thag ist der fürchterlichste Mensch, den es gibt. Er überfällt dich in der Einsamkeit des Waldes oder des Dschungels, er mordet dich mitten in der Stadt, mitten in einer Versammlung, selbst wenn ihm ein Entkommen unmöglich ist. Du trittst aus dem Schiff an das Land, und eine seidene Schlinge schnürt dir plötzlich die Kehle zusammen; er begleitet dich als treuer sorgsamer Diener jahrelang durch Indien, und in der letzten Nacht vor deiner Abreise verfällst du dieser unheimlichen Schlinge. Vor ihnen ist keiner sicher, weder der Inder noch der Ausländer, obgleich er es allerdings zumeist auf den letzteren abgesehen hat. Keiner der zu diesem furchtbaren Geheimbund Gehörigen verrät den anderen; selbst die größte Marter vermag ihm kein Wörtchen über die höllischen Satzungen zu entlocken, und nur so viel ist gewiß, daß es in diesem Mörderbund verschiedene Grade und Stufen gibt, die von den Mitgliedern nach und nach erstiegen werden. Die Angehörigen des einen Grades morden nur mit der Schlinge, die anderen mit Gift, die dritten mit dem Ersäufen, die vierten mit dem Verbrennen, die fünften mit der Keule und die übrigen mit anderen Werkzeugen oder Todesarten.

Der fürchterlichste Angehörige der Thags aber ist der Phansegar, dessen Mordwaffe in einer seidenen Schlinge besteht. Einem solchen Phansegar entgeht sicher kein Opfer, und so kann man sich meinen tödlichen Schreck denken, als ich an den furchtbaren Schlingen erkannte, in welche Hände ich gefallen war.

Der Sprecher war ein greiser, wohl schon siebzigjähriger Mann, dessen Gebärden aber trotz dieses Alters von einer solchen Wildheit waren, daß sein kaftanartiges Gewand seinen hageren Körper immer wie eine vom Wind gepeitschte Wolke umflatterte.

Ich vernahm deutlich jedes seiner Worte. Dieser Mensch hatte sicher nicht die mindeste Bildung genossen, aber seine Rede, durch die er die Gefährten zu begeistern versuchte, zeigte eine Art fanatischer Poesie, die ebenso staunenswert wie beängstigend war.

Nach einem lauten Beifallssturm setzte er seine Rede fort, die zu deutsch ungefähr gelautet hätte:

> *„Da draußen, in dem finsteren, wirren*
> *Gedschungel, wo der Panther schleicht,*
> *der Schlange gift'ge Zungen schwirren,*
> *der Suycrong[1] nach Beute streicht,*
> *liegt Bhowannie[1], die Allmachtsreiche,*
> *versunken unterm Wunderbaum.*
> *Ihr Angesicht, das nächtlich bleiche,*
> *umspielt des Glückes goldener Traum.*
>
> *Sie träumt von Labadans Gefilden,*
> *wo einst ihr heil'ger Tempel stand,*
> *eh' noch ihr Volk den ungestillten*
> *geheimen Wandertrieb gekannt,*
>
> *wo sie beim Schein der Hekatomben*
> *ihr großes Reich sich aufgebaut,*
> *bis auf verfallene Katakomben*
> *ihr letztgeborenes Kind geschaut.*
>
> *Da sind die Säulen eingefallen,*
> *an denen sich die Wolke brach,*
> *versunken die geweihten Hallen,*
> *in denen sie zum Volke sprach.*
>
> *Als sie zum letztenmal die Stimme*
> *erhob zum blutgetränkten Thron,*
> *warf sie im ungezähmten Grimme*
> *der Knechtschaft Fluch auf ihren Sohn — —"*

Mehr bekam ich jetzt nicht zu hören. Der mir zunächstsitzende Inder hatte bemerkt, daß mir das Bewußtsein zurückgekehrt war, und band mir ein altes, zerfetztes Tuch um die Ohren, womit anfänglich ein Hören zur Unmöglichkeit wurde. Nach einiger Zeit gab aber das alte Tuch nach, so daß es mir möglich ward, den Schluß der Rede zu verstehen:

[1] Der indische Tiger   [2] Bhowannie ist die Göttin der Nacht und des Todes

„Nahm sie im Westen scheinbar nieder
am Abend ihren Tageslauf,
so steigt sie doch im Osten wieder
am Morgen sieggekrönt herauf.

Im Westen ist dein Volk gesunken,
fern von der Labadana Höhen,
im Osten wird es siegestrunken
aus seiner Asche auferstehen.

Dann muß die Nacht zum Tage werden,
die Finsternis zum Sonnenschein,
und der Phansegar wird auf Erden
ein Herrscher aller Herrscher sein!“

Der Sprecher sprang von dem Stein herab. Seine Augen waren mit Blut unterlaufen, und während er sich in rasender Eile auf einem Fuß im Kreis drehte, erhoben sich die anderen und machten ihm die gleiche Bewegung nach, bis sie vor Erschöpfung zu Boden stürzten.

Nun folgte eine Pause des Verschnaufens. Alsdann trat der greise Anführer der Bande zu mir und nahm mir die Binde von den Ohren.

„Du bist ein Fremder?“

„Ja“, antwortete ich.

„Aus welchem Land?“

„Aus Frankhistan.“

„Du lügst. Bist du nicht mit den Inglis gekommen?“

„Ja.“

„So bist du also aus Inglistan!“

„Nein. Ich bin aus Frankhistan, obgleich ich mit den Inglis gekommen bin.“

„Aber du hast zu den Inglis gehört.“

„Ja. Doch ich gehöre jetzt nicht mehr zu ihnen.“

„Du lügst wieder! Du trägst ja ihre Uniform.“

„Ich bin erst gestern abend in den Dienst des Maharadscha von Augh getreten und hatte keine Zeit, mir bereits andere Kleidung zu verschaffen.“

„Du lügst schon wieder. Der Maharadscha von Augh nimmt keinen Ingli in seinen Dienst. Du mußt sterben!“

„So töte mich! Aber schnell!“

Der andere ließ ein häßliches Lachen hören.

„Ein schneller Tod ist die herrlichste Gabe, die Bhowannie ihren Söhnen spendet. Wie kann ein Ingli nach dieser Gabe verlangen?“

Ich hatte dem Löwen und dem Tiger gegenüber keine Furcht gezeigt, hier aber war es etwas anderes. Ich machte eine Bewegung, um mich mit Gewalt von meinen Banden zu befreien — es half nichts.

„Sei ruhig, Fremdling!“ grinste der Anführer. „Ihr seid aus Inglistan gekommen, um von unserem Vaterland ein Stück nach dem andern abzuschneiden. Wir werden Vergeltung üben. Erdroßle ihn!“ wandte er sich an den bereitstehenden Würger.

„Hilfe!" rief ich mit aller Kraft meiner Stimme.

„Still!" gebot der Mörder, auf meinen Leib knieend. „Es kann dir niemand helfen, denn wir sind allein. Und selbst wenn Hunderte in der Nähe wären, sie würden es nicht wagen, uns zu stören."

Es war keine Hoffnung mehr. Ich schloß die Augen. Ein einziges Wort nur wollte ich noch sprechen; es drängte sich wie das inbrünstige Gebet eines Sterbenden über meine Lippen:

„Rabbadah — — !"

Der Phansegar hatte bereits die Schlinge von den Hüften gewunden, fühlte aber in diesem Augenblick seinen Arm festgehalten.

„Halt!" gebot der Anführer.

„Warum?" rief erstaunt der andere.

„Frage nicht!"

Nach dieser Abweisung wandte er sich zu den andern:

„Tretet zurück, bis ich mit diesem Ingli gesprochen habe!"

Sie gehorchten, und ich fühlte mein Herz mit ängstlicher Hoffnung belebt.

„Wie ist dein Name?" fragte der Phansegar.

„Hugo von Gollwitz."

„Du bist wirklich aus Frankhistan?"

„Ja."

„Du mußt trotzdem sterben, wenn ich mich irre. Du riefst jetzt ein Wort. Warum dieses?"

„Das kann ich dir nicht sagen."

Der Phansegar bohrte seine Augen tief in die meinen.

„Du kannst es nicht sagen? Und wenn du wegen dieser Schweigsamkeit sterben mußt?"

„Auch dann nicht!"

„Du bist fest und mutig. Doch ich weiß, warum du es nicht sagen willst. Wo warst du gestern um Mitternacht?"

„Beim Radscha."

„Und dann?"

„In meiner Wohnung."

„Du lügst. Du warst noch an einem anderen Ort, wo der Bülbül seufzt und die Turteltaube girrt."

Jetzt erschrak ich um Rabbadahs willen. Dieser Mensch hatte sich im Garten befunden und gelauscht.

„Wie meinst du dies?" fragte ich mit verstellter Verwunderung.

„Fürchte nichts! Ich konnte dein Angesicht nicht sehen und habe dich heute nicht erkannt. Aber als du den Namen der Begum nanntest, ahnte ich, daß du es seist. Du sollst dem Radscha Kanonen geben, um die Inglis zu vertreiben?"

„Ja."

„So bist du frei. Aber das mußt du mir bei deinen Göttern schwören, daß du niemandem erzählen wirst, daß der Phansegar im Garten lauscht, um seinen König zu beschützen."

„Vielleicht beschwöre ich es, wenn du mir sagst, warum du, der Mörder, den König und seine Schwester beschützen willst."

„Ich will es dir sagen. Ich bin unter die Phansegars gegangen, weil

Tamu, der Minister, mir alles nahm, was ich besaß. Ich ging zum König, dem Vater des jetzigen Radscha, und wurde nicht nur abgewiesen, sondern gepeitscht und ins Gefängnis geworfen, wo ich zugrunde gegangen wäre, wenn ich nicht zu entkommen vermocht hätte. Der Herrscher starb, und am Tag, als der jetzige Radscha König wurde, gab er meinem Sohn alles wieder, was man mir genommen hatte. Darum beschütze ich ihn, die Begum und dich, denn ihr werdet nie etwas tun, was dem Volk Schmerzen macht. Tamu aber muß den langsamen Tod sterben, der dir vorhin bestimmt war."

„Er ist nicht mehr Minister."

„Ich hörte es, denn ich lag hinter euch auf der Erde, als der Radscha mit dir sprach."

„Du hast gehört, was gesprochen wurde?"

„Ja."

„Und dann — — warst du noch da, als ich zurückkehrte?"

„Ich war da und habe jedes Wort vernommen. Doch fürchte dich nicht! Ich werde dich beschützen."

„Ich vertraue dir."

„Schwöre, daß auch du nicht von mir erzählen willst!"

„Ich schwöre es."

„So bist du frei. Hast du schon von den Thags gehört?"

„Ja."

„Sie sind nur ihren Feinden furchtbar, furchtbarer noch als die wilden Tiere des Dschungels; ihren Freunden aber sind sie wie die Sonne der Erde und wie der Tau dem Gras. Hier nimm diesen Zahn, trage ihn auf der Brust und zeige ihn vor, wenn du wieder einmal in die Hände der Brüder fallen solltest! Du wirst wie ein Freund entlassen werden."

Ich betrachtete das wertvolle Geschenk. Es war der Zahn eines jungen Krokodils. Er hing an einer einfachen Schnur, und seine Spitze war auf eigentümliche Weise angeschliffen.

„Ich danke dir! Wirst du öfters im Garten des Radscha sein?"

„Ich weiß es nicht. Warum?"

„Ich könnte dich einmal sprechen wollen."

„So gehe von der Stadt aus gerade nach Ost bis an den großen Wald, den du in sechs Stunden erreichen kannst. Es ist der Wald von Koleah. Gerade in seiner Mitte befindet sich die Ruine eines Tempels. Nimm einen spitzen Stein oder ein Messer und zeichne auf die Mitte der untersten Tempelstufe einen Krokodilzahn, so werde ich dich aufsuchen. Jetzt komm! Ich werde dich zur Stadt geleiten."

Er löste mir eigenhändig die Fesseln. Dann durchschritten wir den Palmenwald und die Felder. An der Grenze der letzteren blieb der Phansegar stehen. Er gab mir die Hand und verschwand zwischen den Pflanzungen.

Ich atmete tief auf. Es war mir, als sei ich soeben aus einem wüsten Traum erwacht. Wem hatte ich mein Leben zu verdanken? Eigentlich der Begum, denn nur der Name der Prinzessin hatte die Hand des Mörders von mir zurückgehalten.

Ich kam mir wie ein Neugeborener vor, als ich durch die Stadt schritt, um das Schloß zu erreichen. Dort vernahm ich, daß der Radscha bereits nach mir geschickt hatte. Ich begab mich zu ihm und wurde im ersten Augenblick mit herzlicher Freundschaft, dann aber mit lebhaftem Erstaunen empfangen.

„Du warst fort, als ich dich rufen ließ?“

„Ja, Sahib. Ich war vor die Stadt gegangen.“

„Du dachtest nicht, daß ich dich rufen würde?“

„Doch! Aber ich dachte nicht, daß ich so spät zurückkehren würde.“

„Du hast ein Abenteuer erlebt?“

„Woher vermutest du dies, Sahib?“

„Deine Kleider sind zerrissen.“

Erst jetzt gewahrte ich, daß mein Anzug beträchtlich gelitten hatte.

„Ja. Ich hatte ein Abenteuer.“

„Welches?“

„Ich darf es nicht erzählen.“

„Sag mir, ob du dein Wort gegeben hast, zu schweigen!“

„Ja.“

„So werde ich nicht weiter in dich dringen. Ich sehe, daß man dich angefallen hat, vielleicht weil man dich für einen Engländer hielt. Ich kann leider die Schuldigen nicht bestrafen, da du sie mir nicht nennen willst.“

„Verzeihe ihnen, Sahib, so wie ich ihnen verziehen habe.“

„Jetzt komme mit mir! Die Verhandlung mit den Engländern wird beginnen, und ich muß dir zuvor Kleider geben, die du in Zukunft tragen sollst.“

Nach einer Viertelstunde saß ich mit dem Radscha in einem Zimmer, das in seiner Mitte mit einem Teppich belegt und an den Wänden mit Diwans versehen war. Außer einigen tönernen Kühlgefäßen befand sich nichts weiter in dem Raum.

Diese porösen und aus Ton gebrannten Töpfe werden mit Wasser gefüllt, das durch die Poren leicht verdunstet und infolgedessen eine angenehme Kühle im Zimmer verbreitet. Damit nun diese Kühlung nicht nur einem Raum zugute kommt, sind oft die Zwischenwände zweier Zimmer durchbrochen, so daß Nischen entstehen, in denen diese Gefäße aufgestellt werden.

Auch das Zimmer, in dem wir uns befanden, hatte zwei solche Nischen, und durch diese Öffnungen hindurch konnte man jedes Wort hören, das im Nebenzimmer gesprochen wurde. Dort saßen Lord Haftley und der Rittmeister Méricourt, um mit dem Bevollmächtigten des Radscha zu verhandeln. Der stolze Engländer hatte sich also doch herbeigelassen, zu erscheinen, sah aber dieses Opfer nicht von Erfolg gekrönt, denn die Zugeständnisse, die ihm gemacht wurden, geschahen nur unter den Bedingungen, die Madpur Singh gestern mit mir besprochen hatte.

Es war ausgeschlossen, daß England darauf einging, aber der Lord hielt mit seiner Meinung zurück und gab vor, sich die Sache erst noch reiflich überlegen zu müssen. Er erhob sich und erteilte dem Rittmeister mit der Hand ein Zeichen, zu sprechen.

Dieser erhob sich ebenso und meinte, wie so nebenbei im Gehen:

„Ah, da muß ich noch eine Frage stellen, die ich beinahe vergessen hätte. Wo wohnt der Leutnant Hugo von Gollwitz?“

Der Bevollmächtigte des Radscha war von diesem bereits unterrichtet worden.

„Bei meinem Herrn“, antwortete er. „Ihr wißt dies ja.“

„Wir wissen es“, meinte der Rittmeister. „Aber der Leutnant ist mein Untergebener, und ich wünsche, daß er bei mir wohnt.“

„Hat seine Lordschaft nicht die Erlaubnis erteilt, daß der Leutnant bei meinem Herrn, dem Radscha, sein könne?“

„Er hat sie erteilt, doch er sieht sich veranlaßt, sie wieder zurückzuziehen.“

„Das würde meinen Herrn, der den Leutnant außerordentlich achtet, kränken. Will seine Lordschaft meinen Herrn, den Maharadscha Madpur Singh von Augh, beleidigen?“

„Er hat diese Absicht nicht, aber der Leutnant ist dieser Gastfreundschaft nicht würdig.“

„Weshalb?“

„Er ist ein Verräter gegen seine Vorgesetzten.“

„Auch gegen den Radscha?“

„Auch gegen ihn.“

„Wenn er euch verraten hat, so geht das den Radscha nichts an, und wenn er den Radscha verrät, so bitte ich dich, es zu beweisen.“

„Das habe ich nicht notwendig.“

„Das hast du notwendig! Du bist ein Mann, und was ein Mann sagt, das muß er auch beweisen können. Erlaube mir, deine Worte meinem Herrn zu sagen!“

„Ja. Er wird uns dann den Leutnant sofort senden.“

„Nein. Er wird dich durch mich fragen lassen, inwiefern der Leutnant ihn verraten hat, und wenn du ihm keine Antwort gibst, so wird er dich für einen Verleumder, den Leutnant aber für einen braven Mann halten. Tue, was du willst!“

„Ich verlange, daß mir der Leutnant ausgeliefert wird.“

„Du bist nicht sein Vorgesetzter. Er gehört einem anderen Truppenteil an.“

„Es ist nicht so. Seine Lordschaft hier befehlen die Division, bei der der Leutnant steht. Haben Seine Lordschaft ihm dann zu befehlen?“

„Ja.“

Jetzt beliebte es endlich dem Lord, ein Wort zu sprechen:

„Ich befehle es!“

„Was?“

„Den Leutnant auszuliefern!“

„Ausliefern könnte doch wohl nur der Maharadscha; also wollen Eure Lordschaft meinem Herrn, dem König von Augh, einen Befehl erteilen?“

Haftley befand sich bei dieser Wendung in einiger Verlegenheit.

„*No!*“ erwiderte er mit Nachdruck.

Der Rittmeister ergriff wieder das Wort.

„Seine Lordschaft befehlen dem Leutnant, zu mir zu kommen!“

„Ist dies so?“ fragte der Bevollmächtigte.

„*Yes!*“ antwortete der Lord.

„Dagegen hat mein Herr nicht das mindeste. Seine Lordschaft mögen dem Leutnant diesen Befehl erteilen!“

„Das soll geschehen! Seine Lordschaft erteilen diesen Befehl?“

„*Yes,* hiermit!“ bekräftigte Haftley.

„Hiermit? Meinen Seine Lordschaft, daß ich ein Diener von euch bin, der diesen Befehl zu überbringen habe? Erst befehlt ihr dem Maharadscha, und jetzt befehlt ihr mir!“

„Wir befehlen, wem wir wollen!“ meinte der Rittmeister. „Nicht wahr, Exzellenz?“

„*Yes!*“

„So seht einmal zu, wie eure Befehle erfüllt werden!“

„Sie müssen erfüllt werden. Nicht wahr, Exzellenz?“

„*Yes.*“

Mit diesem Kraftwort schritt der Lord dem Ausgang zu, und der Rittmeister folgte ihm in der Überzeugung, der Würde Altenglands nichts vergeben zu haben. —

Bald nach dieser eigenartigen Besprechung wurden die Hoftore des Palastes geöffnet, und die männlichen Bewohner strömten herein, um dem Schauspiel des Tierkampfes beizuwohnen. Kurz vor Beginn ließ mich der Radscha zu sich kommen Er deutete auf einen prächtigen Anzug, der auf einem Tischchen lag.

„Ziehe dieses Gewand an! Es ist die Tracht der Krieger von Augh. Du sollst mich ganz allein auf meine Empore begleiten. Diese Genugtuung wenigstens will ich dir den Engländern gegenüber geben.“

Ich kleidete mich in einem Nebengemach um und schnallte meinen englischen Stoßdegen um die Hüfte. Er paßte zwar nicht zu meiner jetzigen Kleidung, aber es fiel mir gar nicht ein, meinen Feinden zu der Vermutung Anlaß zu geben, als hätte ich mich doch durch sie bestimmen lassen, meinen ehrlichen Degen abzulegen.

Als ich an der Seite des Radscha das für ihn bestimmte Schaugerüst betrat, waren bereits alle Plätze besetzt. Uns gegenüber bemerkte ich in der Frauentribüne zwei reichgekleidete, aber verschleierte Frauen, wahrscheinlich die Gattin und die Schwester des Radscha. Die linke Laube hatten die Großen des Reiches Augh inne, und in der rechten saßen die Offiziere der englischen Gesandschaft. Ich bemerkte gar wohl die erstaunten Blicke, die sie nach unserem Hochsitz herüber richteten, erwies ihnen indes nicht die Ehre, sie zu beachten. Auch die unteren Plätze waren bis auf den letzten besetzt.

Jetzt klatschte der Radscha in die Hände, und sofort wurden durch einige auf dem Käfig sitzende Eingeborene die Matten von der einen Tür entfernt. Diese öffnete sich, und mit einem einzigen Satz sprang ein riesiger, schwarzer Panther bis auf die Mitte der Arena. Dann sah er sich im Kreis um, stieß ein zorniges Brüllen aus und legte sich in den Sand nieder.

Nun wurden die Matten von der zweiten Tür beseitigt. Sie öffnete sich, und man erblickte einen Bären, der ruhig liegenblieb und keine Anstalt machte, seinen Aufenthalt zu verändern. Man stieß von oben mit Bambusstangen nach ihm: er schien es nicht zu fühlen. Man brannte einige Feuerwerkskörper auf ihn ab; er kam ein wenig in Bewegung und wälzte sich, um die auf seinem Pelz haftenden Funken zu ersticken.

Jetzt griffen die auf dem Käfig befindlichen Männer zu dem sichesten Mittel: sie gossen ein Gefäß mit Reisbranntwein über den Bären aus und warfen dann einige ‚Frösche' herab. Sobald diese ihre Funken auf ihn sprühten, geriet der Pelz in Brand, und der Bär trollte sich im Trab aus dem Käfig heraus, der sich hinter ihm wieder schloß. Das Tier war ebenso wie der Panther von ungewöhnlicher Größe; es erstickte das Feuer, indem es sich abermals im Sand wälzte.

Der Panther hatte seinen Gegner wohl bemerkt, mit seinem Angriff aber wegen des Feuers noch gezögert. Als dieses gelöscht war, erhob er sich und schlich in katzenhaft geduckter Haltung einige Male um den Bären herum.

Dieser erhob sich auf die Hinterfüße und focht mit den Vordertatzen behaglich in der Luft umher. Da plötzlich tat der Panther einen Seitensprung auf ihn zu. Alles war gespannt. Ein Ah der Überraschung ging durch die ganze Versammlung: der Bär war schlauer als sein Gegner gewesen; er hatte sich unbesorgt gestellt. In dem Augenblick, als der Panther auf ihn einsprang, ließ er sich zur Erde fallen; dadurch geriet der Sprung zu hoch, und während die gewandte Katze über ihn hinwegflog, tat er mit seiner Tatze einen gedankenschnellen Griff — ein entsetzliches Brüllen erscholl, und ein tiefes befriedigtes Brummen mischte sich darein: der Bär hatte dem Panther den Leib aufgerissen, so daß der Verwundete die Gedärme nach der Ecke schleppte, in die er sich schleunigst zurückzog.

Bereits nach kurzer Zeit erhob er sich wieder und näherte sich schnaubend und pustend dem Bären. Dieser öffnete den blutroten Rachen, drehte die kleinen Augen im Kopf herum und wich vorsichtig gegen die Wand der Arena zurück. Im nächsten Augenblick schnellte sich der Panther trotz seiner Wunde auf den Bären. Dieser lehnte mit dem Rücken an der Wand und empfing den Feind mit offenen Pranken. Es erfolgte nun ein höchst spannendes Schauspiel. Die beiden mächtigen Tiere hielten sich mit den Tatzen und Zähnen gepackt; sie fielen zur Erde und wälzten sich im Sand umher, daß der Staub eine dichte Wolke bildete. Das Fell des Panthers bildete für den Bären eine leichter angreifbare Fläche als dessen Zottelpelz dem Gegner; er hatte seine hintere Pranke in die Bauchwunde des Feindes getaucht und wühlte nun grimmig in seinen Eingeweiden. Der Panther stieß ein schreckliches Brüllen aus, während man von dem Bären nicht mehr das geringste Brummen vernahm. Da krümmte sich der Panther zusammen, ein entsetzlicher Schrei erscholl; ein dumpfes, gurgelndes, wimmerndes Röcheln folgte, dann trat eine Stille ein, die nur durch das knirschende Knacken und Krachen von Knochen unterbrochen wurde: Der Bär hatte den Schädel seines besiegten Gegners zermalmt, um sein Hirn zu verzehren.

Laute Zurufe belohnten den Sieger für seine Tapferkeit. Er kümmerte sich nicht um den Beifall, sondern zog sich, nachdem er das

Gehirn verzehrt hatte, in die neben dem Kafig befindliche Ecke zurück.

Jetzt öffnete sich das vom Hof aus nach der Straße führende Außentor, und unter der Empore des Maharadscha weg wurde ein männlicher Elefant hereingeführt. Er war bestimmt gewesen, mit dem Panther zu kämpfen, von dem man angenommen hatte, daß er den Bären besiegen würde.

„Wie gefällt dir der neue Held?" meinte der Radscha.

„Ein prächtiges Tier!" antwortete ich. „Aber es wäre besser, wenn es eine Heldin wäre."

„Warum?"

„Sind nicht die weiblichen Elefanten tapferer als die männlichen?"

„Ja. Aber dieser ist dennoch mein bester Jagdelefant."

„Hat er bereits mit einem Bären gekämpft?"

„Nein."

„Dann ist der Ausgang zweifelhaft, weil er die Art und Weise des Bären noch nicht kennt."

„Oh, dieses Tier ist nicht nur tapfer, sondern auch klug und vorsichtig." — — —

Der Dickhäuter hatte keinen Kornak[1] auf seinem Nacken sitzen und war sich also selbst überlassen. Er erblickte den Bären, stieß einen herausfordernden Trompetenruf aus und warf mit seinen Stoßzähnen den Sand empor. Dann schritt er vorsichtig auf Meister Petz zu. Dieser schien keine rechte Lust zu einem zweiten Kampf zu haben; er trollte im Trab rund um die Arena herum, und dabei zeigte es sich, daß er auf dem Rücken und der rechten Flanke je eine nicht unbedeutende Wunde erhalten hatte. Der Elefant behielt ihn scharf im Auge.

Plötzlich blieb der Bär stehen; er hatte noch nie mit einem solchen Gegner gekämpft und seinen Rundgang nur deshalb unternommen, um ihn von allen Seiten kennenzulernen. Jetzt war er mit seiner Beobachtung fertig und mit seinem Plan im reinen. Er richtete sich auf die hintern Pranken empor.

Der Elefant erkannte dies als eine Herausforderung und stürmte auf ihn zu. Den Rüssel, der leicht verletzt werden konnte, hielt er empor, während er die Stoßzähne senkte, um den Feind aufzuspießen. Kaum aber waren diese gefährlichen Waffen noch einen Fuß von dem Leib des Bären entfernt, so warf sich dieser, ganz wie vorhin, zur Erde nieder, so daß der Dickhäuter über ihn hinwegstürmte. Bevor er im Lauf innehalten und sich wenden konnte, hatte der Bär bereits das hintere Bein des Ungetüms erfaßt, schlug seine Krallen in das Fleisch und begann an dem Bein emporzuklettern.

Der Elefant stieß einen Schrei des Schmerzes aus und rannte stöhnend und vor Wut trompetend auf dem Kampfplatz umher. Durch diese Bewegung wollte er den Feind, den er mit dem Rüssel nicht zu erreichen vermochte, von sich abschleudern. Es gelang ihm nicht. Die Krallen des Bären waren zu lang und scharf; sie fanden in dem Fleischklumpen einen sichern Halt.

Da kam das gepeinigte Tier auf einen Gedanken, der ihm Rettung

---

[1] Führer

bringen konnte. Der Bär hatte mit seinen Vorderfüßen bereits den hintern Teil des Rückens erreicht, und es war also höchste Zeit, sich seiner zu entledigen. Der Elefant trat nun von hinten an die Brüstung der Arena und versuchte, den Gegner durch einen Druck an diese zu zerquetschen.

Dieser Druck war ein gewaltiger; der ganze Bau erzitterte; die Holzsäulen, die die vergitterte Frauenlaube trugen, gaben nach — ein Schrei des Entsetzens ertönte aus vielen hundert Kehlen — das Gerüst mit den beiden Frauen senkte sich herab und brach dann zusammen.

Die Absicht des Riesen war erreicht, er hatte den Gegner abgestreift, war aber dabei so verwundet und zerfleischt worden, daß er wie rasend umherstürmte. Der Bär hatte wohl bedeutende Quetschungen erlitten, stand aber wohlgemut auf allen vieren und betrachtete sich gemächlich die Trümmer der Tribüne, unter denen die beiden Frauen fast begraben lagen.

Alle, außer zweien, saßen wie gelähmt vor Schreck. Diese beiden waren der Maharadscha und ich. Wir stürmten die zu unserer Bühne führenden Stufen hinab in die Arena. Der wütende Elefant bemerkte uns zuerst und wandte sich mit feindseligen Tönen gegen uns. Er hob den Rüssel zum tödlichen Schlag gegen den Radscha; dieser tat einen Sprung zur Seite, der ihn rettete, und mußte dann zurückweichen.

Mir war es gelungen, an dem Tier vorüberzukommen.

„Töte den Bären“, rief der Maharadscha, „und das Königreich ist dein!“

Man wagte kaum Atem zu holen, und es herrschte eine Stille, die das geringste Geräusch vernehmen ließ. Hinter mir den tobenden Riesen und vor mir den unbesiegten Bären, eilte ich, nur mit meinem Degen bewaffnet, auf diesen zu. Dabei zog ich mir den Turban vom Kopf, riß den feinen Kaschmirschal von der Kopfbedeckung los, wikkelte mir diesen um den Arm und zog mit der Rechten den Degen.

Das Untier richtete sich zu meinem Empfang in die Höhe, öffnete den Rachen und breitete, als die Degenspitze bereits seine Brust berührte, die Vorderpranken zur tödlichen Umarmung aus. In dem gleichen Augenblick stieß ich ihm den Stahl ins Herz und den durch den Kaschmirschal geschützten Arm in den Schlund; dann stürzten wir beide nieder und wälzten uns einige Augenblicke im Sand.

Die Umschlingung durch Meister Petz war so kräftig gewesen, daß ich mich, als ich mich endlich unter ihm hervorgearbeitet hatte, in einem Zustand halber Betäubung befand. Auch mußte ich mich verletzt haben, denn meine Schulter und die Brust schmerzten. Die größte Gefahr nahte aber erst. Der Dickhäuter hatte den einen Feind zurückgetrieben und kam nun herbei, den andern zu suchen. Er bemerkte mich, als ich eben vom Boden aufstand, und trampelte mit hocherhobenem Rüssel auf mich los. „Jetzt naht der Tod!“ Das war der einzige Gedanke, den mein Hirn in diesem Augenblick fassen konnte. Schon glaubte ich, er würde mich mit dem Rüssel niederschmettern, da brachte ihn der Anblick des Bären zur Besinnung. Der drohende Rüssel senkte sich langsam nieder, um den Bären zu untersuchen und da er ihn tot, mit dem Degen im Leib fand, erkannte das von der

Natur mit soviel Klugheit begabte Tier, daß ich sein Retter sei. Er stieß einen triumphierenden Schrei aus, faßte mich sanft mit dem Rüssel, hob mich auf den Rücken empor, spießte den Bären an die gewaltigen Zähne und trug so beide, den Sieger und den Besiegten, einige Male in der Arena herum.

Lauter Jubel erscholl von den Zuschauersitzen. Ich bemerkte, daß jetzt der Maharadscha allen voran zu den beiden Frauen eilte. Es schien, daß sie keine Verletzung davongetragen hatten, denn er übergab sie den herbeieilenden Dienerinnen und wandte sich dann sofort dem Elefanten zu, der in ihm jetzt seinen Herrn erkannte und sich von ihm liebkosen ließ.

„Bist du verwundet?" fragte er mich.

„An der linken Schulter", rief ich vom Rücken des Elefanten herab, „und ein wenig an den Rippen gequetscht, was aber wohl nichts zu bedeuten hat."

„Du bist ein Held, wie ich noch keinen kennen lernte. Steige ab, damit ich deine Wunden verbinden kann!"

Ich glitt am Hals des Riesentieres herunter und war eben im Begriff, mit dem Fürsten auf den Eingang des Palastes zuzuschreiten, da sah ich den General und den Rittmeister auf uns zukommen. Was wollten sie? Hatten sie vielleicht gar im Sinn, sich an mir zu reiben, den sie wohl durch den Kampf mit dem Bären geschwächt glaubten? Da sollten sie aber an den Unrechten kommen. Wirklich wandte sich der Rittmeister an mich.

„Herr Leutnant, ich ersuche Euch, mir nach der Wohnung Seiner Exzellenz zu folgen."

„Und dann?"

„Besitzt Ihr so wenig Scharfsinn, daß Ihr nicht einseht, daß ich Euch verhaften will?"

„Dazu seid Ihr der Mann nicht."

„Mäßigt Euern Ton, Herr Leutnant, sonst werde ich Euch zeigen, wie man mit mir zu sprechen und wie man sich zu Verrätern und Überläufern zu verhalten hat! Nicht wahr, Mylord?"

„*Yes.*"

„Dann werde ich Euch wohl auch zeigen, wie man sich einem Verleumder gegenüber verhält!" brauste ich nun auf.

„Wie meint Ihr das?"

„Ihr habt heute behauptet, daß ich den Maharadscha verrate. Ich ersuche Euch, die Wahrheit dieser Behauptung zu beweisen."

„Euch gegenüber bedarf es weiter keines Beweises. Nicht wahr Exzellenz?"

„*Yes.*"

„Ach so! Dann entbinde ich Euch davon, mir zu zeigen, wie man mit Euch zu sprechen hat, denn ich kenne diese Weise genau. Man spricht mit Euch wie mit jedem anderen Schurken, nämlich so!"

Ich holte aus und schlug dem Rittmeister die geballte Faust mit solcher Wucht ins Gesicht, daß dieser zurücktaumelte.

„Mensch!" brüllte Méricourt. „was hast du gewagt!"

„Nichts! Einen Feigling zu brandmarken ist kein Wagnis."

Der Rittmeister schäumte. Er zog blank.

„Ah, endlich habe ich diesen Menschen einmal bis vor die Klinge!"

Mit diesen Worten riß ich dem nebenan liegenden Bären den Degen aus dem Leib und wandte mich meinem Gegner zu. Dieser machte ein eigentümliches Gesicht und sagte:

„Nicht wahr, Mylord, der Leutnant von Gollwitz ist ein Verräter?"

„Yes."

„Und mit einem Verräter darf sich kein braver Offizier und Edelmann schlagen?"

„Yes."

„So verhaften wir ihn, Exzellenz!"

„Yes."

„Ihr habt es gehört. Folgt uns!"

„Feige Buben, einer wie der andere! Rittmeister und Mylord, ich sage Euch, wenn Ihr in einer Minute noch in meiner Nähe steht, werde ich es mit Euch wie mit dem Bären machen."

Ich zog die Uhr aus der Tasche.

„Mylord, er ist rasend!" zauderte der Rittmeister.

„Yes."

„Nehmen wir ihn ein andermal fest!"

„Yes."

Sie wandten sich und schritten ihrer Wohnung zu.

„Was sagst du zu diesen Leuten, Sahib?" fragte ich den Maharadscha.

„Wenn sie nicht die Gesandten Englands wären", entgegnete dieser, „so würde ich sie aus meinem Land peitschen lassen. Komm herauf! Dein Angesicht wird bleich. Das Blut rinnt dir aus der Schulter, und dein Leben kann mit ihm entfließen."

Wir begaben uns in den Palast. Erst jetzt fühlte ich die Schwäche, die eine Folge des Blutverlustes war, und die Schmerzen meiner Brust, die unter der gewaltigen Umarmung des Bären jedenfalls gelitten hatte. Als ich mit dem Radscha in mein Gemach trat, fiel ich ohnmächtig auf den Diwan nieder. — —

Fast hätte ich, da meine Gedanken jetzt mehr in der Vergangenheit als in der Gegenwart weilen, vergessen, welch trauriger Tag morgen ist. Ich habe ihn in meinem Kalender, den ich mir alle Jahre selber anfertige, mit drei Kreuzen angemerkt. Morgen werde ich nichts in mein Tagebuch schreiben, der morgige Tag gehört ganz der Trauer, denn morgen vor fünfzehn Jahren ist meine Rabbadah gestorben.

Da also morgen gefeiert wird, mir aber in meiner Unruhe daran liegt, mein Tagebuch möglichst bald zu vollenden, will ich heute sehen, ob ich mit der Schilderung der traurigen Ereignisse zu Ende komme, die jetzt Schlag auf Schlag über Augh und seine Herrscherfamilie hereinbrachen. — —

Als ich aus meiner Ohnmacht zum erstenmal erwachte, war es Nacht. Ich schien mich allein im Zimmer zu befinden. Die Vorhänge meines Bettes waren zugezogen, und durch sie fiel der Schein einer Lampe auf mein Lager. Ich mußte mich erst besinnen, was mit mir geschehen war. Ein heftiger Schmerz auf der Brust und der Schulter rief mir die letzten Ereignisse ins Gedächtnis zurück.

Da bewegte sich ein Schatten zwischen mir und dem Licht hindurch. Der Vorhang teilte sich, ein weißes Händchen erschien, und dann ein Angesicht, dessen Schönheit mich blendete, so daß ich die müden Lider auf die Augen sinken ließ.

Es war die Begum. Sie hielt mich noch für besinnungslos und flößte mir einen stärkenden Trank ein. Dann trocknete sie mir den Schweiß von der Stirn und den Wangen, und ich fühlte dabei den Hauch ihres Mundes. Ihr Gesicht mußte dem meinigen nahe sein. Ich konnte mich nicht enthalten, ich mußte die Augen aufschlagen.

Sie bemerkte es und fuhr mit einem Ausruf zurück, der halb dem Schreck und halb der Freude galt.

„Rabbadah!“

„Du erwachst, du sprichst wieder!“

„Wie lange habe ich geschlafen?“

„Fünf Tage.“

„Fünf — Tage!“

Das erschien mir unglaublich; es war mir, als ob ich vor kaum einer Stunde die Augen geschlossen hatte.

„Ja, fünf Tage. Du warst sehr krank.“

„Und — du bist bei mir!“

Sie errötete. „Es darf niemand etwas wissen. Nur der Arzt, dein Diener und Aimala wissen es.“

„Aimala! Wer ist das!“

„Das Weib meines Bruders.“

„Die mit — ah, die mit dir herunterstürzte?“

„Ja, sie ist es. Sie war bereits bei dir. Du hast uns das Leben gerettet, und wir wollten dich des Nachts gerne pflegen. Sprich zum Radscha nicht davon! Bist du wieder müde?“

„Nein. Wo ist der General Haftley?“

„Er ist fort seit dem Tag, an dem du uns rettetest.“

„Er wird wiederkommen mit einem Heer, und Augh wird unbewaffnet sein. Mein Gott, gib mir meine Gesundheit und meine Kraft zurück!“

„Sei ruhig! Du darfst dich nicht aufregen. Oh, es war uns doch verboten, mit dir zu sprechen, wenn du erwachen würdest. Ich muß den Arzt um Verzeihung bitten und ihn dir sofort senden.“

„Oh, bleib!“ bat ich mit flehender Stimme; aber sie eilte aus dem Zimmer. Und ich war nach einigen Minuten wieder eingeschlafen.

Es war der Genesungsschlaf, der bekanntlich lange dauert. Als ich wieder erwachte, fühlte ich mich bereits so gekräftigt, daß ich aufstehen und mich ohne fremde Hilfe ankleiden konnte. Es war niemand anwesend, der es mir hätte verwehren können. Aber als ich eben die Tür öffnen wollte, um mich in den Park zu begeben, trat der Radscha ein.

Er sah mich erstaunt an und schüttelte dann den Kopf.

„Es freut mich, daß du wieder fast hergestellt bist, aber du wirst noch einige Zeit das Zimmer hüten müssen. Deine Brust hat schwer gelitten. Du bist ein Held, ich muß dich mir erhalten.“

„Ich werde bis zu meinem Ende bei dir sein.“

„Und ich werde dir dafür danken, denn ich kann dich brauchen, selbst wenn du krank auf dem Lager liegst.“

„Wie könnte ich dir jetzt dienen?“

„Durch deinen Rat. Die Engländer nähern sich unserer Grenze.“

„Ah! Schon jetzt?“

„Fluch ihnen! Es war alles auf den Krieg vorbereitet, noch ehe dieser elende Lord Haftley zu mir kam. Diese Gesandtschaft wurde nur zu dem Zweck abgesandt, mir einen scheinbaren Grund zur Feindseligkeit abzuzwingen. Es ist ihnen gelungen.“

„Sind sie stark?“

„So stark, daß ich ihnen nur mit Hilfe meiner Nachbarn gewachsen bin. Ich habe schleunigst Boten zu ihnen gesandt.“

„Und deine Krieger?“

„Sind sämtliche unter die Waffen gerufen. Oh, hätte ich Artillerie!“

„Du sollst sie haben!“

Der Radscha fuhr erstaunt empor. „Ich? Woher?“

„Ich nehme sie den Engländern ab und bringe sie dir.“ Die Kriegsbegeisterung war über mich gekommen. „Gib mir so viele Krieger, als ich brauche, und ich werfe die Engländer mit ihren eigenen Geschützen über den Haufen!“

„Wieviele Kanonen sind erforderlich?“

„Das kann ich jetzt nicht wissen. Aber ich werde mich unterrichten. Ich darf nicht mehr krank sein; ich muß kämpfen für dich, mich und — Augh!“

Statt des letzten Wortes wäre mir beinahe ein andrer Name über die Lippen gekommen.

„Aber du bist noch zu schwach!“

„Nein, ich bin nicht mehr schwach. Blick her! Bin ich krank?“

Ich hatte meinen Degen von der Wand genommen und wirbelte ihn mit solcher Behendigkeit um den Kopf, daß man in mir allerdings keinen soeben erst vom Tod Erstandenen vermuten konnte.

„Nun gut“, meinte der Radscha. „Ich brauche dich und will daher die Befehle des Arztes übertreten. Komme zu mir, um an unseren Beratungen teilzunehmen!“

Als ich in den Diwan des Radscha trat, sah ich alle Räte des Herrschers versammelt. Ich wurde mit größter Hochachtung begrüßt und mußte bald bemerken, daß der Palast bereits ein Hauptquartier bildete, in dem jede Minute Berichte anlangten und Befehle ausgingen.

Alle verfügbaren Krieger waren bereits dem nahenden Feind entgegengeschoben worden. Die bisherigen Vorbereitungen erkannte ich, falls auf die Hilfe der Nachbarstaaten zu rechnen sei, als richtig. Ich bat, mich sofort zum Heer gehen zu lassen, um eine größere Erkundung vorzunehmen, von deren Ergebnissen das Weitere abhängig zu machen war.

Mein Wunsch wurde bewilligt. Der Maharadscha wollte dann selbst zu seinen Truppen stoßen, um die Oberleitung zu übernehmen.

Während dieser Beratungen war es Abend geworden. Um Mitternacht sollte ich mit zweihundert neu eingetroffenen Reitern die Hauptstadt verlassen. Als ich mich auf diesen Ritt vorbereitet hatte, beschloß ich, zum erstenmal von der Erlaubnis Rabbadahs, sie aufzusuchen, Gebrauch zu machen.

Nachdem ich mich versichert hatte, daß ich jetzt vom Radscha nicht gesucht werde, schlich ich mich nach dem Garten und gelangte glücklich bis vor den Kiosk in der Frauenabteilung. Ich gab das Zeichen. Drinnen ertönte sofort das Girren der Turteltaube.

Ich stieg mit klopfendem Herzen die wenigen Stufen empor, schob den Vorhang zur Seite und trat in ein achteckiges Gemach, das mit einer Pracht ausgestattet war, die nur ein orientalischer Fürst erdenken kann. Auf dem schwellenden Samtpolster ruhte ein Wesen, das aus dem Himmel Mohammeds niedergestiegen zu sein schien, um die anmutigsten Vorstellungen der Schönheit zu verkörpern. Auch ein Meister unter den Malern hätte nicht vermocht, dieses Weib auf die Leinwand zu zaubern; kein Dichter, und hätte er selbst Hafis geheißen, wäre imstande gewesen, dieses Götterbild gebührend zu besingen.

Sie empfing mich mit einem holdseligen Lächeln und reichte mir die Hand. „Ich wußte, daß du kommen werdest."

„Woher?"

„Ich hörte durch das Gitter euren Beratungen zu. Setze dich!"

Ich nahm an ihrer Seite Platz, und sie duldete es, daß ich ihre Hand in der meinigen behielt.

„Werden wir hier nicht überrascht werden?" fragte ich.

„Nein. Ich habe meine Dienerin aufgestellt, die mir ein Zeichen gibt, wenn jemand kommen sollte."

„Nicht nötig. Dieser Kiosk hat nur diesen einzigen Raum, aber er birgt dennoch sichere Verstecke. Er ist gebaut worden, um für den Herrscher und seine Familie in jeder Gefahr einen Zufluchtsort zu bilden. Du gehst zum Heer?"

„Um Mitternacht."

„Du hast mir gelobt, aufrichtig mit mir zu sein. So sag mir ohne Hehl, ob du für Augh befürchtest oder hoffst!"

„Noch keines von beiden. Sobald meine Erkundigung beendet ist, will ich dir antworten. Werden wir uns in den Nachbarn nicht irren?"

„Ich denke nicht."

„Oh, die Engländer sind schlau und wissen mit Geld und glänzenden Versprechungen auch einen sonst standhaften Verbündeten zu betören. Es wäre fürchterlich, wenn, während wir ihnen entgegengehen, Augh von einer anderen Seite angegriffen würde."

„Wir würden uns verteidigen."

„Womit?"

„Mit unseren eigenen Händen!"

„Ich glaube es dir. Aber ihr würdet sterben müssen, ehe wir Hilfe bringen könnten."

„Sterben?" Sie schüttelte den Kopf. „Nein. Dieser Kiosk bietet uns eine sichere Zuflucht."

Ich warf einen forschenden Blick in den Raum umher und konnte doch nichts entdecken, was imstande war, diese Behauptung zu bestätigen.

Sie lächelte und meinte scherzend:

„Und wenn ganz Augh geplündert würde, du würdest dennoch uns und unsere Schätze hier finden, selbst falls der Kiosk verbrannt wäre. Du brauchst nur meinen Namen zu rufen und das Zeichen des Bülbül zu geben."

„Wohlan, das beruhigt mich, obgleich es hoffentlich nicht so weit kommen wird. Jetzt aber muß ich gehen. Mitternacht ist nah."

Sie erhob sich ebenso wie ich und wand sich den Gürtel von den Hüften.

„Du kämpfst für uns und — auch für mich. Nimm diesen Schal von mir; er mag deine Waffen tragen und dir ein Talismann sein in jeder Gefahr!"

„Wird er uns dem Radscha nicht verraten?"

„Der Radscha kennt ihn nicht; trage ihn getrost!"

Sie schlang mir das kostbare Geschenk mit eigner Hand um die Hüfte und reichte mir dann die Rechte zum Abschied.

„Ziehe hin und kehre siegreich wieder!"

Ich vermochte vor innerer Bewegung kaum zu sprechen und stammelte nur: „Lebe wohl!"

Der Kiosk lag hinter mir, und eine halbe Stunde später, als ich Abschied von dem Radscha genommen hatte, verließ ich die Stadt. Der Fürst hatte mir sein bestes Pferd anvertraut, und an der Spitze meiner kleinen Truppe ritt ich gegen Osten.

Die kräftigen Pferde flogen im Trab über die weite Ebene dahin; es wurde kein lautes Wort gesprochen, kaum geflüstert.

Da kam uns rascher Hufschlag entgegen. Drei Reiter wollten an uns vorüber —

„Halt!" rief ich. „Wohin?"

„Nach Augh", lautete die Antwort.

Die drei Reiter erkannten jetzt, daß sie es mit einer ganzen Truppe zu tun hatten, und hielten ihre Pferde an.

„Zu wem?"

„Zum Maharadscha."

„Woher?"

„Vom Schlachtfeld."

„Vom Schlachtfeld? Ah! Es ist bereits eine Schlacht geschlagen? Du meinst wohl ein Treffen, ein kleines Gefecht!"

„Nein, eine Schlacht."

„Welchen Ausgang hatte sie?"

„Die Engländer haben gesiegt. Sie kamen schneller, als wir dachten. Sie kamen von allen Seiten, und wir hatten nur Reiterei, keine Kanonen und keinen Feldherrn. Die Truppen von Augh sind vernichtet, in alle Winde zerstreut. Wer seid ihr?"

„Ich bin der Kriegsminister des Herrschers und wollte zu euch."

„Oh, Sahib, denke nicht, daß wir Feiglinge waren! Sieh unsere Wunden hier! Wir haben tapfer gekämpft, aber wir konnten den Feinden nicht widerstehen."

„Ich glaube euch. Diese Briten haben uns verräterischerweise überfallen, ehe wir uns für den Kampf zu rüsten vermochten. Wo wurde
die Schlacht geschlagen?“

„Bei Sobrah.“

„Wie weit ist dies von hier?“

„Du reitest in acht Stunden dahin. Wir aber sind, um die Kunde
schnell zu bringen, nur fünf Stunden geritten.“

„Wann begann der Kampf?“

„Heute am Nachmittag.“

„So sind die Engländer also ungefähr neun Stunden von der Hauptstadt entfernt. Eilt dorthin und sagt dem Radscha, daß ich versuchen
werde, die in der Umgegend des Schlachtfeldes Zerstreuten an mich
zu ziehen, um mit ihnen die Hauptstadt zu decken. Lebt wohl!“

Schon wollte ich den Ritt in beschleunigter Eile fortsetzen, als ich
von einem Ausruf des Schreckens zurückgehalten wurde.

„Was ist es?“

„Siehe das Feuer dort im Westen, Sahib!“

Ich blickte zurück. Gerade in der Gegend, aus der wir gekommen
waren, zeigte sich der Gesichtskreis gerötet; erst nur ein schmaler
Streifen, dann aber mit jedem Augenblick höher und höher steigend,
nahm die Erscheinung einen Umfang an, der zum Erschrecken war.

„Das ist ein entsetzliches Feuer! Das ist der Brand einer großen
Stadt!“

In meinem Innern kochte es. Vor mir eine verlorene Schlacht mit
einem zerstreuten Heer und hinter mir — Herrgott, ja, das konnte
nichts anderes sein als die Hauptstadt Augh, die brannte. Ich gab
meinem Pferd die Sporen, daß es wiehernd aufstieg.

„Umgekehrt! Zurück! Augh ist überfallen und in Brand gesteckt
worden! Reitet, was die Pferde laufen können!“

Das gab einen Ritt, als ob eine entfesselte Hölle hinter uns herfege.
Es bedurfte kaum einer halben Stunde, um die zwei Stunden weite
Strecke zurückzulegen. Je näher wir kamen, desto deutlicher erkannten
wir, daß wir uns nicht geirrt hatten. Der größte Teil der Stadt stand
in Flammen. Das konnte unmöglich die Folge eines einzelnen in der
Stadt ausgebrochenen Feuers sein. Bald kamen uns einige flüchtige
Reiter entgegen.

„Was ist geschehen?“ fragte ich den ersten.

„Der Sultan von Symoore hat Augh überfallen, und vom Westen
ist der Radscha von Kamooh im Anzug.“

Ich knirschte mit den Zähnen. „Ein längst vorbereitetes und sorgfältig geheimgehaltenes Bubenstück! Wo ist Madpur Singh, der Maharadscha?“

„Niemand weiß es; niemand hat ihn gesehen.“

„Ist der Feind stark?“

„Viele tausend Mann.“

„Wohlan! Wer geht mit mir, um den Radscha zu retten?“

„Wir alle!“

„Bravo! Nehmt breite Linie! Jeder Reiter, der uns begegnet, um
zu fliehen, wird angehalten und muß uns folgen!“

Der Trupp donnerte weiter, und als wir uns in unmittelbarer Nähe der Stadt befanden, bestand er aus gegen vierhundert wohlbewaffneten Männern.

„Jetzt gerade zum Palast des Radscha hin! Vorwärts!“

Ich voran, die anderen hinter mir drein, brausten wir wie ein Sturmwind in die Stadt hinein.

Der Feind bestand glücklicherweise nicht mehr aus festgeschlossenen Truppenkörpern, er hatte sich zerstreut, um zu plündern. Nur hier und da fiel ein Schuß oder stellte sich ein kleinerer Trupp den todesmutigen Rettern entgegen; aber solche Hindernisse wurden einfach überritten. Mein Pferd bewies, daß es edelstes Blut war.

Je näher wir dem Schloß kamen, desto dichter wurde der Feind, und vor dem Palast selbst wogte ein erbitterter Einzelkampf.

„Hurra, drauf und hinein!“ rief ich, das Pferd in die Höhe nehmend und den Säbel schwingend.

Der Feind stutzte erst überrascht; als er aber erkannte, mit welch kleiner Anzahl Gegner er es zu tun hatte, setzte ein mörderisches Kugelfeuer ein, das sofort die Reihen der Meinen zu lichten begann. Auf den durcheilten Straßen waren ihrer bereits eine Anzahl gefallen; jetzt aber schien es, als seien wir der Vernichtung geweiht.

Ich sah einige Diener, die sich zusammengerottet hatten, im Hof kämpfen. Wie der Satan sauste ich zum Tor hinein. auf ihre Gegner zu und ritt sie auseinander.

„Oh, Sahib, du bist wieder hier!“ scholl es mir entgegen.

„Wo ist der Radscha?“

„Nach dem Garten.“

„Und der Harem?“

„Ist mit ihm.“

„Flieht auch dorthin! Anderswo ist keine Rettung!“

Ohne abzusteigen, sprengte ich die Treppe empor, durch den weiten Flur des Palastes, wo ich mehrere Feinde niederstreckte, hindurch und dann hinaus in den Garten. Auch hier wogte der Kampf und tönte gellendes Wut- oder Siegesgeschrei. Rabbadah hatte von einer Zuflucht im Kiosk gesprochen. Der Maharadscha mußte dort zu finden sein, falls er noch lebte.

Die einzelnen Gegner teils niederschlagend, teils niederreitend, gewann ich die Frauenabteilung des Gartens. Da ertönte hinter mir das Schnauben von Pferden. Ich blickte mich um. Fünf meiner Getreuen waren mir gefolgt und holten mich ein. Die köstlichen Anlagen nicht achtend, ging es beim Schein des brennenden Palastes grad auf den Kiosk los. Da plötzlich riß ich mein Pferd zurück. Vor mir lagen zwei Leichen, die eines Mannes und eines Weibes. Ich erkannte sofort den Maharadscha und seine Gattin Aimala.

Die beiden Toten zeigten sich von Kugeln und Stichen durchlöchert. Was aber war aus der Begum geworden?

„Bergt die Leichen! Nehmt sie auf!“

Nach diesem Befehl setzte ich zwischen einigen Hecken hindurch und erreichte den kleinen freien Platz, auf dem der Kiosk errichtet war. Was ich da erblickte, ließ mich aufs neue ergrausen.

Auf einer der Stufen zum Kiosk hatte Rabbadah gestanden und sich mit einem krummen Scirimar nach Kräften verteidigt. Sie war unverwundet; man hatte sie geschont. Zu welchem Zweck, das sollte ich gleich sehen. Zwei Feinde zugleich faßten sie und entrangen ihr die Waffe.

„Wo ist der Schatz des Maharadschas?" brüllten sie.

„Sucht ihn!" entgegnete sie ruhig.

Aus dreißig Kehlen antwortete ein Schrei der Wut und der Drohung.

„Du bist die Begum. Du weißt, wo der Schatz sich befindet. Sag es, sonst stirbst du unter tausend Qualen!"

„Martert mich!"

„Wohlan, brennt ihr zunächst den Turban an!"

Sie wurde von fünf festgehalten, und ein sechster brachte einen Brand, um die grauenhafte Drohung wahr zu machen.

„Rabbadah!"

Nur diesen einen Ruf stieß ich aus, dann war ich auch schon mitten unter den Feinden, die überrascht zurückwichen. Ich benutzte diesen Augenblick.

„Herauf zu mir!"

Zwei scharfe Säbelhiebe, das Pferd auf den Hinterhufen herumgerissen, ein rascher Griff — die Geliebte lag vor mir auf dem Pferd. Zugleich erschienen meine fünf Begleiter, zwei von ihnen mit der Leiche des Maharadschas und seiner Gattin vor sich.

„Mir nach, über die Mauer in den Fluß! Vorwärts!"

Wie die wilde Jagd ging es weiter. Ich kannte eine niedrige Stelle der Mauer, die ein guter Reiter wohl zu überfliegen vermochte. Ich sprengte zunächst in die Männerabteilung des Gartens zurück und dann gerade auf diese Stelle zu. Die anderen folgten.

„Rabbadah, erschrick nicht! Wir stürzen in den Fluß."

Ich nahm den Rappen empor, und das gewandte Tier flog wie ein Pfeil hinüber, mitten in die Fluten des Stromes hinein. Noch fünf ebenso glückliche Sprünge, dann hielten wir auf das gegenüberliegende Ufer zu, das wir unbehelligt erreichten, obgleich drei der Pferde doppelte Lasten zu tragen hatten.

„Wohin jetzt, Sahib?" fragte einer der Männer.

„Steigt ab und laßt eure Pferde erst verschnaufen! Für kurze Zeit sind wir hier sicher. Wir haben einen scharfen Ritt vor uns und müssen noch einmal über das Wasser."

Ich stieg mit Rabbadah ab, und die anderen folgten mir, sich in achtungsvoller Entfernung von uns haltend. Die Begum war zwar vollständig durchnäßt, bei dem Klima Indiens aber hatte das nichts zu sagen. Sie achtete nicht der triefenden Kleidungsstücke, die sich eng an ihre Gestalt anlegten; sie warf sich auf die Leichen des Bruders und der Schwägerin und benetzte sie mit heißen Tränen.

Dann trat sie zu mir und reichte mir die Hand.

„Du warst fort. Wie kamst du als Retter zurück in diese gräßliche Not?"

„Ich sah den Schein des Feuers und ahnte, was vorgefallen war. Darum kehrte ich um."

„Ich danke dir! Ist alles verloren?"

„Alles! Die Engländer haben uns am Nachmittag vernichtend geschlagen; der Sultan von Symoore hat Augh genommen, und von Westen her stürmt der Radscha von Kamooh heran."

Sie faltete die Hände und schwieg. Dann aber hob sie die Rechte zum Himmel empor. Sie stand da gleich einem überirdischen Wesen, von den Flammen der brennenden Stadt beleuchtet.

„Fluch diesen Inglis! Sie lügen und betrügen, sie sengen und brennen, sie plündern und morden; Fluch ihnen, tausendfacher Fluch!"

Eine düstere Pause entstand. Dann fragte ich:

„Wie ist das heute nach meinem Scheiden so gekommen? Erzähle es mir!"

„Jetzt nicht. Ich kann nicht denken, ich kann nicht erzählen, ich kann nur fluchen, fluchen diesen Inglis und den Teufeln aus Symoore und Kamooh, die uns Freundschaft heuchelten und doch mit dem Feind buhlten, um unsere Reichtümer zu erhalten. Kein Mogul, kein Schah, kein Sultan und kein Radscha hat solche Schätze wie der Maharadscha von Augh. — Das wußten sie. Sie wollten diese haben, aber sie sollen sie nicht erhalten. Der Maharadscha von Augh, der edelste und gerechteste der Könige, ist tot, verraten von den Engländern und treulos gemordet von seinen ,Freunden'. Seine Schätze gehören der Begum und sollen nie in die Hände jener fallen; das schwöre ich bei den Geistern der beiden Gemordeten hier zu deinen Füßen!" — —

Ich kann nicht weiterschreiben, ich bin zu erregt. Es ist mir, als sähe ich die starren Augen des getöteten Maharadschas und seines Weibes vor mir. Sie lassen mir keine Ruhe. Ich muß aufstehen und hinaus ans Meer. Vielleicht, daß dann, wenn das Toben der Brandung an mein Ohr tönt, die bleichen Schatten, die ich durch meine Erzählung heraufbeschworen habe, wieder von mir weichen und meine aufgeregten Nerven zur Ruhe kommen. Übermorgen will ich weiterschreiben. — —

Aus dem ,Übermorgen' sind vierzehn Tage geworden.

Ich habe den Todestag meiner Rabbadah, wie alle Jahre, an ihrem Sarg zugebracht. Und dann — dann kam die alte Sehnsucht mit unwiderstehlicher Macht über mich, die Sehnsucht nach der Erlösung aus meinem Gefängnis. Ich habe wieder dasselbe getan, was ich vor vielen Jahren längst in Verzweiflung aufgegeben hatte — ich saß acht Tage lang von frühmorgens, wenn die Sonne im Osten auf dem Meer auftauchte, bis zur einbrechenden Nacht auf dem höchsten Gipfel der Insel und richtete das Schiffsfernrohr hinaus auf die unendliche Fläche. Jeden Zollbreit suchten meine sehnsüchtigen Augen ab nach einem Punkt, der sich zu einem Segel verdichten könnte, tausendmal wohl sprang ich mit zitternden Füßen in die Höhe, wenn die Sonne mir ein schillerndes Blendwerk als ein vom Wind bewegtes Segel vorgaukelte, und tausendmal ließ ich mich wieder enttäuscht zu Boden fallen. Und wenn der Abend hereinbrach, dann schleppte ich Berge von dürrem Holz auf den Gipfel und unterhielt während der ganzen Nacht ein mächtiges Feuer, das wohl keinem Fahrzeug entgangen wäre, das sich innerhalb eines Umkreises von fünfzig Meilen befunden hätte. Warum handelte ich so? Jahrelang stand die Sehnsucht neben mir und begleitete mich auf Schritt und Tritt. Sie legte sich mit mir zur Ruhe und stand am Morgen frisch neben meinem Lager, bis ihr Schatten allmählich in einem Meer von Enttäuschung unterging und die letzte Hoffnung an den Klippen zerschellte. Und nun habe ich die Erfahrung gemacht, daß die Sehnsucht doch nicht gestorben ist. Lebendiger als je hat sie sich aus ihrem Wellengrab erhoben. Mit hellen Augen steht sie vor mir und zeigt mit dem Finger nach Westen, nach Westen, wo mein Vaterland liegt, nach Westen, wo ich meine Kindheit verträumt und wo ich eine Stätte weiß, die einst meine Heimat gewesen — die noch jetzt meine Heimat ist.

Das Ergebnis meiner Ausschau, die acht Tage währte, war nicht erfolgreicher als all die Jahre her. Nicht der Faden eines Segels hatte sich blicken lassen. Und doch war ich, als ich schließlich, des Ausschauens müde, zu meiner Hütte hinunterstieg, keineswegs entmutigt, wie das früher der Fall war. Zwar war ich mehr als je überzeugt, daß ich, wollte ich auf eine Befreiung von außen her hoffen, nochmals dreiundzwanzig Jahre lang vergeblich warten würde. Und so lange vermöchte ich es, das empfand ich, nicht in meiner Vereinsamung auszuhalten. Aber was hinderte mich denn, meine Fesseln zu sprengen und die Befreiung durch eigene Kraft zu suchen, wenn mir kein anderer helfen konnte? Noch fühlte ich mich kräftig genug, das Wagnis zu versuchen. Und sollte es mißlingen, so war es ja schließlich gleich, ob meine Leiche auf dem Grund des Meeres lag oder in irgendeinem Winkel auf meiner Insel vermoderte. Und indem dieser Plan in meinem Gehirn bestimmtere Formen annahm, mußte ich mich über mich selbst wundern, daß mir der Gedanke all die Jahre her als unausführbar erschien. Solange meine Rabbadah noch lebte, war ich noch eher zu entschuldigen, denn ich hätte sie um keinen Preis den Gefahren eines so tollkühnen Wagnisses aussetzen mögen. Und allein den Versuch zu wagen und mich von meinem Weib zu trennen, hätte ich ebensowenig fertiggebracht. Aber dann, als meine Rabbadah von mir gegangen war und die Einsamkeit ihren hoffnungslosen Mantel um mich schlug, dann wenigstens hätte mir der Gedanke kommen sollen. Hatte mich der Tod meines Weibes so entmutigt und alle Spannkraft aus meinen Muskeln gezogen? Jetzt, da ich dies niederschreibe, kommt es mir zum Bewußtsein, daß ich auf der Insel ein anderer geworden bin, als ich in Indien war. Wie oft war es Rabbadah, mein Weib, die mich in Stunden der Trübsal, die nicht selten über mich hereinbrachen, tröstete und stützte. Ohne sie und ohne die Erinnerung an ihre starke, heldenmütige Weiblichkeit hätte ich längst Selbstmord verübt wie mein unglücklicher Vorgänger. Ist sie es, die mich jetzt meine Fesseln sprengen heißt und die Hoffnung wieder in meiner Brust aufleben macht?

Als ich mich am achten Tag zur Ruhe legte, stand der Entschluß fest in meinem Geist, die Insel zu verlassen und meinen Weg über die weite Wasserwüste zu suchen, zurück zu ... Menschen! —

Am nächsten Morgen in aller Frühe bin ich mit Axt und Säge ausgezogen, um den Bau eines Segelbootes zu beginnen.

Ich bin kein Seemann, noch weniger ein Schiffsbaumeister, aber ich habe gelernt, ein Boot zu meistern und verstehe mich auf die Bauart eines Fahrzeugs, wie ich es für meine Zwecke brauchte. Heute segne ich die Stunde, in der ich mich entschloß, die Kapitänsbücherei und die Schiffsinstrumente mit auf meine Insel zu nehmen. Zuerst sah ich achtlos darüber hinweg, denn von der Handhabung dieser Werkzeuge hatte ich keine Ahnung, noch weniger verstand ich von den seltsamen Dingen, von denen die Bücher des Kapitäns handelten. Aber als ich zum letztenmal mit dem Boot hinüber nach dem Wrack segelte, um etwas noch Brauchbares mitzunehmen, erbarmte ich mich doch dieser Dinge, weniger des Nutzens wegen, den ich von ihnen zu haben hoffte, sondern nur weil sie großen Wert besaßen. Und ich habe es nicht zu bereuen gehabt, daß ich sie mit mir nahm. In den endlosen Tagen der Einsamkeit habe ich die Bücher so oft gelesen, daß ich ihren Inhalt fast auswendig kenne. Sie haben mir über die tödliche Langeweile hinweggeholfen und mich in den Stand gesetzt, daß ich mit dem Sextanten die Lage meines Gefängnisses mit ziemlicher Sicherheit bestimmen konnte. Ich weiß jetzt, was mir früher gleichgültig war, daß meine Insel ungefähr 92 Grad 14 Minuten östlich von Greenwich und 9 Grad 37 Minuten südlich des Äquators gelegen ist, und ich kann nunmehr nicht nur ein Top- von einem Bramsegel unterscheiden, sondern ich kenne viele andere Dinge, die mir, wie ich hoffe, gut zustatten kommen werden, wenn ich einmal meine selbstgebaute Barke vom Stapel laufen lassen werde.

Vor allem glaube ich jetzt zu wissen, in welchem Verhältnis die Teile eines seetüchtigen Bootes zueinander zu stehen haben. Die alte Schiffsjolle ist natürlich nicht mehr zu gebrauchen, sie ist morsch und leck geworden, und ich würde mich ihr höchstens zu einer Spazierfahrt im ruhigen Küstenwasser und innerhalb der Klippen anvertrauen. Früher bin ich manchmal auf die offene See hinausgefahren und habe mein kleines Reich umsegelt. Dies ist aber schon lange her, jetzt würde ein derartiger Versuch ein Spiel mit dem Tod bedeuten.

Auf meiner Insel wachsen viele Brotfruchtbäume von ansehnlichem Umfang. Einen davon suchte ich mir für meinen Zweck aus. Er besaß einen Durchmesser von gut anderthalb Meter und stand in ziemlicher Entfernung vom Strand landeinwärts. Es war keine geringe Aufgabe für mich, den Baumriesen, der sechzehn Meter hoch sein mochte, zu fällen. Aber welche Freude, als er endlich nach vierzehnstündiger Arbeit zu meinen Füßen lag. Am nächsten Tag sägte ich die Krone weg, und dann ging ich daran, dem Stamm mit meiner Axt die gewünschte Form zu geben. Seit der Zeit, da ich die Schiffsladung zu bergen hatte, habe ich nicht mehr so gearbeitet wie in den letzten Tagen. Ich sägte und hobelte, hieb und schnitzte, maß und berechnete und nahm mir kaum Zeit, um die Mahlzeiten einzunehmen. Auf Rollen habe ich dann den roh zubehauenen Block an den Strand hinuntergebracht. Dann war ich aber mit meiner Kraft zu Ende.

Heute ist Sonntag, deshalb wird nicht gearbeitet. Ich wäre auch gar nicht dazu imstande, denn ich fühle mich wie gerädert von der ungewohnten und anstrengenden Arbeit. Dafür will ich die Muße des heutigen Ruhetages benützen, um mit meinen Aufzeichnungen fortzufahren. — — —

Im Norden von Augh erstreckt sich stundenweit am Ufer des Ganges ein dichter, durch die Schlingpflanzen fast undurchdringlicher Urwald.

Nur einige schmale Pfade führen durch diesen Wald auf seine Mitte zu, wo die Ruinen eines jener indischen Tempel liegen, mit deren Großartigkeit sich nur die Überreste der zyklopischen Tempelbauten auf Java zu messen vermögen.

Es war am frühen Morgen nach dem Überfall von Augh, als sechs Reiter und eine Reiterin dem schmalen Schlangenpfad folgten, der von Augh her in den Wald von Koleah führt.

Voran ritt ich, der einstige Leutnant in englischen Diensten und nachherige Kriegsminister des Maharadschas Madpur Singh. Mir folgte Rabbadah, die Begum von Augh, und dann kamen fünf Reiter, von denen zwei je eine Leiche vor sich auf dem Pferd hielten.

„Warst du bereits einmal hier?“ fragte die Begum.

„Noch nie!“ entgegnete ich.

Sie wurde ängstlich, das war ihr anzusehen.

„Und du willst uns hier eine sichere Zufluchtsstätte verschaffen?“

„Ich habe einen mächtigen Freund in diesem Wald und in dieser Ruine.“

„Wo ist er zu finden?“

„Das weiß ich nicht, werde es aber bald erfahren.“

Das Gespräch stockte wieder, bis wir an eine Stelle kamen, von der ein zweiter Pfad auf den ersten mündete und dieser nun eine beinahe doppelte Breite gewann. Eben als wir diese Stelle erreichten, traten wohl an die zwanzig wild aussehende Männer aus dem Dickicht hervor. An ihrem Gürtel hing die furchtbare, mir so wohlbekannte Schlinge. Rabbadah stieß einen Ruf des Schreckens aus.

„Phansegars!“ brüllte entsetzt der ihr folgende Reiter.

Er glitt vom Pferd und verschwand in dem Gewirr der Schlingpflanzen; die anderen vier folgten schleunigst seinem Beispiel. Sogar die Pferde ließen sie im Stich.

„Halt!“ rief der vorderste der Männer. „Wer seid ihr!“

„Freunde“, antwortete ich ruhig. Ich zog den Krokodilzahn hervor und zeigte ihn.

„Du bist ein Freund. Wer ist dieses Weib?“

„Das kann ich nur dem sagen, der mir dieses Zeichen gab, und zu dem ich jetzt will.“

„Wie heißt er?“

„Er hat mir seinen Namen nicht genannt.“

„Das macht dich verdächtig. Steigt ab und folgt uns! Ah, zwei Leichen! Was sollen die Toten?“

„Wir wollen sie hier begraben.“

„Es gibt dazu andere Orte. Übrigens bist du ein Ingli oder ein

Frankhi, denn bei uns werden die Leichen verbrannt. Du wirst mir immer verdächtiger. Vorwärts mit euch!"

Wir wurden von den Phansegars in die Mitte genommen und folgten nun den Weg zu Fuß weiter, bis wir an einen von hohem Baumwuchs freien Platz kamen, auf dem die gigantischen Steinmassen des einstigen Tempels zu erblicken waren.

Man hatte uns die Pferde nachgebracht; sie wurden angebunden.

„Kommt weiter!" befahl der Führer.

Er führte uns zwischen riesigen Felsenstücken und Mauerüberresten hindurch nach einem engen Gang, der sich unter der Erde fortsetzte. Wir mußten im Dunkeln tappen, bis der Führer halten blieb.

„Wartet hier! Ich weiß nicht, ob ich schnell wieder kommen kann."

Höchstens drei seiner Schritte waren zu hören, dann blieb es still.

„Wenn er uns hier verlassen hat, um nie zurückzukehren!" flüsterte Rabbadah.

„Sorge dich nicht! Wir sind in guten Händen."

„Weißt du dies gewiß?"

„So gewiß, als ich mein Leben lieber tausendmal hergeben würde, bevor ich dir ein Haar krümmen ließe. Horch!"

Die Mauer, an der wir lehnten, konnte nicht sehr stark sein, denn man vernahm jetzt die Schritte vieler Personen und das Summen ihrer unterdrückten Stimmen. Zugleich war ein Geruch bemerkbar, der dem des Harzes glich. Es erhob sich plötzlich eine laute deutliche Stimme:

> *„Steig nieder von den heil'gen Höhen,*
> *wo in Verborgenheit du thronst;*
> *laß uns, o Siwa, laß uns sehen,*
> *daß du noch immer bei uns wohnst!*
>
> *Soll deines Lichtes Sonne weichen,*
> *jetzt von Tscholamandelas[1] Höhen,*
> *in Dschahlawan[2] dein Stern erbleichen*
> *und im Verschwinden untergehen?"*

Ich erkannte sofort diese Stimme; es war die des Phansegars, der mir das Zeichen gegeben hatte.

„Das ist der Freund, der dich und mich beschützen wird", tröstete ich Rabbadah.

Die Stimme fuhr unterdessen fort:

> *„Sprenge deines Grabes Felsenhülle,*
> *o Kalidan, steig aus der Gruft,*
> *und komm in alter Macht und Fülle*
> *zum Thuda, der dich sehnend ruft!*
>
> *Soll der Brahmane schlafen gehen,*
> *die Sakundala in der Hand,*
> *soll er den Zauber nicht verstehen,*
> *der ihn an deine Schöpfung band?*

[1] So wird in Indien die Küste Koromandes genannt   [2] So nennt der Inder die Küste Malabar

Des Himalaya mächt'ger Rücken
steigt aus dem Wolkenkreis hervor,
und der Giganten Häupter blicken
zum Ew'gen demutsvoll empor.

Ihn preist des Meers gewalt'ge Woge,
die an Kuratschis Strand sich bricht,
und in des Kieles lautem Soge[1]
von ihm erzählt beim Sternenlicht.

Ihn preiset des Suycrong Stimme,
die donnernd aus dem Dschungel schallt,
wenn er im wilden Siegesgrimme
die Pranken um die Beute krallt.

Ihn preist des Feuerberges Tosen,
das jedes Herz mit Graun erfüllt,
wenn aus dem Schlund, dem bodenlosen,
das Flammenmeer der Tiefe quillt!"

„Ist dies auch ein Phansegar, ein Mörder?" forschte die Begum.
„Er spricht wie ein Dichter."

„Er wurde ein Phansegar, da Tamu ihm einst alles nahm; und dennoch könnte ihn kaum ein Dichter des Morgen- oder Abendlandes übertreffen! Horch!"

Es klang weiter:

„Und Herr ist er: vom Eiseslande,
wo träg zum Meer die Lena zieht,
bis weithin, wo am Felsenstrande
der Wilde dem Jahu[2] entflieht.

Und Herr bleibt er: im Sternenheere
erblickst du seiner Größe Spur;
sein Fuß ruht in dem Weltenmeere
und sein Gesetz ist die Natur.

Naht auch mit unheilvollen Stürmen
vom Westen her die Wettersnacht,
mag immer sich die Wolke türmen,
der Hindukoh bricht ihre Macht:

Die mattgeword'nen Stürme kräuseln
mit kühlem Hauch als Abendwind
des Persermeeres Flut und säuseln
nun Pendschabs Fluren sanft und lind.

Wo die Almeah[3] kaum die Lieder
der nächtlichen Bhowannie sang,
tönt in die stille Ghauts[4] hernieder
der Kriegstrompeten heller Klang.

So wird das Geräusch genannt, welches das Kielwasser am Schiff hervorbringt
Küste Malabar
[2] Jahu ist der Teufel der Neuseeländer   [3] Tänzerin   [4] Täler

Die duftenden Thanakafelder
zerstampft der Rosse Eisenhuf;
der Phansegar flieht in die Wälder
vor seiner Feinde Siegesruf.

Des Ganges Welle muß sie tragen
bis hin zu Siwas heil'gem Ort[1],
und ihre Feuerboote jagen
die Gott geweihten Tiere fort.

Dann wird mit festlichem Gepräge
von einem andern Gott gelehrt,
und von der leicht betörten Menge
der Mann aus Falesthin[2] verehrt.

Wir konnten nicht weiter hören, denn der Phansegar, der uns hier eingelassen hatte, kehrte zurück, doch nicht aus der Richtung, die er vorhin eingeschlagen hatte.

„Folgt mir weiter!"

Wir schritten langsam hinter ihm her, bis wir zu einer steinernen Treppe kamen, die zu einem ähnlichen Gang emporführte. Dieser nahm einen krummen Verlauf und war an seiner Mündung von Rauch erfüllt. Wir traten jetzt in eine bogenartige Erweiterung, von der aus wir über eine steinerne Brüstung hinweg in eine bedeutende Tiefe zu blicken vermochten.

„Setzt euch hier! Und wenn ihr bei dem, was ihr seht, einen Laut ausstoßt, so werdet ihr hinabgestürzt!" drohte der Führer.

An der Rückwand der Empore zog sich eine lange Steinwand hin, auf der etwa zwölf bis fünfzehn Thags Platz genommen hatten, die jedenfalls bereit waren, dieser Drohung Folge zu leisten.

„Dürfen wir leise miteinander sprechen?"

„Ja."

„Dürfen wir auch an die Brüstung treten, um zu sehen, was da unten stattfindet?"

„Das sollt ihr sogar, damit ihr erkennt, wie es euch geht, falls ihr nicht unsere Freunde seid."

Ich trat vor und die Begum folgte meinem Beispiel.

Wir erblickten vor uns einen hohen, von riesenhaften Steinmauern begrenzten, domartigen Raum, in dessen Hintergrund wir uns auf einer Art Söller befanden. Unten im Schiff dieses Doms knieten vor einem steinernen Altar an die zweihundert Männer, von denen jeder eine Fackel trug. Daher der Harzgeruch und Rauch. Diese Männer waren an ihren Waffen als Thags und meist als Phansegars zu erkennen; denn in ihrer Ausrüstung herrschte die seidene Schlinge und das krumme fürchterliche Messer vor.

Zwischen ihnen und dem Altar kauerten vielleicht zwanzig gefesselte Personen, die alle die englische Uniform trugen. Ich blickte genauer hin und fragte die Begum:

[1] Benares   [2] Palästina. Gemeint ist Christus

„Siehst du die Gefangenen?"

„Ja. Es sind Engländer."

„Blicke die beiden rechts in der vorderen Reihe an, aber — sei vorsichtig und bleibe still!"

Sie machte die Gebärde des Erkennens. „Lord Haftley!"

„Und Rittmeister Méricourt!"

Da trat der Phansegar herbei, der uns geführt hatte.

„Ich sehe es euch an, ihr habt die Gefangenen erkannt!"

„Ja."

„So seid ihr verloren; denn ihr gehört zu ihnen."

„Es sind unsere Feinde!"

„Wohl euch, wenn es so ist!"

„Wie könnte ich als euer Feind zu eurem Zeichen kommen?"

„Du könntest es gestohlen oder geraubt haben."

„Hätte ich mich dann hierher gewagt?"

Er musterte mich bedächtig und zog sich wortlos wieder zurück.

Drunten auf dem Altar stand der Phansegar, von dem ich den Krokodilzahn erhalten hatte. Seine Rede war beendet.

Er gab ein Zeichen mit der Hand, und alle Thags erhoben sich.

„Die Lehrlinge vor!" gebot er.

Drei Männer traten bis an den Altar heran.

„Ihr sollt heute euren ersten richtigen Streich vollführen. Habt ihr euch fleißig an Puppen geübt?"

„Ja!" erscholl es aus drei Kehlen.

„So zeigt, was ihr gelernt habt!"

Einer der Gefangenen wurde ergriffen und vor den Altar geführt. Der erste Neuling trat zu dem von drei Thags festgehaltenen Mann heran und tat, als wolle er ihm ins Gesicht blicken. Im Nu aber warf er ihm die seidene Schlinge über den Kopf.

Ich faßte die Begum am Arm, sonst hätte sie bei dem Anblick des Mordes sicher einen Schrei ausgestoßen.

„Ich muß mich setzen", flüsterte sie.

„Und ich halte hier aus", antwortete ich. „Es ist wohl das erstemal, daß es einem Europäer vergönnt ist, einem solchen Opfer der Thags zuzuschauen, und ich bin es der Menschheit schuldig, daß ich mir die Fähigkeit erwerbe, ein vollgültiger Zeuge dieses höllischen Schauspiels zu sein."

Es dauerte wohl an zwei Stunden, bis ich zum Sitz zurücktrat, und während dieser Zeit hatte manches entsetzliche Todesröcheln den Weg zu unserem Ausblick gefunden. Die letzten Gerichteten waren Méricourt und General Haftley.

Da endlich erhob sich unser Führer wieder.

„Jetzt hat der Meister Zeit. Kommt!"

Er geleitete uns einen Gang entlang, der immer bergab zu führen schien und endlich wieder ins Freie mündete. Auf einem sich zwischen Felsstücken durchwindenden Pfad gelangten wir von der anderen Seite des Tempels wieder zu den Pferden. Jetzt kam der Meister in Begleitung von wohl zwanzig seiner Untergebenen. Ich erkannte ihn und er mich.

„Du hier? Ich hörte, daß ein Mann und ein Weib mich zu sprechen begehrten; aber daß du es seist, dachte ich nicht, da das Zeichen nicht auf der Stufe gefunden wurde.“

„Deine Leute nahmen uns gefangen, noch ehe wir den Tempel erreichten. Ich möchte dir eine Bitte vorlegen.“

„Eine Bitte? Dem Phansegar? Sprich!“

„Sieh dir diesen Toten an!“

Ich nahm dem Leichnam das Tuch vom Gesicht. Der Phansegar trat hinzu, fuhr aber sofort zurück.

„Madpur Singh, der Maharadscha! Wer hat ihn getötet? Du kommst, um Rache zu verlangen, und ich schwöre dir, daß du sie erhalten sollst!“

„Sieh dir diese zweite Leiche an!“

„Wer ist diese schöne Frau?“

„Das Weib, das Glück des Maharadschas. Man hat sie an seiner Seite ermordet.“

„Das soll zehnfach gerächt werden! Und wer ist das Weib hier an deiner Seite?“

Die Prinzessin lüftete den Schal, der ihr Gesicht verhüllte. „Ich bin Rabbadah, die Begum von Augh.“

„Die Begum! Männer, schnell kniet nieder und küßt den Saum ihres Gewandes! So! Und nun sage, wer hat den Maharadscha und sein Weib erschlagen?“

„Wir kennen den Mörder nicht“, antwortete Rabbadah. „Es geschah gestern abend während der Eroberung von Augh.“

„Träume ich denn? Ist die Hauptstadt erobert worden?“

„Ja.“

„Unmöglich! Am Nachmittag war die Schlacht bei Sorabh, und die Inglis können unmöglich am Abend in Augh gewesen sein, zumal ich ihre Anführer gefangennahm, um sie für den Verrat an dem Maharadscha zu züchtigen.“

„Die Engländer waren es nicht; es war der Sultan von Symoore.“

„So ist er der Mörder des Maharadscha, gleichviel, wer den Streich geführt hat! Ich habe am Abend die Inglis gefangengenommen und nachts hierher geschafft. Ich glaubte dem Maharadscha durch den Schreck zu nützen, der in ihrem Lager ausgebrochen ist, sobald sie ihre Anführer vermißt haben. Und nun steht es so! Augh gehört dem Sultan von Symoore?“

„Und wohl auch dem Radscha von Kamooh, der gestern abend bereits im Anzug war.“

„Auch dieser! So ist auch er der Mörder unseres Maharadscha. Sie sollen es büßen!“ Sich an die Begum wendend, setzte er hinzu: „Was du befiehlst, Sahiba, das wird geschehen!“

„Ich bitte dich zunächst um Aufbewahrung dieser beiden Toten.“

„Willst du sie nicht verbrennen?“

„Kann ich sie jetzt verbrennen in der würdevollen Form, wie sie dem Maharadscha von Augh geziemt?“

„Du kannst es, jetzt noch besser als später.“

„Wie? An welchem Ort und zu welcher Zeit?“

„Das überlasse mir, Sahiba! Und was befiehlst du noch?"

„Weißt du nicht einen Ort, an dem ich und dieser treue Freund meines Bruders einige Zeit uns verbergen können? Man trachtet ihm und mir nach dem Leben."

„Kommt!" forderte er uns ohne Zaudern auf.

Er führte uns um den Tempel herum und mitten in den Wald hinein. Nach ungefähr zehn Minuten standen wir vor einer zweiten, aber besser erhaltenen Ruine.

„Du warst bisher nur im Vorbau, Sahiba", erklärte er. „Hier ist der eigentliche Tempel. Meine Leute kennen einzelnes von ihm, ganz aber ist er nur mir und meinem Sohn bekannt. Dieser weilte gestern in Augh. Wenn er nicht mehr lebt, dann wehe seinen Mördern!"

Wir stiegen zu einer wohl dreißig Meter breiten Säulenhalle hinan und traten ein in das gewaltige Denkmal der Baukunst einer Zeit, die um Jahrtausende vor der Gegenwart liegt. In diesen mächtigen Räumen mußte man sich wie eine Ameise vorkommen, die sich in den Kölner Dom verirrt.

Der Meister hatte keine Zeit, sich mit Erklärungen aufzuhalten. Er ging mit schnellen Schritten voran; wir folgten ihm bis — — — doch halt! darüber hat mein Tagebuch zu schweigen. Weshalb, das wird derjenige, dem je diese Blätter in die Hände fallen, bald begreifen.

Also, an einer gewissen Stelle angekommen, drückte er mit der Hand an eine Steinplatte, die sich zu unserem Erstaunen sofort öffnete. Hinter ihr wurde eine Treppe sichtbar.

„Dort oben wird eure Wohnung sein. Merkt euch die Stelle, die ich berührt habe, und folgt mir hinauf!"

Wir stiegen eine Flucht von Treppen empor und traten dann in einen hell erleuchteten Gang, in den der Reihe nach zwölf Türen mündeten, deren Öffnungen durch Matten verschlossen waren.

„Das waren einstmals die Wohnungen der Priester", erklärte er. „Befiehl, Sahiba, wieviel Räume du haben willst! Die anderen gehören deinem Beschützer."

„Laß erst sehen!" bat Rabbadah.

Wir traten ein und hatten nun zwölf Zimmer zu bewundern, die nach chinesischer, malaiischer, indischer oder europäischer Weise so eingerichtet waren, daß sich kein Fürst zu bedenken brauchte, darin zu wohnen.

Die Begum schlug die Hände zusammen. „Welche Pracht! Wer hat diese Räume ausgestattet?"

„Ich", entgegnete der Meister mit Selbstgefühl.

„Aber für wen?"

Er lächelte.

„Ich bin der Maharadscha der Thags von Augh! Es kommen nicht selten vornehme Sahibas zu mir. Da muß ich Wohnungen haben, die für solche Leute geeignet sind."

„Dann mußt du auch wohl für Bedienung sorgen?"

Er lächelte wieder selbstbewußt und zeigte auf ein kleines Metallbecken, das mit seinem Hammer neben dem Eingang hing.

„Sahib, gib einmal ein Zeichen!"

Ich ließ den Hammer auf das Metall fallen, und im nächsten Augenblick trat ein Knabe ein, der sich mit gekreuzten Armen bis zum Erdboden verbeugte.

„Gib zwei Zeichen, Sahib!"

Ich tat es, und es erschien ein zwölfjähriges Mädchen, das in derselben Weise grüßte.

„Gib drei Zeichen!"

Jetzt erschien ein Weib in den mittleren Jahren.

„Gib vier Zeichen, Sahib!"

Dieses Mal trat ein Mann von gleichem Alter ein.

„Das ist die Bedienung", erklärte der Meister, auf dessen Wink sich die vier wieder entfernten. „Ihr kennt die Zeichen und dürft sie ganz nach Belieben benutzen. In jedem Zimmer ist Schreibzeug. Braucht ihr etwas Besonderes, so ist es gut, dies immer aufzuschreiben und den Zettel am Abend einem Diener zu übergeben."

„Wann bist du gewöhnlich zu sprechen?" erkundigte sich Rabbadah.

„Das kannst du jeden Tag von der Bedienung erfahren, Sahiba. Mein Tag verläuft nicht so regelmäßig wie der Tag eines Brahmanen, und jetzt, während das Land dem Feind gehört, wird das noch ein wenig schlimmer werden!"

„Und mein Pferd?" fragte ich.

„Deine sieben Pferde stehen unten im Stall und werden gute Pflege finden, Sahib."

„Wird heute einer von deinen Leuten nach Augh gehen?"

„Sehr viele."

„So laß nach allem forschen, was zu erfahren uns lieb sein könnte!"

„Und", fügte die Begum hinzu, „laß im Frauengarten des Palastes nachsehen, ob der Kiosk noch steht!"

„Ich werde deinen Befehlen gehorchen und auch nach dem Kiosk sehen; denn", fügte er mit Bedeutung hinzu, „was er verbirgt, darf nicht in die Hände des Feindes fallen."

„Was er verbirgt? Was meinst du?"

Ein leises, aber stolzes Lächeln glitt über sein Gesicht.

„Der Phansegar weiß mehr als andere. Er erkundet das Verborgene und enthüllt die Geheimnisse seiner Feinde und seiner Freunde. Jene müssen fallen, das Eigentum der anderen aber hütet er mit seiner Hand, und sein Auge wacht über ihrem Leben. Und wenn der Kiosk zerstört wäre, du würdest dennoch wiederbekommen, was dir gehört. — Sahib, wenn du sehen willst..."

So weit war der Leser, der alles um sich her vergessen zu haben schien, gekommen, da wurde er durch einen Schreckensruf des Malaien in die Gegenwart zurückversetzt. Als er aufblickte und dem ausgestreckten Arm seines Gefährten folgte, entdeckte er am äußersten Rand des Gesichtskreises einen Gegenstand, der in der Sonne weißlich schimmerte.

„Alle Teufel, das ist ein Schiff, und zwar ein ziemlich großes, weil es schon auf so weite Entfernung sichtbar ist."

„Ob wir bereits bemerkt worden sind?"

„Ich halte das für ausgeschlossen. Wir sind viel kleiner und außerdem unter dem Blendstrahl der Sonne.“

„Welchen Kurs hält es wohl ein?“

„Das kann ich noch nicht mit Bestimmtheit sagen. Wenn ich aber unsere Entfernung von der Küste in Betracht ziehe und den jetzigen Stand des Schiffes, so möchte ich fast glauben, daß es von Madras oder gar von Kalkutta herüberkommt. Wahrscheinlich segelt es nach Kota Radscha.“

„Was sollen wir tun? Meinst du, daß wir ihm noch aus dem Weg gehen können?“

„Wir müssen wenigstens den Versuch machen. Es müßte doch mit allen Teufeln zugehen, wenn wir jetzt noch, fast im letzten Augenblick, abgefangen würden.“

„Vielleicht beachtet es uns gar nicht und segelt vorüber.“

„Das ist möglich, wir müssen aber auch mit dem Gegenteil rechnen. Schau nur, wie es in den paar Minuten gewachsen ist! Schon sind die Mastspitzen zu erkennen. Es scheint ein ausgezeichneter Segler zu sein. Wir müssen wenden und nach Norden zurück. Gib mir die anderen zwei Ruder!“

Der Malaie sah ihn erstaunt an.

„Was willst du denn mit den Rudern anfangen, Sahib? Dieses Boot ist ja nur für einen Ruderer eingerichtet.“

„Frag nicht lange und mach schnell! Ich weiß, was ich will.“

Er riß die Jacke des Toten, die noch immer am Stern des Bootes hing, in längliche Fetzen, die er aneinanderknotete. Dann band er die beiden Ruder so zusammen, daß sie wie ein Paddel aussahen, wie es die Grönländer in ihren Kajaks handhaben. Das auf diese Weise hergestellte Paddelruder war zwar keineswegs leicht, aber der Kleine handhabte es von der Steuerbank aus mit einer Kraft, die man seiner schmächtigen Gestalt gar nicht zugetraut hätte. Da sie zudem jetzt den Wind im Rücken hatten, flog das Boot mit einer Geschwindigkeit durch die Wellen, daß das Wasser vor dem Bug schäumte.

Es sollte sich indes bald zeigen, daß ihre Anstrengung erfolglos war. Das Schiff im Gesichtskreis wuchs zusehends. Bald war seine Takelung zu erkennen. Es war ein Klipper mit Schunertakelage, der sich, da er mit halbem Wind fuhr und darum möglichst viel Segelwerk gesetzt hatte, stark auf Lee legte. Noch war die Entfernung so groß, daß die beiden hoffen durften, nicht entdeckt worden zu sein, um so mehr, als das Schiff seine Richtung um keinen Faden geändert hatte. Aber nicht lange, so erkannten sie, daß ihre Hoffnung sie getrogen hatte. Bis jetzt hatten sie den schlanken Rumpf des fremden Schiffs vor sich gehabt, nun schien es aber eine Wendung gemacht zu haben, denn sie sahen den Bug auf sich gerichtet.

Mit einem Fluch hörte der Kleine zu paddeln auf und warf das Ruder ins Boot.

„Hölle und Teufel! Sie haben uns bemerkt und es auf uns abgesehen. Wir können ihnen nicht entwischen.“

„Sie sollen uns in Ruhe lassen!“ zischte der Malaie. „Sonst machen sie mit meinem Dolch Bekanntschaft.“

„Aber sollen wir ruhig zusehen, wie sie uns abermals ins Loch stecken?"

Der Kleine zuckte die Achsel. „Die Sache ist nicht so gefährlich, wie sie aussieht. Wenn sie auch aus unserer Bekleidung schließen können, wer wir sind, so haben sie doch nichts davon, uns hinter Schloß und Riegel zu stecken. Außer es sind Engländer. Dann sind wir allerdings verloren."

„Was tun wir mit dem Toten? Werfen wir ihn ins Meer?"

„Was fällt dir ein? Jetzt ist es zu spät. Du kannst dir doch denken, daß wir durch das Glas beobachtet werden."

„Aber wenn sie den Toten bei uns finden, dann halten sie uns am Ende gar noch für seine Mörder."

„Das befürchte ich gerade nicht. Es muß ja ein Blinder erkennen, auf welche Weise er gestorben ist."

„Aber sie werden uns die Taschen untersuchen und den Beutel mit den Perlen finden."

„Das können wir nicht ändern. Für Diebe kann uns deswegen niemand halten, denn es wäre geradezu Wahnsinn, einem Toten einen solchen Reichtum zu lassen."

„Dann meinst du also, Sahib, daß wir hier auf sie warten sollen?"

Der Europäer gab keine Antwort, sondern betrachtete mit finsteren Blicken das Schiff, das ihnen zu unzeitig in die Quere gekommen war. Dann hatte er einen Entschluß gefaßt.

„Der Teufel hat uns diesen Segler auf den Hals gehetzt. Er frißt das Wasser förmlich. In weniger als einer halben Stunde wird er da sein. Höre, was ich dir sage! Du legst dich mit aller Kraft in die Riemen und ruderst weiter nach Norden. Wir müssen Zeit gewinnen. Hast du mich verstanden?"

„Und du, Sahib?"

„Ich werde unterdessen das Buch fertig lesen, das wir bei dem Toten gefunden haben."

Sein Gefährte sah ihn mit offenem Mund an. „Du wirst — unterdessen — lesen — —? Warum — —? Zu welchem Zweck — — —?"

„Weil ich es für das beste halte, was ich tun kann. Ich habe keine Zeit, dir eine Erklärung zu geben, aber ich sage dir das eine: es handelt sich um ein Geheimnis, das uns, sollten wir die Freiheit behalten, zu den reichsten Menschen der Erde machen kann. Dazu ist aber notwendig, daß ich vollkommen im Bilde bin, wenn uns das Schiff eingeholt hat, denn es fragt sich, ob man uns nicht alles, mithin auch dieses Buch, abnehmen wird, so daß ich nicht mehr imstande bin, das Versäumte nachzuholen. Also gehorche und rudere, was die Riemen hergeben!"

Mit diesen Worten hatte er sich bereits auf der Steuerbank nieder gelassen und das Tagebuch des Toten wieder zur Hand genommen Sein Gefährte gehorchte und legte sich mit solcher Kraft in die Rie men, daß sie sich beinahe bogen.

Der Mann am Steuer mußte Nerven von Stahl besitzen, daß er bei der offenbaren Gefahr, die ihnen und ihrer Freiheit drohte, so ruhig lesen konnte. Freilich nahm er sich jetzt nicht mehr die Zeit, jedes

Wort genau zu lesen, er wäre wohl sonst bis zur Ankunft des Verfolgers nicht fertig geworden. Er überschlug vielmehr ganze Seiten, die ihm weniger wichtig vorkamen, und verweilte dafür bei gewissen Stellen, namentlich am Ende des Buches, desto länger. Minute um Minute verstrich, die Umrisse des Verfolgers zeigten sich immer deutlicher über der Wasserlinie, aber die beiden Verfolgten schienen sich, der eine rudernd, der andere lesend, nicht im geringsten darum zu kümmern.

Der geschätzte Leser hat es weniger eilig als der gehetzte Verbrecher und kann sich daher den merkwürdigen Dingen, von denen der einsame Verschollene zu berichten weiß, mit größerer Muße widmen. — — —

6. Das Tagebuch des Verschollenen: Zweiter Teil

„... Sahib, wenn du sehen willst, welche Anordnungen ich treffen werde, um an den Mördern des Radscha Rache zu nehmen, so folge mir!"

Wir verließen den Raum und begaben uns auf dem bereits bekannten Weg nach der vorderen Ruine zurück. Dort lag Madpur Singhs Leiche im Schatten einer Mauer. Bei ihr hielten etliche Taghs die Wache. Er redete den einen von ihnen an:

„Lubah, du warst in Symoore. Kennst du den Sultan?"

„Ich war unter seinen Reitern und kenne ihn genau."

Er wandte sich an einen zweiten. „Du, Timur, warst in Komooh und kennst den Radscha, der jetzt in Augh eingefallen ist?"

„Ich kenne ihn."

„So hört, was ich euch jetzt sage! Hier liegt der Fürst unseres Landes. Er war weise, gütig und gerecht. Er wurde von seinen Freunden verraten und starb unter ihren Streichen. Seine Seele soll aufsteigen zu dem Gott des Lebens und des Todes, und dort sollen ihm dienen die Geister seiner Feinde von Ewigkeit zu Ewigkeit! Übermorgen, wenn die Sonne aufsteigt aus dem Schoß der Nacht, soll das heilige Feuer zusammenschlagen über seinem Leib, und mit ihm wird es verzehren die Körper der Verräter, der Inglis, die wir heute richteten, des Sultans von Symoore und des Radscha von Kamooh. Wißt ihr nun, was ich euch befehlen werde?"

„Wir wissen es", erwiderten die beiden mit Gleichmut.

„Ihr sollt den Sultan und den Radscha zu mir bringen, tot oder lebendig."

„Wir werden es."

„Der Phansegar scheut weder Qual noch Tod; aber ihr seid meine besten Söhne, die ich nicht gern verlieren mag. Nehmt euch also so viele Brüder mit, als ihr bedürft, um eure Aufgabe zu lösen, ohne daß es euer Leben kostet!"

Die Augen dessen, den er mit Lubah genannt hatte, blitzten mutig auf. „Ich brauche keinen Bruder!"

„So gehe allein! Ich weiß, du wirst den Sultan bringen."

„Gib mir ein Pferd!"

„Nimm das beste, das du findest."

„Ich kann nur das schlechteste gebrauchen, denn ich werde es verlieren."

Lubah wandte sich ab und suchte das Innere des einstigen Tempels auf. In einem niedrigen, aber weiten Raum stand eine beträchtliche Zahl von Tieren, von denen einige bereits gesattelt waren. Er wählte sich ein ungesatteltes, führte es ins Freie, setzte sich auf und ritt davon.

Die Behendigkeit, mit der er auf das Pferd gesprungen war, und jetzt ohne Zaum und Zügel das Tier nur durch Schenkeldruck beherrschte, ließ in ihm einen ausgezeichneten Reiter vermuten. Der alte Fuchs unter ihm schien mit einemmal wieder jung geworden zu sein und trabte geschmeidig auf dem schmalen Wildpfad dahin.

Der Auftrag, den der Phansegar seinen beiden Untergebenen erteilt hatte, klang so ungeheuerlich, daß es mir vorkam, als ob er ihn nur deswegen gegeben habe, um sich bei mir in Achtung zu setzen. An ein Gelingen des wahnsinnigen Beginnens konnte ich nicht glauben. Doch ich wurde innerhalb vierundzwanzig Stunden eines Besseren belehrt. Um Mitternacht ritt ein Mann auf schweißbedecktem Pferd in den Tempelhof ein: Timur. Er hatte einen Gefangenen vor sich auf dem Sattel liegen. Den — Radscha von Kamooh. Und zwei Stunden später kam auf einem kostbar aufgeschirrten Roß, das eines Fürsten würdig war, Lubah angesprengt. Er trug den gebundenen und geknebelten Sultan von Symoore quer übers Pferd gelegt. Die beiden Thags hatten das mir unmöglich Scheinende mit spielender Leichtigkeit ausgeführt.

Ich erfuhr die Einzelheiten, wie ihnen der Handstreich gelungen war, erst einige Tage später, als längst die Asche des gemordeten Fürsten und der Engländer in den Fluten des Ganges versunken war. Und mein staunendes Entsetzen vor diesen schrecklichen Leuten mischte sich mit einem Gefühl, das ich fast mit Furcht bezeichnen möchte, obgleich mir von ihnen nicht die geringste Gefahr drohte. Ich bin kein Schriftsteller, der seinen Lesern sicherlich nicht die geringste Einzelheit dieser aufregenden Begebenheiten vorenthalten würde, und darum begnüge ich mich mit der Beschreibung von Lubahs Abenteuer, das dem Sultan von Symoore das Leben kostete.

Auf dem freien Feld kam Lubah natürlich bedeutend schneller vorwärts als im Wald. Wenn er so fortritt, mußte er Augh sehr bald erreichen. Doch er schlug einen Bogen, der ihn um die Stadt herumbringen mußte. Er beabsichtigte, vorher auf Kundschaft zu reiten, bevor er einen entscheidenden Schritt unternahm.

Es war gegen Abend des gleichen Tages. Der Sultan von Symoore hatte sein Hauptquartier in der immer noch rauchenden Stadt aufgeschlagen und für sich und seine nächste Umgebung den vom Feuer beinahe zerstörten Palast des getöteten Maharadscha eingenommen. Er saß auf dem unversehrt gebliebenen Thron, auf dem Madpur Singh die Engländer empfangen hatte, und um ihn her standen oder lagerten die Großen seines Reiches, dessen Verwaltung er in die Hände seines Wesirs gelegt hatte, und die Obersten seines Kriegsheeres.

Zahlreiche Boten kamen und gingen, ihm Nachricht zu bringen oder seine Befehle zu vollziehen; für die, die sich der Pferde bedienen sollten, stand eine Anzahl dieser Tiere im Hofe des Palastes bereit.

Durch das Tor trat ein Mann, der sich langsam dem Thron näherte. Es war Lubah, der Phansegar. Schon machte er eine Wendung, um zu dem Sultan zu gelangen, als ein kleiner Trupp von Reitern in den Hof einbog und vor den Stufen der Säulenhalle hielt, in der der Thron stand. Ihre Kriegstracht kennzeichnete sie als Engländer. Ihr Anführer, ein Colonel[1], stieg ab und näherte sich dem Sultan in jener selbstbewußten Haltung, die der britische Offizier selbst den höchsten indischen Fürsten gegenüber einzunehmen pflegt.

Der Sultan runzelte die Brauen.

„Wer bist du?" rief er in zornigem Ton.

„Mein Name ist Brighton, Colonel Brighton vom Heer Ihrer Majestät der Königin von England."

„Was willst du hier?"

„Ich bringe dir zwei wichtige Botschaften. Der Oberkommandierende unserer Armee, General Haftley, ist nebst mehreren Offizieren seit dem Kampf bei Sobrah spurlos verschwunden, und unsere Nachforschungen haben ergeben, daß er einer Bande Thags in die Hände gefallen sein muß —"

Er wollte weitersprechen, doch der Sultan, dessen Stirn sich plötzlich glättete unterbrach ihn:

„Und die zweite Botschaft?"

„Ich war im Lager des Maharadscha von Kamooh, wo große Aufregung herrscht. Der Radscha verließ mit seinem Sirdar[2] das Lager, um einen kurzen Ritt um dieses zu unternehmen. Nach einiger Zeit fand man den Sirdar tot am Boden liegen, der Radscha aber ist nicht wieder zurückgekehrt."

Die Züge des Sultans nahmen beinahe den Ausdruck der Freude an. Es wurde ihm schwer, die Gefühle zu verbergen, die er bei der Nachricht empfand, daß diese gefährlichen Nebenbuhler verschwunden seien.

„Allah ist groß!" rief er. „Er sendet Tod und Leben nach seinem Wohlgefallen. Was hast du mir noch zu sagen?"

„Ich komme im Auftrag des Nächstkommandierenden. Du mußt uns helfen, die Thags zu ergreifen und sie bestrafen."

Der Sultan lächelte überlegen.

„Ich muß?" fragte er, das letzte der beiden Wörter scharf betonend. „Du bist ein Christ und kennst unseren heiligen Koran nicht. Der Prophet sagt. ,Des Menschen Wille ist seine Seele; und wer seinen Willen dahingibt, der hat seine Seele verloren'. Der Sultan von Symoore hat noch niemals gemußt, er hat stets nur das getan, was ihm beliebte. Aber ihr seid meine Freunde, und ich werde euch daher freiwillig helfen, die Thags zu ergreifen. Doch sage mir vorher, wo sie sich befinden!"

[1] Oberst   [2] General

„Das wissen wir nicht, und das sollst du uns eben auskundschaften."

„So hält mich dein General für seinen Spion? Ihr seid fremd in diesem Land, und daher will ich tun, als ob ich diese Beleidigung nicht gehört hätte. Aber sage sie nicht noch einmal, sonst lasse ich dich von meinen Dienern erschlagen!"

Der Oberst legte die Hand an den Degengriff. „Ich bin als Abgesandter meiner Königin unverletzlich und stehe unter dem Schutz des Völkerrechts."

„Du irrst. Du bist nur Abgesandter deines Generals und stehst nur so lange unter dem Schutz eures Völkerrechts, als du mich nicht beleidigst. Merke dir das! Der Radscha von Kamooh ist verschwunden. Weißt du, wohin?"

„Nein."

„Ich ahne es!"

„Sage es!"

„Das werde ich nicht tun, sonst beleidige ich euch und entferne mich aus dem Schutz eures Völkerrechts."

Diese Worte waren in einem Ton gesprochen, aus dem deutlich zu hören war, daß der Sultan die Vermutung hege, die Engländer hätten den Maharadscha verschwinden lassen. Der Oberst legte die Hand zum zweitenmal an den Degen.

„Die Beleidigung ist bereits erfolgt; denn du hast deutlich genug gesprochen."

„Du irrst wieder; ich habe nichts gesagt, aber man hat mir erzählt von mehreren Fürsten, die bei euch in eurer Nähe verschwunden sind. Daher scheint es mir nicht gut zu sein, zu euch zu kommen."

„So wirst du dem Befehl, den ich dir zu überbringen habe, um so lieber Folge leisten."

„Befehl? Wer könnte es wagen, dem Sultan von Symoore einen Befehl zu erteilen?"

„Ich!"

„Du?" Der Sultan überflog die Gestalt des Engländers mit einem Blick, in dem ebensoviel Verachtung wie Mitleid zu erkennen war.

„Ja, ich! Und zwar im Auftrag meines Generals."

„So hat die Sonne dein Gehirn und auch das seinige verbrannt. Ihr seid beide wahnsinnig geworden."

„Du bist ein Anhänger der Lehre Mohammeds, und ich weiß, daß diese Lehre den Wahnsinnigen nicht verachtet, sondern ihn selig preist. Wäre dies nicht der Fall, so würde ich dir meine Antwort nicht in Worten geben."

„Welches ist der Befehl, den ich von dir empfangen soll?"

„Du sollst Augh räumen, weil wir unser Hauptquartier hier aufschlagen werden."

„Gott ist groß, und die Welt ist weit. Sie hat Platz für uns und euch. Schlagt euer Hauptquartier auf, wo ihr wollt; in Augh aber bin ich und bleibe solange, als es mir beliebt."

„Denke an deine Unterschrift!"

„Denkt ihr an die eurige! Ich bleibe."

„Du sündigst gegen die Bedingungen, die du eingegangen bist."

„Ihr selbst habt diese Bedingungen nicht erfüllt; denn nicht ihr habt Augh erobert, sondern ich!“

„Weißt du, welche Folgen deine Weigerung für dich und die Deinigen haben wird?“

„Ich werde sie ruhig abwarten.“

„Und du willst uns nicht helfen, die Thags aufzusuchen?“

„Sage mir, wo sie sind, dann werde ich euch beistehen, sie zu fangen und zu bestrafen.“

„So bin ich fertig und kann gehen.“

„Allah lenke deine Schritte, damit du nicht strauchelst!“

Der Offizier stieg zu Pferd und verließ mit seinen Begleitern den Hof.

Lubah hatte Wort für Wort der Unterhaltung gehört. Der Wesir des Maharadscha von Kamooh war getötet und der Radscha selbst verschwunden. Der andere Phansegar hatte also bereits seinen Streich glücklich ausgeführt. Jetzt gab es kein Zögern mehr. Lubah schritt die Stufen zur Halle empor und warf sich dann auf den Boden nieder.

„Wer bist du?“ fragte streng der Sultan.

„Herr, laß deine Augen auf mich leuchten, so wirst du den gehorsamsten deiner Diener erkennen!“

Er hob den Kopf ein wenig, so daß ihm der Sultan ins Gesicht zu blicken vermochte. Der Herrscher erkannte ihn jetzt.

„Lubah, der beste meiner Suwars[1]“, rief er. „Ich hielt dich für tot. Warum hast du mich verlassen?“

„Ich habe dich nicht verlassen, Herr. Ich wurde von deinen Feinden gefangengenommen und in das Land der Usufzexs[2] geführt. Dort hielt man mich fest, bis ich den Seyud[3] tötete und entkam.“

„Und wie kommst du hierher?“

„Um nach Symoore zu gelangen, mußte ich durch Augh. Hier wurde ich krank, denn ich hatte während der Gefangenschaft viel gelitten, und konnte also nicht weiter. Aber mein Herz ist dir treu geblieben, und da du jetzt nach Augh gekommen bist, nahe ich mich dir, o Herr, um dir zu beweisen, daß ich dir stets ergeben war.“

„Wenn ich dich recht verstehe, so willst du mir etwas mitteilen?“

„Ich darf nur dann sprechen, wenn allein deine Ohren mich hören.“

„Stehe auf und tritt näher zu mir heran!“

„Herr, du bist mächtig und reich, aber der Maharadscha von Augh war noch reicher als du. Wie reich er war, weiß nur ich genau.“

„Warst du sein Schatzmeister?“ fragte der Sultan mit wohlberechnetem Spott.

„Nein. Er hatte keinen Schatzmeister, denn seine Schätze bedurften nicht der Bewachung; kein Mensch außer ihm und der Begum wußten, wo sie sich befanden.“

„Allah ist groß, und du sprichst die Wahrheit. Ich habe überall gesucht und nichts gefunden. Aber rede weiter!“

„Ich war krank, und mußte, um meine Glieder zu stärken, viel im Fluß baden. Ich tat dies am liebsten am Abend, weil am heißen Tag

---

[1] Reiter   [2] Afghanenstamm   [3] Afghanenhäuptling

die Wärme meinem Kopf Schmerzen bereitete. Einst lag ich spät um Mitternacht am Ufer, um vom Schwimmen auszuruhen. Da kam ein großes Boot den Fluß herab und legte in meiner Nähe an. Zuerst stieg ein Naib[1] mit mehreren Dschuwans[2] aus und dann ein Sahib mit einem verschleierten Weib. Der Sahib war Madpur Singh, der Maharadscha von Augh, und das Weib war Rabbadah, die Begum — — —“

„Allah il Allah“, unterbrach ihn der Sultan; „du hast die Begum gesehen, das schönste Weib der Erde, das kostbarer noch ist als alle Schätze des Radscha?“

„Ich habe sie gesehen!“

„Und sie war wirklich so schön, wie man sich erzählt?“ forschte der Sultan begierig.

„Noch tausendmal schöner! Als ich ihr Angesicht erblickte, war es mir, als ob ich in die strahlende Sonne schaute.“

„Wo ist sie? Wenn du es mir sagen kannst, will ich dich reich belohnen. In meinen Harem muß sie kommen; verstehst du?“

„Ich verstehe es, und du sollst sie haben, auch ohne daß du mir Reichtümer gibst. Ich brauche sie nicht, denn wenn ich nur will, so sind die ganzen Schätze des Maharadscha Madpur Singh sofort mein Eigentum.“

„So kennst du den Ort, an dem sie der Maharadscha versteckt hat?“

„Ich kenne ihn so genau wie die Stelle, an der ich jetzt stehe.“

„Wo ist er? Diese Schätze gehören mir. Ich habe Augh erobert und alles, was sich in diesem Land befindet, ist mein Eigentum.“

„Bedenke, Herr, daß du nicht allein nach Augh gekommen bist! Die Leute von Kamooh sind da und auch die Inglis. Wer ist nun der Besitzer des Landes Augh?“

„Ich, denn die Hauptstadt befindet sich in meinen Händen.“

„Die Hauptstadt, aber nicht der Schatz, denn dieser ist außerhalb der Stadt verborgen.“

„Wie? Außerhalb der Stadt? Das wäre ja eine große Unvorsichtigkeit von dem Maharadscha gewesen.“

„Soll ich dir meine Geschichte weiter erzählen?“

„Tu es!“

„Als der Radscha ausgestiegen war, begab er sich mit der Begum nach einem Ort, den ich dir noch zeigen werde, und die anderen folgten ihm. Sie hatten Hacken und Spaten bei sich; sie gruben und bauten ein Versteck und verbargen dort viele Kisten und andere Dinge, die in dem Boot verwahrt waren.

Es war der Schatz des Königs von Augh. Sie verwischten sorgfältig die Spuren und warfen alles übriggebliebene Erdreich in den Fluß. Während dieser Arbeit begab sich der Radscha allein in das Boot; ich lag in der Nähe und konnte ihn deutlich beobachten. Ich bemerkte einen Feuerfunken, der nur für einen Augenblick blitzschnell in seinen Händen aufleuchtete; dann kehrte er wieder zu dem Leutnant zurück. Ich ahnte, was er getan hatte. Der Naib und die Dschuwans wußten, wo der Schatz lag, und sollten deshalb sterben, um nichts

---

[1] Leutnant   [2] Dienerin

verraten zu können. Er wollte sie mit dem Boot in die Luft sprengen.

‚Steigt ein, und fahrt zurück!' gebot dann der Maharadscha. Sie gehorchten, und er blieb mit der Begum am Ufer stehen. Kaum hatte sich das Boot eine Strecke weit entfernt, so blitzte es an seinem Bord auf, ein heftiger Knall ertönte, eine Feuersäule stieg empor und ich hörte die Trümmer des Bootes und der zerrissenen Leichen ins Wasser schlagen. Die Tat war geglückt, und der Maharadscha glaubte, daß das Geheimnis ihm und der Begum von jetzt an allein gehöre.“

„Was willst du dafür haben, daß du mir das Versteck der Schätze zeigst?“

„Herr, ich bin dein Diener und möchte nur von deiner Gnade leben. Gib mir, was dir beliebt! Ich fordere nichts, wenn nur dein Auge freundlich auf mir ruht.“

„Lubah, du bist der Treueste unter allen, die mir dienen. Du sollst groß sein in den Ländern Augh und Symoore! Doch sage mir, wo ist die Begum?“

„Sie ist deinen Kriegern entkommen. Ein kühner Mann hat sie entführt. Aber du sollst sie wiedersehen und in deinen Harem bringen. Sie ist versteckt bei einem Gorkah[1], der zu meinen Freunden gehört und bei dem ich sie bereits heimlich beobachtet habe. Befiehl, o Herr, wann ich dir den Ort des Schatzes zeigen soll!“

„Morgen, denn heute ist es zu spät dazu.“

„Und die Inglis?“

„Was meinst du?“

„Waren sie nicht soeben hier, um die Hauptstadt von dir zu fordern? Sie stellen dieses Verlangen nur deshalb, weil sie wissen, daß der Maharadscha unermeßliche Reichtümer besessen hat, von denen sie denken, daß sie sich in Augh befinden. Ihre Gesandten sind zornig von dir gegangen, und ich glaube, morgen werden ihre Krieger hier sein, um die Stadt zu nehmen.“

„Sie mögen kommen und es versuchen!“

„Aber bei diesem Versuch kann dir, selbst wenn du siegst, der Schatz verlorengehen. Im Frieden bleibt er sicher unentdeckt.“

Der Sultan mußte diesen Grund anerkennen; er neigte zustimmend seinen Kopf. „Du hast recht, ich muß den Ort noch heute aufsuchen. Befindet er sich weit von hier?“

„Von diesem Palast aus erreichst du ihn auf einem schnellen Pferd in einer Viertelstunde. Der Abend bricht bereits herein, du mußt dich schnell entschließen.“

„Was rätst du mir? Soll ich den Schatz sofort holen oder liegenlassen?“

„Denkst du, daß er hier im Lager sicher ist?“

„Nein.“

„So laß ihn noch liegen! Es genügt, den Ort zu kennen, um im Fall eines Kampfes deine Maßregeln so zu treffen, daß der Feind von ihm abgehalten wird.“

„Ich stimme dir bei. Nimm dir ein Pferd, wir brechen sofort auf.“

Lubah wandte sich ab und begab sich zu den Tieren. Keine Miene

[1] Indischer Volksstamm in Nepal

120

seines Gesichts verriet seine Freude über das Glück, das ihn bei seinem gefährlichen Vorhaben bisher begleitet hatte. Wie treulos, verbrecherisch und furchtbar dieses Vorhaben war, das ließ ihn gleichgültig. Er war ein Phansegar, ein Todesfanatiker; nach seiner Meinung war die Ermordung des Sultans nichts weiter als ein Fortschritt auf dem schrecklichen Weg zur Seligkeit.

Nach einiger Zeit bestieg der Sultan ein kostbar aufgezäumtes Roß, winkte Lubah an seine Seite und verließ mit ihm den Hof. Ein kleiner Trupp Suwars folgte als Bedeckung.

Der Weg führte zunächst durch einige Straßen der Stadt und dann durch verschiedene Haufen von Reiterei und Fußvolk über das freie Feld. Unterdessen senkte sich der Abend schnell zur Erde nieder.

Lubah hatte einen spitzen Winkel auf den Ganges zu eingeschlagen, und als eine Viertelstunde vergangen war, hielt er sein Roß an. Einige hundert Schritte vor ihnen rauschten die majestätischen Fluten vorüber; man konnte ihr Glitzern und Geflimmer deutlich erkennen und die Kühle empfinden, die von der Feuchtigkeit hier verbreitet wurde.

„Wir sind beinahe am Ziel, Herr", erklärte der Phansegar.

„Warum hältst du an?"

„Ist es dein Wille, daß die Suwars hinter uns das Geheimnis erraten, Herr?"

„Nein. Du bist sehr vorsichtig, Lubah, und ich muß deinen Gedanken beistimmen."

Er wandte sich um, gebot seinem Gefolge zu halten und seine Rückkehr hier zu erwarten, und setzte dann seinen Weg fort.

Lubah tat, als suche er nach den Kennzeichen des Versteckes, bis er eine gehörige Entfernung zwischen sich und die Suwars gelegt hatte. Nun aber war seine Zeit gekommen.

„Es scheint fast, als hättest du den Ort vergessen", bemerkte der Sultan.

„Ich kenne ihn so genau, daß ich ihn selbst im tiefsten Dunkel zu finden vermag."

„So finde ihn!" gebot der Herrscher. „Es ist Nacht, und die Inglis sind in der Nähe. Ich darf mich nicht weiter von Augh entfernen, wenn ich nicht in ihre Hände fallen will."

„Allah il Allah! Wir sind am Ziel!"

„Ah! Wo ist der Ort?"

Lubah streckte seinen Arm nach seitwärts aus. „Siehst du die Felsen, Herr, die dort so weiß vom Ufer herüberschimmern?"

„Ich sehe sie nicht."

„Deine Augen blicken zu weit nach rechts. Erlaube, daß ich dir es genau zeige!"

Er drängte sein Pferd an das des Sultans heran, legte die Linke auf den Hintersattel des letzteren und streckte die Rechte aus, so daß seine Hand beinahe das Gesicht des Herrschers berührte, der sich Mühe gab, die nicht vorhandenen Felsen zu erkennen.

„Dort sind sie."

„Ich sehe sie noch immer nicht. Ist das Versteck in der Nähe dieser Steine?"

„Ja.“

„Was halten wir dann hier? Vorwärts, laß uns doch hinüberreiten, Lubah!“

„Ich komme hinüber, du aber nicht!“

Er erklärte den Doppelsinn dieser in drohendem Ton ausgesprochenen Worte sofort durch die Tat: der Sultan kam nicht zu den Felsen hinüber, aber der Phansegar kam hinüber, nämlich von seinem Pferd auf das des Fürsten. Lubah hatte sich während seiner Worte im Sattel erhoben und hinübergeschwungen, so daß er hinter den Sultan zu sitzen kam, dem er die beiden Hände um den Hals schlang, daß es dem Überfallenen unmöglich war, einen Laut auszustoßen. Er fuhr mit den Händen und Füßen zitternd durch die Luft und sank dann schlaff zusammen. Die Besinnung war ihm mit dem Atem verlorengegangen.

„Gut gemacht!“ murmelte Lubah. „Er ist nicht tot, und ich vollbringe mein Meisterstück, indem ich ihn lebendig nach der Ruine bringe. Sein Allah kann ihn nicht erretten.“

Er nahm die Waffen des Bewußtlosen an sich, riß ihm den Turban vom Kopf und band ihn damit quer auf das Pferd, so daß er weder Arme noch Beine zu rühren vermochte. Dann sprang er hinter dem Sultan in den Sattel und ritt im schnellsten Galopp von dannen.

Heiliger Gott! War das ein Schreck heute nacht! Ich hatte mich, müde von der Arbeit an meinem Segelboot, das seiner Vollendung entgegengeht, zur Ruhe begeben und mochte vielleicht zwei Stunden geschlafen haben, da erwachte ich durch einen kräftigen Stoß, den ich von unten her erhielt. Erstaunt fuhr ich auf und rieb mir die schlaftrunkenen Augen. Aber wer beschreibt mein Entsetzen, als ich den Boden unter meinen Füßen derartig wanken fühlte, daß ich das Gleichgewicht verlor und auf mein Lager zurückfiel. Das war ja ein Erdbeben, und zwar eines von außerordentlicher Wucht und Kraft! Ich raffte mich wieder vom Lager auf und tappte, mich mit den Händen an der Wand der Hütte festhaltend, zur Tür hinaus ins Freie.

Pechschwarzes Dunkel umfing mich draußen. Der Himmel mußte voll der dichtesten Wolken hängen, denn nicht der schwächste Schimmer des Mondes oder der Sterne machte sich geltend. Dafür brüllte die Brandung an den Korallenriffen draußen ihr donnerndes Lied, während von drüben aus dem Wald der Lärm der aufgeschreckten Vogelwelt und das durchdringende Geschrei des Ungko herübertönte.

Es waren die unheimlichsten Stunden meiner langen Gefangenschaft, die ich auf der Insel verlebte. Denn zu Stunden schienen sich mir die einzelnen Pausen des Erdbebens ausdehnen zu wollen, während ich angstvoll und mit angehaltenem Atem auf der Erde lag und den noch nie gehörten Stimmen aus den Eingeweiden meiner Insel lauschte. In Wirklichkeit mochten von dem ersten Stoß, der mich vom Schlaf aufschreckte, bis zum letzten warnenden Knirschen der Erdrinde wohl kaum mehr als zehn Minuten vergangen sein. Lange noch, nachdem sich die Tiere des Waldes längst beruhigt hatten, lag ich mit zitternden Knien vor meiner Hütte, und als ich mich endlich aufraffte und hineinging, hielten mich die schreckhaften Vorstellungen von dem, was hätte geschehen können, in ihrem Bann und verscheuchten den Schlaf von meinen Lidern.

Sobald es der erste Schimmer des Tages zuließ, verließ ich meine Hütte, um mir den Schaden der Nacht anzuschauen. Aber ich mußte mir Gewalt antun, um das nächtliche Entsetzen nicht für einen wüsten Traum zu halten. Denn nichts, soweit mein Auge reichte, verriet eine Spur des schrecklichen Naturereignisses. Ruhig und friedlich, wie seit zwanzig Jahren, lag der Strand vor meinen Blicken. Die Brandung sang ihr eintöniges Lied, als ob nichts vorgefallen wäre und als ob sie nicht noch vor kurzem gegen die Korallendämme in tosendem Grimm ihren Gischt versprüht hätte. Kein entwurzelter Baum, kein verschobenes Felsenriff, nichts, gar nichts, was auf das nächtliche Ereignis hingewiesen hätte. Über den Höhenzügen im Osten rötete sich der Himmel und versprach einen jener herrlichen, tiefblauen und wolkenlosen Tage, wie sie schon zu Tausenden mir mein Inselgefängnis erträglicher gestaltet hatten.

Aber als ich zum Grab meiner Rabbadah hinunterstieg, sah ich, daß die Erschütterung der Nacht doch nicht ganz spurlos an der Insel vorübergegangen war. Felsbrocken bis zur Größe eines Männerkopfes lagen zerstreut am Boden umher; an den Wänden und an der Decke des für eine Ewigkeit bestimmt scheinenden Ganges klafften breite Risse, und einmal mußte ich sogar eine Spalte überspringen, die sich quer über den Weg gelegt hatte.

Was ich dort unten sah, erfüllte mich mit neuem Grausen. Wie, wenn sich das Erdbeben wiederholte? Wenn das, was heute nacht den tiefen Gewalten nicht gelang, das nächstemal um so besser glückte? Zum erstenmal seit langer Zeit beschlich mich wieder ein Bangen um mein Leben. Hatte der Geist der Insel seinen gewaltigen Arm ausgestreckt, um den Gefangenen an der Flucht zu verhindern? Dann würde er sicherlich seinen Versuch wiederholen. Und ich nahm mir vor, die Vollendung meines Bootes zu beschleunigen. Keinen einzigen Tag will ich länger auf der Insel bleiben, als unbedingt notwendig ist. Ich werde meinem unsichtbaren Gefängniswärter mit aller Kraft und bis zum äußersten trotzen. Die Zukunft wird lehren, wer von uns beiden Sieger bleiben soll.

Das Ereignis der letzten Nacht war nur eine Bestätigung dessen, was ich schon längst wußte, daß nämlich die Insel ursprünglich viel, viel größer gewesen war und ihre jetzige Gestalt einem ähnlichen Naturereignis verdankte, wie jenem, das mich heute Nacht in Schrecken versetzt hatte. Als ich zum erstenmal mit Rabbadah die Insel durchstreifte, fand ich am Strand so zahlreiche unzweifelhafte Reste früherer Behausungen, daß ich die Überzeugung gewann, die Insel müsse einst umfangreicher gewesen sein als jetzt. Denn in ihrem heutigen Umfang hätte sie wohl kaum mehr als zwanzig Bewohnern Nahrung geboten. Meine Vermutung wurde bestätigt, als ich später mitten im dichtesten Urwald die gewaltigen Reste eines Siwatempels fand, der mich in seiner Anlage lebhaft an jenen im Wald von Augh erinnerte, der Rabbadah und mir einer Zeitlang zur Zuflucht gedient hatte. Wohin waren die Bewohner der Insel gekommen, die diesen Bau ausgeführt hatten? Ich hatte kein einziges Skelett gefunden, das mich an jene Zeit erinnert hätte. Vielleicht war es den Insulanern gelungen, mit ihren Fahrzeugen die offene See zu erreichen und sich zu retten? Vielleicht hatte sie bei diesem Versuch alle die See verschlungen? Wer kann heute diese Fragen noch beantworten? Jedenfalls — dies eine scheint mir sicher — hingen die ehemaligen Insulaner mit den Bewohnern von Indien in ihrer Religion und wahrscheinlich auch in ihrer Abstammung und Sprache zusammen. Der Siwatempel dient als Beweis. — — —

Der Meister der Phansegar war bestrebt, Rabbadah und mir die erzwungene Untätigkeit möglichst zu erleichtern. Er selber hielt sich durch spionierende Thags stets über die Vorgänge, die sich in und um Augh abspielten, auf dem laufenden, und er war so entgegenkommend, uns sofort Nachricht zu geben, so oft er eine wichtige Nachricht erhielt.

Den Engländern war es nicht lange verborgen geblieben, daß der Radscha von Kamooh und der Sultan von Symoore, ihre bisherigen Verbündeten, verschwunden waren. Nichts konnte in ihre Pläne besser passen als diese Nachricht. Der Oberkommandierende beschloß, die Verwirrung, die das Verschwinden des Sultans hervorrufen mußte, zu benutzen, und sich Aughs zu bemächtigen.

Die englischen Streitkräfte setzten sich noch in der Nacht gegen die Hauptstadt des Landes in Bewegung. Die Vorhut bestand aus lauter Sepoys, die der Feind leicht mit seinen eigenen Leuten verwechseln konnte, und diese Sepoys hatten an ihrer Spitze wieder zahlreiche inländische Spione, die das Gelände ausgezeichnet kannten, vereinzelt vorschwärmten und das geringste Verdächtige sofort nach rückwärts meldeten.

Auf diese Weise gelang es, die Abteilung, die sich zu weit von der Stadt fortgewagt hatte, ohne Lärm aufzureiben. Im weiteren Verlauf des Vorrückens wurden sogar größere Truppenkörper heimlich umzingelt und unschädlich gemacht, und als der Morgen zu grauen begann, standen die Engländer so nahe vor der Stadt, daß sie den Angriff sofort unternehmen konnten.

Die nur um ihren Sultan besorgten Krieger von Symoore staunten nicht wenig, als plötzlich mehrere englische Batterien auf Augh ein Feuer eröffneten, unter dessen Schutz sich die Kolonnen zum Angriff ordneten. Eine schreckliche Verwirrung brach herein. Jeder wollte befehlen, und keiner wußte, wem er zu gehorchen habe. Der Brand hatte die Stadt bereits verzehrt; die Straßen waren durch Schutt und Ruinen schwer gangbar geworden, und die Geschosse des bisherigen Freundes, der so plötzlich zum Gegner geworden war, trugen nicht dazu bei, das Durcheinander zu entwirren. Da stürmten die Engländer mit einer Wucht heran, der nichts zu widerstehen vermochte. Sie warfen alles über den Haufen; die Eingeborenen flohen und ließen alles im Stich, was geeignet gewesen wäre, ihre Flucht zu hemmen. Noch war der Tag nicht weit vorgeschritten, so waren die verhaßten

Engländer Herren von Augh, und ihre Reiterei verfolgte die Geschlagenen mit solchem Nachdruck, daß es ihnen unmöglich war, sich wieder zu sammeln.

Wieder einmal war ein blühendes Land der rücksichtslosen Kolonialpolitik Englands zum Opfer gefallen.

In der folgenden Nacht wurde ich durch ein Rütteln an der Schulter geweckt. Der Phansegar stand mit einem Licht vor mir.

„Sahib, hast du Mut?"

„Probiere es mit mir! Du weißt, daß ich kein Feigling bin."

Der Phansegar nickte und fuhr fort: „Du weißt so gut wie ich, daß die Inglis die Herren von Augh sind. Sie sind es geworden durch eine Reihe von Verräitereien und Schurkentaten. Das Herz blutet mir, doch ich kann es nicht ungeschehen machen. Was ich aber vermag, das werde ich tun. Ich werde den Inglis beim Anbruch des Morgens ein Schauspiel geben, an das sie noch lange denken werden. Und dabei sollst du mir helfen. Willst du?"

„Ich will. Aber möchtest du mir nicht sagen, worin —"

„Frage nicht, sondern folge mir! Du wirst alles Nähere zur rechten Zeit erfahren."

Ich warf mich rasch in die Kleider und folgte dem Phansegar in den Hof hinunter, wo ein Thag zwei gesattelte Pferde am Zaum hielt. Einen Augenblick später, und wir schlugen den Weg nach dem Fluß ein, doch, wie ich trotz der Dunkelheit wohl bemerkte, nicht in der Richtung, aus der Rabbadah und ich gekommen waren, sondern mehr westlich, so daß wir nach meiner Berechnung den Strom eine Strecke oberhalb der Hauptstadt erreichen mußten.

Der Phansegar ritt schweigsam und in sich gekehrt voran, und ich wagte es nicht, ihn durch Fragen zu stören. Stunden verstrichen, und als wir den Strom erreichten, rötete sich im Osten der Himmel. In einer Bucht des Flusses lag ein sonderbares Fahrzeug. Von seinem Bau war nichts zu sehen. Ich erkannte über dem Wasser ein eigentümliches Gerüst, an dem eine Anzahl menschlicher Gestalten hing, und zwar über einem aus Reisholz und starken Ästen gebildeten Scheiterhaufen, auf dem allen Anschein nach zwei Leichname lagen. Mehrere Männer waren eben damit fertig geworden, das Fahrzeug flottzumachen, und entfernten sich mit unseren Tieren auf einen Wink des Phansegars. Dieser sprang auf das Floß und bedeutete mir, ihm zu folgen. Drüben angekommen, nahm ich das merkwürdige Fahrzeug näher in Augenschein. Fast sträubten sich mir die Haare vor plötzlichem Entsetzen, als ich in den am Galgen Hängenden Lord Haftley, Méricourt und die englischen Offiziere erkannte, sämtliche mit dem Strick um den Hals. Nur zwei Personen waren nicht am Hals aufgehängt, sondern an einem Riemen, der ihnen unter den Armen hindurchgezogen worden war. Sie waren noch am Leben und hatten, um nicht laut werden zu können, einen Knebel im Mund. Es waren — — — der Radscha von Kamooh und der Sultan von Symoore. Und in den Leichen, die auf dem Scheiterhaufen lagen, erkannte ich den toten Maharadscha von Augh, meinen unglücklichen Freund Madpur Singh und seine Gattin Aimala.

Und jetzt wußte ich auch mit einemmal, was für eine Bewandtnis es mit dem seltsamen Fahrzeug habe. Der Phansegar wollte seinem toten Herrscher die Totenfeier halten und auch zugleich das Totenopfer darbringen. Und das Opfer bestand aus den Leichen der englischen Offiziere und den gefangenen verräterischen Nachbarn des toten Maharadscha. Der Schauder hielt mich gepackt.

Am Vorder- und Hinterteil des Floßes war je ein Ruder befestigt, um die Richtung des Fahrzeugs zu bestimmen, ganz nach der Art unserer deutschen Floßschiffahrt. Der Phansegar trat an das hintere Ruder und beauftragte mich, das vordere zu bedienen, dann löste er die Baststricke, mit denen das Floß am Strand befestigt war, und das Fahrzeug wandte sich vom Ufer ab.

Zunächst hielten wir die Richtung nach der Mitte des Stroms ein, wo die stärkste Strömung vorhanden war. Von ihr ließen wir uns dann in ziemlich rascher Fahrt flußabwärts treiben. Dann und wann warf ich einen Blick auf die am Galgen hängenden Geknebelten, die einem schaurigen Tod entgegengingen. Mein ganzes Innere bäumte sich auf gegen diese Art einer Strafvollstreckung, doch ich konnte und durfte nichts dagegen einwenden, wenn ich nicht das ganze Wohlwollen meines Führers einbüßen wollte. Ein leichter Nebel lag über dem Fluß, der das andere Ufer unseren Augen entzog. Aber als wir nach meiner Schätzung in der Nähe der Stadt angelangt waren, lenkte der Phansegar das Floß nach der anderen Seite. Noch eine kleine Weile, dann ging der Nebel vor unseren Blicken wie ein Schleier auseinander und wir konnten das jenseitige Ufer überschauen. Soeben hatten wir die ersten Häuser der in Trümmer liegenden Stadt passiert, und glitten jetzt langsam an einem Trümmerhaufen nach dem anderen vorüber, deren Stelle bezeichnete, wo noch vor ein paar Tagen ein glänzender Palast gestanden hatte. Nach einer weiteren Viertelstunde lag der Park des Maharadscha vor uns.

Bis jetzt hatten wir keine einzige lebende Seele bemerkt. Man hatte es offenbar nicht für notwendig gehalten, auf dieser Seite der Stadt Wachen aufzustellen. Auch der Park des toten Madpur Singh war vollkommen verödet. Aber als wir bei der nächsten Krümmung des Stromes die Stadt hinter uns hatten, änderte sich das Bild. Soweit das Auge zu blicken vermochte, war das Ufer mit Zelten besät — das Lager der Engländer. Tiefe Ruhe herrschte zwischen den Zeltreihen; man schien noch zu schlafen. Aber halt, stand da nicht auf einer kleinen Anhöhe, die etwas in den Fluß vorsprang, ein Mann? Ich blickte schärfer hin und erkannte einen Posten mit geschultertem Gewehr. Auch er hatte uns jetzt bemerkt, ich schloß es aus einer hastigen Bewegung, die er machte. Aufmerksam spähte er zu dem merkwürdigen Fahrzeug herüber, das da langsam an ihm vorbeistrich. Im nächsten Augenblick unterbrach ein Schuß die Morgenstille, und zwischen den Zelten wurde es lebendig. Soldaten in der mir wohlbekannten Uniform zeigten sich auf den Lagerstraßen, und Hunderte von Augen schauten mit dem Ausdruck gespannter Neugier zu uns herüber.

Bislang hatte der Phansegar noch kein Wort gesprochen. Mit zusammengekniffenen Lippen und funkelnden Augen verfolgte er jede Bewegung am Ufer. Jetzt brach er zum erstenmal das Schweigen.

„Sahib, hilf mir nur noch eine Viertelstunde und ich werde dein Diener sein, solange du willst."

„Möchtest du mir nicht sagen, was das alles — — —"

„Frage nicht!" unterbrach er mich. „Warte nur noch einige Augenblicke! Die Antwort kommt von selber. Schau dort hinüber!"

Ich folgte der Richtung seines ausgestreckten Armes und bemerkte auf einem Hügel ein prächtiges Zelt — offenbar das des Anführers. Inmitten einiger Offiziere stand ein Mann, der, wie ich trotz der ziemlichen Entfernung deutlich erkannte, Generaluniform trug. Ein anderer, in der Kleidung der Eingeborenen, sprach aufgeregt und mit den Armen öfters nach uns deutend, auf ihn ein. Jetzt trennte er sich von den anderen und sprang nach dem Ufer herunter. Am Wasser angekommen, warf er das Gewand ab, tauchte in die Flut und hielt die Wellen mit kräftigen Armen zerteilend, auf uns zu. Der Phanse gar ließ sein Ruder fahren und wandte sich an mich.

„Sahib, halte ein wenig auf den Mann zu! Wir wollen hören, was er uns zu sagen hat."

Ich folgte seinem Befehl und gab dem Floß die gewünschte Richtung. Dabei bemerkte ich nicht, was hinter mir vorging. Noch hatte uns der Schwimmende nicht erreicht, da hörte ich ein Prasseln hinter mir. Erschrocken drehte ich mich um. Ein fürchterlicher Anblick bot sich mir. Der Phansegar hatte eine Fackel angezündet und ins Reisig geworfen, das sofort Feuer gefangen hatte. Schon stand der Scheiterhaufen in hellen Flammen. Ich konnte mich nicht enthalten, einen Blick auf den Galgen zu werfen. Auf der Stirne des Sultans von Symoore und des Radscha von Kamooh lagen dicke Schweißtropfen. Ihre Augen schienen aus den Höhlen treten zu wollen, und zwischen den mit einem Knebel verschlossenen Lippen stand weißer Schaum. Es war schrecklich. Ich konnte den Anblick nicht länger ertragen und wandte mich schaudernd ab. Der Phansegar stand, als ob ihn das ganze entsetzliche Schauspiel nichts anginge, auf dem Hinterteil des Floßes und schaute mit verschränkten Armen und finsteren Blicken dem Schwimmer entgegen, der unterdessen näher gekommen war. Noch einige kräftige Schläge, dann hatte er das Fahrzeug erreicht und schwang sich an seinem Rand empor.

In diesem Augenblick wandte sich der Phansegar an mich:

„Sahib, halte jetzt wieder auf die Mitte des Stromes zu!"

Dann folgte eine Unterredung, deren Wortlaut unauslöschlich in meinem Gedächtnis haften geblieben ist. Ich kann die Stimmung, in der ich mich befand, nicht beschreiben. Hinter mir der brennende Scheiterhaufen mit den vor Angst verzerrten Gesichtern der Gerichteten; vor mir die Sonne, die einer blutigen Göttin gleich gerade jetzt aus den Wellen des heiligen Ganges tauchte. wie um ihr Opfer entgegenzunehmen; drüben am anderen Ufer die Engländer, die sich den Scheiterhaufen nicht zu deuten wußten; neben mir die beiden Männer, die dem gleichen Stamm angehörten und doch in ihren Denkungsarten so verschieden waren.

„Von wem bist du gesandt?" fragte der Phansegar den Kundschafter mit finsterer Stirn.

„Vom General der Engländer."

„Als was?"

„Als Kundschafter."

„Das heißt als Spion." Der Phansegar machte eine Bewegung mit der Hand, die Verachtung ausdrückte. „Du verrätst also dein Land, dein Volk und deinen Gott! Wisse, Verruchter, die Götter werden dich strafen durch die Hand des Phansegars!"

Der andere lachte überlegen.

„Ich fürchte weder den Thag noch den Phansegar. Aber sage mir, was diese Dschola[1] zu bedeuten hat! Wer ist der Verstorbene, den du dem Gott des Todes opfern willst?"

„Sage mir vorher, warum du weder den Thag noch den Phansegar fürchtest!"

„Ich stehe unter einem Schutz, der mächtiger ist als die Gewalt aller Phansegars."

„Welchen Schutz meinst du?"

„Den der Engländer."

„Tor! Blicke empor zu diesem Holz! Der Mann mit den lichten Haaren und dem Schnitt in der Kehle war Lord Haftley, der mächtige Sirdar-i-Sirdar[2] der Engländer; der neben ihm hängt hieß Méricourt und war sein Subadar[3]; und die anderen rechts von ihm waren alle Offiziere der Inglis. Die Phansegars aber haben diese Mächtigen mitten aus dem Lager des Feindes herausgeholt und gerichtet. Siehst du nicht, daß ein jeder den bekannten Schnitt der Phansegars am Hals trägt?"

„Mensch, so bist du selbst ein Phansegar?"

„Du sagst es. Bin ich nicht mächtiger als sie, deren höchste Männer ich verbrenne? Siehst du die Toten auf dem Holz? Es war der edle Madpur Singh, der Maharadscha von Augh, und sein geliebtes Weib, die die Verräter getötet haben. Ich übergebe ihre Seele dem Gott des Himmels. Und siehst du die beiden Männer neben dem fremden Sirdar links? Das sind der Sultan von Symoore und der Radscha von Kamooh. Wir haben beide aus der Mitte der Ihrigen herausgelockt. Sie leben noch, aber ihre Augenblicke sind gezählt. Siehst du, wie die Flammen bereits um ihre Glieder züngeln? Der gütige und gerechte Madpur Singh ward durch Verrat überfallen und getötet; die Phansegars werden ihn rächen. Sie haben die Obersten seiner Feinde gefangen und verbrennen sie bei totem und bei lebendigem Leib über seiner Leiche. Und damit alle Welt erkenne, wie kühn und mächtig der Phansegar ist, so bringt er den Scheiterhaufen hierher, mitten unter euch hinein. Sieh dieses Messer! Ich würde dich töten, denn du bist ein Verräter; aber der General hat dich gesandt, und ich will, daß du ihm erzählst, was ich dir gesagt habe. Ich gebe dir die Erlaubnis zurückzukehren, aber ich ver-

[1] Floß   [2] Wörtlich: General der Generale, also wohl: Oberkommandierender   [3] Bevollmächtigter

spreche dir bei unsern heiligen Gesetzen, daß du binnen drei Tagen dieses Messer gekostet haben wirst, magst du dich nun in den Himmel oder in die Hölle verkriechen. Nun geh! Ich bin mit dir für heute fertig!"

Der Phansegar sprach die letzten Worte mit einem so gebieterischen Ausdruck, und seine ganze Haltung war so unwiderstehlich, daß der Kundschafter, ohne ein Wort zu erwidern, ins Wasser glitt und dem anderen Ufer zustrebte, wo er, wie wir bemerkten, vom General erwartet und ausgefragt wurde. Wir hatten indes jetzt keine Zeit, uns um die Dinge am Ufer zu bekümmern, denn die Lage auf unserm Floß begann ungemütlich zu werden. Der brennende Scheiterhaufen gab eine fast unerträgliche Hitze von sich, die sich mit jeder Sekunde fühlbarer machte.

„Sahib, unsere Aufgabe ist vollendet, und wir können zur Begum zurückkehren, um ihr zu erzählen, wie wir den Tod des Herrschers gerächt haben."

„Zurückkehren? Auf welche Weise? Auf dem Floß —?"

„Nun, mit dem Floß geht es nicht, sondern wir werden schwimmen müssen. Du fürchtest dich doch nicht vor ein wenig Wasser?"

Ich gab auf diese Frage, die fast etwas spöttisch geklungen hatte, keine Antwort, sondern sprang, ohne eine weitere Weisung abzuwarten, in den Fluß; der Phansegar folgte mir auf der Stelle nach. Auf dem Rücken liegend ließen wir uns von der Strömung abwärts treiben und hatten nur dann und wann durch eine leichte Handbewegung dafür zu sorgen, daß wir die Richtung nach dem jenseitigen Ufer einhielten, an dem der Wald von Koleah lag, während das Floß mit seiner schauerlichen Last die Mitte des Stromes beibehielt und bald unseren Blicken entschwunden war. Was aus ihm geworden ist, weiß ich nicht. Wahrscheinlich hat es noch eine gute Strecke schwimmend auf dem Fluß zurückgelegt, dann wird die Glut des Brandes die Baststricke verzehrt haben, mit denen die Balken des Floßes zusammengebunden waren, und das Wasser des heiligen Stromes wird die Asche Madpur Singhs, meines unglücklichen Freundes aufgenommen haben und mit ihr zugleich die Asche seiner Mörder, der Engländer, und der beiden verräterischen Fürsten, die von der Rache des Phansegar rasch und sicher ereilt wurden; genau so, wie ich fest überzeugt bin, daß das Messer des Unheimlichen nach drei Tagen ein anderes Opfer unfehlbar gefunden haben wird, den Kundschafter nämlich, den der General um Nachricht auf unser Floß geschickt hatte.

Am Ufer angelangt stiegen wir an einer seichten Stelle aus dem Wasser. Das Bad hatte mir auf die höllische Hitze, die auf dem Floß geherrscht hatte, wohlgetan, und ich fühlte mich wie neugeboren. Kaum hatten wir festen Boden unter unseren Füßen, so standen wie aus dem Boden gestampft zwei Männer vor uns — Thags, wie ich aus ihrer Bewaffnung erkannte. Sie hielten unsre Pferde am Zügel, die uns von der Ruine an den Ganges getragen hatten. Die beiden Männer waren auf Befehl des Phansegar am diesseitigen Ufer dem Floß gefolgt und hatten uns mit den Tieren hier erwartet. Der Phansegar trat auf sie zu und gab ihnen mit leiser Stimme einen Befehl, den ich nicht verstand, worauf sie sich sofort flußabwärts entfernten. Wir beide aber stiegen zu Pferd und gewannen nach kurzer Zeit den Pfad, auf dem ich mit Rabbadah zur Ruine gelangt war.

Ich hatte eine Menge Fragen auf der Zunge, aber der Phansegar verhielt sich zugeknöpft und schweigsam, so daß ich es nicht wagte, ihn anzusprechen. So hatte ich Zeit, meinen Gedanken nachzuhängen, die wahrlich nicht rosiger Natur waren. Die Zukunft lag dunkel und ungewiß vor mir. Ich dachte dabei weniger an mich, als an Rabbadah, die mir das Schicksal in den Weg geführt hatte. Ich liebte sie bereits jetzt mit allen Fasern meines Herzens, und sie — ich fühlte es in meinem Innern — liebte mich wieder. Was sollte aus ihr werden? Und wie konnte ich, wenn sie sich entschloß mein Weib zu werden, ihr ein Dasein bieten, wie sie es gewöhnt war, ich, der mittel- und heimatlose Flüchtling? Ja, wenn die Engländer nicht so bald gekommen wären! Hätte ich nur drei Monate lang mein Amt als Kriegsminister bekleiden können, so hätte ich, gestützt auf solche Männer, wie den Phansegar, die Engländer, diese Krämer, so empfangen, daß sie das Wiederkommen vergessen hätten. Nun aber war an keine Rettung mehr zu denken.

Bei der Ruine angekommen, stiegen wir vom Pferd. Der Meister nahm das meine am Zügel und entfernte sich nach dem inneren Hof, während ich zu Rabbadah emporstieg, um ihr das Vorgefallene zu berichten. Sie hörte mir traurig, aber gefaßt zu. Kaum war ich mit meiner Erzählung fertig, so öffnete sich die Tür und der Phansegar trat ein. Sofort erhob sich Rabbadah von ihren Polstern und reichte ihm ihre Hand.

„Ich danke dir für das Leichenbegängnis, das du meinem Bruder gehalten hast, und für die Treue, die du mir bewahrst. Ich möchte niemals deine Feindin sein, denn du gebietest über Leben und Tod, ohne einem Volk oder der öffentlichen Stimme Rechenschaft geben zu müssen."

Der Phansegar blickte sie lange nachdenklich an, dann gab er zur Antwort:

„Der Phansegar ist mächtiger als ein Fürst, aber er will dir seine Macht leihen, bis du den Engländern entronnen bist und dich in Sicherheit befindest."

„Weshalb meinst du, daß ich Augh verlassen und vor den Inglis flüchten soll?"

„Weil ihnen Augh gehören wird. Auch Symoore und Kamooh werden sie erobern. Augh ist für dich für immer verloren."

„Und ich?"

„Sie werden danach trachten, dich in ihre Hände zu bekommen."

„Das wird ihnen, so lange ich lebe, nimmermehr gelingen!" fiel ich ein.

Der Thag lächelte leise: „Wie wolltest du dies verhindern?"

„Ich fliehe mit ihr."

„Wohin?"

„Nach irgendeiner Besitzung der Holländer."

„Das ist gut, denn die Holländer sind Feinde der Engländer. Aber du hast einen sehr weiten Weg zu machen, der dich durch sämtliche Provinzen führt, in denen sich die Briten festgesetzt haben. Du würdest mit der Begum bald in ihre Hände fallen."

„So räte uns!" bat Rabbadah.

„Ihr werdet noch heute fliehen. Der Wald von Koleah, in dem wir uns befinden, liegt so nahe an Augh, daß die Engländer bald hier sein werden. Es werden viele von ihnen fallen, denn der Phansegar wird in ihren Reihen wüten, bevor er ihnen die Ruinen der Tempel übergibt; aber wenn der Kampf beginnt, müßt ihr bereits fort von hier sein. Meine Verbindungen gehen durch das ganze Land. Es kostet mich nur einen Wink, so steht ein Gangesschiff für euch bereit, das euch sicher nach Kalkutta schaffen wird. Die Schiffer sind treue Leute, auf die ihr euch verlassen könnt, und werden euch dort zu einem Mann führen, der dafür bürgt, daß ihr sicher aus dem Land und auf ein Schiff kommt, das euch zu den Holländern bringen wird. Soll ich diesen Wink geben?"

„Tu es! Aber sag mir vorher, wann das Schiff bereit sein wird!"

„Heute in der Nacht."

„Das ist zu früh. Ich muß zuvor nach Augh."

„Was willst du dort?"

„Es befindet sich dort etwas, was ich lieber verderben als zurücklassen werde."

„Was du mitnehmen willst, liegt unter deinem Kiosk wohl verwahrt."

Die Begum blickte ihn erstaunt, fast bestürzt an. „Was weißt du von meinem Kiosk?"

„Daß unter ihm die Schätze des Maharadscha von Augh verborgen sind."

„Wer hat dir dieses Märchen erzählt?"

„Es ist kein Märchen, sondern Wahrheit. Der Phansegar weiß vieles, von dem sich niemand etwas träumen läßt."

„Nun gut, ich will zugeben, daß du recht hast. Aber der Zugang zum Schatz ist dir nicht bekannt. Du wirst ihn nicht finden, und ich muß also dabei sein, wenn der Schatz gehoben werden soll."

Der Meister lächelte wieder. „Soll ich dir noch einmal sagen, daß der Phansegar alles weiß? Glaubst du, es ist mir die Platte verborgen geblieben, auf die man nur zu drücken braucht, damit sich der Kiosk in seiner Achse dreht und der Eingang zum Schatz freigelegt wird? Du brauchst dich also um dein Eigentum nicht persönlich zu bemühen. Ich vermag den Kiosk ebenso zu drehen wie du. Ich bin öfters in dem Gewölbe gewesen, wo das Gold wie Feuer glänzt und die Diamanten wie Sterne flimmern."

„Wie? Du hattest es gewagt, unser Geheimnis zu belauschen und in das Versteck einzudringen? Hätte dies Madpur Singh gewußt, so wärst du verloren gewesen!"

„Er hätte mir nichts getan", antwortete der Phansegar stolz. „Nun aber sage, wie wollt ihr beide allein den Schatz heben, um ihn vor den Inglis zu verbergen?"

„Wir hätten treue Leute gesucht, die uns dabei geholfen hätten."

„Das wäre gefährlich gewesen, denn das Gold ist mächtiger als die Treue. Doch habt ihr diese Leute nicht bereits gefunden? Vertraue mir deine Reichtümer an und ich verspreche dir, daß dir nicht das geringste verlorengeht!"

„So bestimme, was wir tun sollen, und wir werden in allen Teilen deinen Rat befolgen."

„Macht euch zur Abreise bereit! Meine Reiter werden euch begleiten und euch vor aller Fährlichkeit zu behüten wissen."

„Wohin werden wir gehen?"

„Der Ganges macht hier einen Bogen nach der Gegend Ralaak. Ihr werdet diesen Bogen abschneiden und an der Grenze des Landes auf mich und das Floß warten, auf dem ich euch den Schatz des Maharadscha Madpur Singh zuführen werde."

„Es sei, wie du sagst. Aber wie nun, wenn die Engländer Augh nicht festhalten können?"

„Sie werden es nicht wieder verlieren. Sollte dies aber dennoch geschehen, so wirst du unsere Königin sein, die wir zurückrufen und der wir gehorchen werden."

„Du weißt dann nicht, wo wir sind. Wie sollen wir dich davon benachrichtigen?"

„Laßt es den Mann in Kalkutta wissen, der euch das Seeschiff besorgt! Von ihm werde ich es erfahren, und dann kann ich euch von allem Nachricht geben. Jetzt habe ich euch alles Nötige gesagt. Ich muß gehen, um die Vorbereitungen für heute nacht zu treffen. Macht auch ihr euch zum Aufbruch bereit!" —

Als die Hitze des Nachmittags nachgelassen hatte, brachen wir auf, zehn Thags zu Pferd begleiteten uns. Während des Rittes erfuhr ich von ihnen, daß fünf mit uns bis nach Kalkutta fahren sollten, um über unsere Sicherheit zu wachen. Der Ritt durch den kühlen Abend war eigentlich keine Anstrengung, namentlich an der Seite meiner geliebten Rabbadah, trotzdem fühlte ich mich, als wir endlich in später Abendstunde unser Ziel erreichten und der Ganges vor uns lag, ziemlich ermüdet; die Aufregungen und anstrengenden Erlebnisse der letzten Tage machten sich geltend.

In einer kleinen Bucht des Ganges lag ein schmales Schiff mit einem Mast und drei Segeln vor Anker; es führte den Namen Badaya[1]. An der Seite des Schiffsschnabels war, wie ich freilich erst am nächsten Morgen beim Licht des Tages bemerkte, eine weibliche Figur auf die Planken gemalt, die tanzend den Schleier schwang. Der Kapitän des kleinen Seglers, der auf uns gewartet hatte, begrüßte Rabbadah und mich äußerst höflich und führte uns aufs Achterdeck, wo zwei kleine, aber niedliche Kajüten für uns hergerichtet waren. Da der Phansegar mit dem Schatz des Maharadscha erst am Morgen zu erwarten war, legten wir uns sofort zur Ruhe nieder, und ich verfiel bald in einen tiefen, traumlosen Schlaf.

Ich erwachte durch eine Berührung an der Schulter. Der Kapitän stand vor mir, eine tönerne Lampe in der Hand. Es mochte nach europäischer Zeit ungefähr zwei Uhr morgens sein.

[1] Indischer Aufdruck für Bajadere

„Sahib, komm schnell, denn der Gebieter wird im Augenblick hier sein."

Da ich nach orientalischer Gewohnheit in den Kleidern geschlafen hatte, war ich sofort bereit ihm zu folgen. Als ich aufs Achterdeck hinausgetreten war und einen spähenden Blick stromaufwärts warf, sah ich beim Schein der Sterne in einiger Entfernung ein Floß langsam auf unser Schiff zutreiben. Das Floß war von der gleichen Art wie jenes, auf dem ich gestern Zeuge des grausigen Ergebnisses gewesen war, und ging ziemlich tief im Wasser, eine Folge der Last, die es zu tragen hatte. An Bord gewahrte ich nur zwei Männer. Dagegen bemerkte ich zu beiden Seiten des Floßes und dahinter eine große Anzahl von dunklen Punkten, die das Fahrzeug begleiteten. Es waren, wie ich vermutete und wie sich auch bald herausstellte, Schwimmtöpfe, deren sich die Anwohner des Indus, Ganges und anderer ostindischer Flüsse bedienen, um mit ihrer Hilfe ohne Anstrengung weite Strecken zu Wasser zurückzulegen.

Solch ein Schwimmtopf ist ein äußerst praktisches Ding. An den Enden eines starken, aber leichten Bambusstabes ist je ein hohles Tongefäß befestigt. Der Schwimmer legt sich mit seinem Körper auf den Querstab und wird von den Tongefäßen über Wasser gehalten.

Das Floß und die begleitenden Schwimmtöpfe kamen näher. An der dem Wasser zugekehrten Seite des Segelschiffes legte es an. Der erste, der sich an Bord schwang, war der Phansegar. Als er mich erblickte, schritt er auf mich zu und fragte:

„Wo ist die Begum?"

„Sie schläft. Soll ich sie wecken?"

„Laß sie schlafen! Was noch zu geschehen hat, kann auch ohne ihr Zutun abgemacht werden. Wir haben den Schatz des Maharadscha."

„Wirklich? Wie ist es dabei zugegangen?"

„Es war nicht schwer. Der Park des toten Herrschers war vollkommen menschenleer und wir hatten leichtes Spiel. In einer Stunde war alles getan."

„Gott sei Dank! Was soll nun weiter geschehen?"

„Wir werden sofort den Schatz, der in feste und leicht tragbare Lederpakete verschnürt ist, an Bord schaffen. Dann wird das Schiff unverzüglich die Fahrt antreten."

„Wohin?"

„Nach Kalkutta. Dort habe ich einen Freund, der dir allen möglichen Vorschub leisten wird, damit ihr sofort in See nach Batavia stechen könnt."

„Wie soll ich mich bei diesen deinem Freund ausweisen?"

Der Phansegar zog aus seinem Gewand ein Ledertäschchen und öffnete es. Es enthielt ein winziges, in Silber gearbeitetes Messer, das dieselbe Form wie ein Phansegarmesser hatte.

„Wenn du in Kalkutta angekommen bist, so übergib dieses Messer, das geheime Zeichen der Thags, dem Kapitän dieses Schiffs. Er ist in alles eingeweiht, und du darfst ihm vertrauen wie dir selber. Er wird für alles Nötige sorgen. Halte aber dieses Zeichen vor jedem anderen geheim!"

„Ich werde genau nach deiner Anweisung handeln."

„Und nun laß uns keine Zeit verlieren! In einer Stunde muß der Schatz des Maharadscha an Bord sein. Wenn die Sonne ihren Lauf beginnt, soll sie die Badaya in voller Fahrt sehen."

Hätte der Phansegar geahnt, daß er bei seinem nächtlichen Werk im Park des toten Madpur Singh belauscht worden war, und daß zwei kühne und zu allem entschlossene Männer auf dem Weg waren, uns den Schatz streitig zu machen, so hätte er wohl nicht so zuversichtlich gesprochen. Und Rabbadah und mein Lebensschicksal hätte einen ganz anderen und wohl auch glücklicheren Verlauf genommen. — — —

Mein Ozeansegler ist im Rohbau fertig. Ich bin wirklich stolz auf mein Werk. Noch nie, die ersten Jahre ausgenommen, wo Rabbadah an meiner Seite war, sind mir die Tage und Stunden so im Flug dahingeschwunden. Und ich erkannte wieder einmal, welch gewaltiger Segen in der Arbeit ruht, in der zielbewußten Arbeit. Ich fühle mich wie verjüngt und neugeboren, die Muskeln meiner Arme haben sich gestrafft, und das Blut rollt mir fast merkbar durch die Adern.

Auch eine ganz andere Sinnesart scheint über mich gekommen zu sein. Ich verstehe mein früheres Leben nicht mehr. Wie konnte ich so viele Jahre in tatenloser Trauer unnütz verstreichen lassen, ohne nur ein einziges Mal den Versuch zu machen, mein Schicksal zu meistern? Jetzt, da ich wieder die alte Tatkraft in mir verspüre, sehe ich erst ein, wie viele Gelegenheiten, meinem Kerker zu entrinnen, mit einladender Gebärde vor mich hingetreten sind. Und ich bin ihnen feig und mit geschlossenem Blick ausgewichen. Ob es nun diesmal nicht zu spät ist? Ob das Schicksal, dessen Ruf ich nicht verstanden habe, nicht meiner müde geworden ist und mich diesmal fallen lassen wird? Mag es! Ich fühle die Kraft in mir, mit meinem Geschick in die Schranken zu treten und mit ihm den Kampf aufzunehmen. Und kann ich seiner nicht Meister werden, so vermag und ich will ich doch eins: ich gehe, Stirn an Stirn mit dem Unvermeidlichen ringend, mit ruhigem Gewissen als Mann unter.

Das Erdbeben hat sich nicht wiederholt. Nicht das leiseste Zeichen, das dahin zu deuten wäre, daß die Mächte der Tiefe Unheil planen. Ich schäme mich meiner damaligen Furcht, und ich komme mir wie ein Kind vor, das sich durch einen Schreckschuß in Angst versetzen ließ. Bin ich wirklich zum Kind geworden? Fast möchte ich es manchmal glauben, so heiter und sorglos sehe ich der Zukunft entgegen. Es hat sich meiner eine Zuversicht bemächtigt, die ich, wenn ich an die Schwierigkeiten denke, die sich meinem Vorhaben entgegentürmen, beinahe als leichtsinnig bezeichnen muß.

In vierzehn Tagen hoffe ich so weit zu sein, daß ich mein Schifflein vom Stapel laufen lassen kann, und in einem Monat werde ich, so Gott will, die Fesseln meines Kerkers sprengen und wie ein Vogel in die Ferne ziehen — der Freiheit oder dem Untergang entgegen. —

Die Fahrt den heiligen Strom hinunter verlief für mich wie im Traum. Ich kam mir vor wie der Prinz des Märchens, der das

Dornröschen zum Leben erwecken soll — zum Leben der Liebe. Noch hatte ich zu Rabbadah kein Wort von den Gefühlen gesagt, die in meinem Herzen für sie erwacht waren. Das war auch nicht nötig, denn wir verstanden uns ohne Worte. Es war, als ob unsere Herzen einander wie von unsichtbaren Wellen getragen entgegenflögen.

Im allgemeinen verlief die Fahrt ziemlich ereignislos. Und doch begab sich gleich am ersten Abend zweierlei, was für unsere ganze Zukunft bestimmend war: Rabbadah gestand mir ihre Liebe zu mir und — — doch ich will der Erzählung nicht vorgreifen.

Wir fuhren nur bei Tag. Am Abend suchten wir eine geschützte Stelle am Ufer auf, wo wir bis zum Morgen liegenblieben. So auch am ersten Abend. Die Badaya hatte eine gute Fahrt gemacht und legte sich bei Einbruch der Dunkelheit in einer kleinen Bucht vor Anker. Nachdem die Arbeiten an Deck besorgt waren, gingen die Schiffsleute und unsere aus Thags bestehende Schutztruppe ans Ufer und lagerten sich an einem schnell angezündeten Feuer, an dem sie ihr einfaches Mahl bereiteten. Rabbadah zog sich bald in ihre Kabine zurück. Da ich noch keinen Schlaf verspürte, verließ auch ich das Fahrzeug und gesellte mich zu den am Ufer Sitzenden, die mir bereitwillig und ehrerbietig einen Platz am Feuer einräumten. Es waren ganz einfache, ungebildete Leute, von denen wohl keiner eine Schule genossen hatte, aber sie besaßen einen wirklichen Reichtum an Sagen, und es dauerte nicht lange, so war das Erzählen in vollem Gang.

Ich überließ mich willig dem Zauber ihrer Reden, die mir von einer fremden Welt erzählten, und Stunde auf Stunde verflog wie im Flug. Es mochte ungefähr die zehnte Abendstunde sein, da näherten sich zwei Männer unserem Feuer. Ihrer Kleidung nach gehörten sie der ärmsten Volksklasse an, aber ihre Mienen trugen ein ernstes, ehrwürdiges Gepräge zur Schau. Sie machten den Eindruck von Pilgern, die aus weiter Ferne in ihre Heimat zurückkehren.

Einer der am Feuer sitzenden Schiffersleute erhob sich bei ihrem Nahen und fragte:

„Ihr kommt gewiß aus großer Ferne. Wie schwitzt ihr?“

Dieser Gruß ist der unter den Indern übliche, da in diesem heißen Land das Schwitzen ein Zeichen der Gesundheit ist, während das Ausbleiben des Schweißes auf eine nahende Krankheit deutet.

„Wir danken euch, ihr Brüder!“ antwortete der ältere von ihnen. „Wir schwitzen gut, und dafür ist Gott zu preisen, da wir eine weite Reise hinter uns haben.“

„Wo kommt ihr her?“

„Von den heiligen Bergen da oben, wo die Sonne kein Eis verzehren kann.“

„Was habt ihr dort getan?“

„Wir waren an der berühmten Quelle von Ahabar, aus der der heilige Stier der Berge trinkt. Wer von ihrem Wasser kostet, dem sind alle Sünden vergeben, und er hat sogar Vergebung für die, die ihr Lager und ihren Reis mit ihm teilen. Wie schwitzt ihr?“

„Wir schwitzen sehr, denn wir haben dieses Schiff zu lenken.“

„Wo wollt ihr hin?“

„Hinunter nach Kalkutta. Und ihr, meine frommen Brüder?"

„Auch nach Kalkutta."

„So weit?"

„Das ist nicht weit. Das Reich der Laskaren[1] ist weiter als von Kalkutta nach Ahabar und von da wieder zurück nach der Stadt des Stromes."

„Wie, ihr seid Laskaren? So seid willkommen! Setzt euch nieder und eßt und trinkt mit uns! Dann sollt ihr uns von eurer frommen Reise erzählen!"

Das ließen sie sich nicht zweimal sagen. Sie setzten sich und erhielten ihren Reis. Dann bereitete sich ein jeder nach indischer Sitte sein Essen abgesondert von jedem anderen und verzehrte es, indem er sich so setzte, daß er, den indischen Gebräuchen gemäß, von niemand beobachtet werden konnte.

Einer der Schiffer griff, während die beiden aßen, an den Stamm eines Pfefferstrauches, an dem seine Raflah[2] hing. Er stimmte die Saiten und sang ein Lied, das er mit einförmigen Griffen begleitete.

„Nun erzählt uns von dem, was ihr gesehen habt!" meinte der Kapitän, nachdem der Spieler geendet.

„Laß diesen Mann erst noch ein Lied singen!" bat der Wortführer. „Ich liebe die Raflah und das Lied und habe seit langer Zeit keines gehört."

„So spielst du die Saiten wohl selbst?"

„Ja, Sahib."

„Du sollst uns ein Lied singen! Nimm die Raflah, und wenn mir dein Lied gefällt, dann nehme ich euch umsonst bis nach Kalkutta mit."

„Dein Herz ist voll Barmherzigkeit, Sahib!" antwortete der Mann erfreut. „Ich werde mir Mühe geben, dir und den Deinen zu gefallen."

Er nahm die Raflah, gab den Saiten eine andere Stimmung und begann:

> *„Es ist die Fanna heimatlos*
> *auf der bewegten Flut,*
> *wenn auf dem See gigantisch groß*
> *der Talha Schatten ruht."*

Alle Anwesenden horchten auf, und auch ich ließ mich von den Tönen gefangennehmen. Das waren andere Klänge, als ich sie sonst zu hören gewohnt war. Der Sänger bemerkte den Eindruck und fuhr fort:

> *„Er breitete die Netze aus*
> *im klaren Mondenschein,*
> *sang in die stille Nacht hinaus*
> *und träumte sich allein.*
>
> *Da rauscht es aus den Fluten auf*
> *so geisterbleich und schön;*
> *er hielt den Kahn in seinem Lauf*
> *und ward nicht mehr geseh'n."*

[1] indische Matrosen [2] Tonwerkzeug von der Art einer Laute

Da erschien über dem Bord des Fahrzeugs ein wunderschönes Frauenantlitz. Rabbadah war wach geworden und aus der Kabine getreten, um dem süßen Wehklang dieses Liedes zu lauschen. Ich konnte kaum den Blick von ihren himmlischen Zügen losreißen, als jetzt der Sänger das Lied beendete:

> *„Nun treibt die Fanna heimatlos*
> *auf der bewegten Flut,*
> *wenn auf dem See gigantisch groß*
> *der Talha Schatten ruht."*

Die Männer schlugen zum Zeichen des Beifalls mit den Händen auf ihre Knie. Auf mich hatte dieses Lied einen unbeschreiblichen Eindruck gemacht, hervorgerufen durch die Stimmung der Nacht und durch die Nähe der Geliebten. Deshalb erhob ich mich vom Feuer und näherte mich dem Sänger.

„Wer bist du?" fragte ich ihn.

„Ich bin ein Laskar, namens Lidrah, Sahib. Und dieser mein Be gleiter ist mein Bruder Kalda."

„Du singst und spielst, wie ich es von einem Inder noch nie gehört habe."

„Ich habe es von einem Mann gelernt, der aus dem Land der Fran ken kam."

„Dachte es. Kannst du noch mehr solche Lieder?"

„Ja, Sahib!"

„Die Sahiba dort oben will gerne noch eines hören."

„Wenn sie es befiehlt, so werde ich ihr gerne gehorsam sein."

Er nahm die Laute wieder zur Hand und begann mit einigen einleitenden Griffen in die Saiten. Er sah die dunklen Augen Rabbadahs auf sich gerichtet und sang mit schwermütiger Stimme:

> *„Die Lotosblume blühet*
> *so einsam aus dem See;*
> *in stiller Sehnsucht siehet*
> *verlangend sie zur Höh.*
>
> *Des Ufers Schatten ruhten,*
> *ach, lange schon so kalt,*
> *ringsum auf den tiefen Fluten,*
> *die sie so kühl umwallt.*
>
> *Nun möchte sie gar balde*
> *den Strahl der Sonne seh'n,*
> *vor dem zum dunklen Walde*
> *die finster'n Schatten geh'n.*
>
> *Und sinnend durch die Fluten*
> *fahr ich mit meinem Kahn;*
> *es hat's mit ihrem Gluten*
> *die Lieb mir angetan.*

Das Lied war zu Ende und erhielt den gleichen Beifall wie das vorige.

„Ich bin zufrieden mit dir", meinte der Führer des Schiffes. „Ihr sollt beide mit uns nach Kalkutta gehen. Ihr seid Laskaren und kennt also die Schiffahrt?"

„Ja, Sahib."

„Erlaubt euch eure Frömmigkeit, auf einem Schiff zu arbeiten?"

„Ja, wenn wir die Zahl der Gebete einhalten, die wir gelobt haben."

„Ihr sollt sie einhalten und dennoch einen guten Lohn erhalten, wenn ihr mir bis Kalkutta zuweilen mithelfen wollt, die Segel zu richten."

„Wir wollen dir gerne helfen, Sahib. Laß uns nur deine Befehle wissen!"

Ich stieg auf das Deck der Badaya zurück und war der einzige, der sich mit Rabbadah dort befand. Sie hatte sich am Steven niedergesetzt und erwartete mich.

„War dieser Mann ein Eingeborener?"

„Ja."

„Aber er sang so fremd und schön, wie ich mir nach der Beschreibung meines Bruders die Lieder der Franken vorgestellt habe."

„Er hat sie allerdings von einem Franken gelehrt bekommen."

„Wunderbar, daß ihr Franken alles besser könnt als wir!"

„Das hat zwei wichtige Gründe."

„Sag mir, welche Gründe du meinst!"

„Bei uns gibt es keine Kasten; ein jeder kann werden, was er will, und die Gaben ausbilden und gebrauchen, die er von Gott geschenkt erhalten hat."

„So könnte bei euch ein Paria Priester, ein Brahmane werden?"

„Ja, denn Gott schuf beide zu seinem Bild. Nicht die Geburt gibt dem Menschen seinen Wert, sondern der Mensch ist gerade so hoch und so niedrig, wie die Gedanken, die er denkt, die Gefühle, die er empfindet, und die Taten, die er vollbringt."

„Das klingt so schön und richtig, aber ich kann es nicht verstehen. Vielleicht kommt die Zeit, in der ich weiß, was du sagen willst. Und der zweite Grund?"

„Bei uns hat das Weib die gleichen Rechte wie der Mann. Das Mädchen wird so frei geboren wie der Knabe; es wird ihm alles gelehrt, was es lernen will; es kann sich seinen Gatten wählen und ist nicht seine Sklavin. Es nimmt teil an seinen Freuden und an seinen Leiden und hat über die Kinder die gleiche Gewalt wie der Mann.

Gott ist die Allmacht und die Liebe, der Mensch aber ist sein Ebenbild; da nun aber der Mensch aus Mann und Weib besteht, so soll der Mann ein Ebenbild der göttlichen Allmacht und das Weib ein Ebenbild der göttlichen Liebe sein. Und wo Allmacht und Liebe auf Erden so innig zusammenwirken, da wird der Mensch seinem Gott immer ähnlicher, da steigt die Weisheit und Gerechtigkeit vom Himmel hernieder, und die Völker nähern sich immer mehr der Erhabenheit und Herrlichkeit dessen, der das Leben und das Dasein gab."

„Auch dies verstehe ich nicht", meinte sie, „aber ich wünsche, daß ich es begreifen könnte." Dann wiederholte sie nachdenklich: „Das Weib soll ein Ebenbild der göttlichen Liebe sein —"

Der Blick ihrer wunderbaren Augen war gegen die Sterne gerichtet. Ihr Angesicht war das eines Engels, der aus fernen Höhen herniedergestiegen ist. Ich konnte meinen Blick nicht von ihr wenden und wagte es, hingerissen von dem Zauber, den sie auf mich ausübte, meine Hand auf die ihrige zu legen.

„Kennst du die Liebe?" fragte ich mit leiser Stimme.

„Ich weiß es nicht."

„So hast du nie geliebt?"

„Vielleicht doch. Oder ist das keine Liebe, die man zur Mutter und zum Bruder hat?"

„Ja. Aber es gibt noch eine andere Liebe, die unendlich reicher und beseligender ist und diese arme Erde zur Wohnung der Seligen macht."

„Welche meinst du?"

„Die Liebe im Herzen des Mannes und des Weibes. Hast du sie gekannt?"

„Nein. Ich kannte keinen Mann, ich wollte keinen Mann, ich liebte keinen Mann."

„Und kennst und liebst du auch jetzt noch keinen Mann?"

„Darf nach eurer Sitte ein Weib dies sagen?"

„Ja."

„Wem darf sie es sagen?"

„Dem, den sie liebt."

„Dann weiß er ja, daß sie ihn liebt."

„Warum sollte er es nicht wissen dürfen?"

„Wenn er sie nun nicht wiederliebt?"

„Oh, die Liebe ist allmächtig, und kein Herz kann ihr widerstreben. Wer im tiefsten Grund seines Herzens liebt, der wird sicher wieder Liebe finden."

„Wenn dies doch wahr wäre!" flüsterte sie selbstvergessen.

Ich zog ihre Hand an mein Herz und schlang die Arme um das herrliche Wesen. Fest und innig lag sie an meiner vor unendlicher Seligkeit klopfenden Brust.

„Meine Seele, mein Engel, meine Göttin, willst du mein Weib sein, willst du bei mir weilen, jetzt und immerdar?"

„Jetzt und immerdar!" hauchte sie, den Kuß erwidernd, den ich ihr auf ihre Lippen drückte.

„So schwöre ich dir, daß jeder Augenblick meines Lebens, jeder

Atem meiner Brust und jeder Pulsschlag meines Herzens dir allein gehören soll, Rabbadah!“

Wir saßen eng umschlungen nebeneinander; die Sterne funkelten wie Diamanten, das Kreuz des Südens leuchtete auf uns hernieder, doch die Sterne, die in meinem Herzen aufgegangen waren, strahlten viel heller als die Brillanten des tropischen Himmels.

Drunten am Feuer hatte unterdessen die Unterhaltung ihr Ende erreicht, und man traf Anstalten, sich zur Ruhe zu begeben. Die Männer breiteten ihre Decken in der Nähe des Feuers aus, und zwei von ihnen bestiegen über die aus Palmfasern gedrehten Strickleitern das Fahrzeug, um während der Nacht die Wache an Bord zu übernehmen. Mit unserer Ungestörtheit war es somit für heute zu Ende, und wir erhoben uns, um uns zur Ruhe zu begeben. An der Tür von Rabbadahs Kabine nahm ich mit einem zärtlichen Kuß von der Geliebten Abschied.

In dieser Nacht floh mich der Schlaf lange. Mein Herz war voll Seligkeit, und meine Gedanken wanderten in die Zukunft und malten meiner ersten erregten Einbildungskraft die zauberhaftesten Bilder vor. Tor, der ich war! Ich ahnte nicht, daß neben uns der Verrat lauerte und daß die ehrwürdigen Gesichter der beiden Neuangekommenen nur eine Maske waren, hinter der sich die finstersten Absichten verbargen. — — —

Mehrere Wochen später langte die Badaya in Kalkutta an. Die beiden Laskaren hatten sich als sehr brauchbare Menschen erwiesen und es verstanden, sich durch kleine Gefälligkeiten bei den Schiffsleuten beliebt zu machen. Es war am Abend, als unser Fahrzeug vor Anker ging. Der Kapitän gab Befehl, daß keiner der Leute das Schiff verlassen dürfe; er selbst aber bestieg das kleine Boot und ruderte sich mit eigener Hand vorwärts, nachdem er sich von mir das geheime Zeichen der Thags hatte geben lassen. Ich blieb zurück, gespannt zu erfahren, ob der Einfluß des Phansegars wirklich bis mitten in das Herz einer von England längst in Besitz genommenen Provinz reichte.

Es mochte ungefähr eine Stunde vergangen sein, da öffnete sich die Tür meiner Kabine, und der Kapitän trat ein, gefolgt von einem Mann, den ich an seiner eigentümlichen Kleidung gleich als einen jener Parsen[1] erkannte, die in Indien wegen ihrer Reichtümer und strengen Rechtlichkeit bekannt sind. Die kräftig gebaute Gestalt trug eine hohe Mütze, und ein langer, in der Mitte geteilter Bart wallte bis zur Brust herab.

Kaum war der Unbekannte eingetreten, so schloß der Kapitän hinter ihm die Tür. Der Parse blickte mich mit einem langen prüfenden Blick an und hob dann grüßend die Hand.

„Friede und Heil sei mit dir! Bist du es, der Sandhadscha rufen ließ?“

„Ich bin es. Setze dich!“

Ich wies dem Gast den Platz neben mir auf dem Diwan, reichte ihm eine persische Hukah[2] und bot ihm Feuer an.

„Erlaube, daß ich dich bediene! Wir brauchen keinen Tschibuktschi[3] hier.“

[1] Persischer Feueranbeter   [2] Tabakspfeife   [3] Diener, der den Tabak anzündet

Der Parse brannte an und lehnte sich dann gemächlich in das Polster, die Erklärung erwartend, weshalb er an Bord gerufen sei.

„Du hast das Zeichen erhalten?" forschte ich.

„Ja."

„Es wurde mir gesagt, daß du es beachten würdest."

„Es gilt mir als Befehl. Wer hat es dem Kapitän übergeben, du oder ein anderer?"

„Ich."

„So sprich, was du von mir verlangst."

„Ein Schiff."

„Wohin?"

„Nach Batavia!"

„Es geht bereits morgen eines dorthin ab. Du sollst den besten Platz erhalten."

„Ich muß es allein haben."

„Ich müßte die Reisenden fortjagen, die sich bereits an Bord befinden."

„So gib mir ein anderes Schiff!"

„Du sprichst, als besäßest du Millionen! Wer bis du eigentlich?"

„Ich heiße Hugo von Gollwitz und war Freiwilliger, Leutnant in englischen Diensten — — "

„Also kein Engländer?"

„Nein. Und ging mit General Lord Haftley nach Augh —"

„Um dem Maharadscha durch Verrat sein Land zu stehlen", meinte der Parse mit zornig blitzenden Augen, indem sich seine Stirn in finstere Falten legte.

„Ich konnte kein Verräter sein, weil ich ein Freund des Maharadscha war."

„Du?"

„Ja. Ich lernte ihn hier kennen, als er sich unerkannt hier aufhielt."

„Ah, so bist du jener Leutnant, von dem er mir erzählte! Sei mir gegrüßt, denn es ist unmöglich, daß du sein Gegner geworden bist."

Ich erzählte nun alle meine Erlebnisse der letzten Zeit. Am Schluß meinte der Parse:

„Was ist aus der Begum geworden? Wurde auch sie getötet?"

Ich erhob mich und öffnete die Tür zur Nebenkajüte.

„Hier ist sie."

Rabbadah stand unter der Tür. Sie trug nur den einzigen Schmuck ihrer Schönheit, aber dieser war so bezaubernd, daß der Parse, der sich ebenso erhoben hatte, sich verwirrt niederbeugte, um den Saum ihres Kleides zu küssen.

„Fürstin", rief er, „gebiete über mich und mein Leben! Es gehört dir!"

„Dein Name ist Samdhadscha. Du bist der Älteste der Parsen in Kalkutta?"

„Ich bin es."

„Madpur Singh liebte dich; du warst sein Freund. Willst du auch der meinige sein?"

„Ich will dein Freund und dein Sklave sein.“

„Eine Flüchtige braucht Freunde; Sklaven kann sie sich kaufen. Dieser Mann wird mein Gemahl sein. Willst du uns im geheimen nach Batavia bringen?“

„Ich werde es tun. Noch mit dem frühesten Morgen soll ein Schiff abgehen, und es soll euch keine Rupie kosten. Sag mir, ob du Geld bedarfst. Ich gebe es dir.“

„Ich brauche es nicht, denn ich habe den ganzen Schatz von Augh bei mir. Doch setze dich, und laß uns erzählen von dem, was wir so Trauriges erfahren haben!“

„Verzeih, Fürstin, daß ich mich jetzt entferne! Ihr seid in Kalkutta keinen Augenblick in Sicherheit, und daher muß ich schleunigst eines meiner Fahrzeuge fertigmachen und bei der Hafenbehörde jedes Hindernis beseitigen, das das In-See-Stechen verzögern könnte. Du sollst mein bestes Schiff und meinen besten Kapitän haben. Nur glaube ich, daß es mir bei solcher Eile an guten Matrosen mangeln wird. Selbst wenn ich alle Leute zusammensuche, fehlen noch zwei.“

„Wir haben zwei an Bord bei uns“, fiel die Begum ein.

„Was für Leute?“

„Laskaren.“

„Das sind gewöhnlich wackere und brauchbare Matrosen. Wann kamen sie auf die Badaya?“

„An der Grenze von Augh.“

„Haltet sie bereit, wenn ich euch abhole! Jetzt aber, Fürstin, muß ich eilen. Erzählen können wir, wenn wir uns an Bord des Dreimasters befinden.“ — — —

Es war ungefähr eine Woche später. Der Schnellsegler Bahadur[1] war an den Andamanen und Nikobaren vorüber und hielt sich im Westen von Sumatra nach Süden, um dann mit dem Passat nach Java zu gehen. An Bord stand alles wohl, das mußte man dem fröhlichen Gesicht des Kapitäns ansehen, der mit mir auf dem Achterdeck hin und her spazierte. Er war ein Deutscher gerade wie ich, und daher war es nicht verwunderlich, daß wir beide während der Fahrt gern miteinander verkehrten. Der Kapitän meinte soeben:

„Unsere Fahrt verläuft gut und wird voraussichtlich bis Batavia nur eine kurze Unterbrechung erleiden.“

„Welche?“

„Ich habe stets das seltene Glück gehabt, mit meinen Leuten zufrieden sein zu können, bekam aber vor meiner letzten Fahrt doch einen Kerl an Bord, der mir zu schaffen machte. Damit er die anderen nicht anstecken sollte, verfiel ich auf den Gedanken, ihn auszusetzen. Ich gab ihm Lebensmittel in Mengen und brachte ihn auf eine kleine Insel, die ihm mehr Früchte und Wasser liefert, als zehn Männer brauchen.“

„Also eine kleine Robinsonade?“

„Klein und kurz, denn er sollte dort nur solange bleiben, bis ich wieder vorüberkommen würde.“

„Das werden wir jetzt?“

[1] Der Held

„Ja. Das Eiland liegt zwar ein wenig außer der Richtung, aber deshalb paßte es mir zu dem angegebenen Zweck. Ich wußte, daß es nur allein mir bekannt war und also kein anderes Schiff die Einsamkeit meines Büßers verkürzen werde."

„Wann werden wir dort anlegen?"

Der Kapitän prüfte das Segelwerk.

„Bei der Luft ist vorauszusehen, daß wir das vorübergehende Gefängnis noch heute vor Nacht erreichen werden. Wo nicht, so werde ich bis zum Morgen davor kreuzen."

„Ist die Insel groß?"

Der Kapitän lachte. „Groß? Ja, ich denke, sie wird ein wenig größer sein als meine Hand hier."

„Waren Bäume auf der Insel?"

„Ja, ich habe genug davon gesehen, namentlich Kokospalmen gibt es die schwere Menge."

„Ist auch Wasser vorhanden?"

„Auch. Aber Herr, warum erkundigen Sie sich so angelegentlich über die Insel? Wollen Sie vielleicht auf ihr Robinson spielen?"

„Das gerade nicht", lachte ich. „Aber ich habe mich unwillkürlich in die Lage eines Robinson hineingedacht, und da wollte ich gern wissen, ob es auf dieser Insel zum Aushalten sei."

Hätte ich geahnt, daß es mir schon in kurzem beschieden sein werde, das Dasein eines wirklichen Robinson zu führen, mir wäre wohl nicht zum Lachen gewesen.

Von jetzt an überstürzten sich die Ereignisse, die meinen Zukunftsträumen ein jähes Ende bereiteten. Die zwei Laskaren hatten sich auf offener See als tüchtige Männer erprobt, doch wollten sie mir schon seit einigen Tagen gar nicht mehr gefallen. Der ältere von ihnen, Lidrah, betrachtete meine Rabbadah, wenn sie sich auf Deck erging, mit ganz eigentümlichen Blicken, die mir zu denken gaben. Sie kam zwar stets verschleiert, aber er hatte doch damals am Abend seiner Ankunft ihr Gesicht gesehen, wenn auch nur für kurze Zeit. Es war zwar gar nicht verwunderlich, daß ihre Schönheit auf diesen einfachen Mann einen großen Eindruck machte, aber das war es nicht, was mich befremdete und meinen Argwohn hervorrief. In seinen Blicken war nicht bloße Bewunderung, sondern Gier, leidenschaftliche Gier zu lesen. Und merkwürdig! Einmal aufmerksam geworden, machte ich noch eine andere Wahrnehmung. Wenn er sich unbeobachtet glaubte, dann sah ich manchmal ganz plötzlich den Blick Lidrahs mit einem solchen Ausdruck von Feindseligkeit, ja Mordlust auf mich gerichtet, daß ich wirklich erschrak. Für gewöhnlich kamen mir die beiden mit Ehrerbietigkeit, ja Unterwürfigkeit entgegen. Um so mehr befremdete mich diese Wahrnehmung, und um so mißtrauischer wurde ich. Ich beschloß, auf die beiden ein wachsames Auge zu haben.

Am Nachmittag starb der Wind langsam ab, und selbst als er sich gegen Abend ein wenig erholte, war er so schwach, daß kaum ein Vorwärtskommen zu spüren war. Dennoch bemerkte ich noch vor Einbruch der Dunkelheit ein kleines Eiland, das sich in nicht zu großer Entfernung aus den Fluten des Meeres erhob. Ich ging zum Kapitän.

„Werden Sie ein Boot aussetzen, um den Mann abholen zu lassen?"
fragte ich den Kapitän, der die Insel durch das Glas betrachtete.

„Nein. In diesen Breiten bricht die Dunkelheit so schnell herein,
daß das Boot die Insel vorher nicht erreichen würde und sich also
leicht von uns verlieren könnte. Die Schiffslaterne leuchtet nicht bis
dorthinüber. Und selbst wenn es das Eiland erreichte, muß es den
Mann vielleicht erst suchen, und dann können wir nicht wissen, welche
Abtrift wir haben und welche Ereignisse eintreten können."

„Was werden Sie tun?"

„Ich lasse das Steuer so halten, daß wir bei dieser flauen Luft auf
die Insel zu und in einiger Entfernung während der Nacht an ihr
vorübertreiben. Am Morgen ist der Mann dann leicht gefunden und
schnell eingeholt. Bemerken Sie, wie schnell es bereits dunkelt? Das
Abendbrot steht bereit. Lassen Sie uns zur Kajüte gehen!"

Nach dem Abendessen wurde die Glasen[1] abgerufen, und wir zogen
uns in die Schlafkabinen zurück. Mehr aus Gewohnheit als aus Vorsicht klinkte ich die Tür hinter mir ein. Ich hatte noch nicht vor
schlafen zu gehen, sondern setzte mich auf den Stuhl neben meinem
Bett. Doch zündete ich kein Licht an, denn im Dunkeln konnte ich
meinen Gedanken besser nachhängen. Dies und der Umstand, daß ich
mich vollständig ruhig verhielt, rettete mir das Leben. Man glaubte
mich in tiefem Schlaf, sonst wäre ich wohl der erste gewesen, der
in dieser Nacht dem Mordstahl zum Opfer fiel.

An wen ich dachte? Ich brauche es wohl nicht eigens zu sagen. Nur
noch ein paar Tage, dann lief der Bahadur in Batavia ein, und ich
trat im Schutz der holländischen Flagge mit Rabbadah an den Altar.
Nur noch ein paar Tage! Und dann? Nun, es fiel mir gar nicht ein,
auf Java zu bleiben und abzuwarten, wie sich die politische Lage in
Augh gestalten würde. Das konnte ich ebensogut in meiner Heimat
tun. Mit dem ersten holländischen oder deutschen Segelschiff, das war
mein fester Entschluß, würden wir uns nach Süderland einschiffen. Ob
aber Rabbadah mit mir gehen würde? Ich hatte über diesen Punkt
zwar noch nicht mit ihr gesprochen, aber ich war fest davon überzeugt, daß sie ‚Ja' sagen würde. Nachdem sie doch einmal zur Verbannung verurteilt war, konnte es ihr gleich sein, ob das Land ihrer
Verbannung Java oder Süderland hieß. Und wenn es ihr trotzdem
schwerfallen würde, so weit vom Lande ihrer Väter fortzuziehen, nun,
die Liebe überwindet alles. Und es würde mein herzlichstes Bestreben
sein, sie die überstandenen Leiden vergessen zu machen und ihr im
Schoße meiner Familie eine zweite Heimat — — —

Ich schreckte aus meinen glücklichen Zukunftsgedanken auf, denn
es war mir, als ob ich von drüben her, wo sich die Kajüte des Kapitäns befand, einen erstickten Hilferuf vernommen hätte. Ich hielt
den Atem an und lauschte. Da — jetzt wieder! Diesmal glaubte ich
ganz deutlich die Stimme des Kapitäns und das Wort ‚Mörder' zu
verstehen. Ohne mich lange zu besinnen, sprang ich auf, riß den
Degen und den stets geladenen Revolver von der Wand und eilte
zum Deck empor.

[1] Schiffszeit

Meine Kajüte befand sich der des Kapitäns entgegengesetzt, und um zu ihr zu gelangen, hatte ich die ganze Schiffslänge abzuschreiten. Schon hob ich den Fuß, da öffnete sich die Tür zur Kapitänskajüte und die beiden Laskaren — ich erkannte sie beim hellen Mondlicht sofort — erschienen auf der Schwelle. Auch sie erblickten mich und blieben bei meinem Anblick stehen.

Was hatten die zwei beim Kapitän zu suchen gehabt? Jetzt, zu dieser späten Abendstunde? Das kam mir verdächtig vor. Wenn die beiden etwas Böses im Schilde führten, dann durfte ich sie nicht ganz zu mir herankommen lassen. Ich zog also den Revolver und spannte ihn.

„Was ist los beim Kapitän?" rief ich über Deck hinüber.

Lidrah kam langsam schleichend auf mich zu und erwiderte im gewöhnlich unterwürfigen Ton:

„Der Kapitän muß geträumt haben, Sahib, denn — — —"

„Halt!" unterbrach ich ihn. „Bleib stehen, sonst schieße ich!"

Lidrah sah den blitzenden Lauf des Revolvers auf sich gerichtet und blieb unwillkürlich halten.

„Steuermann!" rief ich laut.

Keine Antwort ertönte. Die Sache erschien mir immer rätselhafter. Ich blickte mich um. Unweit von mir sah ich den bewegungslosen Körper eines Menschen liegen.

„Alle Mann an Deck!" rief ich jetzt mit der ganzen Kraft meiner Stimme.

Auch das war vergeblich; nur eine einzige Bewegung gab es. Lidrah erhob den Arm. Sein Dolch sauste herbei und fuhr mir in den linken Arm. Da aber krachte auch schon mein Schuß, und der Mann stürzte, von der Kugel durch den Kopf getroffen, zu Boden. Im nächsten Augenblick stand ich vor Kaldi; mein Degen blitzte, und der Hieb traf den Laskaren so tief in die Schulter, daß auch dieser niedersank.

Da hörte ich ein Geräusch hinter mir. Rasch wandte ich mich um. Vor mir stand Rabbadah in einem langen Nachtgewand.

„Was geht hier vor?" fragte sie mit ängstlicher Stimme.

„Erschrick nicht, Rabbadah! Es muß ein Unglück geschehen sein."

„Welches?"

„Ich habe hier die beiden Männer getötet, weil sie mich ermorden wollten. Aber, Rabbadah, das ist kein Anblick für dich. Geh in deine Kabine zurück! An Deck ist es nicht geheuer. Entweder sind alle ermordet, oder es ist eine Meuterei an Bord, und man lauert nur, bis ich mir eine Blöße gebe."

„Dich verlassen? Niemals! Ich bleibe bei dir."

„So warte einen Augenblick!"

Ich kehrte in meine Kabine zurück und holte meine Lampe herbei, die ich anzündete. Dann leuchtete ich zunächst vorsichtig in die Kajüte des Kapitäns. Dieser lag tot am Boden. So hatte ich mich also nicht geirrt und den Ruf richtig verstanden. Aber ich konnte mir immer noch nicht den Vorgang deuten. Ich konnte mir nicht denken, daß die beiden Laskaren allein, ohne Mitwissen der übrigen, eine Tat vollbracht hätten, die ihnen doch keinen Nutzen bringen konnte. Es mußte sich um eine allgemeine Meuterei handeln. Dann mußte ich aber vor allem auf meine und Rabbadahs Sicherheit bedacht sein. Rabbadah schien den gleichen Gedanken zu hegen, denn sie faßte mich am Arm.

„Welch eine Gefahr für dich! Komm schnell herein in meine Kabine, bis es Tag ist!"

Ich machte mich sanft von ihr los und gab zur Antwort: „Nein, Rabbadah! Vielleicht bedarf jemand unserer Hilfe, der ohne uns verloren wäre."

Rabbadah mußte mir recht geben, aber ich konnte sie nicht bewegen, in ihre Kajüte zurückzukehren. Sie hielt sich vielmehr eng an meiner Seite, als ich jetzt vorsichtig das ganze Deck abschritt. Das, was ich entdeckte, war schrecklich. Neben dem Steuer lag der Steuermann mit durchstochenem Herzen. Er war schon fast kalt. Offensichtlich war er der erste gewesen, der dem Dolch der Mörder zum Opfer fiel. Ich schritt weiter nach Backbord, fand aber außer dem Mann, der mir zuerst aufgefallen war und der wohl die Wache gehabt hatte, niemand. Dann ging ich schweren Herzens auf die Luke zu, die zum Mannschaftsraum hinunterführte. Was würde ich dort finden? Als ich die Tür aufstieß und einen Blick in den durch eine Öllampe schwach erleuchteten Schlafraum warf, sträubten sich mir die Haare auf dem Kopf. Der ganze Raum schwamm in Blut. Das war ein Anblick, den Rabbadah nicht ertrug. Mit einem lauten Schrei des Entsetzens riß sie sich von mir los und eilte davon. Ich durfte ihr nicht folgen, denn ich mußte mich zuerst vergewissern, ob ich keine Hilfe mehr bringen konnte.

Die Untersuchung dauerte nicht lang. Die Mörder hatten ihr Ziel nur zu gut getroffen; es lebte keiner von den acht Männern mehr. Ich habe manch schreckliches Bild gesehen und dabei nicht mit der Wimper gezuckt. Aber der Anblick dieser acht auf so schauerliche Weise ums Leben gebrachten Männer war zu entsetzlich. Noch heute denke ich mit einem Gefühl des Grauens an jenes gräßliche Bild. Es wollte mich eine Schwäche überkommen, aber ich raffte mich mit Gewalt auf. Denn die Lage, in der wir uns befanden, erforderte einen starken Willen, einen ganzen Mann. Ich begann nachzudenken. Welchen Zweck konnten die beiden Männer im Auge gehabt haben, als sie das schreckliche Blutbad anrichteten? Das war eine Frage, die wahrscheinlich nur sie allein beantworten konnten. Doch sie waren ja tot und würden nicht mehr reden. Aber war ich wirklich so fest überzeugt, daß kein Leben mehr in ihnen war? Ich mußte Gewißheit haben. Deshalb eilte ich auf Deck zurück und zu Lidrah hin. Er war tot; seine Augen stierten gläsern ins Leere. Aber während ich mich noch mit ihm beschäftigte, war es mir, als ob von der Seite her, wo Kaldi lag, ein Röcheln zu hören sei. Schnell wandte ich mich ihm zu und kniete bei ihm nieder.

Der Laskare hatte einen fürchterlichen Hieb erhalten; die ganze Schulter klaffte auseinander, und so kurze Zeit er erst hier lag, so war doch der Blutverlust so bedeutend, daß Hilfe nicht mehr möglich war. Aber er schien bei Bewußtsein zu sein, denn seine Augen waren mit dem Ausdruck des Erkennens auf mich gerichtet. Wenn ich etwas erfahren wollte, so durfte ich, das sah ich, keinen Augenblick verlieren.

„Unglücklicher, was habt ihr getan?"

Der Verwundete hob mit einer kraftlosen Bewegung den unverwundeten Arm und brachte abgebrochen und lallend hervor:

„Den Schatz — will ich — — und Lidrah — — will — — die Begum."

Das also war's! Damit hatte ich die Erklärung für die schauerliche Untat. Aber wie waren sie zur Kenntnis vom Schatz des Maharadscha gekommen, und woher wußten sie, daß meine Begleiterin die Begum sei? Ich hatte niemand, auch nicht dem Kapitän verraten, wer meine Begleiterin sei, und ich konnte annehmen, daß auch die Thags, die mit uns bis Kalkutta gefahren waren, geschwiegen hatten. Der Schatten des Todes begann sich bereits über die verzerrten Züge des Sterbenden zu legen, und wenn ich noch etwas Näheres erfahren wollte, mußte ich rasch fragen. In abgerissener, immer schwächer werdender Rede gestand er mir alles. Es waren nur wenige Worte, die er zu sagen vermochte, aber das Fehlende konnte ich selber leicht ergänzen.

Die beiden Brüder waren nicht, wie sie angegeben hatten, Laskaren, sondern stammten aus Augh. Nächtlicherweile waren sie Zeugen gewesen, als der Phansegar mit seinen Thags den Schatz aus dem Kiosk im Park des Maharadscha holte, und es reifte in ihnen der Plan, sich des Schatzes zu bemächtigen. Heimlich folgten sie den Trägern, und als sie entdeckten, daß die Pakete auf die Badaya gebracht wurden, war ihr Entschluß fertig. Sie eilten auf einem kürzeren Weg der Badaya voraus und gesellten sich am nächsten Abend zu uns. In der Hoffnung, auf dem Schiff die Reise mitmachen zu dürfen, gaben sie sich als Laskaren aus, die keine andere Heimat als die hohe See hätten und jetzt von einer Wallfahrt zurückkehrten. Der Betrug gelang ihnen um so besser, als sie tatsächlich einmal auf See gefahren waren und sich die nötigen Kenntnisse angeeignet hatten. Am Abend ihrer Ankunft hatte Lidrah die unverschleierte Rabbadah gesehen, und von diesem Augenblick an strebte er nicht nur nach dem Besitz des Schatzes, sondern ebensosehr nach der Begum. Zu unserem Glück bot sich während unserer Fahrt auf dem Ganges keine Gelegenheit, ihr Vorhaben auszuführen, und ihr Trachten ging nun dahin, es so einzurichten, daß sie mit auf die See durften. Da der Kapitän des Seglers noch ein paar tüchtige Leute brauchte, so gab es sich von selber, daß sie eingeladen wurden, die Fahrt als Matrosen mitzumachen. Heute, als die Insel in Sicht kam, wollten sie ihren schändlichen Plan endlich zur Ausführung bringen. Sie wollten nach der Ermordung der gesamten Bemannung mit dem Schiff die Insel anlaufen, den Schatz und die Begum ans Land bringen, das Fahrzeug anbohren, so daß es unterging, und auf der Insel den Zeitpunkt abwarten, wo sie von einem zufällig vorbeikommenden Schiff aufgenommen würden und sich und wenigstens einen Teil des Schatzes in Sicherheit bringen könnten. Später wollten sie dann den größten Teil des Schatzes holen, nachdem sie sich vorher der Begum entledigt hätten, wenn sie anfangen würde, ihnen lästig zu fallen.

Die Erzählung hatte den Verwundeten erschöpft. Er verlor nach kurzer Zeit das Bewußtsein, und sein Atem ging immer schwächer. Ich glaubte ihn schon tot, da richtete er sich indes noch einmal halb in sitzende Stellung auf. Seine Augen öffneten sich weit und richteten sich mit fieberhaftem Glanz auf einen bestimmten Punkt, als ob er jemand sehe, den ich nicht wahrnehmen konnte. Und mit der letzten Kraft und brechender Stimme lallte er:

„Auf die Insel — — mit dem Schatz — — die Begum — — sei dein — — der Schatz — — mein — — mein — — mein."

Die Kraft verließ ihn — er sank tot in seine frühere Stellung zurück.

Jetzt, da ich alles wußte, lag es an mir, die veränderte Lage zu unserem Vorteil auszunutzen. Zunächst hatte ich aber nach Rabbadah zu sehen. Ich fand sie in ihrer Kajüte mit verhülltem Haupt am Boden knien. Der Anblick so vieler Ermordeter war über ihre Kraft gegangen. Ich trat zu ihr und zog ihren Kopf zu mir empor.

„Rabbadah!"

Da war es, als ob sie aus einer tiefen Betäubung erwachte. Krampfhaft umklammerte sie meine Knie, und ein heftiges Zittern durchbebte ihren Leib, als sie unter Schluchzen die Worte hervorbrachte:

„Mein Geliebter! Oh, wenn sie auch dich getötet hätten!"

Auch ich wagte das schreckliche gar nicht auszudenken, was mit ihr geschehen wäre, falls diesen Teufeln ihr Vorhaben ganz geglückt wäre. Ich strich ihr beruhigend über das weiche Haar und drückte einen Kuß auf ihre Stirn.

„Gott hat mich beschützt! Aber es ist grausig, entsetzlich!"

„Allein unter Leichen, hier auf der einsamen weiten See!"

„Fürchte dich nicht, mein — — —"

Ich vermochte den Satz nicht zu beenden, denn ich wurde mit unwiderstehlicher Gewalt zu Boden geschleudert. Und zugleich vernahm ich ein eigentümliches knirschendes und sägendes Geräusch, als ob tausend Hände beschäftigt seien, den Rumpf des Schiffes zu zerstören. Die Begum stieß einen Angstschrei aus, und mir fiel wie im Blitz die große Unterlassungssünde ein, die ich begangen hatte. Anstatt nach dem Steuer zu sehen, hatte ich die kostbaren Minuten bei dem Sterbenden vergeudet, um von ihm Dinge herauszupressen, deren Kenntnis uns doch keinen Nutzen bringen konnte. Das steuerlose Schiff war unterdessen seinen Weg gegangen und sicher irgendwo in der Nähe der Insel an einer Klippe gestrandet.

Ich stürmte auf Deck. Großer Gott! Was für ein trostloser Anblick bot sich hier meinen Augen! Grad vor dem Bug des Fahrzeugs erhob sich eine dunkle drohende Felsenmasse, und zu beiden Seiten zogen sich Steinbänke hin, die einen engen Kanal bildeten, durch den das Schiff auf die Insel gerannt war. An Rettung war nicht zu denken, und es mußte ein Glück genannt werden, daß die Lüfte nur schwach gingen, sonst wäre das Fahrzeug bei dem Anstoß sofort zerschellt worden.

Ich eilte in den Raum hinunter und fand ein Leck, durch das das Wasser unaufhaltsam drang. Das Loch war so groß, daß ich, der Unerfahrene, es unmöglich verstopfen konnte. Nach einer ungefähren Berechnung, die ich schnell anstellte, blieb mir knapp die Zeit bis zum Morgen, uns auf die Insel zu retten und einiges von der Ladung des Schiffes zu bergen.

Über den Erfolg unserer Bergungsarbeiten habe ich bereits berichtet und ich kann daher kurz darüber hinweggehen. Ich brachte mit Mühe hinten am Heck eine Jolle zu Wasser. Zunächst mußte die Geliebte und ihr Eigentum gerettet werden. Während Rabbadah behilflich war, alles herbeizuschaffen, ließ ich soviel als möglich von den Paketen ins Boot hinunter und stieg mit der Geliebten nach, um an Land zu rudern. Die Küste stieg schroff aus dem Wasser auf, doch glückte es mir, bei dem beginnenden Tageslicht eine Stelle zu entdecken, an der wir bequem zu landen vermochten. Dann kehrte ich zum Schiff zurück, um die Bergung des Schatzes zu beenden und ihm noch einige Lebensmittel und andere Dinge, die ich für wünschenswert oder nötig hielt, hinzuzufügen.

Als ich zum viertenmal landete, war der Morgen so weit vorgeschritten, daß man die einzelnen Gegenstände zu unterscheiden vermochte. Rabbadah stand am Ufer und deutete auf ein nahes Gebüsch.

„Sieh einmal, was ist das?" fragte sie ängstlich.

„Dort an jenem Baum?"

„Ja."

Ich trat zögernden Fußes auf den Ort zu. Und was mußte ich sehen? An einem Ast des Baumes hing ein Menschenkopf an einem aufgedrehten Tauende, und der halbverweste Körper lag am Boden. Daneben war ein Messer, ein Südwester und nebst verschiedenen Kleinigkeiten ein Heuerbuch zu bemerken. Ich öffnete es und las den darin verzeichneten Namen.

Ich stand vor der Leiche des auf der Insel ausgesetzten Matrosen, der die Einsamkeit nicht ertragen und ihr auf diese Weise ein Ende gemacht hatte. Dort das Schiff mit den Leichen, hier die Überreste des Selbstmörders — es schauderte mich, wenn ich an das zarte Wesen dachte, das neben mir diesen Schrecknissen ausgesetzt war. —

Das große Werk ist gelungen. Besser, als ich zu hoffen gewagt hätte. Ich weiß zwar nicht, was ein Schiffsbaumeister dazu sagen würde, aber mich beseelt das Gefühl, daß ich meine Sache gut gemacht habe.

Um mein Fahrzeug leichter meistern zu können, habe ich es nur mit einem Groß- und einem Treibsegel versehen. Ich bin mir zwar wohl bewußt, daß meine Fahrt auch bei günstigem Wind, und wenn nicht Unvorhergesehenes eintreten sollte, eine Kühnheit ist, aber sie muß nun einmal gewagt werden.

Als ich gestern das Boot vom Stapel ließ, war mir ganz feierlich zumute. Zwar habe ich keine Flasche Schaumwein am Bug meines Fahrzeugs zerschellt, wie es bei solchen Anlässen üblich ist, aber ich glaube nicht, daß je ein Schiff von heißeren Segenswünschen begleitet seine Probefahrt antrat als meine ‚Rabbadah‘, da ich sie aus dem kleinen Hafen in der Nähe meiner Hütte hinausruderte.

‚Rabbadah!‘ Diesen und keinen andern Namen durfte der Täufling erhalten. Denn nach ihrem Tod war sie mein Schutzgeist, ohne den ich meinem Leben wohl zweifellos ein Ende gemacht hätte; sie soll auch mein Schutzengel sein in den Fährnissen, die meiner auf der hohen See warten.

Meine erste Fahrt ging glänzend vonstatten. Allerdings hielt ich mich wohlweislich innerhalb des Rings, den die Klippen in der Entfernung einer halben Seemeile um diesen Teil der Insel schließen. So nahe an der Küste konnte ich freilich das Segel nicht gebrauchen, aber das Steuer gehorchte dem leisesten Druck meiner Hand, und der Bug durchschnitt leicht und zierlich die Wellen. An diesem Tag legte ich mich voll Freude und Dank gegen Gott zur Ruhe nieder.

Heute morgen ruderte ich mein Fahrzeug durch die Klippen hindurch und hißte das Segel. Ich umfuhr meine Insel auf der Süd- und Ostseite. Es wehte eine günstige Brise, und ich machte eine gute Fahrt. Auf der Ostseite angekommen, zog ich das Segel ein und wandte mein Boot der Küste zu. Glatt und rasch flog die Barke vor dem Wind, nur durch die Riemen fortbewegt, auf die bewußten zwei Klippen los, die unter den zahlreichen Korallenriffen die einzigen sind, zwischen denen hindurch ein Kahn, der keinen bedeutenden Tiefgang hat, die Küste erreichen kann. Es war zwar ein gefährliches Beginnen, da ich meines Segelbootes noch nicht sicher war, aber ich gelangte glücklich hindurch, und einige Minuten später bog ich in den unterirdischen Stollen ein, der im Innern des Berges zur Gruft meiner Rabbadah führt. Seit Jahren, das heißt, seitdem die Jolle des gestrandeten Bahadur so leck und morsch geworden war, daß ich das Kunststück nicht mehr wagen durfte, war es heute das erstemal wieder, daß ich das Grab Rabbadahs von dieser Seite aus betrat.

Und nun ist es an der Zeit, daß ich dem Tagebuch mein Geheimnis anvertraue. Ich weiß nicht, ob mein Vorhaben glücken wird und ob ich jemals in der Lage sein werde, den Schatz des Maharadscha in Sicherheit zu bringen. Aber vielleicht gelangt dann mein Tagebuch auf irgendeine Weise in die Hände meiner Familie, und sie, nur sie allein soll das Erbe Madpur Singhs und Rabbadahs, das auch mein Erbe ist, besitzen. Einem anderen, der aus diesen Aufzeichnungen Nutzen ziehen wollte, würde sie nicht zum Segen, sondern zum Verderben gereichen, nie und nimmer würde es ihm gelingen, die bewußten zwei Klippen zu finden, zwischen denen hindurch allein der Zugang zum Schatz des Maharadscha möglich ist. Sein Boot würde höchstens an den nadelscharfen Korallenklippen jämmerlich zerschellen. Und daß der Zugang zu meinem Geheimnis vom Land her unmöglich gemacht wird, dafür werde ich vor meiner Abreise Sorge tragen. — — —

Solange ich an unserer Hütte baute, hatte ich keine Zeit und auch keine Lust, unser Gefängnis in Augenschein zu nehmen. Aber als wir uns wohnlich eingerichtet hatten, gingen wir daran unser kleines Reich zu besichtigen.

Die Insel ist nicht groß. Aber es war trotzdem nicht so leicht, einen Überblick über sie zu gewinnen. Die Küste ist nur auf der Seite flach, wo unser Bahadur gestrandet war. Weiter landeinwärts steigt der Boden langsam, doch stetig bergan und ist mit einem dichten, fast undurchdringlichen Urwald bestanden.

Wir hielten uns bei unserem ersten Ausflug zwischen dem Urwald und der südlichen Küste, die wild und zerklüftet nach Osten zu sehr hoch aufsteigt. Langsam bahnten wir uns durch ein Gewirr von Baumleichen, Schlingpflanzen und Felstrümmer den Weg. Nach zwei Stunden waren wir auf dem Gipfel angekommen. Noch einige Schritte — und wir blieben überrascht stehen. Zu unseren Füßen dehnte sich nicht, wie ich erwartet hatte, Land, sondern das unermeßliche Meer aus, das in einer Tiefe von vielleicht dreihundert Metern unter uns lag. Der Übergang war so unerwartet, daß uns beinahe Schwindel erfaßt hätte. Ich hieß Rabbadah zurückbleiben und näherte mich vorsichtig dem Rand des Vorsprungs, auf dem wir standen. Was ich sah, erfüllte mich mit Staunen. Der Felsen fiel lotrecht und glatt wie eine Wand ins Meer. Nicht eine Stelle, auf der der Fuß hätte Halt fassen können! Nur oben bei mir war der Rand etwas verwittert und abgebröckelt, aber einige Meter weiter unten begann die schwindelnd steile, wie mit dem Glättmesser bearbeitete Wand, die sich scharf und schroff bis an die Nordspitze der Insel fortsetzte, ohne Höhe und Steilheit zu verlieren, und halbkreisförmig ins Land einschnitt. Das Meerwasser in der durch diesen Halbkreis gebildeten Bucht war völlig ruhig, und der Einschnitt hätte einen prächtigen Hafen abgegeben, wenn nicht ein Ring von Korallenriffen, der an der Nordspitze der Bucht begann und an der Südspitze endete, diesen Hafen vollkommen unzugänglich gemacht hätte. Draußen vor dem Korallenring toste die Brandung in einer Stärke, wie ich sie nirgends beobachtet hatte.

Wie war diese merkwürdige Küstenbildung entstanden? Ich fand nur eine Erklärung. Unsere Insel mußte einmal viel größer gewesen sein, vielleicht zwei- oder dreimal so groß als jetzt. Ein gewaltiges Erdbeben hatte sie dann wie mit einem Messer mitten entzweigeschnitten, und das Meer hatte die eine Hälfte verschlungen. Ein zweiter Erdstoß mochte vielleicht den Korallenring aus den Fluten gehoben haben, der sich wie eine Kette um die neugebildete Bucht legte. Ich weiß nicht, ob die Wissenschaft mit dieser Erklärung einverstanden sein würde, aber ich wußte und weiß auch heute noch keine andere.

Die unerwartete Entdeckung ließ in uns den Wunsch erwachsen, noch nicht zu unserer Hütte zurückzukehren, sondern unseren Weg hier oben fortzusetzen, solange sich nicht ein unübersteigbares Hindernis einstellte. Wir hielten uns indes in vorsichtiger Entfernung vom Rand des Absturzes, da ich der Festigkeit des Bodens nicht traute. Das Gelände erwies sich hier oben gangbarer als weiter unten; Stürme und Wetter hatten den Urwald gelichtet, und wir kamen daher rasch vorwärts. Es zeigte sich, daß der senkrechte Absturz tatsächlich bis zur Nordspitze der Insel reichte. Kein menschliches Wesen wäre imstande, hier hinunterzuklettern, und ebensowenig könnte der kühnste Alpinist sich unterfangen, von unten aus die Wände zu ersteigen, die von Gigantenkraft zu schwindelnder Höhe übereinander aufgeschichtet worden waren.

Wir waren am späten Morgen von unserer Hütte aufgebrochen, und als wir die Nordspitze der Insel erreichten, stand die Sonne noch hoch am Himmel. Rabbadah war müde geworden, so daß wir uns eine Stunde Rast gönnten, wobei wir unseren mitgebrachten Mundvorrat verzehrten. Wir hätten genug Zeit gehabt, um auf dem Weg, den wir gekommen waren, zurückzukehren. Aber da nach meiner Berechnung der Abstieg längs der Nordküste kürzer war, entschlossen wir uns zu diesem. Wir hatten unseren Entschluß auch nicht zu bereuen. Zwar wurden wir oft genug durch vom Sturm gefällte Baumriesen, die über und über von Schlingpflanzen eingesponnen waren, aufgehalten, aber es ging doch bergab leichter als der Aufstieg am Morgen, und die Sonne war noch nicht allzu tief im Westen, als wir todmüde, doch vergnügt und zufrieden, bei einer Krümmung der Küste unsere Hütte vor uns liegen sahen.

Ich ahnte damals nicht, daß die Entdeckung des Tages meinen jetzigen Plänen förderlich sein werde.

Am nächsten Tag wagten wir uns, mit einem Kompaß ausgerüstet, in den Urwald, um auch das Innere der Insel kennenzulernen.

Das, was wir zu sehen bekamen, verdiente eigentlich die Bezeichnung ‚Urwald‘ nicht. Ich hatte längst die Beobachtung gemacht, daß die Insel früher bewohnt gewesen sein müsse. Selbstverständlich hatten die Insulaner den Wald, der ja zu ihren Lebensbedingungen gehörte. nicht in seinem Urzustand belassen. Aber seitdem waren viele, viele Jahre vergangen, und üppiges Schlinggewächs hatte so überhand genommen, daß ich uns den Weg mit dem Messer förmlich bahnen mußte. Rabbadah schritt dicht hinter mir und verkürzte mir die Zeit mit ihrem heiteren und kindlichen Geplauder. Ich hörte indes nur halb auf ihre Reden, weil die Arbeit meine ganze Aufmerksamkeit in Anspruch nahm, und der Schweiß rann mir in großen Tropfen von der Stirn.

Da blieb ich auf einmal halten. Ich hatte etwas gehört, was ich hier, an diesem Ort, nicht erwartet hätte. Es war mir ganz so, als ob jemand in einiger Entfernung singen würde. Ja, wirklich! Es war ein Singen, nicht nur ein Geschrei. Und zwar verfügte der Sänger über eine außerordentlich kräftige Stimme. Und was sang er? Er sang zu meinem Erstaunen eine ganze Oktave der Tonleiter hinauf und hinunter, und zwar mehrere Male hintereinander.

Ich ergriff Rabbadah am Arm. „Horch, was ist das? Sollten wir vielleicht doch nicht die einzigen Menschen auf der Insel sein?“

Rabbadah lachte fröhlich. „Das ist kein Mensch, sondern ein Affe.“

„Ein Affe? Unmöglich! Ein Affe könnte nicht die musikalische Tonleiter singen, und zwar vollkommen sicher und fehlerlos.“

„Ich weiß nicht, was eine musikalische Tonleiter ist, aber diese

Töne kenne ich ganz genau. Sie stammen vom Ungko. Mein Bruder hat einmal ein solches Tier aus Java mitgebracht. Es war dies eine große Seltenheit, denn der Ungko ist ungewöhnlich scheu und läßt sich nicht leicht fangen. Leider ist er uns bald eingegangen; er erträgt die Gefangenschaft nicht lange."

Diese Worte erregten meine Neugier im höchsten Grad. Ich wollte den merkwürdigen Sänger sehen und schlug und kämpfte mich eine Weile durch das hier ziemlich dichte Unterholz hindurch nach der Richtung, aus der der Gesang erscholl. Es war eine vergebliche Mühe. Das Tier mußte unser Nahen bemerkt haben, denn es zog sich vor uns zurück, wie ich dem Schall entnahm und hörte plötzlich, einen scharfen Schrei ausstoßend, zu singen auf. Und wir hatten das Nachsehen.

Ich muß indes erwähnen, daß ich später vielfach Gelegenheit hatte, das Tier zu beobachten. Ich sah manchmal ganze Rudel beisammen. Der Ungko erreicht eine Höhe von ungefähr einem Meter und besitzt einen kleinen runden Kopf, der von einem Kranz dichter Haare umrahmt ist. Er zeichnet sich durch ungewöhnlich lange und schlanke Arme aus, die beim aufrecht stehenden Tier bis zur Erde reichen. Ich machte später oft genug den Versuch, eines der Tiere habhaft zu werden, um Zähmungsversuche mit ihm anzustellen. Es ist mir aber nie geglückt, näher als auf hundert Schritte heranzukommen.

Den Ungko bekamen wir zwar dieses erste Mal nicht zu Gesicht, dafür machten wir aber eine andere Entdeckung. Wir mochten nach meiner Schätzung ungefähr drei Meilen weit in den Wald eingedrungen sein, und ich war des mühsamen Vordringens schon herzlich überdrüssig geworden, da traten auf einmal die Bäume auseinander. Der Wald erweckte an dieser Stelle den Eindruck, als ob früher einmal hier eine Lichtung gewesen sei. Während ich diesem Gedanken nachging, stieß Rabbadah einen Ruf aus und deutete mit der Hand seitwärts, wo ich in einiger Entfernung Mauerwerk durch die Bäume hervorlugen sah. Neugierig näherten wir uns und waren nicht wenig verblüfft, als wir die umfangreichen, infolge der verwendeten Gesteinsart noch gut erhaltenen Reste eines Tempels erblickten, der uns nach Anlage und Bauart auffällig an den Tempel im Walde von Augh erinnerte. Die Ähnlichkeit war so verblüffend, daß ich glaubte, es müßte im nächsten Augenblick irgendwo hinter einer Ecke der Phansegar hervortreten. Auch Rabbadah fühlte wie ich; sie ergriff meine Hand und schaute sich ängstlich nach allen Seiten um. Aber kein Thag trat mit gezücktem Messer auf uns zu, und kein Laut unterbrach die Stille des Waldes.

Als Rabbadah ihre Scheu überwunden hatte, machten wir uns an die Untersuchung des Baues. Wir schritten durch die Säulenhalle ins Innere des Tempels, der dem Siwa geweiht war, wie ich aus dem Lingam, dem Sinnbild des Gottes erkannte, das ich an verschiedenen Säulen eingemeißelt fand. Das ganze machte in seiner Ursprünglichkeit und Verlassenheit einen großen Eindruck auf mich, mehr noch auf Rabbadah, deren Gedankenwelt diesem Zeugen einer untergegangenen Kultur viel näher stand als die meine.

So waren wir, im Schauen versunken, immer weiter ins Innere des Tempels vorgedrungen. Da das Licht nur durch den Eingang einfallen konnte, herrschte bei uns tiefe Dämmerung. Wir waren eben an der Stelle angelangt, die jener im Tempel bei Augh entsprach, hinter der die geheime Treppe verborgen war. Mehr aus Neugier als in der Hoffnung, einen Erfolg zu haben, drückte ich mit der Hand fest auf die Steinplatte, und ich war mehr erschrocken als überrascht, als tatsächlich die Platte dem Druck nachgab und nach innen verschwand. Rabbadah schrie vor Überraschung laut auf. Vor uns gähnte ein dunkles Loch, in dem einige Stufen zu erkennen waren, die aber diesmal nicht nach oben, sondern nach unten führten.

Die Neugier wollte mich veranlassen, sofort das Rätsel zu untersuchen, um hinter das Geheimnis zu kommen. Aber ich widerstand der Lockung. Wir hatten kein Licht, und ohne ein solches wäre es ein zu gefährliches Wagnis gewesen, hinunterzusteigen. Wie leicht konnten wir, die wir mit der Örtlichkeit nicht vertraut waren, in einen Abgrund stürzen. Wir schoben also, mit unserer heutigen Arbeit sehr zufrieden, die weitere Untersuchung bis morgen auf und kehrten zurück.

Am nächsten Nachmittag waren wir mit einer Schiffslaterne wieder zur Stelle. Zunächst ging es steil abwärts. Die Stufen waren ziemlich trocken und hatten wenig gelitten, so daß wir rasch vorwärts kamen. Es mußte eine gewaltige Arbeit gewesen sein, diese Stufen auszuhauen, denn nach meiner Schätzung waren wir, als wir unten anlangten, wenigstens fünfzig Meter unter der Ruine und befanden uns wahrscheinlich auf der gleichen Höhe wie die Oberfläche des Meeres. Unten setzte sich der Gang endlos fort, bis er sich plötzlich erweiterte und ein aus dem Felsen herausgehauenes Gewölbe bildete, dessen Raum vielleicht hundert Personen Platz geben konnte.

Welchem Zweck diente dieses Gewölbe? Nicht das geringste Anzeichen war vorhanden, aus dem man auf seine ursprüngliche Bestimmung schließen konnte: es war vollständig kahl. Jenseits setzte sich der Gang in der gleichen Richtung fort, nach Osten, wie mir der Kompaß sagte.

Wir mochten bereits drei Kilometer zurückgelegt haben, und noch hatte sich die Luft nicht merklich verschlechtert, sie war trocken und gut zu atmen. Aber jetzt verspürte ich einen feuchten Luftzug, und nach vielleicht fünfhundert Schritten war der Gang zu Ende. Zu unseren Füßen führten einige Stufen abwärts, und als ich mit der Laterne hinunterleuchtete, schimmerte es wie Wasser herauf. Ich hieß Rabbadah stehenbleiben und stieg vorsichtig bis an den Rand hinunter. Es war offenbar ein Kanal, der von der Seite her auf den Gang stieß. Und als ich mich vorbog und der Richtung des Kanals mit den Augen folgte, sah ich in weiter Entfernung einen hell schimmernden Punkt. Ich wußte sofort, woran ich war, der helle Punkt stellte offenbar die Mündung des Stollens dar. Wo aber mündete er? Natürlich nirgends anders als an der Ostküste. Denn wenn ich den Weg überdachte, der uns bis an die Stelle geführt hatte, war eine andere Deutung nicht möglich.

Ich stieg wieder die Stufen hinauf und wandte mich an die Begum. „Rabbadah, wir können nicht weiter. Von hier aus führt ein Kanal gerade zum Meer."

„Zum Meer?" fragte sie verwundert. „Welche Küste wird es wohl sein?"

„Die Ostküste, die wir vorgestern von oben aus gesehen haben."

„Die Ostküste? Das ist nicht möglich. Die müßte doch viel weiter entfernt sein."

„Du täuscht dich. Bedenke, daß wir vor zwei Tagen bergauf und über viele Hindernisse hinweg zu gehen hatten. Das hält natürlich auf und führt leicht zum Irrtum bezüglich der tatsächlichen Entfernung."

„So wäre also der Weg, den wir heute zurückgelegt haben, die kürzeste Verbindung zwischen unserem Heim und der Ostküste?"

„Ja. Vorausgesetzt, daß für uns eine Notwendigkeit bestünde, die Küste öfters aufzusuchen."

„Aber welchen Zwecken mag die ganze Anlage gedient haben? Du bist doch der Ansicht, daß der Kanal, da diese Insel viel größer war, nur einen Teil der ehemaligen Ausdehnung besitzt? Es wird doch eine unendlich mühsame Arbeit gewesen sein, eine solch gewaltige Anlage zu vollenden, und es muß sich um ein wichtiges Ziel gehandelt haben."

„Das denke ich auch. Wahrscheinlich hing die ganze Sache mit dem Opferdienst der Siwapriester zusammen, die durch den Kanal ungesehen im Tempel aus und ein gehen konnten. Vielleicht wurde er auch benützt, um mißliebige Personen heimlich zu entfernen, deren Verschwinden dann dem Gott in die Schuhe geschoben wurde."

Als ein weiteres Rätsel erschien mir das Naturereignis, das die Vernichtung wenigstens der Hälfte der Insel zur Folge gehabt hatte. Es war doch ein merkwürdiges Spiel der Natur gewesen, daß das Erdbeben die eine Hälfte vollständig verschwinden ließ, während die andere keine merklichen Spuren des Zusammenbruchs zeigte. Ich hatte auf dem ganzen Weg durch den Gang nicht einen einzigen Riß oder Sprung bemerkt, der auf eine Erschütterung der Erdrinde hingedeutet hätte. Das Naturereignis mußte mit der Wucht einer gewaltigen Axt gewirkt haben, die den einen Teil der Insel glatt wegschlug, während der andere völlig unberührt blieb.

Wir hatten hier unten einstweilen nichts mehr zu suchen und kehrten auf dem gleichen Weg durch den Gang und das Gewölbe nach oben zurück. — — —

In diesem gleichen Gewölbe habe ich nach acht Jahren meine Rabbadah zur ewigen Ruhe aufgebahrt.

Wie das Unglück so schnell über mich gekommen ist? Ich habe keine Lust, die alten Wunden wieder aufzureißen und von neuem bluten zu lassen. Deshalb sei es in dürren Worten gesagt: sie starb an Heimweh. Keine Beweise der Liebe meinerseits konnten sie den glühenden Zauber ihrer indischen Heimat vergessen machen. Nicht als ob ihre Zuneigung zu mir sich verringert hätte oder als ob ihr Los, verglichen mit der früheren Pracht, unerträglich erschienen wäre.

Sie war eine Blume, die nur auf heimischem Boden gedeiht und, in ein anderes Erdreich versetzt, langsam dahinwelkt.

Zu den Füßen Rabbadahs habe ich den Schatz des Maharadscha niedergelegt — drei Bootsladungen voll. Hier soll er bleiben, bis ein gütiges Geschick denjenigen zu ihm führt, für den er bestimmt ist, einen meiner Brüder. Oder er soll mit der Insel zugrunde gehen! Kein fremdes menschliches Auge soll ihn erblicken und sich an seinem Glanz berauschen.

Aber gesetzt den Fall, ich stürbe früher, oder die Insel würde von irgendeinem Staat in Besitz genommen? Wäre dann der Schatz wirklich ganz sicher untergebracht? Von der Landseite wohl; denn niemand könnte etwas von dem Stein wissen, der zu dem unterirdischen Gewölbe führt. Ob aber auch von der Wasserseite? In den nächsten Wochen war ich eine richtige Wasserratte. Ich fällte eine Anzahl armdicker Baumschößlinge, die ich unter die Erde schaffte und zu einem kleinen, aber tragfähigen Floß vereinigte. Mit ihm fuhr ich wohl zehnmal die Bucht an der Ostküste ab, was keine Gefahr bot, weil das Wasser innerhalb des Korallenrings vollkommen ruhig war. Und ich fand, daß es keinen besseren Wächter meines Schatzes geben konnte als diese Klippen und die Brandung, die ihren weißen Gischt über sie ergießt. Ich habe wohl hundertmal das Floß verlassen und die Wassertiefe an den Klippen gemessen; ich habe jedes einzelne Riff von der Nord- bis zur Südspitze gezählt und untersucht; und ich habe die Überzeugung gewonnen, daß es an einer, aber auch nur einer einzigen Stelle möglich ist, die Brandung zu überwinden und die Bucht zu gewinnen, und zwar mit einem Boot, das einen sehr geringen Tiefgang hat. Dann habe ich das Boot der Bahadur flottgemacht und habe von der Seeseite her die Einfahrt der Bucht erzwungen. Es ist mir geglückt, obgleich es mir auf Minuten war, als führe ich mitten in die Hölle hinein. Aber keine Macht der Welt könnte mich dazu bringen, den Versuch auch bei einer anderen Stelle zu machen. Es würde heißen: Gott versuchen!

Ich bin in den dreiundzwanzig Jahren meiner Gefangenschaft ein verbitterter Mann geworden. Aber ich habe meinen Glauben an einen himmlischen Leiter der menschlichen Geschicke festgehalten. Und es ist in mir eine Ahnung, daß die gütige Vorsehung einen Faden spinnen wird, der vom Hause meiner Väter auf diese einsame, vergessene Insel führt. Möge das, was ich noch zu sagen habe, meinen Angehörigen zum Segen gereichen!

Ich kann und darf den Weg, der durch den Tempel zum Schatz des Maharadscha führt, nicht bezeichnen. Jeder Fremde, dem meine Aufzeichnungen in die Hände fallen sollten, hätte es dann in der Hand, den Schatz zu heben. Es führt nur ein einziger Zugang zum Gewölbe, und zwar der von der Seeseite; der von der Landseite wird bei meiner Abreise nicht mehr vorhanden sein. Und die beiden Klippen, durch die allein der Weg zum Stollen führt, kann nur einer aus meiner Familie finden.

Es gibt in meiner Familie ein verhängnisvolles Ereignis. Ich habe nicht nötig, es näher anzudeuten; diejenigen, die es angeht, wissen schon, worum es sich handelt. Dieses Verhängnis hängt mit einer Zahl zusammen. Ich weiß, daß unter den Familienangehörigen niemals von diesem Ereignis gesprochen wird, also noch viel weniger einem Fremden gegenüber. Und darum bin ich überzeugt, daß die Mitteilung, die ich jetzt zu machen habe, keinem nützen wird, der nicht zu meiner Familie gehört.

Sollten meine Aufzeichnungen jemals ihre Bestimmung erreichen, und ich fasse das nur so auf, daß sie in die Hände eines meiner Brüder kommen, so möge er folgendes beachten: Er ziehe von der bewußten Zahl sechsunddreißig ab und teile den Rest mit hundertachtzig! Die Ziffer, die sich dann ergibt, bezeichnet genau die Klippe, hinter der, von der Nordspitze an gerechnet, die Brandung bezwungen werden kann. Ein Irrtum ist nicht möglich, denn die Klippen bilden einen fast mathematisch genauen Halbkreis, dessen einzelne Glieder zur Zeit der Ebbe deutlich in die Augen spiegeln.

Diese Andeutung genügt vollauf für den, der allein den Schatz des Maharadscha erben soll. Ein anderer möge es nicht wagen, das Geschmeide heben zu wollen. Es ist hundert gegen eins zu wetten, daß ihn die Brandung verschlingt.

Hiermit habe ich mein Geheimnis meinem Tagebuch anvertraut — und in acht Tagen bin ich auf hoher See. —

Die Würfel sind gefallen — ich habe die Fesseln gesprengt und segle mit einem wunderbaren Backstagswind im Rücken nach Osten — der Freiheit entgegen. Mein Schifflein hat sich in den letzten vierundzwanzig Stunden vortrefflich bewährt. Fast ist es, als ob es meine Gedanken und Wünsche fühlte, so willig gehorcht es der Führung. Der Wind weht mit gleichmäßiger Stärke, so daß ich es wagen kann, die Schoten fest zu belegen, und daher die Hände frei habe. So will ich die Muße benützen und meine Tagebuchaufzeichnungen zum Abschluß bringen.

Gestern also war es, daß ich zum letztenmal am Sarge meiner Rabbadah stand. Ich fühlte mich in gehobener Stimmung, aber trotzdem fiel mir der Abschied nicht leicht: „O Rabbadah, du warst die Sonne meines Lebens! Wie habe ich dich geliebt! Wie liebe ich dich noch! Jeder Tag an deiner Seite erschien mir wie ein kostbares, unverdientes Geschenk. Du, die Begum, von Tausenden einst verehrt und angebetet wie eine Göttin, warst gegen mich nur Weib, hingebend, treu und demütig. Niemals aber demütiger als an dem Tag, da du, dich an mich schmiegend, zu mir sagtest: ‚Liebster, erzähle mir von deinem Glauben! Ich möchte ihn kennen und — lieben lernen, so wie du ihn kennst und liebst.' Dann sahst du mich erwartungsvoll an. O Rabbadah, der Kuß, den ich dir damals gab, war nur ein schwaches Zeichen meiner Freude, die ich über dieses Wort empfand. Dann wurdest du zur stillen, lernbegierigen Schülerin. Nie hat ein Missionar einen aufmerksameren, willigeren Zuhörer gehabt. Und das Kreuz, das ich über deinem Sarg in die Wand des Gewölbes ritzte, es ist zwar schmucklos und bescheiden: aber das prunkhafteste Denkmal aus Marmor, das über dem Grab so mancher schlechten Christen errichtet ist, müßte sich beugen vor dem einfältigen, demütig kindlichen Glauben, mit dem du deinem Gott dientest. O meine Rabbadah, der mächtige Strauß von Blumen, den ich zum Abschied zu deinen Füßen niederlegte, wird verwelken wie jeder von den Tausenden, den ich täglich für dich pflückte, aber nie soll in meinem Herzen die Erinnerung an dich verblassen; meine Gedanken werden um dein Grab kreisen an jedem Tag, den mir Gott noch schenken wird, und mein letzter Atemzug soll ein Segen sein für dich, du meine liebe, unvergeßliche Königin!"

Das waren meine Gedanken, bevor ich mit einem letzten traurigen Blick Abschied nahm — hoffentlich nicht für immer. Ich kehrte in den Tempel zurück. Dann schüttete ich in ein Loch, das ich am Tag vorher in unmittelbarer Nähe der Treppenmündung in die Wand gegraben hatte, meinen gesamten, nicht mehr allzugroßen Pulvervorrat. Nachdem ich die Zündschnur gelegt und angebrannt hatte, entfernte ich mich schnell ins Freie. Als der Knall erfolgt war, und ich annehmen konnte, daß sich der Pulverrauch verzogen habe, kehrte ich zurück. Ich konnte zufrieden sein mit dem Werk der Zerstörung, das ich nur mit innerem Widerstreben angerichtet hatte. Die ganze Rückwand des Tempels war eingestürzt und bildete einen riesigen Trümmerhaufen — der Zugang zum Gewölbe war versperrt.

Ich hatte zum letzten Besuch des Grabes die Zeit vor Anbruch des Morgens gewählt, weil ich die frische Brise der ersten Stunden des Tages zur Abfahrt benutzen wollte. Als ich zum Boot hinunterstieg, das segelfertig in der Bucht vor Anker lag, rötete sich eben der Himmel. Tags zuvor hatte ich bereits alles zur Abreise zurechtgemacht. Ein großer Haufen Kokosnüsse und Brotfrüchte lag wohlverstaut am Achtersteven, und vorn hatte ich ein Faß mit Trinkwasser mit Strikken befestigt, damit es mir nicht von einer etwaigen Sturzwelle über Bord gespült werden könne. Noch einen prüfenden Blick warf ich auf die Beschläge und das Steuer, dann stieß ich von Land ab. Bis zu den Klippen bediente ich mich der Riemen. Als ich aber die Brandung hinter mir hatte, stellte ich das Segel. Mit halbem Winde glitt ich an der Küste entlang nach Süden. Meine Augen hafteten an jeder Stelle, und deren waren es viele, die mit irgendeiner Erinnerung verknüpft waren; am längsten weilten sie aber auf dem Berghang, auf dem der Siwatempel zwischen den Bäumen lag. Leb wohl, Rabbadah, geliebtes Weib! Leb auch du wohl, du meine Kerkermeisterin, du meerumbrandetes Eiland! Du hast mir dreiundzwanzig Jahre meines Lebens geraubt, aber ich werde ohne Bitterkeit an dich zurückdenken.

Als ich die Südspitze hinter mir hatte, wendete ich das Fahrzeug und holte das Großsegel ein. Der Wind blies, als ob er meinen Wunsch erraten habe, genau aus Westsüdwest, und ich machte eine gute Fahrt. Nach zwei Stunden verschwand der letzte Schimmer meiner Insel in der See — ich war allein, ein winzig kleiner Punkt auf der unendlichen Fläche des Meeres.

Ich ging eine Zeitlang mit mir ernsthaft zu Rat, ob ich mein Tagebuch mitnehmen oder auf der Insel zurücklassen solle. Versinkt es mit mir, so ist es mit mir verloren, während es, wenn mein Vorhaben glückt, mir keinen nennenswerten Dienst zu leisten vermag. Ließ ich es dagegen in der Hütte zurück, so hätte es doch wohl sein können, daß einmal, wenn auch nach Jahren, Menschen die verlassene Insel betraten, die es finden und meiner Familie aushändigen konnten. Aber schließlich entschloß ich mich doch, gegen alle Vernunftsgründe, es mitzunehmen. Es war so etwas wie eine innere Stimme, die mir dazu riet und mir einflüsterte, es sei bei mir besser aufgehoben, als auf der einsamen Insel im Weltmeer. Die Zukunft wird zeigen, ob ich recht gehandelt habe, als ich dieser Stimme folgte.

Wenn der Wind anhält wie in den letzten vierundzwanzig Stunden, so hoffe ich in vier Tagen irgendeinen Punkt an der Küste Javas zu erreichen. Vielleicht treffe ich schon vorher auf ein Schiff, das das gleiche Ziel hat wie ich, und das ich um Aufnahme ersuchen kann. In den ersten paar Tagen freilich darf ich auf eine solche Möglichkeit nicht hoffen, solange ich mich nicht in befahreneren Gewässern befinde.

Ich habe mit der Vergangenheit abgeschlossen, und meine Gedanken weilen beständig in der Zukunft, die ich mir in glänzenden Farben ausmale. Ich trage einen kleinen Beutel Perlen bei mir. Sie sind ausreichend, um die schönste Jacht damit zu kaufen. Mehr wollte ich dem Schatz des Maharadscha schon deswegen nicht entnehmen, weil es nicht so leicht gewesen wäre, sie vor lüsternen Augen zu verbergen. Wenn das Glück mir hold ist und ich die Küste Javas erreiche, wird das nächste sein, daß ich einen zivilisierten Menschen aus mir mache. Dann werde ich Ausschau halten nach einem geeigneten Fahrzeug und dann — aber vielleicht ist es besser, nicht allzuviel Zukunftspläne zu schmieden. Ich habe in all den Jahren so viele Enttäuschungen erlebt, daß ich allen Grund habe, wenig von der Gegenwart und noch viel weniger von der Zukunft zu erwarten.

Der Wind beginnt sich aufzufrischen und mit dem Weiterschreiben ist es vorbei, denn ich habe meine Aufmerksamkeit jetzt anderen Dingen zuzuwenden. Glückauf für die weitere Fahrt, mein stolzes Schiffchen! Fliege, meine ‚Rabbadah‘, und trage mich der Freiheit und dem Glück entgegen! — — —

Wie soll ich das Fürchterliche, das sich seit gestern ereignet hat, in kurzen Worten schildern? Ich bin vom Himmel meiner Erwartungen in eine schauerliche Hölle gestürzt und befinde mich in einer entsetzlichen Lage. Das gesamte Mastwerk ist über Bord gegangen, alle meine Lebensmittel und das Faß mit dem Trinkwasser liegen auf dem Grund des Meeres, die Ruder sind fortgespült, das Steuer ist zerbrochen — alles in einem Zeitraum von einer Stunde. Ich bin verloren, wenn nicht unvorhergesehene Rettung kommt. —

So rasch der Sturm heute um die Mittagszeit gekommen ist, so rasch hat er sich wieder gelegt. Die Wogen haben sich geglättet, und die Sonne brennt so heiß wie immer und spiegelt sich in der See in tausend schillernden Bildern.

Der Wind hat sich gedreht und bläst jetzt aus Süden, ab von dem ersehnten Land. Und mein Wrack — es verdient keinen anderen Namen, wenn auch sein Rumpf keinen Schaden genommen hat —

schaukelt hilflos vor dem Wind in der Richtung nach Norden. Ich habe aus meiner Ruderbank ein Notsteuer angefertigt, mit dem ich mich bemühe, das ruderlose Boot vor dem Wind zu halten.

Wenn ich bei dem Unglück nur nicht allein gewesen wäre! Dann wäre es nicht so weit gekommen. Aber die erste Sturzwelle fegte meinen Mundvorrat hinweg und füllte das Boot halb mit Wasser, und während ich mich bemühte, mit Hilfe einer ausgehöhlten Kokosnuß das eingedrungene Wasser auszuschöpfen, kam eine zweite und spülte den Mast samt dem daran gebundenen Wasserfaß über Bord. Es war ein Wunder, daß das Boot nicht kenterte; aber alles, was nicht niet- und nagelfest war, verschwand in den Wellen.

Warum hat das grausame Schicksal nicht Schluß mit mir gemacht? Ein rascher Tod in den Wellen wäre hundertmal erträglicher gewesen als die Tage, die meiner warten. Ohne alle Lebensmittel und ohne Trinkwasser bin ich dem bleichen Gespenst des Hungers und des Durstes ausgeliefert. Gütiger Gott, welche Pläne hast du mit mir vor? Wenn ich zugrunde gehen soll, weshalb hast du mich nicht sterben lassen, als ich — wie oft! — vom Fieber geschüttelt in meiner Blockhütte lag? Habe ich all die Jahre her vielleicht zu wenig gelitten, daß du mir auch noch diesen Kelch zu trinken gibst, der bitterer ist als alles Vorangegangene?

Die Müdigkeit will mich übermannen, während ich diese Zeilen auf dem Bordrand schreibe. Ich werde mich auf ein Stündchen zum Schlafen niederlegen, doch vorher das Steuer anbinden, damit das Fahrzeug nicht aus der Richtung kommt. Der Wind ist ruhig — ich glaube, ich kann es wagen. Und wenn mich der Tod unterdessen in irgendeiner Form überrascht, was schadet es? Länger als vier Tage werde ich es ohnehin ohne Nahrung und Wasser nicht aushalten können. Was aber dann . . .?

Vier Tage sind vergangen, vier ewig lange, schreckliche Tage! Der Kurs ist immer noch der gleiche; es geht nach Norden, langsam, aber unaufhaltsam nach Norden, wie mir der Kompaß sagt, den ich glücklicherweise noch in der Tasche trage. Um die schwache Brise besser auszunützen, habe ich mir aus meiner Jacke und einem Stück des Bordrandes ein neues Treibsegel angefertigt. Für einen Unbeteiligten wäre es ein Anblick zum Lachen, aber mir leistet es gute Dienste, solange der Wind wenigstens aus Süden bläst. Denn im Norden, wenn auch noch Hunderte von Meilen entfernt, habe ich die Küste von Sumatra zu suchen. Lebendig werde ich sie zwar nicht ohne fremde Hilfe erreichen, doch es ist ja möglich, daß ich von einem Schiff bemerkt werde, das meinen Kurs kreuzt. Ich muß mich nach meiner Berechnung allmählich den befahrenen Gewässern nähern.

Wie lange ich es aber noch aushalten kann? Ich befinde mich bereits in dem Zustand, in dem sich der Hunger nicht mehr fühlbar macht, weil dieses Gefühl verdrängt wird von dem eines glühenden, verzehrenden Durstes. Ich muß mich schon mit allen Kräften gegen die vollkommene Teilnahmslosigkeit wehren, die sich meiner bemächtigen will. Meine Lieder scheinen das Gewicht von Blei zu haben,

durch die Adern glüht es wie flüssiges Erz, und der Schlund ist so
trocken, daß ich kein Wort zu sprechen imstande wäre. Als ich einmal
eine Silbe zu reden versuchte, nur um festzustellen, ob meine Stimme
nicht eingerostet sei, war es mir, als ob dieser Laut mir die Kehle
zersprengen müsse. Wenn ich an die Eltern denken will und an die
Brüder daheim im fernen Vaterland, oder an Rabbadah, oder wenn
ich meine Gedanken zum Gebet sammeln will, so geht es nicht —
denn mein Gehirn kocht. Ich wundere mich über mich selber, daß ich
noch diese Worte zu Papier bringen kann, obgleich mir die Anstrengung das Blut in die Gefäße meiner Augen treibt, so daß sie schmerzen und ihren Dienst versagen wollen.

Ich sehne mich nach der Nacht, die mir wenigstens für ein paar
Stunden Schlaf und Erleichterung bringt. Und ich sehne mich nach
einer anderen Nacht, aus der es kein Erwachen gibt. Wie lange wird
sie noch ausbleiben? Und wie lange werde ich das Gespenst des
Wahnsinns von mir fernhalten können, das seine gierigen Finger nach
meinem Gehirn ausstreckt? Gott im Himmel, ich bitte dich nur um
eine Gnade, wenn du mir sonst keine mehr gewähren willst: bewahre
mich vor der Verzweiflung! — — —

Acht Tage — — oder zehn — — immer nach Norden — ich kann
nicht mehr — — kein Schiff — — Feuer in den Adern — — Eltern
— — Brüder — — lebt wohl — — Gott — — Rabbadah — — —

7. Der ‚Tiger‘

Auf dem Kurs von Kalkutta nach Kota Radscha segelte ein Fahrzeug. Es war ein stramm gebautes Dreimasterschiff, das unter dem
Spriet und hinten am Stern in goldenen Buchstaben den Namen ‚Tiger‘
trug. Die Kleidung der Mannschaft bewies, daß das Schiff Kriegs-
zwecken diente, obgleich sich aus mancherlei Kleinigkeiten im Bau
und in der Takelung vermuten ließ, daß es nicht zu diesem Zweck
gebaut sei.

Gegenwärtig stand der Befehlshaber, ein noch rüstiger Maat auf
dem Quarterdeck und blickte hinauf in die Wanten, wo einer der
Männer hing und mit dem Rohr in der Hand scharfen Ausguck hielt.

„Nun, Peter, siehst du schon etwas vom Land?“

„Nein, Kommodore, es ist bisher nichts zu erblicken. Wir sind noch
zu weit vom Land und haben die Sonne im Gesicht.“

„Ay, ay, Peter, du hast recht. Paß gut auf und melde es mir gleich,
wenn du etwas Auffälliges bemerkst!“

Falkenau — der geneigte Leser wird erraten haben, daß er der
Kommodore war — wandte sich ab; er schritt auf das Steuerdeck und
trat ins Häuschen des Steuermanns. Dieser war ein wahrer Riese von
Gestalt, der zu fürchten gewesen wäre, hätte nicht der derb-gutmütige
Ausdruck seines Gesichts den Eindruck seiner Person gemildert.

„Nun, Steuermann, wie geht's? Habt Ihr in Kalkutta gute Nachricht
von den Eurigen erhalten?“

„Danke, Kommodore! Die Meinen sind wohlauf. Und der Junge macht sich. Er hat es jetzt trotz seiner Jugend bereits bis zum Marineleutnant gebracht.“

„Wirklich? Na, dann meinen besten Glückwunsch zu einem solchen Jungen, Steuermann! Wann habt Ihr ihn zum letztenmal gesehen?“

Ein Schatten flog über die Züge des Riesen.

„Ich habe ihn überhaupt noch nie zu sehen gekriegt, Kommodore!“

Falkenau trat erstaunt einen Schritt zurück. „Was sagt Ihr? Ihr habt ihn noch gar nicht gesehen? Habt Ihr nicht Euern Urlaub regelmäßig zu Hause verbracht?“

„Das ist's ja eben“, meinte der Steuermann mit einem Anflug von Trauer in der Stimme. „Wenn ich einmal zu Haus vor Anker gegangen bin, hatte mein Junge keinen Urlaub. Und wenn er einmal vierzehn Tage kriegte, so schwamm ich, sein Vater, ganz gewiß auf hoher See.“

Diese Worte wurden mit einem solch komischen Ernst vorgebracht, daß Falkenau lachen mußte.

„Warum habt Ihr noch keine Eingabe gemacht, daß Euer Sohn auf den ‚Tiger‘ versetzt werde? Herzog Max hätte diese Eingabe gewiß berücksichtigt, schon deswegen, weil Euer Sohn das Pflegekind von Major Helbig ist.“

„Seht, Kommodore, das bringe ich nicht fertig, für meinen Sohn zu betteln. Mein Junge soll seinen Kurs selber finden. Er soll später nicht sagen müssen, daß er immer von anderen in den Hafen gelotst worden sei.“

„Steuermann, diese Auffassung gereicht Euch zur Ehre. Aber wenn ein anderer diese Eingabe machen würde, zum Beispiel ich, so würde es Euch wohl doch recht sein. Oder nicht?“

Die Augen des Steuermanns leuchteten auf. „Heiliges Mars- und Bram — — — verzeiht, Kommodore, ich wollte sagen, das wäre freilich für mich eine Freude und was für eine, wenn ich meinen Einzigen bei mir haben könnte.“

„Nun gut, ich werde die Angelegenheit im Auge behalten. Aber sagt einmal, wie geht es der Mutter des Jungen? Ihr habt sie doch geheiratet? Wenigstens weiß ich, daß Ihr dazu fest entschlossen wart.“

Sofort verdüsterte sich die Miene des Steuermanns wieder.

„Im Sinne hatte ich es schon, und ich habe es auch jetzt noch. Aber die Sache hat einen Haken.“

„Einen Haken? Mag sie Euch vielleicht nicht mehr?“

„Das gerade nicht. Aber ihr Mann weilt noch am Leben, und ihre Religion verbietet es ihr, unter diesen Umständen einen anderen Ehegatten ins Schlepptau zu nehmen.“

„Das ist allerdings schlimm. Ihr Mann lebt also noch?“

„Leider!“ gab der Steuermann mit anerkennenswerter Aufrichtigkeit zur Antwort. „Er hat zehn Jahre abzusitzen, die nächstens abgelaufen sind. Dann ist er frei und wird wieder versuchen, neben seiner Frau Anker zu werfen.“

„Aber diesmal wird er wohl abblitzen? Nicht?“

„Das will ich meinen. Er soll es nur wagen, sie auch nur mit einem Finger anzurühren, und er soll den Steuermann Balduin Schubert kennenlernen! Ich werde ihn zwischen die Fäuste nehmen, daß er meint, er höre die Engel im Himmel singen."

Der Steuermann war in Eifer geraten und wäre wohl noch länger in diesem Ton fortgefahren, wenn nicht Falkenau das Gespräch in eine andere Bahn gelenkt hätte.

„Was sagt Ihr zu unserer Fahrt, Steuermann? Prächtig, nicht wahr?"

„Herrlich, Kommodore! Es ist einer der schönsten Kurse, die ich gesegelt bin. Seit dem Sturm auf der Höhe von Ceylon haben wir eine See, so glatt wie das Parkett eines Damensalons."

Der Kommodore lächelte. „Habt Ihr denn schon einmal das Parkett einer Dame betreten?"

„Das will ich meinen. Im Haus des Majors Helbig, der drei Schwestern hat."

„Und wie ist Euch die Geschichte bekommen?"

„Schlecht, Kommodore, herzlich schlecht! Ich sage Euch, ich bin mir vorgekommen wie ein Klüverbaum, dem man zumutet, auf einem straff gespannten Seil zu tanzen, ohne zu kentern."

Falkenau lachte. „Das wäre allerdings eine starke Zumutung. Übrigens, wenn Ihr wieder nach Hause schreibt, dann grüßt mir die Eurigen und auch Helbigs von mir!"

„Danke, Kommodore; werde es gern besorgen. Aber halt! Soll ich auch die drei Schwestern des Majors von Euch grüßen?"

„Meint Ihr etwa nicht?"

„Ich rate Euch davon ab."

„Warum?"

„Weil dann jede der drei Schaluppen sofort glaubt, Ihr wolltet Euch Bord an Bord neben sie legen, und dann wird es Euch schwer werden, Euer Fahrzeug wieder flottzukriegen."

„So meint Ihr das, Steuermann? Dazu besteht nun allerdings keine Gefahr, denn ich habe bereits fest Anker geworfen."

„Ja so, richtig! Was bin ich doch für ein Haifisch, daß ich so dummes Zeug schwätzen kann. Ihr habt ja schon ein Frauchen, wie es kein lieberes geben kann."

„Freilich, Steuermann! Also grüßt immerhin auch die Damen von mir! Und noch eins: Euern nächsten Urlaub sollt Ihr so nehmen dürfen, daß ihr endlich einmal Euern Sohn zu sehen bekommt."

Falkenau ging und ließ den Steuermann mit seiner Freude allein.

Kaum hatte der Kommodore das Quarterdeck betreten, da tönte es vom Ausguck herunter:

„Boot ahoi!"

„Wo?"

„Nordost bei Nord."

„Segelboot?"

„Nein, Ruderboot."

Ein Ruderboot auf hoher See und in solcher Entfernung vom Land, das mußte auffallen.

„Wieviele Ruderer?"

„Weiß nicht. Die Entfernung ist noch zu groß."

Gerade kam der Hochbootsmann über Deck. Es war Karavey, der frühere Zigeuner.

„Hochbootsmann!"

„Kommodore!"

„Holt mir doch einmal mein Glas aus der Kajüte!"

Karavey ging und kam bald mit dem Gewünschten zurück. Falkenau zog es auseinander und richtete es auf die angegebene Stelle.

„Richtig! Ein Ruderboot, das, wie jetzt zu erkennen ist, nur von zwei Männern gerudert wird. Was sagt Ihr dazu, Hochbootsmann?"

„Schiffbrüchige von einem gescheiterten Schiff."

„Das meine ich auch. Doch halt! Das Boot scheint von uns abzuwenden. Das kommt mir verdächtig vor. Falls es Schiffbrüchige wären, würden sie doch auf uns zuhalten. Sie müssen uns längst bemerkt haben, denn die Sonne steht ihnen im Rücken. Seht Ihr einmal durchs Glas, Hochbootsmann!"

Karavey folgte der Aufforderung des Kommodore.

„Richtig, Kommodore, sie wollen nichts von uns wissen."

„Dann scheinen sie auch Grund zu haben, uns aus dem Weg zu gehen. Will ihnen doch einmal ein wenig auf den Zahn fühlen. Oder meint Ihr nicht, Hochbootsmann?"

„Wie Ihr wollt, Kommodore! Auch mir scheint die Sache höchst verdächtig zu sein."

Im nächsten Augenblick erscholl der Befehl Falkenaus über Deck: „Jungens, holt die Taue ein!"

Im Nu war der Befehl ausgeführt.

„Maat, legt um nach Nordost bei Nord!"

Der ‚Tiger' beschrieb einen leichten Bogen, und der Wind, der nunmehr von achtern kam, legte sich voll in die Leinwand, so daß das Schiff beinahe doppelte Geschwindigkeit erhielt. Bald war das Boot auch mit freiem Auge zu erkennen.

„Meiner Treu, so etwas Merkwürdiges ist mir noch nicht untergekommen", meinte nach einer Weile Falkenau, der das Rohr ununterbrochen aufs Boot gerichtet hielt. „Der eine rudert, als ob er die Hölle hinter sich habe, und der andere hat die Hände im Schoß und sieht sich nicht einmal um, als ob ihn die ganze Geschichte nichts anginge. Wenn da nicht eine Teufelei dahintersteckt, will ich nicht der Kommodore dieses guten Schiffes sein. Hochbootsmann, holt doch lieber einige Mann herbei! Man kann nicht wissen, ob wir es nicht mit ganz gefährlichen Burschen zu tun haben."

Karavey gab die nötigen Befehle, und dann sahen alle gespannt dem kommenden entgegen. Das Boot rückte schnell näher, aber die Insassen änderten ihre Haltung nicht; der eine ruderte aus Leibeskräften und der andere saß unbeweglich da wie eine Wachspuppe.

Der Kommodore schüttelte den Kopf. „Bei Gott, die Kerle müssen verrückt sein, sonst müßten sie doch einsehen, daß es schade ist um jeden Ruderschlag, den sie machen."

„Erlaubt, Kommodore", bemerkte Karavey, „die beiden kommen mir nicht so verrückt vor. Mir scheint, sie wollen nur Zeit gewinnen."

„Mag sein“, gab ihm Falkenau recht. „Aber der andere auf der Steuerbank ist mir ein Rätsel. Ich glaube gar, er liest in einem Buch. Das muß wahrhaftig der spannendste Roman sein, den es gibt, weil sich der Mann nicht im mindesten stören läßt.“

Der ‚Tiger‘ war jetzt ganz in die Nähe der beiden gekommen, und Falkenau ließ die Segel einziehen. Diese Arbeit wurde so geschickt ausgeführt, daß das Schiff einige Längen vor dem Ruderboot liegenblieb und dann nur noch von dem Wellengang bewegt wurde. Zu gleicher Zeit sahen die Beobachter auf dem Dreimaster, wie der Mann am Steuer aufstand und einen Gegenstand in der Brust verschwinden ließ. Der andere hatte im gleichen Augenblick das Ruder eingezogen.

Die ganze Bekleidung der beiden Männer bestand aus einer Art von Hemd, das bis auf die Knöchel hinabreichte und an den Ärmeln einige Zeichen hatte; als Gürtel diente eine einfache Schnur. Falkenau wußte sofort, woran er war.

„Ach, Verbrecherhemden! Wir haben es mit Sträflingen zu tun, die entsprungen sind, wahrscheinlich von den Andamanen. Wollen sehen, was für Lügen uns die beiden aufbinden.“

Er bog sich über die Reling und fragte die zwei Männer, die erwartungsvoll, aber keineswegs furchtsam emporblickten, in englischer Sprache: „Woher kommt ihr?“

Den Kleineren der beiden, der begabter aussah als sein Gefährte, hatte ein gewaltiger Schreck durchzuckt, als er am Stern des Dreimasters den Namen ‚Tiger‘ las. Er hatte von diesem Schiff gehört und wußte, daß es den Norländern gehörte. Aber er beherrschte sich, so daß selbst dem aufmerksamsten Beobachter seine Bewegung entgangen wäre. Es kam nun alles darauf an, ob sich an Deck jemand befand, der ihn kannte; in diesem Fall war er verloren. Er bemerkte auch wohl den Blick, den der Kommodore auf seine Kleidung warf, und sah ein, daß es am besten sei, möglichst bei der Wahrheit zu bleiben, wenn es ihm auch natürlich nicht einfallen konnte, seinen wahren Namen zu nennen. Mit einem raschen Blick überflog er die Gesichter der Männer, die an der Reling lehnten, und als er kein bekanntes darunter erblickte, gab er erleichtert zur Antwort:

„Von den Andamanen.“

„Habe ich mir gedacht. Und wohin wollt ihr?“

„Nach Kota Radscha.“

„Auch das habe ich erwartet. Zu welchem Zweck?“

„Herr, erspart uns die Antwort! Ich sehe Euch an, daß Ihr ohnehin wißt, daß wir uns auf der Flucht befinden.“

„So, siehst du mir das an? Du bist wohl ein aufgeweckter Bursche. Warum seid ihr vor uns geflohen?“

„Weil wir nicht wußten, welche Flagge Euer Schiff führt. Ihr konntet ebensogut ein Engländer sein.“

Falkenau lachte; die Unterhaltung mit den beiden machte ihm ein Vergnügen.

„Vor den Engländern scheinst du also gewaltige Angst zu haben, vor uns dagegen nicht. Wie nun, wenn wir euch ein klein wenig gefangennehmen und wieder an die Engländer ausliefern würden?“

„Herr, wir haben Euch nichts getan.“

„Das weiß ich“, lachte Falkenau. „Nun, ich will euch offen sagen, daß nach meiner Meinung die Strafen für begangene Verbrechen nicht dazu da sind, um unausgeführt zu bleiben. Aber ihr scheint mir keine verstockten Kerle zu sein, und übrigens habe ich keine Lust, für andere den Gefängniswärter zu spielen. Wie heißt du denn eigentlich?“

„Mein Name ist Johnson, Herr.“

„Also ein Engländer. Und dein Gefährte?“

„Das ist ein Malaie. Seinen Namen weiß ich selbst nicht.“

„Habt ihr denn Geld, um euch Kleider zu kaufen?“

„N—ein“, gab der Gefragte zögernd zur Antwort.

„Wie wollt ihr euch dann Kleider beschaffen? Stehlen, nicht wahr? Oder gar — — —“

Er hielt inne, denn sein Blick war auf eine Stelle im Boot der Flüchtlinge gefallen. „Ah, ihr habt euch ja schon mit Anzügen versorgt. Denn das da unten unter der Steuerbank ist wohl ein Kleiderbündel? Nicht?“

„Nein, Herr.“

„Was ist es sonst?“

„Ein Leichnam.“

„Was? Eine Leiche? Seid ihr zu dritt entflohen und ist einer von euch unterwegs gestorben?“

„Nein, wir haben die Leiche gefunden.“

Der Kommodore war eine Weile vor Staunen sprachlos. Dann brach er los:

„Ihr Lumpen wollt euch wohl über mich lustig machen?“

„Das fällt uns nicht ein, Herr. Es ist die Wahrheit.“

„Aber eine Leiche findet man doch nicht mitten auf dem Meer bei der ruhigsten See, die man sich denken kann!“

„Wir haben sie auch nicht im Wasser, sondern in einem Boot gefunden.“

„In einem Boot? In welchem denn?“

„In diesem, Herr.“

„Wo ist denn das eure? Ihr seid doch nicht durch die Luft gesegelt?“

„Wir sind in einem Andamanenboot geflohen, haben aber im Süden von hier mitten auf der See dieses Boot mit der Leiche eingetauscht, da es erheblich größer war.“

„Hm! Merkwürdig! Erzähle mir doch einmal, wie sich die Geschichte zugetragen hat!“

Der bisherige Sprecher folgte dieser Aufforderung und berichtete das Ereignis so ziemlich wahrheitsgetreu, verschwieg indes den Fund, den sie beim Toten gemacht hatten.

Als der Erzähler geendet hatte, meinte Falkenau nachdenklich:

„Dein Bericht könnte wahr sein, so daß man fast geneigt wäre, ihn zu glauben. Aber solchen Burschen wie euch ist nicht zu trauen. Vielleicht war der Mann noch am Leben, und ihr habt ihn erst kalt gemacht.“

„Wo denkt Ihr hin, Herr!“ tat der Sträfling beleidigt. „Wir sind keine Mörder.“

„Sagt mir noch eins! Ihr habt doch sicher den Toten untersucht. Habt ihr nichts gefunden, woraus man schließen könnte, wer er ist?“

„Wir haben nichts gefunden.“

„Merkwürdig! Sollte er wirklich nichts bei sich gehabt haben? Die Sache verdient, daß man sie näher untersucht. Kommt an Bord!“

„Herr, wir haben die Wahrheit gesprochen. Laßt uns weiter!“

„Wenn du wirklich die Wahrheit gesprochen hast, so verspreche ich euch, daß ihr in einer halben Stunde ungehindert eure Wege gehen könnt. Vorher habt ihr indes zu gehorchen, wenn ihr nicht wollt, daß ich euch in den Grund segeln lasse.“

Gegen diese im drohenden Ton gesprochenen Worte war nicht aufzukommen. Die beiden sahen ein, daß sie sich fügen müßten und ergaben sich, wenn auch mit innerer Wut, in ihr Schicksal. Auf den Befehl Falkenaus ruderten sie ihr Boot bis nahe an den Rumpf des ‚Tiger‘ heran. Dann wurde ihnen ein Tau zugeworfen, an dem sie an Bord kletterten. Einer der Matrosen mußte auf den Wink des Kommodore hinuntersteigen und den Toten heraufholen. Als dann die Leiche auf dem Deck lag, machte die abgezehrte Gestalt einen tiefen Eindruck auf die Umstehenden. Der Kommodore beugte sich über sie, um sie zu untersuchen, aber das Gespenst des Hungers hatte zu deutliche Spuren hinterlassen, als daß man auch nur einen Augenblick zweifeln konnte, welchen Todes der Mann gestorben war. Falkenau erhob sich und wandte sich an die beiden Flüchtlinge, die wartend und mit erkennbarer Ungeduld daneben standen.

„Es ist richtig, der Mann ist jämmerlich verhungert und verschmachtet. Aber mit eurer Behauptung, er habe nichts bei sich getragen, habt ihr doch wohl Scherz gemacht.“

„Wir haben nicht gescherzt, Herr.“

„Was hast du eingesteckt, als wir über dich kamen?“

„Ich habe nichts zu mir gesteckt.“

„Lüge nicht, Bursche! Ich habe es deutlich gesehen.“

Als der Mann erkannte, daß sein Geheimnis in Gefahr war, änderte er seinen Ton, der bisher höflich gewesen war.

„Laßt uns in Ruhe, Herr! Das, was ich bei mir trage, ist mein Eigentum.“

„Wenn es sich herausstellt, daß es dir gehört, soll es dir auch verbleiben.“

„Wollt Ihr mich um den Finderlohn betrügen?“

„Ah, es handelt sich also doch um einen Fund, den ihr bei dem Toten gemacht habt. Gebt ihn heraus!“

„Seid Ihr vielleicht der Erbe des Toten?“

„Mensch, werdet nicht frech! Heraus damit! Oder soll ich nachhelfen?“

„Ja, heraus damit! Aber nicht du sollst es haben, du Schurke, sondern die See!“

Bei diesen Worten fuhr der Sträfling blitzschnell in den Halsausschnitt seines Hemdes und zog das Tagebuch des Verstorbenen hervor, um seine Drohung wahr zu machen. Er hatte indes die Rechnung ohne den — Steuermann gemacht.

Während sich das Erzählte abspielte, war dessen Dienst abgelaufen. Die Ablösung war gekommen, und der Steuermann hatte sich neugierig der Gruppe genähert, die sich um die entflohenen Verbrecher gebildet hatte. Dabei war er zufällig hinter den zu stehen gekommen, der sich Johnson genannt hatte. In der Hitze der Rede hatte dieser nicht achtgegeben, daß er nicht mehr rückenfrei war. In dem Augenblick, da seine Hand mit dem Buch aus dem Hemd fuhr, legten sich zwei Arme mit solcher Kraft um seine Schultern, daß ihm sofort der Atem ausging und er mit einem röchelnden Laut zusammenknickte. Ein Griff — und der Steuermann hielt das gefährdete Büchlein in seiner Faust.

„Recht so, Steuermann!" lobte der Kommodore. „Laßt ihn nicht los! Wollen sehen, ob er sonst noch etwas bei sich trägt, was ihm nicht gehört."

Die Umklammerung in der sich der Überrumpelte befand, war so fest, daß er es nur zu einem Strampeln der Füße brachte. Der Malaie, der bisher keinen Laut von sich gegeben hatte, zeigte zwar nicht übel Lust, seinem Gefährten zu Hilfe zu kommen, aber als er lauter drohende Gesichter vor sich sah, blieb er eingeschüchtert stehen. Jedoch seine Augen waren begehrlich auf das Buch gerichtet, das der Steuermann dem Kommodore aushändigte.

„Hier, Kommodore, nehmt das Ding in Verwahrung! Aber gebt acht auf den anderen! Der macht Augen darauf, so groß wie Bullaugen."

„Keine Angst, Steuermann! Wollen ihm die Flausen gleich austreiben."

Ein Wink Falkenaus, und der Malaie wurde von zehn Fäusten gepackt und niedergerungen. Während dies geschah, fuhr der Steuermann fort, seinen Gefangenen zu durchsuchen. Bald hatte er denn auch den Beutel mit dem Geschmeide gefunden und reichte ihn dem Kommodore, der, als er ihn öffnete, einen Ruf des Staunens ausstieß:

„Perlen, Perlen vom reinsten Wasser! Das ist ja ein ganzes Vermögen! Mensch, willst du vielleicht behaupten, daß ein zu Zwangsarbeit verurteilter Verbrecher solche Schätze verdienen kann?"

Der Gefangene schwieg zähneknirschend.

„Willst du gestehen, von wem die Perlen stammen?"

Keine Antwort.

„Nun, wir werden dich schon zum Reden bringen. Steuermann, laßt den Burschen los!"

Im Begriff, dieser Weisung nachzukommen, warf der Steuermann zum erstenmal einen Blick in das Gesicht seines Gefangenen und fuhr wie von einer Schlange gebissen zurück.

„Heiliges Mars- und Bramwetter! Wer ist denn das?"

„Kennt Ihr ihn etwa?" fragte Falkenau schnell.

„Und ob! Sagt einmal, Kommodore, welchen Namen hat er Euch angegeben?"

„Er nannte sich Johnson."

„Lüge, nichts als Lüge! Ich kenne ihn unter einem ganz anderen Namen. Dieser Mann heißt Natter.“

„Natter? Unmöglich! Und doch! Vielleicht könnte ers doch sein. Man hat ja gesagt, daß dieser staatsgefährliche Mensch an England ausgeliefert worden sei.“

„Er ist's, Kommodore, er ist's sicher. Ihr könnt Euch darauf verlassen, ich kenne meinen Mann.“

Der Genannte war bei der plötzlichen Nennung seines Namens erblaßt. Das war ein Schlag, den er nicht erwartet hatte. Umsonst bemühte er sich, unbefangen zu erscheinen, als er ausrief:

„Ihr irrt Euch, Herr! Mein Name ist, wie gesagt: Johnson.“

„Mach mir nichts weis, Bursche!“ lachte der Steuermann. „In Norland nanntest du dich Natter.“

„Ich bin nie in meinem Leben in Norland gewesen.“

„Lüge nicht! Ein Gesicht wie das deine vergißt man nicht so leicht. Und auch dir sehe ich an, daß du mich erkannt hast.“

„Und doch irrt Ihr Euch. Ich habe Euch erst heute zum erstenmal gesehen.“

„Heiliges Mars- und Bramwetter! Jetzt wird mir die Sache zu dumm. Willst du gestehen, daß du in Norland gewesen bist und dich Natter hießest?“

Dabei trat er auf den Mann zu und legte ihm die Arme so fest um den Leib, daß Natter Hören und Sehen verging und sein Gesicht eine blaurote Farbe annahm.

„Laßt mich los, Herr! Ihr erdrückt mich ja!“

„Bist du Natter oder bist du es nicht?“

„Ja, in drei Teufels Namen, ich bin's.“

„Siehst du, wie schnell du mit der Sprache herausgerückt bist? Und jetzt will ich wissen, von wem du den Beutel mit den Perlen hast. Rede, sonst zerdrücke ich dich wie einen Schwamm!“

„Ich rede ja schon. Ich habe ihn dem Toten abgenommen.“

„Schön, mein Junge. Ich muß dich wirklich loben, daß du so schnell deine Flagge gezeigt hast. Ja, es ist kein Spaß, dem Steuermann Schubert in die Arme zu segeln. Und nun sollst du auch deinen Willen haben.“

Mit diesen Worten löste er seine Arme von den Schultern des Gepeinigten, der einen tiefen Seufzer der Erleichterung ausstieß.

„Steuermann, das habt Ihr gut gemacht“, lobte ihn der Kommodore. „Ist es nicht merkwürdig, daß es dreimal ein Schubert ist, der bei der Entlarvung dieses Menschen eine Rolle spielte? Ja so,“ lachte er, als er sah, daß Natter eine erstaunte Miene machte. „Du weißt vielleicht noch gar nicht, wem du die zweite Schlappe zu verdanken hast. Der vierzehnjährige Junge, der dich vor zehn Jahren so schön ins Garn lockte, ist nämlich der Sohn unseres trefflichen Steuermanns hier.“

Natter, dem das tatsächlich noch unbekannt war, biß sich auf die Lippen und schwieg.

„Mensch, wie schwer mußt du dich gegen die Gesetze Englands vergangen haben, daß es dich auf die Andamanen schickte! Das geht mich natürlich nichts an, aber ich werde Sorge treffen, daß du der

Strafe für das, was du an Norland sündigtest, nicht entgehst. Bindet die Kerls und schafft sie ins Loch!"

Dieser Befehl wurde bereitwillig und rasch ausgeführt. Natter, der einsah, daß er diesmal das Spiel als verloren betrachten mußte, ergab sich widerstandslos in sein Schicksal und ließ sich binden. Das gleiche geschah mit seinem Genossen. Dann schaffte man sie unter Deck.

Als die beiden Verbrecher von der Mannschaft fortgebracht waren und der Kommodore mit dem Steuermann allein war, zog jener das Buch des Verstorbenen aus der Tasche.

„Wollen sehen, ob wir etwas über den Namen oder die Familie des Toten erfahren können. — Hm, es scheint ein gebildeter Mann gewesen zu sein, seiner Ausdrucksweise nach", meinte er, als er die erste Seite überflogen hatte. Eine Weile blätterte er weiter, bis er einmal innehielt.

„Da haben wir's ja", rief er erfreut. „Der Mann hieß Gollwitz, Hugo von Gollwitz, und stammt aus Süderland."

„Gollwitz — — Gollwitz — — ", machte der Steuermann nachdenklich. „Wo ist mir dieser Name schon untergekommen? — — Halt, jetzt hab' ich's! Kommodore, ich habe diesen Mann gekannt."

„Wirklich? Das wäre doch erstaunlich. Wo und wann habt Ihr ihn gesehen?"

„Ja, das ist schon lange her, so an die fünfundzwanzig Jahre. Ich diente damals auf einem englischen Orlogschiff als Matrose. Mit uns fuhr ein junger Mann, der sich von Gollwitz nannte und im Sinn hatte, bei den englischen Kolonialtruppen als Freiwilliger einzutreten. Was später aus ihm geworden ist, weiß ich nicht; aber ich habe ihn gut im Gedächtnis behalten, weil er gar nicht stolz war und auch mit uns einfachen Matrosen freundlich verkehrte."

„Er ist's, er ist's ohne Zweifel", bestätigte der Kommodore, der aufmerksam zugehört hatte: „Er schreibt auch in seinem Tagebuch von seinem Dienst als Freiwilliger. Steuermann, wir haben mit diesem Buch einen Fund gemacht, mit dem wir der Familie von Gollwitz eine große Freude, ja vielleicht noch mehr bereiten werden. Ich habe jetzt keine Zeit, das Tagebuch zu lesen, das hebe ich mir für später auf. Behaltet es in Eurer Verwahrung, Schubert; Ihr habt das erste Recht darauf, denn Ihr habt es vor der Vernichtung bewahrt. Ohne Euer Dazwischentreten hätte der Schurke seinen Vorsatz, es in die See zu werfen, ausgeführt. Und wenn wir die Heimat anlaufen, was freilich erst nach Monaten der Fall sein wird, dann sollt Ihr die Ehre und die Freude haben, der Familie von Gollwitz das Vermächtnis des Toten überreichen zu dürfen. Den Beutel mit den Perlen werde ich in der Zwischenzeit selber in Obhut nehmen." — —

Während dies auf Deck verhandelt wurde, fand in dem Raum, in dem die Gefangenen untergebracht waren, eine Unterredung anderer Art statt. Er war mehr ein Verschlag als eine Kajüte zu nennen, worin die beiden lagen, an Händen und Füßen mit Riemen gefesselt. Als die Schritte der Matrosen, die sie an diesen Ort gebracht hatten, verklungen waren, blieb es zunächst eine Weile still. Es vergingen fünf Minuten und noch fünf. Da stieß der Malaie einen tiefen Seufzer aus.

„Sahib!“

„Ja. Was willst du?“

„Glaubst du, daß wir belauscht werden können?“

„Nein, das halte ich für ausgeschlossen. Ich habe genau auf das Geräusch der Schritte geachtet, als sich die Leute entfernten. Vier brachten uns hierher und vier gingen wieder fort. Eine Wache scheinen sie nicht für nötig zu halten, denn wir sind ja gefesselt, daß wir uns kaum bewegen können.“

„Du hättest meinem Rat folgen und den Toten gleich am Anfang ins Wasser werfen sollen. Dann wäre alles anders gekommen; wir wären nicht untersucht worden, und man hätte uns laufen lassen.“

„Täusche dich nicht! Diese Hunde hätten uns auf alle Fälle gepackt, weil mich der Steuermann, den der Teufel gerade zur unrechten Zeit dahergeführt hat, erkannt hat.“

„Glaubst du, daß es noch Rettung gibt?“

„Ich gebe die Hoffnung nicht auf.“

„Wirklich nicht?“

„Nein. Diese Norländer schaffen uns sicher nach Kota Radscha, um uns einem englischen Schiff zu übergeben. Wahrscheinlich kommen wir dort an, wenn es dunkel geworden ist, so daß wir heute nacht noch sicher sind. Vielleicht gibt sich da eine Möglichkeit zur Flucht. Wenn nur die verdammten Riemen nicht wären, die so fest sind, daß sie einem in die Haut schneiden!“

„Pah, Riemen!“ sagte der Malaie mit einem verächtlichen Lachen. „Du kennst doch meine Zähne. Den Riemen möchte ich kennen, der meinem scharfen Gebiß widersteht. Warten wir nur, bis es dunkel wird! Dann zernage ich deine Fesseln, und hernach knüpfst du mich los.“

„Wahrhaftig, so könnte es gehen“, meinte Natter erfreut. „Es besteht dann nur noch die Schwierigkeit, wie wir aus diesem Loch hinauskommen. Ich habe zwar jetzt noch keine Ahnung, wie das zu bewerkstelligen ist, aber der Versuch muß gemacht werden. Wenn uns unsere Befreiung bis morgen früh nicht gelingt, so sind wir verloren.“

„Was aber tun, wenn wir glücklich von unseren Fesseln los und aus diesem Loch heraus sind?“

„Dann springen wir einfach über Bord und schwimmen ans Ufer.“

„Mit unseren Hemden, die uns jedem, der uns sieht, sofort verraten werden?“

„Du hast recht. Wir müssen uns Matrosenanzüge besorgen. Auch habe ich der Kapitänskajüte vorher noch einen Besuch abzustatten.“

„Zu welchem Zweck?“

„Glaubst du vielleicht, daß ich auf den Beutel mit den Perlen gutwillig verzichte? Wir brauchen Geld, und deswegen hole ich mir das, was uns ohnehin von Rechts wegen als den Findern zusteht.“

„Aber wir begeben uns damit in eine große Gefahr.“

„Die Gefahr, die wir laufen, wenn wir ganz mittellos dastehen, ist viel größer. Übrigens sehe ich die Sache nicht so schwarz an wie du. Ich vermute, daß der Befehlshaber sofort an Land geht, wenn das Schiff Anker geworfen hat, so daß ich eine Begegnung mit ihm nicht zu fürchten habe. Aber jetzt haben wir genug geschwätzt. Es ist das beste, wenn wir einige Stunden schlafen, damit wir am Abend ausgeruht sind. In den letzten Tagen haben wir ohnehin fast kein Auge zugetan."

Stunden waren vergangen, als Natter erwachte. Er richtete sich in sitzende Stellung auf und horchte. Alles war still. Auch das Geräusch des Sogs[1] machte sich nicht mehr bemerkbar, woraus er schloß, daß das Schiff vor Anker lag. Eine andere Beobachtung ließ sich nicht machen, weil es in dem Verschlag, in dem sie lagen, von Anfang an vollständig finster gewesen war. Natter wußte also nicht, ob es Nachmittag oder Abend sei.

Sein Gefährte schien noch zu schlafen; seine tiefen Atemzüge waren deutlich vernehmbar. Er wurde indes sofort munter, als ihn Natter rief, und fragte:

„Sahib, sollen wir beginnen?"

„Warte noch eine Weile! Ich weiß zwar nicht, wie spät es ist, aber allzulange werden wir in diesem Taubenschlag nicht geschlafen haben. Es ist möglich, daß wir vor Anbruch der Nacht noch Besuch bekommen."

Es zeigte sich bald, daß die beiden sehr wohl daran getan hatten, noch zu warten. Die Stiege knarrte. Es kam jemand herabgestiegen, blieb unten stehen und brannte ein Licht an. Natter bemerkte den Schein durch die Risse und Spalten in der Tür. Da diese aus weichem Holz bestand, hatten sich die Bretter im Lauf der Zeit so verzogen, daß einige dieser Spalten breite als ein Messerrücken waren.

Sofort kam Natter der Gedanke an den Riegel. Er suchte ihn mit den Augen und fand ihn sehr leicht. Er war in der Mitte der Tür angebracht, und gerade da, wo er in den Türrahmen überging, war eine Spalte, die sehr gut paßte, so daß Natters Herz vor Freude schlug. Wenn man einen scharfen Gegenstand durch die Spalte schob und in den Riegel stieß, mußte man ihn bewegen, also von innen öffnen können.

Kaum hatte Natter diese Beobachtung, zu der er nur zwei oder drei Sekunden gebraucht hatte, gemacht, so öffnete sich die Tür und ein Matrose trat ein. Beim Schein der Lampe, die der Mann in der Hand trug, konnten die Gefangenen zum erstenmal ihr Gefängnis betrachten. Es war ein schmaler Raum, der nur so hoch war, daß der Matrose gerade noch aufrecht stehen konnte. Außer den beiden Gefangenen war nichts in ihm; nicht einmal ein Haken oder Nagel war zu sehen.

„Nun, wie gefällt es euch hier?" lachte der Mann. „Zeigt eure Fesseln! Wollen sehen, ob sie unterdessen locker geworden sind."

Er setzte die Lampe nieder und besah sich die Riemen. Das Ergebnis dieser Untersuchung schien ihn zu befriedigen. Ein breites Grinsen ging über sein Gesicht, als er meinte:

„Die Fesseln sind gut. Davon kommt ihr in alle Ewigkeit nicht los. Heute habt ihr es übrigens noch erträglich. Aber morgen! Ihr müßt nämlich wissen, daß im Hafen zwei englische Schiffe vor Anker lie-

[1] Kielwasser

gen. Eines von ihnen wird euch aufnehmen, und dann gnade euch Gott!"

Die Gefangenen schwiegen, und der Matrose fuhr fort:

„Der Kommodore ist mit dem Steuermann vor einer Stunde an Land gerudert. Damit ihr euch aber nicht hernach über Mangel an Gastfreundschaft beschweren könnt, hat er angeordnet, man solle euch zu essen und zu trinken geben. Deswegen bin ich bei euch, obgleich es eigentlich vorn im Mannschaftsraum, wo es heute lustig zugeht, angenehmer wäre."

Nach diesen Worten trat er vor die Tür hinaus und holte einen Laib Brot und einen Krug Wasser herein, die er zuvor draußen auf der Treppe zurückgelassen hatte.

„Aber mit gefesselten Händen können wir nicht essen", sagte Natter.

„Das schadet nichts, mein Junge. Ich werde euch bedienen, daß ihr meint, ihr säßet auf eurer Mutter Schoß, die euch ein Zuckerbrot nach dem anderen in den Mund steckt."

Damit zog er sein Messer und begann mit der ,Fütterung', indem er abwechslungsweise bald Natter, bald seinem Mitgefangenen einen Brocken in den Mund steckte. Die Männer, die seit dem frühen Morgen nichts gegessen hatten und einen mächtigen Hunger verspürten, ließen sich diese Bemutterung wohl gefallen, und es dauerte nicht lange, so war der Brotlaib verschwunden.

„So, Kinder, das scheint euch geschmeckt zu haben. Weil man aber eine Sache nicht halb tun soll, so sollt ihr jetzt zu trinken haben."

Er ergriff den mindestens fünf Liter fassenden Krug und brachte ihn an die Lippen der Gefesselten. Als sie sich satt getrunken hatten, stellte er ihn auf die Seite und meinte zufrieden:

„So, Kinder, jetzt seid ihr satt und werdet schlafen wollen. Ich wünsche euch eine recht geruhsame Nacht. Meiner Mutter Sohn ist übrigens froh, daß er nicht in eurer Haut steckt."

Er nahm die Lampe wieder auf, trat vor die Tür hinaus und schob den Riegel vor. An der Stiege verlöschte er die Lampe, stellte sie neben die unterste Stufe und stieg dann empor. Den nicht ganz geleerten Krug hatte er bei den Gefangenen stehenlassen, obgleich er sich eigentlich hätte sagen sollen, daß er den gefesselten Männern nichts nützen könne.

Natter war jeder Bewegung des Matrosen mit wahren Luchsaugen gefolgt und hatte mit Genugtuung beobachtet, daß der Krug zurückblieb. Als die Schritte des Fortgehenden verhallt waren, ließ sich der Malaie hören:

„Er ist fort, Sahib, und wir können beginnen. Dreh dich so auf die Seite, daß ich deine Handfesseln mit den Zähnen erreichen kann!"

„Ist nicht mehr nötig. Ich weiß ein Mittel, das uns rascher zum Ziel verhilft. Der Mann hat den prächtigen Einfall gehabt, den Krug stehenzulassen. Wir zerbrechen ihn einfach, und dann ist es nicht schwer, mit Hilfe eines Scherbens die Riemen zu zerschneiden."

„Aber der Krach, den das Zerbrechen verursachen wird, kann uns verraten und alles verderben."

„Oh", meinte Natter sorglos, „der wird nicht gehört. Der Matrose hat doch gesagt, daß es im Mannschaftsraum heute abend lustig hergeht. Was das heißt und was für ein Lärm dabei verursacht wird, weißt du gerade so gut wie ich. Hörst du aber auch nur einen Laut? Ebensowenig wird das geringste Geräusch, das beim Zerbrechen des Kruges entsteht, nach vorn dringen. Wir hätten es überhaupt nicht glücklicher treffen können. Der Kommodore ist fort und die Mannschaft vergnügt sich im Raum. Das Deck ist also, die Wache ausgenommen, verlassen, und es müßte schon mit allen Teufeln zugehen, wenn unser Plan mißglücken würde. Aber jetzt genug des Redens! In einer halben Stunde müssen wir frei sein."

Der Krug stand, da der Raum enge war, ganz in der Nähe. Langsam schob sich Natter hin, bis seine Füße ihn berührten. Indem er vorsichtig die Knie hob, gelang es ihm, den Krug dazwischen zu bekommen. Ein kräftiger Druck — die Fesseln an den Fußgelenken wirkten als Hebel verstärkend mit — und ein knirschendes Geräusch belehrte die beiden, daß der Krug in Trümmer gegangen war. Dabei konnte Natter freilich nicht verhindern, daß die Scherben seine Knie verletzten, aber was machte sich ein Mann, der mit allen Hunden gehetzt ist, aus einer solchen Kleinigkeit!

Als der Krug in Scherben lag, suchte er einen Splitter zu fassen. Das war nicht leicht, weil ihm die Hände auf dem Rücken zusammengebunden waren, aber es ging. Dann mußte sich der Malaie so auf dem Rücken an ihn heranschieben, daß die Riemen an seinen Handgelenken in den Bereich des Scherbens kamen.

Es war eine mühselige Arbeit, und der Schweiß rann Natter in dicken Tropfen von der Stirn. Aber nach zehn Minuten war der Riemen so weit durchgesägt, daß ihn der Malaie unschwer zerreißen konnte. Das übrige war das Werk weniger Minuten. Nach kurzer Zeit standen sie frei auf den Füßen und dehnten und streckten die steif gewordenen Glieder.

„Was nun?" keuchte der Malaie. „Wie kommen wir aus diesem Loch hinaus?"

„Das ist nicht mehr schwer. Hast du vorhin beim Schein der Lampe nicht bemerkt, daß sich zwischen der Tür und dem Pfosten ein breiter Riß befindet? Wenn wir durch diesen Spalt einen Scherben in den Riegel stoßen, kann es nicht schwer sein, ihn zu öffnen."

Auch diese Arbeit ging rasch vonstatten. Zwar brauchte Natter etwas länger dazu, weil er bei dem Dunkel ganz auf das Tastgefühl angewiesen war, aber indem er die Spitze seines Scherbens immer wieder in die vorderste Stelle des Riegels steckte, die ihm erreichbar war, gelang es ihm, ihn langsam Zoll um Zoll zurückzuschieben.

Die halbe Stunde, von der Natter gesprochen hatte, war noch nicht ganz vorüber, so standen die beiden draußen vor der Tür. Nun hieß es, die äußerste Vorsicht anzuwenden. Der Malaie mußte zurückbleiben, und Natter schlich sich zur Treppe. Dabei berührte sein Fuß die Lampe, die der Matrose dort niedergestellt hatte. Einer plötzlichen Eingebung folgend, bückte er sich und hob sie auf, wobei er auch eine Schachtel mit Zündhölzer zwischen die Finger bekam.

Endlich auf Deck angekommen, sah er sich um. Es brannte nur ein einziges Licht, eine Laterne, die am Fockmast hing. Natter kannte die Schiffseinrichtung genug, um zu wissen, wo er die Kapitänskajüte zu suchen hatte. Immer den dichtesten Schatten als Deckung benutzend, kam er am Hauptmast vorbei, an dem eine Gestalt lehnte, die ihren Blick auf den nächtlichen Himmel gerichtet hielt — die Deckwache.

Ungesehen gelangte er an ihr vorbei zur Kajüte des Kommodore. Er versuchte die Klinke niederzudrücken — es ging, die Kabine war nicht verschlossen. Rasch schlüpfte er hinein und zog die Tür hinter sich zu. Tiefe Finsternis umgab ihn hier, einen schwachen Lichtschimmer ausgenommen, der durch die Kajütenfenster, die auf der Wasserseite lagen, hereinfiel. Deshalb wagte es Natter, Licht zu machen. Sein erster Blick fiel auf den Schreibtisch, der an der Rückwand stand. Ein Schränkchen in der Mitte zog seine besondere Aufmerksamkeit auf sich. Wenn irgendwo, dann mußte sich hier der Beutel mit den Perlen befinden. Aber wie zu ihnen kommen? Suchend schaute er um sich; sein Blick blieb an einer Papierschere haften, die neben verschiedenen Schreibereien auf dem Tisch lag. Rasch entschlossen nahm er sie zur Hand und zwängte sie in den Spalt zwischen dem Schloß und der Wand des Schränkchens. Seine Mühe wurde bald belohnt; er hörte ein leises Knacken, und die Tür sprang auf.

Der Eindringling mußte sich zusammennehmen, um in seiner Freude nicht laut zu werden; vor seinen Blicken lag das Gesuchte, der Beutel, und daneben einige Geldrollen. Im nächsten Augenblick war alles in dem Schlitz seines Hemdes verschwunden. Doch, wie er auch suchte und unter den Papieren herumstöberte, vom Tagebuch war keine Spur zu finden. Das war allerdings schlimm. Denn wenn es in die Hände der Angehörigen des Verstorbenen kam, war seine Kenntnis des Inhalts wertlos. Aber er durfte die kostbare Zeit nicht mit dem Suchen versäumen. Darum brachte er das Schloß des Schrankes wieder zum Einschnappen, damit man von seinem Besuch nicht zu bald etwas entdeckte; dann löschte er die Lampe aus und trat aufs Deck hinaus. Auf dem gleichen Weg, den er gekommen, gelangte er wieder zur Treppe, an deren Fuß der Malaie ungeduldig wartete.

„Das hat aber lange gedauert. Ich fürchtete schon, du seist entdeckt worden.“

„Es ist alles gut gegangen. Ich habe sogar die Perlen, und ich habe Geld!“

Das Erstaunen seines Gefährten war grenzenlos. „Du hast die Perlen? Oh, dann ist alles gut! Wie ist dir denn das gelungen?“

„Das werde ich dir später erzählen. Jetzt ist keine Zeit dazu. Du darfst nicht vergessen, daß wir auch noch Kleider brauchen.“

„Ja, richtig! Aber, Sahib, das mußt du mich machen lassen. Darauf verstehe ich mich; ich weiß, wo ich sie zu suchen habe.“

„Nun, wo?“ fragte Natter.

„Natürlich im Schlafraum der Mannschaft. Die Hauptsache ist, daß sich niemand darin befindet. Laß mich nur machen! Ich bin nicht zum erstenmal auf einem Schiff."

„Gut, so besteht kein Bedenken. An einem Abend wie der heutige, legt sich kein Matrose in die Koje."

„Nun, dann wird es keine Schwierigkeit haben. Erwarte mich hier, Sahib!"

Im nächsten Augenblick war der Malaie im Dunkeln verschwunden und die Reihe, warten zu müssen, war an Natter. Seine Geduld wurde auf eine harte Probe gestellt. Schon glaubte er, es sei jenem ein Unglück begegnet, da erschien der Ersehnte oben an der Treppe. Auf dem Arm trug er ein großes Bündel Kleider. Sogar Schuhe und Mützen waren dabei, so daß sie, wenn es ihnen gelang, an Land zu schwimmen, auftreten konnten, ohne im mindesten aufzufallen.

Rasch waren aus den Gewandstücken zwei Bündel geformt. Jeder befestigte das seine auf dem Kopf, um es so gut wie möglich vor dem Wasser zu schützen, dann machten sie sich auf den Weg nach dem Fallreep, das zu ihrer Freude niedergelassen war; es war nicht wieder aufgezogen worden, nachdem der Kommodore und der Steuermann das Schiff verlassen hatte. Noch einige Augenblicke, und die beiden Verbrecher waren im Dunkel der Nacht verschwunden.

Das schwierige, ja unmöglich scheinende Werk war ihnen mit leichter Mühe gelungen; abermals hatten sie sich der strafenden Gerechtigkeit entzogen. — — —

Als man am nächsten Morgen das Verschwinden der Gefangenen bemerkte, wurde sofort die Küstenwache in Kenntnis gesetzt. Doch ihre Bemühungen waren vergebens; die beiden Männer, auf deren Wiederergreifung Falkenau einen hohen Preis setzte, blieben verschwunden.

Die Grenze zwischen den Staaten Norland und Süderland wird gebildet von einer Gebirgskette, die an Großartigkeit kaum ihresgleichen hat. Landschaften voll schauerlichster Wildheit, die im Herzen des Wanderers die Erinnerung an mittelalterliche Räuberromantik wachrufen, wechseln ab mit Bildern von einer Anmut, für die das Wort ‚unvergleichlich‘ fast zu wenig besagt. Besonders viel besucht wird von Naturfreunden die wichtige Paßstraße südlich von Helbigsdorf, die in vielen Windungen hinauf zum Sattel des Himmelsteins führt und von dort oben sich langsam senkend wieder ins Tal hinuntersteigt. Jede Krümmung enthüllt einen neuen, überraschenden Ausblick, so daß des Staunens und Bewunderns schier kein Ende ist. Und wenn der Wanderer gar oben auf dem Sattel ankommt und stehenbleibend die zurückgelegte Strecke überblickt, so ist er wie trunken von der Herrlichkeit, die sich seinen Blicken darbietet. Wendet er schließlich sein Haupt nach Süden, um den Weg fortzusetzen, dann ist sein Fuß abermals an die Stelle gebannt.

Von der Höhe des Sattels führt ein gutgepflegter Weg in vielen Windungen noch höher empor und mündet an der Freitreppe einer Burg, die wie der Berg den Namen Himmelstein führt. Sie wurde niemals erobert oder zerstört, denn ihre Lage machte sie völlig uneinnehmbar. Aber der Zahn der Zeit nagte unaufhaltsam an ihren

Mauern, und als sie in den Besitz des gräflichen Hauses Hohenegg kam, war es notwendig geworden, sie von Grund auf auszubessern, wobei ihre Einrichtung den Ansprüchen der neueren Zeit angepaßt wurde. Jetzt gehört sie als Privateigentum dem jüngeren Grafen Hohenegg, der ‚tolle Graf' genannt. Sie war ihm als mütterlicher Erbteil geblieben, während er den väterlichen Nachlaß an Nurwan Pascha, den älteren Bruder seines Vaters und rechtmäßigen Besitzer, hatte abtreten müssen. Hierher zog er sich jedes Jahr auf einige Monate zurück, um in den weit ausgedehnten Wäldern zu jagen, wenn er der anstrengenden Vergnügen der Hauptstadt müde geworden war.

Wenn man, die Burg hinter sich lassend, auf dem Rücken des Berges ostwärts weitergeht, so gelangt man nach fünf Minuten an einen kleinen von einem düsteren Tannenwald umgebenen See, der von einem Gebirgsbach gespeist wird und sein überschüssiges Wasser in Form mehrerer stufenartig übereinanderliegender Wasserfälle in eine tiefe Schlucht ergießt, für die der Volksmund den Namen Höllenschlucht geprägt hat.

Dieser Absturz ist mehr als romantisch, er ist schauerlich. Der obere, der Burg zugewandte Teil ist völlig ungangbar, da der Bach, der, von der Höhe kommend, einen breiten Wasserfall bildet, die Sohle der Schlucht ganz ausfüllt. Die Wände steigen senkrecht empor, und kein Bergsteiger, auch nicht der verwegenste, würde den Mut finden, seinen Fuß auf die abschüssigen und schlüpfrigen, weil von den Sprühregen des Wasserfalls benetzten Felsschründe zu setzen.

Erst eine Strecke weiter unten öffnet sich die Schlucht zu größerer Breite und gewährt Raum für einen schmalen, wenig begangenen Pfad, der nach einer Viertelstunde in einem Quertal mündet, durch das eine schlechte, holprige Fahrstraße führt. — —

In einem großen, prächtig eingerichteten Eckzimmer der Burg Himmelstein saß der ‚tolle Graf' vor der reichbesetzten Frühstückstafel. Die Aussicht, die man von den Fenstern dieses Raumes aus genoß, war wohl eine der schönsten auf Erden, aber der Sinn des Grafen war für die Schönheiten der Natur erstorben. Der lüsterne französische Roman, den er eben durchblätterte, bot ihm einen weit größeren Genuß.

Die Zimmer des Grafen waren noch dieselben Gemächer, in denen einst die alten Himmelsteiner gehaust hatten, aber die schweren Eichenmöbel waren verschwunden, um einer Einrichtung nach dem neuen Stil Platz zu machen, und an die Stelle der kleinen und rundscheibigen Fenster waren große, geschliffene Glastafeln getreten, die beim Untergang der Sonne wie glühendes Gold über das weite Land zu schimmern pflegten. Von hier aus hatten die alten Ritter dem edlen Handwerk des Wegelagerns gehuldigt, und von hier aus setzte der Graf dieses schöne Gewerbe in einer Weise fort, die den gegenwärtigen Zuständen angemessen war.

Da öffnete sich die Tür und der Schloßvogt trat ein. Wir sind ihm schon einmal begegnet, damals, als er die drei aus Hochberg entsprungenen Sträflinge in der Kutsche des Grafen über die Grenze schaffen sollte.

Der Graf blickte vom Buch auf. „Nun, Geißler, was bringt Ihr?"

„Herr Graf, es ist ein Mann im Vorzimmer, der um eine Unterredung bittet."

„Habt Ihr ihm nicht gesagt, daß ich nicht zu sprechen sei?"

„Nein, das habe ich nicht gewagt."

„Nicht gewagt? Ihr?" fragte Hohenegg erstaunt.

„Jawohl. Der Herr Graf werden nämlich staunen, wenn ich den Namen nenne."

„Nun, da bin ich doch neugierig."

„Ich kann die Neugier des Herrn Grafen leicht befriedigen: es ist Méricourt."

„Was?" rief Hohenegg, vom Stuhl aufspringend. „Méricourt? Welchen Méricourt meint Ihr? Etwa den, der sich in England Johnson und in Norland Natter genannt hat?"

„Jawohl, Erlaucht! Gerade den meine ich."

„Das ist nicht möglich. Ich kann mir doch nicht denken, daß ihn die Engländer in Freiheit gesetzt haben."

„Soll ich ihn einlassen, Herr Graf? Er wird Ihnen auf Ihre Fragen selber am besten Bescheid geben können."

„Ja, Ihr habt recht. Führt ihn herein!"

Der Schloßvogt entfernte sich und ließ den Besucher eintreten. Niemand hätte in dem vornehmen, nach der neuesten Pariser Mode gekleideten Herrn, der jetzt leichten Schrittes über die Schwelle trat, den Andamanenflüchtling wiedererkannt.

„Natter!" rief der Graf, erstaunt einen Schritt zurücktretend. „Also wirklich! Es geschehen Zeichen und Wunder!"

„Mich haben Sie wohl nicht erwartet, Herr Graf?"

„Nein, wahrhaftig nicht! Der Teufel soll mich holen, wenn ich so etwas für möglich hielt."

„Dann bin ich Ihnen vielleicht gar nicht willkommen?"

„Alle Wetter, nein! So habe ich das nicht gemeint. Ich hoffe nicht, daß Sie meiner Verblüffung eine schiefe Deutung geben. Ich kann mich nur nicht genug wundern, daß die Engländer Sie in Freiheit gesetzt haben."

„Nun", lachte Natter, „so menschenfreundlich sind sie auch gar nicht gewesen."

„Nicht? So hätten Sie — — so wären Sie — — —"

„Ja, so ist es. Ich bin ihnen glücklich entkommen."

„Das müssen Sie mir erzählen. Aber nehmen Sie vorher Platz, und helfen Sie mir beim Frühstücken!"

Natter folgte dieser Einladung und setzte sich dem Grafen gegenüber. Dieser drückte auf den Knopf der Tischglocke und befahl dem eintretenden Vogt:

„Bringt rasch noch ein zweites Besteck für diesen Herrn!"

Als dann der Wein in den geschliffenen Gläsern funkelte, begann der Graf, der seine Neugier kaum mehr meistern konnte:

„Also, Natter, Sie kommen jetzt aus England?"

„Nein, Graf, da irren Sie sich gewaltig. Ich komme geradewegs von den Andamanen."

„Von den — — —?" Die Gabel entfiel der Hand des maßlos Überraschten. „Aber das ist ja fast unglaublich! Unter hundert Fällen, wo ein ‚Gast' dieser Insel die Flucht versucht, gelingt sie kaum einem."

„Nehmen Sie ruhig meinen Fall als einen dieser seltenen Ausnahmen an und lassen Sie sich erzählen! Sie werden einen Roman zu hören bekommen, der Sie jedenfalls mehr fesseln wird als das Buch, worin Sie bei meiner Ankunft gelesen haben."

Und nun berichtete Natter dem gespannt Horchenden von den Dingen, die den Inhalt der vorhergehenden Kapitel bilden. Der Graf unterbrach ihn mit keinem Wort. Aber als der Erzähler nach einer Stunde geendet hatte, waren die Speisen auf dem Teller des Grafen noch unberührt, ebenso der Wein.

„Natter, das war eine wunderschöne Geschichte. Was gedenken Sie nunmehr zu tun?"

„Das ist nicht schwer zu erraten. Ich werde mich in den Besitz des Schatzes setzen."

„Aber er gehört Ihnen nicht."

„Den Gollwitz gehört er ebensowenig. Es gibt keine Rechtsbestimmungen, auf Grund deren sie einen greifbaren Anspruch auf den Schatz haben. Die Verbindung des Hugo von Gollwitz mit der Begum war keine gesetzliche, also auch keine gültige. Bedenken Sie dagegen, was die Vereinigung, für die ich tätig war, für einen Vorteil hätte, wenn ich ihr den Schatz verschaffen könnte. Sie könnte ihre Ziele, die gegen die bestehende Gesellschaftsordnung gerichtet sind, mit ganz anderer Aussicht auf Erfolg betreiben. Und außerdem betrachte ich die Angelegenheit als persönliche Ehrensache. Gollwitz hat in seinem Tagebuch so geringschätzig von Méricourt gesprochen, daß ich als dessen Bruder keine Lust habe, das ungestraft hinzunehmen. Nein, der Schatz muß mein werden."

„Aber wissen Sie die Lage der Insel, auf der er sich befindet?"

„Ja, ich habe mir die Angaben darüber genau gemerkt."

„Und kennen Sie auch das Versteck und den Zugang zu ihm?"

„Ja, oder auch nein. Wie man es nimmt. Gollwitz hat nämlich seinen Bericht so abgefaßt, daß nur ein Angehöriger seiner Familie den Zugang zum Versteck entdecken kann."

„Nun, dann werden Ihre Anstrengungen umsonst sein."

„Das wollen wir erst abwarten, Graf. Zunächst handelt es sich für mich darum, in der Familie von Gollwitz eingeführt zu werden, und dazu sollen Sie mir verhelfen."

„Ich?" fragte der Graf erstaunt. „Wie kann ich Ihnen dabei helfen?"

„Sie sollen mir ein Empfehlungsschreiben an die Familie von Gollwitz mitgeben. Deswegen bin ich ja eigentlich zu Ihnen gekommen."

Bei dieser Mitteilung brach der Graf in ein schallendes Gelächter aus.

„Lieber Freund, da sind Sie an den Unrechten gekommen. Ich versichere Ihnen, meine Empfehlung würde gerade den entgegengesetzten Erfolg haben. Man würde Sie sofort auf die Straße setzen."

„Das glaube ich nicht. Man sagte mir doch, Sie seien mit der Familie gut bekannt."

„Das stimmt. Aber dieses Bekanntsein ist von jener Art, die man im gewöhnlichen Sprachgebrauch Feindschaft nennt."

„Sie sind mit der Familie von Gollwitz verfeindet? Und warum?"

„Lieber Freund, das sind alte Geschichten, von denen ich nicht gern spreche. Geben Sie sich damit zufrieden, wenn ich Ihnen sage, daß Ihnen meine Empfehlung nicht den geringsten Nutzen bringen kann."

Die Enttäuschung Natters war ersichtlich. Eine Weile blickte er nachdenklich vor sich hin, dann sagte er entschlossen:

„Nun, wenn Sie mir nicht helfen können, dann muß ich es eben auf einem anderen Weg versuchen."

„Worum handelt es sich eigentlich? Wollen Sie mir nicht wenigstens eine kleine Andeutung geben?" forschte der Graf neugierig.

„Es handelt sich um ein Unglück, das die Familie von Gollwitz vor langen Jahren betroffen hat, und von dem nur die Angehörigen des Hauses nähere Kenntnis haben. Bei diesem Vorfall spielt eine Zahl eine große Rolle, und um die dreht es sich bei dem Geheimnis. Sie bildet gewissermaßen den Schlüssel zu dem Versteck."

Hohenegg war mit großer Aufmerksamkeit den Worten Natters gefolgt. Jetzt sprang er auf und ging mit nachdenklichen Schritten im Zimmer auf und ab. Natter sah ihm eine Weile befremdet zu und fragte dann:

„Was ist Ihnen, Graf? Wissen Sie vielleicht etwas von der Sache?"

Der Angeredete blieb mit einem plötzlichen Ruck vor Natter stehen.

„Ja, ich weiß etwas von der Sache. Ich weiß sogar die ganze Geschichte. Und was noch besser ist: ich kann Ihnen die Zahl sagen."

Diese Eröffnung kam so überraschend, daß Natter wie elektrisiert aufsprang.

„Sie scherzen wohl, Herr Graf? Wie kämen Sie dazu —"

„Setzen Sie sich wieder und hören Sie mir ruhig zu! Und Sie werden sehen, daß ich nicht scherze."

Mit diesen Worten nahm er seinen Platz am Tisch wieder ein, und auch Natter ließ sich zögernd nieder.

„Wie Sie wissen, war mein Vater Minister des Herzogs von Norland. Als solcher konnte er sich, wie Sie sich denken können, mit manchen Dingen befassen, die eigentlich nicht bestimmt waren, zu seiner Kenntnis zu gelangen. Eines Tages erhielt er durch einen Sendling Nachricht von einem Geheimvertrag, den Süderland mit einer auswärtigen Macht abgeschlossen hatte. Seine Wißbegier wurde sofort rege, und der Spitzel erhielt den Auftrag, den Geheimvertrag herbeizuschaffen, koste es, was es wolle. Nach acht Tagen hielt mein Vater den Vertrag in Händen."

„Aber was hat das mit Gollwitz zu tun?"

„Haben Sie nur Geduld! Ich komme gleich darauf zu sprechen. — Der Inhalt des Geheimvertrages war nur drei Personen bekannt: dem Minister jener auswärtigen Macht, dem Fürsten von Süderland und — dem Baron Otto von Gollwitz, der der Geheimsekretär des Fürsten war."

„Ah! Jetzt geht mir ein Licht auf!"

„Nicht wahr? Der Baron, Hugos Onkel, hatte den Vertrag ausgehändigt erhalten mit dem Auftrag, eine Abschrift anzufertigen. Das Papier war nicht lange in seinem Besitz; es verschwand auf unerklärliche Weise aus seinem Schreibtisch, und der Baron fiel in Ungnade, da man seinen Unschuldsbeteuerungen keinen Glauben schenkte."

„So also verhält sich die Sache!" meinte Natter nachdenklich. „Aber die Zahl?"

„Ich bin noch nicht fertig. Als vor zwanzig Jahren mein Vater gestürzt wurde, da fand der damalige Schmiedesohn und jetzige Herzog Max unter seinen Papieren auch den vermißten Vertrag und dazu den unzweifelhaften Beleg dafür, daß Baron von Gollwitz bei der ganzen Angelegenheit nicht im geringsten beteiligt war. Die Folge davon können Sie sich denken. Gollwitz wurde wieder in alle Ämter und Ehren eingesetzt und erhielt eine glänzende Genugtuung. Davon konnte der Verfasser des Tagebuchs natürlich nichts mehr wissen."

„Aber die Zahl! Die Zahl! Wissen Sie die?"

„Ich weiß sie, kann sie Ihnen aber nicht sagen."

„Wie?" machte Natter erstaunt. „Sie wollen sie mir nicht sagen?"

„Können Sie sich den Grund nicht selber denken? Glauben Sie, ich werde Ihnen eine Mitteilung machen, deren Wert so groß ist, daß er sich jeder Schätzung entzieht, ohne daß ich einen Vorteil davon habe?"

„Ah, Graf, jetzt verstehe ich Sie. Sie möchten Geld von mir haben."

„Sehen Sie, wie schnell Sie klug geworden sind!" nickte Hohenegg. „Ja, mein Lieber, ich will Geld von Ihnen haben."

Natter lachte höhnisch. „Sie täuschen sich, Herr Graf, wenn Sie Ihre Mitteilung für so wertvoll halten. Jetzt, nachdem die Angelegenheit für die Gollwitz eine so günstige Wendung genommen hat, werden sie nicht mehr so schamhaft damit hinter dem Berg halten, und ich erachte es keineswegs für schwierig, ihnen die geheimnisvolle Zahl, deren Wert sie natürlich nicht kennen, zu entlocken. Ich bin also keineswegs auf Ihre Hilfe angewiesen."

„Meinen Sie?" lachte Hohenegg. „Und ich sage Ihnen dagegen, daß Sie mich sehr notwendig brauchen."

„Ich sehe aber nicht ein, wieso! Ich nähere mich einfach der Familie auf eine harmlose, unverdächtige Weise und —"

„Und ich", fiel ihm der Graf in die Rede, „ich werde der Familie die Warnung zugehen lassen, sie möge sich vor einem gewissen Natter in acht nehmen."

Dieser Trumpf saß. Natter sah sein Gegenüber wie erstarrt an. Dann brach er los: „Herr Graf, Sie sind ein — — —"

„Halt! Kein Wort weiter! Sie können von mir meinetwegen denken, was Ihnen beliebt, aber eine Beleidigung dulde ich nicht in meinem Haus. Merken Sie sich das!"

Eine Weile saßen sich die beiden gegenüber, die Augen feindselig ineinandergetaucht, dann brach Natter in ein gezwungenes Lachen aus.

„Graf, Sie scherzen doch nur mit Ihrer Drohung."

„Halten Sie sie meinetwegen für Scherz! Aber lassen Sie mit sich reden. So, wie ich die Sache beurteile, haben Sie keine Zeit zu verlieren. Sie wissen nicht, wie bald schon das Tagebuch in die Hände der rechtmäßigen Eigentümer gelangt, und dann, Natter, dann ist es für Sie zu spät. Man wird Ihnen zuvorkommen. Wer sagt Ihnen denn, daß die Familie Gollwitz nicht jetzt bereits Kenntnis von dem besitzt, was Sie so stolz Ihr Geheimnis nennen?"

„Das halte ich für unmöglich. Ich bin auf dem schnellsten Weg, der angängig war, nach Süderland gereist. Aber ich unterschätze trotzdem Ihre Bedenken nicht. Sagen Sie mir die Zahl, und wir werden dann schon einig werden."

„Endlich nehmen Sie Vernunft an. Und damit Sie sehen, daß mit mir zu verhandeln ist, will ich Ihnen den gewünschten Aufschluß erteilen, bevor wir den Handel abgeschlossen haben. Ich vertraue Ihnen mehr als Sie mir. Warten Sie einen Augenblick, ich werde gleich mit dem Vertrag zurück sein."

„Wie? Sie haben ihn noch in Ihrem Besitz? Sagten Sie nicht, Herzog Max habe ihn in Beschlag genommen?"

„Ja, die Urschrift ist futsch. Aber die Abschrift, die mein Vater anfertigen ließ, ist noch vorhanden, und zwar ist sie hier auf Burg Himmelstein. Wer hätte gedacht, daß das Papier noch einmal einen anderen als den bloßen Erinnerungswert erhalten würde!"

Hohenegg ging in sein Arbeitszimmer und kehrte nach ein paar Minuten mit einem blauen Umschlag aus steifem Papier zurück, den er auf den Eßtisch legte. Nachdem er die Schnur, mit der er umwickelt war, aufgeschnitten hatte, kam ein Schreiben in Aktenform zum Vorschein, über das sich beide in neugieriger Spannung beugten. Sie hatten nur einen Augenblick hingesehen, so hatte ihr Auge das Gesuchte entdeckt.

„Da haben wir sie ja", rief der Graf, indem er mit dem Finger in die Ecke links unten zeigte. „Lesen Sie doch einmal!"

„Zweitausendsiebenhunderteinundachtzig", las Natter. „Glauben Sie wirklich, daß es die gesuchte Zahl ist?"

„Ich bin davon überzeugt. Aber sehen wir zur Sicherheit den Vertrag durch, ob noch eine andere Zahl darin vorkommt."

Es zeigte sich, daß die Zahl in der Ecke, die wohl die Auslaufnummer darstellen sollte, die einzige Ziffer war, die sich im Aktenstück vorfand, das Datum natürlich ausgenommen.

„Es besteht kein Zweifel, daß es die gesuchte Zahl ist", meinte schließlich Natter, indem er in hellem Entzücken von seinem Stuhl aufsprang. „Auch das stimmt, daß es eine hohe Ziffer ist, eine solche muß es nach meiner Berechnung sein, sonst wäre die Zahl, mit der sie noch zu teilen ist, eine kleinere."

„Was faseln Sie da von einer teilenden Zahl? Ich verstehe kein Wort davon."

„Ach so, das wissen Sie ja gar nicht. Nun, nachdem ich einmal die Teufelszahl weiß, besteht für mich kein Grund mehr, mit der ganzen Wahrheit zurückzuhalten. Also hören Sie!"

Und Natter erzählte dem Grafen von dem, worüber er vorher geschwiegen hatte, von der Rechenaufgabe, die jetzt auf leichte Weise zu lösen war.

„Und nun", sagte er, als er die wenigen erforderlichen Erklärungen
gegeben hatte, „nun wollen wir prüfen, ob die Rechnung stimmt."

Er zog ein Notizbuch aus der Tasche und warf auf ein leeres Blatt
einige Zahlen.

„Die Gleichung, die ursprünglich zwei Unbekannte aufgewiesen hat,
lautet folgendermaßen: $(x-36) : 183 = y$. Die Unbekannte x ist bereits
gefunden, nämlich 2781. Folglich bietet das y auch keine Schwierigkeit mehr. Es fragt sich nur noch, ob der Teiler wirklich restlos enthalten ist. Ein Bruch darf natürlich nicht herauskommen, sonst sind
wir auf dem Holzweg. — — Himmel, die Rechnung geht auf, sie
geht wunderschön auf. Wir haben gewonnen, gewonnen!"

Der Graf sah ihm über die Schulter und las als Ergebnis die Zahl
fünfzehn.

„Sie meinen also, daß die Zahl fünfzehn die Klippe bezeichnet, hinter der die einzig mögliche Durchfahrt zum Schatz des Maharadscha
zu suchen ist?"

„Ja, das meine ich, das meine ich!" rief Natter in jubelndem Ton.
„Darauf möchte ich hundert Eide schwören."

„Und welche Summe bekomme ich für meine, wie es scheint, ganz
unbezahlbare Mitteilung?"

„Was ich Ihnen biete? Eine Million, eine ganze Million — natürlich erst dann, wenn ich den Schatz fest in den Händen habe."

Der Graf sah Natter mit großen Augen an. „Donnerwetter, wenn Sie
so freigebig mit den Millionen herumwerfen, dann muß es sich freilich um mehr als bloß eine Handvoll Goldstücke handeln. — Wann
gedenken Sie ans Werk zu gehen?"

„Morgen — nein, heute noch — nein, gleich jetzt! Mit dem näch-
sten Zug fahre ich an die Küste und sehe mich nach einem geeigneten
Fahrzeug um. Ich miete mir eine Jacht, meinetwegen einen ganzen
Dreimaster, wenn es nicht anders geht."

„Und wen wollen Sie noch ins Vertrauen ziehen? Ganz ohne
fremde Hilfe werden Sie den Schatz doch nicht heben können, und
die Schiffsbesatzung werden Sie auch nicht in Ihr Geheimnis ein-
weihen wollen."

„Oh, was das betrifft, so habe ich schon einen Begleiter, auf den ich
mich verlassen kann. Der Malaie, von dem ich Ihnen erzählt habe,
wartet in Karlshafen auf mich, wo wir gelandet sind. Er ist in seinem
Benehmen zwar ein halber Wilder, aber mir anhänglich und treu ergeben wie ein Hund. Einen besseren Gefährten kann es gar nicht geben."

„Na, ich wünsche Ihnen alles Glück zu Ihrem großen Vorhaben",
meinte der Graf gut gelaunt, indem er das Glas ergriff und Natter
bedeutete, das gleiche zu tun. „Trinken Sie, Natter! Weiß der Teufel,
nicht jeder hat das Glück, einen Maharadscha zu beerben. Wollen
hoffen, daß es keine Seifenblase ist, der Sie nachjagen, sonst wäre
es schade um das viele Geld, das Sie darauf verschwenden. Auf
eine glückliche Reise, lieber Freund! Es lebe der Schatz des Maharadscha!"

Und die Gläser klangen fröhlich aneinander. — — —

8. Der Texasfred

„Damn! Wenn das so fortgeht, so soll mich der Teufel holen, falls wir nur die Schwanzhaare eines einzigen Komantschengauls zu sehen bekommen!"

Der Mann, der diese Worte sprach, war eine herkulische Gestalt, aus der man, wenn sie von Holz gewesen wäre, gewiß zwei lebensgroße menschliche Figuren hätte schnitzen können. Seine gewaltigen Beine steckten in einem Paar langen Wasserstiefeln, die er bis an den Leib herangezogen hatte; dieser wurde von einer hirschledernen Weste bedeckt, über der eine aus Büffelhaut gefertigte Jacke hing. Auf dem Kopf trug er eine hohe Mütze, die von einer Menge von Klapperschlangenhäuten umwunden war. Sein Gesicht war so dicht bewaldet, daß man nur die Nase und die beiden Augen zu unterscheiden vermochte. In der Hand führte er eine doppelläufige Kentuckybüchse, und in dem alten Schal, den er sich um die Hüfte geschlungen hatte, leisteten sich eine Drehpistole und ein Jagdmesser, das aber schon mehr einem Hirschfänger glich, friedlich Gesellschaft.

Er wühlte in einem Haufen von Holzasche herum, der den Boden bedeckte und den Beweis führte, daß hier ein ungewöhnlich großes Feuer gebrannt hatte.

„Sag einmal, Fred", fuhr er verdrießlich fort, „wie lang es wohl her ist, daß diese Asche heiß war?"

„Das Feuer ist gestern früh verlöscht", lautete die entschiedene Antwort.

Der Mann, der sie gab, war bedeutend jünger als der vorige. Er mochte höchstens zweiunddreißig Jahre zählen und war in einen jener indianischen Anzüge gekleidet, die die Savannenstutzer zu tragen pflegen und an denen die Verfertigerinnen jahrelang zu arbeiten haben. Trotz dieses sauberen Anzugs aber hatte er nicht das Aussehen eines Sonntagsjägers. Man erkannte an seinem starken Nacken die Narbe eines tiefen Messerschnitts, und über die Wange zog sich die Spur eines Hiebs, der jedenfalls von einem Thomahawk herrührte. Seine Waffen bestanden aus einem Spencergewehr, einem Bowiemesser und zwei Revolvern.

„Richtig", stimmte der Riese bei. „Aber was hilft uns das jetzt? Die Kameraden sind tot, die Pferde gestohlen und die Nuggets geraubt, die wir uns da drüben in Kalifornien zusammengesucht haben, um auch einmal im Osten eine Rolle spielen zu können. Nun rennen wir hinter diesen verdammten Komantschen her und können sie zu Fuß doch nicht einholen. Aber wehe den Halunken, wenn ich, Bill Sanford, über sie komme!"

Er erhob die Faust und schüttelte sie drohend nach Süden hin.

„Ich denke, wir werden schon noch zu unserem Eigentum gelangen", meinte der, den er Fred genannt hatte.

„Wie denn?"

„Die Spur, die wir verfolgen, führt nach dem Rio Pecos, der bei der Sierra Blanca fließt, und diese ist gegenwärtig die Grenze zwischen den Gebieten der Komantschen und Apatschen."

„Was hat das mit unseren Pferden und Nuggets zu tun?“

„Sehr viel! Die Komantschen, die uns bestohlen haben, können von jetzt an zu jeder Zeit einer Truppe Apatschen begegnen, und dürfen also nicht mehr ohne Kundschafter vorwärts reiten. Was folgt daraus, Bill?“

„Hm, daß sie gezwungen sein werden, langsamer zu reiten. Deine Ansicht ist nicht übel. Die Apatschen fürchtest du also nicht?“

„Nein. Sie sind jetzt Bleichgesichtern freundlich gesinnt. Sie sind überhaupt edler und tapferer als die Komantschen, und besonders seit die meisten ihrer Stämme dem großen Intschu tschuna gehorchen, kann sich ein Jäger mit Vertrauen zu ihnen wagen.“

Da raschelte es hinter ihnen. Beide fuhren blitzschnell herum und erhoben ihre Büchsen. Vor ihnen stand ein Indianer, beinahe so gekleidet wie Fred, nur daß sein eigenes Haar seine einzige Kopfbedeckung bildete und in seinem Gürtel ein Tomahawk von kostbarer Arbeit blitzte. In der Hand hielt er ein Gewehr, dessen Kolben mit silbernen Nägeln beschlagen war. Seine großen dunklen Augen blickten zuversichtlich auf die beiden Jäger, und die Rechte leicht zum Gruß erhebend, sprach er mit freundlicher Stimme:

„Der rote Mann hat die Worte seiner weißen Brüder vernommen. Sie sind Feinde der Komantschen und Freunde der Apatschen; er wird sich zu ihnen setzen und die Pfeife des Friedens mit ihnen rauchen.“

Er nahm ohne Umstände Platz auf dem Boden, stopfte das mit Federn geschmückte Kalumet und steckte den Tabak mit Hilfe seines Punks in Brand.

Die beiden Jäger setzten sich ihm gegenüber.

Er zog den Rauch seiner Pfeife sechsmal ein, stieß ihn nach den vier Himmelsrichtungen, dann empor zur Sonne und endlich nieder zur Erde von sich und gab nachher das Kalumet an Sanford, indem er sprach:

„Der große Geist ist mit dem Apatschen und mit den weißen Männern. Ihre Feinde seien wie die Fliegen, die vor dem Rauch unserer Feuer fliehen!“

Die Jäger wiederholten den feierlichen Brauch, und Sanford antwortete:

„Mein roter Bruder ist ein Häuptling der Apatschen; ich sehe es am Kalumet. Wird er uns seinen Namen nennen?“

„Meine Brüder haben vorher gesprochen von Intschu tschuna, dem Sohn der Apatschen.“

„Intschu tschuna? Führt mein Bruder wirklich diesen Namen?“

„Der Apatsche lügt niemals!“ lautete seine einfache Antwort.

Das war ein Zusammentreffen wie sie es sich gar nicht glücklicher wünschen konnten. Darum fragte Bill:

„Ist mein Bruder allein in dieser Gegend?“

„Intschu tschuna ist allein; er hat nicht tausend seiner Feinde zu fürchten.“

„Wo hat er sein Pferd?“

„Es steht dort unter den Bäumen. Wo haben meine Brüder ihre Tiere?“

„Wir haben keine.“

Er blickte sie ungläubig an. „Keine? Der Jäger ohne Pferd ist wie der Arm ohne Hand!“

„Wir hatten sehr gute Tiere; sie sind uns von den Komantschen geraubt worden.“

„Weshalb haben die weißen Männer die Komantschen nicht getötet?“

„Wir waren nicht da, als die Komantschen kamen.“

„Mein Bruder erzähle!“

„Mit noch zehn Begleitern ritten wir aus Kalifornien über die Savannen und Berge herüber, um nach Osten zu gehen. Wir lagerten an den Ufern des Rio Grande und hatten noch nichts geschossen. Da erhielten wir beide den Auftrag, Fleisch zu machen. Wir gingen fort, und als wir nach einer Stunde zurückkehrten, lagen unsere Gefährten tot und skalpiert auf der Erde, die Pferde waren fort und die Nuggets mit ihnen.“

„Was taten meine Brüder, als sie zurückgekehrt waren?“

„Wir zählten die Spuren der Komantschen. Es waren ihrer ein halbes Hundert. Wir folgten ihnen, um unsere Toten zu rächen und unser Eigentum wieder zu nehmen.“

„Meine Brüder sind wackere Krieger, die Komantschen aber sind wie die Koyoten, die keinen Verstand haben. Sie mußten sehen, daß zwei Bleichgesichter fehlten, und meine Brüder erwarten und töten. Woher werden die Bleichgesichter neue Pferde bekommen?“

„Wir werden sie den Komantschen nehmen.“

„Die Bleichgesichter mögen warten, bis Intschu tschuna zurückkehrt.“

Er erhob sich, hing sich das Kalumet wieder um den Hals, ergriff seine Büchse und verschwand zwischen den Bäumen.

Die beiden Jäger sahen einander mit eigentümlichen Augen an.

„Ein verteufelt günstiges Zusammentreffen“, meinte Bill. „Es kann zu unserem Glück sein.“

„Denke es auch. Aber, hm, es möchte mir nachträglich beinahe noch angst werden“, entgegnete Fred.

„Warum?“

„Wir hatten von ihm gesprochen.“

„Ja, ja. Das Sprechen in der Prärie ist eigentlich eine große Dummheit. Man kann sich dadurch gründlich verraten.“

„Hätten wir nicht so gut von ihm geredet, so wette ich hundert gegen eins, daß wir von ihm weggeblasen worden wären.“

„Ganz sicher. Wollen wenigstens jetzt das Maul halten und uns einen Platz aussuchen, an dem wir auf ihn warten können, ohne von anderen bemerkt zu werden!“

Sie verließen die offene Stelle und verschwanden unter den Büschen.

Es mochte etwas über zwei Stunden vergangen sein, da stand, ohne daß ein Geräusch zu vernehmen gewesen wäre, der Apatsche wieder an derselben Stelle, wo die Friedenspfeife geraucht worden war.

„Uff...“

Auf diesen Ruf kamen die zwei Jäger aus ihren Verstecken hervor.

„Meine Brüder mögen Intschu tschuna folgen!"

Er drehte sich um und führte sie durch den weiten hochstämmigen Urwald, bis sie eine helle Einbuchtung der Prärie erreichten. Auf dieser lag ein Mustang, an allen vieren mit jenen unzerreißbaren Riemen gefesselt, die man zur Anfertigung der Lassos verwendet. Der Schweiß perlte von dem Tier herab, und große dicke Schaumflocken lagen weit umher: so hatte es sich abgearbeitet, um loszukommen.

„Können meine Brüder einen wilden Mustang reiten?"

Statt aller Antwort warf Fred die Büchse über den Rücken, stellte sich mit weit gespreizten Beinen über das Pferd und löste mit zwei raschen Messerschnitten seine Fesseln. Im Nu sprang es auf. Der Reiter saß ohne Sattel und Zaum auf dem bloßen Tier. Es stutzte und wieherte erschrocken, ging bald vorn und bald hinten in die Höhe, bockte zur Seite und flog dann, als es den Reiter nicht loswerden konnte, in gewaltigen Sätzen in die Prärie hinaus.

„Mein junger Bruder ist ein guter Reiter!" meinte der Indianer beifällig. Dann schritt er weiter.

Ein großes Stück draußen in der Savanne lag ein zweites Pferd, ganz in derselben Weise gefesselt wie das vorige.

„Mein Bruder nehme es und kehre dann zurück!"

Er schritt dem Gebüsch zu, in dem er jedenfalls sein eigenes Tier angehobbelt[1] hatte. Bill Sanford trat zu dem Pferd, tat mit diesem wie vorhin Fred, und sauste bereits nach wenigen Sekunden auf seinem wilden Mustang in die Savanne hinaus.

Erst nach Verlauf einer vollen Stunde ließ sich draußen am Gesichtskreis ein dunkler Punkt und dann ein zweiter erkennen. Sie näherten sich schnell. Es waren die beiden Jäger, die auf den gebändigten Pferden zurückkehrten. Als sie die kleine Savannenbucht erreichten, trat Intschu tschuna zwischen den Sträuchern hervor und führte sein Tier am Zügel nach.

„Meine weißen Brüder haben nun Pferde, um ihre Feinde zu erreichen, und können sich die Sättel holen und alles, was sie brauchen."

Der Ort, an dem sie hielten, war von vielfältigen Hufspuren gezeichnet. Hier hatte der Indianer die wilden Pferde angeschlichen und überfallen. Wie es möglich gewesen war, zwei davon zu fangen, darüber verlor er kein Wort.

„Wohin wird unser roter Bruder gehen?" fragte Bill Sanford.

„Er wird den Spuren der Komantschen folgen, um zu erkunden, wohin sie sich wenden."

„Will Intschu tschuna nicht mit uns reiten?"

„Der Apatsche ist der Bruder der weißen Männer. Er wird an ihrer Seite bleiben, wenn sie ihm ihr Vertrauen schenken wollen."

„Wir vertrauen dir!"

„Howgh!"

Auf diese einfache Weise war das Bündnis geschlossen, das nach dem Brauch der Savanne jeden verpflichtet, gegebenenfalls sein Leben für die Sicherheit der anderen zu lassen.

[1] An den Beinen gefesselt

Die beiden Weißen lösten die Lassos, die sie um die Hüfte geschlungen trugen, und banden sie den Pferden so um den Kopf und Maul, daß eine Art Zügel entstand.

„Jetzt wieder zurück an den Lagerplatz?" forschte Bill Sanford.

„Warum?" forschte der Apatsche kurz.

„Zu den Spuren der Komantschen."

„Meine weißen Brüder werden nicht wieder zurückkehren, sondern mir folgen."

„Weiß Intschu tschuna einen besseren Weg, die Räuber zu ereilen?"

„Die Komantschen werden folgen dem Tal des Flusses Rio Pecos, weil sie sonst nicht Wasser genug haben für so viele Pferde. Dieser Fluß aber läuft in einem großen Bogen, der beinahe ein Kreis ist, und wenn meine Brüder mir gehorchen wollen, so sollen sie viel eher bei den Komantschen sein als sie denken."

„Wir folgen!" erklärte Sanford.

Hierauf setzten sich die drei Reiter in Bewegung. Die beiden neuen Pferde machten den Ritt anfangs etwas schwierig; nach und nach aber richteten sie sich ein, und als der Abend dunkelte und man an ein Nachtlager denken mußte, konnten sie ohne alle Besorgnis angehobbelt werden. Hat das Pferd die Macht des Menschen einmal anerkannt, so bleibt es ihm ein treuer und gehorsamer Begleiter.

Am anderen Morgen wurde der Ritt sehr früh schon fortgesetzt. Im Lauf des Vormittags kamen sie an ein kleines Flüßchen, das sein Wasser in die Fluten des Rio schickte. Sein Ufer bildete einen schmalen Savannenstreifen.

Im südlichen Teil Neumexikos, zwischen dem Rio Grande del Norte und Rio Pecos, erheben sich die Sierras Hueco, Blanca, Sacramento und Guadalupe und bilden ein Gebiet von wilden, wirr durcheinanderlaufenden Höhenzügen.

Diese Züge zeigen sich bald als riesige, nackte Basteien, bald sind sie von dichtem, dunklem Urwald bestanden und werden hier durch tiefe, fast senkrecht abfallende Cañons, und dort sanft absteigende Talrinnen getrennt, die seit ihrer Entstehung von der Außenwelt abgesondert zu sein scheinen.

Und dennoch trägt der Wind Blütenstaub und Samen über die hohen Zinnen und Grate, daß sich ein schwacher Pflanzenwuchs entwickeln kann. Dennoch klimmt der schwarze und der graue Bär an dem Felsen empor, um in die jenseits herrschende Einsamkeit hinabzusteigen. Dennoch findet der wilde Bison hier einzelne Pässe, durch die er sich auf seinen Herbst- und Frühjahrswanderungen in Herden zu Tausenden zu drängen vermag. Dennoch tauchen hier bald weiße, bald kupferfarbige Gestalten auf, so wild wie die Gegend selbst, und wenn sie wieder verschwunden sind, weiß niemand, was da vorfiel; denn die schroffen Steinriesen sind stumm, und der Urwald schweigt.

Drunten auf der Ebene stoßen die Jagdgründe der Apatschen mit denen der Komantschen zusammen; an diesen Grenzen geschehen Heldentaten, von denen keine Geschichte etwas meldet. Durch die Kämpfe dieser reckenhaften Völkerschaften wird mancher versprengte Trupp hinaufgedrängt in die Berge und hat dort von fuß- zu fußbreit mit dem Tod oder mit Gewalten zu kämpfen, deren Besiegung durch Menschenkraft eine Unmöglichkeit zu sein scheint.

Der Rio Pecos entspringt nicht weit vom Truchas Peak, östlich von Santa Fé, hält erst eine südöstliche Richtung ein und wendet sich dann, die Vorberge des Felsengebirges verlassend, gerade nach Süden. Während sich nun am linken Ufer der Llano Estacado mit all seinen Schrecken ausdehnt, treten von rechts die Ausläufer der obengenannten Sierren heran, weichen aber oft so weit zurück, daß ein Präriestreifen von üppiggrünem Graswuchs Platz findet, der sich in dem von den Höhen bis zum Fuß des Gebirges niedersteigenden Urwald verliert.

So sind auch die meisten seiner Nebenflüsse beschaffen.

Das ist ein höchst gefährliches Gelände. Die Berge sind langgestreckt, so daß es nur selten eine Spalte oder eine Schlucht gibt, die zur Seite führt, und wer hier einem Feind begegnet, der vermag nicht auszuweichen, wenn er nicht sein Pferd im Stich lassen will, ohne das er übrigens auch verloren wäre.

Das Flußtal, in dem die drei abwärts ritten, war von der angegebenen Beschaffenheit; zu beiden Seiten des Wassers ein Präriestreifen, an den der dichte, dunkle Urwald grenzte.

Intschu tschuna ritt voran. Eben machte er Miene, in das Tal des Rio Pecos einzubiegen, da riß er sein Tier mit solcher Gewalt zurück, daß es sich beinahe überschlug. Im nächsten Augenblick war er abgesprungen und mit seinem Pferd im Wald verschwunden.

Die zwei Jäger folgten augenblicklich seinem Beispiel und trieben ihre Tiere zwischen die Bäume, wo sie der Häuptling erwartete. Er hielt seinem Mustang die Nüstern mit der Hand zu, damit er ihren Aufenthaltsort nicht durch Schnauben verraten könne.

„Welche Beobachtung hat mein roter Bruder gemacht?“ fragte Fred.

„Intschu tschuna hat zwei rote Männer bemerkt, die über den Fluß schwammen, den die Bleichgesichter Pecos nennen.“

„Sind es Apatschen oder Komantschen?“

„Es sind Komantschen.“

„Wohin mögen sie wollen?“

„Intschu tschuna vermutet aus der Richtung, die sie eingeschlagen haben, daß sie dieses Tal durchqueren werden, in dem wir uns befinden.“

„Dann nehmen wir sie einfach zwischen zwei Feuer. Wenn sie auf unsere Spuren treffen, um sie zu untersuchen. Diese Gelegenheit benutzen wir und brechen los. Intschu tschuna reitet auf den Talausgang los und versperrt ihnen den Rückweg, und wir nehmen sie von vorn.“

Der Häuptling gab durch ein leichtes Nicken zu erkennen, daß er damit einverstanden sei. Dann vergingen zehn Minuten in schweigender Erwartung. Schon glaubten sie, die Roten hätten eine andere Richtung eingeschlagen, da erschienen die Erwarteten an der Mündung des Tals. Es waren zwei noch sehr junge Krieger, wie trotz der Bemalung ihrer Gesichter zu erkennen war. Ihre einzige Bewaffnung war ein Messer, das im Gürtel hing. Der Eindruck, den das

Ganze machte, war so harmlos, daß die drei unter den Bäumen Versteckten nicht länger warteten. Der Apatsche sprang auf sein Pferd und brauste wie ein Wetter hinaus und auf die beiden los, die in ihrer Überraschung den richtigen Augenblick verpaßten. Ehe sie recht zur Überlegung kamen, war der Häuptling in ihrem Rücken und legte die Silberbüchse auf sie an.

„Uff! Uff!" riefen sie überrascht, als jetzt auch die weißen Jäger unter den Bäumen hervor auf sie lossprengten.

Wären es ältere, erfahrene Krieger gewesen, so wäre ihnen vielleicht der Gedanke gekommen, zur Seite auszubrechen. Aber das fiel ihnen gar nicht ein. Sie hielten vielmehr ihre Augen mit dem Ausdruck einer fast ehrerbietigen Furcht auf den Häuptling gerichtet, der ungefähr zehn Schritte entfernt wie aus Erz gegossen vor ihnen hielt.

„Wissen die jungen Söhne der Komantschen, wer ich bin?"

„Du bist Intschu tschuna, der größte Krieger der Apatschen."

„Dann wissen sie auch, daß es nicht auf ihr Blut abgesehen ist, wenn sie sich ohne Widerstand ergeben. Sie mögen ihre Messer an die beiden Bleichgesichter abgeben."

Die Roten, die anscheinend ihren ersten Kriegszug unternahmen, schauten einander fragend an. Dann reichte der eine Bill, der andere Fred sein Messer hinüber, ohne ein Wort zu sagen. Sie sahen ein, daß Widerstand Torheit sei.

„Die Söhne der Komantschen tragen auf ihren Armen Zeichen, wie sie der Medizinmann nur Söhnen eines großen Häuptlings geben darf. Wollen die jungen Krieger der Komantschen Intschu tschuna sagen, wer ihr Vater ist?"

„,Falke' ist unser Vater. Dieser rote Krieger ist mein Bruder."

„Der ,Falke'! Er ist der tapferste Häuptling der Komantschen. Was wird er sagen, wenn er hört, daß seine Söhne gefangen sind?"

„Der große Häuptling der Apatschen wird uns frei geben. Das Beil des Krieges ist nicht ausgegraben zwischen den Kriegern der Komantschen und den Söhnen der Apatschen."

„Ihr sprecht nicht die Wahrheit. Tragt ihr nicht die Farben des Krieges auf eurem Gesicht?"

„Sie gelten nicht den Apatschen, sondern den Bleichgesichtern, deren Skalpe wir uns holen wollten."

„Was haben euch die Bleichgesichter getan?"

„Die Bleichgesichter sind Diebe und Räuber. Vor zweimal zehn Sonnen ist eine Anzahl von ihnen in das Gebiet der Komantschen eingefallen und hat ihnen viele Pferde geraubt. Darum ist kein Friede zwischen den roten Männern und den Bleichgesichtern."

Also wieder einmal die alte Geschichte! Die Weißen, nicht die Roten waren die Schuldigen, die, wie man bei uns sagt, angefangen hatten.

„Warum bestrafen die Krieger der Komantschen dann die Unschuldigen?"

„Wen meint der Häuptling der Apatschen?"

„Er meint die zehn Bleichgesichter, die fünf Tagreisen weit von hier von den Komantschen getötet und beraubt worden sind."

„Wer hat ihm diese Lüge gesagt?“

„Es ist keine Lüge. Diese weißen Jäger gehören zu der Gesellschaft, die von den Komantschen überfallen wurde, und sind ihnen nachgeritten, um ihnen den Raub wieder abzunehmen.“

„Uff! Es wird ihnen nicht gelingen.“

„Es wird ihnen gelingen, denn der Häuptling der Apatschen wird an ihrer Seite stehen und für sie kämpfen.“

„Das darf Intschu tschuna nicht tun. Die Bleichgesichter gehen ihn nichts an.“

Der Häuptling zog die Brauen zusammen.

„Intschu tschuna weiß selber, was er tun darf und was nicht, und braucht sich nicht von Knaben belehren zu lassen. Die Bleichgesichter sind seine Freunde und Brüder, und er hat mit ihnen den Rauch des Kalumets getrunken. Die Söhne der Komantschen werden wissen, was das zu bedeuten hat.“

Die Gescholtenen schwiegen verlegen. Selbstverständlich wußten sie, was für Pflichten das Rauchen des Kalumets auferlegte, wollten aber doch auch dem Häuptling nicht recht geben.

Der Apatsche fuhr in seinem Verhör fort: „Wo ist das Gold, das den Bleichgesichtern abgenommen wurde?“

„Auf dem Weg nach den Hütten der Komantschen.“

„Wie viele Krieger sind dabei?“

„Fünfmal zehn.“

„Wo liegen die Hütten der Komantschen?“

„Vier Tagereisen von hier nach Mittag zu.“

„Wie kommt es, daß sich die jungen Krieger der Komantschen hier und nicht bei ihren Kriegern befinden?“

„Sie wurden zurückgeschickt, um zu erkunden, ob die zwei Bleichgesichter, die zu den Überfallenen gehörten, die Spuren der Komantschen verfolgten.“

„Weshalb haben die Komantschen das nicht eher getan?“

Die Gefragten schwiegen beschämt.

„Die Söhne der Komantschen sind schlechte Krieger, weil ihnen der Gedanke erst jetzt gekommen ist. Ihr seht, daß sich die beiden weißen Jäger hart auf den Spuren der Komantschen befinden. Sie werden ihnen nachreiten, um ihnen das geraubte Gold wieder abzunehmen. Wollt ihr ihnen das Gold freiwillig zurückgeben, wenn sie euch beide die Freiheit schenken?“

„Die Beute gehört uns nicht allein. Was du fragst, das muß beraten werden.“

„In den Hütten der Komantschen?“

„Ja.“

„Und wo sollen sie erfahren, was geschehen soll?“

„Auch dort!“

„So meint ihr, daß wir mit zu den Komantschen gehen sollen?“

„Ihr dürft uns begleiten und zurückkehren, ohne daß euch ein Leid geschieht.“

„Der Häuptling der Apatschen glaubt euren Worten; denn er kennt die Gebräuche der roten Männer. Aber er kann das Gold haben, auch ohne daß er zu den Jagdgründen der Komantschen geht. Er wird die fünfzig Krieger ereilen, bevor sie die Ihrigen erreicht haben."

„Der große Häuptling irrt, er wird sie nicht erreichen."

„Warum meinst du das? Die Spuren der Komantschen sind einen Tag alt. Wenn wir uns beeilen, können wir sie in zwei Tagen einholen."

„Intschu tschuna täuscht sich. Als heute die Krieger der Komantschen die erbeuteten Pferde zählten und dabei die Entdeckung machten, daß wahrscheinlich noch zwei weiße Männer zu den Überfallenen gehören, da dachten sie, daß sie verfolgt würden, und sie ritten von jetzt an viel schneller."

Der Häuptling sah nachdenklich zu Boden. Dann richtete er sein dunkles Auge forschend auf die beiden.

„Werden die beiden jungen Krieger bei uns bleiben und nicht fliehen, wenn wir sie nicht fesseln?"

Die Augen der Gefragten leuchteten freudig auf. „Sie werden nicht fliehen."

„Auch wenn wir von den Eurigen angegriffen werden?"

„Wir bleiben bei euch, bis ihr uns frei gebt."

„Der Häuptling der Apatschen traut euren Worten."

Die beiden Jäger waren dieser Unterredung aufmerksam gefolgt. Jetzt nahm Bill das Wort:

„Glaubt Intschu tschuna wirklich, daß wir unter den Komantschen sicher wären?"

„Er glaubt es. Wir kommen zu ihnen, um zu unterhandeln. Solange wir uns bei ihnen befinden, wird uns nichts geschehen."

„So ist meine Ansicht, daß wir den Fünfzig nachjagen. Ereilen wir sie, so werden wir ein Mittel finden, um sie zu zwingen, den Raub herauszugeben. Holen wir sie aber nicht ein, so reiten wir bis zu ihren Wigwams."

So abenteuerlich und gefährlich dieser Plan war, so wurde er doch auch von Fred gebilligt, und kurze Zeit darauf setzte sich der kleine Trupp in Bewegung. Die beiden Komantschen ritten ohne Fesseln. Sie hatten ihr Wort gegeben, und so konnte man sicher sein, daß sie keinen Fluchtversuch unternehmen würden.

Der Ritt ging am Pecos hinab. Nach einiger Zeit erreichte man die Stelle, wo sich die Häuptlingssöhne von den anderen getrennt hatten. Man sah es an den Spuren, daß sich die Komantschen von da ab der größten Eile befleißigt hatten. Leider konnte man heute die Fährte nicht weiter verfolgen, da der Nachmittag vergangen war und der Abend hereinzubrechen begann.

Es wurde eine passende Stelle zum Lagern gesucht und ein Feuer angebrannt, dessen Schein wegen des umstehenden Buschwerks nicht in die Ferne zu dringen vermochte. Die Pferde wurden so angehobbelt, daß sie nicht weit abirren konnten. Da sich außerdem die Mustangs bei Nacht vollständig lautlos zu verhalten pflegen und die Annäherung eines feindlichen Wesens durch Schnauben verraten, konnte man sich verhältnismäßig sicher fühlen, und es entspann sich bald eine jener gemütlichen Lagerszenen, die im wilden Westen so großen Reiz bieten.

Intschu tschuna hatte sich gleich nach dem einfachen Mahl in seine Decke gewickelt und neben das Feuer gelegt. Die beiden Komantschen folgten seinem Beispiel, und nur die weißen Jäger zeigten noch keine Lust, die Ruhe aufzusuchen. Bill stierte eine Zeitlang gedankenvoll in die Glut des Lagerfeuers, dann wandte er sich mit einem plötzlichen Ruck an seinen Gefährten.

„Der Teufel hole die langweilige Geschichte! Wenn das so weitergeht, dann haben wir schlechte Aussichten, wieder zu dem Unserigen zu kommen. Was meinst du, Fred?"

„Es hat allerdings den Anschein, als ob wir die Roten nicht vor ihrem Zeltdorf einholen sollten."

„*'s death,* wenn ich daran denke, daß ich mich jetzt endlich zur Ruhe hätte setzen können, wenn diese Roten nicht dazwischengekommen wären! Es ist fast, um den Verstand zu verlieren! — *Egad!"* unterbrach er sich, als er sah, daß sein Gegenüber teilnahmslos zuhörte. „Es macht dir anscheinend nicht die geringste Sorge, daß deine Nuggets zum Teufel sind?"

„*Pshaw!* Um die Nuggets ist es mir nicht, wenn ich auch nicht leugnen will, daß sie mir sehr willkommen gewesen wären."

„*Dash it all!* Dann endlich einmal heraus mit der Sprache! Ich habe schon längst bemerkt, daß dich der Schuh irgendwo drückt, und würde gar zu gern einmal erfahren, wo. Ich meine, du könntest einem alten Kameraden, der für dich jederzeit ins Feuer ginge, schon ein wenig Vertrauen schenken."

„Vertrauen hätte ich genug zu dir, Bill! Aber es hat keinen Zweck, alte Geschichten aufzuwärmen. Jeder hat selber an seiner Last zu tragen."

„*Heigh-ho!* So schwermütig, lieber Freund? Jetzt mußt du erst recht dein Herz ausschütten. Vielleicht kann ich dir beim Suchen helfen."

„Beim Suchen? Wieso? Wen soll ich suchen?"

„*Good lack!* Der Mensch hält mich wirklich noch für ein Greenhorn! Was wird denn ein junger, hübscher Sir, der im wilden Westen herumkriecht, ohne durch mißliche wirtschaftliche Verhältnisse gezwungen zu sein, für einen anderen Grund haben, als jemanden suchen, dessen Fährte ihm verlorengegangen ist."

Fred blickte einen Augenblick nachdenklich ins Feuer, dann hob er mit einer schnellen Bewegung den Kopf:

„Ich wills nicht leugnen, Bill, daß du recht hast. Ja, ich suche jemanden; ich suche sogar zwei."

„Hab ichs nicht gesagt? Endlich, endlich bekennt er Farbe. *Heavens,* hat das Mühe gekostet! Aber jetzt nur nicht locker lassen! Alles muß ich wissen, alles! — Du nennst dich Fred. Jedenfalls hast du noch einen anderen Namen. Darf man ihn wissen?"

Fred lachte. „Wenn du mich so in die Presse nimmst, dann werde ich wohl nicht anders können, als dir alles sagen."

„Das will ich auch meinen", meinte Bill vergnügt. „Also los mit der Geschichte!"

„Eine Geschichte im eigentlichen Sinn ist es nun gerade nicht. Ich weiß nicht, ob — — —"

„*Heigh-ho!* Jetzt fängt er schon wieder an, Umstände zu machen! Ich sehe, daß man bei dir zu keinem Ende kommt, wenn man nicht selber Wort für Wort aus dir herausfragt. Also *go on!* Du heißt Fred, was ich allerdings schon seit einem Jahrhundert — solange wirds wohl her sein — weiß. Aber hinter deinem sonstigen Namen reite ich vergeblich her."

„Ich heiße Gollwitz, Friedrich von Gollwitz aus Süderland. Das ‚von' darfst du aber ruhig wieder vergessen. Es gilt doch nichts hierzulande."

„*Well*, du hast recht. In diesem gesegneten Staat gilt nur der Mann. Mit einem Titel dagegen kann man nicht einmal einen armseligen Präriehasen schießen."

„Meine Familie ist eine der ältesten des Landes, leider aber nicht mit Glücksgütern gesegnet. Und damit geht schon gleich das Verhängnis an. Mein älterer Bruder Hugo ging nach Indien in die Kolonie, um unter englischen Diensten sich eine Lebensstellung zu erringen. Es mag wohl an die fünfundzwanzig Jahre her sein — ich war damals noch ein kleiner Knabe. Wir haben nie mehr etwas von ihm gehört. Wahrscheinlich ist er in den Kämpfen gegen den Maharadscha von Augh gefallen, denn sein letzter Brief wurde in Kalkutta aufgegeben, kurz bevor Hugo ins Innere des Landes ging."

„*Zounds!* Das ist ein verdammt wehleidiger Anfang! Ich schätze aber, daß es nicht dieser dein Bruder ist, den du in den ‚*dark and bloody grounds*' suchst?"

„Nein, der ist's nicht. Bezüglich seiner haben wir längst alle Hoffnung aufgegeben. Aber es kommt noch schlimmer! Mein zweiter Bruder war für die diplomatische Laufbahn bestimmt. Er besaß Talent, erwarb sich das Vertrauen seiner Vorgesetzten, und es stand zu erwarten, daß er von Stufe zu Stufe mit größerer Schnelligkeit steigen werde als es sonst zu geschehen pflegt."

„*By good*, hätte es ihm gern gegönnt!"

„Es spielt da noch eine andere Geschichte mit meinem Onkel herein, die ihm sehr zustatten kam, die aber nicht hierher gehört. Kurz und gut, er hatte die glänzendsten Aussichten. Da wollte es der Teufel, daß ein Zirkus in die Hauptstadt kam, dessen Mitglieder Dinge vollbrachten, die man vorher nicht für möglich gehalten hatte; besonders war es eine Reiterin, die durch ihre Leistungen so hervortrat, daß ihr Auftreten stets den Glanzpunkt der Vorstellung bildete. Man nannte sie Miß Ella. Ihren eigentlichen Namen habe ich nie erfahren."

„Ah, jetzt beginnt die Erzählung erst richtig!"

„Sie war im Ballett und auf dem Seil ebenso fertig wie auf dem Pferd und sprach eine Menge Sprachen in einer Weise, daß man annehmen mußte, sie sei seit ihrer frühesten Jugend auf Kunstreisen unterwegs gewesen."

„Muß ein ganz verteufeltes Frauenzimmer gewesen sein!"

„Das war sie! Sie hatte auch Schmiß, ja eine körperliche und geistige Beweglichkeit, von der die Zuschauer hingerissen wurden. Es läßt sich denken, daß ein solches Wesen der Männerwelt gefährlich werden mußte."

„Wohl auch deinem Bruder?“

„Auch ihm. Er war ein leidenschaftlicher Reiter. Zuerst besuchte er den Zirkus nur spärlich, dann aber täglich. Ein solcher Besucher wird natürlich mit den Künstlern bekannt. Er kam mit verschiedenen hervorragenden Mitgliedern des Zirkus in Berührung und sah und sprach Miß Ella öfter, als es den Eltern lieb war und sich für seine Stellung schickte. Vater sah sich veranlaßt, ihn zur Rede zu stellen; aber Theodor lachte und gab keine Antwort. Allein seine Beziehungen zu ihr verinnigten sich bald in einer Weise, daß er sich sogar öffentlich mit ihr sehen ließ. Er ritt und fuhr mit ihr spazieren, und damit war die Angelegenheit auf einem Punkt angelangt, der die Eltern zum scharfen Einschreiten veranlaßte. Der Bruder mußte vor dem versammelten Familienrat erscheinen und erklärte hier unverhohlen, daß er die Kunstreiterin heiraten werde.“

„*Bounce!* Da ist dann wohl die Bombe zum Platzen gekommen?“

„Die Mutter bat ihn mit Tränen, von diesem Vorhaben abzustehen, der Vater drohte ihm mit Verstoßung — vergeblich.“

„Und du?“

„Ich? Ich liebte meinen Bruder so herzlich, daß ich geneigt war, ihn mehr zu bedauern als ihm zu zürnen. Theodor war alt genug, um zu wissen, was er tat. Wenn nur das Mädchen seiner würdig gewesen wäre!“

„*Zounds!* Hat sie ihm die Treue gebrochen?“

„Das will ich nicht gerade behaupten, denn sie waren noch nicht verlobt. Aber sie spielte auf alle Fälle eine zweideutige Rolle. Es trat ein Nebenbuhler auf, der von Miß Ella beinahe ebenso begünstigt wurde wie Theodor selbst. Diese Begünstigung war jedenfalls weniger eine Folge seiner persönlichen Vorzüge als vielmehr seines Reichtums, mit dem sich mein Bruder allerdings nicht messen konnte.“

„Wer war denn der Kerl?“

„Es war ein Graf, der in seinen Kreisen wegen seiner vielen üblen Streiche nur der ‚tolle Graf‘ hieß. Er hatte sich in Norland unmöglich gemacht — wie, das ist eine lange Geschichte, die ich dir vielleicht ein andermal erzählen werde — und beglückte seitdem Süderland, wo er Besitzungen hatte, mit seiner Anwesenheit. Zu Theodors Unglück wurde der Graf auf die schöne Kunstreiterin aufmerksam und erwies ihr eine Reihe Gefälligkeiten, die so kostspieliger Natur waren, daß mein Bruder mit ihm in dieser Beziehung nicht in die Schranken treten konnte. Es kam zu einem öffentlichen Auftritt zwischen den beiden Nebenbuhlern, der zwischen Kavalieren nur durch die Waffe gesühnt werden konnte. Als Ort des Duells wurde eine Schlucht in der Nähe der Burg Himmelstein, einer Besitzung des Grafen, bestimmt. Theodor verreiste und — kehrte nicht zurück. Am Abend seiner Abfahrt sollte Miß Ella auftreten — auch sie war verschwunden.“

„Alle Teufel! Haben sich die beiden Gegner denn nicht geschlagen?“

„Das weiß ich nicht. Unsere Nachforschungen über diesen Punkt hatten kein Ergebnis.“

„Habt ihr euch nicht an den ‚tollen Grafen' gewandt?"

„Wir taten dies freilich, aber ohne Erfolg. Der Graf gab uns nur die hochmütige Antwort, wir sollten uns bei Miß Ella nach dem Aufenthaltsort Theodors erkundigen. Das sei die Person, an die wir uns zu wenden hätten."

„*Dash it all!* Das heißt soviel, als dein Bruder sei mit Miß Ella durchgegangen. Und ihr habt es geglaubt?"

„Wir mußten wohl, denn nach längerer Zeit erhielten wir einen Brief aus den Vereinigten Staaten, der die Unterschrift des Reitknechtes meines Bruders, eines gewissen Georg Marlay, trug. In diesem Schreiben hieß es, er sei von meinem Bruder beauftragt worden, der Familie Gollwitz mitzuteilen, daß Theodor sein Dasein in Süderland unhaltbar gefunden habe und nach Amerika gegangen sei. Er werde niemals zurückkehren, sondern seinen Namen ändern und kein Lebenszeichen mehr von sich geben."

„Und Miß Ella?"

„Von der war keine Silbe erwähnt."

„*Egad!* Es ist merkwürdig, daß dein Bruder nicht selber schrieb, sondern durch einen Dritten."

„Er war erzürnt und verbittert."

„Mag sein! Aber ich kann mir nicht denken, daß dein Bruder, der sich doch, die Angelegenheit mit Miß Ella ausgenommen, immer als guter Sohn gezeigt hatte, so kalt und herzlos gewesen sein sollte, ohne jeglichen Abschied zu verschwinden. Ich glaube keine Silbe von dem, was in diesem Brief stand. Da steckt eine Teufelei dahinter, oder ich will nicht Bill Sanford heißen. Was habt ihr auf diesen Brief hir getan?"

„Wir ließen natürlich die Sache nicht auf sich beruhen. Zunächst schrieben wir an Marlay, er möge uns die Adresse unseres Theodo mitteilen. Der Brief kam uneröffnet zurück. Der Mann war verzogen niemand wußte wohin. Dann versicherten wir uns der Hilfe der Be hörde — auch dieses Mittel blieb ohne Erfolg. Schließlich waren zwei Jahre darüber vergangen, ohne daß wir das geringste Lebenszeichen von Theodor erhielten. Ich konnte die nassen Augen der Mutter, deren besonderer Liebling Theodor gewesen war, nicht mehr ertragen, und ging über den Ozean, um die Nachforschungen selber aufzunehmen."

„*By god*, das war brav von dir!"

„Zunächst begab ich mich natürlich nach Kingston in Missouri, woher der Brief Marlays stammte. Dort hörte ich, daß er nach New Orleans gegangen sei. Von hier führte seine Spur hinüber nach Havanna, von Havanna nach Mexiko. Ich langte dort an und blieb immer auf seiner Fährte, die mich nach Texas und von da in die Prärien am Red River führte. Ich bin gewandert wie der ewige Jude, aber gesehen habe ich Marlay nicht. Aus gewissen Anzeichen glaubte ich schließen zu müssen, daß er nach San Franzisko in die Diggins ging, und ich folgte ihm auch dorthin — wie du siehst, ohne Ergebnis. Jedesmal wenn ich an den Ort kam, wo ich Marlay bestimmt zu finden glaubte, hieß es, er sei bereits wieder fort. Aber ich werde nicht rasten, bis ich ihn gefunden habe; es ist etwas wie eine Ahnung in mir, die mich ermuntert, die Hoffnung nicht aufzugeben. Ich muß ihn treffen, und dann wird er mir auch sagen müssen, wo mein Bruder zu finden ist."

„*All right!* Und ich gehe mit dir!"

„Wirklich?" fragte Fred erfreut.

„Ja. Der Texasfred ist ein Kamerad, dessen Gesellschaft man sich nicht zu schämen braucht."

Bei Nennung dieses Namens hob der Apatsche überrascht das Haupt, ein Zeichen, daß er keineswegs geschlafen hatte; und auch von der Seite her, wo die beiden Komantschen lagen, erklang ein leises, erstauntes „Uff", woraus zu schließen war, daß dieser Name auch bei den Komantschen nicht unbekannt war.

„Hat der Mann, den du suchst, vielleicht etwas an sich, woran er zu erkennen ist?"

„Ja. Er fällt durch sein knallrotes Haar auf."

„Rotes Haar? Ah, also darum wird vom Texasfred erzählt, daß er auf die Rothaarigen einen förmlichen Haß geworfen haben müsse; seine erste Frage, wenn er in einen Ort kommt, ist immer, welche Leute rotes Kopfhaar tragen. Und er zieht nicht eher weiter, als bis er den letzten gesehen hat, der sich durch eine rote Zierde seines Hauptes auszeichnet."

„So? Sagt man das von mir?" lachte Fred. „Nun, jetzt hast du die einfache Erklärung dafür. Also du gehst wirklich mit?"

„Ja", sagte Bill einfach. „Wo der Texasfred ist, da ist auch Bill Sanford. Topp, schlag ein!"

„Auch Intschu tschuna geht mit seinen weißen Brüdern."

Die beiden blickten den Häuptling überrascht an. Dieser schob die Decke so weit zurück, daß er sich in eine sitzende Stellung aufrichten konnte, und meinte dann:

„Der Häuptling der Apatschen wird bei den Bleichgesichtern bleiben, bis ihn seine roten Brüder rufen. Er kennt alle Tiere und alle Männer des Waldes und der Prärie; er kennt vielleicht auch den Diener, den sie suchen."

„Du?" fragte Texasfred, indem er sich vor Überraschung erhob.

„Intschu tschuna kennt ein Bleichgesicht, das schon längere Zeit bei den Komantschen weilt."

„Wo kam er her?"

„Aus dem Land, das der weiße Jäger vorher genannt hat."

„Und wie sieht er aus?"

„Er hat die Augen des Himmels und das Haar des Feuers."

„Blaue Augen und rotes Haar? Das stimmt. Hat Intschu tschuna sonst nichts Auffälliges an ihm bemerkt?"

„Das Bleichgesicht hat eine kleine Narbe an seiner Lippe."

„Auch das ist richtig! Diese Narbe stammt von einer gut operierten Hasenscharte."

„*Heihg day!*" fiel da Sanford jauchzend ein. „Er ist's, und nun soll uns nichts abhalten, die Komantschen aufzusuchen. Weiß Intschu tschuna, wo sich ihr festes Dorf befindet?"

„Er weiß es und wird seine weißen Brüder dorthin führen. Sie mögen doch einmal diese Gefangenen fragen, die wissen, wer das Bleichgesicht ist, das sich bei ihnen befindet."

Der Texasfred folgte diesem Rat und wandte sich an die beiden Indianer, konnte aber nichts aus ihnen herausbringen. Dadurch geriet das Gespräch ins Stocken, bis es endlich verstummte. Es wurden die Wachen für die Nacht verlost, und dann überließ man sich der Ruhe.

9. In den Wigwams der Komantschen

Als der Tag sich zu lichten begann, erhob man sich, um die Spuren der Komantschen zu verfolgen. Diese führte immer an der rechten Seite des Rio Pecos hin bis an die Stelle, wo die Ausläufer der Sierra Guadalupe an den Fluß herantreten. Hier wandten sich die Männer rechts ins Gebirge empor, dessen gegenseitigen Abhang man erst am anderen Nachmittag erreichte. Am Abend war die Truppe bis zur offenen Prärie herabgestiegen, in deren Gras die Spuren nun wieder leichter zu verfolgen war.

Leider zeigte es sich, daß an ein Einholen der Diebe vor ihrem Dorf nicht zu denken war. Die jetzigen Besitzer der geraubten Nuggets hatten einen zu großen Vorsprung, als daß es hätte gelingen können, sie noch unterwegs zu erreichen. Es blieb also nichts übrig, als sich kühn mitten in ihr Dorf zu wagen. Im Besitz der beiden Gefangenen war dieses Wagnis jedenfalls nicht so groß, als es den Anschein hatte.

Während des weiteren Ritts am nächsten Morgen wurde wenig gesprochen. Ein jeder hatte mit seinen eigenen Gedanken zu tun. Am Nachmittag wurde eine kurze Rast gemacht, und gegen Abend tauchten am Gesichtskreis mehrere dunkle Linien auf, die bei genauerer Betrachtung als Zeltreihen zu erkennen waren. Dies war das große Zeltdorf der Komantschen, das man hier zum Zweck der Büffeljagd errichtet hatte.

Intschu tschuna war immer vorangeritten. Im Anblick des Dorfes hielt er sein Pferd an und stieg ab. Die weißen Jäger folgten seinem Beispiel, obgleich sie nicht errieten, was der Häuptling vorhabe. Der Apatsche setzte sich da, wo er stand, auf den Boden, zog sein Kalumet hervor, brannte es an und sagte:

„Wenn die jungen Krieger der Komantschen nicht sterben wollen, so mögen sie mit dem Häuptling der Apatschen und seinen weißen Freunden den Rauch des Friedens trinken!"

Ohne ein Wort der Widerrede stiegen die Brüder ab und setzten sich dem Apatschen gegenüber. Als die Pfeife unter den üblichen Gebräuchen die Runde gemacht hatte, gebot er ihnen:

„Die Söhne der Komantschen, die nun unsere Brüder geworden sind, mögen jetzt zu den Ihrigen reiten, um ihnen unsere Gegenwart anzukünden und ihnen zu sagen, daß wir als ihre Gäste kommen."

Sie folgten wortlos seinem Befehl, saßen auf und sprengten davon. Die Jäger und der Apatsche blieben an Ort und Stelle sitzen.

Sie brauchten nicht lange auf den Erfolg dieser Anmeldung zu warten; denn sehr bald kam ein zahlreicher Reitertrupp auf sie zu, der sich auflöste und einen Kreis um sie bildete. Dieser Kreis wurde dann plötzlich verengt, indem die Komantschen im Galopp und unter Waffenschwenken auf sie von allen Seiten zukamen, daß es schien, als ob sie niedergerissen werden sollten. Eine Gruppe von vier Häuptlingen sprengte wirklich in gestrecktem Lauf auf sie zu und setzte über sie hinweg. Die Jäger blieben dabei so ruhig sitzen, ohne auch nur mit der Wimper zu zucken.

Dann stiegen die Häuptlinge ab, traten herzu, und der älteste von ihnen nahm das Wort:

„Warum erheben sich die weißen Männer nicht, wenn die Häuptlinge der Komantschen zu ihnen treten?"

Bill übernahm es, die Antwort zu erteilen. „Wir wollen euch damit sagen, daß ihr uns willkommen seid und hier an unserer Seite Platz nehmen sollt."

„Die Häuptlinge der Komantschen setzen sich nur an die Seite von Häuptlingen. Wer ist euer Anführer, und wo sind euere Wigwams und euere Krieger?"

„Die weißen Männer haben keine Wigwams, sondern große steinerne Städte, in denen viele Tausende von Kriegern wohnen. Meine roten Brüder können sich ohne Sorge zu uns setzen: jeder von uns ist ein Häuptling."

„Wie sind euere Namen?"

Der Frager kannte diese bereits, denn die beiden Komantschen hatten sie ihm gesagt. Es war kein gutes Zeichen für die Jäger, daß er sich verstellte. Besonders auffallen mußten die finsteren Blicke, die auf Intschu tschuna geworfen wurden.

„Ich werde euch unsere Namen sagen", antwortete der Gefragte. „Mein Name ist Bill Sanford."

„Sanford. Ich kenne diesen Namen. Der weiße Mann ist ein Feind der Indianer, aber er ist kein böser Mensch."

„Dieser junge Mann wird von allen roten und weißen Kriegern ‚Texasfred' genannt."

„Auch seinen Namen kenne ich. Er ist unser Feind, aber er tötet die roten Männer nur dann, wenn er dazu gezwungen ist. Wer ist dieser rote Mann?"

„Es ist Intschu tschuna, der Häuptling der Apatschen."

„Er ist ein Hund, der bald verenden wird. Der Geier wird ihm die Augen aushacken, und sein Fleisch soll von den Wölfen als Aas gefressen werden. Ihr alle werdet heute noch am Marterpfahl sterben."

„Wir? Die Gäste der Komantschen?"

„Ihr seid nicht unsere Gäste!"

„Wir sind es. Wir haben den Söhnen eures Häuptlings das Leben gelassen, und sie haben ihr Wort gegeben, daß wir friedlich einkehren dürfen in die Hütten der Komantschen."

„Sie werden euch ihr Wort halten, aber es wäre ihnen besser gewesen, wenn ihr sie getötet hättet. Ein tapferer Krieger stirbt lieber, als daß er sich von seinem Feind das Leben schenken läßt. Ihr seid ihre Gäste und steht unter ihrem Schutz. Wir anderen aber haben euch nichts versprochen. Wenn unser Oberhäuptling ‚Falke', der Vater eurer Beschützer, zurückgekehrt ist, werden wir euch euere Skalpe nehmen!"

Die Weißen sahen einander fragend an, Intschu tschuna aber erhob sich ohne Zögern. Er hatte recht. Sie waren von einer solchen Menge von Komantschen umgeben, daß es kein Entrinnen gab. Sie hatten sich in die Höhle des Löwen gewagt und mußten nun das Weitere abwarten. Man stieg zu Pferd. Die Gefangenen wurden von den Rothäuten in die Mitte genommen, und fort ging es in sausendem Galopp in das Lagerdorf hinein und zwischen den Zeltreihen hinauf, bis vor einem Zelt angehalten wurde.

Die Indianer stiegen ab und der alte Häuptling gebot:

„Die weißen Männer mögen hier eintreten!"

„Wem gehört diese Wohnung?" fragte Fred.

„Sie gehört denen, die euch zu schützen haben. Gebt eure Waffen ab!"

„Ein weißer Jäger trennt sich von seinen Waffen erst dann, wenn er gestorben ist."

„Wissen die weißen Männer nicht, daß ein Gefangener keine Waffen haben darf?"

„Wir sind Gäste, aber keine Gefangenen."

„Ihr seid beides. Gebt die Waffen her!"

Da erhob Intschu tschuna die Hand zum Zeichen, daß er sprechen wolle. Er sagte:

„Die Söhne der Komantschen verlangen unsere Waffen, weil sie sich vor uns fürchten. Ihr Herz ist feig, und ihr Mut ist wie der des l'räriehuhns, das vor jedem Ton flieht, der sich hören läßt."

Das war ebenso stolz wie schlau gesprochen, denn der Erfolg zeigte sich sofort. Der alte Häuptling maß ihn mit zornigen Augen und entgegnete:

„Der Pimo[1] ist häßlich wie die Kröte des Sumpfes. Seine Zunge spricht die Lüge. Es gibt nichts, was der Komantsche fürchten möchte. Tretet ein in dieses Zelt und behaltet eure Waffen!"

Jetzt stiegen die Jäger ab, banden ihre Pferde an und begaben sich ins Innere.

Das Zelt war von der Art, wie man sie auch bei den nördlicher wohnenden Indianern findet. Die Arbeit ihrer Errichtung wird nur von den Weibern besorgt, wie denn der Indianer keine andere Beschäftigung kennt als den Krieg, die Jagd und den Fischfang. Alles übrige bleibt den Schultern der Frauen aufgebürdet.

Das Zelt war leer; es hätte Platz für eine weit größere Gesellschaft gehabt.

„Da sind wir!" meinte Sanford. „Wie wir aber wieder fortkommen, das ist eine andere Frage."

„Werden wohl sehen!" bemerkte Fred einsilbig.

„Es kommt drauf an, ob man uns als Gäste oder als Gefangene betrachtet. Im letztern Fall ist es um uns geschehen."

„Wir werden Gefangene sein", meinte der Indianer, „weil Intschu tschuna zugegen ist. Wären meine weißen Brüder allein, so würden

[1] Schimpfname für Apatsche

sie vielleicht Gäste sein; den Apatschen aber werden die Komantschen nicht friedlich behandeln."

„Was müssen wir anfangen, um uns zu retten?"

„Meine Brüder mögen dasselbe tun, was Intschu tschuna unternehmen wird."

„Was?"

„Mit den Komantschen das Kalumet rauchen."

„Ich glaube nicht, daß sie uns die Pfeife des Friedens geben werden."

„Wenn sie uns die Pfeife des Friedens nicht reichen wollen, so werden wir sie uns nehmen. Intschu tschuna wird die Pfeife rauchen, und meine Brüder müssen dann schnell jeder einen Zug tun, ehe sie uns wieder entrissen werden kann."

„Werden wir auch den Weißen sehen, den wir suchen?"

„Intschu tschuna wird es so einrichten, daß er sich nicht verbergen kann."

Damit war die Unterredung zu Ende. Die Jäger schwiegen. Ihr Zelt war von Wächtern umgeben, und es lag die Möglichkeit vor, daß sie belauscht wurden. Nach einiger Zeit öffnete sich der Eingang, und es erschien einer der beiden Häuptlingssöhne.

„Meine Brüder sind in großer Gefahr", begann er.

„Wie können wir in Gefahr sein, wenn wir uns unter deinem Schutz befinden?" fragte Bill.

„Das Leben meiner Brüder ist sicher, solange sie sich in meinem Zelt befinden. Sobald sie es verlassen, ist meine Bürgschaft zu Ende."

„Gibt es kein Mittel, uns zu retten?"

„Meine Brüder müssen Komantschen werden und sich ein jeder eine Tochter der Komantschen zum Weib nehmen."

„Den Teufel werde ich!" fluchte Sanford. „Habe kein weißes Weib leiden mögen, viel weniger eine Kupferhaut!"

„So sind meine Brüder verloren."

„Ist das Bleichgesicht, von dem wir bereits gesprochen haben, unter den Komantschen zu finden?" fragte Texasfred.

„Es ist da."

„Werden wir mit ihm sprechen können?"

„Ich weiß es nicht. Aber sehen werdet ihr ihn."

„Wo?"

„Das Bleichgesicht gehört mit zu den Häuptlingen der Komantschen. Es wird sitzen mit den anderen im Kreis der Beratung, wenn über das Schicksal meiner Brüder gesprochen wird."

Er entfernte sich wieder. Nach Verlauf von einer Stunde trat ein finster blickender Indianer ein.

„Die weißen Männer und der Apatsche mögen mir folgen!" befahl er.

Sie steckten ihre Waffen zu sich und schritten hinter ihm her die Zeltgasse entlang bis vor das Lager. Dort hatten sich alle Krieger versammelt. Sie bildeten einen großen Kreis, in dessen Mittelpunkt die Häuptlinge Platz genommen hatten. Das Beratungsfeuer brannte, und das reich mit Perlen und Federn verzierte Kalumet lag zum Gebrauch bereit. Seitwärts von der Gruppe waren mehrere Marterpfähle in die Erde getrieben.

Zwischen den Häuptlingen saß ein Weißer. Er trug sich aber vollständig wie ein Indianer. Sogar einen langen Haarschopf hatte er sich stehen lassen, um durch ihn, der mit Adlerfedern durchflochten war, zu beweisen, daß er nicht unter die gewöhnlichen Krieger gerechnet werden dürfe.

Als die Gefangenen nahten, ergriff der alte Häuptling die Pfeife, steckte sie in Brand und führte das Rohr zum Mund. Er tat sechs Züge, blies den Rauch nach Nord, Süd, Ost und West, dann gerade zum Himmel und abwärts zur Erde, und gab sie dann seinem Nebenmann, der nur einen einzigen Zug zu tun hatte. Von diesem ging die Peife weiter. Der Vierte wollte sie eben dem Fünften geben, als Intschu tschuna mit einem raschen Schritt hinzutrat und sie ihm entriß.

Das war eine Tat, die niemand für möglich gehalten hatte. Die Indianer saßen starr vor Erstaunen und gerieten erst dann in Bewegung, als es bereits zu spät geworden war. Intschu tschuna hatte sofort die Pfeife weitergegeben; sie war unter den Weißen herumgegangen und befand sich schon wieder in der Hand des Apatschen, als der Häuptling sich wütend erhob.

„Hund, was hast du getan?" schnaubte er Intschu tschuna an.

Dieser machte ruhig noch einen Zug aus dem Kalumet und antwortete: „Seit wann ist es unter den roten Männern Sitte, ihre Freunde und Brüder Hunde zu nennen?"

„Bist du unser Freund und Bruder?"

„Wir sind eure Brüder und Gäste, denn wir haben mit euch aus dem Kalumet geraucht, das aus dem heiligen Ton gefertigt wurde."

„Ihr habt uns das Kalumet entrissen."

„Aber es bleibt dennoch wahr, daß wir mit euch die Pfeife des Friedens geraucht haben."

„Dies gilt nichts; denn wir haben sie euch nicht angeboten."

„Ihr habt uns eure Gastfreundschaft nicht angeboten, wir haben sie uns geraubt. Aber wir besitzen sie ebenso sicher, als wenn wir sie freiwillig erhalten hätten. Der große Geist wird sehen, ob die Krieger der Komantschen den Mut haben, sich an den Gesetzen der Pfeife des Friedens zu versündigen. Ich habe gesprochen! Howgh!"

Der Komantsche hatte dieser Beweisführung mit verblüffter Miene zugehört. Er schwieg eine Weile, dann meinte er, sich setzend:

„Die Häuptlinge der Komantschen werden über diesen Fall beraten. Tretet auf die Seite; wir werden euch unseren Entschluß wissen lassen!"

Die Weißen folgten diesem Gebot. Sie sahen, daß die Beratung stürmisch war, wie die lebhaften Bewegungen der Komantschen bewiesen. Es verging eine halbe Stunde, bis sie zu Ende war. Dann winkte ihnen der Häuptling, näher zu treten. Er erhob sich und gab das Zeichen, daß er sprechen werde.

„Die weißen Männer und der Apatsche mögen hören, denn die Häuptlinge der Komantschen werden sprechen."

Nach dieser einleitenden Aufforderung begann er seine Rede:

„Es sind nun viele Sonnen her, da wohnten die roten Männer noch allein auf der Erde zwischen den beiden großen Wassern. Sie bauten Städte, sie pflanzten Bäume, sie jagten das Elen, den Bären und den Bison. Ihnen gehörte der Sonnenschein und der Regen. Ihnen gehörten die Flüsse und Seen, der Wald, das Gebirge, die Täler und alle Savannen des weiten Landes. Sie hatten ihre Brüder und Söhne, ihre Frauen und Töchter und waren glücklich. Da kamen die Bleichgesichter, deren Farbe ist wie der Schnee des Winters, deren Herz aber ist wie der Ruß, der aus dem Rauch fliegt. Es waren ihrer nur wenige, und die roten Männer nahmen sie auf in ihre Wigwams. Doch sie brachten Feuerwaffen und Feuerwasser mit, sie brachten auch andere Götter und andere Priester; sie brachten die Lüge und den Verrat, Krankheiten und den Tod. Es kamen immer mehr von ihnen über das große Wasser herüber; ihre Zungen waren falsch und ihre Messer spitz. Die roten Männer waren gut. Sie glaubten ihnen und wurden betrogen. Sie mußten hergeben das Land, in dem die Gräber ihrer Väter lagen; sie wurden mit List und mit Gewalt verdrängt aus ihren Wigwams und ihren Jagdgebieten, und wenn sie sich wehrten, so tötete man sie. Um sie leichter zu besiegen, säten die Bleichgesichter Zwietracht unter sie; die roten Stämme wurden entzweit; sie begannen sich auch untereinander zu bekämpfen. Sie müssen nun sterben wie die Koyoten in der Wüste. Fluch den Weißen; Fluch ihnen, so viel Sterne am Himmel stehen!"

Nach einer kleinen Pause fuhr er fort:

„Heute sind Bleichgesichter in die Wigwams der Komantschen gekommen. Sie haben einen roten Mann betört, mit ihnen zu gehen und ihr Bruder zu sein; den Häuptling der Apatschen. Er hat den Tod verdient, er und sie mit ihm. Wir hätten sie langsam am Marterpfahl getötet, aber es ist ihnen gelungen, den Rauch unseres Kalumets zu trinken, und so haben die Häuptlinge der Komantschen beschlossen, die Pfeife des Friedens zu ehren und ihnen Platz am Lagerfeuer zu geben, bis ihr Schicksal sich weiter entschieden hat. Ich habe gesprochen, man möge mir antworten!"

Er setzte sich. Eigentlich wäre es hiermit genug gewesen, aber so schweigsam der Indianer sonst ist, die Gelegenheit, eine Rede zu halten, läßt er sich nicht entgehen. Es gibt unter ihnen Häuptlinge, die wegen ihrer Rednergabe weithin berühmt sind. Ihre bilderreiche Sprache erinnert sehr an die Ausdrucksweise des Orients.

Nach ihm standen die anderen Häuptlinge auf, um in ihren Reden dasselbe zu sagen, was bereits er ausgesprochen hatte. Als der letzte geendet hatte, erhob sich der Texasfred, der den ehemaligen Reitknecht seines Bruders auf den ersten Blick erkannt hatte.

„Ich habe gehört, daß meine roten Brüder an einen großen Geist glauben. Sie tun recht damit, und ihr Manitu ist auch unser Manitu. Er ist der Herr des Himmels und der Erde, und der Vater aller Völker. Er will, daß alle Menschen ihn verehren sollen. Glauben aber meine roten Brüder vielleicht, daß es ihrem Manitu, der auch der unsrige ist, wohlgefällig sein kann, wenn sie stehlen und rauben und Menschen töten, die ihnen nichts zuleide getan haben? Die Söhne der

Komantschen kennen meinen Namen und wissen, daß ich die roten Männer nur dann töte, wenn ich dazu gezwungen bin. Ich bin noch nie ihr Feind gewesen. Wollen sie, daß das jetzt anders wird? Die roten Krieger mögen die Nuggets zurückgeben, die ihnen nicht gehören, und wir werden im Frieden von ihnen scheiden."

Er hielt inne und blickte den alten Häuptling an. Dieser gab vorsichtig zur Antwort:

„Die Krieger der Komantschen werden beraten, wem das Gold gehören soll."

„Sie mögen es tun, und ich glaube, sie werden dann das Rechte beschließen. Der weiße Jäger ist aber noch nicht fertig, denn er ist noch aus einem anderen Grund zu den Komantschen gekommen."

„Aus welchem? Der weiße Mann möge uns den Grund bezeichnen!"

„Da drüben über dem großen Wasser, in meiner Heimat, wohnte ein Mann, der im Besitz eines Geheimnisses ist, von dem das Glück mehrerer Menschen abhängt. Er hat sein Vaterland verlassen, und ich bin ihm gefolgt über Gebirge und Seen, über Flüsse und Bäche, durch Savannen und Wälder. Ich hörte, daß er sich bei den Kriegern der Komantschen aufhalte, und bin zu ihnen geeilt, um mit ihm zu sprechen."

„Wer ist dieser Mann? Wir haben kein Bleichgesicht von jenseits des großen Wassers bei uns aufgenommen."

„Sehe ich nicht ein Bleichgesicht in eurer Mitte?"

„Dieses Bleichgesicht ist aus dem Land, das gegen Mittag liegt. Er stieg von dem Gebirg herab, um den Komantschen viele gute Dinge zu zeigen."

„Er hat euch belogen."

Marley fuhr mit der Hand nach seinem Tomahawk, sprach aber, da der Alte die Unterredung führte, kein Wort.

„So meinst du, daß es der ist, den du suchst?"

„Er ist es. Erlaube, daß ich mit ihm selbst rede!"

„Ich erlaube es."

Jetzt wandte sich der Texasfred an den Weißen. „Wie ist dein Name unter diesen Leuten?"

„Ich heiße Rikarroh."

„Und wie nannte man dich früher, ehe du zu den Komantschen kamst?"

„Ich bin zu den Kriegern der Komantschen gegangen, um die Welt zu vergessen. Mein Name ist verschwunden. Ich sage ihn nicht."

„Weder du bist vergessen, noch dein Name! Du heißt Georg Marlay."

„Georg Marlay? Ich habe einen ähnlichen Namen nie gehört."

„Nie?" lachte Fred auf. „Hast du auch nie von der Familie von Gollwitz gehört?"

„Nein."

„Auch nicht von einem ‚tollen Grafen'? Dem Grafen Hohenegg?"

„Nein."

„Hast du auch nie gehört von einer Miß Ella, die in einem Zirkus arbeitete und dann ohne Spur verschwunden ist?"

„Nein.“

„Hm! Rikarroh, du bist ein großer Lügner; du hast sie alle gekannt.“

Der Beschuldigte erhob sich und griff zum Tomahawk.

„Mann, nenne mich nicht zum zweitenmal einen Lügner, wenn du nicht willst, daß ich dir den Schädel zerschmettere!“

„Ich bin der Texasfred, und den kennt ihr alle. Dein Tomahawk tut mir nicht mehr als der Stachel einer Mücke, und damit du siehst, daß ich mich nicht fürchte, nenne ich dich nochmals einen Lügner. Du bist Georg Marlay. Sieh mich einmal an und sage, ob meine Züge dir nicht bekannt vorkommen!“

Der ‚Indianer‘ machte eine Bewegung der Geringschätzung und meinte:

„Ich habe dich niemals gesehen.“

„Ich bin Friedrich von Gollwitz, der Bruder deines früheren Herrn.“

Ein Blitz des Erschreckens flog über die Züge des Weißen. Trotzdem sagte er bestimmt:

„Sei du, wer du willst, ich kenne dich nicht.“

Jetzt trat Fred nahe an ihn heran. „Kennst du diesen Brief?“

Er hielt ihm ein Schreiben vor Augen, jenen Brief, der von Kingston aus an die Familie Gollwitz gerichtet worden war. Der Mann warf einen Blick darauf, schüttelte den Kopf und erwiderte:

„Ich kenne ihn nicht. Laß mich in Ruh!“

„Du kennst dieses Schreiben sehr genau, denn du hast es selber geschrieben. Mensch, ich habe mit dir persönlich nichts zu schaffen, aber ich fordere von dir Auskunft über meinen Bruder. Wo ist er zu finden?“

„Ich weiß nichts von der Sache, über die Ihr mich fragt. Ihr seid wahnsinnig!“

„Wahnsinnig? Das wagst du? Mensch!“

Er holte aus und schlug ihm die Faust vor die Stirn, daß er niederstürzte. Marlay raffte sich aber wieder in die Höhe, riß das Messer heraus und wollte sich auf seinen Gegner stürzen. Sofort richteten sich die Revolver Freds und Bills auf seine Brust. Der alte Häuptling aber streckte seine Hand abwehrend aus und gebot:

„Laßt die Waffen ruhen! Ihr habt Worte gesprochen, deren Sinn uns fremd geblieben ist. Was habt ihr mit unserem weißen Bruder?“

„Er ist es, den ich suche, aber er will es nicht gestehen!“

„Wenn er es nicht gestehen will, so ist das seine Sache. Er ist kein Weißer mehr; er ist ein roter Mann geworden. Laßt ab von ihm; ich gebiete es euch!“

Da ertönte lauter Hufschlag die Reihe der Zelte herauf. Ein Reiter kam im Galopp herbei, hielt seinen Mustang vor dem Kreis der Häuptlinge an und sprang ab. Sie alle erhoben sich, und einer der Indianer eilte herbei, um sein Pferd zu halten.

Sein Auge blitzte von einem zum anderen und blieb mit ernstem Ausdruck auf Intschu tschuna haften.

„Du bist Intschu tschuna, der Häuptling der Apatschen?“

„Ich bin es.“

„Du bist sehr kühn, daß du es wagst, zu den Kriegern der Komantschen zu kommen."

Dann wandte sich der ‚Falke‘, denn dieser war der Ankömmling, zu den Seinigen zurück.

„Ich war weit da oben im Norden, um den heiligen Ton zu unseren Pfeifen zu holen. Friede sollte die heilige Erde bringen, aber nun ich zu meinem Wigwam zurückgekehrt bin, höre ich, daß das Kriegsbeil ausgegraben und Blut geflossen ist. Wo sind meine Söhne?"

„In ihrer Hütte."

„Warum sind sie nicht hier?"

„Sie haben diesen Männern das Gastrecht gegeben und können also über sie nicht urteilen."

„Wenn die Söhne des ‚Falken‘ das taten, so haben sie einen Grund dazu. Man hole sie! Ihr aber sollt erzählen!"

Der alte Häuptling begann seinen Bericht, während der ‚Falke‘ sich zu ihm niedersetzte. Dieser war der Typus eines echten Indianers, nicht hoch, aber breit und kräftig gebaut. Infolge seiner kriegerischen Eigenschaften wurde er allgemein als Oberhaupt der Komantschen anerkannt.

Der Bericht klang nicht erfreulich für die Jäger. Während des Vortrags erschienen die beiden Söhne des ‚Falken‘. Ihr Vater hatte eine lange, gefährliche Reise hinter sich. Er war soeben erst eingetroffen. Aber es gab keine Szene des Wiedersehens, denn dies verbot die strenge indianische Zurückhaltung. Er wandte sich zu ihnen, als der Alte geendet hatte und sprach:

„Das Beil des Krieges ist ausgegraben zwischen den Kriegern der Komantschen und den Bleichgesichtern. Alle Bleichgesichter sind unsere Feinde, also auch diese weißen Männer hier. Ist es so?"

Sie neigten ihre Häupter zum Zeichen der Bejahung.

„Zwischen den Söhnen der Komantschen und der Apatschen ruht der Kampf. Wenn aber ein Apatsche den Feinden der Komantschen beisteht, als was ist er dann zu betrachten?"

„Als Feind."

„Du hast recht gesprochen. Ihr habt also eueren Feinden die Hände der Gastfreundschaft geboten?"

Ein abermaliges stummes Nicken war die Antwort. Das Auge des Falken richtete sich während dieser Fragen auf den älteren Sohn.

„Erzähle!"

Der junge Mann berichtete in kurzen, wahrheitsgetreuen Worten. Sein Vater hörte ihm aufmerksam zu und entschied sodann:

„Der Häuptling der Komantschen, den seine Freunde und Feinde den ‚Falken‘ nennen, freute sich in seinem Herzen, als er sein Wigwam wieder erblickte. Nun aber wird seine Freude in Schmerz verwandelt, denn seine Söhne haben, um nicht sterben zu müssen, Freundschaft geschlossen mit den Feinden ihres Volkes. Ihr hättet den Tod vorziehen sollen, und ich hätte mit Wehmut, aber mit Stolz für eure Seelen den Schlachtgesang der Toten angestimmt; und drüben in den ewigen Jagdgründen hätte ich euch wiedergesehen als Helden, denen die Geister der Bleichgesichter dienen müssen. Wäre ich nicht euer

Vater, so hätte ich euch jetzt begnadigt, denn ihr habt doch nur wie junge Männer gehandelt, die das Leben liebhaben. Damit man sich aber beim Volk der Komantschen nicht erzähle, der große ‚Falke‘ sei weich gewesen gegen seine Söhne, werde ich euch eure Strafe zuweisen: ihr verlaßt noch in diesem Augenblick das Dorf, und kommt nicht eher zurück, als bis jeder von euch drei Skalpe unserer Feinde besitzt! Habt ihr noch zu reden?“

„Was wird mit diesen Männern, für deren Sicherheit wir unser Wort verpfändet haben?“ fragte der eine, indem er auf die gefangenen Jäger deutete.

„Der ‚Falke‘ wird euer Wort lösen; sie stehen unter seinem Schutz.“ Sie traten ruhig ab.

Jetzt winkte ‚Falke‘ dem Apatschen. „Sprich!“

Der Angeredete bewegte stolz das Haupt.

„Intschu tschuna, der Häuptling der Mescaleros, ist Gast seiner Feinde. Er wird nicht sprechen, denn seine Rede ist unnötig.“

„Du hast recht. Draußen vor den Wigwams würde ich mit dir kämpfen, hier aber bist du sicher. Doch die weißen Männer mögen reden, denn ich habe erfahren, daß sie eine Klage vorzubringen haben gegen einen Krieger der Komantschen.“

Da nahm Fred das Wort: „Wirst du meine Klage hören?“

„Wer bist du?“

„Du kennst meinen Namen. Man nennt mich den ‚Texasfred‘, so weit die Prärie reicht.“

„Du bist ein tapferer Krieger, der noch keinen von uns getötet hat.“

„Ich hatte einen Bruder, den ich liebte. Wir beide waren Häuptlinge im Volk der Bleichgesichter, und dieser Mann, der jetzt einer der Eurigen ist, tat uns die Dienste, die bei euch die Weiber verrichten. Es gab nun einen Häuptling, der reicher war als wir, und der meinen Bruder haßte. Mein Bruder geriet in Streit mit ihm und verschwand aus der Heimat, so daß wir ihn nie wiedersahen. Mit ihm verschwand sein Diener, eben dieser Mann, der uns sagen könnte, wo sich mein Bruder befindet, nach dem sich das Herz einer Mutter sehnt. Er soll uns unseren Willen tun und den Ort nennen, wo sich mein Bruder aufhält, sonst töten wir ihn.“

„Hat er zugegeben, daß er der Mann ist, den ihr sucht?“

„Nein, er leugnet, aus einem Grund, den wir nicht kennen.“

„Wie willst du aber beweisen, daß dieser Weiße, der in den Stamm der Komantschen aufgenommen wurde, wirklich der ist, den du suchst?“

„Falke, gib mir die Erlaubnis, daß ich den Wigwam dieses Mannes betreten darf. Er hat sicher Papiere und Briefe, aus denen hervorgeht, daß er der Diener meines Bruders war.“

Der Häuptling sann einen Augenblick nach, dann wandte er sich an Marlay. „Wo hast du deinen Medizinsack?“

„In meinem Wigwam.“

„Ich kenne den Beutel; ich habe oft gesehen, daß du auch solche Dinge in ihm hast, die die Bleichgesichter Briefe nennen. Wo befindet er sich?“

„Hinter der Lagerstätte.“

Während dieser Antwort war es ihm anzusehen, daß er sich in einer großen Verlegenheit befand. Sein Geheimnis war ernstlich in Gefahr.

„Ich werde ihn holen, ich selbst und kein anderer.“

Mit diesen Worten erhob sich der ‚Falke‘.

„Ich werde ihn dir bringen“, rief Marlay. „Er gehört mir, und der Wigwam ist mein; es darf kein anderer ohne Erlaubnis eintreten.“

„Deine Weigerung ist ein Beweis, daß du ein Lügner bist, und daß dieses Bleichgesicht die Wahrheit gesprochen hat. Du wirst als Feigling aus unserem Volk gestoßen. Morgen mag die Versammlung über dich entscheiden!“

„Ich bin nicht feig!“

„Du bist es, sonst würdest du deinen Namen bekennen und nach Sitte der Komantschen mit diesen Männern kämpfen.“

„Ich werde dir zeigen, daß ich kein Feigling bin.“

„Womit?“

„Ich werde mit ihnen kämpfen.“

„So bist du der, den sie suchen?“

„Ja.“

„Du hast bei ihnen die Arbeit der Weiber verrichtet?“

„Ich war ihr Diener.“

„Willst du ihnen die Briefe zeigen, von denen ich vorhin gesprochen habe?“

„Nein.“

„Willst du ihnen sagen, was sie von dir zu wissen begehren?“

„Nein. Ich bin in dieser Sache niemandem Rechenschaft schuldig.“

„Es kann dich niemand zwingen, aber du wirst mit diesen Bleichgesichtern kämpfen, nachdem wir die Stunde des Kampfes bestimmt haben. Geh!“

„Halt!“ rief Fred. „Dieser Mann darf seinen Wigwam nicht allein betreten! Wenn du ihn gehen läßt, so wird er die Briefe vernichten.“

„Ich werde zwei Männer mitschicken, denen er den Beutel geben soll.“

Marlay ging, und auf einen Wink des ‚Falken‘ schlossen sich ihm zwei Indianer an.

Die Jäger aber nebst Intschu tschuna wurden nach ihrem Zelt geführt, wo man sie bewachte.

Der Tag verstrich, ohne daß sich etwas Nennenswertes ereignet hätte. Ebenso ging auch die Nacht zu Ende. Am anderen Vormittag öffnete sich ihr Zelt, und es erschien ein Indianer, der ihnen befahl, ihm an den Beratungsplatz zu folgen.

Dort waren die Häuptlinge und Angesehensten des Stammes wieder versammelt. Man wies ihnen ihre Plätze an, und sie setzten sich voller Erwartung nieder.

Der ‚Falke‘ begann:

„Der große Geist zürnt den Kriegern der Komantschen, daß sie die Pfeife des Friedens geraucht haben mit den Bleichgesichtern. Es ist den Komantschen wiederum ein großes Unglück widerfahren, denn Rikarroh befindet sich nicht mehr im Lager. Er ist fort.“

Die Weißen sprangen zornig auf, und Fred rief:

„Entweder lügst du jetzt und verbirgst ihn, um ihn zu retten, oder du hast gestern gelogen, als du uns versprachst, daß wir mit ihm kämpfen sollten."

„Der ,Falke' hat gestern die Wahrheit geredet, und er spricht sie auch heute."

„Wo sind die Papiere, die der Verräter dir geben sollte?"

Jener langte in sein Jagdgewand und zog einen alten Medizinbeutel hervor.

„Hier ist der Medizinsack. Nehmt die Papiere heraus!"

Fred griff zu und öffnete den Beutel. Er fand zwei Briefe, die er auseinander schlug, um ihren Inhalt schnell zu überfliegen. Dann rief er: „Betrogen! Diese Papiere sind nicht die, die wir suchen."

„Der Beutel enthielt keine anderen", antwortete ruhig der Häuptling.

„Rufe die beiden Männer, denen er den Beutel übergeben mußte."

Der Häuptling winkte, und einer der Komantschen erhob sich, um die Verlangten herbeizuholen. Sie kamen, und Texasfred verhörte sie:

„Ihr seid gestern mit dem, den ihr Rikarroh nanntet, in sein Zelt gegangen?"

„Ja."

„Und euch hat er diesen Medizinbeutel übergeben?"

„Ja."

„Hat er ihn geöffnet, bevor er ihn in eure Hände legte?"

„Er hatte ihn in einer Ecke des Zeltes stecken. Er kniete lange dort, bevor er sich erhob, und kehrte uns den Rücken zu. Wir sahen nicht, was er tat."

„Aber ich weiß es, was er tat: er öffnete den Beutel, um die Papiere herauszunehmen, die wir vorher verlangt hatten. Wo ist er?"

„Als die Sonne sich erhob, bemerkten die Söhne der Komantschen, daß er das Lager verlassen hatte."

„Allein?"

„Ja. Aber die zwei besten Pferde hat er zur Flucht benutzt."

„Nach welcher Richtung?"

„Die Spuren führen nach Westen."

In diesem Augenblick nahte sich ein Komantsche. Er trat zu dem ,Falken' und erhob stumm die Hand zum Mund, zum Zeichen, daß er sprechen wolle.

„Was will der junge Krieger seinen Vätern sagen!" forschte der Häuptling.

Jener antwortete:

„Alle Männer der Komantschen wissen, daß den Bleichgesichtern von unseren Kriegern viele Lederbeutel abgenommen wurden, die mit Gold gefüllt waren. Dieses Gold lag aufbewahrt in der Erde jenseits unseres Lagers."

„Lag? Mein Bruder will wohl sagen: es liegt aufbewahrt."

„Es liegt nicht mehr dort. Es ist verschwunden."

Der ,Falke' fuhr mit der Faust nach seinem Messer. „Wer hat entdeckt, daß es fort ist?"

„Ich.“

„Erzähle!“

„Ich ging, um mir aus der Herde ein Pferd zu holen. Der Weg führte mich an dem Ort vorüber, wo das Gold vergraben lag. Ich sah, daß man das Versteck geöffnet und nicht wieder verschlossen hatte. Das Gold ist fort.“

„Der ‚Falke‘ wird selbst nachsehen, ich kenne den Ort noch nicht. Führe mich!“

Er erhob sich und verschwand mit ihm hinter den Zelten. Nach einiger Zeit kehrte er allein zurück. Er nahm an seiner vorherigen Stelle wieder Platz und berichtete:

„Das Gold ist fort. Rikkaroh hat es mitgenommen. Die Söhne der Komantschen wissen viele Orte, wo Gold zu finden ist, aber sie verachten es. Sie bedauern es daher nicht, daß dieses Metall verschwunden ist.“

Da nahm Bill Sanford das Wort:

„Aber wir bedauern es. Wir haben gegraben im Schweiße unseres Angesichts, um es zu finden, und als wir es hatten, wurde es uns von den Kriegern der Komantschen geraubt. Wir kamen zu ihnen, um es uns wiederzuholen, und nun ist es zum zweitenmal verschwunden. Wir werden Rikarroh verfolgen, um es ihm abzunehmen.“

„Können die Bleichgesichter fort von hier?“

„Wer will uns halten?“

„Sie sind unsere Gefangenen.“

Da erhob sich Intschu tschuna. „Die Söhne der Komantschen haben Gift im Mund und Lüge im Herzen. Sie entweihen die heiligen Gebräuche der roten Männer. Der Apatsche verachtet sie!“

Er drehte sich um und ging fort; die andern folgten ihm nach ihrem Zelt.

Nach Verlauf einer Stunde öffnete sich dieses und der ‚Falke‘ trat ein.

„Intschu tschuna, der Häuptling der Apatschen, hat uns beleidigt“, meinte er, „aber wir werden ihm zeigen, daß wir die heiligen Gebräuche nicht entweihen.“

„Wie willst du uns dies zeigen?“ forschte Bill mit gespannter Miene.

„Die Häuptlinge der Komantschen haben sich beraten: sie werden die Bleichgesichter und den Apatschen entlassen.“

„Mit allem, was wir bei uns haben?“

„Mit allem. Die weißen Jäger werden den vierten Teil eines Tages Zeit erhalten; dann jagen ihnen die Komantschen nach, um sie zu töten.“

„Ich danke dir, Häuptling. Ihr werdet uns nicht töten können. Wann dürfen wir fort?“

„Wann es den weißen Jägern beliebt. Sie mögen es nur ihrer Wache sagen.“

Er ging. Die Zurückbleibenden atmeten auf.

„Also eine Hetzjagd wie gewöhnlich!“ meinte Fred.

„Die uns keinen Schaden macht“, setzte Bill hinzu.

„Aber sie haben ausgezeichnete Pferde. Sie werden uns einholen.“
Bill Sanford lachte: „Sie werden uns nicht einholen. Wir haben
sechs Stunden Vorsprung. Es kommt aber nur auf uns an, daraus zwölf
zu machen.“

„Wie meinst du das?“

„Jetzt ist es kurz vor Mittag. Verweilen wir noch drei oder vier
Stunden. Sie werden streng Wort halten und genau sechs Stunden
warten. Dann aber folgen sie uns. Wenn wir nun um vier Uhr auf-
brechen, so läuft die Frist um Zehn ab, also wenn es dunkel ist. Somit sind sie, sofern sie unsere Fährte erkennen wollen, gezwungen,
bis morgen früh zu warten.“

„Ganz recht; so wird es gemacht! Und wohin wenden wir uns?“

„Natürlich nach Westen, um diesen Rikarroh zu verfolgen.“

„Wohin wird er sein?“

„Laßt uns überlegen! Vor den Komantschen darf er sich nicht wieder sehen lassen, weil er sie bestohlen hat.“

„Zu den Apatschen kann er auch nicht, denn sie sind seine Feinde.“

„Es bleibt dann allerdings nichts übrig, als daß er zu den Navajos
geht.“

„Wo lagert der Stamm jetzt?“

„Jenseits des Rio Colorado.“

„Dann muß er vorher durch das Gebiet der Pah-Utah. Vielleicht
sucht er bei diesen Schutz.“

Intschu tschuna schüttelte den Kopf.

„Die Pah-Utah sind jetzt Freunde der Apatschen. Sie würden ihn
mir ausliefern.“

„Aber wir?“

„Meine weißen Brüder haben von ihnen nichts zu befürchten, da ich
bei ihnen bin. Die Krieger der Pah-Utah kennen Intschu tschuna, den
Häuptling der Apatschen.“

„Die Hauptsache ist, daß wir beim Verlassen des Lagers genügend
Lebensmittel mitnehmen. Aber wie wollen wir diese bekommen?“

„Meine Brüder mögen keine Sorge haben! Die Herden der Komantschen weiden draußen vor dem Lager. Wenn wir gehen, werden
wir ein Rind töten, und jeder schneidet sich ein Stück davon ab. Das
wird höchstens soviel Zeit erfordern, als die Weißen den vierten
Teil einer Stunde nennen.“

„Haben die Komantschen zahme Rinder?“

„Sie haben einige gebändigte Kühe, um Milch trinken zu können.“

Jetzt sahen die Jäger darauf, daß ihre Kleider und Waffen sich in
dem gehörigen Stand befanden. Als es ungefähr vier Uhr am Nachmittag war, ritten sie zum Lager hinaus. Kein Feind folgte ihnen nach.

10. In San Franzisko

Die Stadt San Franzisko liegt auf einer Landzunge, hat das große
Weltmeer im Westen, die herrliche Bai im Osten und den Eingang
zu dieser Bai im Norden. In ihren Straßen erblickt man die blasse,

schmächtige, vornehme Amerikanerin, die stolze schwarzäugige Spanierin, die blonde Deutsche und die farbige kraushaarige Dame. Der reiche Kavalier mit Frack, Zylinder und Handschuhen trägt in der einen Hand einen Schinken und in der anderen einen Gemüsekorb, der Ranchero schwingt ein Netz mit Fischen über die Schulter, um damit einen Festtag zu feiern, ein Milizoffizier hält einen gemästeten Kapaun gefangen, ein Quäker hat einige mächtige Hummern in die gleich einer Schürze aufgerafften Schöße seines langen Rockes verpackt — und das alles wirbelt durcheinander, ohne sich zu stören.

Durch dieses Gewimmel im Mittelpunkt des Goldlandes bewegt sich ein kleiner Trupp von Reitern und hielt endlich in der Sutterstreet vor dem Hotel Valladolid. Dies war ein Gasthaus in kalifornischem Stil und bestand aus einem langen und tiefen einstöckigen Brettergebäude, ähnlich den Eintagstrinkbuden, die man auf unseren Schützenfesten findet.

Dort stiegen sie ab und übergaben ihre Pferde dem *Horsekeeper*[1], der sie in einen Schuppen brachte. Die Gaststube war trotz ihrer ungeheuren Größe voller Gäste, so daß es für die Neuangekommenen nur wenige freie Plätze gab. Eine Kellnerin kam herbei und holte den Porter, den sie sich bestellten. Dann fragte der eine:

„Ist die Señora zu sprechen, mein Kind?“

„Ja. Soll ich sie holen?“

„Ich bitte darum!“

Das Mädchen entfernte sich, und bald darauf kam die Wirtin und forschte nach dem Begehr der Gäste. Der vorige Sprecher erhob sich.

„Gestattet, mich Euch vorzustellen, Señora! Mein Name ist Friedrich von Gollwitz. Ich bin Deutscher, und dies sind meine Gefährten.“

Sie knickste und blickte ihn erwartungsvoll an.

„Wir sind an Euch gewiesen, Señora?“

„Ah! Darf ich fragen, von wem?“

„Zwei Tagereisen von hier gibt es einen Rancho, deren Herrin Eudoxia Mafero heißt. Diese ist Eure Schwester?“

„Ja.“

„Sie hat uns Euer Hotel empfohlen und dabei gesagt, daß wir hier jemanden finden werden, den wir notwendig sprechen müssen. Können wir bei Euch wohnen?“

„Es wird Raum vorhanden sein. Wen sucht Ihr, Señor?“

„Ist nicht ein Weißer hier abgestiegen, der eine weite Reise hinter sich zu haben schien?“

„Allerdings.“

„Wann?“

„Vorgestern.“

„Er wohnt hier?“

„Ja.“

„Beabsichtigt er längere Zeit zu bleiben?“

„Das vermag ich nicht zu sagen.“

„Ist der Herr jetzt zu sprechen?“

„Laßt mich nachsehen!“

[1] Stallbursche

Sie blickte in dem weiten Raum von Tisch zu Tisch umher, schien aber den Gegenstand ihres Suchens nicht zu bemerken.

„Ich sehe ihn nicht, Señor."

„Er befindet sich vielleicht auf seinem Zimmer?"

„O nein, denn wir haben hier keine einzelnen Zimmer, sondern die Gäste schlafen in dem großen Raum unter dem Dach. Er wird ausgegangen sein."

„Hatte er Gepäck mit?"

„Ja, zwei große, aus Hirschfell gefertigte Säcke, die von den Pferden kaum geschleppt werden konnten. Dann aber hat er sich sogleich einen Koffer gekauft. Er will die Stadt verlassen und forschte nach einem Schiff, das bald in See geht."

„Ich danke Euch! Sagt ihm nicht, daß nach ihm gefragt worden ist: es gilt eine Überraschung!"

„Wie Ihr wünscht."

Sie entfernte sich, und zu gleicher Zeit traten zwei Männer ein, die sich nach einem Platz umsahen. Sie trugen die norländische Marineuniform, doch ohne Abzeichen ihres Ranges. Der eine war lang und stark gebaut, ein wahrer Goliath, der andere schmächtig, und dabei zeigte sein wettergebräuntes Gesicht jenes Gepräge, das man bei den Zigeunern antrifft. Sie zwängten sich zwischen den Gästen hindurch und nahmen auf zwei freien Stühlen Platz, die sie nach einigem Suchen entdeckten. Die Kellnerin brachte ihnen zu trinken. Der Goliath brummte:

„Verdammte Geschichte! Nicht, Karavey?"

„Hm! Trink, Steuermann!" erwiderte der andere.

„Drei volle Tage zu spät!"

„Trink! Durch das Schimpfen wird es nicht besser."

Das Kellnermädchen hatte zwei Gläser Ale gebracht. Der Riese goß das seinige bis zum letzten Tropfen hinunter, schlug mit der Faust auf den Tisch und meinte:

„Weißt du, wofür wir nun gehalten werden?"

„Für brave Seeleute."

„Nein, für Fahnenflüchtige wird man uns halten, da wir zur festgesetzten Zeit nicht an Bord waren."

„Wir müssen es dem Konsul melden und uns ihm zur Verfügung stellen."

„Papperlapapp! Wenn wir zu ihm kommen, wird er uns einstecken."

„Aber was sonst?"

„Ich gehe auf das erste beste Fahrzeug und segle nach Haus. Dorthin ist der ‚Tiger' voraus. Denn schließlich können wir doch nichts dafür, daß dein Pferd zu lahmen begann und unsere Rückreise vom Ausflug in die Berge verzögert wurde."

„An Bord gehen? Hast du Geld?"

„Ich? Alle Wetter, nein!"

„Ich auch nicht. Elf Dollar, das ist alles."

„Und ich höchstens noch fünf. Eine ganz verteufelte Patsche!"

Eine Weile war es still zwischen den beiden, dann begann der, den sein Gefährte Steuermann genannt hatte, wieder:

„Wenn nur diese verdammte Verspätung nicht auch noch einen anderen Nachteil hat!"

„Welchen meinst du?"

„Denk doch nur an den toten Gollwitz und an sein Logbuch, oder was es ist, das ich noch immer mit mir herumschleppe!"

„Nun, ob die Angehörigen des Toten das Buch einige Tage früher oder später in die Hände bekommen, wird nichts ausmachen."

„Wenn uns aber dieser Natter, der Galgenstrick, zuvorkommt? Er kennt den Inhalt des Buches und weiß, worum es sich handelt."

„Das schadet doch nichts! Die Gollwitz werden sich hüten, dem Mann die Auskunft zu geben, die er wünscht."

„Man kann aber nicht wissen, ob nicht der Teufel ihm hilft, seinen Zweck zu erreichen. Dieser Mensch hat ein unverschämtes Glück. Wie oft haben wir ihn geentert, und jedesmal ist er uns mit vollen Segeln auf und davon geschwommen!"

„Vielleicht erhalten wir von einem der hiesigen Gäste das nötige Geld vorgeschossen, um in die Heimat zu fahren."

„Hier? In dieser Bretterbude? Glaub doch das nicht! Es kennt uns ja niemand. Und auf unsre ehrliche Fratze hin — — — Heiliges Mars- und Bramwetter!" unterbrach er sich plötzlich. Die Worte Karaveys hatten ihn veranlaßt, seine Aufmerksamkeit den Anwesenden zuzuwenden, und dabei war sein Auge auf den Texasfred gefallen. „Karavey, schau doch einmal dorthin in die Ecke! Dort sitzt er leibhaftig, unser Gollwitz, unser Hugo von Gollwitz!"

„Mensch, schrei doch nicht so! Du machst ja alle Leute hier rebellisch! Ich glaube gar, du bist übergeschnappt und siehst Gespenster bei hellem Tageslicht. Wie soll denn dieser Hugo von Gollwitz hierherkommen? Bist doch selber dabeigewesen, als wir ihn auf dem Friedhof in Kota Radscha begruben."

Der Steuermann war mit solcher Heftigkeit aufgesprungen, daß er seinen Stuhl umwarf. Der Lärm, der dabei entstand, und die laut gerufenen Worte hatten tatsächlich zur Folge, daß die Anwesenden nach ihm hinsahen. Die Worte Karaveys brachten den Fassungslosen indes wieder einigermaßen zu sich. Er fuhr sich mit der Hand hochaufatmend über die Stirn und ließ sich wieder auf den Stuhl nieder, den ihm Karavey hingeschoben hatte.

„Wahrhaftig, Karavey, du hast recht! Ich bin ein Haifisch, daß ich mich von der Überraschung ins Schlepptau nehmen ließ. Er kann es natürlich gar nicht sein. Aber diese Ähnlichkeit! So, genau so hat er vor fünfundzwanzig Jahren ausgesehen, als ich ihn an Bord des Engländers sah. Schau, jetzt kommt der Mensch auf uns zu. Er hat gemerkt, daß von ihm die Rede ist."

Der Texasfred hatte wirklich die Worte des Steuermanns gehört und verstanden und war nicht wenig erstaunt gewesen, hier seinen Namen nennen zu hören. Er war aufgestanden und an den Tisch getreten, wo die beiden Seeleute saßen.

„Erlaubt, Sir, Ihr habt eben meinen Namen genannt. Darf ich erfahren, woher Ihr mich kennt?"

Der Steuermann hatte sich gefaßt; daher gab er vorsichtig zur

Antwort: „Ja, ich habe einen Namen genannt, aber ob es der Eure ist, bleibt die Frage."

„Es ist der meine, Ihr könnt es glauben. Ihr gebt doch zu, daß Ihr ‚Gollwitz' gerufen habt?"

„Das leugne ich nicht. Aber es kann schließlich jeder sagen, daß er Gollwitz heißt."

„Mann, haltet Ihr mich für einen Schwindler? Warum sollte ich meinen Namen verleugnen?"

„Oh, es gäbe unter Umständen wohl einen Grund dazu. Aber ich werde gleich wissen, woran ich mit Euch bin. Wenn Ihr ein Gollwitz seid, so sagt mir doch, woher Ihr stammt?"

„Aus Süderland."

„Well, das stimmt. Habt Ihr auch einen Bruder?"

„Ja."

„Darf man erfahren, wie er heißt?"

„Warum nicht? Ich brauche mich seiner nicht zu schämen. Er heißt Theodor."

„Stimmt abermals. Aber jetzt habe ich noch eine Frage: Habt Ihr nicht noch einen anderen Bruder gehabt?"

„Ja, aber der ist seit vielen Jahren verschollen."

„Und wie hieß dieser Bruder?"

„Hugo."

„Stimmt zum drittenmal. Hört, ich beginne zu glauben, daß Ihr doch wahr gesprochen habt. Dann müßtet Ihr der dritte und jüngste Bruder sein und Fred heißen. Ist das Euer Name?"

„Ja, er ist es. Aber sagt mir doch, woher — — —"

„Wartet noch ein wenig! Die Sache ist so wichtig, daß ich einen ganz sicheren Kurs steuern muß. Habt Ihr vielleicht ein Papier bei Euch, mit dessen Hilfe Ihr Euch ausweisen könnt?"

Fred griff in die Tasche und zog seinen Paß hervor.

„Da habt Ihr meinen Ausweis. Ich hoffe, er genügt, um Euch zu überzeugen, daß ich das Recht habe, den Namen Gollwitz zu tragen."

„Ein Paß! Der genügt allerdings. Und da steht auch der Name ganz deutlich: Friedrich von Gollwitz, genannt Fred. Hört, Sir, ich müßte Euch auf Grund dieses Papiers glauben, selbst wenn die Ähnlichkeit mit Euerm Bruder nicht wäre."

„Mit meinem Bruder? Mit welchem? Ihr meint doch wohl Theodor?"

„Nein, den meine ich nicht, sondern den anderen: Hugo."

„Ist's möglich? Hugo, von dem wir fast fünfundzwanzig Jahre nichts mehr gehört haben? Habt Ihr ihn denn gesehen?"

„Ja."

„Wann?"

„Das erstemal vor fünfundzwanzig Jahren, und zuletzt vor zwei Monaten."

Diese unerwartete Nachricht brachte einen unbeschreiblichen Eindruck auf Fred hervor. Er faßte den Steuermann am Arm und rief, nein, schrie förmlich:

„Ihr habt ihn gesehen? Vor zwei Monaten? Aber das kann doch

nicht möglich sein. Wenn Hugo noch am Leben wäre, hätte er sicher längst seiner Familie ein Lebenszeichen von sich gegeben."

„Wer sagt Euch denn, daß er dazu imstande war? Ich habe Euch und Eure Eltern von ihm zu grüßen und Euch etwas zu übergeben, was ich schon längst gern losgebracht hätte."

„So lebt mein Bruder noch?"

„Nein, er ist tot."

„Aber Mann, Ihr spannt mich auf die Folter. Soeben habt Ihr mir versichert, er hätte Euch einen Gruß an mich aufgetragen, und im gleichen Atemzug sagt Ihr, daß er nicht mehr am Leben sei. Wie soll ich das verstehen?"

„Euer Bruder hat mir den Gruß an Euch nicht persönlich aufgetragen, weil er, als ich ihn zum zweitenmal sah, schon tot war. Aber ich weiß, daß sein letzter Gedanke, bevor er die Augen schloß, seiner Familie gehörte. Das ist indes eine lange Geschichte, die ich Euch hier nicht erzählen kann. Seht doch, wie die Leute, die Ohren spitzen! Ihr schreit ja, als sollte man es drüben im alten Europa hören."

Wirklich war es in dem weiten Raum still geworden; die Gäste schauten zu den beiden herüber, um etwas von der mehr als lebhaften Unterredung zu erlauschen. Es hatte sich Freds eine gewaltige Erregung bemächtigt, die ihn alles um sich her vergessen ließ. Die Worte des Steuermanns brachten ihm endlich zum Bewußtsein, daß sie nicht allein hier seien.

„Ihr habt recht, Sir! Um von diesen Dingen zu sprechen, ist hier nicht der richtige Platz. Vielleicht bekommen wir von der Wirtin einen abgeschlossenen Raum angewiesen, in dem wir unbeobachtet sind."

Es dauerte nicht lange, so saßen Fred, Bill, Intschu tschuna und die zwei Neuangekommenen in einem vom Gastzimmer abgetrennten Verschlag, wo sie für sich allein waren. Der Steuermann erzählte die Vorgänge, die sich auf dem ‚Tiger' abgespielt hatten und die der Leser bereits kennt. Es läßt sich denken, daß er an Fred und Bill die aufmerksamsten Zuhörer hatte. Besonders Fred hing am Munde des Erzählers und las ihm jede Silbe von den Lippen ab. Der Apatsche hörte unbeweglich, scheinbar ohne die geringste Teilnahme zu.

Als der Steuermann geendet hatte, griff er in die Tasche und zog das Notizbuch des Toten hervor.

„Und hier habt Ihr seine Hinterlassenschaft. Sie schaut zwar nicht so aus, als ob sie viel wert wäre, aber fangt nur einmal zu lesen an, dann werdet Ihr sie nicht für ein Königreich eintauschen. Heiliges Mars- und Bramwetter, ist meiner Mutter Sohn froh, daß er sie glücklich an den richtigen Mann gebracht hat!"

Fred hatte Tränen in den Augen, als er aus der Hand des Steuermanns die Aufzeichnungen mit den wohlbekannten Schriftzügen seines Bruders in Empfang nahm. Alles um sich her vergessend, wollte er sich über den Inhalt des Buches machen, da wurde die Tür geöffnet und die Wirtin erschien.

„Der Mann, mit dem Ihr sprechen wollt, ist soeben zurückgekehrt", meldete sie.

„Ist er allein?"

„Ja. Er ist nach dem Schlafraum gegangen; ich war gerade dort, als er kam."

„Wo steigt man hinauf?"

„Die Treppe führt vom Hof empor."

Sie entfernte sich, und Fred wandte sich an seine Gefährten:

„Kommt! Wir drei sind mehr als genug, mit ihm fertig zu werden. Darf ich die Mesch'schurs bitten, hier in diesem Zimmer auf uns zu warten? Wir haben ein kleines, dringendes Geschäft vor und werden bald wieder zurück sein."

Die zwei weißen Jäger und der Indianer erhoben sich, gingen nach dem Hof und stiegen dann die Treppe empor. Sie kamen in einen langen niedrigen Dachraum, der die ganze Breite des Gebäudes einnahm. Er war mit zahlreichen Bettstellen besetzt. Neben einer kniete ein Mann, der ihnen den Rücken zukehrte und sich mit einem geöffneten Koffer beschäftigte. Fred schlich sich unhörbar zu ihm hin und blickte über seine Schultern. Der große Koffer war mit Nuggets gefüllt.

„Marlay!" rief er laut.

Der Angeredete fuhr herum und empor. Er starrte den Jäger an wie ein Gespenst.

„Kennst du mich, Bursche?"

Die anderen waren hinter die Tür zurückgetreten, so daß der Überraschte sie nicht sehen konnte. Er glaubte sich mit Fred allein und faßte sich daher.

„Was wollt Ihr?" forschte er, indem er die Hand an das Messer legte.

„Zunächst nichts weiter als diese Nuggets."

„Ah! Erlaubt mir anzunehmen, daß Ihr verrückt seid."

„Ich erlaube es dir. Auch ein Verrückter kann Geld und Nuggets gebrauchen."

„Aber, zum Teufel, ich kenne Euch nicht!" log er frech.

„Hm, ich dachte, wir hätten uns bereits gesehen! Es war in Süderland und dann vor kurzem bei den Komantschen. Du kennst wohl die Familie von Gollwitz?"

„Kenne sie nicht."

„Auch nicht einen Diener der Familie von Gollwitz, der Georg Marlay hieß?"

„Nein."

„Du hast ein sehr kurzes Gedächtnis. Warum hast du deine Freunde, die Komantschen, so rasch verlassen?"

„Bin in meinem Leben nicht mit diesen roten Teufeln zusammengetroffen."

„So muß ich dir doch Zeugen bringen, die das Gegenteil beweisen."

Er winkte, und die anderen traten ein. Marlay erbleichte zusehends.

„Nun, Bursche, erkennst du auch diese nicht?"

„Ich kenne sie nicht,"

„Hm! Indianer pflegen nichts zu vergessen, und du bist doch Rikarroh, der Komantsche?"

„Ihr irrt, Sir. Ihr verwechselt die Personen. Ich scheine irgend jemandem ähnlich zu sehen!"

„Pah", meinte da Sanford. „Macht mit diesem Menschen nicht so viel Federlesens! Wir sind in Amerika und brauchen weder ein Gericht noch einen Advokaten. Gestehst du, daß du der bist, für den wir dich halten?"

„Nein."

„Gut! Hier stehen drei Männer, die sich nicht belügen lassen, und ein jeder hat sein Messer bei sich. Jetzt werde ich dich verhören, und ich sage dir, belügst du auch mich, so fährst du zum Teufel!"

Dies schien Eindruck zu machen. Marlay blickte ängstlich um sich und fragte dann:

„Was wollt Ihr denn eigentlich?"

„Nur einige aufrichtige Antworten von dir. Jetzt frage ich, und ich bin der Mann, der seinen Fragen den entsprechenden Nachdruck verleihen kann. Also rede die Wahrheit! Woher stammst du?"

Der Indianer hatte sein Messer gezogen; Fred ebenso.

Der Gefragte sah, daß ihm kein Leugnen mehr helfen konnte. Er stammelte:

„Aus Süderland."

„Gut, mein Junge! Ich sehe, daß du Verstand annimmst. Wie heißt du?"

„Georg Marlay."

„Schön! Du warst der Diener des Barons Theodor von Gollwitz?"

„Ja."

„Von wem hast du das Gold hier in deinem Koffer?"

„Ich habe es selbst ausgewaschen."

„Sehr gut! Bete ein Vaterunser, mein Sohn, mit dir ist's vorbei!"

„Ihr könnt mir nichts tun!"

„Ach! Warum nicht?"

„Man würde Euch bestrafen."

„Du bist wirklich ein viel größerer Narr als ich dachte! Wenn dich mein Messer trifft und wir gehen fort, wer ist es dann gewesen? Und wenn es an den Tag kommt, meinst du, daß ich mich fürchte? Du reizest mich, du legst die Hand an das Messer; kennst du nicht die Sitte dieses Landes? Du hast zweierlei Wege vor dir. Der eine ist, daß wir dich dem Richter übergeben und ihm sagen, was wir von dir wissen. Dann bist du für etliche Jahre hinter Schloß und Riegel."

„Und der andere?"

„Du gestehst uns alles und kannst in diesem Fall auf unsere Nachsicht rechnen."

„So frage in drei Teufels Namen!"

„Von wem hast du dieses Gold?"

„Es ist dasselbe, das die Komantschen den weißen Jägern raubten."

„So gehört es uns beiden; denn wir sind die Bestohlenen. Was hast du in den Taschen bei dir?"

„Nichts."

„So werden wir dich aussuchen. Faßt ihn an! Ich werde einmal nachsehen!"

Er wurde festgehalten, und Bill untersuchte seine Taschen. Es fand sich eine neue Uhr und eine mit Banknoten gespickte Brieftasche darin vor.

„Wann hast du dies hier gekauft?“

„Heute.“

„Von den Nuggets?“

„Ja.“

„So gehört es nicht dir. Wie kamst du zu dieser Summe in Banknoten?“

„Es sind meine Ersparnisse; ich trage sie seit Jahren bei mir.“

„Ah! Auch unter den Komantschen? Eigentümlich! Ich werde nachsehen.“

Er öffnete die Brieftasche und prüfte die Scheine sorgfältig.

„Hm! Hast du wohl einmal gehört, daß manche Bankiers die Gewohnheit haben, die von ihnen ausgegebenen Noten mit dem Datum und ihren Namen zu versehen? Sie tun dies, um für gewisse Fälle gerüstet zu sein.“

„Ich weiß nichts davon.“

„Nun siehe; auf dieser Hundertpfundnote steht: ‚Stirley & Co.‘ und dabei das heutige Datum. Und du willst die Summe jahrelang bei dir getragen haben?“

„Da ist das Datum falsch eingetragen. Es sollte ein älteres dabeistehen; Ihr seht jedenfalls eine Drei für eine Fünf an.“

„Pah! Dieses Geld ist erst heute für Nuggets umgetauscht worden. Es gehört uns.“

„Ich erhebe Einspruch!“ rief Marlay, der sich verzweifelt bemühte, sich den Fäusten der beiden zu entwinden.

„Das hilft dir nicht das mindeste, mein Bursche. Jetzt habe ich eine entscheidende Frage; entweder du entschließt dich, unter unserer Aufsicht nach Süderland zurückzukehren, oder wir bringen dich zum Sheriff, der über dich entscheiden wird!“

„Ich bin hier ein freier Mann.“

„Ich werde dir das Gegenteil beweisen. Geht, holt einen Polizeimann herauf!“

Fred ging. Als er bereits die Tür erreicht hatte, rief ihn Marley zurück:

„Halt, geht nicht! Ich sehe, daß ich mich fügen muß. Aber das verlange ich, daß ich weder hier noch in der Heimat vor ein Gericht gestellt werde.“

„Auf diese Bedingung werden wir eingehen, wenn du aufrichtig bist.“

„Was wollt ihr noch wissen?“

„Mensch, wie kannst du noch fragen?“ fiel hier Fred ein. „Ich will wissen, wo sich mein Bruder Theodor, dein früherer Herr, aufhält.“

„Ich weiß es nicht.“

Fred war über diese Antwort so verblüfft, daß er im ersten Augenblick kein Wort der Entgegnung fand. Aber dann brach er los:

„Willst du uns zum Narren halten, Schurke? Du hast doch von Kingston an meine Familie geschrieben, mein Bruder habe dir verboten, seinen Aufenthalt zu nennen. Das war natürlich eine verdammte Lüge. Also sprich! Wo ist mein Bruder? Rede, oder ich erwürge dich.“

„Und wenn Ihr mich auf der Stelle lyncht, so kann ich Euch doch keine Auskunft geben."

„Ist mein Bruder überhaupt in Amerika?"

„Nein, ich bin ohne ihn herüber."

„Wann hast du dann meinen Bruder zum letztenmal gesehen?"

„Auf Schloß Himmelstein, vor dem Duell."

„Und nachher?"

„Hört mich ruhig an! Ich will alles aufrichtig erzählen, wie ich es weiß. Mein Herr wurde vom ‚tollen Grafen' in einer heimlichen Zuschrift veranlaßt, nach Burg Himmelstein zu kommen, um den entstandenen Streit auszugleichen. Er tat es, und ich begleitete ihn. Wir kamen an, Herr von Gollwitz wurde vom Grafen empfangen und nach den inneren Gemächern gebracht. Ich habe ihn nicht wieder gesehen. Am anderen Tag ließ der Graf mich zu sich kommen und fragte mich, ob ich ein gutes Geschäft machen wolle. Ich bejahte es. Darauf machte er mir den Vorschlag, nach Amerika auszuwandern und dort den Brief zu schreiben, den die Familie von Gollwitz später erhalten hat Er bot mir eine so hohe Summe, daß ich durch den Glanz des Geldes verführt wurde und auf seinen Vorschlag einging."

„Du fragtest nicht nach deinem Herrn?"

„Doch; aber er gab mir keine Antwort. Ich mußte noch am selben Tag abreisen, und seit dieser Zeit habe ich nie wieder von Herrn Theodor von Gollwitz gehört."

„Diesmal sagst du die Wahrheit, obgleich ich dir sonst keinen Glauben schenke. Glaubst du, daß der Zweikampf stattgefunden hat?"

„Ich glaube es nicht."

„Weshalb nicht?"

„Bevor ich abreiste, saß ich eine Stunde lang bei dem Schloßvogt Geißler und fragte ihn nach meinem Herrn und nach dem Ausgang des Duells. Der Schloßvogt lachte höhnisch und meinte, daß der Graf Mittel besitze, seine Feinde unschädlich zu machen, auch ohne sich mit ihnen zu schlagen."

„Kennst du dieses Mittel?"

„Nein, ich habe ihn nicht darnach gefragt."

„Glaubst du, daß er ihn hinterrücks ermordet hat?"

„Nein, eines Mordes halte ich den ‚tollen Grafen' nicht für fähig: dazu ist er zu feig. Eher möchte ich meinen, daß er ihn auf irgendeine Weise verschwinden ließ."

Fred ging nachdenklich einige Male auf und ab. Dann blieb er vor Marlay stehen.

„Und Miß Ella? Wo ist die geblieben?"

Marlay staunte. „Ist die am Ende auch verschwunden? Davon weiß ich nichts. Ich dachte mir, sie würde die Geliebte des Grafen werden."

„Jedenfalls habe ich sie damals aus den Augen verloren."

„Das ist merkwürdig. Aber es ist immerhin möglich, daß auch ihr Schweigen erkauft wurde."

„Und das, was du mir jetzt erzähltest, ist die volle Wahrheit?"

„Sie ist es. Ich schwöre auf meine Seligkeit, daß ich alles gesagt habe, was ich weiß."

„Ich glaube dir. Eigentlich sind wir jetzt fertig miteinander. Ich habe dir schon einmal gesagt, daß uns an deiner Person gar nichts liegt. Wir würden dich freilassen, denn deine Gegenwart kann uns nichts mehr nützen. Aber wir müssen sicher sein, daß du uns nicht verrätst, und so werden wir dich mit uns nehmen. Ich verspreche dir, daß dir nichts Böses geschehen soll, und daß wir dich freilassen, sobald wir unsere Absichten erreicht haben. Aber sofern du den geringsten Versuch machst zu entkommen, bist du verloren; das merke dir!"

Sie nahmen ihn mit hinab in die große Wirtsstube. Kaum waren sie eingetreten, so erhob sich von einem entfernten Tisch ein Mann, dessen verschlissener Anzug den abgewirtschafteten Goldgräber verriet. Er trat herbei und legte Marlay die Hand schwer auf die Schulter.

„Ah, wie ist mir denn? Haben wir uns nicht schon einmal gesehen, he?"

Der Angeredete sah totenbleich aus. Er mußte den Goldgräber kennen, das zwar zweifellos.

„Wir uns gesehen?" meinte er. „Könnte mich wirklich nicht erinnern!"

„Nicht? *Well*, so werde ich etwas nachhelfen. Will, erhebe dich und betrachte dir einmal dieses verteufelte Gesicht!"

Der Angerufene hatte mit ihm an einem Tisch gesessen. Er trat näher. Es war eine hohe, breitschultrige Gestalt, die eine große Körperkraft besitzen mußte.

„Kenne den Kerl", antwortete er.

„Du meinst also, daß er es ist?"

„Natürlich!"

„Schön! Mesch'schurs, wollt ihr einmal so gut sein, auf mich zu hören!"

Auf diese laut ausgesprochene Aufforderung trat allgemeines Schweigen ein.

„Dieser Mann hier", fuhr der Sprecher fort, „ist ein Busheader, der dann zu den Komantschen ging, weil es ihm unter den weißen Jägern nicht mehr geheuer war. Er hat mir und diesem da einige sehr gute Kameraden weggenommen. Sagt, Gentlemen, was ihm dafür gebührt?"

„Eine Kugel — der Strick — —!" rief es von allen Seiten wirr durcheinander.

„*Well*, das ist richtig! Aber sagt, soll man einer solchen Lappalie wegen zum Sheriff oder Aldermann gehen?"

„Nein, macht's hier ab!"

Jetzt, als er die Gefahr erkannte, in der er sich befand, ermannte sich Marlay.

„Ich bin es nicht", rief er, „dieser Mann verwechselt mich mit einem anderen."

„Oho, mein Junge", entgegnete Will, „wir kennen dich nur zu gut!"

„So fangt mich!"

Mit diesem Worte drehte Marlay sich um und sprang dem Ausgang zu. Will war mit einigen Sätzen hinter ihm, faßte ihn beim Kragen und hielt ihn fest.

„Halt, Mann! Das Fangen verstehen wir. Du siehst es."

„Noch hast du mich nicht!“

Ein Messer blitzte in Marlays Hand, er holte zum Stoß aus.

„Ach so, du willst an mich, Bursche? So fahre meinetwegen zum Teufel!“

Der Goldgräber zog blitzschnell einen Revolver, und ehe Marlay den beabsichtigten Stoß auszuführen vermochte, streckte ihn der Schuß nieder.

„Gentlemen, ihr habt wohl gesehen, daß er das Messer gegen mich zog?“

„Wir sahen es!“ ertönte die allgemeine Antwort.

„So könnt Ihr mir bezeugen, daß hier Notwehr vorliegt?“

„Wir bezeugen es.“

„*Well!* So mag der Wirt diesen Toten fortschaffen, wohin es ihm beliebt! Er war ein Räuber und Mörder und hat nur seine wohlverdiente Strafe erhalten.“

Der Erschossene wurde aus dem Zimmer getragen, und der Täter konnte mit Sicherheit darauf rechnen, daß sein Schuß ihm keine üble Folge bereiten werde. Der Texasfred hatte sich mit den Seinen nicht bei diesem Vorgang beteiligt, konnte aber ein gelindes Grausen nicht verbergen:

„Nun sind wir den Kerl los, wenn auch auf andere Weise, als wir glaubten! Er hätte uns doch nur Unannehmlichkeiten bereitet.“

„Wird uns die Wirtin seinen Koffer überantworten?“ fragte Bill.

„Wer wird da erst viel fragen! Der Koffer gehört uns, und ich will einmal den sehen, der es wagen wollte, ihn uns abzustreiten. Übrigens kommt es uns sehr gelegen, denn wir haben jetzt die Mittel, unseren herabgekommenen Adam in bessere Kleidung zu stecken. Bringen wir die Nuggets in Sicherheit, und dann wollen wir zu unseren neuen Bekannten zurückkehren!“

Das geschah; nach kurzer Zeit schon saß die Gesellschaft im ‚Nebenzimmer‘ beisammen. Fred erzählte, was vorgefallen war, und die beiden Seeleute horchten aufmerksam zu. Als der Jäger fertig war, schlug der Steuermann mit der Faust auf den Tisch, daß die Gläser wackelten und rief:

„Heiliges Mars- und Bramwetter! Die Nuggets kommen gerade gelegen. Wißt Ihr, Master, was Ihr jetzt zu tun habt? Ihr mietet oder kauft eine Jacht oder ein sonstiges geeignetes Fahrzeug, und dann sobald als möglich auf und davon!“

„Auf und davon? Wohin?“

„Nun, wohin anders, als auf die Insel Eures Bruders, um den Schatz zu heben, der dort auf Euch wartet. Ja so, Ihr wißt ja von dem allen noch so gut wie gar nichts. Lest nur einmal das Tagebuch Eures Bruders, dann kommt Ihr schon ins richtige Fahrwasser. Den andern Mesch’schurs aber schlage ich vor, wir heben den Anker und machen einen Bummel durch die Stadt. Master Gollwitz wird, schätze ich, unterdessen keine Langeweile bekommen.“ — —

Als die vier, denn der Apatsche hatte sich ihnen angeschlossen, am Abend ins Gasthaus zurückkehrten, fanden sie Fred mit hochrotem Kopf und glänzenden Augen noch immer über den Aufzeichnungen sitzen. Er war gerade daran, sie zum zweitenmal durchzulesen. Beim Eintreten der Männer stand er auf und wandte sich freudestrahlend an Sanford:

„Bill, alter Swalker, heute ist ein Tag, wie ich noch keinen erlebt habe. Ich bin ausgezogen, um Theodor zu suchen, und habe dabei nicht nur seine Spur gefunden, sondern auch die Fährte meines längst verschollenen älteren Bruders gekreuzt. O Bill, ich könnte zu gleicher Zeit lachen und weinen, so froh und aber auch so traurig macht mich das, was mein Bruder geschrieben hat. Und euch", damit wandte er sich an die zwei vom ‚Tiger‘ und faßte sie bei den Händen, „verdanke ich zum großen Teil mein heutiges Glück. Nehmt einstweilen meinen Händedruck als Dank an! Gebe der Himmel, daß ich euch bald noch anders danken kann!"

Der Steuermann, der nach seiner Gestalt ein Riese, in seiner Wesensart dagegen ein Kind war, wischte sich gerührt die Augen. Im nächsten Augenblick indes schien er sich dieser Schwäche zu schämen, denn er meinte in seinem gewöhnlichen Polterton:

„Heiliges Mars- und Bramwetter! Da gibts doch nichts zu danken! Wir haben nichts anderes getan, als was jeder von einem ehrlichen Menschen erwartet. Also tut mir und Karavey den Gefallen und sagt nichts mehr von Dank! Redet lieber davon, wie wir aus diesem Loch, das sie San Franzisko nennen, hinauskommen!"

„Wie wir hinauskommen? Genau so, wie Ihr es vorhin vorgeschlagen habt."

„Wir mieten also ein Schiff?"

„Nein, wir kaufen eins. Wir haben dann eine viel freiere Hand. Außerdem würde der Besitzer eines gemieteten Schiffes wohl kaum die Fahrt in jene fernen Gegenden zulassen. Die Hauptfrage ist, ob der Schatz noch auf der Insel ist, wenn wir kommen."

„Warum sollte er nicht mehr da sein?"

„Denkt doch an Natter, der, wenn ich Euch recht verstanden habe, die Lage der Insel und das Versteck kennt!"

„An diesen Schurken denke ich oft genug. Aber er weiß die Zahl ja nicht."

„Oh, die kann er, wenn er schlau ist, leicht erfahren."

„Wieso? Euer Bruder hat es in seinem Tagebuch als unmöglich hingestellt!"

„Er hat nicht gewußt, daß die Lage unserer Familie sich so geändert hat. Wir haben jetzt keine Zeit zu einer Erklärung, ich kann Euch das alles später erzählen. Jedenfalls aber haben die Gollwitz keinen Grund mehr, mit dieser Zahl hinter dem Berge zu halten, nachdem sich das Geheimnis, das damit verbunden war, zu ihrem Gunsten gelüftet hat."

„Heiliges Mars- und Bramwetter! Ist es so? Dann ist allerdings Eile geboten."

„Sagt einmal, Steuermann! Wie lange ist es eigentlich schon her, daß Ihr das Tagebuch habt?"

Der Riese dachte kurz nach und gab dann die Antwort:

„Drei Monate."

„Was? So lange schon! Meint Ihr nicht, daß Natter diese Zeit gut angewendet haben wird?"

„Das meine ich allerdings. Heiliges Mars- und Bramwetter, wenn ich daran denke, daß uns dieser Satan den Wind abgewinnen könnte!"

„Seht Ihr? Wie nun, wenn er bereits das getan hat, was wir erst noch zu erledigen haben? Wenn er ein Schiff gekauft oder gemietet hat und schon auf der Fahrt nach der Insel ist? An Mitteln fehlt es ihm ja nicht. Er hat die Perlen meines Bruders."

Der Steuermann war durch die Worte Freds immer bedenklicher geworden. Als dieser geendet hatte, sprang er auf.

„Mister Gollwitz, nehmt Euern Hut und geht mit mir!"

„Wohin?"

„An den Hafen und ein Schiff kaufen!"

„Nicht so schnell!" lachte Gollwitz. „Wir brauchen doch auch einen Kapitän."

„Ist schon gefunden. Der Kapitän würde ich sein."

„Versteht Ihr das?"

„Donnerwetter, ich will es meinen!"

„Und Matrosen?"

„Die bekommen wir."

„Sie werden uns aber verraten!"

„Pah! Wir nehmen Chinesen. Diese arbeiten gut und sind froh, wenn sie Gelegenheit erhalten, nach ihrem himmlischen Reich zurückkehren zu können. Laßt das nur meine Sache sein!"

„Lebensmittel?"

„Die brauchen wir allerdings, und auch etwas Pulver und Blei, da man ja nicht wissen kann, was einem begegnet."

„Und die Hauptsache, ein Schiff. Das wird teuer werden."

„Nicht so sehr als Ihr denkt. Es liegen hier immer Fahrzeuge zum Verkauf, und ich bin überzeugt, daß wir Auswahl haben werden."

„Wie hoch wird der Preis eines solchen sein?"

„Das richtet sich nach der Wahl, die wir treffen. Wie viele Personen werdet ihr sein?"

„Nicht mehr als zwei: Bill Sanford und ich."

„So genügt eine Jacht oder ein kleiner Schoner, dem wir Klippertakelage geben, um schnell segeln zu können. Mit zwanzigtausend Dollar kann da sehr viel geschehen. Wollt Ihr diese an die Sache wenden?"

„Versteht sich! Das, was auf der Insel vergraben ist, gehört natürlich nicht mir allein, sondern meiner ganzen Familie, und ich habe daher nicht an mich allein zu denken. Und außerdem handelt es sich um die Hinterlassenschaft meines Bruders, die mir heilig sein würde, selbst wenn es sich um viel Geringeres handelte. Also gehen wir!"

Nach ein paar Minuten schritten die fünf Männer, die sich auf so merkwürdige Weise zusammengefunden hatten, dem Hafen zu, und nach Verlauf einer Stunde kehrten sie wieder zurück. Sie hatten eine Jacht gekauft, die Schaden erlitten hatte und infolgedessen ausgebessert werden mußte. Aus diesem Grund war ihr Preis sehr mäßig gewesen. und Fred hatte ihn sofort entrichtet. Die Zeit, die zur Wiederherstellung und Ausrüstung des Fahrzeugs erforderlich war, betrug nach der Ansicht der beiden Seeleute nicht mehr als eine Woche.

Als die Männer im Hotel angekommen waren, wandte sich Fred an den Indianer.

„Wie lange wird der Häuptling der Apatschen in diesem Land verweilen?"

„Er wird es nicht eher verlassen, als bis seine weißen Brüder mit ihrem großen Kanu hinaus auf das große Wasser fahren", erwiderte er. „Intschu tschuna liebt seine Freunde und wird bei ihnen bleiben, bis sie selbst von ihm gehen."

Von jetzt an brachten die beiden Seemänner ihre ganze Zeit auf der Jacht zu, um die Arbeiten an ihr zu überwachen. Sie wurde sehr reichlich mit Lebensmittel versehen, und neben anderen Waffen kaufte Fred auch eine Drehbasse, die auf ihrem Deck aufgestellt wurde. Die Fahrt über die Inseln des großen Ozeans war keine ungefährliche. Deshalb wurden gute Karten und alle nautischen Gegenstände angeschafft. Es zeigte sich dabei deutlich, daß der Steuermann Schubert ein wackerer Schiffsführer war.

Endlich nahte der Tag der Abreise. Man ging an Bord, wo die chinesischen Matrosen bereits eingetroffen waren. Als alle hafenpolizeilichen Vorschriften erfüllt waren, trat Intschu tschuna zu Fred und Sanford.

„Meine Brüder gehen nach West, und der Häuptling der Apatschen wird zurückkehren zu den Hütten seines Stammes. Werden seine Brüder zuweilen an ihn zurückdenken?"

„Wir werden dich niemals vergessen", antworteten beide herzlich.

„Auch Intschu tschuna wird sich immer ihrer erinnern. Er will jetzt gehen. Möge der große Geist wachen über meine weißen Brüder, daß sie das Land glücklich erreichen, wo sie finden die Wigwams ihres Volkes. Intschu tschuna wird rauchen viele Pfeifen zu den Geistern, die sie beschützen mögen."

Mit diesen Worten trennte er sich von ihnen. Die Jacht aber lichtete den Anker, zog die Segel auf und strebte hinaus auf die Reede, um den Weg nach der Juweleninsel zu nehmen, deren Reichtümer dem Schoß der Erde entrissen werden sollten.

11. Der Schatz des Maharadscha

Ein heiterer, wolkenloser Himmel breitete sich über die See und den niedrigen Strand aus, auf dem vor einer Blockhütte mehrere Männer saßen, die ihrer Kleidung nach dem Seemannsberuf angehörten; sie hatten ein Feuer angezündet, an dem sie sich ihr Mittagsmahl bereiteten. Draußen vor der Brandung, die ihre schäumenden Wogen an den Klippenrand warf, von dem der Strand eingefaßt war, lag das Fahrzeug, das sie hierher gebracht hatte, vor Anker. Eine Brigg, deren scharf auf den Kiel gebauter Rumpf einen guten Segler verriet. Das Langboot, das die Männer verwendet hatten, lag halb am Strand, halb im Wasser, das im Gegensatz zu der vor den Klippen tosenden

Brandung so unbewegt war, als habe es noch nie einen Sturm gegeben, der es bis in den tiefsten Grund aufgewühlt hätte.

In der Unterhaltung der Leute am Strand war eine Pause eingetreten. Den Gegenstand des Gesprächs schien die Blockhütte gebildet zu haben, denn ihre Augen waren mit dem Ausdruck einer mit einer gewissen Scheu gemischten Neugier auf den einfachen Bau gerichtet, der den Eindruck machte, als ob er noch vor nicht allzu langer Zeit bewohnt gewesen sei.

„Damn!" unterbrach schließlich einer, dessen Jacke den Steuermann verriet, das eingetretene Schweigen. „Ich will auf der Stelle geteert und gefedert sein, wenn das nicht die merkwürdigste Geschichte ist, die mir jemals untergekommen ist. Was meint Ihr, Kapt'n?"

Der Angeredete, dem der Yankee auf hundert Schritt anzumerken war, gab zur Antwort:

„Well, mir kommt die Sache auch sonderbar genug vor, aber ich mische mich nicht darein. Der Master bezahlt gut, und alles übrige geht uns nichts an."

„Richtig, Kapt'n! Aber meiner Mutter Sohn hätte doch ganz gern gewußt, was das alles zu bedeuten hat. Ich kann mir nicht denken, daß dieser Mister Méricourt unsere Brigg gemietet hat, nur um in diesen verdammten Gewässern spazierenzufahren, in denen man sich vorkommt wie ein Hering, der sich verirrt hat und nicht mehr zu seinen Kameraden zurückfindet."

„Spazierenfahren? Fällt ihm gar nicht ein. Er hat Euch doch ebenso wir mir erklärt, daß er ein Botaniker sei, der mit seinem Diener, dem Malaien, einige Zeit auf dieser Insel gelebt hat und nun hierher zurückgekehrt sei, um seine Sammlung in Sicherheit zu bringen."

„Und das glaubt Ihr, Kapt'n?" meinte zweifelnd der Steuermann. „Dann hätte er aber doch keinen Grund, so geheimnisvoll zu tun. Welcher vernünftiger Mensch, selbst wenn er Botaniker ist, wie Ihr sagt, wird seine Sachen, um die sich nicht einmal eine armselige Krabbe kümmern würde, so weit von seiner Wohnung unterbringen! Nein, da steckt etwas anderes dahinter."

„Nun, was?"

„Ja, das weiß ich allerdings auch nicht. Jedenfalls glaube ich kein Wort von dem Botaniker und seinem Diener. Wißt Ihr, Kapt'n, was wir in der Hütte gefunden haben?"

„Laßt mich nicht erst lange raten, sondern rückt gleich mit Eurer Weisheit heraus! Ihr wißt doch, daß ich anderes zu tun hatte, als mich um das Innere einer armseligen Hütte zu kümmern."

„Wir zogen aus einer Kiste verschiedene Kleidungsstücke, die nur von einem Frauenzimmer herrühren können."

„Ah!"

„Ja, und zwar sind die Kleider von der feinsten indischen Seide, wie ich sie je in einem Bazar von Bombay oder Kalkutta gesehen habe. Und die eine der beiden winzigen Kajüten, die an der Rückwand des Hauses liegen, kann nur einer Dame gehören, so zierlich und nett ist sie eingerichtet. Es sieht ganz so aus, als ob die Insassin eben weggegangen sei, um eine Nachbarin zu besuchen."

„*Goddam*, das ist freilich merkwürdig! Das muß ich mir einmal anschauen.“

Der Yankee stand auf und trat in die Hütte. Nach einiger Zeit kam er wieder heraus und setzte sich an seinen früheren Platz.

„Ihr habt recht, Maate, der Master hat uns belogen, als er uns weismachen wollte, er sei mit seinem Diener hier gewesen. Die ganze Einrichtung ist nur für zwei Personen berechnet, einen Herrn und eine Dame. Von einem dritten, einem Diener, ist keine Spur zu bemerken.“

„Dann wird auch der ‚Naturwissenschafter‘ eine Lüge sein. Weshalb hat er uns denn davon abbringen wollen, an Land zu gehen, als er sich mit seinem Diener davonmachte, um seine ‚Sammlung‘ zu holen?“

„Stimmt, Maate, das ist mir auch aufgefallen. Er hat wohl gefürchtet, wir würden hier etwas finden, wodurch wir seinem Geheimnis auf die Spur kommen könnten. Nun, es wird sich bald herausstellen, worum es sich handelt. Schließlich geht uns die ganze Sache ja nichts an, solange er gegen uns redlich ist. Bis jetzt habt Ihr mit ihm zufrieden sein können. Oder nicht?“

„Ay, ay, Kapt’n“, schmunzelte der Steuermann. „In dieser Beziehung habe ich an Mister Méricourt nichts auszusetzen. Das Handgeld, das er uns vor Beginn der Fahrt gab, war doppelt so groß, als sonst üblich, und wenn die Fahrt gut hinausgeht, hat er uns das Zehnfache des Lohnes versprochen, den wir zuletzt erhalten haben. Lumpen läßt er sich nicht, das muß ich sagen.“

Dabei schnalzte er mit den Fingern und machte ein Gesicht, als ob er bereits die Goldstücke in seiner Tasche klimpern hörte.

„Aber der andere, der Malaie“, fuhr er fort, „gefällt mir um so weniger. Er strengt sich zwar an, ein freundliches Gesicht zu machen, schaut aber wie ein Haifisch aus, der sich Mühe gibt, es nicht merken zu lassen, wenn er einen Menschen fressen will. Er hat ein ausgesprochenes Galgenvogelgesicht, und ich möchte ihm nicht allein begegnen, womit ich natürlich nicht sagen will, daß ich mich vor ihm fürchte. Aber ich habe jedesmal, wenn ich ihn sehe, die Empfindung, als würde ich im nächsten Augenblick einige Zoll kaltes Eisen zwischen die Rippen bekommen.“

„Kümmert Euch nicht um den Malaien! Wir haben es mit seinem Herrn zu tun, und der hat sich bisher stets als Gentleman gezeigt. Ich bin mit ihm bis jetzt vollkommen zufrieden. Habe sogar nichts dagegen, daß wir ein paar Tage auf dieser Insel sitzenbleiben müssen. Ich sage Euch, Maate, wenn man über einen Monat lang nichts als die Planken eines Schiffes unter den Füßen gehabt hat, dann tut es einem zur Abwechslung ordentlich wohl, seine Beine einmal auf festem Boden — — — *Heavens,* was ist das?“

Diesen Schreckensruf stieß er aus, weil im gleichen Augenblick etwas geschah, wodurch seine letzten Worte Lügen gestraft wurden. Es ließ sich nämlich ein Ton vernehmen, der ganz dem knirschenden Geräusch einer Säge glich, wenn sie durch den Ast eines Baumes geht, und zugleich hatten die Männer das Gefühl, als würde ihnen der Boden unter den Füßen weggezogen. Es dauerte nur eine Sekunde, doch diese Sekunde war hinreichend, das friedliche Bild zu zerstören. Die wackeren Seeleute lagen am Boden und bildeten einen wirren Knäuel von zappelnden Armen und Beinen. Der Kapitän machte davon keine Ausnahme. Die Erschütterung hatte ihn auf den Rücken geworfen, und er bot mit seinen in die Höhe gestreckten Beinen einen Anblick, der zu einer anderen Zeit belustigend gewirkt hätte.

Der Kapitän mochte selber die Empfindung haben, daß er eine wenig ehrfurchtgebietende Stellung einnahm, denn er war der erste, der wieder das Gleichgewicht fand und sich aufrichtete. Aber sein Angesicht war kreidebleich und seine Knie zitterten merklich. Als dann die übrige Schiffsbesatzung ihre Gliedmaßen wieder zusammengefunden hatte, war es zuerst eine Weile still unter den Leuten, die sich gegenseitig in die bleichgewordenen Gesichter starrten. Es waren gewiß lauter beherzte Männer, die alle schon einmal dem Tod ins Auge geblickt hatten, doch haftete dem ganzen Vorgang etwas so Gespensterhaftes an, daß es auch den Wagemutigsten wie mit einer Gänsehaut überlaufen konnte.

Als indes alles ruhig blieb und der Erdstoß sich nicht wiederholte, wich der Bann, von dem die Männer befallen zu sein schienen; sie bekamen ihre Beweglichkeit wieder und ergingen sich in den verschiedensten Ausrufungen des Staunens.

„Tausend Donner!" fluchte der Steuermann. „Was war das? Ist mir doch gewesen wie einem, der auf dem Verschluß einer Luke sitzt, die sich ganz plötzlich unter ihm öffnet, so daß er kopfüber hinunterpurzelt. Wenn das kein Erdbeben war, will ich nicht mehr Maate sein. Was meint Ihr, Kapt'n?"

„Bin ganz Eurer Meinung, Steuermann! Es war ein ganz verteufeltes Gefühl, wie ich es noch nie empfunden habe. Da lobe ich mir das wrackste Fahrzeug, auf dem ich sicher bin, solange ich noch ein Brett, und wäre es das dünnste, unter mir habe."

„Glaubt Ihr, daß noch ein zweiter Stoß folgen wird?"

„Wer kann das wissen? Da müßt Ihr schon die Geister der Erde selber um Auskunft ersuchen. Wer hätte das gedacht, daß — — — Egad! Jetzt geht mir ein Licht auf! Maate, erinnert Ihr Euch nicht an das, was uns gesagt wurde, als wir Kapstadt anliefen?"

„Da wurde uns mancherlei gesagt. Ich kann mir nicht denken, was Ihr meint."

„Man sprach von den Erdbeben und vulkanischen Ausbrüchen, die in diesem Jahr besonders häufig in Java aufgetreten sind. Ganze Ortschaften sind verschüttet worden und vom Erdboden verschwunden."

„Ah! Jetzt ahne ich, wo Ihr hinaus wollt. Ihr wollt sagen, daß der jetzige Stoß vielleicht mit den dortigen Ausbrüchen zusammenhängt?"

„Nicht nur vielleicht, sondern wahrscheinlich, ja sogar gewiß! Wir liegen gegenwärtig ungefähr in der gleichen Breite wie Java."

„Aber die Entfernung! Kapt'n, die Entfernung!"

„Die hat nichts zu sagen. Wir können nicht wissen, wie weit sich die Reihe der Vulkane, die auf Java in erheblicher Anzahl vorhanden ist, unter der See fortsetzt. Maate, wir sitzen vielleicht in diesem Augenblick über dem Krater eines feuerspeienden Berges, der sich im nächsten Augenblick öffnen und uns verschlingen kann."

„*Zounds*, wenn Ihr so denkt, dann, schätze ich, sollten wir keinen Augenblick länger hier verweilen als notwendig."

„Ist auch gar nicht meine Absicht. Der Teufel hole alle feuerspeienden Berge! Die tollste Windsbraut ist mir lieber als solch ein heimtückischer Erdstoß. Sie zeigt wenigstens ihr wahres Gesicht, und man weiß, wie man sich dagegen zu verhalten hat. Packt zusammen, Boys! Wir haben auf dieser Teufelsinsel nichts mehr zu suchen und gehen auf unser Schiff zurück."

Für einen unbeteiligten Zuschauer hätte es belustigend ausgesehen, mit welcher Bereitwilligkeit die Matrosen der Aufforderung ihres Kapitäns nachkamen. Der echte Seemann fühlt sich eben am wohlsten auf seinem Schiff. Wenn er auch zeitweilig, namentlich nach einer langen Fahrt, seinen Fuß nicht ungern an Land setzt und dann der Ausgelassensten einer ist, um sich für die Genüsse schadlos zu halten, die er zur See entbehren mußte, so hat er doch bald genug. Nicht lange, so läßt er sich für eine neue Fahrt anheuern und freut sich auf die Stunde, da er wieder auf Deck eines Schiffs sein kann und eine scharfe Brise ihm um die Nase weht. Dann ist er wieder der ganze Mann, der mit Verachtung auf die ‚Landratten‘ herabsieht, und das Unbeholfene, das er an Land zeigt, hat sich im Nu verloren.

Während die Matrosen das Langboot flott zur Abfahrt machten, fiel der Blick des Kapitäns zufällig auf die See hinaus. Im nächsten Augenblick rief er den Steuermann zu sich.

„Maate, guckt Euch doch einmal das Ding dort im Westen an! Was sagt Ihr dazu?"

Der Steuermann folgte der Weisung und spähte in die angegebene Richtung. Dort gab es an dem sonst ungetrübten Himmel ein kleines lichtes Wölkchen von der scheinbaren Größe einer Walnuß. Es sah ganz unverfänglich aus, aber der Steuermann hatte oft genug erfahren, daß ein so winziges Gebilde imstande ist, in kürzester Zeit den ganzen Himmel in Finsternis zu hüllen. Er sog die Luft mit Bedachtsamkeit ein und machte ein sehr bedenkliches Gesicht.

„*Well*, Kapt'n, Ihr habt recht. Da hinten braut sich etwas zusammen, was uns viel zu schaffen machen wird. In einer Stunde werden wir einen regelrechten Sturm haben, schätze ich."

„Sturm? Pah! Wenn's nur das wäre! Aber ich fürchte, so leichten Kaufs werden wir nicht loskommen. Ich kenne diese Sorte von Wölkchen besser als Ihr und möchte jede Wette eingehen, daß wir in kurzem mitten im schönsten Taifun stecken werden."

„*Heavens*, einen Taifun erwartet Ihr? Irrt Ihr Euch nicht?"

„Ich wollte, ich würde mich irren! Aber ich fahre nicht zum erstenmal in diese Gewässer, und ich weiß deshalb, was ich sage. Boys", brüllte er zu seinen Matrosen an den Strand hinunter, „macht rascher, damit wir fortkommen! Der Taifun kommt. In einer Viertelstunde müssen wir an Bord unserer Brigg sein."

Diese Worte hatten den Erfolg, daß die Dinge, die für den kurzen

Ausflug an Land mitgenommen worden waren, in fünf Minuten im Boot verstaut waren. Die Matrosen nahmen ihre Plätze ein und warteten, die Riemen in der Hand, auf das Einsteigen ihrer Vorgesetzten. Der Steuermann zögerte indes noch, bevor er den Fuß auf den Bootsrand setzte.

„Und der Master mit seinem Diener?" fragte er. „Was soll aus ihnen werden?"

„Um die zwei können wir uns jetzt nicht bekümmern. Oder wollt Ihr vorher noch die ganze Insel nach ihnen durchsuchen? Selbst den unwahrscheinlichsten Fall angenommen, daß Ihr sie findet, so wird bis dahin so viel Zeit verstreichen, daß unsere Brigg unterdessen zwanzigmal an den verdammten Klippen gescheitert ist. Nein, wir müssen sie für heute ihrem Schicksal überlassen."

„Aber der Master wird uns wenig Dank wissen, wenn wir ihn im Stich lassen."

Der Kapitän zuckte die Achsel. „Kann ich es anders machen? Er ist zwar der Master, aber die Führung des Schiffs ist meine Sache, und die Verantwortung für mein Fahrzeug und die Sicherheit meiner Mannschaft habe ich, nicht er zu tragen. Ja, wenn diese Insel einen Hafen hätte! Dann könnten wir das Kommende in aller Ruhe abwarten. Aber so gibt's für unsere Brigg nur eine Rettung, und die ist auf hoher See zu suchen."

„Wenn sie aber schon auf dem Rückweg sind?"

„Nun, dann werden wir ihnen begegnen und können sie aufnehmen — falls uns der Sturm Zeit dazu läßt. Ihr Boot hat, wie ich durchs Rohr beobachtete, die Richtung nach der Südküste eingeschlagen. Das ist auch unser Kurs, denn wir müssen trachten, die Insel zwischen uns und den Orkan zu bringen. Also schwätzt nicht lang, Maate, sondern steigt ein! Der Taifun bittet Euch nicht lange um Erlaubnis, wann er sich bei Euch einstellen darf. Sobald der Sturm vorüber ist, ist's wieder an der Zeit, nach den beiden zu sehen."

Der Steuermann gehorchte und stieg ein, nach ihm als letzter der Kapitän. Dann stieß das Boot von Land ab und flog, von kräftigen Matrosenfäusten gerudert, durch das ruhige Binnenwasser dem Klippenring zu, an den die Brandung ihre Wellen schlug. Einige kräftige Ruderschläge brachten es aus ihrem gefährlichen Bereich, und nach zehn Minuten legte es an der einen Längsseite der Brigg an. Die Männer stiegen an Bord, und das Boot wurde eingeholt.

Es war nicht zu früh. So sehr sich die Leute beeilt hatten, der herannahende Sturm war fast noch rascher als sie. Aus dem kleinen Wölkchen war eine Wolkenwand geworden, die schon den dritten Teil des Himmels einnahm. Bereits kamen Mutter Kareys Küchlein gesprungen, mit welchem Namen der Seemann jene kurzen Wellen bezeichnet, die dem Sturm vorangehen. Mit fieberhafter Eile wurde der Anker aufgewunden, die Segel wurden beschlagen und der Brigg nur diejenige Leinwand gelassen, die sie brauchte, um dem Steuer gehorchen zu können. Dann setzte sich das Fahrzeug in Bewegung — fort aus der gefährlichen Nähe der Insel.

Einige Stunden, bevor sich das soeben Erzählte an der Westküste des Eilands abspielte, näherte sich von Osten her eine Jacht, die auf eine für ein derartiges Fahrzeug ungewöhnliche Art aufgetakelt war. Man hatte ihr eine Schonertakelage gegeben, wohl um ihre Fahrgeschwindigkeit zu erhöhen.

Unter dem Deckzelt saßen zwei Männer, die den Gesichtskreis aufmerksam durchs Rohr betrachteten, das, weil sie nur eines besaßen, fortwährend zwischen ihnen hin und her wanderte. Der eine besaß einen wahrhaft herkulischen Wuchs und war in die Tracht gekleidet, in der Trapper und Prärieläufer zu gehen pflegen. Der andere, von bedeutend kleinerer Gestalt, trug europäische Gewandung.

Die Matrosen, die geschäftig auf Deck umhereilten, gehörten alle ohne Ausnahme zu den bezopften ‚Söhnen der Mitte‘, machten aber in ihrer Seekleidung gar keinen so üblen Eindruck. Auch schienen sie ihr Fach zu verstehen, denn sie befolgten die Befehle des Kapitäns mit einer Gewandtheit, die auf vortreffliche Übung schließen ließ und den Beweis erbrachte, daß man in ihrer Auswahl große Sorgfalt angewendet hatte.

Eben jetzt ging der Kapitän, eine hohe, breitschultrige Gestalt, die der des Trappers unter dem Zelt in nichts nachgab, an den beiden vorüber. Der europäisch Gekleidete setzte das Rohr, das er auf einen Punkt im Westen gerichtet hatte, ab und fragte:

„Nun, Kapitän, was meint Ihr? Ist der Punkt da vorn, auf den wir lossegeln, unsere Insel, oder ist er es nicht?“

„Ich hege nicht den mindesten Zweifel, Herr von Gollwitz, daß er es ist. Die Berechnung Eures Bruders stimmt, was die Länge anlangt, bis aufs Haar. Bezüglich der Breite hat er sich freilich um einige Winkelminuten geirrt, was aber nichts zu sagen hat, denn es gibt im Umkreis von vielen Meilen nur diesen einen Punkt, so daß ein Irrtum ausgeschlossen ist. Wartet noch eine Stunde, bis wir nahe genug gekommen sind und die Küstengestaltung erkennen können! Euer Bruder hat sie so genau beschrieben, daß wir auf den ersten Blick wissen werden, woran wir sind.“

„Und was meint Ihr zum Wetter? Wird es aushalten? Es wäre verteufelt unangenehm, wenn es uns jetzt, so nahe am Ziel, einen Strich durch die Rechnung machen würde.“

Kapitän Schubert hob die Nase in die Luft, als ob er von daher eine Antwort auf diese Frage erwarte, und erwiderte:

„Master, damit habt Ihr ein Tau in die Hand genommen, das mir schon seit längerer Zeit Sorge macht.“

„Sorge? Wieso? Wir machen doch eine ganz gute Fahrt, obgleich wir bei diesem steifen Nord nur mit halbem Wind segeln können.“

„Sehr richtig! Wir kommen gut vorwärts; aber mir wäre es lieber, wenn dieser ewige Nord ein wenig schralen[1] wollte. Seit acht Tagen Nord und immer wieder Nord, das kommt mir hier, wo die Winde so häufig wechseln, schon lange bedenklich vor.“

„Dann wäre es vielleicht besser gewesen, wenn wir irgendeinen

[1] schwächer werden

javanischen Hafen angelaufen hätten und dort ein paar Tage liegengeblieben wären."

„Damit uns unsere Chinesen samt und sonders ausgekniffen wären? Man darf den Menschen nicht in Versuchung führen, und so einen schlitzäugigen Chinamann erst recht nicht. Ich bin ja mit ihnen soweit ganz zufrieden, aber ich kenne meine Leute: so nahe ihrer Heimat würden sie keine Gelegenheit, davonzuziehen, vorüberziehen lassen. Und woher dann wieder schnell Matrosen nehmen? Nein, Master, so ist es immer noch am besten für uns, selbst wenn wir dabei einige Sturzwellen über Bord bekommen sollten. Ein Sturm in diesen Breiten ist ja gerade nicht nach meinem Geschmack, aber ich denke, daß unsere Jacht die Probe bestehen wird."

Nach diesen Worten entfernte sich der Kapitän, und Fred nahm das Rohr wieder ans Auge, um dem Punkt seine Aufmerksamkeit zu schenken, der jetzt alle seine Gedanken in Anspruch nahm, und dem man langsam, aber stetig näher kam. Plötzlich faßte er seinen Gefährten am Arm.

„Bill!"

„Ja, Fred?"

„Wenn wir zu spät kämen und der Schatz bereits fort wäre?"

„Wer sollte ihn fortgenommen haben?"

„Natter."

„Pshaw! Das glaube ich nicht. Bemesse ich die Zeit, die seit dem Auffinden des Tagebuchs und der Flucht Natters verstrichen ist, so halte ich eine derartige Möglichkeit so ziemlich für ausgeschlossen. Er müßte nachgerade ein fabelhaftes Glück gehabt haben. Nur, wenn er nach seiner Flucht zufällig die günstigste Verbindung erwischte, ferner sofort nach seiner Ankunft in Süderland sein Ziel erreichte und die geheime Zahl erfuhr, könnte er bereits hier gewesen sein. Sag selber, ob eine solche Annahme wahrscheinlich ist!"

„Du hast recht, Bill; auch ich habe mir schon mehr als ein dutzendmal das gleiche gesagt. Allein ich kann mir nicht helfen, ich bringe den Gedanken an Natter nicht los."

„Das ist eine Folge deiner Aufregung."

„Ich bin nicht aufgeregt, Bill!"

„Das machst du mir nicht weis", lachte Sanford. „Ich möchte den Menschen kennen, der in deiner Lage nicht ein bißchen aus dem Häuschen geraten würde. Denke dir, du sollst ein Erbe von vielen Millionen antreten; soviel muß es wohl nach der Schilderung deines Bruders sein. Wem sollte dabei das Blut nicht rascher als sonst durch die Adern fließen!"

„Meinetwegen magst du damit recht haben, daß ich aufgeregt bin. Aber ich kann nun einmal nicht anders — ich muß an diesen Natter denken. Was, meinst du, soll ich tun, wenn er wirklich schon vor mir dagewesen wäre und das Versteck ausgeräumt hätte?"

„*Bounce!* Da fragst du noch? Wir setzen uns auf seine Fährte und jagen ihm den Raub ab."

„Wie wolltest du denn herausbringen, wohin er sich gewandt hat?"

„Das laß nur meine Sache sein! Angenommen, er sei schon hier gewesen, so hat er jedenfalls ein Schiff benützt, hierher zu kommen, und es handelt sich nur darum, dieses Fahrzeug ausfindig zu machen. Unmöglich kann dies nicht sein, denn es ist nicht durch die Luft davongesegelt; irgendeinen Hafen muß es angelaufen haben. Haben wir erst das Schiff, so werden wir schließlich auch unseren Mann bekommen. Zwei so erfahrenen Westläufern wie uns kann er nicht entwischen."

„Du darfst auf mich nicht rechnen, Bill."

„Weshalb nicht?" fragte Sanford verwundert.

„Hast du die Geschichte von meinem Bruder Theodor vergessen und was wir in San Franzisko in Erfahrung gebracht haben? Die Suche nach meinem Bruder war so lang ohne Ergebnis, daß ich jetzt nicht einer neuen Spur folgen und die alte verlassen kann. Auch dann nicht, wenn es sich um einen Schatz von vielen Millionen handelt! Mein Bruder geht vor — sofern er sich überhaupt noch am Leben befindet!"

„*Egad,* da hast du recht; du mußt hinter deinem Bruder her sein. Aber ich, ich werde mich dafür um so nachhaltiger auf Natters Fährte setzen."

„Wolltest du das wirklich für mich tun, Bill?" fragte Gollwitz erfreut.

„Frag nicht so dumm! Ich habe nun einmal einen Narren an dir gefressen und werde dich jetzt, wo du mich am notwendigsten brauchst, nicht im Stich lassen. Das kannst du dir doch denken! Aber reden wir jetzt noch nicht davon, daß wir gezwungen sein könnten, uns voneinander zu trennen. Soweit sind wir noch lange nicht. Sag mir lieber, wohin wir uns begeben werden, wenn wir hier mit unserem Geschäft fertig sind!"

„Selbstverständlich nach Kota Radscha!"

„Nach Kota Radscha? Ah, du willst das Grab deines Bruders Hugo besuchen?"

„Nicht nur das, ich will seine Leiche ausgraben lassen und nach Hause mitnehmen. Seine Gebeine sollen nicht in fremder Erde ruhen, sondern in der Heimat, der die Sehnsucht seines Herzens gehörte."

„*Well,* du bist ein guter Mensch, Fred! Und deine Familie kann stolz auf dich sein! Wollte fast, ich wäre an der Stelle deines toten Bruders! Ich gäbe alle meine Nuggets her, wenn ich jemand hätte, der so an mir hängt wie du an den Deinen. Aber um mich alten Swalker wird einmal kein Mensch eine Träne weinen."

„Bill, jetzt bist du es, der dummes Zeug schwätzt. Wer hindert dich denn, dich zur Ruhe zu setzen? Bill, wenn du mir eine Freude, eine recht große Freude machen willst, dann begleite mich in meine Heimat und baue dir deinen Wigwam neben dem meinigen! An Liebe, nicht bloß von mir, sondern von den Meinen, soll es dir nicht fehlen."

Sanford gab keine Antwort und blickte trübe vor sich hin. Es gibt im Leben fast eines jeden Westläufers einen wunden Punkt, über den er nicht hinwegkommt und der die eigentliche Veranlassung seines ruhelosen Wanderns ist. So mochte wohl auch Sanfords Leben seine ‚Geschichte' haben.

Das Gespräch verstummte und die beiden wandten ihre ungeteilte

Aufmerksamkeit wieder der Insel zu, deren Umrisse von Minute zu Minute erkennbarer wurden. Noch fünf Minuten, und Fred setzte das Glas mit einem tiefen Atemzug ab.

„Dem Himmel sei Dank! Es ist wirklich die Insel meines Bruders. Ich sehe deutlich den tiefen, senkrechten Einschnitt in die Küste, von der das Tagebuch erzählt. Und auch von dem Korallenring, der den Einschnitt umgibt, ist bereits eine Andeutung zu bemerken. Bill, wir sind am Ziel!"

„Well, soll mich freuen. Eigentlich könntest du mich auch wieder einmal durchs Rohr gucken lassen; ich schätze, daß ich schon längst an der Reihe bin."

Er nahm kurzerhand seinem Freund das Glas aus der Hand und blickte hindurch.

„Well, stimmt!" nickte er bedächtig. „So, genau so habe ich mir diese Stelle der Insel vorgestellt. Fred, ich wünsche dir Glück."

Gollwitz gab keine Antwort. Es hatte sich seiner eine große Aufregung bemächtigt, die zu verheimlichen er sich vergeblich bemühte. In diesem Augenblick trat Kapitän Schubert zu den beiden.

„Nun, Herr Baron", fragte er lächelnd, „sind wir den richtigen Kurs gesegelt? Aber ich brauche gar nicht erst zu fragen, ich lese es Eurer Miene ab, daß Ihr zufriedengestellt seid. Ich wollte, ich könnte das gleiche von mir sagen."

„Warum? Seid Ihr etwa nicht zufrieden? Was hindert uns denn, den Plan, den wir uns längst zurechtgelegt haben, sofort auszuführen? Wir fahren so nahe als möglich an die Insel heran, drehen bei, setzen das Boot aus und bringen den Schatz in zwei oder drei Fahrten an Bord. Dann hissen wir alle Segel und sagen der Insel Lebewohl."

„Stopp!" lachte der Kapitän. „Das geht aber schnell bei Euch. An einen Sturm, der alle unsere schönen Pläne einstweilen über den Haufen werfen kann, scheint Ihr nicht im Traum zu denken."

„Sturm? Meint Ihr wirklich, daß es heute noch einen Sturm geben kann?"

„Ja, gerade das meine ich. Riecht doch einmal diese Luft! Merkt Ihr nichts?"

Fred gab sich alle Mühe, einen anderen als den gewöhnlichen Seegeruch wahrzunehmen, und antwortete dann:

„Ich merke nichts."

„Und Ihr, Mister Sanford?"

Bill blähte die Nasenflügel auf und sog die Luft wie ein Dachshund ein, der die Spur seines Herrn verloren hat. Dann meinte er kopfschüttelnd:

„Nach was soll diese Luft denn riechen? Etwa gar nach Rosen oder Veilchen? Ich rieche nichts Derartiges, sondern nur Wasser, viel Wasser."

„Nun, Ihr seid eben kein Seemann. Aber ich sage Euch, in ein paar Stunden werden wir einen Sturm haben, wie er im Buch steht. Wollen uns beeilen, daß wir bis dorthin mit unserer Arbeit an Land fertig sind. An mir soll die Schuld nicht liegen, wenn der Stecken verkehrt schwimmt."

Nach einer Viertelstunde war die Jacht so nahe an den Klippenring herangekommen, daß das Getöse der Brandung deutlich auf Deck zu vernehmen war. Der Kapitän ließ jetzt beidrehen, denn weiter durfte man sich nicht heranwagen, um das Fahrzeug nicht in Gefahr zu bringen, auf eine Klippe aufzufahren, die unter dem Wasserspiegel versteckt sein konnte. Eine größere Annäherung war auch nicht nötig, denn von da aus, wo sich das Schiff gerade befand, konnte jener Teil der steil ins Meer abfallenden Küste, um den es sich handelte, gut in Augenschein genommen werden. Mit dem Glas war sogar über dem Wasserspiegel ein Loch in der senkrecht abfallenden Felswand zu unterscheiden, offenbar die Mündung des Stollens, durch den man zu fahren hatte, um zum Versteck zu gelangen. Die Entfernung bis zu dieser Stelle mochte in der Luftlinie nicht mehr als zwei Seemeilen betragen.

„*Heavens!*" rief der Kapitän erstaunt, der mit dem Rohr den Halbkreis absuchte, den die Klippen um die Küste schlossen. „Eine solche Riffbildung habe ich noch nirgends beobachtet. Dieser Ring ist ja fast mit dem Zirkel gemessen. Heiliges Mars- und Bramwetter! Und durch diese Kette soll durchzukommen sein? Herr von Gollwitz, wenn Euer Bruder es nicht so bestimmt versichert hätte, dann würde mich keine Macht der Welt dazu bringen, einen Durchbruch durch diesen Ring zu versuchen, den der Teufel in eigener Person angelegt haben muß. Also, die fünfzehnte Spitze soll es sein, von Norden an gerechnet, sagt Ihr. Wollen einmal sehen!"

Balduin Schubert richtete das Rohr an der Stelle, wo die Klippenring an die Küste anstieß und begann die einzelnen Spitzen zu zählen, die sich scharf gegeneinander abhoben. Bei der fünfzehnten angekommen, hielt er inne und betrachtete die Stelle mit größter Aufmerksamkeit. Dann ließ er das Glas sinken.

„Hm! Ich glaube nicht, daß ich mich verzählt habe, aber die betreffende Stelle unterscheidet sich in nichts von den andern als höchstens dadurch, daß die Brandung noch lebhafter ist als anderswo. Seht Ihr einmal durchs Rohr, Baron Gollwitz, und sagt mir Eure Meinung!"

Fred folgte dieser Aufforderung und meinte nach einer Weile:

„Richtig, Kapitän, es ist das Riff, hinter dem die Brandung am stärksten geht."

„Und Ihr seid überzeugt, daß Ihr Euch nicht irrt, und daß es genau das fünfzehnte ist und kein anderes, das Euer Bruder meint?"

„Nein, Kapitän, ein Irrtum ist ausgeschlossen."

„Nun gut, wir wollen die Sache versuchen, selbst auf die Gefahr hin, daß wir Salzwasser zu schlucken bekommen. Boys, macht das Boot klar!"

Nach diesem Befehl an die Mannschaft ging er nach Steuerbord und sprach einige Augenblicke mit Karavey, dem derzeitigen Steuermann. Dann kehrte er zu den beiden zurück, die an der Reling warteten, wo das Boot hinabgelassen worden war. Das Fallreep wurde gesenkt, und der Kapitän stieg, von Gollwitz und Sanford gefolgt, ins Boot hinunter. Ein Matrose wurde, da niemand ins Vertrauen gezogen werden sollte, nicht mitgenommen. Schubert setzte sich ans Steuer und die andern nahmen die Riemen in die Hand. Im nächsten Augenblick stieß das Boot von der Jacht ab und nahm seinen Weg auf den Klippenring zu, während die Matrosen oben an der Reling standen und ihrem Tun, für das sie keine Erklärung hatten, verwundert zusahen.

Auf der kurzen Fahrt bis zu den Klippen wurde kein Wort gesprochen, die Führung des Fahrzeugs nahm die ganze Aufmerksamkeit der Männer in Anspruch. Aber als sie nach zehn Minuten der kritischen Stelle gegenüber angekommen waren, rief der Kapitän:

„Jetzt aufgepaßt, Mesch'schurs, und die Ruder fest gepackt, damit sie Euch nicht aus der Hand geprellt werden! Im nächsten Augenblick sind wir drüben oder wir schlucken Wasser.“

Nun folgten ein paar Sekunden atemloser Spannung, die den Männern im Boot die Röte der Erwartung in die Wangen trieb. Einige kräftige Ruderschläge brachten sie in die Brandung; ihr kochender Wall riß sie empor, hielt sie einen Augenblick lang fest, so daß es schien, als schwebe das Boot in freier Luft, und schnellte sie dann in das ruhige Binnenwasser hinab. Die Durchfahrt war glücklich erzwungen.

„Heiliges Mars- und Bramwetter!“ ließ sich der Kapitän vernehmen, indem er dem Steuer eine Wendung gab, so daß der Kiel des Bootes die Richtung auf das Stollenloch zu nahm. „Das wäre nicht schlecht geglückt. Wollen hoffen, daß sich das Garn auch weiterhin so rasch und gut abwickelt.“

Die anderen gaben keine Antwort, aber ihre vor Freude und Genugtuung leuchtenden Augen sagten mehr als Worte.

Die Weiterfahrt durch das unbewegte, fast glatte Binnenwasser verlief ohne die geringste Schwierigkeit, und nach ein paar Minuten umfing sie Dämmerlicht — sie waren in den Stollen eingefahren. Dieser war zum Glück so breit, daß er den Gebrauch der Ruder ermöglichte. Als das Tageslicht, das von draußen hereinfiel, das vor ihnen liegende Dunkel nicht mehr zu durchdringen vermochte, ließ der Kapitän halten, und eine Fackel wurde angezündet, die vorn am Bug des Bootes befestigt wurde. Dann ging es langsam und vorsichtig weiter.

Die Stille hier unten und die dichte Finsternis, die pechschwarz vor ihnen lag, verfehlte ihren Eindruck auf sie nicht; jeder enthielt sich einer Äußerung, und es war nichts zu vernehmen als das leise Plätschern, das durch das Eintauchen der Ruder verursacht wurde.

Um so unheimlicher wirkte es, als sie — sie mochten vielleicht dreihundert Meter in gerader Richtung vorgedrungen sein — in den Wänden zu beiden Seiten ein scharfes Knirschen vernahmen. Erschrocken zogen die Ruderer die Riemen ein und lauschten. Da — nochmals dasselbe Knirschen wie vorhin, bloß noch viel stärker und unheimlicher. Zugleich täuschte das unruhige Fackellicht ein Schwanken der Felswände vor. Oder war es keine Täuschung? Es mußte doch eine Bewegung vorhanden sein, denn das Boot schaukelte wie in einem leichten Wellengang einige Male auf und nieder.

Der ganze Vorgang hatte wegen der Stille und des Dunkels, in dem er geschah, etwas doppelt Beängstigendes an sich. Die drei Männer im Boot wagten kaum zu atmen, in der Erwartung, daß sich das unheimliche Knirschen wiederholen werde. Sie warteten eine, zwei, fünf Minuten. Aber als alles still blieb, gewannen sie ihre Fassung wieder zurück.

„Heiliges Mars- und Bramwetter!" flüsterte Schubert mit leiser Stimme, als ob ein lauter Ton imstande wäre, eine abermalige Erschütterung hervorzurufen. „Was war das? Das war ja buchstäblich zum Fürchten!"

„Das Tagebuch, Kapitän! Das Tagebuch meines Bruders!" gab von Gollwitz in demselben Ton zur Antwort. „Ihr habt es ja auch gelesen. Erinnert Ihr Euch nicht, daß er schreibt, die Insel habe ihre jetzige Form wahrscheinlich durch ein Erdbeben erhalten?"

„Ein Erdbeben? Heiliges Graupelwetter! Das ging noch ab! Das würde gerade noch in meinem Küchenzettel passen! Ich will froh sein, wenn ich wieder das Deck unserer Jacht unter den Füßen habe."

„Meint Ihr, wir sollen umkehren und es ein andermal versuchen?" meinte Gollwitz, der fürchtete, unverrichtetersache abziehen zu müssen.

„Was fällt Euch ein? So habe ich es nicht gemeint. Nein, wenn unsere Bestimmung ist, lebendig begraben zu werden, dann würde das morgen ebensogut geschehen können wie heute. Also; wir wickeln das Tau bis zum Ende ab. Vorwärts!"

Das Boot setzte sich wieder in Bewegung, diesmal ohne durch einen Zwischenfall aufgehalten zu werden. Aber es wartete ihrer noch eine andere und viel größere Überraschung. Die zurückgelegte Strecke mochte bereits mehr als einen Kilometer betragen, und die Stelle, wo nach dem Tagebuch der Kanal sein Ende fand und Stufen aufwärts führten, konnte nicht mehr fern sein. Deshalb fuhr man noch langsamer und vorsichtiger, und der Kapitän, der mit dem Gesicht nach der Fahrtrichtung saß, suchte das Dunkel vor ihm mit dem Auge zu durchdringen.

Da war es, als ob sich vor ihnen eine schwarze Wand niedersenke, und im gleichen Augenblick prallte das Boot gegen einen Widerstand — die Fahrt hatte ein Ende. Es hatte bei dem kleinen Zusammenstoß geklungen, wie wenn sich Holz an Holz reibe, und als sich Sanford, der am weitesten vorne saß, umdrehte, glaubte er seinen Augen nicht trauen zu dürfen. Aus dem Dunkel tauchten die Umrisse eines Bootes auf, das bewegungslos dalag und offenbar auf irgendeine Weise an der einen Steinwand befestigt war, wie, das vermochte er bei dem zweifelhaften Licht nicht zu unterscheiden.

Bei dieser unerwarteten Entdeckung war Bill unwillkürlich ein Ruf der Überraschung entschlüpft. Im nächsten Augenblick hatte er sich indes wieder in der Gewalt.

„Still, um Gottes willen, still! Rührt euch nicht von der Stelle! Wir sind nicht die einzigen Menschen hier."

Diese Worte brachten bei den zwei anderen eine gewaltige Erregung hervor.

„Bist du des Teufels, Bill? Wer sollte noch hier sein außer uns?" fragte Fred mit leiser, doch vor Aufregung heiserer Stimme.

„Das weiß ich nicht. Aber hier liegt eine Jolle, die anscheinend leer ist."

„Eine Jolle? Das ist doch kaum zu glauben! Wem sollte sie gehören?"

„Jedenfalls Leuten, die da irgendwo vor uns sein müssen."

„Das könnte nur Natter sein und seine Kumpane, wenn er welche ins Vertrauen gezogen hat."

„Wer es ist, wird sich wohl bald herausstellen. Zunächst ist das Wichtigste die Frage, ob man unsere Annäherung bemerkt hat."

„Du hast recht. Horchen wir!"

Eine kleine Weile war nichts zu vernehmen als die erregten Atemzüge der Lauschenden. Dann meinte Fred:

„Entweder haben sie uns nicht bemerkt, oder wenn ja, dann haben sie sich zurückgezogen, um irgendwo unvermutet über uns herzufallen. Was tun wir?"

Bill gab keine Antwort, sondern ergriff die Fackel und schwang sich ins andere Boot hinüber, worin er einige Sekunden umherleuchtete. Dann rief er den anderen mit unterdrückter Stimme zu:

„Kommt herüber! Rasch! Ich habe einen neuen Fund gemacht. Aber bindet unser Boot an dieses hier an, damit es uns nicht davonschwimmen kann."

Während der Kapitän dieser Weisung nachkam, stieg Fred zu seinem Gefährten hinüber, der ihn mit den Worten empfing:

„Schau her, Fred! Da — und da — und da — —! Was meinst du wohl, was in diesen Lederpaketen enthalten ist?"

Tatsächlich war sowohl der hintere als auch der vordere Teil der fremden Jolle mit einer Menge Pakete angefüllt, die in Leder eingeschlagen und mit Baststricken sorgfältig umwickelt waren. Ihr Anblick trieb Fred das Blut in die Wangen, denn es konnte keinem Zweifel unterliegen, daß er es mit einem Teil des Schatzes zu tun habe, den unberufene Hände fortzuschaffen bemüht waren.

Dieser Gedanke brachte Fred fast außer sich vor Erregung. Das Erbe seines Bruders und Rabbadahs, der unermeßlich große Schatz des Maharadscha war in Gefahr, von Schurken geraubt zu werden! Das war zuviel für ihn, als daß er es mit ruhigem Blut hinnehmen konnte. Ganz die gebotene Vorsicht außer acht lassend, rief er:

„Bill, geschwind, geschwind! Die Hunde wollen das Nest ausräumen. Wir müssen ihnen zuvorkommen. Rasch, rasch!"

Mit diesen in größter Hast ausgesprochenen Worten riß er seinem Freund die Fackel aus der Hand und wollte die aus dem Fels gehauenen Stufen emporspringen, wurde aber noch rechtzeitig daran gehindert, denn Bill faßte ihn mit gewaltigem Griff am Arm und zog ihn ins Boot zurück.

„Halt, Unvorsichtiger!" raunte er dem Aufgeregten zu. „Willst du alles verderben? Du weißt ja nicht einmal, mit wie vielen du es zu tun hast. Willst du diesen Schurken blindlings in die Arme laufen?"

Die Worte des Freundes brachten Fred wieder zur Besinnung. Tief aufatmend fuhr er sich über die Stirn, als wolle er einen bösen Traum vertreiben:

„Du hast recht, Bill! Ich bin voreilig und ein Narr gewesen. Mit Hast ist hier nichts auszurichten, das sehe ich ein. Wir haben nicht einmal Waffen bei uns, unsere Messer ausgenommen."

„Ja", brummte Bill verdrießlich. „Wir ungemein klugen Leute haben das getan, was einem erfahrenen Westläufer niemals in den Sinn kommt: wir haben uns von unseren Waffen getrennt. Nun haben wir auch gleich den Schaden. Geschieht uns ganz recht!"

„Aber was jetzt tun?" drängte Fred. „Wir können doch nicht ewig hier halten bleiben."

„Das können wir freilich nicht. Das beste wird sein, es geht jemand auf Kundschaft. Und dieser jemand bin ich, weil ich einem gewissen Fred in der gegenwärtigen Lage nicht die nötige Ruhe und Besonnenheit zutraue."

In diesen Bescheid mußte sich Fred, wenn auch mit Widerstreben, fügen. Die Fackel wurde zur Vorsicht ausgelöscht, damit nicht durch den Schein ihre Anwesenheit verraten werden könne, und Sanford tappte sich die Stufen hinauf. Dies geschah mit der den Westleuten eigentümlichen Gewandtheit, so daß nicht das leiseste Geräusch zu vernehmen war.

Es war für die Wartenden, namentlich für Fred, keine kleine Geduldprobe, in der Finsternis untätig zurückbleiben zu müssen. Eine halbe Ewigkeit, so kam es wenigstens Fred vor, verging in einer qualvollen Spannung. Und doch waren seit der Entfernung Bills höchstens zehn Minuten verstrichen, als sich seine Stimme von oben, wo die Treppe in den Gang mündete, vernehmen ließ.

„Fred!"

„Endlich, endlich! Wie steht die Sache, Bill?"

„Oh, ganz vortrefflich!"

„Wo sind die Schurken?"

„In der Grabkammer. Wir müssen rasch machen und über sie kommen, solange sie noch dort sind. Sie haben keine Ahnung, daß wir hier sind."

„Wer ist es?"

„Frage nicht lange, sondern komm! Aber leise! Der Kapitän, der im Anschleichen keine Erfahrung hat, mag die Stiefel ausziehen. Es muß sich alles völlig geräuschlos abspielen."

Schubert folgte dem Geheiß Bills und entledigte sich seiner Stiefel. Dann faßte ihn Fred bei der Hand und zog ihn die Stufen hinauf, wo sie von Sanford erwartet wurden. Dieser reichte Fred seine Rechte, während er mit der Linken mit der Felsenwand Fühlung nahm. Auf diese Weise eine Kette bildend, eilten die drei mit unhörbaren Schritten vorwärts. Nach kurzer Zeit schon bemerkten sie einen schwachen Lichtschein vor sich, der sich rasch verstärkte. Bald war auch der Schall von Stimmen zu vernehmen, und nach weiteren hundert Schritten hatte der Gang ein Ende — die Grabkammer lag vor ihnen, und es bot sich ihnen ein Bild, bei dessen Anblick die Männer auch dann halten geblieben wären, wenn es ihnen nicht von der Vorsicht geboten worden wäre.

In einem Spalt des Bodens steckte eine Fackel. deren Schein zwar nicht bis zu der Stelle reichte, wo die drei Männer lauschend standen, aber doch hinreichend war, um den Raum notdürftig zu erhellen. An der linken Seitenwand stand ein aus Brettern roh zusammengefügter Sarg, von dem indes wenig zu sehen war, denn er war über und über mit verdorrten und verwelkten Kränzen bedeckt. An der Wand zu Häupten des Sarges zeichnete sich ein in den Felsen geritztes großes Kreuz ab, dessen Umrisse sich bei dem unruhigen Fackellicht gespenstisch zu verkleinern und wieder auszudehnen schienen. Zu beiden Seiten dieser Aufbahrung lagen an der Wand eine große Zahl von ähnlichen Lederpaketen aufgeschichtet, wie sie unten an der Mündung des Kanals in dem Boot verstaut waren, dessen Anblick das maßlose Erstaunen Freds und seiner Gefährten erregt hatte. Die Menge der hier aufgestapelten Schätze mochte wenigstens das Doppelte von dem betragen, was bereits unten im Boot lag.

Es war ein unbeschreibliches Gefühl, mit dem Fred seine Augen auf dem Sarg ruhen ließ, der das größte Heiligtum seines armen, verlassenen Bruders dargestellt hatte. Und er mußte sich förmlich Gewalt antun, um den Blick von dieser Stelle loszureißen und dorthin zu richten, wo seine Aufmerksamkeit im gegenwärtigen Augenblick am meisten erforderlich war — auf die beiden Männer, die vor dem Sarg mit dem Gesicht gegen ihn gerichtet, saßen, so daß ihre Züge deutlich zu sehen waren. Sie hatten ihre Messer gezogen und waren gerade beschäftigt, ihr Mahl einzunehmen, das aus einem großen Stück Salzfleisch und einer Flasche Wein bestand, die vor ihnen am Boden stand. Sie sprachen den Lebensmitteln in einer Weise zu, die erkennen ließ, daß sie sich an dem Ort, an dem sie sich befanden, nicht im mindesten gestört fühlten und unterhielten sich dabei so frei und ruhig, als ob sie sich in der Gaststätte einer Großstadt befänden.

Am liebsten hätte sich Fred sofort auf die beiden gestürzt, aber er kämpfte seine Erregung nieder und fragte Schubert, der hinter ihm stand, in leisem Ton:

„Nun, Kapitän, kennt Ihr diese beiden Schurken?"

„Ob ich sie kenne! Solche Galgenvogelgesichter vergißt man nicht so leicht. Es ist Natter und der Malaie."

„Also doch, also doch! Natürlich müssen sie es sein, wenn es auch fast ans Wunderbare grenzt, daß sie sich jetzt hier befinden. Diese beiden Halunken haben ein unverschämtes Glück!"

„Heiliges Mars- und Bramwetter! Es zuckt mir in den Fäusten, wenn ich die beiden anschaue. Wollen wir uns nicht gleich über sie hermachen?"

„Nein, warten wir noch ein wenig! Die zwei sprechen miteinander. Vielleicht erlauschen wir etwas für uns Wissenswertes. Ihr bleibt auf alle Fälle hier halten, was auch geschehen mag, und laßt keinen durch!"

„*Well*, wird befolgt! Wer mir in die Arme segelt, der mag seine Rippen vorher zählen, wenn er sie hernach wieder zusammenfinden will!"

Diese wenigen in geflüstertem Ton gesprochenen Sätze hatten nur einige Sekunden in Anspruch genommen. Jetzt wandte sich die ungeteilte Aufmerksamkeit Freds und seiner Gefährten wieder den beiden Verbrechern zu.

„Und du meinst, Sahib", sagte der Malaie, „daß sich der vorige Erdstoß nicht wiederholen wird? Bei Wischnu und der großen Göttin Lakschmi, ich fürchtete schon, die Erde wolle sich öffnen und uns in ihren Eingeweiden begraben."

„Pah! Du bist wie ein Kind, das sich leicht einschüchtern läßt. Hat die Insel so lange zusammengehalten, so wird sie wohl auch in den nächsten Tagen nicht aus dem Leim gehen."

„Wann werden wir das nächstemal hierher fahren?"

„Wir? Du wirst morgen schön auf Deck bleiben. Ich brauche dich da notwendiger als hier."

„Weshalb?"

„Das kannst du dir doch denken! Ich bin überzeugt, daß der Kapitän unserer Brigg, wenn er einmal die schweren Pakete sieht, an das Märchen von den ‚Sammlungen' nicht mehr glauben wird. Ich halte ihn zwar für einen ehrlichen Menschen, aber die Gelegenheit hat schon aus dem rechtschaffensten Kerl den größten Spitzbuben gemacht. Ich halte es für besser, wenn wir ihn nicht erst in Versuchung führen. Deshalb mußt du an Bord bleiben und dafür sorgen, daß niemand den Inhalt dieser Pakete zu sehen bekommt."

„Und du, Sahib? Glaubst du, daß du ohne meine Hilfe fertig wirst?"

„Warum nicht? Nachdem ich einmal die Einfahrtsstelle kenne, halte ich meine Aufgabe nicht mehr für so schwer. Ich werde höchstens einmal oder zweimal öfter fahren müssen, das ist aber auch alles. Erinnere dich, daß auch der tote Gollwitz wiederholt allein mit seinem Boot hier gewesen ist!"

„Wenn dir aber ein Unglück widerfährt?"

„Das könnte wohl der Fall sein, aber diese Möglichkeit muß ich eben mit in Kauf nehmen. Oder hältst du es für besser, den Kapitän in unser Geheimnis einzuweihen und einen oder einige Matrosen mitzunehmen?"

„Das darfst du allerdings nicht tun."

„Nun also! Es bleibt dabei, daß ich morgen und die anderen Male allein fahre. Wenn es gut geht, bin ich in zwei Tagen fertig, und wir sagen der Insel Lebewohl."

„Und dann?"

„Dann? Dann segeln wir den nächsten Hafen an, wo ich die Mannschaft ablohne. Wir aber verschwinden mit unserer Beute."

„Wohin, Sahib?"

„Dorthin, wo es uns am besten gefällt."

„Und ich? Wirst du mich bei dir behalten?"

„Wie kannst du noch fragen? Ich will dir wahrheitsgetreu sagen, daß ich auf deine Ehrlichkeit und sonstigen Tugenden keinen Penny setzen möchte. Aber mich, mich wirst du nie betrügen, das weiß ich genau. Deshalb sollst du bei mir bleiben dürfen, solange du nicht selber von mir fort verlangst. Ich brauche einen Diener, der mir treu ergeben ist und der unter Umständen nicht davor zurückschreckt, wenn ich etwas von ihm verlange, das ohne einen gut geführten Messerstich nicht gemacht werden kann, und dazu bist du der rechte Mann. Wenn du mir treu dienst, soll dir bei mir nichts abgehen. Herrgott!" rief er plötzlich leidenschaftlich aus, „was wird das für ein Leben von jetzt an sein! Mensch, weißt du überhaupt, was ‚leben‘ heißt? Du weißt es nicht, du kannst es gar nicht wissen; in dem Sinn, wie ich's meine, hast du noch keinen Tag, noch keine Stunde gelebt. Aber von jetzt an sollst du es erfahren, welche Genüsse das Leben zu bieten vermag."

Er hielt einen Augenblick inne, und sein Blick blieb am Sarg Rabbadahs hängen. Ein kurzes, unsagbar höhnisches Lachen ausstoßend, fuhr er fort:

„Was wohl das Weib da drinnen sagen würde, wenn es sähe, wem ihr Erbe zugefallen ist? Ihr Erbe, für das wir ein Königreich kaufen können, wenn es uns beliebt? Ich glaube, sie würde sich im Sarg umdrehen."

„Sahib, spotte nicht!" widersprach der Malaie ernst. „Wenigstens hier an diesem Ort nicht, der mir unheimlich ist, und an dem ich nur deswegen mich niedergelassen habe, weil du es wolltest. Wollen wir nicht jetzt gehen? Wir sind mit dem Essen fertig und haben einstweilen nichts mehr zu suchen."

„Ah, du fürchtest dich!" lachte Natter. „Mensch, du bist ein Narr! Dieses Weib da drinnen tut dir nichts. Es ist tot und bleibt tot. Und auch der andere ist tot und kann uns nicht hindern, sein Erbe anzutreten. Bei allen Teufeln, es wäre doch reizvoll zu wissen, was er dazu sagen würde, wenn er hier stände und — — —"

„Er würde sagen, daß du der größte Schurke bist, den der Erdboden trägt", ertönte es hinter ihm, während sich eine Hand schwer auf seine Schulter legte. Es war Fred, der sich nicht mehr halten konnte und an Bill Sanford vorbei hinter Natter getreten war.

Entsetzt fuhr dieser herum und starrte mit weit aufgerissenen Augen in das Gesicht Freds, dessen Auge auf ihn wie das eines Rachegottes niederblitzte.

„Goll — Gollwitz! Hugo von Gollwitz!" stammelte er. „Aber das ist unmöglich! Sein Geist — es muß sein Geist sein!"

Der Leser möge sich daran erinnern, daß die beiden Brüder sich sehr ähnlich sahen. Schon der Steuermann Schubert hatte Fred in San Franzisko in der ersten Überraschung für Hugo gehalten. Freilich waren seine Gesichtszüge viel jugendlicher als die des Toten, wie sie Natter in der Erinnerung hatte. Aber der Bart, den er sich im Westen hatte wachsen lassen, ließ ihn viel älter erscheinen. Dazu kam die mangelhafte Beleuchtung durch das Fackellicht, das ein größeres Alter vortäuschte und überhaupt dem ganzen Auftritt etwas Gespensterhaftes verlieh, so daß die Meinung Natters, er habe es mit dem Geist des Toten zu tun, unschwer zu erklären ist.

Noch mehr entsetzt als Natter war sein Gefährte. Als er an dem Ort, der für ihn ohnehin viel Unheimliches besaß, so plötzlich das Gesicht dessen auftauchen sah, von dem soeben die Rede gewesen war, stieß er einen schrillen Schrei der maßlosesten Furcht aus und starrte wie entgeistert und mit gespreizten Händen dem scheinbaren Gespenst ins Gesicht. Im nächsten Augenblick hatte er indes den Bann überwunden. Er schnellte in die Höhe und mit wahrem Tigersprung über Natter, der ihm im Weg war, hinweg auf die Mündung des Ganges zu, der zum Kanal und zum Boot führte, lief aber dabei Bill, den er infolge der herrschenden Finsternis nicht zu bemerken vermochte, gerade in die Arme. Dieser ließ sich die schöne Gelegenheit nicht entgehen, sondern packte den Malaien mit einem raschen Griff so fest am Hals, daß er sofort die Besinnung verlor und mit einem seufzenden Hauch zusammenbrach, und übergab ihn Schubert zur Bewachung.

Während dies hinter Freds Rücken geschah, hatte sich zwischen ihm und Natter nichts geändert. Es schien eine völlige Erstarrung über den einstigen ‚Lichtspender‘ gekommen zu sein. „Es muß sein Geist sein“, hatte er gerufen. Darauf gab Fred zur Antwort:

„Es muß wohl sein Geist sein, Natter, denn du hast ja selber soeben gesagt, daß er tot sei und dich nicht hindern könne, sein Erbe in Besitz zu nehmen.“

„Bei allen Teufeln, er weiß meinen Namen, er weiß ihn wahrhaftig! Aber woher — woher — —?“

„Kannst du noch fragen? Geister pflegen doch mehr zu wissen als Menschen, die noch auf Erden wandeln.“

Diese in spöttischem Ton gesprochenen Worte brachten Natter endlich zu sich. Seine bleich gewordenen Wangen röteten sich, und in seine Züge kam Bewegung. Er strich sich mit der Hand hochaufatmend über die Stirn, um die Schweißtropfen wegzuwischen, und richtete dann seinen forschenden Blick auf die Gestalt vor ihm, die ihn verächtlich betrachtete.

„Ich war verrückt, daß ich mich so rasch ins Bockshorn jagen ließ. Der, den ich meine, ist tot, und Geister gibt es nicht.“

„In dem Sinn, wie du es vorhin meintest, gibt es freilich keine Geister. Da hast du recht.“

Natter saß längst nicht mehr am Boden; die unerwartete Erscheinung hatte ihn auf die Füße gebracht. Jetzt kam ein Ausdruck des Trotzes in seine Züge, und er fauchte:

„Wer seid Ihr denn, daß Ihr es wagt, mich so zu erschrecken, und wie kommt Ihr hierher?“

„Pshaw! Du hast kein Recht, mich zu fragen. Eher könnte ich von dir Rechenschaft fordern, wie du, gerade du hierherkommst. Aber ich will mich überwinden und dir Rede und Antwort stehen. Wer ich bin, willst du wissen? Ich bin der jüngere Bruder dessen, den du zuvor beim Namen genannt hast, und ich komme, sein Erbe anzutreten.“

„Pah, das macht Ihr mir nicht weis!“

„Könnte ich sonst hier sein, wenn ich nicht der wäre, für den ich mich ausgebe? Und hast du nicht selber soeben in mir Hugo von Gollwitz zu sehen geglaubt? Deine Rolle ist diesmal ausgespielt, Natter!“

Bei diesem Wort zuckte der andere zusammen, faßte sich indes sofort wieder.

„Ihr nennt jetzt schon zum zweitenmal meinen Namen. Woher kennt Ihr den?“

„Oh, ich kenne noch mehr Namen von Euch: Méricourt oder auch —
Johnson! . . .“

„Wohl möglich!“ höhnte Natter. „Ihr scheint nicht zu wissen, daß
der Name Johnson von vielen Hunderten geführt wird.“

„Das weiß ich wohl. Aber von diesen vielen Hunderten meine i.h
gerade den richtigen.“

„So? Welchen denn? Rückt doch endlich mit der Sprache heraus!“

„Nur Geduld, mein Bürschchen! Deine Wißbegier wird früh genug
befriedigt werden. Ich meine nämlich jenen Johnson, der vor gar nicht
langer Zeit von den Andamanen entsprungen ist.“

Das wirkte. Eine jähe Röte übergoß seine Züge. Er schluckte und
schluckte und brachte endlich mühsam hervor:

„Ich verstehe Euch nicht. Was wollt Ihr damit sagen?“

„Ich will damit sagen, daß du jener Johnson bist, der auf dem
norländischen Kriegsschiff ‚Tiger‘ liebevolle Aufnahme fand, dem es
aber dort so wenig gefiel, daß er mit seinem Spießgesellen, einem
Malaien, verschwand, wobei er ein Säckchen Perlen mitgehen ließ,
das der Kommodore in seine Verwahrung genommen hatte.“

Diese Worte überzeugten Natter, daß Fred alles wußte, wenn er sich
auch nicht erklären konnte, woher. Doch er war nicht der Mann, der
sich, nachdem er sich vom ersten Schrecken erholt hatte, so schnell
gefangen gab. Er warf einen raschen Blick um sich. Der Malaie war
fort — entkommen, dachte er. Von Bill und dem Kapitän war nichts
zu sehen, sie hatten sich bis jetzt, die Gefangennahme des Malaien ausgenommen, abwartend verhalten und waren aus dem Gang nicht
herausgetreten. Natter mußte also glauben, daß er es nur mit einer
Person zu tun habe, und mit der hoffte er fertig zu werden.

„Herr, ich weiß nicht, wer Euch das Recht gibt, so mit mir zu
reden. Ich werde Euch überzeugen, daß ich nicht der bin, für den Ihr
mich haltet. Laßt mir nur meine Papiere — — —“

„Halt! Die Hand von der Tasche!“

Natter sah, daß sein Gegner keine Waffe in der Hand habe. Das
machte ihn zuversichtlich. Er stieß ein höhnisches Lachen aus, und
indem er die Hand in die Tasche steckte, gab er zur Antwort:

„Nein, nicht von der Tasche, sondern in die Tasche mit der Hand!
Ich will doch wissen — — —“

Er kam nicht weiter; ein gewaltiger Fausthieb von Gollwitz streckte
ihn zu Boden.

„Recht so! Gib es dem Schurken!“ tönte die Stimme Bills aus dem
Hintergrund. Und zugleich trat er in den Lichtkreis, den die Fackel
warf. „Hast ihm überhaupt viel zuviel Ehre angetan, daß du dich so
lange mit ihm unterhalten hast. Mit solchem Ungeziefer spricht man
nicht anders als mit der Faust oder mit dem Messer.“

Auch der Kapitän kam aus dem Dunkel hervor, indem er den bewußtlosen Malaien hinter sich herschleifte.

„Was mit den Kerlen anfangen?“ fragte er. „Töten dürfen wir sie
nicht, denn wir haben kein Recht dazu, und sie laufen lassen dürfen
wir noch viel weniger, weil sie uns dann nur Schwierigkeiten bereiten würden.“

„Das ist meine Meinung auch", bestätigte Fred. „Das Einfachste ist, wir binden sie zunächst, damit sie uns nicht hinderlich sein können. Als Fesseln verwenden wir die Baststricke von einigen Paketen."

„Richtig!" meinte Sanford. „Zuvor wollen wir sie indes auf Waffen untersuchen."

Dies geschah, und man fand in den Taschen jedes der beiden Gefangenen eine Pistole und ein Messer. Sonst trugen sie nichts Nennenswertes bei sich. Dann öffnete man vier der Lederpakete, um zu den Baststricken zu kommen. Als die Binden des ersten gelöst waren und die Lederhülle auseinanderfiel, war es, als ob ein Blitz durch den schwach erhellten Raum zuckte. Obgleich die Männer sich darauf vorbereitet hatten, Erstaunliches zu sehen, wurden ihre Erwartungen hundertfach übertroffen durch das, was ihre Augen erblickten. Und Ihr Staunen wuchs, als auch die Hüllen von den anderen Paketen fielen.

Da gab es Götterbilder, die mit kostbaren Edelsteinen geschmückt waren, besonders die Bilder der indischen Dreieinigkeit, Brahmas, des Schöpfers, Wischnus, des Erhalters und Siwas, des Zerstörers; da waren Nachbildungen von in Indien göttlich verehrten Tieren zu sehen, Schlangen in getriebenem Gold, denen zwei geschliffene Smaragde an Stelle der Augen eingesetzt waren, Kühe, natürlich in hundertfach verkleinertem Maßstab, von denen jede einzelne allein einen Altertumswert von Hunderttausenden darstellte. Besonders häufig kehrte unter den Tierbildern die Darstellung des göttlich verehrten Affen Hanuman wieder. Ferner Gegenstände, wie sie zum Gottesdienst verwendet wurden, Lampen, Somaschalen, Gebetszepter — alles aus funkelndem Gold. Dazwischen eine ganze Menge Beutel mit goldenen Betelnüssen und andere mit Diamanten, Smaragden und Rubinen angefüllt. Es war ein Glanz, der die Sinne auch des nüchternsten Menschen verwirren konnte, und doch war dies nur ein kleiner Teil dessen, was von Gollwitz von heute an sein eigen nennen durfte.

Der Anblick dieser Reichtümer machte auf Fred einen wahrhaft berauschenden Eindruck. Er gab sich Mühe, ruhig zu bleiben, doch es gelang ihm nicht. Eine Art Fieber war über ihn gekommen, aus dem er durch die Stimme des Kapitäns geweckt wurde.

„Heiliges Mars- und Bramwetter! Mir steht der Verstand still! Nein, er steht nicht nur still, er ist weg, vollständig weg! Gollwitz, Mensch, Freund, wißt Ihr, daß ich Euch umbringen könnte, um mich an Eurer Stelle in den Besitz dieser Reichtümer zu setzen? Aber was schwätze ich da für Unsinn! Weiß Gott, ich gönne Euch all das und auch noch viel mehr. Aber ich muß mich abwenden, ich mag von dem ganzen Kram nichts mehr sehen, sonst werde ich verrückt, durchaus verrückt."

Mit diesen Worten gab sich der brave Kapitän einen gewaltigen Ruck und kehrte sich ab. Er raffte die Baststricke auf, die am Boden liegengeblieben waren, und beugte sich zu den bewußtlosen Gefangenen nieder, um sie zu fesseln.

Ähnlich wie der Kapitän empfand auch Sanford. Auch er vermochte sich nur mit Mühe der betäubenden Wirkung zu entziehen, die von diesen Kostbarkeiten auf ihn einströmte, und er erkannte, daß solche Reichtümer eine Macht ausüben und ein Verlangen erregen können, das selbst vor dem fürchterlichsten Verbrechen nicht zurückschrecken würde.

Als man sich der Gefangenen versichert hatte, wurde eine frische Fackel an Stelle der herabgebrannten angezündet. Während dies geschah, kam Natter zu sich. Er öffnete die Augen und wollte emporspringen, wurde aber durch die Stricke daran gehindert. Dann warf er einen forschenden Blick umher. Erst jetzt sah er, daß Gollwitz nicht allein gewesen war; er erkannte auch den Kapitän, und es war ihm nun mit einemmal klar, von wem von Gollwitz seinen Namen und die Ereignisse auf dem ‚Tiger‘ erfahren hatte. Er bemerkte auch, daß sein Gefährte keineswegs, wie er gehofft hatte, entkommen war, sondern gefesselt neben ihm auf dem Boden lag und sah die geöffneten Pakete. Dieser Anblick brachte ihn fast zur Raserei. Er bäumte sich in seinen Banden auf und suchte sich von ihnen zu befreien — umsonst, seine Anstrengungen hatten nur den Erfolg, daß die Stricke ihm ins Fleisch schnitten.

„Gib dir keine Mühe, Bursche!“ lachte der Kapitän, der neben ihm stand. „Die Fesseln sind gut; ich habe sie dir selber angelegt und kann dir versichern, daß ich noch nie in meinem Leben einen schöneren Knoten geknüpft habe, als vorhin. Es ist nun einmal dein Schicksal, daß jedesmal, wenn dein Fahrzeug zum Kentern kommt, ein Schubert dabei sein muß. Ergib dich also darein und trage dein Geschick mit Würde!“

Diese spöttischen Worte vermehrten den Grimm des Gefesselten. Mit überschnappender Stimme rief er:

„Jubelt nur nicht zu früh! Ich bin nicht so hilflos, als Ihr meint. Und es ist noch lange nicht abgemacht, daß gerade Ihr es seid, die den Schatz zu bekommen haben.“

„Pah! Mach dich nicht lächerlich! Ich kann mir denken, daß ihr beide nicht durch die Luft hierher gesegelt seid, und daß euer Schiff irgendwo, wahrscheinlich an der Westküste dieser gesegneten Insel vor Anker liegt. Aber damit wirst du uns nicht bange machen.“

„Sie werden kommen und uns befreien. Und dann wehe euch allen!“

„Sie werden nicht kommen und sie werden euch nicht befreien; sie wissen ja gar nicht, wo ihr euch befindet.“

„Aber sie werden uns suchen.“

„Mögen sie euch immerhin suchen! Du scheinst nicht zu wissen, daß wir vorhin euer Gespräch belauscht haben. Wir wissen genau, welche Ente ihr euerm Kapitän aufgetischt habt und daß er gar keine Ahnung hat, wo ihr weilt.“

„Den Teufel wißt ihr!“ kreischte Natter erbost. „Laßt mich in Ruhe und gebt uns frei! Wir haben euch nichts getan.“

„So, ist das nichts, wenn ihr ein Erbe von hundert und mehr Millionen dem rechtmäßigen Eigentümer wegstehlen wollt? Aber rege dich nicht auf, mein Junge! Wir wollen dich gar nicht behalten, wir wollen dich nicht einmal geschenkt haben. Sobald wir die Sachen, die das rechtmäßige Eigentum dieses Mannes sind, von hier fortgeholt

haben, sollst du unversehrt in deine Heimat zurückkehren: zu den —
Engländern, auf die — Andamanen!"

Natter gab keine Antwort mehr. Obgleich ihn der Grimm innerlich
fast verzehrte, war er doch so klug einzusehen, daß er in der gegenwärtigen Lage hilflos sei. Aber im stillen gab er den Schatz noch nicht
auf. Für ihn galt es: Zeit gewinnen!

Der Kapitän wandte sich von Natter weg zu den beiden anderen,
die sich immer noch nicht von den flimmernden und glitzernden Kostbarkeiten losreißen konnten und einen Gegenstand nach dem andern
durch die Hände gleiten ließen.

„Nun, Mesch'schurs", meinte er ein wenig spöttisch, „ich schätze,
ihr werdet wohl nicht hier über Nacht bleiben wollen. Es ist Zeit, an
die Heimkehr zu denken. An Bord unserer Jacht habt ihr mehr Zeit,
diese Sachen zu bewundern."

Die beiden begriffen, daß der Kapitän recht habe und Gollwitz
fragte:

„Wie denkt Ihr Euch das Bergen dieser Pakete, Kapitän?"
Dieser warf einen prüfenden Blick auf die Menge der hier aufgestapelten Lasten. „Ich denke, es sind nicht mehr als zwei Bootslasten,
was noch hier liegt. Ein Drittel der Arbeit hat uns dieser Natter bereits abgenommen. Ich halte es fürs beste, wenn wir alles, was hier
ist, bis morgen liegen lassen und zunächst das, was bereits unten am
Kanal liegt, an Bord — — — Heiliges Graupelwetter! Da haben wir
schon die Bescherung!"

Der Kapitän hatte sich in seiner Rede unterbrochen, denn es war ein
hohler Ton erklungen, der dem Geräusch ähnlich war, das entsteht,
wenn der Hals einer Flasche entkorkt wird.

„Was ist das?" fragte Fred erschrocken. „Klingt das nicht so, als ob
es aus dem Innern der Erde — — —"

„Unsinn!" widersprach ihm der Kapitän. „Es ist die Drehbasse auf
unserer Jacht."

„Die Drehbasse? Wieso?"

„Ich habe vor unserem Gehen mit Karavey die Verabredung getroffen, daß er zwei Schüsse aus dem Geschütz abgeben solle, wenn er
unsere Rückkehr an Bord für notwendig haltet. Da — habt Ihr es gehört? Das war der zweite Schuß."

Der gleiche Ton wie vorher war erklungen.

„Freunde, wir dürfen keinen Augenblick länger hier verweilen. Da
draußen ist jedenfalls der Teufel los, sonst würde uns Karavey nicht
zurückrufen. Folgt mir, wir müssen augenblicklich fort!"

Er ergriff eine Fackel und entzündete sie an der bereits brennenden.
Aber er brachte es doch nicht fertig, die Gefangenen ohne ein Wort
des Abschieds zu verlassen.

„Auf Wiedersehen bis morgen, ihr Schurken! Ich wünsche euch
einen gesunden Schlaf. Solltet ihr wider Erwarten Langeweile
und Sehnsucht nach der Außenwelt bekommen, so rate ich euch,
bekämpft diesen sündhaften Wunsch! Ihr könnt nicht fort, selbst wenn
es euch gelingen sollte, euch von euern Fesseln zu befreien, denn wir
nehmen euer Boot samt seiner kostbaren Ladung mit."

Nach diesen Worten wandte er sich ab und eilte davon, gefolgt von lauten Verwünschungen Natters und des Malaien, der unterdessen ebenfalls das Bewußtsein wieder erlangt hatte. Sanford und Gollwitz eilten hinter Schubert her.

Im Sturmschritt ging es den Weg zurück, den sie gekommen waren; während des Gehens gab der Kapitän den anderen die ihm notwendig scheinenden Verhaltungsmaßregeln. Er wollte das Boot Natters, worin sich ein Teil der Schätze befand, ins Schlepptau nehmen. Draußen vor dem Kanal sollten dann alle drei dieses Boot besteigen, da keine Zeit mehr war, seinen Inhalt ins eigene umzuladen, und mit ihm die offene See zu gewinnen suchen.

Seit den beiden Warnungsschüssen waren kaum fünf Minuten verstrichen, so standen sie bereits an den Stufen, die zum Kanal hinunterführten. Da der Jolle Natters der Weg durch das Jachtboot versperrt war, gab es keine andere Möglichkeit, sie flott zu bringen, als dadurch, daß man sie ins Schlepptau nahm. Der Kapitän und Sanford, als die Kräftigeren, stiegen in ihr eigenes Boot hinüber, um zu rudern, während es die Aufgabe Freds war, das beladene Fahrzeug in vorsichtiger Entfernung von den Felswänden zu halten.

Die Fahrt durch den Stollen zurück verlief zwar nicht rasch, der angehängten und schwer beladenen Jolle wegen, aber doch viel schneller als die Herfahrt. Nach zehn Minuten glitten sie bereits durch die Mündung des Stollens hinaus in den durch den Korallenring gebildeten Binnensee.

„Heiliges Mars- und Bramwetter! Hab ich's doch gleich gesagt, daß der Teufel los sein muß. Es gibt Sturm!"

„Sturm?" fragte Fred von seinem Boot herüber. „Ich sehe nicht das geringste Merkmal davon. Wir haben ja noch das schönste Wetter, und es hat sich gegen vorhin nichts geändert."

„Hat sich wirklich gar nichts geändert? So kann freilich nur eine Landratte sprechen. Seht Ihr nicht die hohen Wellen da draußen? Die können nur von einem scharfen West herrühren, von dem Ihr allerdings nichts merkt, weil er durch die steilen Wände von uns abgehalten wird. Und schaut einmal zu unserer Jacht hinüber! Bemerkt Ihr nicht, daß die großen Segel beschlagen sind? Es gibt Sturm, sage ich, längstens in einer halben Stunde. Ich habe ihn schon in der Nase."

Nach diesen Worten sprang der Kapitän zu Fred hinüber, und Sanford folgte seinem Beispiel. Das Seil, das beide Fahrzeuge miteinander verband, wurde gekappt und das nunmehr leere Jachtboot seinem Schicksal überlassen. Der Kapitän und Sanford, die beiden Riesen, legten sich in die Riemen, daß sie sich unter dem Druck ihrer Fäuste beinahe bogen, und die Jolle schoß, von Fred gesteuert, den Klippen zu.

Es war ein großes Wagnis, das Boot, das infolge der schweren Fracht einen ziemlichen Tiefgang hatte, über die Klippen zu bringen. Wenn es kenterte, dann lagen im nächsten Augenblick ungezählte Millionen auf dem Grund des Meeres. Darum war es den drei Männern gar nicht ganz wohl zumute, als sie sich der Stelle näherten, die sie vor kaum einer Stunde durchquert hatten.

Das Wagnis glückte glatter, als zu hoffen gewesen war, vielleicht nur infolge des hohen Wellengangs, der, ein Zeichen des nahenden Sturmes, eingesetzt hatte. Sobald die Brandung überwunden war, begann die schlimmste Arbeit, der Kampf gegen die aufgeregten Wellen. Hierbei erwies sich die schwere Ladung glücklicherweise nicht als ein Nachteil, sondern als Nutzen, indem sie als Ballast wirkte und die Widerstandskraft der Jolle bedeutend erhöhte.

Als man sich weit genug von der Insel entfernt hatte, so daß der Blick nach Westen frei wurde, zeigte es sich freilich, daß die Befürchtungen des Kapitäns nicht unbegründet waren. Der ganze westliche Himmel war von einer schwarzen Wand eingenommen, deren Ränder sich von Minute zu Minute weiter verschoben und mit einer gefährlichen Schnelligkeit nach Norden und Süden ausbreiteten. Die beiden Ruderer gaben ihr Bestes her und der Schweiß rann ihnen in großen Tropfen vom Gesicht. Dafür näherten sie sich aber auch zusehends der Jacht, wobei sie allerdings durch den Wind, der von achtern blies, unterstützt wurden. Auf Deck stand die Mannschaft, unfähig, den Nahenden durch irgendeine Maßnahme ihre Aufgabe zu erleichtern. Selbst wenn keine Gefahr, auf verborgene Klippen aufzufahren, gedroht hätte, wäre es doch unmöglich gewesen, gegen den scharfen West aufzukreuzen und sich dem Boot zu nähern.

Endlich, nach einer fast übermenschlichen Anstrengung, legte die Jolle am Fallreep an. Der Kapitän schwang sich als erster an Bord und warf einen prüfenden Blick über Deck. Mit Befriedigung gewahrte er, daß die Mannschaft während seiner Abwesenheit nicht müßig gewesen war. Auf Befehl Karaveys waren die Gallantmasten und Rahen heruntergenommen und alles Bewegliche soviel als möglich befestigt oder durch die Luke in den Raum geschafft worden.

„Recht so, Jungens", lobte er. „Das habt ihr brav gemacht. Aber jetzt herauf mit dem Fahrzeug und achtgeben, daß von der Ladung nichts verlorengeht. Es darf kein einziges Paket ins Wasser fallen. Habt ihr verstanden?"

Sein Befehl wurde mit bewundernswerter Schnelligkeit ausgeführt. Bald hing das Boot in den Davits, und fünf Mann wurden beordert, eine Kette zu bilden, um mit Hilfe von Gollwitz und Sanford die Ladung in die Kajüte zu schaffen. Die übrige Mannschaft hatte alle Hände voll zu tun, um die nötigen Vorbereitungen für den Sturm zu treffen. Jedes Stück Leinwand wurde gerefft, und nur oben am Spenker blieb ein Sturmtoppsegel, um dem Steuer soviel als möglich zu Hilfe zu kommen. Auch an die Radspeichen des Steuers wurden Taue befestigt, für den Fall, daß bloße Manneskraft nicht zulänglich sei, das von den Wogen ergriffene Steuer zu meistern. Schließlich wurde jede in den Raum führende Luke oder Öffnung dicht verschlossen, damit das Wasser keinen Zutritt finden konnte.

Noch während diese Maßnahmen getroffen wurden, hatte der Kapitän wenden lassen, und die Jacht entfernte sich von der Stelle, wo sie beigedreht hatte. Es war aber auch höchste Zeit; der ganze Himmel hatte sich mit einer schwarzen Decke umzogen, und die Wogen besaßen jetzt eine tiefdunkle, drohende Farbe.

„Schiff ahoi!“ ertönte da plötzlich ein Ruf vom Steuerbord.

„Wo?“

„Südwest bei Süd.“

„Welchen Kurs segelt es?“

„Nordost.“

„Aha!“ meinte der Kapitän zu den beiden Freunden, die in seiner Nähe standen. „Es wird das Fahrzeug sein, das diesen famosen Natter und seinen Malaien an Land gesetzt hat. Welches andere Segel sollte auch gerade jetzt in dieser Breite kreuzen? Ich kann mir schon denken, was es vor hat: es wird die Insel zwischen sich und den Orkan bringen wollen. Können uns aber jetzt nicht weiter darum bekümmern, weil wir mit uns selber genug zu tun haben. Zur Vorsicht wollen wir aber lieber ein paar Striche nach Süden abfallen, damit es nicht etwa im Finstern zu einem Zusammenstoß kommt.“

Schubert gab den entsprechenden Befehl — und dann war der Sturm da. Er fegte über Deck, daß man sich sehr fest anhalten mußte, um nicht fortgerissen zu werden. Die Jacht flog unter ihrer kleinen Leinwand vor ihm her, bald hoch oben, bald tief unten im Wellental. Es wurde so dunkel, daß man kaum fünf Schritte weit zu sehen vermochte, und es war für die beiden Freunde an der Zeit, die Kajüte aufzusuchen. An Deck konnten sie doch nichts nützen; sie hätten sich höchstens der Gefahr ausgesetzt, fortgespült zu werden.

Die nächsten Stunden schien für sie die Dauer von Wochen und Monaten zu haben. An eine Unterhaltung war nicht zu denken, jedes Wort erstickte in der Wut der Elemente, die sich an den dünnen Wänden brach. Das Schiff krachte in allen Fugen. Der Donner prasselte und rollte unaufhörlich, und die Blitze schienen einen wahren Veitstanz um das Schiff aufführen zu wollen.

Nach drei oder vier Stunden ließ das Tosen ein wenig nach, und der Kapitän kam herab, um nach den beiden zu sehen. Er war fadennaß, aber dabei seelenvergnügt. Auf ihre gespannte Frage, wie die Sachen stünden, gab er zur Antwort:

„Ganz vortrefflich! Wir haben einige Sturzwellen bekommen, das ist aber auch alles. Es scheint, daß wir vom Orkan nur gestreift worden sind, sonst wäre die Sache wohl schlimmer geworden. Freilich mußte ich vorsichtig sein, um nicht zu weit nach Süden, in der Richtung auf die Kokosinseln abgetrieben zu werden. Dort wimmelt es von gefährlichen Klippen. Jetzt hat sich der Wind wieder gedreht und bläst aus Südwest. Die Gefahr ist vorüber, und ich rate Euch, Mesch’schurs, legt euch aufs Ohr und versucht, ob ihr bei diesem Getöse schlafen könnt!“

Nach diesen Worten ging er. Die beiden Freunde befolgten seinen Rat und warfen sich auf die Koje. Die Ermüdung und die Aufregung des letzten Tages machten ihr Recht geltend, und bald lagen sie trotz des Tobens und Brausens in tiefem Schlummer.

Als sie wieder erwachten, glaubten sie, kaum eine Stunde geruht zu haben. Aber der Tag war angebrochen, und als sie an Deck kamen, sahen sie über sich einen unbewölkten Morgenhimmel und rund herum eine fast ganz beruhigte See. Auf Deck waren alle Spuren des Unwetters beseitigt und es herrschte die schönste Ordnung. Der Kapitän kam auf sie zu und wünschte ihnen einen guten Morgen.

„Der Sturm ist glücklich überwunden", erklärte er, „und wir befinden uns bereits wieder im richtigen Kurs nach unserer Insel. In einer Stunde, denke ich, werden wir sie zu Gesicht bekommen. Geht währenddessen unters Deckzelt und laßt euch euer Frühstück geben! Ich werde es euch melden, wenn es an der Zeit ist."

Bald saßen die beiden Freunde plaudernd bei einer dampfenden Tasse Mokka. Den Gegenstand der Unterhaltung bildete selbstverständlich der Schatz und das, was sie gestern im Innern der Insel erlebt hatten. Die Stunde, von der der Kapitän gesprochen hatte, verging wie im Flug, aber er ließ sich nicht blicken. Eine weitere Viertelstunde verstrich, aber er kam nicht, und er schickte auch niemand, um ihnen sagen zu lassen, daß die Insel in Sicht sei. Da standen sie endlich auf und schritten über Deck, um den Kapitän zu suchen.

Dieser stand mit dem Rohr in der Hand an der Reling und legte ein sonderbares Benehmen an den Tag. Er sah durchs Glas, setzte es ab und schüttelte bedenklich den Kopf; er sah abermals hindurch, setzte es wieder ab und rieb sich die Augen, als ob seine Sehkraft nachgelassen habe; er sah zum drittenmal hindurch, setzte es zum drittenmal ab und wischte mit dem Zipfel seiner Jacke die Linse, als wenn sie angelaufen wäre. Aber auch dies führte nicht zum Ziel, denn er stampfte mehrere Male ungeduldig mit dem Fuß auf den Boden, und das Kopfschütteln, Augenreiben und Linsenputzen begann von neuem. Schließlich verlor er die Geduld und drehte sich um, um den Steuermann aufzusuchen. Da bemerkte er von Gollwitz und Sanford, die in der Nähe stehengeblieben waren und seinem Verhalten verwundert zugesehen hatten.

„Heiliges Graupelwetter!" fluchte er. „So was ist mir noch nie vorgekommen."

„Was, Kapitän?" fragte Fred.

„Steh ich schon seit einer Stunde auf diesem Fleck und schaue mir die Augen aus dem Kopf nach unserer Insel. Aber nicht ein Stäubchen kommt mir vors Glas."

„Vielleicht sind wir während des Sturmes zu weit nach Süden abgetrieben."

„Das habe ich zuerst auch gedacht; aber ich habe unsere Fahrtgeschwindigkeit genau nachgerechnet und finde keinen Fehler."

„Oder der Kompaß hat gelitten und zeigt falsch."

„Davon wollte ich mich eben überzeugen. Gehen wir zum Steuermann!"

Als sie gemeinsam mit Karavey Versuche an der Nadel anstellten, zeigte es sich, daß der Kompaß in Ordnung war. Die Sache wurde immer rätselhafter, und es blieb nichts übrig, als mit Hilfe des Sextanten die Höhe und Breite zu bestimmen. Der Kapitän ließ das Instrument aus der Kajüte holen, und die Messung wurde vorgenommen. Sie ergab 92 Grad 14' Länge und 9 Grad 41' Breite. Als diese Zahlen abgelesen worden waren, sahen sich die Männer vollständig verdutzt an.

„Heiliges Mars- und Bramwetter! Mir steht der Verstand still. Die Höhe stimmt genau und auch die Breite so ziemlich. 9 Grad 37' hat Euer Bruder die Breite im Tagebuch angegeben, ich habe gestern schon bemerkt, daß er sich um eine Kleinigkeit irrte. Die Insel liegt tatsächlich auf 39'. Und wir befinden uns gegenwärtig auf 41', also nur zwei Winkelminuten zu weit südlich. Und doch ist von der Insel keine Spur zu sehen, obgleich sie da, gerade vor uns, in unserer unmittelbaren Nähe sein müßte. Was sagt Ihr dazu?"

Die beiden Freunde sagten gar nichts, sondern schauten sich ratlos an. Jeder scheute sich, den ungeheuerlichen Gedanken laut werden zu lassen, der blitzartig in ihrem Gehirn aufgetaucht war.

„Nehmen wir die Messung nochmals vor!" bat schließlich Fred mit belegter Stimme. „Wir haben uns vielleicht — dennoch — geirrt!"

Aber auch die zweite Berechnung zeigte kein anderes Ergebnis. Und nun war der Gedanke nicht mehr von der Hand zu weisen; er drängte sich mit einer jeden Zweifel ausschließenden Gewißheit auf.

Bill war der erste, der sich nicht mehr halten konnte.

„Ein Erdbeben!" platzte er los. „Ein Erdbeben hat die Insel weggefegt."

„Heiliges Mars- und Bramwetter!" polterte der Kapitän. „Natürlich war es ein Erdbeben! Ich habe es schon längst geahnt."

„Ein Erdbeben!" flüsterte Fred, der blaß wie eine Leiche geworden war. „O Hugo, Hugo! Deine Ahnung hat dich nicht betrogen."

„Daß wir aber gerade um einen Tag zu spät kommen mußten!" jammerte Sanford.

„Ja, um einen Tag!" schimpfte der Kapitän. „Als ob der Teufel seine Hand im Spiel gehabt hätte! Wäre das vorauszusehen gewesen, nichts hätte uns davon abhalten können, den schnellsten Segler zu mieten."

„Schimpft nicht, Kapitän, und macht Euch keine unnützen Vorwürfe!" meinte Fred, der sich schon wieder gefaßt hatte, ernst. „Wir haben alles getan, was wir tun konnten. Haben wir auch nur einen einzigen Hafen angelaufen und damit Zeit versäumt? Nein, ohne Aufenthalt sind wir gesegelt, Tag und Nacht, wir hätten um keinen Tag eher eintreffen können. Es hat eben alles so kommen müssen."

„Aber der Schatz! Die vielen, vielen Millionen!" klagte Bill, der sich nicht so leicht wie Fred beruhigen konnte.

„Pah, der Schatz!" widersprach Fred fast geringschätzig. „Er war nicht für uns bestimmt. Glaube mir, Bill, ich habe, was ich bekommen sollte, nämlich ein Drittel, und die Familie Gollwitz ist dadurch so reich geworden, daß es ihr auf einige Millionen mehr oder weniger nicht anzukommen braucht."

„Auf einige Millionen! Was fällt dir ein! Sag lieber, auf viele, viele Millionen!"

„Laß es gut sein, Bill! Mir ist in diesem Augenblick weniger am Schatz gelegen als an Rabbadah."

„An Rabbadah? Wieso?"

„Ich wollte ihre Gebeine mit nach Süderland nehmen und sie an der Seite meines Bruders in der Familiengruft der Gollwitz beisetzen. Nun ist mein Vorhaben vereitelt, und Rabbadah liegt auf dem Grund des Meeres."

Fred brachte diese Worte mit einer solchen Trauer in der Stimme hervor, daß Bill davon ganz gerührt wurde. Mit einer Weichheit, die man sonst an ihm nicht gewöhnt war, gab er zur Antwort:

„Fred, mach dir darüber keine Gedanken! Ich habe das Tagebuch deines Bruders gelesen, und weiß, daß Rabbadah vor Heimweh gestorben ist. Wer weiß, ob es ihr Wunsch gewesen wäre, daß ihr Leib so weit von der Stätte ihrer Geburt die letzte Ruhe finden sollte. Sie war ein Kind des sonnigen Indiens, vergönne ihr das Grab in den Gewässern ihrer Heimat!" — — —

Ein weiteres Verweilen in der Nähe der verschwundenen Insel hatte keinen Zweck, und die Jacht richtete ihren Kurs nach Norden; Kota Radscha war ihr nächstes Ziel.

Von Natter und seinem Gefährten wurde nicht mehr gesprochen. Sie hatten ihre Strafe gefunden. Ihr Ende war jedenfalls schnell und schmerzlos gewesen.

Die von Natter gemietete Brigg blieb verschollen. Vermutlich war sie im Sturm an der Küste der Insel gestrandet und mit ihr ein Opfer des Erdbebens geworden.

12. Auf Schloß Helbigsdorf

Es war am frühen Morgen. Zwar hatte es noch nicht fünf Uhr geschlagen, doch machte sich schon in Fürstenberg ein reges Leben bemerkbar. Die letzten Nachtschwärmer taumelten bleichen Angesichts nach Haus, während die Milch- und Gemüsefrauen vom Land bereits beschäftigt waren, ihre täglichen Kunden zu bedienen. Hier und da öffnete sich eine Haustür, aus der ein munteres Dienstmädchen trat, und da und dort konnte man einen Handwerker bemerken, der den Weg nach seiner Arbeitsstätte einschlug.

In dem Gasthof der früheren Wirtsfrau und Kartoffelhändlerin Barbara Seidenmüller herrschte auch schon reges Leben. Wenigstens hörte man ein Paar Holzpantoffel kräftig durch den Hausflur klappern, und dann rief eine dröhnende Baßstimme:

„Parpara!"

Keine Antwort erfolgte.

„Liepe Parpara!"

Es blieb stumm.

„Meine herzliepe Parpara!!!"

Auch jetzt war nichts zu hören.

„Donnerwetter! Parpara, mein Täupchen!!!"

Es schien keine Barbara mehr zu geben.

„Na, Himmelpataillon, Parpara, du alte Schlafmütze, kommst du denn eigentlich oder kommst du nicht, mein gutes Weipchen?"

Als auch dieser Ruf vergeblich war, lief dem braven Gastwirt und Schmiedemeister Thomas Schubert die Galle über.

„Kreuz-Mohren-Schock-Kranaten-Hagel- und Graupelwetter, ist das eine Zucht und Ordnung in diesem Haus! Warte, ich werde dir gleich einmal den Marsch trommeln, du alte Nachthaupe du!“

Er nahm die beiden Holzpantoffel von den Füßen und begann mit ihnen auf der Treppenstufe einen Sturmmarsch zu schlagen. Jetzt erst wurde die Küchentür geöffnet, und wer stand da, ein nettes Häubchen auf dem Kopf und die dicken Arme drohend in die Hüfte gestemmt? Die leibhaftige Frau Barbara, die von ihrem Eheliebling aus dem Bett getrommelt werden sollte.

„Was ist mir denn das, Thomas, he?“

Bei dieser Stimme fuhr der Wirt erschrocken herum und ließ vor hellem Erstaunen beide Pantoffel fallen. Er rief:

„Aper meine peste Parpara, ich denke, du liegst noch dropen im Pett! Ich wollte dich soepen heruntertrommeln!“

„Weshalb hast du es denn so eilig?“

„Du weißt doch, daß morgen der Gerd — wollte sagen der Herr Marineleutnant kommen will, und da pin ich heute etwas pei Zeiten aufgestanden. Ich wollte den Riegel an der Gartentür auspessern — —“

„Warum denn das heute so früh?“

„Na, Parpara, siehst du nicht ein, daß es dem Herrn Marineleutnant auch einfallen könnte, durch den Garten zu kommen, statt durch den Eingang? Und da muß doch unpedingt der Riegel in Ordnung sein. Was soll der junge Herr sonst von mir denken?“

Da konnte sich die gute Barbara nicht länger halten; sie brach in ein schallendes Gelächter aus:

„Also, weil morgen der Gerd kommen will, steht dieser Mann heute bei nachtschlafender Zeit schon auf, um einen Nagel in der Gartentür festzuschlagen. Und dann trommelte er mich aus dem Schlaf, während ich bereits eine ganze Stunde auf bin!“

„Aper weshalp? Was hast du denn gemacht?“

„Ich habe das Schwein gefüttert.“

Jetzt war die Reihe den Mund aufzusperren an dem Gastwirt

„Na, Parpara, nun hört mir aper doch alles auf! Steht diese Madam Parpara Schubert früh Punkt dreiviertel auf vier Uhr auf, um mitten in der Nacht das Schwein zu füttern?“

„Na, ich dachte mir, es sollte noch etwas fetter werden, wenn wir es zur Feier von Gerds Eintreffen schlachten wollen!“

„Parpara, du hast ja im Grunde recht. Wenn dieser Gerd, oder vielmehr unser Herr Marineleutnant, morgen kommt, so müssen wir alles aufpieten, um ihm zu zeigen, daß er uns — —“

Er hielt inne. Sein Auge war nach dem Hof gerichtet; er sperrte den Mund mit einer Miene auf, in der sich die größte Überraschung ausdrückte.

„Parpara, da ist er!“

„Gerd!“ rief sie.

„Gerd!“ rief nun auch der Ehemann.

„Herr Leutnant!“ verbesserte sie sich sofort.

„Herr Leutnant!“ verbesserte sich auch Schubert.

Draußen im Hof stand er, strahlend vor Jugend, und seine Uniform war ganz geeignet, die Formen seines kräftigen Körpers hervorzuheben.

„Onkel! Tante!"

Mit diesem Ruf kam er herbeigesprungen und schloß beide zugleich in die Arme.

„Willkommen, Herr — — —"

„Papperlapapp, liebe Tante, laß das Betiteln! Ich heiße Gerd, verstehst du?"

„Gut, wie du willst. — Also willkommen, lieber Gerd! Ich dachte, daß du erst morgen eintreffen würdest."

„So schrieb ich, weil ich euch gerne überraschen wollte. Ist es mir geglückt?"

„Sehr!"

„Sehr!" bekräftigte der Schmied. „Aper, Kerl, was du hüpsch und sauper geworden pist in der Zeit, daß wir einander nicht gesehen hapen!"

„Ja", stimmte Barbara bei, „zum Anbeißen."

„So beiße an, liebe Tante!" Er umschlang sie wieder und drückte einen herzhaften Kuß auf ihre Lippen.

„Aber", fragte sie, „warum kommst du denn so zeitig?"

„Ich bin mit dem Nachtzug gefahren."

„Und durch den Garten — —?"

„Geradewegs über den Zaun!" lachte er.

„Hape ich also nicht recht gehapt, Parpara?" rief der Schmied mit wichtiger Miene.

„Ja", antwortete sie lachend; „ich gönne es dir gern. Doch wie lange wollen wir unseren Gast noch auf dem Flur stehen lassen?"

Barbara riß die Stubentür auf und ließ Gerd eintreten; dann eilte sie zur Küche, um den ersten Pflichten der Gastfreundschaft zu obliegen.

„Wo sind die Gesellen?" forschte Gerd.

„Die schlafen noch, weil sie gestern pis zum späten Apend arpeiten mußten."

„Hast sie alle noch?"

„Alle."

„Den redseligen Kasimir, von dem man den ganzen Tag kein anderes Wort hört als: Das ist an dem!?"

„Ja."

„Den Fritz mit seinen tollen Streichen, der aber jetzt wohl auch etwas gesetzter sein wird?"

„Auch."

„Und den Heinrich, der so schön lügen kann?"

„Ja, lügen kann er wie gedruckt, das ist wahr. Aper, es ist doch gewiß, wenn man den Teufel an die Wand malt, da kommt er sicher."

Die Tür war nämlich aufgegangen, und die drei Genannten erschienen auf der Schwelle.

„Was, der Herr Marineleutnant!" rief Heinrich. „Ist's möglich? Guten Morgen und Willkommen! Das ist eine Überraschung! Wir dachten, Sie kämen erst morgen."

Er gab Gerd die Hand.

„Das ist an dem!" meinte Kasimir und reichte seine Hand ebenfalls hin.

Auch Fritz brachte seinen Gruß an; dann fragte Heinrich mit unternehmender Miene:

„Herr Leutnant, nicht wahr, nun haben Sie es auch mit Kanonen zu tun?"

„Freilich!"

„Schön! Ist die Artillerie nicht die allerbeste Waffe?"

„Vielleicht."

„Nicht nur vielleicht, sondern ganz gewiß! Allerdings ist ein großer Unterschied zwischen der Marineartillerie und der Feldartillerie."

„Welcher?"

„Nun das ist doch ganz einfach: die Marineartillerie wird auf dem Schiff, und die Feldartillerie wird auf dem Land gebraucht; das ist leicht zu begreifen."

Gerd lachte. „Schau, was du klug bist!"

„Nicht wahr? Aber das war nur die Einleitung; denn nun kommt die Folge, daß die Feldartillerie viel sicherer schießen muß als die Marineartillerie."

„Möchte es doch nicht ganz zugeben."

„Nicht? Das Schiff schaukelt; wer soll da sicher schießen? Zu Land ist das etwas anderes. Da schießt man auf fünftausend Schritt einem die Pfeife aus dem Maul."

„Oho!"

„Oho? Einst bei einer Feldübung springt ein Hase auf. Da kommt der Hauptmann schnell zu mir herübergelaufen und fragt: ‚Heinrich, getraust du dir, ihn zu treffen?' ‚Allemal, Herr Hauptmann.' ‚Zwanzig Groschen kriegst du; aber das Fell muß ganz bleiben.' ‚Zu Befehl, Herr Hauptmann!' Ich ziele, drücke ab, und die Kugel nimmt ihm die beiden Vorderbeine weg, so daß er nicht mehr weiter kann. Der Hauptmann läßt ihn holen und totschlagen, und ich habe meine zwanzig Groschen. Ist so etwas auf der See möglich, Herr Leutnant?"

„Ich glaube nicht", lachte dieser.

„Nicht?" fiel da Fritz, der vormalige Lehrjunge ein. „Warum nicht? Ich kann das Gegenteil beweisen. Wir fuhren von Amerika über den großen Ozean nach Australien. Da plötzlich sprang eine alte Häsin vor uns auf, und weil das Schiff zu langsam fuhr, nahm ich die Kanone unter den linken Arm, die Kugel in die rechte Hand und sprang hinter dem Viehzeug her. Als ich ihm Laufen geladen hatte, drückte ich ab und schoß dem Tier die beiden rechten Läufe weg. Es war wirklich eine Häsin, und als ich ihr den Gnadenstoß versetzte, meinte sie: ‚Fritz, richte mir einen Gruß aus an den Heinrich; ich bin die Witwe von dem Hasen, den er damals geschossen hat!' "

Kasimir nickte bedächtig. „Das ist an dem!" meinte er, mit dem Kopf nickend.

Alle lachten, Heinrich aber fuhr zornig empor.

„Dummer Junge!"

Mit diesem gefühlvollen Wort und einem niederschmetternden Blick auf Fritz verließ er den Schauplatz seiner Niederlage.

Bald darauf erschien Frau Barbara mit dem Morgenkaffee, bei dem alle Neuigkeiten gegenseitig ausgetauscht wurden. Als der ersten Neugier Genüge geschehen war, setzte Gerd eine geheimnisvolle Miene auf:

„Onkel, ich muß dir sagen, daß ich eigentlich nicht die Absicht habe hierzubleiben."

„So, warum pist du denn dann gekommen?"

„Um euch abzuholen. Ihr sollt mit mir zu meinem Pflegevater nach Helbigsdorf."

„Wir? Also nicht nur ich, sondern auch meine Parpara? Aber wozu denn, geliepter Neffe?"

„Ja, das weiß ich nun selber nicht. Ich muß euch nämlich sagen, daß mein Urlaub ein außergewöhnlicher ist. Mein Pflegevater hat ihn erwirkt, wie er mir schrieb, aber er hat mir den Grund nicht mitgeteilt. Und zugleich forderte er mich auf, zu euch zu fahren, um euch gleich mitzunehmen, weil er fürchtete, ihr könntet auf eine schriftliche Einladung hin Ausflüchte machen. Also packt nur gleich zusammen! Am Nachmittag reisen wir."

„Holla! Das geht nicht so geschwind, ich muß die Sache doch erst mit meinem Weipchen pesprechen."

„Da gibts gar nichts zu besprechen. Der Major will euch sehen, und ihr habt ganz einfach zu gehorchen. Verstanden?"

„Zu Pefehl, Herr Leutnant! Potz Plitz! Ich merke, daß du das Pefehlen vorzüglich gelernt hast. Was meinst du, meine liepe Parpara?"

„Ja, was meinst du, lieber Mann?"

„Dürfen wir den Herrn Major peleidigen, indem wir seine Einladung apschlagen?"

„Nein, das dürfen wir nicht, lieber Thomas! Wir fahren also."

„Ja, wir fahren. Pasta! Du hast es gehört, lieper Neffe, was der Familienrat peschlossen hat. Es muß etwas Wichtiges sein, daß uns der Herr Major zu sich kommen läßt. Parpara, schnüre das Pündel! Am Nachmittag fahren wir!" — — —

Es war in Helbigsdorf. Seit dem Tag, an dem jene entflohenen Sträflinge hier wieder dingfest gemacht worden waren, war ein Zeitraum von zehn Jahren verstrichen.

Der Major saß in seinem Zimmer und arbeitete. Sein Haar war ergraut, und seine Gestalt nach vorn gebeugt. Aber wie früher stets, so war er auch heute von dichten Tabakswolken umgeben, die seiner langen Pfeife entströmten.

Da ertönten draußen eilige Schritte, und die Tür wurde geöffnet. Unter ihr erschien eine Dame in blauem Gewand. Sie trug ein kleines Kätzchen auf dem Arm. Ihre lange, hagere Gestalt neigte sich ebenso wie die des Majors nach vorn, und ihr Haar war bereits ergraut.

„Guten Morgen, Emil!" grüßte sie.

Er erwiderte ihren Gruß und lud sie durch eine Bewegung der Hand ein, Platz zu nehmen.

„Aber bitte, lieber Bruder — —! Deine Pfeife — dieser Dampf und Qualm — — puh!"

„Hm, das ist mir die angenehmste Luftmischung."

„Ich ersticke darin!"

„Wenn sie dir so schädlich wäre, würdest du längst zu deinen Vätern versammelt sein, meine liebe Freya. Wer mich in meinem Zimmer aufsucht, muß geneigt sein, sich diesem lieblichen Dunst anzubequemen."

Da hörte man abermals Schritte, die Tür öffnete sich zum zweitenmal, und es trat wieder eine Dame ein. Sie war klein und hager, grün gekleidet und trug ein Meerschweinchen.

„Guten Morgen, Bruder!" grüßte sie.

„Guten Morgen, liebe Wanka!" erwiderte er.

„O weh! Meine kleine Lili, hier müssen wir ja ersticken! Dieser Qualm — dieser Geruch — —!"

„Ist mir ganz angenehm!" brummte der Major.

„Aber meine süße Lili kann ihn nicht vertragen! Bitte, lieber Emil, öffne doch die Fenster!"

„Es ist bereits eines offen. Mehr, das würde nicht gut sein, denn ich weiß, daß du dich bei deiner zarten Gesundheit leicht erkältest."

Während dieses Gesprächs erschien Zilla, die dritte Schwester mit ihrem Eichhörnchen. Ein purpurrotes Kleid umhüllte ihre runden Körperformen.

„Guten Morgen!" pustete sie.

„Guten Morgen, Schwester! Setz dich!"

Sie nahm Platz, und zwar mit einem solchen Gewicht, daß der Stuhl in allen Fugen krachte.

„Oh, diese entsetzliche Atemnot!"

„Daran ist das Fett schuld!" meinte er mit leisem Lächeln.

„Das Fett? O Emil, du hast wieder einmal deine garstige Stunde!"

„Du irrst, ich muß dir vielmehr sagen, daß ich mich in prächtiger Stimmung befinde."

„Aber Fett — Fett —! Wer kann nur so ein unschönes Wort aussprechen! Fett nennt man Schweine und ähnliche Ungeheuer; aber dieses Wort zu mir! Ich bitte dich! Übrigens ist meine Körperfülle gar nicht so erschreckend, und ich stelle fest, daß sie seit einiger Zeit bedeutend abgenommen hat. Jedoch die Luft hier in deinem Zimmer ist unerträglich."

„Ich finde sie im Gegenteil sehr zuträglich."

„Ja. Dir mit deiner Bärengesundheit scheint sie nichts zu schaden. Wir aber, wir drei vom zarten Geschlecht, wir ersticken! Sieh nur meine gute Mimi an!"

„Dein Eichhörnchen? Das befindet sich doch ganz wohl!"

„Ganz wohl? Emil, du bist wahrhaftig ein Barbar! Siehst du denn nicht, wie schnell meine Mimi atmet!"

„Meine Lili auch!" rief Wanka.

„Und meine Bibi ebenso!" fügte Freya hinzu.

„Kinder, bringt mich nicht in Harnisch! Wenn mein Tabak euern Tieren nicht behagt, so bringt sie nicht mit! Solcher Geschöpfe wegen kann ich auf meine Pfeife nicht verzichten. Nun bitte ich euch, mich über den Grund eures Morgenbesuchs aufzuklären."

„Unseren Grund? Oh, das ist ein sehr triftiger", ergriff Freya das Wort. „Wir kommen, uns zu beschweren!"

„Beschweren?" staunte der Major. „Über wen?"

„Über Kunz!" entgegnete Freya sehr entschieden.

„Über den einäugigen Heuchler!" rief Wanka erregt.

„Über den Verräter und Empörer!" pustete Zilla.

Der Major lachte.

„Mein alter Kunz ein Heuchler, ein Verräter und Empörer? Das ist wohl zuviel gesagt! Übigens scheint es mir nicht an der Zeit, sein Gebrechen bei dieser Gelegenheit in Erwähnung zu bringen. Er hat das Auge im Dienst fürs Vaterland und an meiner Seite verloren. Was hat er denn begangen, daß ihr euch hier versammelt, um ihn gemeinsam anzuklagen?"

„Er hat uns verleugnet", meinte Zilla.

„Verraten!" zürnte Wanka.

„Beschmutzt!" ergänzte Freya.

„Inwiefern?"

„Gegen Herrn von Uhle."

„Ah, den neuen Nachbarn?"

„Ja, der so liebenswürdig ist, besonders gegen mich."

„Und so zart, besonders gegen mich."

„Und so freundlich und achtungsvoll, besonders gegen mich.

„Da scheint Herr von Uhle doch ein wahrer Phönix zu sein."

„Das ist er auch. Ich fragte ihn, ob er heiraten werde — —"

„Auch ich habe ihn gefragt."

„Ich ebenso."

Der Major blies eine dichte Wolke von sich und meinte dann sichtbar belustigt:

„Ich konnte mir denken, daß der neue Nachbar diese wichtige Frage sehr bald zu beantworten haben werde. Was hat er gesagt?"

„Er heiratet!" meinte Freya strahlend.

Die anderen beiden bestätigten das, und Wanka erklärte:

„Er scheint eine zarte, angenehme Form bevorzugen zu wollen."

Freya machte eine abweisende Bewegung und widersprach sehr entschieden:

„Herr von Uhle ist ein Mann von Charakter. Eine stattliche Gestalt wird ihm wohl lieber sein."

Zilla schüttelte den Kopf.

„Beides ist falsch", behauptete sie. „Er sagte mir noch vorgestern, daß eine Dame nur dann fesselnd sei, wenn ihre Formen eine angenehme Fülle besäßen. Und darin hat er recht! Aber das ist es nicht, was wir hier zu erörtern haben."

„So sprecht!" gebot der Major. „Was hat Kunz euch getan?"

„Er hat uns soeben beleidigt. Wir alle drei haben es gehört."

„Wo?"

„Im Garten. Gegen Herrn von Uhle. Dieser wird dir einen Besuch abstatten. Der frühen Stunde wegen ist er zunächst in den Park gegangen."

„Er ist nicht allein", ergänzte Wanka. „Es weilt ein Herr bei ihm, den wir nicht kennen, obgleich sein Gesicht bekannte Züge trägt."

„Zivil oder Militär?"

„Zivil, doch hat er eine militärische Haltung. Gewiß ist er Offizier!"

„Ihr habt mit beiden gesprochen?“

„Nein; aber wir haben sie — wir haben sie — — —“

„Belauscht?“ fragte der Major.

„Ein wenig nur, aber nicht mit Absicht. Sie saßen auf einer Bank, und wir standen dahinter im Gebüsch.“

„Wovon sprachen sie?“

„Von verschiedenen gleichgültigen Dingen. Da kam Kunz hinzu, der Blumen gegossen hatte. Die Herren hielten ihn an, und der Fremde forschte nach dir und uns.“

„Und da hat Kunz euch verleumdet? Was hat er gesagt?“

„Er hat uns mit einem Namen genannt, den ich dir nicht wiederholen kann.“

„Das tut mir leid. Dann hättet ihr mich gar nicht belästigen sollen!“

„Aber wir müssen es dir doch sagen, damit du ihn bestrafen kannst!“

„Wenn ich ihn bestrafen soll, so muß ich unbedingt das Wort hören, das er ausgesprochen hat.“

„Nun wohl! Der Fremde fragte ihn nämlich, ob die Schwestern des Herrn Major jung seien, und da nannte uns dieser Kunz: — — alte Jungfern!“

„Schrecklich!“ zürnte der Major in komischem Ton.

„Ja, schrecklich!“ meinte die Blaue.

„Gräßlich!“ grollte die Grüne.

„Entsetzlich!“ echote die Rote. „Du mußt ihn bestrafen!“

„Den Teufel werde ich!“ lachte der Bruder. „Er hat die Wahrheit gesagt, und so kann ich ihn unmöglich bestrafen. Übrigens wundert es mich sehr, daß ihr mir zumutet, diese Angelegenheit gegen ihn in Erwähnung zu bringen; denn wenn ich ihn deshalb tadeln soll, so muß ich ihm doch auch sagen, daß ihr ihn und die beiden Herren belauscht habt, und dann wäret ihr ja fürchterlich bloßgestellt.“

Da klopfte es an der Tür, und der, von dem soeben die Rede gewesen war, trat ein: der Diener Kunz. Über ihn schienen die Jahre spurlos dahingegangen zu sein; seine Stimme hatte noch die alte Kraft, als er meldete:

„Der Herr von Uhle und ein Fremder.“

„Herr Jesus!“ rief Freya, „da sind sie ja schon! Wir müssen schleunigst gehen! Kommt, Schwestern!“

Sie verschwanden. Der Major blickte den Diener forschend an. „Du sprachst das Wort ‚Fremder‘ mit einer eigentümlichen Betonung aus. Hatte dies eine besondere Bedeutung?“

„Es hatte einen! Verstanden?“

„Welche?“

„Herr von Uhle hatte mir den Namen des anderen nicht gesagt. Aber ich kenne ihn sehr gut. Es ist der ‚tolle Graf‘. Verstanden?“

„Donnerwetter, das ist allerdings erstaunlich! Was will denn der bei mir? Sage, ich erwarte die Herren!“

Kunz verließ das Zimmer, und sogleich traten die beiden ein. Der eine war ein älterer Mann, dem man den Landjunker auf den ersten Blick anmerkte, der andere zählte über vierzig und hatte ein zwar vornehmes, aber müdes Aussehen. Die Farbe seines Gesichts und die

Schärfe seiner Züge verrieten, daß er schneller gelebt habe, als sich mit der Gesundheit vereinbaren läßt.

Der Major empfing ihn mit einer Verbeugung. Er erwiderte diese flüchtig und fragte:

„Sie kennen mich, Herr Major?"

„Ich habe die Ehre, Herr Graf!"

„So ist es nicht nötig, mich vorstellen zu lassen. Erlauben Sie uns, Platz zu nehmen! Herr von Uhle ist mir befreundet. Mein Weg berührte sein Gut und ich stieg bei ihm ab. Da ich hörte, daß Sie auf Helbigsdorf anwesend sind, so nahm ich mir vor, Sie aufzusuchen, Herr Major."

„Ich weiß diese Ehre zu schätzen, Herr Graf."

„Um so mehr werden Sie sich beeilen, mir Ihre Angehörigen vorzustellen. Ich wäre erfreut, sie begrüßen zu können."

„Gestatten Herr Graf, die erforderlichen Anordnungen zu treffen!" Er klingelte und Kunz erschien.

„Ich bitte sämtliche Damen, in den Salon zu kommen!"

„Schön. Haben Herr Major sonst noch Befehle?"

„Melde meinen Schwestern, daß ich Gäste habe."

Er ging ab. Draußen traf er auf eine junge Dame, die im Begriff stand, beim Major einzutreten. Es war Magda, seine Tochter. Aus Gerds Jugendgespielin war eine Jungfrau von ungewöhnlicher Schönheit geworden.

„Ist Papa allein?" fragte sie den Diener.

„Nein."

„Wer ist bei ihm?"

„Herr von Uhle und ein Fremder. Verstanden?"

„Ein Fremder? Kennst du ihn?"

„Sehr. Es ist der ‚tolle Graf'. Verstanden?"

„Ah!" staunte sie. „Was will der hier in Helbigsdorf?"

„Hm! Ich war im Garten und sah sie kommen. Ich erkannte den Grafen sofort, und trat hinter einen Strauch, um sie vorüber zu lassen. Da vernahm ich, was sie herbeigeführt hat. Ich ging dann wie zufällig an den Herren vorüber und hörte gerade den Grafen fragen, ob Sie wirklich eine so reizende junge Dame seien. ‚Sehr reizend!' antwortete der Nachbar. ‚Hat sie ein Verhältnis?' forschte der Graf weiter. ‚Ich glaube nicht', berichtete der andere."

„Wie? So wagten diese Herren von mir zu sprechen? Weiter!"

„Sie waren bereits an mir vorüber, aber ich hörte doch deutlich, was dieser Graf noch sagte."

„Was?"

„Er meinte: ‚Desto besser! Wir haben es da wohl mit einer kleinen Unschuld zu tun. Sie versprachen mir ein Vergnügen, Herr von Uhle, und ich bin überzeugt, daß ich mein Ziel erreiche. Ich gedenke einige Tage hier zu bleiben und mich köstlich zu unterhalten'. So äußerte sich der ‚tolle Graf'."

„Ich danke dir, Kunz! Werden sie unsere Gäste sein?"

„Ja. Ich habe dies Ihren Tanten zu melden, und zugleich sämtliche Damen nach dem Salon zu bestellen."

„Ich werde kommen.“

Sie kehrte um, und Kunz schritt der Küche zu, wo sich die drei Schwestern des Majors befanden.

„Was will Er?“ forschte Freya, als er eintrat

„Ich bringe einen Befehl vom Herrn Major.“

„An uns? Einen Befehl? Er ist wohl nicht recht bei Sinnen!“

„Herr Helbig ist Major, und was ein Major sagt, das ist allemal ein Befehl. Verstanden? Also er befiehlt Ihnen, sofort im Salon zu erscheinen.“

„Warum?“

„Er will Sie dem fremden Herrn vorstellen.“

„Wer ist der fremde Herr?“

„Ein hoher Offizier, der im Land umherreist, um sich eine Frau zu suchen“, antwortete er mit einem boshaften Lächeln.

„Woher weißt du das?“

„Er hat es mir selbst gesagt. Er fragte dabei nach den Fräuleins, und zwar, wie alt die Damen seien.“

„Oh! Was hast du da geantwortet?“

„Ich sagte: die Freya ist hundert, die Wanka zweihundert und die Zilla dreihundert Jahre alt. Verstanden?“

„Unverschämter —“

Sie erhob die Hand, aber er war schon hinaus und ließ die Tür hinter sich zufallen.

„Hat man jemals so etwas gehört?“ zürnte die Blaue. „Das ist frech! — Doch kommt, laßt uns zum Salon gehen!“

Sie standen im Begriff, die Küche zu verlassen, als sich die Tür nochmals öffnete. Kunz steckte den Kopf herein.

„Habe noch etwas vergessen: die beiden Herren sollen hier speisen.“

„O weh, welche Arbeit! Kunz, lieber Kunz! Wer ist dieser Offizier? Wie lautet sein Name?“

„Es ist ein verwunschener Prinz!“

„Halte für den Narren, wen du willst, aber uns nicht, du Naseweis!“

„Danke bestens! Stehe später wieder zur Verfügung. Verstanden?“

Er ging, und die drei Damen rauschten nach dem Salon, wo bereits Magda an einem Fenster saß.

„Guten Morgen, Herzchen!“

„Guten Morgen, Kindchen!“

„Guten Morgen, mein Liebchen!“

Mit diesem dreistimmigen Gruß wurde Magda in ihre Mitte genommen und geküßt. Man sah, daß eine jede der drei wunderlichen Damen das Mädchen ins Herz geschlossen hatte.

„Du wartest auch auf den fremden Offizier?“ forschte Freya.

„Warten? Nein, liebe Tante. Papa wünscht, daß ich im Salon sein möge, und so bin ich gekommen.“

„Weißt du, was er will?“

„Nein.“

„Heiraten will er!“

„Ah! Wen denn, liebe Tante?“

„Das ist noch unbestimmt. Vielleicht Tante Zilla.

„Oder Tante Wanka!" antwortete Zilla.

„Oder Tante Freya!" rief Wanka.

„Oder euch alle drei!" lachte Magda. „Wer hat euch gesagt, daß er heiraten will?"

„Kunz."

„So? Hat er euch auch gesagt, wer dieser Fremde ist?"

„Nein."

„So hört: es ist der tolle Graf von Hohenegg!"

„Der tolle — —"

Zilla stand im Begriff, dieses Wort in höchster Überraschung hinauszukreischen, doch blieb es ihr im Mund stecken, denn die Tür öffnete sich, und der Major trat mit seinen beiden Gästen ein. Der Graf wurde den Damen vorgestellt und gab sich alle Mühe, auf Magda einen angenehmen Eindruck hervorzubringen, was ihm aber nur schwer zu gelingen schien. — —

Um dieselbe Zeit rollte ein offener Reisewagen auf Helbigsdorf zu. In diesem saßen drei Personen. Ein langer hagerer, aber überaus kräftig gebauter Mann, eine sehr dicke rotwangige Frau und ein junger Mann, der die Pferde lenkte. Dieser letztere trug die kleidsame Uniform eines Marineleutnants, und ein Ehrenzeichen auf der Brust bewies, daß er trotz seiner Jugend bereits Gelegenheit gehabt hatte, sich auszuzeichnen.

„Pin doch pegierig, op der Major zu Hause sein wird!" meinte der Lange.

„Er ist da, lieber Onkel", erwiderte der Leutnant.

„Und was er für eine Apsicht hat, mich und meine liepe Parpara zu sich zu rufen. Nun, wir werden es pald sehen, welche Ursache dieser Einladung zugrunde liegt."

„Ist das dort Helbigsdorf?" fragte jetzt die Frau.

„Ja, Parpara, das ist Helpigsdorf", entgegnete der Hofschmied. „Aper wir fahren nicht hinauf auf das Gut: denn der Major hat dem Gerd geschriepen, daß er uns im Gasthof apladen soll. Da sollen wir warten, pis wir geholt werden."

Sie langten im Dorf an und stiegen vor dem Wirtshaus ab. Die Pferde wurden untergebracht. Der Schmiedemeister trat mit seiner Frau in die Gaststube, und Gerd machte sich allein auf den Weg nach dem Schloß.

Unwillkürlich verließ er dabei die gewöhnliche Richtung. Er schritt quer über die Wiesen und trat in den Park, durch den sich der Garten des Schlosses in den Wald verlief. Er war noch nicht lange unter den Bäumen dahingeschritten, als er Stimmen vernahm. Es waren drei weibliche und eine männliche. Er kannte sie alle vier; sie gehörten dem neuen Nachbar und den Tanten an. Er mochte diesen Herrn von Uhle nicht leiden, und daher vermied er, mit ihm zusammenzutreffen. Er bog links nach dem kleinen Gartenhäuschen zu ab, in dem Magda gern zu sitzen pflegte. Wie viele glückliche Stunden hatte er dort an ihrer Seite zugebracht!

Als er die Lichtung erreichte, von der aus das Häuschen zu sehen war, bemerkte er, daß Magda sich eben dort befand. Zu gleicher Zeit aber nahte sich ihr von der anderen Seite ein Mann. Sobald sie ihn erblickte, erhob sie sich, um sich zu entfernen. Ihre schnelle Bewegung sah wie eine Flucht aus. Gerd trat deshalb von dem Saum des Gehölzes zurück, um, hinter dem Stamm einer Eiche verborgen, den Grund zu beobachten, der das Mädchen eine Begegnung mit jenem Mann vermeiden ließ.

Der verdoppelte seine Schritte und erreichte Magda gerade an der Stelle, wo Gerd vorher gestanden hatte. Der Leutnant machte vor Überraschung unwillkürlich eine Bewegung. Dieses Gesicht kannte er, er hatte es schon einmal gesehen, und es hatte sich unauslöschlich in sein Gedächtnis eingegraben.

„Sie fliehen mich, mein Fräulein?" fragte der Fremde, indem er Magda bei der Hand erfaßte.

Sie entzog ihm diese wieder. „Fliehen?" lächelte sie stolz. „Was berechtigt Sie zu dieser Annahme?"

„Ihr schneller Schritt, mit dem Sie sich bei meinem Nahen zu entfernen suchten."

„Sie wissen, daß man nur vor einem Feind flieht!"

„Ah! Sie wollen mich als Ihren Feind bezeichnen?"

„So ist es."

„Dann muß ich mich allerdings geirrt haben, denn es gibt wohl keinen Menschen, dessen Herz den Wunsch, Ihr Freund sein zu dürfen, so glühend empfindet, wie das meinige."

„Ich danke Ihnen. Ich habe der Freunde bereits genug."

„Man kann nie zuviel Freunde haben."

„Doch, mein Herr, denn wenn ihre Zahl zu bedeutend wird, so kann es vorkommen, daß sie lästig fallen."

„Ah, Fräulein, das ist mehr als aufrichtig, das ist — ein Verstoß gegen die Höflichkeit."

„Pah! Leben Sie wohl!"

Sie wollte sich von ihm wenden, er aber hielt sie bei der Hand fest.

„Halt, so entkommen Sie mir nicht!"

„Graf! Geben Sie meine Hand frei!"

Diese Worte waren drohend gesprochen, und ihre kleine Rechte ballte sich zornig, während er ihre Linke fest umschlosssen hielt.

„Dieses Händchen soll ich freigeben?" lachte er. „Sie sind das schönste, das herrlichste Wesen, das mir jemals begegnet ist, und nun ich diesen Engel vor mir habe, soll ich mich freiwillig aus seiner Nähe verbannen? Das ist zuviel verlangt."

„Ich ersuche Sie zum letztenmal, meine Hand loszulassen!"

„Ich halte sie fest."

„Nun denn! Sie wollen es nicht anders!"

Sie holte mit der Rechten blitzschnell aus und schlug ihm damit so kräftig ins Gesicht, daß er zurückwich und ihre Linke fahren ließ. Im nächsten Augenblick aber trat er wieder auf sie zu und schlang die Arme um sie.

„Ah, du kleiner, süßer Teufel; das sollst du mir bezahlen!"

Sie versuchte, von ihm loszukommen, doch ihre Kraft reichte der seinigen gegenüber nicht aus. Schon näherte er die Lippen zum Kuß, als er einen Schlag gegen den Kopf erhielt, unter dem er zu Boden taumelte.

„Gerd!" rief das Mädchen, dem Retter die Hände entgegenstreckend. „Du bist es!"

„Ich bin es, Magda. Ich stand hinter dieser Eiche und habe alles gehört."

Der Graf hatte sich wieder erhoben. Er glühte vor Scham und Wut. „Kerl, was wagst du!" schrie er bebend.

„Herr, Sie sehen, ich bin Offizier!"

„Ich ebenso!"

„Das erkenne ich weder an Ihrer Kleidung noch an Ihrem Betragen. Ihr Benehmen ist das eines Schurkens."

„Bursche, ich zermalme dich!"

Er wollte den Leutnant fassen, aber dieser wich ihm aus.

„Graf, sehen Sie sich vor! Ein Seemann greift anders zu als eine Landspinne."

„Ich fordere Genugtuung!"

„Doch nicht von mir? Ich schlage mich nur mit Ehrenmännern!"

„Auch das noch? Da, nimm!"

Er holte aus; schon aber hatte Gerd ihn gepackt, hob ihn empor und schmetterte ihn zu Boden, daß er liegenblieb.

„Komm, Magda; er hat genug!"

Sie blickte mit leuchtenden Augen in das hübsche, ruhige Gesicht des jungen Mannes.

„Wo ist Papa?" fragte er im Weitergehen.

„Er wird in seinem Zimmer sein. Er hat in letzter Zeit sehr viele Briefe geschrieben und scheint zahlreiche Geheimnisse zu haben."

„Du wußtest, daß er mich erwartet?"

„Ich wußte es. Deshalb war ich auch bereits heute morgen ausgeritten."

„Ich danke dir! Die Unruhe trieb dich hinaus?"

„Ja, obgleich ich wußte, daß du erst nach Stunden kommen konntest."

„Es scheint, ich habe ein recht ungeduldiges Schwesterchen! Herr von Uhle ist mit den Tanten im Garten?"

„Du bist ihm begegnet? Er brachte den Grafen nach Helbigsdorf."

„Was will der Mensch hier?"

„Frage Kunz; er wird es dir sagen!"

„Warum kannst du es mir nicht mitteilen?"

„Weil es mich selbst betrifft."

Er blieb erschrocken stehen und starrte sie an. „Dich selbst? Ah, doch nicht — nein, das ist ja unmöglich!"

Sie erglühte bis zum Nacken herab. „Gerd, ich weiß nicht, was du meinst."

„Ich meine — Magda, sollst du — — fort?"

„Nein, bewahre! Frage nur Kunz! Du kannst ruhig sein."

Jetzt bekam sein erbleichtes Gesicht wieder Farbe.

„Also war es nur ein roher Angriff! Ah, er soll es noch einmal wagen: dann werde ich diesen Burschen erneut und stärker züchtigen!"

Sie hatten das Schloß erreicht. Er führte Magda nach ihrem Zimmer und ging dann, den Major aufzusuchen. Im Gang stand Kunz.

„Der junge Herr!" rief dieser erfreut, indem er auf ihn zueilte. „Willkommen auf Helbigsdorf, Herr Gerd! Aber man hat Sie ja gar nicht kommen sehen?"

„Ich ging durch den Park."

„Ah! Haben Sie die Gäste bemerkt?"

„Ja, Herrn von Uhle und den tollen Grafen. Kunz, weshalb hat dieser eigentlich Helbigsdorf heimgesucht?"

Kunz berichtete dem Leutnant das, was er erlauscht hatte. Gerd erzählte ihm seinen Streit mit dem Grafen und sagte dann:

„Ist der Major in seinem Zimmer?"

„Ja."

Gerd trat bei diesem ein. Der Major empfing ihn wie einen Sohn. „Da bist du ja, Gerd! Sei mir willkommen!" Er reichte ihm die Hand und zog ihn an sich.

„Ich bat um Urlaub, weil du mir schriebst, daß ich kommen soll", meinte der junge Seemann.

„Wie lange darfst du bleiben?"

„Ich habe Erlaubnis für unbestimmte Frist."

„Das ist gut, denn du wirst längere Zeit benötigt."

„Wozu?"

„Ich erwarte noch heute Besuch, der dir willkommen sein wird."

„Wer ist es?"

„Einige Bekannte. Es soll eine Überraschung werden."

„Gehört auch der Besuch dazu, der eben im Garten war?"

„Nein. Die Ankunft des Grafen war uns allerdings auch eine Überraschung."

„Wie kommt er nach Helbigsdorf?"

„Er hat Herrn von Uhle aufgesucht und ist mit ihm hier erschienen."

„So ist dieser ,tolle Graf' dein Gast?"

„Ja."

„Und ich habe ihn beleidigt!"

„Du? Inwiefern?"

Gerd erzählte. Der Major runzelte die Stirn

„Du hast zwar etwas kräftig, aber doch recht gehandelt", meinte er. „Dieser Mensch soll nicht wagen, Magda zu belästigen, indem er sich auf seinen Rang verläßt! Sein heutiges Betragen ist so, daß ich ihm keinen Zutritt mehr gestatte. Ich werde ihm eine Lehre erteilen, die ebenso derb sein wird wie die deinige."

Er klingelte, und der Diener trat ein.

„Kunz, der Graf ist im Park. Du gehst ihn suchen und sagst ihm, daß ich für ihn nicht wieder zu sprechen sei!"

Der alte Diener lachte im ganzen Gesicht.

„Werde es ausrichten, Herr Major, und sicher nichts vergessen! Verstanden?"

Er ging. Im Garten traf er den Grafen bei den drei Schwestern. Er redete ihn ohne Einleitung an.

„Hören Sie!“

„Was?“ fragte der Graf, sich erstaunt über diese achtungswidrige Ausdrucksweise zu ihm wendend

„Mein Herr, der Major Helbig läßt Ihnen sagen, daß Sie sich entfernen mögen. Verstanden?“

„Mensch. du wagst es, in diesem Ton zu einem — zu mir zu reden. Ich werde mich sofort beim Major beschweren.“

„Reden Sie etwas höflicher, sonst werden Sie gegangen! Der Herr Major hat befohlen, Sie nicht wieder vorzulassen, und wenn Sie trotzdem das Vorzimmer betreten, so werde ich unser Hausrecht gebrauchen. Verstanden?“

„Kunz!“ rief die Blaue.

„Mensch!“ schrie die Purpurne.

„Unhöflicher!“ ächzte die Grüne.

„Bin ich unhöflich, wenn ich den Auftrag des Herrn Major wörtlich ausführe, nachdem dieser Mann Fräulein Magda angefallen und wie ein Bube belästigt hat?“

„Magda belästigt? Als unser Gast? Pfui!“ rief Zilla.

Die drei Schwestern sahen sich an ihrer edelsten Seite, an der Liebe zu Magda angegriffen.

„Pfui!“ rief auch Wanka.

„Pfui!“ schloß Freya, und alle drei wandten sich ab und ließen den Grafen stehen, um dem sich entfernenden Diener nachzueilen.

„Wie hat er sie belästigt?“ fragte die Blaue.

„Er wollte ihr etwas geben.“

„Was?“

„Etwas, was Sie alle drei wohl noch nie empfangen haben; — — einen Kuß!“

„Schrecklich!“ rief die Lange.

„Entsetzlich!“ eiferte die Rote.

„Abscheulich!“ klagte die Grüne, indem sie die Hände zusammenschlug. „Ist es ihm denn gelungen?“

„Nein.“

„Sie hat sich gewehrt?“

„Sehr! Unser Gerd hat ihr beigestanden.“

„Gerd? Der ist ja gar nicht da!“

„Der Herr Leutnant ist vorhin gekommen und befindet sich jetzt beim Herrn Major.“

„Ist das wahr?“ rief Freya erfreut. „Dann müssen wir ihn sofort begrüßen. Kommt!“ — — —

Einige Zeit hernach fuhr von der entgegengesetzten Seite im Trab ein Wagen gerade auf das Schloß zu. Als er im Hof hielt, stiegen vier Männer aus. Bill Sanford, der Riese, Friedrich von Gollwitz, der Kapitän Schubert und der Steuermann Karavey. Einer der Knechte eilte herbei.

„Ist der Herr Major daheim?“ fragte Fred.

„Ja.“

„Wo meldet man sich an?“

„Das Vorzimmer liegt eine Treppe hoch.“

„Schirren Sie die Pferde aus! Wir bleiben hier."

Die vier Ankömmlinge traten ins Schloß und trafen oben auf Kunz.

„Ist der Herr Major zu sprechen?" erkundigte sich Gollwitz.

„Ich werde anfragen." Da fiel sein Auge auf Balduin Schubert. „Ah, der Vater unseres Gerds! Seien Sie herzlichst willkommen! Haben Sie wieder einmal Urlaub bekommen? Das wird den Major freuen. Aber welche Namen soll ich ihm von diesen Herren sagen?"

„Sagen Sie ihm einfach, daß die Erwarteten hier seien!"

Kunz trat ins Zimmer des Majors.

„Herr Major, es ist der Kapitän Schubert draußen und drei fremde Herren. Sie nannten keinen Namen. Ich soll melden, daß es die Erwarteten sind. Verstanden?"

„Ah! Laß sie eintreten!"

Die vier Männer erschienen. Der Kapitän schritt auf Helbig zu und schüttelte ihm nach Seemannsart derb die Hand. Dann stellte er seine Begleiter vor. Als die Begrüßung vorüber war, lud der Major die Gäste ein, Platz zu nehmen. Nun wandte er sich an von Gollwitz:

„Sie kommen also, wie mir Herr Schubert schrieb, in der Angelegenheit Ihres Bruders. Was haben Sie ermittelt?"

„Nun, etwas Bestimmtes nicht, doch haben wir seine Spur gefunden."

„Wirklich?"

„Ja. Wir haben in den Vereinigten Staaten seinen Diener getroffen, und was wir von diesem erfuhren, läßt uns vermuten, daß Theodor, wenn er überhaupt noch lebt, nicht in Amerika, sondern in der Heimat zu suchen ist."

„Dann hätte also Ihr Bruder Europa gar nicht verlassen?"

„Nein."

„Merkwürdig! Wo hat man ihn denn zuletzt gesehen?"

„Auf Himmelstein."

„Auf Burg Himmelstein, die dem ‚tollen Grafen' gehört?"

„Ja. Kennen Sie den Eigentümer?"

„Und ob! Er ist mir von früher her bekannt, und außerdem weilte er noch vor einer Stunde bei mir."

„Ist es aufdringlich, wenn ich frage, welche Absicht ihn hierhergeführt hat?"

„O bitte! Den Grund, warum er eigentlich da war, weiß ich selber nicht. Er hat sich durch meinen Nachbarn bei mir einführen lassen."

„Und er ist nicht mehr hier?"

„Nein. Vor einer Stunde habe ich ihm die Tür gewiesen."

„Die Tür gewiesen? So hat er Sie beleidigt?"

„Ja. Er hat sich ungebührlich gegen meine — — —!" Der Major unterbrach sich und sann einen Augenblick nach. Dann meinte er, indem ein schelmisches Lächeln über seine Züge glitt. „Doch es ist jemand hier, der Ihnen am besten Aufschluß über diese Sache geben kann."

Er läutete und befahl dem eintretenden Kunz: „Ich lasse den Herrn Leutnant bitten."

Nach einigen Minuten trat Gerd über die Schwelle. Der Major machte eine feierliche Miene:

„Herr Leutnant, ich möchte Ihnen diese Herren vorstellen."

Gerds Züge drückten Erstaunen aus, als er sich so förmlich von seinem Pflegevater angeredet hörte.

„Baron Friedrich von Gollwitz, sein Freund Bill Sanford, Hochbootsmann Karavey und — — —"

Der Major konnte die Vorstellung nicht zu Ende bringen, denn Gerd wandte sich überrascht an Karavey und fragte diesen:

„Wie? Sie heißen Karavey und sind Hochbootsmann? Darf ich fragen, auf welchem Schiff?"

Der Major lächelte befriedigt. Er wußte, was nun erfolgen werde.

„Weshalb nicht?" antwortete Karavey. „Auf dem ‚Tiger'. Kennen Sie mich?"

„Ich habe Ihren Namen oft nennen hören und möchte mich bei Ihnen nach jemand erkundigen. Der Steuermann auf dem ‚Tiger' heißt Balduin Schubert?"

„Ja."

„Sie sind ein Freund von ihm?"

„Ja."

„Wo ist der ‚Tiger' jetzt?"

„Er ist unterwegs auf einer Küstenfahrt."

„Und der Steuermann befindet sich an Bord?"

„Nein."

„Nicht? Wo ist er?"

„Hier steht er."

„Sie — —! Sie sind es? Du — — du — —!"

Er öffnete die Arme und wollte auf Schubert zustürzen, blieb aber auf halbem Weg halten und wandte sich an den Major:

„Jetzt weiß ich, weshalb du mir einen Urlaub erwirkt hast. Ich sollte endlich, endlich meinen Vater sehen."

„Ja", nickte Helbig, dem das Wasser in den Augen stand, „hast lange genug auf diese Freude warten müssen. Schubert, dieser junge Mann ist Ihr Sohn. So stehen Sie doch nicht da wie ein Ölgötze, sondern nehmen Sie ihn endlich einmal in die Arme! Vorwärts marsch!"

„Gerd!"

Nur dieses eine Wort brachte der Steuermann hervor. Es hatte sich seiner eine förmliche Lähmung bemächtigt; bewegungslos, mit weit aufgerissenen Augen starrte er auf den jungen Mann, der mit hochgeröteten Wangen und glänzenden Augen vor ihm stand.

„Vater, ich bin ja dein Sohn! Glaube es nur!"

„Du — — Sie — — Ah! Oh!" Die Erstarrung wich von ihm und er stürzte auf Gerd los, der die Arme um ihn schlang und ihn auf den Mund küßte. „Heiliges Mars- und Bramwetter! Du bist es? Du bist es wirklich? Ich kann es ja fast nicht glauben, daß ich einen solchen Sohn habe: So abgeleckt und sauber wie ein Panzerkreuzer."

Als dem Herzen einigermaßen Genüge getan war, fragte Schubert, bei dem die wiedergefundene Sprache sich zunächst des Dienstlichen bemächtigte:

„Du hast Urlaub?“

„Ja, und zwar auf unbestimmte Zeit.“

„Oh, ich werde mit dem Kommodore reden, der muß es dem Herzog sagen, daß du mit auf den ‚Tiger‘ darfst.“

„Tu das, Vater! Bei dir zu sein, ist ein Glück, und auf dem ‚Tiger‘ zu dienen, die größte Ehre für einen Seemann. Aber halt, hast du die Mutter schon begrüßt?“

„Nein, es war noch keine Zeit dazu. Sie ist doch gesund und wohlauf, die liebe Brigg?“

„Ja. Warte nur einen Augenblick, ich werde sie gleich bringen.“

Er eilte hinaus in die Küche, wo sich Frau Hartmann befand.

„Mutter, rate schnell, wer da ist!“

„Wie soll ich das wissen?“

„Der Vater! Ja, denke dir, der Major hat es gewußt, daß er kommt, und hat mir einen Urlaub erbeten, damit ich endlich, endlich meinen Vater sehe. O welche Freude! Mutter, mach schnell, der Vater wartet auf dich. Ich laufe unterdessen geschwind ins Dorf hinunter. Der Onkel und die Tante müssen auch her.“

Während Frau Hartmann hocherfreut die Küchenschürze ablegte und sich ins Zimmer des Majors begab, war Gerd schon auf dem Weg ins Dorf, um Onkel Thomas und Tante Barbara herbeizuholen.

Als nach einiger Zeit die drei Schwestern des Majors die Tür zum Arbeitszimmer ihres Bruders öffneten, schlug ihnen ein solcher Tabaksdunst entgegen, daß sie am liebsten sofort die Flucht ergriffen hätten. Aber aus dem undurchdringlichen Nebel tönten ihnen so übermütig fröhliche Stimmen ins Ohr, daß sie wie gebannt halten blieben.

„Schrecklich! Dieser Qualm! Wie in einem Kamin!“ stöhnte die Dicke.

„Unausstehlich! O diese Männer!“ ächzte die Lange.

„Was geht hier vor? Das müssen wir wissen!“ pustete die Kurze.

Die weibliche Neugier siegte über ihre beleidigten Geruchsnerven, und mit einer wahren Todesverachtung stürzten sie sich in das qualmige Dunkel, wo glückliche Menschen Hand in Hand beisammensaßen. — — —

13. Ein gräflicher Brandstifter

Unterdessen schritten zwei Männer von dem Schloß abseits in den Wald hinein, auf dem Weg, der zum Nachbargut führte. Es war der Graf mit Herrn von Uhle, der von den Ereignissen im Park nichts wußte, da er sich während dieser Vorgänge in der Bücherei Helbigs aufgehalten hatte. Der Graf hielt den Blick gesenkt. Er schien über etwas nachzudenken, aber es konnte nichts Angenehmes sein, denn seine Stirn lag in düsteren Falten, und seine Hand fuhr in kurzen Pausen ärgerlich nach den Spitzen seines Schnurrbarts. Endlich wandte er sich an Uhle:

„Sie kennen dieses Helbigsdorf?“

„Ja.“

„Sind Sie mit den Familienverhältnissen des Majors vertraut?“

270

„Ich glaube.“

„Einen Sohn hat der Major nicht?“

„Nein.“

„Aber es begegnete mir im Garten ein Marineleutnant, der sich mit der Tochter des Majors duzte.“

„Das ist sein Pflegesohn.“

„Hm! Pflegesohn! Wohl ursprünglich verwandt mit ihm?“

„Es gehen darüber verschiedene Gerüchte. Man sagt sogar, er sei ein Fallkind, und zwar von einem Matrosen.“

„Unmöglich! Der Pflegesohn eines Majors der uneheliche Sohn eines Matrosen!“

„Zu glauben ist die Sache doch, denn die Mutter dieses jungen Menschen ist die Wirtschafterin des Majors.“

„Der Kerl hatte Züge, die mir einigermaßen bekannt vorkamen. Mir war es so, als ob ich ihm bereits einmal begegnet sein müsse. Woher stammt die Frau?“

„Der Major hat sie, wie man sich sagt, in Fallum kennengelernt.“

„Fallum? Hm! Donnerwetter! Wie heißt die Frau?“

„Man nennt sie Frau Hartmann.“

„Hartmann? Und wie heißt ihr Sohn?“

„Gerd.“

Der Graf schnalzte mit den Fingern.

„Jetzt hab ich's! Ah! Bist du es, mein Junge? Ich werde dich — —“

Er wurde unterbrochen. Am Rand des Waldfahrwegs, den sie eingeschlagen hatten, saß ein Mann, der sich bei ihrer Annäherung erhob und ihnen seinen alten Hut entgegenhielt. Es war ein Bettler.

Herr von Uhle griff in die Tasche und gab ihm ein Geldstück, der Graf aber sah ihn mit strenger Miene an.

„Wer bist du?“

„Ich bin ein armer Schiffer.“

„Ein Schiffer? Und läufst in den Bergen herum?“

„Ich will nach Süderland.“

Der Mann sah verhungert und verkümmert aus. Er mußte krank gewesen sein oder sonst irgendwie gelitten haben.

„Woher kommst du?“

„Da unten von der See.“

„Da konntest du doch zur See nach Süderland?“

„Es nahm mich niemand mit.“

„Weshalb?“

„Ich konnte nicht bezahlen.“

„Als Schiffer hättest du doch arbeiten können?“

„Ich war zu schwach dazu. Ich bin lange krank gewesen.“

„Hast du keine Freunde, keine Verwandten?“

„Ich reise eben, um sie zu besuchen. Sie wohnen in Helbigsdorf.“

„Wer ist es?“

„Die Wirtschafterin des Majors.“

„Die ist verwandt mit dir?“

„Ja, sie ist meine Frau.“

„Ah!“ rief der Graf. „Woher bist du?“

„Aus Fallum.“

„Wie heißt du?“

„Hartmann.“

„Stimmt! Herr von Uhle, entschuldigen Sie mich bitte einstweilen! Ich komme später nach, denn ich habe mit diesem Mann noch einiges zu reden.“

Uhle ging, und der Graf wandte sich wieder an Hartmann.

„Weißt du, warum du nicht bleiben kannst und warum du niemand gefunden hast, der dich mit auf sein Schiff nehmen wollte?“

„Weil ich zu schwach bin.“

„Nein, sondern weil du aus dem Zuchthaus kommst.“

„Herr!“

„Leugne nicht! Aber sei unbesorgt! Ich mache dir keinen Vorwurf. Habe ich es erraten?“

„Ja“, antwortete der Mann zögernd.

„Glaubst du, daß der Major oder deine Frau dich unterstützen werden?“

„Ich will es hoffen. Sie muß mich aufnehmen oder mir nach Süderland folgen. In Norland finde ich kein Fortkommen mehr.“

„Kennst du mich?“

„Nein.“

„Aber wir haben uns einst in Fallum gesehen.“

„Das ist möglich. Es gab dort viele Badegäste, die fuhren in meinem Boot spazieren.“

„Ich bin nicht nur mit dir, sondern auch mit deinem Sohn gefahren.“

„Es war nur mein Stiefsohn.“

„Ja, der Sohn eines Matrosen. Ich bin sogar mit ihm zusammengerempelt.“

„Ah!“ rief Hartmann, aufmerksam werdend.

„Und mußte deshalb vor Gericht erscheinen — —“

„Sie sind — —!“

„Und wurde bestraft trotz meines Standes, der mich eigentlich gegen eine solche Behandlung schützen sollte.“

„Herr, jetzt weiß ich auch, wer Sie sind!“

„Still! Wir wollen hier keinen Namen nennen! Aber ich möchte dir helfen. Auf Helbigsdorf findest du wohl nicht das, was du suchst.“

„Das ist wahrscheinlich.“

„Ich bin vielleicht in der Lage, für dich sorgen zu können.“

„Herr, wenn dies wahr wäre!“

„Es ist wahr. Ich werde dich jetzt ein Stück begleiten und vor Helbigsdorf auf dich warten. Du kehrst zu mir zurück und sagst mir, wie dein Besuch ausgefallen ist. Dann werden wir sehen, was sich tun läßt. Willst du?“

„Gern.“

„Aber von mir hast du kein Wort zu erwähnen!“

„Nicht eine Silbe werde ich sagen.“

Sie wandten sich dem Dorf zu. Als sie das Schloß erblickten, hielt der Graf an.

„Das ist Helbigsdorf. Nun gehe allein weiter! Ich werde hier auf dich warten.“

„Ich kehre auf jeden Fall zurück, Herr.“

„Solltest du mich hier nicht antreffen, so brauchst du nur zu pfeifen. Es könnte ja nötig sein, daß ich mich verstecken müßte.“

Hartmann ging weiter. Am Eingang des Schlosses fand er einen Diener.

„Ist das Schloß Helbigsdorf?“ fragte er.

„Ja“, entgegnete jener. „Was will Er im Schloß?“

„Darnach hat Er nicht zu fragen!“

Er schritt an dem verblüfften Diener vorüber in den Schloßhof. Dort ging er sofort auf den Eingang zu und stieg, da sich hier niemand zeigte, die Treppe empor. Droben kam Kunz aus dem Zimmer des Majors.

„Was will Er?“

„Ich will mit der Wirtschafterin sprechen.“

„Mit Frau Hartmann? Was sucht Er bei ihr?“

„Das geht bloß mich und sie an.“

„Er ist ein Grobian. Packe Er sich fort!“

„Wer zankt hier?“ rief ein strenge Stimme.

Als sich die beiden umsahen, stand der Major bei ihnen.

„Dieser Mann macht Spektakel, Herr Major!“ antwortete Kunz.

„Was will Er?“

„Ich suche die Wirtschafterin, Herr Major“, entgegnete Hartmann. „Ich will sie sprechen! Ich bin ihr Mann.“

„So ist Er der Schiffer Hartmann aus Fallum?“

„Ja.“

„Er ist wohl entlassen worden?“

„Ich bin frei.“

„Komme Er! Ich selbst werde Ihn zu seiner Frau führen.“

Er ging voran nach der Küche. Dort befanden sich neben der Wirtschafterin auch die drei Schwestern.

„Frau Hartmann“, sagte der Major, „es ist heute ein Tag der Überraschungen. Dieser Mann will zu Ihnen.“

„Wer ist es?“

Sie drehte sich herum nach dem Fremden und erblaßte.

„Kennst du mich?“ fragte er.

„Hartmann!“ rief sie, tief erschrocken. „Du kommst aus — aus —“

„Aus dem Zuchthaus!“ ergänzte er höhnisch.

„Und zu mir kommst du“, fuhr die Wirtschafterin fort.

„Zu dir, denn ich wußte, daß du nicht zu mir kommen würdest. Hast du keinen Gruß, keinen Platz für deinen Mann?“

„Nein. Nie!“ wehrte sie ab.

„Ja, das glaube ich. Während ich kargte und darbte, während ich hungern und spinnen mußte, genossest du das Leben und hast mich darüber vollständig vergessen. Ich bin dein Mann, und du gehörst zu mir. Wenn du hier keinen Platz für mich hast, so wirst du dieses Haus verlassen und mit mir gehen.“

„Er sieht ganz so aus, als ob sie mit Ihm gehen würde“, meinte Kunz, der aus Neugier eingetreten war.

„Das hat Ihn den Teufel zu kümmern!“

„Oh! Er ist grob und wird mir daher wohl erlauben, es auch zu sein. Verstanden?“

Der Major wandte sich zu seiner Wirtschafterin:

„Frau Hartmann, wollen Sie mit diesem Mann wieder zusammen leben?“

„Niemals!“ versetzte sie.

„Er hört es!“ sagte Helbig zu Hartmann.

„Ja, ich höre es. Aber sie wird sich schon noch anders besinnen.“

„Da irrt Er sich! Sie bleibt hier bei mir, und ich werde dafür sorgen, daß Ihr baldigst geschieden werdet.“

„Ich gebe sie nicht los!“

„Er wird gezwungen werden, sie loszugeben. Es ist aber für Ihn besser, dies freiwillig zu tun. Wenn Er sich dazu bereitfinden läßt, so werde ich mich vielleicht entschließen, etwas für Sein Fortkommen zu tun.“

„Ich brauche niemand, und am allerwenigsten Sie!“

„So! Dann kann Er ja gehen!“

„Es darf mich niemand wegschicken, solange sich meine Frau hier befindet.“

„Er hat gehört, daß sie nichts von Ihm wissen will. Nun fort mit Ihm!“

„Und meine Kinder? Wo sind sie?“

„Die sind gut versorgt. Er hat sich früher nicht um sie bekümmert, und jetzt wird seine Sehnsucht nach ihnen wohl auch nicht übermäßig groß sein.“

„Ich will sie aber sehen! Ich habe das Recht dazu!“

„Sie sind nicht hier.“

„So wird man sie mir ausantworten.“

„Darüber hat das Gericht zu entscheiden. Jetzt Schluß!“

„Ich fordere meine Frau!“ rief er hartnäckig.

„Kunz!“

„Herr Major!“

„Schaffe diesen Mann vor die Tür!“

„Zu Befehl, Herr Major! Komm, Bursche! Verstanden?“

Er nahm Hartmann beim Arm, und als dieser sich zur Wehr setzen wollte, faßte er ihn am Leib und schob ihn zur Tür hinaus. Kunz war stark und der Schiffer nicht bei Kräften. Er flog also die Treppe hinab und über den Hof hinüber, wo ihn der hier weilende Diener in Empfang nahm und zum Tor hinausbrachte. — — —

Im Wald traf Hartmann auf den Grafen.

„Schon zurück?“ fragte dieser.

„Ja. Es ging schnell. Erst wollte man mich nicht einlassen, und dann konnte man mich nicht schnell genug wieder loswerden.“

„Was sagte deine Frau?“

„Daß sie nichts von mir wissen möge.“

„Mit wem sprachst du noch?“

„Mit dem Major. Er ließ mich einfach hinauswerfen.“

„Das ist ja eine ungewöhnliche Freundlichkeit!“

„Nicht einmal meine Kinder bekam ich zu sehen.“

„Auch deinen Stiefsohn nicht?“

„Nein. Ist er hier?“

„Ja. Er ist Marineleutnant.“

„Was! Marineleutnant! Dieser Mensch, der mich ins Zuchthaus gebracht hat? Donnerwetter, dem möchte ich etwas am Zeug flicken!“

„Nur ihm?“ fragte der Graf lauernd.

„Ihm, dem Major — dem ganzen Volk dort.“

„Das könntest du.“

„Wie?“

„Hm! Über solche Dinge läßt sich schwer sprechen.“

„Herr, ich bin verschwiegen.“

„Willst du in meinen Dienst treten? Aber ich erwarte die allergrößte Treue und Verschwiegenheit. Dafür bezahle ich gut und weiß in anderen Dingen ein Auge zuzudrücken.“

„Als was soll ich bei Ihnen antreten?“

„Als mein Vertreter geradezu.“

„Unmöglich!“

„Aber doch wirklich! Ich bin Menschenkenner und weiß, daß ich dich gebrauchen kann. Du sollst dich bei mir nicht anstrengen, denn mit gewöhnlichen Dingen werde ich dich verschonen. Du sollst nur die Aufträge ausrichten, von denen niemand etwas wissen darf. Willst du?“

„Ja, Herr. Sie sollen einen Mann in mir finden, der Ihnen bis in den Tod ergeben ist und alles tun wird, was Sie von ihm verlangen.“

„Auch wenn es etwas — etwas — Verbotenes ist?“

„Auch das!“

„Ich will dich erst auf die Probe stellen, ob du zu gebrauchen bist.“

„Tun Sie es! Ich werde die Probe bestehen.“

„So höre! Ich wünsche, dem Major einen kleinen Schabernack zu spielen. Ich möchte nämlich etwas tun, was eine tüchtige Aufregung und Verwirrung in Helbigsdorf hervorbringt.“

„Bloß das? Keinen Schaden?“

„Meinetwegen auch Schaden. Aber wie?“

„Man müßte ihm das Vieh im Stall vergiften.“

„Pah!“

„Oder das Schloß anbrennen.“

„Das wäre schon eher etwas.“

„Soll ich, Herr?“

„Ja.“

„Heute nacht?“

„Ja. Aber es ist gefährlich!“

„Gar nicht.“

„Oh! Es wohnen viele Leute im Schloß. Wenn man dich ertappte, würde es dir schlecht ergehen.“

„Man wird mich nicht erwischen. Darauf können Sie sich verlassen.“

„Aber ich wünsche nicht etwa ein kleines Feuerchen, verstehst du? Das ganze Schloß mit allen Nebengebäuden müßte verbrennen, und das macht die Sache nicht nur gefährlich, sondern auch schwer.“

„Wieso?“

„Man müßte das Feuer an verschiedenen Stellen anlegen.“

„Das soll auch geschehen.“

„Wie aber willst du Gelegenheit finden?“

„Das ist sehr leicht, Herr. Man brennt vorher im Dorf eines oder zwei Häuser an.“

„Alle Teufel, ich sehe, daß du wirklich einen Kopf hast, wie ich ihn brauche.“

„Brennt es im Dorf, so werden alle Bewohner des Schlosses, wenigstens die männlichen, hinabbrennen, um retten zu helfen, und dann hat man hier leichtes Spiel.“

„So sind wir einig, und du stehst von jetzt an in meinem Dienst. Aber, da fällt mir ein, daß ich dabei noch einen anderen Zweck erreichen könnte!“

„Reden Sie, Herr!“

„Helbig hängt gewaltig an seiner Tochter.“

„Soll sie mit verbrennen?“

„Nein, verbrennen soll sie nicht! Aber — man könnte ein wenig Raubritter spielen, weißt du, wie es früher im Mittelalter war. Man könnte mit ihr spazierenreiten.“

„Sie meinen, man könnte sie entführen, damit der Alte recht Angst um sie bekäme?“

„Bist du bereit, auch hierbei zu helfen?“

„Sofort!“

„Nun gut! Ich habe meinen eigenen Wagen mit und einen Kutscher, der mir treu ergeben ist. So sind wir zu dreien. Wir suchen das Mädchen in einem unbeobachteten Augenblick zu fassen und tragen sie in den Wald, dann sage ich Herrn von Uhle, daß ich abreisen werde — ich bin nämlich heute sein Gast — und während wir durch den Wald fahren, bringen wir sie in den Wagen.“

„Und wohin geht die Reise?“

„Geradewegs nach der Grenze.“

„Hinüber nach Süderland?“

„Ja, nach Burg Himmelstein.“

„Man wird uns an der Grenze anhalten und den Wagen untersuchen wollen.“

„Pah! Meinen Wagen sicherlich nicht.“

„Auch dann nicht, wenn Sie mit einem Mann reisen, der sich in einer solchen Verfassung befindet?“

Er deutete dabei auf seinen schlechten Anzug. Der Graf lachte.

„Glaubst du, daß ich dich in dieser Kleidung lassen werde? Du mußt heute noch einen anderen Anzug haben. Bis zur nächsten Stadt sind es zwei Stunden. Wenn du dich tummelst, kannst du bis zum Abend zurück sein. Hier hast du Geld. Kauf dir, was du brauchst, vor allen Dingen eine Schußwaffe!“

Der Graf zog die Börse und gab ihm eine Summe. Hartmann fragte:

„Wo treffen wir uns?“

„Gerade hier wieder.“

„Wann?“

„Um elf Uhr abends. Ich werde dafür sorgen, daß mein Wagen bereits im Wald steht. Das ist besser als wenn ich erst später abreise."

Er ging, und auch Hartmann schlich sich fort. — — —

Am Abend desselben Tages war Magda im Dorf gewesen, um eine Kranke zu besuchen. Gerd hatte sie begleitet, und nun schritten sie miteinander dem Schloß zu. Es war während ihres Verweilens bei der Kranken spät geworden, dennoch aber schlugen sie den Fußpfad ein, der durch den Park führte. Sie gingen still nebeneinander her. Es war jenes beredte Schweigen, das dem Herzen seine Rechte gibt, während der Mund sich scheut, die Gefühle des Innern durch Worte zu bezeichnen. Seine Hand hatte unwillkürlich die des schönen Mädchens ergriffen, und sie ließ ihm diese willig. Da vernahm sie einen tiefen Atemzug aus seinem Mund und blieb stehen.

„Woran denkst du, Gerd?" fragte sie.

„An dich und an vieles", antwortete er.

„Magst du mir nicht einiges von dem Vielen sagen?"

„Das alles, Magda, weißt du ja bereits."

„Ich weiß nicht, was du meinst", sagte sie leise.

„Daß ich so gering bin — — —"

„Gering? Aber Gerd, was redest du?"

„Die Wahrheit."

„Ist es gering, in deinem Alter bereits Marineleutnant zu sein?"

„Es ist nichts gegen das, was du bist."

Sie legte die Hand auf seinen Arm und bat: „Sag mir alles, was dich bedrückt!"

„Ich selbst weiß es noch nicht klar. Aber als ich heute diesen Grafen bei dir stehen sah, da fühlte ich, daß ich einen jeden zermalmen könnte, der dich so antasten wollte wie dieser Mensch."

„Es wird keiner dies wagen."

„Und dennoch wirst du diese Erlaubnis einst jemand erteilen. Du wirst ihn einst treffen, den — - "

„Den — —? Weiter!"

„Den — — den du liebst."

Es war ihm schwer geworden, dieses Wort. Sie schwieg eine Weile, dann klang es leise:

„Du würdest wohl — — eifersüchtig sein, Gerd?"

„Ja", antwortete er zögernd, „obgleich ich keine Berechtigung dazu hätte."

„Oh, lieber Gerd, vielleicht hättest du sie dennoch."

„Magda! Was willst du damit sagen?"

„Darf ein Bruder nicht eifersüchtig sein?"

„Ja, aber nicht in der Art, in der ich es meine."

„Wer sonst?"

„Du weißt es!" flüsterte er.

„Und das magst du nicht sein?" fragte sie in einem Ton, der scherzhaft sein sollte, aber doch hörbar zitterte.

„Oh, wie gern, wie gern möchte ich es sein! Ich würde den Himmel dafür verkaufen. Aber ich weiß, daß du für mich unerreichbar bist."

Da ertönte ein helles, silbernes Lachen aus ihrem Mund, und sie fragte: „Nicht erreichbar? Hast du mich nicht erreicht? Hast du mich nicht schon bei der Hand ergriffen?"

„Ja, ich habe und ich halte dich. Aber auf wie lange?"

„Für so lange, als du willst, Gerd!"

„Für immerfort und allezeit?"

„Ja", erklang es leise aus ihrem Mund.

„Also für's ganze Leben?"

„Wie du willst!"

Da legte er die Arme um sie und zog sie innig an sich.

„So habe Dank, du liebes, süßes Wesen! Für mich blühen nur bei dir Glück und Heil. Du bist so groß, und ich bin so klein, aber wenn du dich mir zu eigen gibst, so fühle ich die Kraft in mir, mit der ganzen Welt um deinen Besitz zu kämpfen."

„Das wirst du nicht nötig haben, mein Gerd. Wer will mich dir verweigern?"

„Der Vater!"

„Der liebt dich doch!"

„Aber seine Zuneigung vermag die Hindernisse nicht zu zerstreuen, die durch die Herkunft gegeben sind."

„Die gehört längst der Vergessenheit an."

„Nein! Bevor es in meinen Familienverhältnissen keine Klarheit gibt, können wir nicht heiraten."

„So warten wir, lieber Gerd. Nicht?"

„Ja", lachte er fröhlich. „Was bleibt uns anderes übrig."

Er bog sich zu ihr nieder und küßte sie innig auf die roten Lippen. Dann schritten sie, Arm in Arm, dem Schloß entgegen.

Dort hatte man sie längst erwartet. Es gab infolge der heute eingetroffenen Gäste so viel zu erzählen, daß bereits Mitternacht nahe war, als man sich trennen wollte, um zur Ruhe zu gehen. Da hörte man unten im Hof ein wirres Rufen.

„Was ist das?" fragte der Major.

„Herrgott, man ruft Feuer!" jammerte Freya.

Auf die beiden anderen Schwestern, die das gleiche schrien, konnte man nicht hören. Freya war in ihrem Stuhl zurückgesunken, Wanka lag in der rechten und Zilla in der linken Ecke des Sofas, und alle drei hielten die Augen geschlossen. Endlich öffnete Freya die Lider. Sie hörte lautes Rennen und Rufen im Schloßhof, stieß einen zweiten Schrei aus und schloß die Augen wieder. Nun kam die Reihe an Wanka, aus der Ohnmacht zu erwachen. Sie erblickte einen hellen Feuerschein, schrie laut auf und sank ebenfalls zurück. Das war für Zilla die beste Veranlassung, ihre Mattigkeit für einen Augenblick zu überwinden, doch das helle Licht des Feuers warf sie in ihre Betäubung.

„Entsetzlich!" stöhnte die Blaue.

„Gräßlich!" jammerte die Grüne.

„Fürchterlich!" ächzte die Purpurne.

Freya ermannte sich zuerst, um ans Fenster zu treten.

„Seht diese Flammen! Wie gut, daß es nur im Dorf ist und nicht auf dem Schloß!"

„Bei wem mag es sein?“

„Laßt uns fragen!“

Sie eilten in den Hof hinab, durch dessen Tor soeben die Spritze rasselt. Weder ein Knecht, noch eine Magd war zurückgeblieben. Auch der Major war mit allen seinen Gästen nach dem Dorf geeilt; Kunz mit ihnen, und sogar Magda hatte sich ihnen angeschlossen, um den Hilfsbedürftigen Trost zuzusprechen.

Es brannte eine kleine Häuslerwohnung. Man sah beim ersten Blick, daß sie nicht gerettet werden konnte. Aber die Nachbarn standen in Gefahr, und da die Leute sich einstweilen nicht auf die Hilfe der Bewohner umliegender Orte verlassen konnten, so herrschte eine Aufregung unter ihnen, die sich erst dann legte, als der Major den Befehl der Rettungs- und Bergungsarbeiten übernahm und eine feste männliche Stimme weithin zu vernehmen war.

Der Besitzer des zuerst brennenden Hauses besaß nur geringe Habe; sie war bald in Sicherheit gebracht. Man ließ das Feuer gewähren und sorgte nur dafür, daß kein weiteres Gebäude in Brand geriet.

Zwischen dem Schloß und dem Dorf stand eine hohe Linde am Weg. Auf diese kamen drei Gestalten langsam zugewankt. Es waren die Schwestern des Majors.

„Ich kann nicht weiter!“ klagte die Lange.

„Meine Beine tragen mich nicht mehr!“ seufzte die Kurze.

„Ich sinke um!“ stöhnte die Dicke.

Sie hielten ihre Augen auf das Dorf gerichtet und bemerkten darum nicht, was hinter ihnen vorging. Plötzlich erhob sich an der Brandstelle ein verdoppeltes Rufen, und die drei Damen erkannten, daß man vom Dorf her den Schloßweg heraufgestürmt kam.

„Was ist das?“ fragte Freya.

„Sie fliehen!“ antwortete Wanka.

„Warum sollten sie fliehen?“ meinte Zilla. „Es muß dort oben etwas geschehen sein. Sie rufen immer wieder Feuer.“

Sie drehten sich um und sanken vor Schreck in Ohnmacht. Das Schloß stand in Brand. Von den Wirtschaftshäusern loderten ebenso wie von dem Hauptgebäude zahlreiche Flammen empor, die in kurzer Zeit eine riesige Höhe erreichten.

„Das ist angelegt!“ knirschte der Major, der eben im eiligsten Lauf an der Linde vorübersprang.

„Das erste Feuer sollte uns nur aus dem Schloß locken! Wo ist Magda?“ rief Gerd, der sich an seiner Seite hielt.

„Im Dorf.“

„Und Ihre drei Schwestern?“

„Sahst du sie nicht an der Linde? Sie sind in Sicherheit. Komm schnell, damit ich meine Papiere rette!“

„Und die Tiere. Zu allernächst müssen die Ställe geöffnet werden!“

Es war eine wilde Jagd, die an der Linde vorüberstürmte. Keiner achtete auf den anderen, und ein jeder trachtete, so schnell als möglich das Schloß zu erreichen. Sämtliche Dorfbewohner, die ihr Heimwesen nicht in Gefahr wußten, eilten herbei. Eine Person hinderte die andere am Vorwärtskommen, und so beschloß Magda, die sich unter den am weitesten Zurückgebliebenen befand, sich nach rechts über die Wiesen zu wenden.

Nicht weit vom Weg standen zwei Männer hinter einem Busch. Es war der Graf mit Hartmann.

„Das ging über alles Vermuten gut!“ meinte Hohenegg.

„Es war aber dennoch eine Heidenarbeit, denn ich konnte nicht ahnen, daß man das Schloß mit offenen Türen und Toren ohne Schutz lassen würde.“

„Wird man viel retten?“

„Ich glaube nicht. Ich steckte erst die hinteren Räume an, weil da das Feuer erst spät im Dorf bemerkt werden konnte. Jetzt brennen die Gebäude bereits vorn heraus. Wer weiß, ob die oberen Gemächer noch zu erreichen sind. Ich entdeckte im Gewölbe drei Ballons Petroleum, die ich in den Flur geschüttet und angebrannt habe, als bereits alles im Feuer stand.“

„Brav! So wird wohl auch das Geld des Majors zum Teufel sein!“

Hartmann antwortete nicht, doch fuhr er unwillkürlich mit der Hand nach der Brusttasche. Wäre es Tag gewesen, so hätte man bemerken können, daß ihr Inhalt ein sehr umfangreicher war.

„Ein Glück ist es“, fuhr der Graf fort, „daß das Feuer den Weg erleuchtet, so daß wir jeden erkennen können.“

„Sie wissen sicher, daß das Mädchen in das Dorf geeilt ist?“

„Ich habe sie gesehen.“

„So kommt sie jetzt zurück. Wie fassen wir sie?“

„Hier nicht; das ist sicher. Aber wir folgen ihr, und während der Verwirrung da oben wird sich wohl ein Augenblick finden lassen, an dem es gelingt, uns ihrer zu bemächtigen.“

Noch immer flutete der Strom der schreienden Leute vorüber. Da erblickten die beiden Lauscher eine weibliche Gestalt, die vom Weg ab und in die Richtung zu ihnen einbog.

„Wer ist das?“ fragte der Graf.

„Ein Weib, das schnell vorwärtskommen will.“

„Sie muß hier vorbei.“

„Treten wir auf die Seite, Herr! Sie darf uns nicht bemerken.“

„Doch, sie soll uns sehr bemerken! Weißt du, wer es ist?“

„Ah, jetzt kann man die Gesichtszüge unterscheiden! Doch nicht etwa unsere Dame?“

„Jawohl.“

„Greifen wir sie?“

„Versteht sich! Wir lassen sie erst vorüber, dann faßt du sie, und ich halte ihr den Mund mit einem Tuch zu. Paß auf, sie ist da!“

Nun duckten sich beide hinter dem Busch nieder. Magda kam ahnungslos geschritten. Kaum aber war sie an ihnen vorüber, so wurde sie von Hartmann gepackt und niedergeworfen. Der Hilferuf, den sie dabei ausstieß, verhallte ungehört in dem Feuerlärm, ein zweiter war nicht möglich, da der Graf ihr sein Tuch in den Mund gezwungen hatte. Er zog nun einige starke Schnüre aus der Tasche, um die Gefangene zu binden. Hartmann half ihm dabei.

„Nicht zu fest!“ gebot ihm Hohenegg. „Sie bleibt uns sicher, denn sie ist ohnmächtig, und wenn dies auch nicht der Fall sein würde: mit einem Weib wird man fertig.“

„So!“ meinte sein Gehilfe. „Das wäre getan! Soll ich sie tragen?“ „Ja. Komm!“

Hartmann nahm die Besinnungslose auf und folgte seinem Herrn, der quer über die Felder und Wiesen dem Wald zuschritt. Sie waren zu einem weiten Umweg gezwungen, da die Flammen des brennenden Schlosses einen leuchtenden Schein über die Umgebung warfen, so daß man im Umkreis von einer Viertelstunde jede Person zu erblicken vermochte. — — —

Hinter dem Schloß und auf der dem Dorf entgegengesetzten Seite breitete sich der Wald erst eine kurze Strecke eben aus, dann aber erstieg er die Seiten eines hier steil abfallenden Höhenzugs, von dessen Kamm die Landstraße in mehreren ausgezogenen Windungen zu Tal führte. Für Fußgänger war es möglich, die Höhe auf einem ausgetretenen Fußweg zu erreichen, der eine jede dieser Windungen durchschnitt und ebenso wie die Fahrstraße zu beiden Seiten mit dichtem Buschwerk bestanden war.

Auf der anderen Seite des Passes fuhr ein von zwei müden Pferden gezogener offener Wagen langsam dem Kamm entgegen. Er enthielt außer dem Kutscher nur einen einzigen Reisenden, der, in einen weiten Wettermantel gehüllt, sich in die Lehne seines Sitzes zurückgelegt hatte und in dieser bequemen Stellung zu schlafen schien. Zuweilen nur, wenn die Räder auf einen Stein stießen und der Wagen infolgedessen einen derben Ruck bekam, erhob der Fahrgast den Kopf, um ihn nach einem kurzen Umblick wieder sinken zu lassen. Auf einmal stand das Gefährt still, und der Reisende fuhr empor.

„Was ist?“ fragte er.

„Wir sind oben.“

„Nun — und?“

„Herr, lassen Sie die Pferde ein wenig verschnaufen! Der Weg hier herauf war zu abscheulich.“

„Meinetwegen! Ich komme nun doch bereits zu spät, um wecken zu dürfen. Du bist wohl aus der hiesigen Gegend?“

„Ja, Herr, aus Steinweiler.“

„Das liegt, wenn ich mich recht erinnere, gar nicht weit von Helbigsdorf?“

„Gewiß, nur eine halbe Stunde darüber hinaus. Gerade in der Richtung, wo man den Schein über den Bäumen bemerkt.“

Auch auf der Höhe bestand der Wald aus einem so dichten, kräftigen Baumwuchs, daß man nicht zu Tal zu blicken vermochte. Der Brand war infolgedessen von dieser Stelle aus nicht zu bemerken, aber über den Gipfeln der Bäume zeigte sich eine ungewisse Helle, ungefähr so, als ob der Morgen dämmerte. Der Reisende musterte den Himmel.

„Hm! Wir kommen von Osten, und es ist erst kurz nach Mitternacht. Dort unten muß es irgendein Feuer geben.“

„Fast sieht es so aus, Herr. Erblicken Sie die kleine Wolke, die sich da über den Bäumen erhebt?“

„Ja. Sie sieht schwarz aus, aber ihr unterer Rand glüht wie Gold. Es brennt. Wo wird das sein?"

„Der Schein eines Feuers scheint bei Nacht zu täuschen, aber wenn wir an die erste Straßenkrümmung kommen, können wir das Tal vollständig überblicken. Soll ich weiterfahren?"

„Natürlich, und zwar schnell."

Der Wagen rollte im Trab auf der ebenen Höhe dahin und erreichte bald den Platz, an dem sich die Straße abwärts senkte. Hier hielt der Kutscher unwillkürlich an, deutete mit der Peitsche nach unten und rief erschrocken:

„Herr, sehen Sie?"

„Ja. Zwei Feuer, ein kleines und ein großes. Himmel, das ist Schloß Helbigsdorf, und das kleine Feuer brennt im Ort. Fahrt zu! Schnell, im Galopp!"

„Die Straße ist steil und gefährlich, und meine Pferde sind todmüde."

„Nun gut, dann steige ich aus und gehe zu Fuß weiter. Ich kenne hier in der Nähe einen Weg, der die Windungen abschneidet. Fahre langsam nach dem Schloß, wo wir uns wieder treffen."

Er warf den Mantel ab und stieg aus. Der Fremde, eine hochgewachsene Erscheinung, mußte hier in der Gegend genau bekannt sein, denn ohne sich einen Augenblick zu besinnen, eilte er ein kleines Stück auf der Straße zurück. Nach einigen raschen Schritten hatte er die Mündung des bereits erwähnten Richtwegs erreicht und schlug ihn ein. Der Pfad war nicht breit, aber die offene Linie, die er im Wald bildete, zog sich gerade dem brennenden Schloß gegenüber zur Höhe, und die Flammen beleuchteten fast jeden Schrittbreit, so daß der Abstieg sehr rasch vor sich ging. Unten, wo der Weg zum letztenmal in die Straße mündete, hielt der Mann an. Vor ihm stand ein verschlossener Wagen, und dabei befand sich in wartender Stellung der Kutscher beim geöffneten Schlag. Das kam ihm sonderbar vor.

„Guten Abend!" grüßte er.

„Guten Abend!" dankte der Mann mürrisch.

„Wem gehört dieses Fuhrwerk?"

„Mir."

„Dir? Auf wen wartest du?"

„Das geht keinen Menschen etwas an."

„Grobian! Weißt du, daß du mir verdächtig bist?"

„Du mir auch."

Der Fremde lachte. „Kerl, du gefällst mir. Hier hast du ein Andenken." Nach einem raschen Blick in die Kutsche, der ihn überzeugte, daß diese leer war, holte er aus und gab dem höflichen Kutscher eine schallende Ohrfeige. Er war bereits weit entfernt, ehe der Geschlagene an eine Erwiderung der unerwarteten Gabe denken konnte.

Die Straße zog sich in Schlangenwindungen nach dem Dorf fort. Der geheimnisvolle Wanderer schlug den geraden Weg durch die Büsche hindurch nach dem Schloß ein und hatte bereits die Hälfte dieses Weges zurückgelegt, als er plötzlich zur Seite prallte. Er wäre beinahe mit einem Mann zusammengerannt, der in Eile zwischen zwei

Sträuchern hervortrat. Hinter diesem folgte ein anderer, der eine Last auf dem Arm schleppte.

„Halt!" gebot er den unheimlichen Gestalten.

Da wandte sich aber schon der Vordere um, riß dem Zweiten die Last aus den Händen, und rief in befehlendem Ton:

„Mach es mit ihm ab!"

Nach diesen Worten verschwand er zwischen den Büschen. Der andere trat hart an den Fremden heran: „Wer sind Sie?"

„Pah! — Was trug jener Mann?"

„Packe dich, Kerl, und laß uns ungeschoren!"

Er wollte seinem Gefährten nachfolgen, aber der so Angefauchte hielt ihn fest.

„Bleib stehen, mein Freund! Dort brennt es; hier schleicht ihr mit einem Gegenstand durch den Wald. Du wirst mit zum Schloß wandern!"

„Und du wirst dich zum Teufel packen!"

„Mit Vergnügen. Aber ohne dich darf ich beim Teufel nicht erscheinen. Vorwärts!"

„Lächerlich! Mach dich aus dem Weg, Bursche!"

Er faßte den Fremden und wollte ihn zu Boden schleudern, hatte sich aber sichtlich in seiner Körperkraft verrechnet, denn in demselben Augenblick lag er selbst am Boden, und sein Gegner kniete auf ihm.

„Bist ja ein schrecklicher Goliath!" lachte dieser. „Komm her, ich werde dir die Hände ein wenig binden und dich im Schloß etwas näher betrachten lassen!"

Er zog ein Taschentuch hervor, um es als Fessel anzuwenden, mußte aber dabei die eine Hand Hartmanns freilassen. Dieser langte blitzschnell in die Tasche, riß eine Pistole heraus und drückte los.

Sein Gegner hatte kaum noch Zeit, den Kopf zur Seite zu wenden; die Kugel flog hart an ihm vorüber.

„Ah, du stichst, Schlange! Gib das Spielzeug her!" Er faßte nach der Waffe, um sie ihm aus der Hand zu winden.

„Stirb, Hund!" brüllte Hartmann wütend.

Er machte eine schnelle, angestrengte Bewegung; es gelang ihm, den zweiten Hahn zu spannen. Aber als er den Drücker berührte, drehte ihm der Fremde die Pistole nach unten, der Schuß ging los.

„Ah!" ächzte Hartmann. „Ich habe mich selbst getroffen!"

„Geschieht dir recht, Bursche!"

Der Sprecher fühlte, daß der Widerstand des Verwundeten erlosch; es gelang ihm leicht, ihm die Hände zusammenzubinden.

„Jetzt kommst du mit!" gebot er ihm.

„Ich kann nicht!" war die stöhnende Antwort.

„Vorwärts, steh auf!"

„Es geht nicht. Ich bin ins Auge getroffen."

Seine Stimme klang dabei wie im Verlöschen, und seine Glieder fielen schlaff zur Erde.

„So bist du verloren. Sag, wer du bist und was du hier treibst!"

Der Gefragte wimmerte: „Lassen Sie mich liegen! Ich sterbe."

„Liegenlassen? Damit dein Kumpan dich fortholen kann? Ausgeschlossen!"

Er hob ihn wie ein Kind empor und warf ihn über seine Schulter, Hartmann wehrte sich nicht. Der Fremde trug ihn mit schnellen Schritten durch die Büsche ins freie Feld, wo er den Brand in seiner ganzen erschreckenden Größe überschaute. Er eilte darauf zu.

Die erste Gruppe, die er erblickte, waren Karavey und Balduin Schubert. Er legte den Verwundeten vor ihren Füßen nieder und wandte sich an den ehemaligen Zigeuner.

„Sagen Sie mir, guter Freund — — —", er unterbrach sich, denn sein Auge war auf die vom Feuer erhellten Züge des Zigeuners gefallen. „Karavey! Du hier! Welche Überraschung!"

Auch Karavey hatte den Fremden erkannt.

„Katombo — — wollte sagen: Nurwan Pascha — — nein, Graf Hohenegg — — du — — Sie — — Ist's möglich?"

Er breitete die Arme aus und wollte sich auf ihn stürzen, ließ sie indes im nächsten Augenblick verlegen sinken, denn es war ihm der Standesunterschied zum Bewußtsein gekommen. Dem Ankömmling war sein Zögern nicht entgangen, und er sagte herzlich:

„Karavey, sei kein Narr! Ich bin für dich nicht Graf Wilhelm Hohenegg, sondern immer noch Katombo, dein Freund und Bruder. Komm in meine Arme!"

Nachdem sie sich herzlich begrüßt hatten, wobei auch der biedere Schubert einen warmen Händedruck erhielt, fragte Katombo:

„Was treibt dich in diese Gegend? Hast wohl Lilga, deine Schwester, besucht?"

„Nein, ich bin in einer anderen Angelegenheit unterwegs. Das ist indes eine lange Geschichte, die ich jetzt nicht erzählen kann. Aber es wundert mich, dich hier zu treffen."

„Die Sache ist leicht erklärt. Ich hatte im Auftrag des Herzogs Max eine diplomatische Aufgabe am Hof von Süderland zu lösen, und auf dem Rückweg wollte ich die Gegend wiedersehen, die ich damals, als ich noch nicht Nurwan Pascha und Graf Hohenegg war — du weißt schon, Karavey — so oft durchstreifte. Bei dieser Gelegenheit wollte ich Major Helbig besuchen. Das ist alles."

„Du bist zu einer sehr unglücklichen Zeit gekommen."

„Brennt das Schloß schon lange Zeit?"

„Eine halbe Stunde."

„So ist das Feuer angelegt. Es lodert ja an allen Ecken und Enden. Gibt es keine Vermutung, wer der Täter ist?"

„Keine."

„Vielleicht vermag dieser hier Licht in die Sache zu bringen."

„Wer ist es?"

„Ich traf ihn da drüben in den Büschen. Es war noch ein anderer dabei, der mir aber entkommen ist. Er trug eine schwere Last."

Karavey bückte sich nieder, um den Gefangenen zu betrachten. „Donnerwetter, der Mensch ist ja tot!"

„Tot?" fragte Katombo. „Möglich, er ist selbst schuld daran."

„Wieso?"

„Er wollte auf mich schießen. Der erste Schuß ging fehl, der zweite traf ihn selber."

In diesem Augenblick kam der Major mit Gollwitz und Sanford in ängstlicher Eile herbeigeschritten. Als er des Fremden ansichtig wurde, trat er vor Erstaunen einen Schritt zurück.

„Nurwan Pascha! Willkommen, Exzellenz, obgleich ich Ihnen kein Obdach anbieten kann. Nicht bloß mein Haus, sondern mein sämtliches Vermögen wird von den Flammen verzehrt. Verzeihen Sie, daß ich mich Ihnen im Augenblick nicht so widmen kann, wie ich möchte. Ich suche voll Angst meine Tochter, sie ist nicht zu finden."

„Sie war unten im Dorf", meinte Karavey, „und wird dort zurückgeblieben sein. Der Schreck ist für Damen stets lähmend."

„Diese Erwägung tröstet mich einigermaßen. Wer liegt hier?"

„Ein Mensch, der mir im Busch begegnete", gab Katombo zur Antwort.

„Wie kommt er hierher?"

„Als ich das Feuer erblickte, und meinem Wagen vorauseilte, schien er mir verdächtig. Er schoß nach mir, als ich mit ihm rang, traf er sich selbst ins Auge. Er ist tot."

Der Major bückte sich nieder. „Hartmann!" rief er überrascht.

„Sie kennen ihn, Herr Major?"

„Ja. Es ist der Ehemann meiner Wirtschafterin. Er kam aus dem Zuchthaus zu uns und mußte das Schloß verlassen. Er ist der Täter, ich ahne es."

„Wollen ihn einmal durchsuchen!" meinte Gollwitz.

Er kniete nieder, untersuchte die Taschen des Toten, und fand in der Brusttasche des Rocks ein Papierpaket, das er öffnete.

„Geld! Papiergeld! Herr Major, sehen Sie nach!"

Helbig griff hastig zu und sah die Staatsanweisungen und Banknoten durch.

„Dieses Geld gehört mir!" rief er. „Ich pflege an die Ecke eines jeden größeren Kassenscheins meinen Namen zu setzen. Hier lesen Sie! Auch die Summe stimmt. Der Mensch ist wahrhaftig der Täter gewesen!"

„So ist wenigstens Ihr Vermögen gerettet", meinte Fred.

„Immerhin ist die Bücherei sowie gar manches wichtige Schriftstück vernichtet. — Herr von Gollwitz, bitte, eilen Sie ins Dorf und sehen Sie, ob Sie Magda finden können. Gerds Anwesenheit auf der Brandstätte ist noch erforderlich."

Gollwitz folgte dieser Bitte. Er begegnete den Feuerspritzen mehrerer Nachbardörfer, die zu spät kamen. Die Flammen bildeten eine einzige gewaltige Lohe, die bis zu den Wolken empor leckte und den Himmel mit dickem, schwarzem Rauch bedeckte. Sie versengte die Kleider der ihr Nahenden auf viele Schritte und warf eine Tageshelle über die ganze Gegend.

Als Fred das Dorf erreichte, war die Häuslerwohnung bereits niedergebrannt. Nur einzelne kleine Flämmchen leckten noch an der stehengebliebenen Umfassungsmauer. Die beiden Nachbarhäuser hatte man unversehrt erhalten. Da hier nichts mehr zu befürchten war, so hatten sich weitaus die meisten Dorfbewohner nach dem Schloß begeben; es waren nur noch wenige Leute anwesend.

Er fragte einen jeden, den er traf, nach der Vermißten, aber niemand vermochte ihm Auskunft zu erteilen. Er ging von Haus zu Haus, von Gut zu Gut, und fand hier oder da einen alten Mann oder ein schwaches Mütterchen, die er ausforschen konnte, aber er mußte unverrichtetersache wieder zurückkehren.

Erst draußen vor dem Dorf stieß er auf eine Zuschauerin, die von dem Schloß heimkehrte, um nach ihren Kindern zu sehen.

„Halt, Frau! Haben Sie heute abend das gnädige Fräulein bemerkt?"

„Ja. Sie war zuerst im Dorf und rannte dann mit uns dem Schloß zu, als dieses brannte."

„Wissen Sie das genau?"

„Ja. Sie ging anfangs vor mir. Wegen des großen Gedränges bog sie dort rechts nach der Wiese ab."

„Ich danke!"

Er eilte weiter, und fand, da jede Arbeit zur Dämpfung des Brandes vergeblich gewesen wäre, alle Bewohner des Schlosses und ihre Gäste beieinander.

„Gefunden?" fragte ihn der Major.

„Dann würde ich nicht ohne sie zurückkehren."

„Also fort! Herrgott, wo mag sie sich befinden?"

„Ihre Tochter ist aus dem Dorf zum Schloß zurückgekehrt und da unten bei den Büschen über die Wiese gegangen, wie mir eine Frau sagte, die es beobachtet hat."

„So ist sie den andern vorangeeilt und ins Schloß eingedrungen."

„Magda ist verbrannt!" jammerte Freya.

„Beruhigen Sie sich!" bat Gerd. „Eine Dame kann nicht so schnell gehen, wie ich mit Papa gegangen bin. Wir beide kamen als die ersten hier an, und müßten sie gesehen haben."

„Vielleicht ist sie unterwegs in Ohnmacht gefallen und liegt nun irgendwo", meinte der Major. „Kommt und laßt uns nach ihr suchen!"

In diesem Augenblick erschien der Kutscher, der Nurwan Pascha gefahren hatte, auf dem Platz. Bei der hellen Beleuchtung, die der Brand verbreitete, sah man, daß er blutete.

„Was ist mit dir geschehen?" fragte der Pascha.

„Ich wurde von einem Mann gestochen, der in einem geschlossenen Wagen an mir vorbeifuhr."

„Wie kam das?"

„Auf der halben Höhe da oben begegnete mir ein Gespann, und weil die Straße schmal und abschüssig war, stieg ich vom Bock und der andere Fuhrmann auch, um die Pferde zu halten. Gerade als ich vorüber wollte, rief jemand in dem anderen Wagen um Hilfe — —"

„Alle Teufel!" rief Gollwitz. „Was war es für eine Stimme? Eine männliche oder eine weibliche?"

„Eine weibliche, wie ich glaube. Aber ich konnte das nicht unterscheiden, weil die Stimme in einem Röcheln erstarb. Der Mund des Rufenden wurde zugehalten oder verstopft."

„Was tatest du?"

„Ich gebot dem Kutscher Halt. Als er nicht gehorchte, hielt ich ihn fest. Wir rangen miteinander. Er stach mich mit einem Messer in den Arm, und dann öffnete sich die Wagentür, und ein anderer stieg aus, der mir von hinten einen Schlag versetzte, daß ich besinnungslos zusammenbrach. Als ich erwachte, waren sie fort.“

„Wie lange hast du gelegen?“

„Ich weiß es nicht. Es scheint eine geraume Zeit gewesen zu sein.“ Die Zuhörer starrten einander an.

„Wir müssen sofort nach!“ gebot der Major.

„Halt, übereilen wir uns nicht!“ gebot der Pascha. „In solchen Dingen ist Kaltblütigkeit besser als Aufregung. Die Last, die ich gesehen hatte, kann allerdings ein menschlicher Körper gewesen sein, aber eine solche Tat wäre hierzuland etwas Unerhörtes. Wer sollte es sein, der die Dame raubte?“

„Ja, wer?“ fragte auch Helbig.

„Ein gewöhnlicher Mann jedenfalls nicht“, meinte der Pascha. „Haben Sie einen Feind hier in der Gegend, Herr Major?“

„Nicht daß ich wüßte. Ich habe niemand beleidigt.“

„Aber ich“, fiel Gerd ein. „Doch halte ich eine solche Rache für eine Unmöglichkeit. Er kann es nicht gewesen sein.“

„Wer?“

„Der ‚tolle Graf‘.“

Da fuhr der Pascha empor. „Der ‚tolle Graf‘ war hier?“

„Ja. Heute.“

„Und Sie haben ihn beleidigt?“

„Ich habe ihn gezüchtigt.“

„Weshalb?“

„Er betrug sich im Park wie ein Schurke gegen Magda.“

„Bei Gott, so ist er es höchstwahrscheinlich gewesen!“ rief der Pascha. „Doch wie kam er mit dem Toten hier zusammen?“

„Er wird ihn unterwegs getroffen haben.“

„Aber mit einem Unbekannten, dem man zufällig begegnet, verabredet man nicht einen gefährlichen Plan.“

„Sie kannten einander von früher her, von Fallum aus.“

„Das ist etwas anderes. Der Graf wußte wohl auch, daß dieser Hartmann im Zuchthaus gesessen hat und sah in ihm einen Kerl, den er als Hilfswerkzeug gebrauchen konnte.“

„Wir müssen ihm sofort nachjagen!“ wiederholte der Major.

„Warten wir noch einige Augenblicke!“ bat Gollwitz. „Es ist besser, wir verschaffen uns vorher die nötige Gewißheit.“

„So wird er uns entkommen!“

„Der Räuber ihrer Tochter wird uns nur dann entkommen, wenn wir zu hastig vorgehen. Verlassen Sie sich auf mich! Wir haben da drüben in den Prärien Nordamerikas noch manch anderen Kerl eingeholt. Zunächst müssen wir uns aber überzeugen, ob wir uns nicht täuschen. Die junge Dame kann ja noch da unten liegen.“

„Dann müssen wir schnell suchen!“ rief der Major, und wollte forteilen.

„Halt!“ gebot Gollwitz. „Hier gilt es, die Spuren nicht zu verwischen. Bleiben Sie alle hier; nur Bill Sanford mag mich begleiten. Er weiß mit einer Spur umzugehen. Haben Sie Pferde gerettet?“

„Ja. Auch das Vieh ist fast alles in Sicherheit gebracht.“

„So lassen Sie zwei Gäule vorführen! Wir werden bald zurück sein."

Die beiden Präriejäger gingen. Sie schritten den Weg nach dem Dorf hinab und beobachteten aufmerksam den Rand dieses Wegs. Die Tageshelle, die das Feuer verbreitete, gestattete ihnen, den kleinsten Gegenstand zu erkennen. Den Büschen gegenüber blieb Fred halten.

„Hier ist es!" meinte er, auf das niedergetretene Gras deutend.

Sie bückten sich zu Boden, um die Spuren zu untersuchen.

„Ein kleiner Damenfuß", meinte Bill. „Es ist die richtige Fährte; sie führt hier rechts ab, ganz so, wie die Frau gesagt hat. Komm!"

Sie schritten langsam weiter, Fred voran. Als sie bei den Büschen vorüber waren, stockte dieser.

„Alle Teufel, hier sind noch andere Fußtritte! Das Gras ist förmlich niedergestampft."

„Wie viele Personen?" fragte Bill.

„Wollen sehen!"

Sie untersuchten die Eindrücke.

„Zwei Männer!" entschied Sanford. „Hier hinter diesem Busch haben sie gestanden und gewartet."

„Und da von rechts herüber haben sie sich angeschlichen", stimmte Fred bei.

„Wollen wir suchen, woher sie kommen?" fragte Bill.

„Nein. Das wäre zwecklos. Wir brauchen den Spuren nur zu folgen, die von hier fortführen. Schau, hier sind die beiden über sie hergefallen, und von da an hört die Fährte des kleinen Fußes auf."

„Man hat die Dame getragen."

„Ja, und ich zweifle nun nicht mehr, daß es die zwei Männer sind, denen der Pascha begegnete. Komm weiter!"

Es wurde ihnen nicht schwer, den Tapfen bis an den Ort zu folgen, wo der Pascha auf die Entführer getroffen war.

„Halt!" sagte Fred. „Jeder weitere Zeitverlust wäre schädlich. Sie sind es. Kehren wir zum Schloß zurück!"

Es waren, als sie dort ankamen, seit ihrem Fortgehen kaum zehn Minuten verflossen. Helbig trat ihnen einige Schritte entgegen.

„Nun?" fragte er in ängstlicher Spannung.

„Erschrecken Sie nicht, Herr Major!" erwiderte Gollwitz. „Sie ist wirklich geraubt worden."

„Dann rasch nach!"

Er wollte sich aufs Pferd werfen. Fred hinderte ihn daran. „Bitte, Herr Major, bleiben Sie noch! Wir müssen überlegen."

„Zum Teufel mit Ihrem Überlegen! Mittlerweile entkommt uns dieser Kerl!"

„Er entkommt uns nicht. Zunächst sollen allerdings zwei Mann dem Wagen folgen, aber Sie bleiben da!"

„Ich? Warum?"

„Sie werden hier an dieser Unglücksstelle nötiger gebraucht als jeder andere."

„Vorerst braucht meine Tochter mich am nötigsten."

„In dieser Beziehung können Sie von uns vertreten werden, hier an der Brandstelle aber nicht."

„Ich habe meinen Vertreter."

„Das mag sein. Aber um nach Ihrer Tochter zu forschen, müssen wir uns trennen, und wir bedürfen dann eines Mittelpunktes, um uns gegenseitig verständigen zu können."

„Trennen? Wozu?"

„Bis jetzt wissen wir nur, daß die Dame sich in der Gewalt eines Mannes befindet; wer aber dieser Mann ist, das wissen wir nicht."

„Es ist der Graf!"

„Das vermuten wir nur, beschwören aber könnten wir es nicht. Wie weit ist es von hier bis an die Grenze?"

„Mit schnellen Pferden drei Stunden."

„Wie heißt der Grenzort?"

„Wiesenstein."

„Die Straße, die der Pascha gekommen ist, führt dorthin?"

„Ja, sofern man sich eine Stunde von hier an der dortigen Abzweigung nach rechts hält."

„Nun gut, so hören Sie meinen Plan, der uns sicher zum Ziel führt! Ist der Graf wirklich der Räuber, so wird er schleunigst die Grenze zu erreichen suchen. Zwei Mann reiten ihm also dorthin nach — —"

„Das werde ich tun", unterbrach ihn Helbig.

„Nein. Sie werden hierbleiben! Zu dieser Verfolgung gehören Leute, die sich auf Spuren und Fährten verstehen. Das werde ich selbst übernehmen, und mein Freund Sanford wird mich begleiten."

„Sie kennen die Wege nicht."

„Das ist gleichgültig. In den Prärien gibt es gar keine Wege, und trotzdem haben wir uns stets zurechtgefunden. Es bleibt dabei, daß ich und Bill reiten! Jemand geht unterdessen zu Herrn von Uhle und erkundigt sich nach den Verhältnissen, unter denen der Graf ihn verlassen hat. Er könnte sich ja auch noch dort befinden. Das Ergebnis dieser Erkundigung teilen Sie mir telegraphisch mit, und zwar nach Wiesenstein."

„Unter welcher Adresse?"

„Sanford — postlagernd. Fassen Sie aber das Telegramm vorsichtig ab! Gibt es von hier aus Fußpfade nach der Grenze?"

„Ja."

„Auch ihnen müssen wir folgen. Aber wer kennt diese Schleichwege?"

„Ich", meldete sich Karavey.

„Ich", antwortete auch Nurwan Pascha zur gleichen Zeit.

„Sie, Herr Graf?" fragte Fred, im stillen erfreut, da er viel von seiner Tatkraft gehört hatte. „Sie werden sich doch wohl an der Verfolgung nicht beteiligen wollen?"

„Weshalb nicht? Es fällt mir nicht ein, mich von meinem Freund Karavey, den ich schon Jahre nicht mehr gesehen habe, so bald zu trennen. Und dann werde ich, wenn es sich herausstellt, daß der Graf dahintersteckt, mit ihm ein ernstes Wort sprechen. Er trägt den Namen, den auch ich führe, und es kann mir nicht gleichgültig sein, wenn er diesem Namen fortwährend Schande macht."

„Aber wird es Ihnen nach der langen Reise nicht zu viel sein?"

„Nicht im mindesten; im Gegenteil, ich freue mich auf den Marsch

Haben Sie uns noch etwas zu sagen, wie wir uns verhalten sollen?"

„Nein. Sie werden sich nach den Umständen richten müssen. Brauchen Sie lange Vorbereitungen?"

„Wir machen uns sofort auf den Weg!" erklärte Katombo.

„Aber — — —"

„Schon gut. Haben Sie um mich keine Sorge!"

Er eilte mit großen Schritten davon und Karavey folgte.

„Ein gewaltiger Mann!" meinte Fred bewundernd. „Nun brauche ich noch zwei."

„Wozu?" fragte der Major.

„Der Graf nämlich, wenn er es wirklich ist, hat immerhin einen bereits bedeutenden Vorsprung. Man kann eine Stunde rechnen, und so ist es möglich, daß wir ihn nicht vor der Grenze einholen. Hat der Herr Leutnant lange Urlaub?"

„Solange es ihm beliebt."

„Er mag sich mit seinem Vater auf dem schnellsten Weg nach Himmelstein begeben und die Burg genau beobachten. Wenn der Graf uns entwischt, kommt er sicherlich dorthin. Sie also, Herr Major, bleiben hier, um uns etwaige Mitteilungen zu machen, und folgen erst dann, wenn Sie gerufen werden. Leben Sie wohl!"

Die beiden Pferde waren vorgeführt worden. Fred schwang sich auf, und Sanford tat dasselbe. In einigen Augenblicken waren sie verschwunden. Die übrigen blieben in nicht geringer Aufregung zurück.

„Wer wird Herrn von Uhle aufsuchen?" fragte Gerd.

„Ich selbst", meinte der Major. „Du und dein Vater, ihr könnt mich begleiten, denn der Weg, den ihr einzuschlagen habt, führt dort vorbei, und so wird eine unnötige Zeitversäumnis vermieden."

„Ihr wollt uns verlassen?" seufzte Freya.

„Kunz bleibt doch hier."

„Kunz? Er ist kein Beschützer für Damen."

„Glauben Sie, daß ich Sie fressen werde?" fragte der Diener.

„Da hörst du es!" jammerte Zilla.

„Er ist ein Wüterich!" klagte Wanka.

„Er wird uns zu Tode quälen!" ächzte Freya.

„Geht hinab ins Dorf zur Frau Pastorin!" entschied der Major. „Dort seid Ihr gut aufgehoben und könnt mich erwarten. Hier kann kein Mensch mehr etwas tun. Wir sind alle überflüssig und müssen das Feuer ruhig brennen lassen."

Der Weg führte sie wohl eine Stunde lang durch den Wald, dann senkte er sich nieder in ein tiefes Tal, auf dessen Sohle die Besitzung des Herrn von Uhle lag. Infolge dieser Abgeschlossenheit hatte hier niemand etwas von dem Feuer bemerkt. Der Tag begann zu grauen, aber es lag noch alles in tiefem Schlaf, so daß die Ankommenden pochen mußten.

Der Verwalter erhob sich und öffnete, als er den Major erkannte.

„Herr von Uhle schläft noch?" fragte dieser.

„Ja."

„Bitte wecken sie ihn!"

„Sogleich! Treten Sie ins Empfangszimmer, Herr Major!"

Der Mann ging, und bald trat Uhle ein, erstaunt über den überraschenden Besuch.

„Verzeihung, daß wir Sie stören", begann Helbig nach der ersten Begrüßung. „Ist Graf Hohenegg bereits fort?"

„Ja. Er ist in seinem Wagen abgereist."

„Sie waren mit ihm bei mir. Kehrte er in Ihrer Begleitung hierher zurück?"

„Nein. Wir gingen nur eine Strecke zusammen. Dann trafen wir einen Bettler, bei dem er verweilte."

„Um welche Zeit kam er nach?"

„Etwa drei Stunden später."

„Mit diesem Bettler?"

„Ohne ihn."

„Bitte beschreiben Sie mir den Landstreicher!"

„Er konnte fünfzig Jahre zählen und sah angegriffen aus. Er trug eine graue Hose, einen zerrissenen schwarzen Rock und eine braune Mütze mit breitem Deckel. Sein Gesicht — —"

„Es ist genug. Es stimmt."

„Was?"

„Dieser Mensch hat mein Schloß und vorher bereits die Wohnung eines Häuslers in Helbigsdorf in Brand gesteckt."

„Ich erschrecke. Aber Ihre Gegenwart sagt mir, daß die Gefahr bereits vorüber ist."

„Meine Gegenwart mag Ihnen sagen, daß alles verloren ist."

„Um Gottes Willen, Herr Major, was soll das heißen?"

„Daß mein Schloß noch brennt. Ich habe nichts gerettet, als das Vieh."

„Erlauben Sie, daß ich sofort anspannen lasse!"

„Tun Sie das, aber bitte, besorgen Sie zwei Wagen; einen für Sie und mich und einen für diese Herren, die ins Gebirge fahren müssen!"

„Sind Menschenleben zu beklagen?"

„Nein. Aber meine Tochter ist verschwunden."

„Ah!" Uhle erschrak. „Spurlos?"

„Nein. Wir haben ihre Spur."

„Wohin führt sie?"

„Dorthin, wohin sich diese Herren begeben werden."

„Ich werde einige Knechte mitnehmen!" sagte der Gutsbesitzer.

„Bitte, tun Sie auch das! Zwar kann nichts mehr gerettet werden, aber Handreichungen werden dennoch nötig sein."

Uhle verließ das Zimmer.

„Der Graf ist es!" meinte der Major.

„Es ist kein Zweifel!" rief Gerd. „Papa, ich wollte, er würde da oben an der Grenze nicht getroffen."

„Warum?"

„Damit er mir in Himmelstein in die Hände läuft. Ich werde ihn zermalmen, diesen Schurken."

„Ich wünsche mein Kind so bald als möglich zurück. Bedenke, was Magda in solcher Gesellschaft zu leiden hat!"

„Wehe ihm, wenn ich ihn treffe!"

„Du wirst dich beherrschen, mein Sohn! Ich als Vater muß es auch, obgleich mich der Zorn übermannen möchte."

Bereits in einigen Minuten fuhren die beiden Wagen in entgegengesetzter Richtung vom Hof ab, der eine in der Richtung nach den Bergen und der andere nach Helbigsdorf. Als der Major dort anlangte, fand er das Schloß bis auf die Umfassungsmauern niedergebrannt, aber noch immer stiegen die Flammen hoch empor, da das viele zusammengestürzte Holzwerk ihnen eine überreiche Nahrung bot. Helbigs Schwestern befanden sich beim Pastor, aber die dicke Frau Barbara wirtschaftete mutig an der Seite des Hofschmiedes, der mit dem Verwalter und Kunz die Leute beaufsichtigte, die sich abmühten, dem gefräßigen Feuer hier und da noch eine Kleinigkeit zu entreißen.

Bereits am frühen Vormittag traf von einer kleinen diesseitigen Telegraphenstation eine Nachricht ein. Sie lautete:

„Sind nicht nach Wiesenstein, sondern links eingebogen. Fest auf der Fährte! Bald weiteres. Sanford." — —

14. Lilgas Tod

Hoch oben im Gebirge, nicht weit von der Grenze, gab es mitten im tiefen Wald und seitwärts von der Straße, die sich längs der Grenze hinzieht, eine geräumige Blöße, auf der ein kleines Häuschen stand, das der alte Waldhüter Tirban bewohnte.

Vor diesem saß auf einem Reisigbündel eine menschliche Gestalt, die einen unheimlichen Eindruck hervorrief. Bekleidet war sie mit einem grellrot gefärbten Rock, einem alten schmutzigen Hemd und einem gelben Tuch, das um den Kopf geschlungen war. Die nackten Arme und Beine blieben unverhüllt und waren von der Sonne braun gebrannt. Ihre Züge waren, seit wir ihr das letztemal vor zehn Jahren auf der Landstraße begegnet sind, sehr gealtert und schienen so scharf, als seien sie mit dem Messer geschnitten. Das Weib hielt die Augen geschlossen, aber ein unausgesetztes Spiel der Mienen verriet, daß sie sich in fortwährender wacher Seelentätigkeit befinde.

Da trat, auf einen Stock gestützt, ein Mann aus der Hütte. Er war klein gebaut und noch hagerer als das Weib. Seine winzigen Augen lagen tief in den Höhlen, und sein Kinn war so aufwärts, seine Nase so abwärts gebogen, daß sich beide fast berührten. Er ließ seinen Blick über die Blöße schweifen und dann auf der Frau ruhen.

„Lilga!" klang es dumpf aus seinem zahnlosen Mund.

Sie antwortete nicht.

„Lilga!"

Auch jetzt schwieg sie. Sogar die Augen blieben geschlossen, aber eine langsame Bewegung ihrer Hand deutete an, daß sie ihren Namen gehört habe.

„Lilga, ich gehe", sagte er zum drittenmal.

Sie richtete jetzt den Kopf ein wenig empor. „Du gehst? Alles geht — — die Sonne, die Sterne, die Jahre, die Tage, die Stunden, die Blumen, die Menschen. Ja, geh, Tirban; ich gehe auch!"

„Willst du mit!“

„Mit? Nein. Meine Zeit ist noch nicht gekommen. Ich kann erst dann gehen, wenn ich ihn nochmals geschaut habe.“

„So meine ich es nicht. Gehst du mit in den Wald?“

„Was soll ich im Wald, wenn nicht er dort ist, den ich erwarte?“

„Kräuter suchen, Lilga.“

„Kräuter? Wozu? Um Kranke zu heilen? Was hilft ihnen das? Sie müssen dennoch sterben, früher oder später.“

„Auch ist Versammlung im Wald — —“

Jetzt öffnete sie für einen kurzen Augenblick die Lider.

„Versammlung? Wer?“

„Die Deinen. Du bist ja die Königin, und heute ist Freitag!“

„Die Meinen? Wo sind sie? Sie sind gestorben und brauchen mich nicht. Und der, der mich braucht, ist weit fort auf dem Meer. Vielleicht haben ihn die Fluten verschlungen — er ist gegangen.“

Da teilte sich ihnen gegenüber das Gebüsch. Zwei Männer traten auf die Blöße und kamen auf das Haus zugeschritten. Der erste der beiden hielt den Schritt an und blickte scharf nach den zwei Gestalten an der Hütte. Dann kam er in raschen Sprüngen herbei.

„Lilga!“ rief er, die Hände ausstreckend.

Sie fuhr mit einem schnellen Ruck in die Höhe. Ihre Augen öffneten sich weit, und ihre Stimme klang jubelnd:

„Karavey, Bruder!“

Im nächsten Augenblick lagen sie sich in den Armen, aber die Freude des Wiedersehens schwächte Lilga so, daß er sie wieder auf das Bündel niederlassen mußte.

„Er ist da!“ hauchte sie. „Oh, nun kann ich gehen — wie die Sterne, wie die Stunden und wie die Blumen.“

„Sei stark, Lilga!“ bat er sie. „Blicke mich an!“

Sie sah ihn lange mit glänzenden Augen an. Verklärt durch die Freude, erschienen die Linien in ihrem Gesicht viel weicher, und ihr Antlitz war fast schön zu nennen.

„Lilga, willst du nicht auch diesen Herrn begrüßen, der mit mir gekommen ist?“

Erst jetzt wurde sie aufmerksam, daß Karavey nicht allein war. Sie löste sich aus seinen Armen und erhob sich. Vor ihr stand ein stattlicher Mann mit einem schwarzen Vollbart, in den sich nur wenige Silberfäden mischten. Sie erkannte ihn sofort.

„Katombo! Auch du bist da! Auch du! Oh, welche Freude noch zu guter Letzt!“

Der Graf reichte ihr freundlich die Hand und blickte in tiefer Bewegung in das einst so schöne Antlitz, in das die Jahre mit so scharfem, unbarmherzigem Griffel geschrieben hatten. Wie hatte er einst dieses Wesen geliebt! Wir hatte sie seine Liebe getäuscht! Wie schrecklich war sie aber auch dafür gestraft worden!

„Lilga! Sprich nicht so!“ bat er, und seine Stimme klang ungewöhnlich weich. „Du wirst noch viele Jahre erleben.“

„Ja, Lilga!“ fiel Karavey eifrig ein. „Geh mit mir und teile meine Freuden! Ich bin reich und will dir deinen Lebensabend verschönern.“

Sie schüttelte langsam den Kopf.

„Das werde ich nicht. Lilga wird den Wald nicht verlassen, sondern da liegen und ruhen, wo sie gewandelt ist. Ich habe die Göttin gebeten, auf dich warten zu dürfen. Heute bist du gekommen und heute wird sie mich zu sich rufen. Reiche mir die Hand; ich gehe fort.“

„O Herr!“ schluchzte Tirban. „Rede du meiner Herrin zu! Seit heute ist sie nicht wie sonst. Sie spricht immer nur vom Gehen und führt ganz seltsame Reden.“

„Lilga, du mußt bei mir bleiben; du darfst mich nicht verlassen: ich brauche dich.“

„Mich? Was soll ich?“

„Du sollst deinen Leuten befehlen, uns zu helfen.“

„Hilfe willst du? Was ist geschehen?“

„Wir suchen den ‚tollen Grafen‘.“

Sie horchte auf. „Ihn? Wo war er? Was hat er getan?“

„Er war in Helbigsdorf und hat das Schloß angebrannt, um die Tochter des Majors zu entführen.“

„Entführen? Sie, die Taube? Er, der Geier? Ist es ihm gelungen?“

„Ja. Er ist in einem Wagen mit ihr entflohen. Wir glaubten, er würde bei Wiesenstein die Grenze überschreiten, und haben ihm zwei tüchtige Männer nachgesandt; ich aber bin mit Katombo zu dir geeilt, um auch die anderen Wege besetzen zu lassen.“

In Lilgas Augen kam ein Funkeln und ihre Gestalt stand aufrecht wie in ihren früheren Jahren. Eine plötzliche Kraft schien sie um zwanzig Jahre zu verjüngen.

„Kommt! Schnell!“

Sie schritt kräftig über die Blöße dahin, die anderen folgten ihr. Sie drang in den Wald ein, ohne sich um die Äste und Zweige zu kümmern, die ihr ins Gesicht schlugen, bis sie eine enge Schlucht erreichten, in der zwölf Männer saßen, die alle die unverkennbaren Züge der Zigeuner zeigten. Sie erhoben sich bei der Ankunft Lilgas.

„Ihr Männer der Boinjaren, habt ihr Waffen bei euch?“ fragte sie.

„Ja.“

„So folgt mir! Es gilt einen großen Fang.“

Sie wandte sich seitwärts wieder in den Wald hinein. Die anderen schritten hinter ihr her. Es war keine Spur der vorigen Mattigkeit mehr in ihr vorhanden. Sie schritt wohl über eine Viertelstunde lang rüstig vorwärts, bis sie an eine Stelle gelangten, wo sich die Straße nach zwei verschiedenen Richtungen teilte. Hier hemmte sie den Schritt unter den Bäumen und wandte sich an Karavey.

„Wenn er nicht über Wiesenstein ist, so muß er hier vorüber“, meinte sie. „Wir besetzen — —“

Sie hielt inne, denn in diesem Augenblick ließ sich das Rollen schneller Räder vernehmen, und gleich darauf erschien ein mit zwei Pferden bespannter Wagen. Einer der Zigeuner war in unvorsichtiger Weise etwas vorgetreten, der Kutscher bemerkte ihn und drehte sich um, indem er an das vordere Wagenfenster klopfte. Sofort öffnete sich die Tür auf der einen Seite, und es erschien ein Kopf, der mit einem durchdringenden Blick die Gegend musterte.

„Ah, Lilga!“ murmelte er. Dann fügte er halblaut hinzu: „Kutscher, ein Überfall! Schnell anfahren, wenn sie kommen!“

Es war der Graf. Vor ihm saß Magda. Die Hände waren ihr gebunden, und ein Tuch verschloß ihr den Mund, so daß sie nicht rufen konnte. Aber sie hatte die Worte des Grafen vernommen, und ihre Augen leuchteten hoffnungsfreudig auf. Er bemerkte es und lächelte ihr höhnisch zu.

„Habe keine Sorge, Schatz!“ meinte er; „man wird unser süßes Stelldichein nicht stören; dafür hafte ich dir.“

Er zog eine Doppelpistole aus der Tasche und spannte die Hähne. Es war die höchste Zeit, denn soeben erschien Lilga zwischen den Bäumen, hinter und neben ihr die Zigeuner, nebst Karavey und Katombo. Sie wußten nicht, ob sie das richtige Gefährt vor sich hatten, aber Lilga trat vor und erhob den Stock.

„Halt!“ gebot sie dem Kutscher mit lauter Stimme.

Dieser schlug auf die Pferde ein. Sie zogen aus allen Kräften an. Im selben Augenblick krachten aus dem geöffneten Wagenschlag zwei Schüsse; Lilga und einer der Zigeuner stürzten zu Boden, und der Wagen schoß mit einer solchen Schnelligkeit davon, daß er unmöglich einzuholen war.

Daran dachte man aber auch gar nicht, denn alle hatten sich über Lilga gebeugt, der die Kugel in die Brust gedrungen war. Der Zigeuner war bloß am Bein verwundet. Karavey und Katombo knieten neben ihr, um die Verletzung zu untersuchen. Sie hielt die Augen geschlossen und bewegte sich nicht. Es war, als sei sie bereits tot.

„Lilga!“ rief ihr Bruder. „Sprich! Lebst du noch?“

Sie hielt die Augen geschlossen, aber sie antwortete:

„Er war es.“

Die Stimme klang leise wie im Verlöschen.

„Wer? Der Graf? Hast du ihn erkannt?“

„Ja.“

„Er soll es büßen!“

Da stemmte sie den Arm auf die Erde und versuchte, sich emporzurichten. Es gelang ihr nicht. Sie fiel wieder zurück. Aber aus ihren halbgeschlossenen Augen schoß ein Strahl wütender Rachsucht hervor.

„Ja, Karavey, Blut gegen Blut! Er hat die letzte Königin der Boinjaren getötet; er möge doppelt und dreifach sterben. Er ist entkommen, doch du wirst ihn finden.“

„Ja, Lilga, ich werde ihn finden, das schwöre ich dir.“

Sie öffnete die Augen und ließ sie lange, ohne ein Wort zu sprechen, auf den beiden Gesichtern ruhen, die sich über sie beugten. Dann flüsterte sie: „Karavey ist bei mir — und auch Katombo — die zwei Menschen, die ich am meisten geliebt habe — o wie ist das Sterben leicht — ich gehe — wie ein Stern — wie eine Blume — Bhowannie ruft — lebt wohl!“

„Lilga, du darfst nicht sterben, du mußt leben!“

„Ich gehe! Begrabt mich im Wald — unter Felsen und Tannen. Ich versinke und verschwinde wie unser Volk — ohne Heimat — im Windesrausch — lebt wohl — lebt wohl — — —“

Ihre Glieder streckten sich. Noch einmal öffnete sie voll die Augen, um mit dem brechenden Blick das dunkle Grün der Tannen einzusaugen, dann schlossen sie sich für immer. Ihr Bruder warf sich über sie. Sein Körper zuckte unter dem Schmerz, der ihn durchzitterte, aber über seine Lippen kam kein einziges Wort. Die anderen standen schweigend um ihn her.

Da erschollen rasche Schritte. Zwei Männer kamen mit erhitzten Gesichtern die Straße daher.

„Gollwitz!" rief Katombo überrascht. „Gollwitz und Sanford!"

Karavey erhob sich. In seinem Gesicht lag eine eiserne Entschlossenheit.

„Hollah!" rief Sanford. „Treffen wir uns hier!"

„Blickt her! Da liegt Lilga!" sagte Katombo ernst.

Die beiden traten herzu. „Ein Mord! Wer ist das?"

„Die Schwester unseres Freundes Karavey. Der Graf hat sie erschossen."

„Alle Wetter! Er kam hier vorüber? So haben wir uns also nicht geirrt?"

„Er war es."

„Wann?"

„Vor einigen Minuten."

„Tausend Teufel! Wir waren ihm hart auf den Fersen."

„Wo habt ihr die Pferde?"

„Das eine lahmte. Wir ließen sie in einem Dorf stehen, da sie uns mehr hinderlich als förderlich waren. Wir folgten der Spur des Grafen und mußten oft quer durch den Wald, um die Krümmungen abzuschneiden, die die Straße machte, die er fuhr. Das ging zu Fuß besser. Wie weit ist es von hier bis zur Grenze?"

„Eine Viertelstunde", antwortete Tirban.

„So ist er uns entschlüpft!"

„Allerdings!" nahm jetzt Karavey das Wort. „Aber nur für kurze Zeit. Wir werden ihn wieder bekommen."

„Ja, wir werden ihn erwischen. Aber Ihr werdet jetzt wohl nicht mit uns gehen wollen?"

„Nein. Ich muß bei der Schwester zurückbleiben."

„Das versteht sich von selbst. Ihr wollt sie begraben?"

„Ja. Hier im Wald. Das war ihr letzter Wunsch."

„So bleibt hier, und kommt uns nach, wenn Ihr hier fertig seid und wir Euch benötigen. Aber was gedenken Sie zu tun, Herr Graf?"

„Ich gehe mit Ihnen. Denn als ein Hohenegg fühle ich mich verpflichtet, die Taten sühnen zu helfen, die ein anderer Hohenegg in seiner Verblendung beging."

„Ich danke Ihnen, Herr Graf. Diese Gesinnung ehrt Sie. Aber wir dürfen uns nicht länger aufhalten, wenn wir den ,tollen Grafen' nicht aus den Augen verlieren wollen. Sind Sie bereit, uns jetzt gleich zu begleiten?"

„Ich bin bereit. Lassen Sie mich nur noch von Karavey Abschied nehmen und von der Toten, die einst eine große Rolle in meinem Leben spielte!" —

Nach kurzer Zeit eilten die drei Männer auf der Straße weiter. Die Zigeuner blieben zurück.

„Wohin schaffen wir die Leiche?" fragte Karavey.

„Nach meiner Hütte", erwiderte der Waldhüter. „Dort hat sie schon seit langer Zeit ihren Sarg stehen."

„So hat sie wohl auch in Beziehung auf ihren Tod und ihr Begräbnis irgendwelche Verfügungen getroffen?"

„Sie will in der Schlucht begraben sein, wohin sie uns heute führte."

„Ich werde ihr ein Grabmal von Felsblöcken aufführen lassen und dunkle Tannen darauf pflanzen. Die Gebeine ihres Mörders aber sollen keine Stelle finden, wo man sie suchen kann. Bhowannie ist die Göttin der Rache; sie wird mir helfen."

Die Männer fertigten eine Bahre und legten den Leichnam darauf. Lautlos setzte sich der Zug in Bewegung, der Waldhütte zu, vor deren Tür Lilga noch gesagt hatte: ,Ich gehe, wie die Sonne, wie die Sterne, wie die Tage und wie die Stunden!' — — —

15. Gottes Mühlen

Auf dem steinigen Gebirgspfad, der von himmelhohen, steilen Wänden eingeengt, in der Nähe der Burg Himmelstein vorbeiführte, um dann ungefähr eine halbe Stunde hinter der Burg in die eigentliche Paßstraße zu münden, schritten drei Männer rüstig fürbaß.

Der schmale, dürftige Weg war schlecht gepflegt. Nur an einigen Stellen, wo sich eine dünne Erdschicht gebildet hatte, waren Eindrücke von Wagenrädern zu bemerken, aus denen man schließen konnte, daß er dann und wann auch von einem Fuhrwerk befahren wurde.

Es war um die Mittagszeit, aber hier zwischen den zerklüfteten Schieferwänden, die wohl mehr als hundert Meter senkrecht in die Höhe stiegen, herrschte Dämmerung, und vom Himmel war nur ein schmaler Streifen sichtbar, der von unten gesehen nur selten die Breite eines Lineals überschritt.

„Heavens!" rief verwundert der größere der drei Wanderer, der seine stattlichen Gefährten noch überragte. „Es ist mir, als befänden wir uns in einem nordamerikanischen Cañon. Und ich glaube, ich wäre nicht im mindesten überrascht, wenn irgendwo hinter einer Ecke ein Indianer in voller Kriegsausrüstung hervortreten würde. Die Täuschung wäre vollkommen, wenn nicht das Wasser fehlte; man vermißt einen Fluß oder mindestens einen Bach. Meinst du nicht auch, Fred?"

„Magst recht haben, alter Bill!" nickte der Angeredete.

„Man möchte sich tatsächlich in den Wilden Westen versetzt fühlen."

„Warten Sie nur noch fünf Minuten", meinte ein Dritter, in dem der Leser unschwer Nurwan Pascha errät, „und Ihr Wunsch ist erfüllt. Wir werden gleich bei der Höllenschlucht sein, aus der ein reißender Bach in dieses Tal mündet. Dann haben sie das, was noch fehlt."

„Die Höllenschlucht?" fragte Fred erstaunt. „Diesen Namen kenne
ich. Es ist die Schlucht, in der das Duell zwischen meinem Bruder
und dem ‚tollen Grafen' stattfinden sollte."

„Schade, daß wir keine Zeit haben; sonst würde ich Ihnen gern
diese Örtlichkeit zeigen."

„Sie scheinen hier gut Bescheid zu wissen, Herr Graf!"

„Oh", lächelte Katombo, „ich bin in meiner Jugendzeit viel in diesen Bergen herumgestreift."

„Es wundert mich", sagte Bill, „daß der ‚tolle Graf' sich diesen
schauderhaften Weg ausgesucht hat."

„Mich wundert es nicht. Mein sauberer Neffe wird ihn gewählt haben, um nicht ertappt zu werden."

„Das denke ich auch", sagte Fred. „Aber schauen Sie, wir scheinen
bereits an der Stelle zu sein, von der Sie eben gesprochen haben. Hier
rechts öffnet sich eine Schlucht, und hier, Bill, hast du auch deinen
Mississippi, von dem — — behold! Was ist das?"

Er hatte sich unterbrochen, denn sein Auge war auf den Boden gefallen, der hier mit einem dichten Graswuchs bedeckt war, eine
Folge der Nähe des Baches, der sich rauschend von der Schlucht her
in den Cañon ergoß.

„Bill, komm her und betrachte einmal die Spuren, die hier zu
sehen sind!"

Sanford folgte der Aufforderung seines Freundes und trat näher.
Die Eindrücke am Boden waren so deutlich, daß die Untersuchung
keine lange Zeit in Anspruch nahm.

„Herr Graf, Ihr Neffe ist nicht weitergefahren, sondern hier ausgestiegen", sagte Fred bestimmt.

„Nicht möglich! Man sieht doch, daß die Wagenspuren weiter-
führen."

„Ganz richtig! Aber der Graf saß von hier an nicht mehr im
Wagen."

„Wie kommen Sie auf diesen Gedanken?"

„Ganz einfach! Der Wagen hat hier gehalten. Das ist aus den Hufspuren zu folgern, die sich hier in das weiche Erdreich deutlich ein-
gedrückt haben. Und kommen Sie seitwärts hierher! Sehen Sie die Eindrücke zweier Männerstiefel? Sie sind genau da, wo sich der Wagenschlag befunden haben muß, und sie haben sich tief eingeprägt, weil
er eine schwere Last zu tragen hatte. Können Sie sich denken, welche?"

„Sie meinen natürlich Magda, die Tochter des Majors. Allein es ist
mir ganz unerfindlich, wohin er sich mit ihr begeben haben sollte."

„Mir einstweilen auch. Aber wir werden schon hinter seine Schliche
kommen, ihr Neffe scheint keine Ahnung zu haben, daß Fußspuren
zum Verräter werden können."

„Sofern er gewußt hätte, daß zwei Prärieläufer hinter ihm her sind,
die die Fährte einer Mücke finden würden, hätte er sich schon mehr in
acht genommen", scherzte Katombo.

„Nun, so hart ist die Aufgabe gerade nicht, die wir jetzt zu lösen
haben", lachte Fred. „Wollen hören, was Bill bringt. Er scheint etwas
gefunden zu haben."

Sanford hatte sich unterdessen, den Blick am Boden, in der Richtung nach dem Eingang der Schlucht entfernt. Dort blieb er stehen und bückte sich. Dann richtete er sich auf und schritt ein kurzes Stück weiter hinein, worauf er zurückkehrte.

„Der Bursche ist in die Schlucht. Ich habe seine Spur drinnen entdeckt."

„Aber das ist einfach unmöglich!" widersprach Katombo. „Was sollte er in der Schlucht tun? Sie hat ja keinen Ausweg."

„Das müssen Sie natürlich besser wissen als ich", meinte Bill gleichmütig. „Aber ich will mich auf der Stelle hängen lassen, wenn ich mich geirrt habe. Sehen Sie, da — und da — und da —! Der gleiche Männerstiefel, wie vorhin. Unser Mann muß noch in der Schlucht sein, denn die Spur führt zwar hinein, aber nicht wieder heraus."

„Herr Graf!" wandte sich Fred an Nurwan Pascha. „Wie groß ist die Entfernung von hier bis zum Schluß dieser Schlucht?"

„In der Luftlinie eine Viertelstunde."

„Und sie sagen, daß sie keinen Ausgang hat? Ihr Neffe scheint doch einen solchen zu kennen, sonst würde er sich ja in eine Falle begeben haben."

„Ich kenne keinen."

„Kann man vielleicht an den Seiten empor?"

„Das ist vollkommen ausgeschlossen. Die Wände steigen so senkrecht und abschüssig empor, daß der geübteste Kletterer über einen Versuch nicht hinauskäme."

„Nun, wir werden ja sehen. Wenn es sich wirklich so verhält, wie Sie sagen, dann läuft uns der ‚tolle Graf‘ geradewegs in die Hände. Vorwärts! Ihm nach in die Schlucht!"

Katombo schüttelte zwar ungläubig den Kopf, daß sein Neffe diesen Weg eingeschlagen haben sollte, folgte indes dem Vorangegangenen ohne einen weiteren Widerspruch. Es war so, wie er gesagt hatte: die Schieferwände stiegen zu beiden Seiten des Baches, neben dem ein schmaler Pfad lief, so jäh in die Höhe, daß jeder Gedanke, da emporzukommen, Wahnsinn gewesen wäre. Um so rätselhafter kamen den Verfolgern die Spuren vor, die anfangs noch einigemal zu erkennen waren, dann aber verschwanden; der steinige Boden nahm keinen Eindruck an.

Der Pfad führte zunächst langsam aber stetig bergan und war für einen Schwindelfreien ganz gut gangbar. Tief unten rauschte der Bach sein wildes Lied, und hoch oben schienen sich die Wände fast zu berühren. Manchmal schrägten die Felsen in einer Weise, daß es den dreien vorkam, als schritten sie im Innern der Erde. Es war eine schauerliche Romantik, die sie umgab, und deren Eindruck sie sich nicht zu entziehen vermochten.

„Jetzt begreife ich", meinte Fred, „warum diese Klamm ‚Höllenschlucht‘ genannt wird. Es ist wahrhaft schauerlich hier. Ich würde mich gar nicht wundern, wenn ich Teufel oder Dämonen in diesem finsteren Gewirr von Felsen und Trümmern herumhuschen sähe."

„Kommen Sie einmal in der Dämmerung hierher!" sagte der Graf. „Dann wird es noch furchtbarer, während da droben die Fenster goldig leuchten und die Burg eine Krone von Strahlen trägt. Es ist einem da wirklich, als ob man tief unten aus der Hölle emporblickte, mitten in die Herrlichkeit des Himmels hinein."

„Ist die Burg von hier aus sichtbar?"

„Hier noch nicht, sondern weiter vorn, wo der Pfad zu Ende geht. In fünf Minuten sind wir dort."

Die angegebene Zeit war noch nicht ganz vorüber, da wichen die Wände zurück und der Weg mündete auf ein kleines, seichtes Becken, dessen Durchmesser vielleicht hundert Schritte betragen mochte. Dieses Becken besaß keine Ufer; die schwarzen Wände stiegen unmittelbar aus dem Wasser zu einer Höhe von wohl 150 Meter an und gaben dem Wasserspiegel eine tiefdunkle, fast schwarze Färbung. Links oben aus schwindelnder Höhe schauten die Mauern von Himmelstein herunter, und im Hintergrund stürzte der Bach in mehreren tosenden Fällen zur Tiefe, von denen der unterste zugleich der höchste und breiteste war.

Das Ganze machte einen so schauerlich düsteren, ja höllischen Eindruck, daß Fred sich nicht enthalten konnte, auszurufen:

„Bei Gott, das gleicht einer Szene aus Dantes Inferno! So, genau so stelle ich mir den Pechsee vor, worin die Bestechlichen für ihre Sünden ewig bestraft werden, und die Burg da oben sollte, von hier aus gesehen, nicht Himmelstein, sondern Höllenstein heißen, denn es sieht wahrhaftig so aus, als ob dort oben der Höllenfürst hause, um die Seelen zu bewachen, die in diesem Pechsee eingeschlossen sind."

„Ach was, Pechsee!" brummte Bill, für den Dante nicht mehr als ein böhmisches Dorf bedeutete. „Sag mir lieber, wohin der ,tolle Graf' verschwunden ist!"

Die nüchternen Worte seines Freundes brachten Fred wieder in die Wirklichkeit zurück. Er ließ seinen Blick forschend in die Runde schweifen und meinte dann erstaunt:

„Ja, wahrhaftig! Wohin mag er gekommen sein? Man möchte fast meinen, die Sache ginge nicht mit rechten Dingen zu."

„Habe ich es nicht gleich gesagt, daß er unmöglich diesen Weg eingeschlagen haben kann?" fragte Katombo. „Wie sollte er von hier aus in die Burg gelangt sein, außer es hat ihm ein Ballon zur Verfügung gestanden?"

„Oder der Teufel, von dem Fred gerade sprach, hat ihm Flügel geliehen", brummte Bill ärgerlich.

Gollwitz schüttelte ratlos den Kopf. „Fast möchte ich selber glauben, daß wir auf dem Holzweg sind. Aber die Spuren! Sie waren im Gras doch deutlich zu lesen wie Buchstaben in der Bibel."

„Habe mich doch immer für einen Westmann gehalten, und zwar nicht gerade für den schlechtesten", meinte Bill, „und jetzt werden wir so genasführt. Ein Greenhorn, das man zum erstenmal mit der Nase auf eine Fährte stößt, könnte nicht ratloser sein als wir."

„Seid deswegen nicht ungehalten!" begütigte Katombo. „Dieser erste Versuch ist nun einmal mißglückt, und wir müssen das Ding von einer anderen Seite anfassen. Ich werde mich jetzt auf die Burg begeben und mit meinem Neffen ein ernstes Wörtchen reden. Er muß auf mich hören."

„Sie wollen fort?" fragte Fred. „Wie weit haben Sie von hier aus bis zur Burg zu klettern?"

„Eine gute Stunde."

„Dann könnten Sie, von jetzt an, in drei Stunden wieder hier sein?"

„Gewiß. Aber wollen Sie mich denn nicht begleiten?"

„Ich bleibe hier", erklärte Fred bestimmt. „Ich habe das Gefühl, daß sich hier irgendwo ein Zugang zum Schloß befinden muß."

„Und ich gehe erst recht nicht von der Stelle", beharrte Bill. „Habe noch nie in meinem Leben eine deutlichere Fährte gesehen und muß unbedingt hinter das Geheimnis kommen. Aber sagen Sie Ihrem Neffen nichts davon, daß Sie nicht allein sind!"

„Keine Sorge! Ich weiß, wie ich mich zu verhalten habe. Hoffentlich bekommen Sie indessen nicht allzusehr Langeweile."

Nach diesen Worten kehrte Nurwan Pascha auf dem Weg, der sie an den See geführt hatte, zurück. Die beiden Freunde aber ließen sich nieder und zogen ihren Mundvorrat hervor; der lange Marsch hatte sie hungrig gemacht. — —

In dem großen Eckzimmer der Burg Himmelstein saß, behaglich in einem Lehnstuhl ruhend, der ‚tolle Graf‘. Er hatte den Reiseanzug abgelegt und trug eine bequeme Hauskleidung. Neben ihm auf dem Tisch standen die Reste eines üppigen Mittagessens, dem der Graf fleißig zugesprochen hatte. Er war, aus seiner vergnügten Miene zu schließen, in einer vortrefflichen Laune. Manchmal lachte er sogar laut auf, als ob ihn ein Einfall köstlich unterhalte. Schließlich drückte er auf den Knopf der Tischglocke.

Dem eintretenden Diener befahl er die Speisen abzutragen und den Schloßvogt zu rufen. Nach wenigen Minuten trat Geißler ein.

„Nun, alter Freund, habt Ihr Euch von den Strapazen der Reise bereits erholt? Nicht wahr, das war eine reizende Fahrt, mit einigen Hindernissen allerdings. Aber was habt Ihr? Ihr seht mir nicht gerade so aus, als ob Ihr bei besonders guter Laune wärt."

„Da haben Sie freilich nicht unrecht, gnädiger Herr! Mir ist gar nicht wohl zumut. Wenn nun die ganze Geschichte herauskommt? Sie hätten den Zuchthäusler nicht ins Vertrauen ziehen sollen!"

„Papperlapapp!" lachte der Graf. „Geißler, Ihr seid zu ängstlich. Wer sollte uns etwas anhaben können? Selbst wenn man diesen Hartmann festgenommen haben könnte, schadet uns das nicht im geringsten. Wir werden einfach alles ableugnen. Die Hauptsache ist, daß wir das Mädchen ungesehen in die Burg brachten. Es war damals doch gut, daß mein Vater die alte Vorrichtung, die ganz in Vergessenheit geraten war, wieder instand setzen ließ."

„Das wohl, gnädiger Herr, aber diesmal war es zuviel auf einmal. Der Brand, die Entführung, der Zwischenfall mit den Zigeunern, der Stich, den ich dem fremden Kutscher in den Arm versetzte, das alles — — —"

„Hört auf, Geißler! Ihr seid ein alter Unglücksrabe und heute wirklich unausstehlich. Ich mache mir nicht halb soviel Sorge wie Ihr. Sagt mir lieber, ob Eure Frau schon die zwei Stübchen im Turm vorgerichtet hat?"

„Zu Befehl, Herr Graf, es ist alles in Ordnung."

„Und das Mädchen?"

„Mit dem scheinen wir uns ein Kreuz aufgebunden zu haben. Es weint und jammert fortwährend und ruft in einem fort nach ihrem Vater und einem gewissen Gerd."

„Nun, das kann ich mir denken", höhnte der Graf. „Aber das ist nur im Anfang so. Wir werden das Püppchen schon kirre machen."

„Wenn sie aber nicht gehorchen will?"

„Dann kommt sie ins Verlies."

„Entschuldigen, gnädiger Herr, das wird nicht gehen."

„Weshalb nicht?"

„Es ist nur eine sichere Steinkammer vorhanden, und die ist besetzt. Der letzte Insasse ist noch nicht tot."

„Noch nicht! Er scheint glänzend zu leben!"

„Das nicht; aber er war kerngesund, und mit einem Mord will ich mein Gewissen nicht beschweren."

Der Graf lachte boshaft. „Ja, ich weiß, daß Ihr ein überaus zartes Gewissen besitzt. Jetzt geht! Ich will mir meine gute Laune nicht durch Euer sauertöpfisches Gesicht verderben lassen."

Die Tür hatte sich kaum hinter dem Vogt geschlossen, so trat dieser abermals ein und überreichte seinem Herrn eine Karte.

„Wilhelm Graf von Hohenegg. Hohenegg! Wer führt doch diesen Namen noch außer mir? Richtig, das ist ja der famose Kaperkapitän, der die Pläne meines Vaters zunichte gemacht und mich um mein väterliches Erbe gebracht hat. Aber was kann der von mir wollen? Geißler, laßt den Herrn eintreten! Es wird jedenfalls klug sein, ihn nicht abzuweisen."

Der Vogt ging, und einen Augenblick danach erschien der Angemeldete. Nach der ersten Begrüßung, die keineswegs eine herzliche war, wie man sie unter nahen Verwandten, die sich lange nicht gesehen haben, erwarten sollte, wies der Herr des Hauses mit einer einladenden Bewegung seiner Hand auf einen Stuhl. Der Besuch tat indes, als ob er diese Einladung nicht bemerkt habe und blieb stehen.

„Was verschafft mir die unerwartete Freude, meinen Oheim begrüßen zu dürfen? Es ist, glaube ich, eine halbe Ewigkeit her, daß wir uns nicht mehr begegnet sind."

Nurwan Pascha schaute ihn mit einem ernsten Blick an. „Meinen Sie das im Ernst? Mir ist, als ob wir uns erst vor ganz kurzem begegnet seien."

„Vor ganz kurzem? Sie irren."

„Es ist wohl möglich, daß Sie mich nicht erkannt haben. Es war gestern ein paar Stunden vor Mitternacht im Wald, und Sie trugen eine schwere Last auf den Armen."

Der ‚tolle Graf' erschrak, gab sich aber Mühe, seine Bewegung zu verbergen; er brachte es sogar fertig zu lächeln.

„Wissen Sie, daß es gar nicht schmeichelhaft ist, was Sie da sagen. Sie scheinen einen Packträger für meine Person gehalten zu haben."

„Es könnte aber doch ausnahmsweise einmal der Fall eintreten, daß sich ein Graf zu einem Packträger erniedrigt."

„Ich verstehe Sie nicht, bester Onkel.“

„Ich bitte Sie, spielen Sie nicht mit mir Theater! Sie verstehen mich gar wohl. Sie werden doch nicht leugnen, daß Sie wissen, was sich gestern auf dem Gut des Majors Helbig ereignet hat?“

„Wie soll ich das wissen? Während meines kurzen Besuchs beim Major, der kaum eine Stunde währte, hat sich nichts Nennenswertes zugetragen.“

„Dafür aber desto mehr nach Ihrer Entfernung.“

„Möglich; doch was geht das mich an?“

„Mehr, als Sie zugeben wollen. Das Gut des Majors ist heute während der Nacht vollständig abgebrannt.“

„Himmel, was sagen Sie da? Das ist ja nicht möglich!“

„Und während des Brandes ist seine Tochter von einem Schurken entführt worden.“

Der neuzeitliche Raubritter tat, als ob er außer sich vor Erstaunen sei. „Ist so etwas auch nur zu denken? Solche Dinge kommen doch heutigentags nicht mehr vor!“

„Zuweilen doch, wie Sie sehen! Da ich mich gerade in der Gegend befand, wollte ich den Major besuchen und traf ihn in der höchsten Herzensnot wegen des Verschwindens seiner Tochter. Er ist mein Freund, und deshalb machte ich mich sofort auf den Weg, um den Räuber zu verfolgen. Dabei führten mich die Nachforschungen auf die Burg Himmelstein.“

„Auf die Burg — Himmelstein?“ fragte der Graf stockend. „Wie meinen Sie das?“

„Ich meine, daß sich das Mädchen als Gefangene hier befindet.“

„Herr — —! Wie können Sie sich erlauben — — —!“

„Bitte ereifern Sie sich nicht! Ich weiß genau, woran ich mit Ihnen bin. Ich frage, wollen Sie das Mädchen gutwillig herausgeben oder nicht?“

„Ich sehe nicht ein, woher Sie das Recht nehmen, diese Frage an mich zu stellen. Ich habe das Mädchen nicht bei mir.“

„Pah, geben Sie sich keine Mühe! Und nehmen Sie Vernunft an! In diesem Fall wäre ich bereit, diese Angelegenheit auf sich beruhen zu lassen und dafür zu sorgen, daß Sie nicht weiter behelligt werden. Wenn nicht, müßte ich die Hilfe der Polizei in Anspruch nehmen.“

„Es ist merkwürdig, Erlaucht, daß Sie, obgleich ein Hohenegg, gegen mich Partei ergreifen und mit der Polizei drohen. Wer gibt Ihnen das Recht dazu?“

„Können Sie noch fragen? Eben weil ich ein Hohenegg bin, kann ich nicht zusehen, daß Sie diesen Namen mit Schmach bedecken. Sie weigern sich also, das Mädchen herauszugeben?“

„Ich weigere mich nicht. Aber ich verwahre mich mit Schärfe dagegen, daß Sie meine Person in Verbindung mit diesem Fall bringen, mit dem ich nichts zu tun habe. Doch bin ich bereit, Sie in der Burg herumzuführen, um Sie zu überzeugen, daß Sie sich irren.“

„Pah“, machte Katombo geringschätzig, „ich kann mir denken, daß es in dieser alten Burg Heimlichkeiten gibt, von denen nur Eingeweihte unterrichtet sind. Sie werden sich hüten, mir dergleichen zu zeigen.“

„Es gibt auf Himmelstein keine Heimlichkeiten."

„Um so besser für Sie!"

„Beendigen wir die Unterhaltung! Ich bin nicht gewillt, mich wie einen Verbrecher verhören zu lassen."

„Nun gut! Ich hätte mir eigentlich denken können, daß mein Besuch kein Ergebnis haben werde. Ich gehe, aber ich erlaube mir noch, Sie daran zu erinnern, daß Sie auch in Süderland nur geduldet sind. Es kostet mich nur ein Wort, so werden Sie des Landes verwiesen."

„Herr, Sie sind verrückt, sonst könnten Sie nicht in diesem Ton mit mir reden. Ich verbitte mir das in meinem Hause, und nur die Rücksicht auf den Namen Hohenegg hält mich davon ab, Sie so zu behandeln, wie Sie es vielleicht verdienen."

„Wie wollen Sie mich behandeln?" lächelte der Pascha überlegen. „Wollen Sie mich vielleicht auch verschwinden lassen, wie vor sieben Jahren den jungen Baron Theodor von Gollwitz?"

Der andere zuckte zusammen. „Gollwitz? Was wollen Sie mit dem? Ich verstehe Sie nicht."

„Denken Sie darüber nach, lieber Neffe! Dann werden Sie mich begreifen. Man beginnt allmählich hinter Ihre Schliche zu kommen. Leben Sie wohl!"

Ohne eine Erwiderung abzuwarten schritt Katombo zur Tür hinaus und die mit Teppichen belegte steinerne Treppe hinunter. Draußen angekommen, wandte er sich nach Süden, bis er nach zehn Minuten den Wald erreichte, der zu beiden Seiten an die Straße herantrat.

Er war noch ungefähr zwanzig Schritte von den ersten Bäumen entfernt, als zwei Männer aus ihrem Schatten hervortraten, die auf ihn gewartet zu haben schienen.

„Schon wieder zurück, Erlaucht?" fragte der ältere der beiden, in denen wir Schubert und seinen Sohn Gerd erkennen, die zur Beobachtung Himmelsteins ausgeschickt waren. „Das ist aber schnell gegangen. Haben Sie etwas erreicht?"

„Nein; er hat alles abgeleugnet."

„Habe ich es nicht gesagt, als wir uns vor einer halben Stunde an dieser Stelle trafen? Dieser Schuft ist mit allen Wassern gewaschen."

„Was tun wir jetzt?" fragte Gerd, der seine Ungeduld kaum bemeistern konnte. „Wir warten doch nicht etwa, bis die Polizei die Sache in die Hand nimmt? Bis dahin kann Magda verdorben und gestorben sein."

„Der Meinung bin ich auch", gab ihm sein Vater recht. „Ich schlage vor, daß wir die Anker heben, die Segel hissen und das Piratenschiff Himmelstein ansegeln. Wir legen Bord an Bord und knüpfen alles, was wir finden, an die Fockrahe, wie es ehrlicher Seemannsbrauch ist. Dabei bleibt's!"

Katombo lachte. „So schnell, wie Sie meinen, geht es wohl nicht. Wir dürfen selbstverständlich nichts unternehmen, ohne zuvor die anderen zu benachrichtigen. Das Beste ist, wir suchen jetzt von Gollwitz und Sanford in der Höllenschlucht auf."

„Wir alle drei?"

„Ja."

„Falls aber der Schurke unterdessen mit dem Mädchen das Weite sucht? Ist es nicht besser, wenn einer von uns hier Wache steht?"

„Ich halte dies für überflüssig. Der Räuber wird sich hüten, die Burg zu verlassen, wo er seine Beute am sichersten weiß."

„Sie mögen recht haben. Machen wir uns also an die Ankerwinde!"

Da sie rasch ausschritten, erreichten sie bereits nach drei Viertelstunden die Stelle in der Höllenschlucht, wo die beiden Präriejäger mit Ungeduld warteten.

„Endlich!" rief Fred, als er Katombos ansichtig wurde. „Sie sind rascher zurück als wir annehmen durften. Und die beiden anderen Herren sind auch mitgekommen? Gut, dann sind wir beisammen und können das Ding gemeinsam anpacken. Haben Sie etwas erreicht, Erlaucht?"

„Nein; er leugnet."

„*Well*, das konnten wir uns denken. Und Sie, Herr Kapitän? Welche Beobachtungen haben Sie gemacht?"

„Beobachtungen? Gar keine. Wir haben den halben Vormittag in der Nähe des Schlosses vor Anker gelegen, haben aber nichts zu sehen bekommen als eine leere Kutsche, die den Berg heraufgesegelt kam und in den Schloßhof fuhr."

„Eine leere Kutsche? Natürlich! Der Graf hat das Schloß nicht von vorn betreten, sondern ist vorher ausgestiegen und hat seine Beute hinten herum in Sicherheit gebracht."

„Hinten herum? Aber wo?"

„Hier."

„Lassen Sie sich immer noch nicht davon abbringen, daß es hier gewesen sein muß?" fragte Katombo.

„Nein; jetzt noch weniger als vorhin. Wir sind nämlich nach Ihrer Entfernung nicht müßig gewesen."

„So? Und was haben Sie unterdessen getrieben?"

„Wir haben nachgedacht und den geheimen Zugang zum Schloß entdeckt!"

Diese unerwartete Eröffnung versetzte die anderen in maßloses Staunen. Die verschiedensten Rufe der Verwunderung wurden laut, denen Fred mit seiner Erklärung ein Ende machte:

„Ich habe gesagt, daß wir den geheimen Zugang entdeckt haben. Ich hätte mich vielleicht besser ausdrücken und sagen sollen: wir haben ihn zwar nicht gesehen, doch wir wissen, wo er sich befindet, wo er sich befinden muß?"

„Aber wo? Es gibt keine einzige Stelle in der Wand, die man von hier aus nicht erkennen könnte. Eine Lücke ist nicht zu entdecken."

„Nicht wahr?" lächelte Fred ein wenig geschmeichelt. „Und doch ist die Sache ganz einfach. Es gibt gar wohl eine solche Stelle, die sich unseren Blicken entzieht, allerdings nur eine einzige."

„Welche meinen Sie?" fragte Katombo neugierig. „Es kommt nur eine Stelle in Betracht, aber die liegt außerhalb jeder Berechnung: nämlich der Teil der Wand, der durch den Wasserfall bedeckt wird."

„Gerade den meine ich", behauptete Fred mit großer Bestimmtheit. „Bill hat die gleiche Überzeugung wie ich."

„Aber das ist doch unmöglich!"

„Weshalb sollte das unmöglich sein?"

„Wie sollte mein Neffe mit dem Mädchen durch den Wasserfall gekommen sein?"

„Das ist nicht unsere Sache, sondern die seine. Wie nun, wenn der Wasserfall durch irgendeine Vorrichtung abgestellt werden kann? Und wenn dort drüben, hinter dem Fall, ein Boot versteckt ist? Dann wäre das Rätsel auf eine sehr einfache Weise gelöst. Der Kutscher, der in das Geheimnis eingeweiht ist, ist vorausgefahren und hat den Fall abgestellt und den Grafen mit Magda im Boot hinübergeholt, ohne daß sie im mindesten naß zu werden brauchten."

„Aber das klingt im höchsten Grad unwahrscheinlich!"

„Oh, das schadet nichts. Das Unwahrscheinlichste ist in diesem Fall das einzig Mögliche und darum das Richtige."

Katombo schüttelte den Kopf. „Ihr Präriejäger seid sonderbare Menschen! Ihr dichtet aus einem einzigen Grashalm eine ganze Geschichte zusammen und verlangt, daß man sie euch glauben solle."

„Streiten wir uns nicht!" meinte Fred. „Wer werden ja bald sehen, wer von uns beiden im Recht ist. Hat einer der Herren vielleicht eine Kerze oder etwas Ähnliches bei sich?"

Nach einigem Suchen brachte Balduin Schubert ein kleines Stückchen Talg zum Vorschein.

„Das genügt. Zündhölzer habe ich selber, die Hauptsache ist nur, daß ich sie trocken hinüberbringe."

„Was haben Sie vor?" staunte Katombo. „Sie wollen doch nicht hinüberschwimmen?"

„Weshalb nicht?" lachte Fred. „Ich muß Ihnen doch den Beweis liefern, daß meine und Bills Behauptung richtig ist."

„Aber in diesem eiskalten Wasser können Sie sich den Tod holen!"

„Pah! Die Flüsse in den Bergen des Wilden Westens, durch die ich geschwommen bin, sind vorher auch nicht angewärmt worden."

Mit diesen Worten entledigte er sich des Rocks, den er Bill übergab.

Da aber schob sich der Kapitän dazwischen. „Stopp, lieber Gollwitz! Ich habe zu dem großen Garn, das vorhin abgewickelt wurde, kein Wort gesagt. Aber ich bin der Meinung, daß, wenn einmal geschwommen werden soll, das in mein Fach schlägt. Ziehen Sie Ihren Rock nur wieder an und geben Sie mir den Talg und die Zündhölzer! Ich werde an Ihrer Stelle hinübergondeln und die Sache untersuchen."

Das wollte nun Fred nicht zugeben; es entspann sich ein kleiner Wortstreit, aus dem schließlich Schubert als Sieger hervorging.

Damit hatte er auch schon den Rock und alles Überflüssige abgelegt. Das Talgstümpchen und die Zündhölzer wickelte er sorgfältig in sein Taschentuch und barg sie unter seinem Hut, den er tief in die Stirn hereinzog. Dann stieg er ins Wasser, das ihm zunächst nur bis an die Knie reichte.

Die Zurückbleibenden folgten seinen Bewegungen mit leicht begreiflicher Spannung. Weiter und immer weiter schritt der Kapitän gegen die Mitte des Beckens vor, das allmählich tiefer wurde, bis ihm das Wasser bis zur Schulter ging. Dann breitete er die Arme zum Schwimmen aus und hielt auf den Wasserfall zu, aber nicht auf seine Mitte, sondern auf den äußeren Rand.

„Hm, der Mann ist schlau", bemerkte Fred mit Genugtuung. „Er packt den Fall an seiner schwächsten Stelle an, nämlich am Rand."

„Glauben Sie, daß sich der Zugang dort befindet?" fragte Gerd.

„Dort wohl nicht, sondern mehr gegen die Mitte zu. Aber ich denke mir, er wird den freien Raum ausnützen wollen, der sich zwischen Fall und Wand bildet."

„Woher wollen Sie wissen, daß ein solcher vorhanden ist? Man sieht doch von hier aus nichts davon."

„Das macht die Entfernung. Aber es muß einer dort sein. Sie müssen die Wucht in Betracht ziehen, mit der das Wasser von solch gewaltiger Höhe niederfällt. Da ist es klar, daß es nicht senkrecht an der Wand hinabgleitet, sondern in einem mehr oder weniger großen Bogen hinausgeschleudert wird, was man allerdings von hier aus nicht wahrnimmt. Schau, jetzt hat Ihr Vater den Rand erreicht und jetzt — jetzt ist er weg."

Ja, der Kapitän war nicht mehr zu sehen. Man hatte vom Ufer aus noch bemerkt, daß er mit einem raschen Griff den Hut, der sich wohl etwas verschoben hatte, fest in die Stirn drückte, dann tauchte er unter und verschwand.

Wenn sich die Berechnung der beiden Jäger als unrichtig herausstellte, so mußte er im nächsten Augenblick wieder vor dem Wasserfall erscheinen. Aber er kam nicht. Das war ein gutes Zeichen, vorausgesetzt, daß ihm kein Unglück zugestoßen war. Die anderen standen erwartungsvoll am Ufer und blickten schweigend auf die Stelle, hinter der er verschwunden war. So vergingen fünf Minuten und noch fünf, aber Schubert zeigte sich noch immer nicht. Bereits begann sich Besorgnis in den Herzen der Wartenden zu regen, namentlich sein Sohn konnte seine Unruhe kaum verbergen. Wieder verstrichen fünf Minuten in atemlosem Schweigen, da aber rief Gerd plötzlich:

„Der Wasserfall, der Wasserfall! Seht, er verschwindet!"

Ja, der Wasserfall verschwand wirklich. Zuerst die oberste Stufe, die wie von einem Zauberstab berührt nach unten zu versinken schien. Dann, aber langsamer, die folgenden Stufen. Das Tosen wurde schwächer und hörte schließlich ganz auf. Nach zwei Minuten gab es da, wo eben noch eine breite Wassermauer die Wände bedeckt hatte, nur mehr ein dünnes Rieseln von Zacke zu Zacke und von Vorsprung zu Vorsprung. Unten am Wasserspiegel war — wenn auch nicht deutlich, weil er sich gegen die dunkle Umgebung nur wenig abhob — ein Spalt wahrzunehmen, auf den sich aller Augen mit gespannter Neugier richteten.

„Da ist er ja, Ihr Zugang zur Burg!" sagte Katombo im Ton ehrlichster Bewunderung. „Wahrhaftig, Baron, ich muß Ihrem Scharfsinn alle Anerkennung zollen."

„Oh, Herr Graf, es war wirklich nicht schwer, hinter das Geheimnis zu kommen, wenn man die verschiedenen Tatsachen in Erwägung zog. Da waren einmal die Spuren, die unverkennbar in die Schlucht hineinwiesen. Dann Ihre Versicherung, daß die Seitenwände unersteigbar seien, wovon ich mich hernach selber überzeugte. Durch die Luft konnten die Gesuchten ebenfalls nicht davongeritten sein, und so blieb nur eine Möglichkeit: der Wasserfall."

„So, wie Sie die Sache darstellen, scheint sie auch wirklich ganz einfach zu sein. Aber ich sage Ihnen, ich hätte ein ganzes Jahr an dieser Stelle stehen können, und es wäre mir nicht eingefallen, daß sich hinter dem Wasserfall ein Geheimnis verbirgt. Auf welche Weise, glauben Sie, ist der Fall zum Stillstand gekommen?"

„Darüber wird der Kapitän am besten Bescheid geben können, wenn er — — — behold! Da kommt er schon! Und wahrhaftig, genau so, wie ich es mir gedacht habe, in einem Boot!"

Wirklich kam aus der Spalte ein Boot hervorgeschossen, in dem Schubert saß. Es näherte sich schnell der Stelle, an der die Männer standen; nach kurzem legte es an, und der Kapitän sprang heraus.

„So, da bin ich wieder!" lachte er fröhlich. „Werdet mich wahrscheinlich schon länger erwartet haben, konnte das Tau aber nicht rascher abwickeln, mit dem besten Willen nicht. Also, die Sache liegt genau so, wie Sie, Herr Baron, vermutet haben. Nachdem ich — — —"

„Stop, mein Lieber!" fiel ihm Fred in die Rede. „Wir sind natürlich alle sehr gespannt auf Ihre Geschichte, aber die können Sie uns unterwegs ebensogut erzählen. Ich bin der Meinung, wir warten nicht länger, nachdem wir hinter das Geheimnis gekommen sind. Fahren wir hinüber!"

„Alle fünf auf einmal?" fragte Gerd, indem er das kleine Fahrzeug mit einem bedenklichen Blick musterte.

„Weshalb nicht? Wenn es drei Personen trägt, dann wird es im Notfall auch mit fünf gehen, sofern wir uns ein wenig eng machen", meinte sein Vater zuversichtlich.

Sie stiegen also ein; Sanford nahm das Ruder, und Schubert setzte sich ans Steuer; die anderen drei rückten zusammen und ‚machten sich eng'. Während der kurzen Fahrt ‚wickelte der Seemann sein Tau ab'. Durch geschicktes Untertauchen war er jenseits des Wasserfalls wieder empor gekommen, glücklicherweise, ohne sich ein ‚Leck in den Kopf zu rammen', wie er sich ausdrückte. In dem Zwielicht, das, gedämpft durch den Wasserfall, hier herrschte, bemerkte er sofort die Lücke im Gestein und schwamm auf sie los. Tiefes Dunkel umfing ihn im nächsten Augenblick. Vorsichtig weiterschwimmend berührte seine Hand bereits nach kurzer Zeit einen Gegenstand, der aus dem Wasser hervorragte; es war, wie er sich zu seiner Freude überzeugte, ein Boot. Er schwang sich hinein, zündete das Talglicht an und erkannte bei dessen schwachem Schein, daß er sich in einem Kanal befand, der hier zu Ende ging und in eine steil in die Höhe führende Treppe mündete. Eigentlich konnte er jetzt seine Aufgabe als erledigt betrachten und zu den anderen zurückkehren. Aber da fiel ihm ein, was Fred von einem Abstellen des Wasserfalls gesprochen hatte, und es reizte ihn, die Sache näher zu untersuchen. Er besann sich nicht lange, sondern ‚stieg in die Wanten', höher und immer höher. Das Talgstümpchen war bereits am Verlöschen, als die Treppe zu Ende war. Sie mündete in einen seitlich führenden und vollkommen ebenen

Gang. Und gerade an dieser Stelle entdeckte er das Gesuchte, eine Art Flaschenzug, dessen Seile nach oben durch ein Loch in der Decke liefen. Natürlich wußte der Kapitän sofort, woran er war; er faßte das Rad und setzte es so lange in Bewegung, bis er Widerstand fühlte. Auf dem Boden stand eine Laterne, die aus irgendeinem Grund hier zurückgelassen worden war und die ihm jetzt sehr zustatten kam. Er zündete sie an seiner Talgkerze an und eilte mit ihr, so rasch er konnte, die Treppe hinunter. Welche Freude, als er unten ankam und bemerkte, daß der Wasserfall verschwunden war und das Tageslicht in den Kanal fiel! Die Lampe löschte er einstweilen aus.

Balduin Schubert war mit seinem gedrängt gehaltenen Bericht gerade fertig geworden, als man in den Kanal einfuhr. Einige Ruderschläge brachten das Boot an die Mündung der Treppe. Die Laterne wurde wieder angezündet und das Boot festgemacht, und dann schritt Fred mit dem Licht den anderen voran die Treppe empor.

Man hatte beim Legen der Stufen, die roh in den Felsen gehauen waren, eine natürliche Spalte des Gesteins benutzt, die einen fast senkrechten Riß in den Berg bildete, so daß der Anstieg ziemlich langsam vonstatten ging. Als Fred auf der letzten Stufe angekommen war, da, wo das Triebwerk angebracht war, wartete er, bis alle beisammen waren, und schärfte ihnen möglichste Lautlosigkeit ein.

Der Gang, den sie nun betraten, war einen Meter breit und zwei Meter hoch. Nach einiger Zeit kam man an eine Stelle, wo ein mit Wasser halb gefülltes Holzgefäß am Boden stand. Das war zwar auffällig, aber da man keine Zeit hatte, wurde es nicht weiter beachtet, und man schritt weiter.

Es war gut, daß Fred seinen Gefährten Vorsicht angeraten hatte, denn kaum war er an dem Wassergefäß vorüber, als er weit vor sich ein leises Geräusch vernahm.

„Pst! Man kommt! Nieder zur Erde und nicht gemuckst!"

Alle folgten seiner Aufforderung, und Fred löschte seine Lampe aus. Ungefähr zwanzig Schritte vor sich nahm er einen fahlen Lichtschein wahr. Die Lichtquelle selber konnte er nicht sehen, weil der Gang gerade dort einen Winkel schlug. Dadurch wurde eine Ecke gebildet, hinter die sich Fred mit katzenartigen Sprüngen schlich. Der Schein ward heller, und es wurde eine Blendlaterne sichtbar, die von einem Mann getragen wurde.

Es war der Schloßvogt.

Dieser schritt ahnungslos an Fred vorüber, der sich hart an das Gestein gedrückt hatte. Ein schneller Blick vorwärts belehrte ihn, daß der Mann allein war.

„Halt!"

Bei dem unerwarteten Klang einer menschlichen Stimme zuckte der Vogt zusammen. Er drehte sich um, und als er Fred sah, erschrak er, als ob er ein Gespenst erblickt hätte. Doch rasch ermannte er sich.

„Wer sind Sie? Was haben Sie hier zu suchen?" fragte er drohend.

„Hm, sei nicht bös, Alter! Ich will deinen Herrn besuchen, den größten Halunken, den es gibt!"

„Kerl, wer bist du?"

„Das kann dir gleichgültig sein. Du wirst mich schon noch kennenlernen. Gib einmal deine Laterne her!"

Die Worte waren noch nicht verklungen, so hatte er sie ihm entrissen.

„Mensch!" drohte der Vogt. „Her mit der Laterne oder — — —"

Er sprach nicht weiter und wich um einige Schritte zurück, denn
er sah die Mündung eines Revolvers auf sich gerichtet.

„Bill!" gebot Fred.

„Hier!" antwortete Sanford, der der Vorderste in der Reihe war.

„Soll ich diesem Schlingel einen Klaps geben?"

Der Vogt drehte sich um. „Wer ist dieser Mann", forschte er erschrocken.

„Ich bin der leibhaftige Teufel und komme, um dich zu holen",
lachte Bill. „Mach keinen unnützen Sums, du mußt mit!"

Dabei legte er ihm die riesenstarken Arme um den Leib und hielt
ihn so fest, daß er sich nicht zu rühren vermochte.

„Und nun, Fred, kannst du alles von ihm erfahren, was du willst.
Ich gebe dir mein Wort, er wird gestehen. Dafür werde ich sorgen."

Vorhin war dem Vogt im ersten Schreck über die Überrumplung
ein Gegenstand, den er unter dem Arm getragen hatte, entfallen und
auf den Boden gekollert. Fred hob ihn jetzt auf und besah ihn.

„Ah! Ein Laib Brot! Wohin wolltest du den bringen, Schurke?"

„Ich war auf dem Weg zu — — ich wollte — — die Fische unten
am Wasserfall füttern."

Diese Ausrede wirkte so belustigend, daß sie sich alle Mühe geben
mußten, nicht in ein lautes Lachen auszubrechen.

„So, so! Du scheinst uns für sehr dumme Menschen zu halten, daß
du uns zumutest, das zu glauben. Aber wohin du gehen wolltest, ist
uns zunächst gleichgültig. Sag uns lieber, wohin dieser Gang führt!"

„Das kümmert euch nicht!"

„Bursche, rede höflicher, sonst quetsche ich dir den Brustkasten
entzwei!" drohte Bill, indem er den Druck seiner Arme verstärkte.

Der Vogt stöhnte. „Lassen Sie mich los, um Gottes willen, lassen
Sie mich los, ich will es ja sagen!"

„Also beschreibe mir den Weg! Wohin kommt man, wenn man diesem Gang folgt?" forschte Fred.

„Es geht zunächst ziemlich lange geradeaus. Dann kommt man an
eine Tür, hinter der der Schloßbrunnen liegt."

„Womit ist sie verschlossen? Mit einem Riegel?"

„Nein, sie hat eine geheime Vorrichtung."

„Die dir aber natürlich bekannt ist?"

„Ja", antwortete der Vogt zögernd.

„Das ist gut, dann brauchen wir nicht lange die kostbare Zeit zu
verlieren. Wer kennt sie noch?"

„Der Graf und meine Frau."

„Sonst niemand?"

„Nein."

„Weiter!"

„Jenseits führt eine Tür, die die gleiche Vorrichtung hat, in einen
Gang, der waagrecht weitergeht, bis er an einer Wendeltreppe endet."

310

„Wohin kommt man da?“

„In einen Turm, der nur diesen geheimen Treppenraum und zwei darüberliegende Zimmerchen enthält.“

„Wer bewohnt diese Räume?“

Der Vogt wollte nicht mit der Sprache heraus, aber Sanford, in dessen Armen er wie Wachs war, brachte ihn schnell zur Vernunft.

„Die Tochter des Majors Helbig“, ächzte er.

„Siehst du, wie gut du Deutsch verstehst?“ lachte Fred. „Ich vermute, daß der Zugang zur Wendeltreppe von innen aus irgendwie verkleidet ist, denn sonst könnte euch eure Gefangene ja entwischen.“

„Ja, an der Stelle der Tür befindet sich ein Bild, und da, wo außen der Drücker ist, ist eine Erhöhung am Haken des Rahmens angebracht.“

„Gut! Soweit kenne ich mich aus. Aber es muß auch noch eine Verbindung mit dem Schloß vorhanden sein.“

„Diese befindet sich auf dem zweiten Treppenabsatz, wo eine Tür in einen unbelebten Gang des Schlosses führt.“

„Hoffentlich hast du die Wahrheit gesprochen. Denn wenn sich herausstellt, daß du uns auch nur in einem Punkt belogen hast, bist du verloren! Du bleibst natürlich jetzt bei uns als Gefangener. Von deinem Verhalten soll es abhängen, wie deine Strafe ausfällt. Bill, nimm du die zweite Laterne und gib auf den Burschen obacht! Bei der geringsten verdächtigen Bewegung schießt du ihn nieder!“

Nachdem man zuvor noch den Gefangenen nach Waffen untersucht hatte, wobei ein Messer zum Vorschein kam, das Bill zu sich steckte, ging es ein ziemliches Stück weiter, bis eine Tür Halt gebot. Fred leuchtete sie mit der Laterne ab, und als er weder Riegel noch Schloß bemerkte, wandte er sich an den Schloßvogt:

„Wie ist die Tür zu öffnen? Sag es schnell, aber bleib bei der Wahrheit!“

Der Gefangene hatte allmählich erkannt, daß er durch Widerstand seine Lage nur verschlimmern könne. Er deutete mit dem Finger auf eine bestimmte Stelle im Türrahmen und erklärte:

„Das Öffnen geschieht, indem Sie das Messer hier in diese Spalte einsetzen und kräftig gegen die Tür drücken.“

Fred folgte ohne Zögern dieser Weisung. Ein leises Knarren ließ sich hören, und die Tür sprang auf. Feuchter, kalter Dunst schlug ihnen entgegen. Fred leuchtete mit der Laterne hinein. Vor ihnen lag ein runder, mit Steinfliesen belegter Raum, in dessen Mitte ein Loch gähnte. In ihm verschwand das Brunnenseil, das von oben herunterhing.

„Sehen wir uns diesen Raum genau an, bevor wir ihn betreten! Wir müssen die Laterne abblenden, denn ihr Licht könnte uns verraten, wenn zufällig da oben jemand zum Brunnen käme. Wir gehen rechts um das Loch herum. Bill, tu mir den Gefallen und bleibe mit unserem Gefangenen hier! Wir wissen nicht, wie die Dinge da vorn stehen, und ein einziger lauter Ruf aus seinem Mund könnte uns verraten. Seine Laterne magst du behalten, wir haben mit einer genug.“

Fred bedeckte sein Licht und dann traten sie in die gefährliche Rundung. Sie kamen glücklich am Brunnen vorüber und drüben durch die Tür, die sich auf die gleiche Weise wie die erste öffnete.

Nun wurde die Laterne wieder von ihrer Hülle befreit. Sie sahen einen Gang vor sich, der einige Zeit eben weiterführte, bis er an einer Wendeltreppe endete, die innerhalb eines runden Gemäuers emporstieg.

„Bis jetzt hat uns der Gefangene nicht belogen; seine Angaben stimmen genau. Aber nun leise, bitte!"

Mit unhörbaren Schritten schlichen sich die vier die Treppe empor. Auf dem zweiten Absatz blieb Fred stehen. Er ließ den Schein seiner Lampe auf die Wand fallen, in der er eine Tür bemerkte, die aber zu seinem Erstaunen offenstand.

„Das ist merkwürdig!" flüsterte er. „Sollte unser Gefangener die Tür offen gelassen haben? Oder hat sie nach ihm ein anderer aufgemacht? Das könnte nur der ‚tolle Graf' gewesen sein. Bleiben Sie stehen und lassen Sie mich zunächst allein emporsteigen, um zu lauschen!"

Im nächsten Augenblick war er hinter der Windung der Treppe verschwunden. Oben blieb er halten, um eine Weile zu horchen, dann kehrte er zurück.

„Meine Herren, wir kommen zur glücklichen Stunde. Fräulein Magda ist oben, und er befindet sich bei ihr. Ich hörte beide deutlich."

„Der Schuft!" stieß Gerd, bleich vor Erregung hervor. „Vorwärts, hinauf zu ihm!"

„Halt!" befahl Fred und hielt Gerd am Arm fest. „Ich erwarte, daß Sie meinen Anordnungen Folge leisten. Sie, Erlaucht, und der Kapitän treten in diesen Gang hier, der zum Schloß führt, nehmen den Grafen in Empfang, falls es ihm gelingen sollte, uns droben zu entschlüpfen. Der Herr Leutnant geht mit mir."

Die beiden Genannten blieben im Finstern zurück, und Fred stieg mit Gerd nach oben. Nach dem vierten Absatz hörte die Treppe auf, und sie standen vor einer Tür, hinter der Stimmen zu vernehmen waren.

„Hier ist der Drücker. Treten wir ein. Aber leise!" warnte Fred.

Ein kleiner Druck genügte, und die Tür war offen. Fred trat ein, und Gerd folgte ihm. Sie befanden sich in einem Stübchen, das nur mit einem Bett, einem Nachttischchen und zwei Stühlen ausgestattet war. Ein Fenster gab es nicht, aber durch die Spalte der angelehnten Tür fiel ein leiser Lichtschimmer herein. Gerd huschte zur Spalte und blickte in das Nebengemach.

Auf einem kleinen Sofa saß der Graf, und in der äußersten Ecke stand Magda mit angsterfülltem Angesicht, die Hände flehend erhoben.

„Täuschen Sie sich nicht, mein Täubchen!" sagte eben der Graf. „Kein Mensch weiß, wo Sie sich befinden; niemand wird Ihnen Rettung bringen. Nur die Erhörung meiner Liebe kann mich bewegen, Sie den Ihrigen wiederzugeben."

„Ich hasse und verachte Sie!" antwortete sie mit zitternder Stimme.

„Oh, ich habe schon manches Vöglein kirre gemacht. Auch Sie werden bald zahm werden, wenn Sie eines der Löcher betreten, in denen ich Widerspenstige zu zähmen weiß."

„Ich werde sterben." — „Es stirbt sich nicht so leicht."

„Gott wird mich schützen und retten."

„Meinen Sie? Ich möchte doch wissen, wie er dies anfangen wollte. Sie sind schwach, und ich bin stark. Ich werde es Ihnen beweisen."

Er erhob sich, trat auf sie zu und wollte sie umfassen. Doch er wich schreckensbleich zurück, denn die Tür hatte sich geöffnet und in ihr war Gerd erschienen. „Elender!" donnerte dieser.

Dieses Wort brachte den Grafen sofort wieder zu sich. Wer sprechen kann, ist kein Gespenst.

„Gerd, o mein Gott!" schrie Magda auf und warf sich in die Arme des Geliebten.

„Was wollen Sie hier?" zischte der Graf, indem er auf Gerd zutrat. Da erblickte er Gollwitz, der hinter jenem eingetreten war.

„Wer — — wer ist das? Wo haben ich Sie — — Sie schon einmal gesehen?"

„Wer ich bin? Ich bin Ihr böser Geist und komme, um Rechenschaft wegen meines Bruders Theodor von Ihnen zu fordern."

„Gollwitz!" rief der Überraschte in plötzlichem Erkennen.

„Ja, ich bin ein Gollwitz. Der Rächer ist da! Ihre Rechnung ist abgelaufen, Scheusal!" — „Noch nicht!" kreischte Hohenegg.

Mit einem raschen Griff riß er das Licht an sich, das er mitgebracht hatte, und sprang durch die Tür zum Schlafzimmer hinaus. Im nächsten Augenblick war er hinter der Bildertür verschwunden, die krachend ins Schloß fiel.

„Entkommen!" rief Fred. „Aber nur einstweilen! Er kann uns nicht entgehen. Bleiben Sie mit dem Fräulein einstweilen hier, Herr Leutnant, bis ich wiederkehre!"

Er eilte ins Schlafzimmer zurück und ergriff die Laterne, die er auf einen Stuhl abgesetzt hatte. Bereits nach einigen Sekunden hatte er die Erhöhung am Haken gefunden, die dem Drücker auf der anderen Seite entsprach, und die Tür geöffnet. Im Nu stand er draußen und tappte sich mit möglichster Eile die Stufen hinunter.

Unterdessen war Hohenegg die zwei Treppenabsätze hinuntergeschnellt, um durch die Tür, die zum Schloß führte, zu entfliehen. Da fiel der Schein seines Lichts auf Katombo und den Kapitän, die an dieser Stelle Wache standen und rasch hervorsprangen, um ihn zu packen. Doch gewandt entglitt er ihren Fäusten. Mit einem Fluch drehte er sich um und war, ehe sie sich versahen, die Treppe hinab verschwunden.

„Heiliges Mars- und Bramwetter!" schimpfte Balduin Schubert. „Da segelt er hin und wir stehen da wie zwei vergessene Wracks. Was sollen wir tun? Dürfen wir unseren Posten verlassen und ihm nachlaufen? Wenn nur Herr von Gollwitz — —"

„Kapitän!" ertönte da in unmittelbarer Nähe die Stimme Freds. „Herr Baron, sind Sie es?"

„Ja, ich bin's", lautete die Antwort und zugleich tauchte seine Gestalt in dem Lichtschein auf, den seine Laterne warf. „Haben Sie den ‚tollen Grafen' gesehen?"

„Ja, er wollte hier durch." — „Wohin ist er?"

„Die Treppe hinunter."

„Er wird durch den Gang und die Brunnenstube entkommen wollen. Aber es wird ihm nicht gelingen, wenn Bill auf seiner Hut ist, der auf der anderen Seite wartet. Er wird ihn uns zutreiben. Folgt mir!"

Rasch eilten sie die Treppe ganz hinab. Auf dem untersten Absatz angekommen, sahen sie vor sich in ziemlicher Entfernung den Flüchtling, dessen Gestalt sich scharf gegen den Schein seiner Laterne abhob. Nun eilten sie mit doppelter Schnelligkeit vorwärts, was allerdings nicht ohne Geräusch abging. Der Verfolgte hörte die Schritte hinter sich und vermehrte auch seinerseits die Eile, so daß der Abstand zwischen ihm und den Verfolgern sich nicht verringerte. Nach zwei Minuten hatte er die Brunnenstube erreicht und trat auf die Steinfliesen hinaus. Schon hatte er das Brunnenloch halb umgangen, da erscholl einige Schritte vor ihm die laute Stimme Bills.

„Halt! Augenblicklich halt, oder ich schieße!"

Hohenegg war darüber, auch hier den Ausgang versperrt zu finden, so erschrocken, daß er einige Schritte nach rückwärts taumelte. Dabei kam er unglücklicherweise auf eine Platte zu stehen, die sich gelockert hatte und jetzt unter seinem Gewicht nach unten schnappte, und zwar nach der Seite hin, wo in unmittelbarer Nähe das Brunnenloch gähnte. Dadurch verlor er den festen Halt unter den Füßen. Er schlug mit den Armen in die Luft, hob den einen Fuß empor, um einen Stützpunkt zu suchen, und verlor dadurch nun vollends das Gleichgewicht — ein gellender, gräßlicher Schrei, und er stürzte rückwärts in die Tiefe. Ein dumpfer, klatschender Ton drang empor — der Körper des Grafen war unten aufgeschlagen.

Einige Augenblicke später erschien Fred mit seinen Gefährten in der Brunnenstube.

„Bill!" — „Fred!"

„Wo ist der ‚tolle Graf'?" — „Er ist in den Brunnen gestürzt."

„In den Brun — — —" Das Wort blieb ihm vor Erstaunen und Schrecken im Mund stecken.

Auch keiner der anderen brachte zunächst ein Wort hervor. Es war ein Augenblick des Entsetzens. Diese fürchterliche Tiefe hinunter — der Körper mußte unbedingt zerschellt sein.

„Gott hat ihn gerichtet!" rief Fred, dessen Gesicht todesbleich geworden war. „Er ist dem Urteil der Menschen zuvorgekommen. Mich schaudert! Wollen schleunigst diesen Ort des Grauens verlassen."

Katombo trat vorsichtig bis an den Rand des Brunnens vor und horchte hinunter. Nicht der geringste Laut ließ sich vernehmen — kein Zweifel, der Gestürzte war tot. Dann wandte er sich mit ernstem Gesicht zu seinen Gefährten und sagte:

„Ich bin sein Verwandter, und es wäre unedel von mir, wollte ich über seinen Tod Genugtuung empfinden. Aber es wäre für mich auch hart gewesen, ihn vor den Schranken des Gerichts zu sehen. Die Angelegenheit hat auf diese Weise ihre Lösung gefunden. Gehen wir!"

„Ja, gehen wir!" stimmte Fred bei. „Aber zuerst müssen wir auf Gerd und Magda warten, die sich um uns Sorge machen werden. Kapitän, nehmen Sie diese Laterne und holen Sie die beiden!"

Schubert ergriff das Licht und eilte den Gang zurück und die Wendeltreppe empor in das Gefängnis Magdas. Diese hatte sich wieder erholt.

„Wie stehen die Dinge?" fragte Gerd. — „Gut, sehr gut — für uns!"

„Wo ist der Graf?" forschte Magda ängstlich und barg ihren Kopf an Gerds Brust.

„Tot! Er wollte durch die Brunnenstube entkommen und ist hinabgestürzt." — „Heiliger Himmel!" rief der junge Mann entsetzt.

„Kommt rasch! Die anderen warten auf uns. Wir haben hier nichts mehr zu suchen." Gerd nahm das Mädchen auf den Arm und schritt voran. Sein Vater folgte und schloß die Bildertür hinter sich. Bald hatten sie die Wartenden erreicht.

Durch den plötzlichen Tod des Grafen am meisten erschüttert war der Schloßvogt Geißler. Er war ein schlechter Mensch und der Gehilfe aller seiner Schandtaten gewesen, aber er war im Grund nicht verstockt. Als er seinen Herrn unmittelbar vor seinen Augen in den Brunnen stürzen sah, war es ihm gewesen, als ob ihm jemand mit eiskalter Hand über den Rücken fahre. Sein Widerstand war vollständig gebrochen, um so mehr, als er sich jetzt vor seinem Herrn nicht zu fürchten brauchte, wenn er seine Geheimnisse verriet.

Nachdem man die Brunnenstube verlassen und die Tür verschlossen hatte, wandte sich Fred an Geißler.

„Bursche, mit deinem Herrn sind wir fertig; er hat seinen Lohn empfangen. Nun kommst du an die Reihe!"

„Gnade, Gnade!" wimmerte der Gefangene. „Ich will alles gestehen." — „Kennst du meinen Bruder Theodor von Gollwitz?"

„Ja, Herr, ich kenne ihn."

„Weißt du, ob er noch lebt?" — „Er lebt."

Diese Antwort kam für Fred, der zwar eine bestimmte Nachricht von seinem Bruder erwartet, aber fast nicht mehr zu hoffen gewagt hatte, ihn lebendig wiederzusehen, so unerwartet, daß er die Fassung verlor. Es wurde ihm ganz schwach zumute und er wandte sich auf die Seite, um seine Bewegung zu verbergen. Katombo bemerkte es und sagte teilnehmend zu ihm:

„Herr Baron, beruhigen Sie sich und erlauben Sie, daß ich an Ihrer Stelle die nötigen Fragen an diesen Menschen richte! Sie sind zu erregt, um das zu tun. — Nun, Bursche", wandte er sich an den Gefangenen, „du sagst, der Herr Baron von Gollwitz sei noch am Leben. Wo befindet er sich?" — „Ganz in der Nähe, in einem Verlies."

„Du wirst uns dahin führen?" — „Ja."

„Wer hat den Gefangenen beköstigt?" — „Ich selber."

„Wenn du aber nicht auf der Burg anwesend warst?"

„Meine Frau." — „Was hat er bekommen?"

„Wasser und Brot", antwortete er zögernd. — „Sonst nichts?" „Nein."

„Da seid ihr ja recht freigebig gewesen! Der Teufel wird euch einmal eure Barmherzigkeit lohnen! Mich wundert nur, daß Hohenegg sich seinen Nebenbuhler nicht ganz vom Hals schaffte!"

„Herr, das hätte ich nicht geduldet, ich bin kein Mörder."

„Das sagst du natürlich nur, um dich reinzuwaschen. Aber ich will dir gestehen, daß ich soweit nicht ganz unzufrieden mit dir bin, falls du uns nicht belogen hast. Führe uns jetzt zum Verlies!"

Der kleine Zug setzte sich in Bewegung. Der Gefangene ging mit

Bill voran, der ihn keine Sekunde aus den Augen ließ. Fred folgte mit ganz unbeschreiblichen Gefühlen im Herzen, dann kamen die anderen. Bei dem Wasserkübel blieb der Vogt stehen.

„Wir sind an Ort und Stelle und befinden uns gerade vor dem geheimen Gefängnis."

„Aber man sieht ja keine Tür!" wunderte sich Katombo.

„Sie ist auf der Außenseite dem Felsen täuschend nachgemacht. Passen Sie auf!"

Er bückte sich und nahm einen kleinen Stein aus dem Fußboden. Es kam das Ende einer eisernen Stange zum Vorschein. Er drückte diese seitwärts, und sofort öffnete sich vor ihnen eine schmale Bohlentür. Ein abstoßender Geruch strömte ihnen aus dem Loch entgegen, das dahinterlag. Als Bill hineinleuchtete, erblickten sie eine in Lumpen gehüllte menschliche Gestalt, die an eine Kette gefesselt am Boden lag. Ein halb zerbrochener Wasserkrug stand neben dem Bündel faulen Strohs, das als Lager diente.

„O mein Gott!" rief Katombo. „Soll das ein Mensch sein? Sind Sie es, Herr von Gollwitz?"

Die Gestalt erhob sich vom Boden. Zwei dunkle unheimliche Augen stierten aus einen totenkopfähnlichen Gesicht den Männern entgegen.

„Fort mit dem Licht!" erklang es dumpf und heiser. „Es verbrennt mir die Augen und das Hirn. Packt euch!"

„Herr von Gollwitz, wollen Sie frei sein?"

„Frei!" schallte es zurück. „Frei, das heißt bei euch tot! Ja, tötet mich, obgleich ich bereits gestorben bin!"

„Herr von Gollwitz, wir bringen Ihnen die Freiheit und grüßen Sie von Ihrem Bruder Fred."

Da konnte sich Fred nicht mehr halten. Er drängte Katombo auf die Seite und stürzte sich in die Zelle. „Theodor!"

Ein furchtbarer Schrei ertönte; dann war es still in der Höhle. Nur das Geräusch der Küsse hörte man, mit denen der junge Mann den Mund seines ohnmächtigen Bruders bedeckte.

Katombo oder, wie wir ihn jetzt nennen wollen, Graf Wilhelm von Hohenegg, machte nun folgenden Vorschlag: „Ich gehe durch den Haupteingang auf die Burg und möchte Herrn Sanford bitten, mich zu begleiten und unseren Gefangenen in sicheren Gewahrsam zu bringen. Ist das geschehen, so werde ich ihn und die ganze Gesellschaft holen lassen; ich denke, zwei Wagen werden zu diesem Zweck genügen. Unterdessen werde ich auf der Burg die nötigen Anordnungen zum Empfang meiner Pflegebefohlenen treffen. Und jetzt dürfte es an der Zeit sein, diese traurige Stätte zu verlassen, wenn wir nicht von der Dunkelheit überrascht werden wollen."

Bereits nach kurzer Zeit setzte sich der kleine Zug in Bewegung. Bill mit dem gefangenen Schloßvogt ging voran, dann folgte Gerd, der wieder Magda trug, hinter ihm Fred mit seinem Bruder Theodor und endlich der Kapitän mit dem Grafen.

Als die steile Treppe erreicht war, die zum Kanal hinunterführte, drückte sich Magda noch fester an die Brust ihres Beschützers und flüsterte:

„Gerd, lieber Gerd, du hast mich auf deinen Armen da oben fort-
getragen; du sollst mich auf diesen Armen auch durchs Leben tragen!
Willst du?“

„O wie gerne, wie unendlich gerne!“ beteuerte Gerd und drückte
einen innigen Kuß auf die nicht widerstrebenden Lippen. — — —

Ein Jahr später wurde das neuerrichtete Schloß Helbigsdorf eingeweiht. Die Mittel des Majors hätten dazu bei weitem nicht aus-
gereicht, aber durch Herzog Max war, in Anerkennung der Ver-
dienste des alten Haudegens, die erforderliche Summe zur Verfügung
gestellt worden.

Natürlich war seine Durchlaucht nebst Gemahlin zur Feier dieses
Tages geladen. Außer ihnen wollte Helbig nur noch bei sich sehen,
die seinem Herzen nahestanden.

Da kam eine lange Wagenreihe den Schloßberg heraufgefahren.
Voran sah man den herzoglichen Wagen.

„Sie kommen!“ rief die Blaue. — „Alle!“ fügte die Grüne hinzu.

„Alle miteinander!“ vervollständigte die Purpurne.

Die Wagen rollten in den Hof, und ihre Insassen wurden gebühren-
dermaßen empfangen. Hinter dem Herzogspaar stieg Gerd aus. Dann
folgte Kapitän Schubert mit Karavey, der riesige Bill Sanford, die beiden von Gollwitz, der Schmied Schubert mit seiner Frau und endlich
Graf Wilhelm Hohenegg, der frühere Nurwan Pascha.

Das gab ein Grüßen und Händedrücken, ein Fragen und Antworten,
das kein Ende nehmen wollte, und es dauerte lange, ehe man das
Schloß besichtigt hatte und zur Tafel schreiten konnte.

Der Herzog führte den Vorsitz. Er strahlte vor Vergnügen, und der
Wiederschein seines Glücks fiel auf das schöne Angesicht seiner Nachbarin Magda. Er hatte eine eigene Art der Unterhaltung, und es war
ihm anzusehen, daß er verschiedene Überraschungen in Vorbereitung
hatte. Eben wandte er sich an Karavey:

„Sie wissen wohl, daß ich ein Freund einer gewissen Lilga war?“

„Gewiß weiß ich das, Durchlaucht!“ antwortete der Steuermann.

„Ich habe gehört, daß Sie mit Ihrem Kameraden Schubert den Abschied nehmen wollen?“ — „So ist es. Wir werden alt und — —“

„Ja, ja“, unterbrach ihn der Herzog. „Aber als Steuermann geht
man nicht zur Ruhe. Wollen wir Leutnant sagen?“

„Oh, Durchlaucht — — —!“ stammelte der Glückliche.

„Schon gut! Und da Sie“, wandte er sich an Schubert, „auf Ihrer
Fahrt zur Juweleninsel sich als Kapitän bewährt haben, erhalten Sie
gleiche Stellung bei meiner Flotte.“

„Heilige Bramstange, ach Verzeihung, Durchlaucht: — ich Kapitän?“ rief der wackere Balduin.

„Sie haben das verdient, mein Guter, und ich freue mich, auch Ihren
Sohn in der gleichen Eigenschaft an dieser Tafel begrüßen zu können.“

Gerd erhob sich glückstrahlend. „Durchlaucht, wie komme ich zu
dieser Ehre?“

„Ich bitte sehr, die Entscheidung darüber doch mir zu überlassen!“

„Durchlaucht beschenken mein Haus in einer Weise, daß ich nicht genug Worte des Dankes finde", rief der Major. „Ist doch dieses Haus selbst nur eine Gabe aus hoher Hand, die ich — —"

„Halt!" unterbrach ihn der Herzog. „Es ist nun endlich Zeit, diesen Irrtum aufzuklären. Nicht ich habe Ihnen dieses Schloß gebaut, sondern der ehrenwerte Kapitän Balduin Schubert war es."

Ein allgemeines „Ah" des Erstaunens ließ sich hören.

„Ja", fuhr der Herzog fort. „Der Kapitän hat dort hinter Indien mit und für Baron von Gollwitz einen Schatz gehoben, wovon ihm und Karavey, der auch dabei gewesen ist, ein hübscher Teil in den Schoß gefallen ist. Hat er noch nichts davon berichtet?"

„Kein Wort!" rief der bestürzte Major.

„So mag uns nachher Baron Friedrich die Geschichte von der Juweleninsel, die die spannendste ist, die ich je gehört habe, beim Wein erzählen!" Da sprang Helbig auf und umarmte den alten Seebären.

„Schubert, Freund, nimm dein Glas und sage ‚Du‘ zu mir. Wir sind Väter eines Sohnes, also wollen wir Brüder sein." Die Gläser klangen.

Der Herzog aber fragte: „Warum nur Väter eines Sohnes? Warum nicht auch Väter einer Tochter? Major, ich bitte Sie hiermit für meinen jungen Marinekapitän, den Sohn Balduin Schuberts, um die Hand Ihrer Tochter Magda. Bekomme ich einen Korb?"

Es erhob sich ein allgemeiner Jubel, und bald lagen sich die beiden jungen Leute in den Armen. „Siehst du, Parpara", meinte Thomas, „gerade so war es auch pei uns, als ich von dir den ersten Schmatz pekam!" Alles lachte, der Herzog aber fuhr fort:

„Ich glaube nicht, daß diese beiden Verlobten die einzigen sind, die sich gerne finden möchten. Frau Hartmann, ich weiß, daß Sie die treue Seele lieben, die ich jetzt für Sie bestimmt habe. Das letzte Hindernis, das bisher im Weg stand, ist ja nun gefallen, und ich bin daher überzeugt, daß Sie ihn nicht abweisen werden."

Da wandte sich die Angeredete mit fröhlichem Lächeln zum biederen Kapitän Schubert: „Balduin, bist du mir wirklich noch immer gut?"

„Der Teufel soll mich holen, wenn es mir einfällt, nein zu sagen. Ich habe um dich gedient, wie der Erzvater Ruben um seine Jezabel und bin froh, daß ich dich jetzt endlich ins Schlepptau nehmen darf."

Nachdem er so seine Bibelfestigkeit auf geradezu glänzende Weise dargetan hatte, erklangen die Gläser zum zweitenmal aneinander, und nun konnte Fred auch seine Erzählung von der Juweleninsel beginnen.

Als die drei Schwestern sich am Abend dieses Tages in ihre Schlafgemächer zurückzogen, sahen sie einander lange schweigend an. Endlich nahm Freya das Wort: „Zwei Verlobungen an einem Tag, hm!"

„Ja, zwei! Hm!" bemerkte auch Wanka.

„Ach, zwei! Hm!" bestätigte Zilla.

„Und wir?" fragte zornig die Lange.

„Ja, wir?" fiel auch die Kleine ein.

„Oh, wir!" meinte wütend die Dicke.

„Ich heirate überhaupt nicht!" beteuerte die Blaue.

„Ich nehme niemals einen Mann!" entschied sich die Grüne.

„Und ich, ich verlobe mich nie, niemals!" schwur die Dicke, indem sie ihre Mimi zärtlich an sich drückte. — —

318

KLASSISCHE JUGEND BÜCHER

Harriet Beecher-Stowe, **Onkel Toms Hütte**
Der Negersklave Onkel Tom wird von seinem Herrn
verkauft und der Willkür und Gewinnsucht nieder-
trächtiger Sklavenhändler ausgeliefert. Sein
Leidensweg steht für alle jene, die das unmenschliche
Schicksal der Sklaverei erlitten.

Gottfried A. Bürger, **Münchhausen**
Die aufregenden Abenteuer des Freiherrn von
Münchhausen. Seine Geschichten sind die herrlichsten Lügengeschichten, die sich je ein Schalk
und Abenteurer ausgedacht hat.

Frances Burnett, **Der kleine Lord**
Wie ein aufgeweckter kleiner Junge die Zuneigung
eines verbitterten alten Mannes gewinnen kann,
weil weder Reichtum noch Macht seinen liebens-
werten Charakter beeinflussen, erzählt diese reizende
Geschichte.

C. Collodi, **Pinocchio**
Der Kasperle des unvergänglichen italienischen
Kinderbuches ist aus Zauberholz geschnitzt und
daher springlebendig. Er muß viele Gefahren
bestehen und erlebt die unglaublichsten Abenteuer,
bis er schließlich von einer gütigen Fee in ein
wirkliches Kind verwandelt wird.

UEBERREUTER

KLASSISCHE JUGEND BÜCHER

Daniel Defoe, **Robinson Crusoe**
Das Leben und die ungewöhnlichen Abenteuer des weltberühmten Robinson Crusoe, der 28 Jahre auf einer Insel lebte.

Charles Dickens, **David Copperfield**
Nach einer glücklichen Kindheit erlebt der junge David bittere Jahre in einer berüchtigten Schule und eine freudlose Epoche in London. In der Geborgenheit bei seiner Tante findet er aber in Agnes eine treue Gefährtin und die Erfüllung seines weiteren Lebens.

Charles Dickens, **Oliver Twist**
Diese spannende Erzählung liest sich wie ein Kriminalroman. Das Schicksal des Waisenknaben Oliver ist aber auch abenteuerlich genug. Dickens schildert die verschiedenartigsten Menschen und ihre Umgebung so trefflich, daß man meinen könnte, selbst dabei zu sein.

Herman Melville, **Moby Dick**
Die spannende Geschichte von der Jagd nach dem sagenhaften weißen Wal.

UEBERREUTER

KLASSISCHE JUGEND BÜCHER

Howard Pyle, **Robin Hood**
Robin Hood ist der ritterliche Held der englischen
Sage. Mit seinen Gesellen, den »Räubern von
Sherwood«, kämpft er für das Recht der Unter-
drückten in jener unruhigen Zeit, da König Richard
Löwenherz auf Burg Dürnstein gefangen lag, während
sein treuloser Bruder in England ein
Schreckensregiment führte.

Gustav Schalk, **Klaus Störtebeker**
Der berühmte Roman vom heldenhaften Kampf der
deutschen Handelsflotte gegen den Seeräuber
Klaus Störtebeker.

Robert Louis Stevenson, **Die Schatzinsel**
Ein vergilbtes Stück Papier ist der Schlüssel zur
Schatzinsel und somit auch zum großen Abenteuer
der Männer der »Hispaniola« und des Kajütenjungen
Jim Hawkins.

Jonathan Swift, **Gullivers Reisen**
Die Geschichte des Schiffsarztes Gulliver, dessen
unbezähmbare Abenteuerlust ihn ein aufregendes
Schicksal erleben läßt.

UEBERREUTER